EX-
LIBRIS

这是一个阳光灿烂的午后。

一股慵懒的暖风吹过，

带来了夏日海洋的气息。

布鲁克林有棵树

亲爱的弗朗茜

[美] 贝蒂·史密斯　著
申　晨　译

南方出版社
·海口·

图书在版编目（CIP）数据

布鲁克林有棵树．亲爱的弗朗茜 /（美）贝蒂 · 史密斯著；申晨译．—海口：南方出版社，2024.7.（2025.4重印）
ISBN 978-7-5501-9053-5

Ⅰ．I712.45

中国国家版本馆 CIP 数据核字第2024A493C3号

布鲁克林有棵树　亲爱的弗朗茜

BULUKELIN YOU KE SHU　QIN'AI DE FULANGXI

［美］贝蒂 · 史密斯　著　申　晨　译

责任编辑：郝　平
出版发行：南方出版社
社　　址：海南省海口市和平大道 70 号
邮政编码：570208
电　　话：（0898）66160822
传　　真：（0898）66160830
印　　刷：北京永诚印刷有限公司
开　　本：710mm × 1000mm　1/16
印　　张：42
字　　数：441 千字
版　　次：2024 年 7 月第 1 版
印　　次：2025 年 4 月第 2 次印刷
定　　价：128.00 元（全三册）

目录

CONTENTS

正是世间的黑暗和泥泞，才衬托出太阳耀眼夺目的光辉。

Chapter 01

星期六开始了

用“宁静”一词来形容纽约的布鲁克林是十分恰当的，尤其是在1912年的夏天。或许“沉闷”这个词更加贴切，但是，它并不能用来描述布鲁克林的威廉斯堡。而可爱的“大草原”与动听的“谢南多厄”这样的词语更是无法适用于布鲁克林。“宁静”是唯一适合布鲁克林的词语，尤其是夏日某个星期六的下午。

斜阳照在弗朗茜·诺兰家那长满苔藓的院子里，晒得破旧的木栅栏暖烘烘的。看着院内如箭杆般的阳光，弗朗茜的心头涌上了一种美好的感觉——这与她在回忆起一首诗时所产生的感觉一模一样。这首诗她在学校里背诵过：

在这片远古森林中，
松树和铁杉不时阵阵低语。
苔藓为须，翠绿傍身，矗立在暮光中。

恍惚间，仿佛一群年迈的德鲁伊长老。

弗朗茜家的院子里长着一棵树，它既不是松树，也不是铁杉。粗壮的枝干上排列着长满尖树叶的细枝条，它们向四面八方伸展，仿佛撑开了数不尽的绿色小伞。有人称它为“天堂之树”。其种子无论散落在何处，都能努力地长成参天大树。它能在木板围起来的空地上生长，能在无人问津的垃圾堆存活，也是唯一能从水泥地破土而出的树。这种树常常生得枝繁叶茂，而且只生长在由廉租公寓组成的居民区。

当你在星期日的午后散步，来到了一处怡人雅致的街区，透过某户人家的铁制院门，看见一株天堂之树的小树苗，那你就能大致料想到布鲁克林的这块地方很快将遍布廉租公寓了。这棵树也心知肚明，它先来到这里，随后贫穷的外国人将陆续迁来，他们把古老幽静的高档住宅改造成群租公寓，把羽绒床垫堆放在窗台边上晾晒。天堂之树会蓬勃地生长，因为它对穷人情有独钟。

弗朗茜家的院子里长的就是那种树。那些“绿伞”卷曲着簇拥在第三层安全梯的四周和下方。坐在安全梯上的十一岁小女孩儿想象着自己住在一棵树上——在夏日里的每个星期六下午，弗朗茜都会产生这样的奇思妙想。

啊，布鲁克林的星期六真是美妙绝伦！啊，这里到处都洋溢着欢乐氛围！星期六是个好日子，人们不仅能照常领薪水，还能尽情享受假期，不必像礼拜日要恪守规矩。人们有钱以后会外出消遣、购物：他们可以大快朵颐，一醉方休；可以浪漫约会，共度良宵；还可以载歌载舞，尽情嬉闹。因为明天是他们的休息日，多睡会儿懒觉也没问题，只要别误了晚场弥撒。

到了礼拜日，教堂里会挤满参加十一点弥撒的人。不过，也有一小部分人会参加比较早的六点场。人们往往夸他们虔诚，但其实他们并不配这样的夸赞。因为这些人会通宵达旦地玩乐，清晨顺便到早场弥撒应付一下，然后就可以回到家里，心安理得地睡上一整天。

弗朗茜的星期六是从变卖废品开始的。她和弟弟尼利同其他住在布鲁克林的孩子一样，会收集破布、废纸、金属物品、橡胶制品和其他的废旧物品，然后把它们储存在上了锁的地下室的大箱子里或藏在床底下的盒子里。弗朗茜每天放学回家的时候都会放慢脚步，一边走一边全神贯注地盯着排水沟，从中寻找烟盒或口香糖包装里的锡纸，然后把它们放到罐盖上隔火熔化。收废品的人是不会回收一个没有熔化的锡纸球的，因为有太多的孩子为了增重在里面包裹铁垫圈。尼利有时会捡到苏打水瓶，弗朗茜会帮他取下瓶子上的金属喷嘴，把它熔化成铅。收废品的人不回收一整只苏打水瓶，因为汽水公司可能会找他的麻烦。不过，苏打水瓶的喷嘴是个好东西，熔化一个就可以换五美分。

弗朗茜和尼利每晚都会到地下室清理升降机隔板上当天堆积下来的垃圾。他们之所以有这个权利，是因为他们的妈妈是公寓的女清洁工。姐弟俩将隔板上的废纸、破布和旧瓶子“洗劫一空”。废纸是卖不上价的，每十磅才能换一美分。一磅破布能换两美分，一磅铁能换四美分，而铜就不一样了，单单一磅铜就能换十美分的巨额。弗朗茜偶尔也能找到宝贝——一个废弃的煮衣锅的锅底。她用开罐器将锅底取下，将其折叠，敲击，再折叠，再敲击。

星期六上午九点刚过，孩子们便从四面八方的小街巷涌入了街区的主要干道——曼哈顿大街。他们沿着这条大路缓慢地走向斯科尔斯大街。有的孩子将废品抱在怀里，有的孩子在木质香皂包装箱底部装上结实的木头轮子，制成小车运送废品。还有少数的孩子推着婴儿车，车上也堆得满满当当。

弗朗茜和尼利则把废品装在一个麻布袋里，他们分别拽着麻布袋的两头，拖着它一起走在大街上；走到曼哈顿大街的尽头，路过了梅杰街、坦艾克街、斯塔格街，最后来到了斯科尔斯大街。这些穷街陋巷的名字都是那么美丽动听。住在每条街道的衣衫褴褛的小贫民们都成群结队地汇入人潮。在去往卡尼的废品回收站的路上，他们会遇到空手往回走的孩子们。这些孩子已经卖完了废品，甚至早已把挣来的钱都挥霍光了。现在，他们一边大摇大摆地往回走，一边嘲笑其他孩子。

“捡破烂儿的！捡破烂儿的！”

一听到这个称呼，弗朗茜就面红耳赤。尽管她知道这些出言不逊的孩子也是捡破烂儿的，但她心里依旧不是滋味。尽管她弟弟卖完废品，也会两手空空地原路返回，和伙伴们一起嘲笑那些比他们晚到的孩子，但她依旧会感到羞愧难当。

卡尼在一个摇摇欲坠的破棚屋里定期进行废品收购。转过街角，弗朗茜就看到废弃回收站的两扇大门热情地敞开着，用钩子固定在了屋内。她想象着那台摇摇晃晃的秤上的硕大、亲切的刻度盘在眨着眼睛欢迎自己。她看见了卡尼。他顶着一头铁锈色的头发，蓄着铁锈色的八字胡，正在用一双铁锈色的眼睛把持着仪表盘的刻度。相比男孩儿，卡尼更加喜欢女孩子。如果哪个女孩儿在被卡尼捏脸颊时没有躲闪，那么卡尼就会额外给那个女孩儿一美分。

CASH PAID

为了多得一美分，尼利走到一旁，让弗朗茜独自拖着麻袋走进棚屋。卡尼跳上前来，将袋子里的废品一股脑儿倒在地上，然后捏了捏弗朗茜的脸颊。当他把物品堆放在秤盘上称重时，弗朗茜的眼睛眨个不停，努力适应着屋子里昏暗的光线。她闻出了空气中苔藓的气味和潮湿的破布的臭味。卡尼的眼睛迅速瞄向指针，说出了若干个字：他的报价。弗朗茜很清楚她没有讨价还价的权利。她点头表示赞同，在一旁等待。卡尼翻看着废品，把废纸堆放在角落里，将破布扔到另一个角落，把金属物品收集在一起。做完这些，他才把手伸进裤子的口袋里，掏出一个系着蜡绳的破旧皮包，数出几枚带着绿色锈迹的硬币，看起来也像废品一般。她低声说着“谢谢”。卡尼用那双铁锈色的眼睛盯着她，并用手在她的脸颊上狠狠地捏了一下。他微笑着，又拿出一枚额外的硬币。随后，他的态度大变，说话的声音变得洪亮，手部的动作变得轻快。

“快点儿！”卡尼对排在下一个的男孩儿叫嚷道，“把这些通通倒出来！”他料到这时孩子们会发笑，就趁势说道：“我可不是说垃圾。”孩子们也就顺着他笑出声来。那笑声听上去仿佛迷路羔羊发出的哭诉声，可卡尼似乎很满意。

弗朗茜走出废品回收站，向弟弟宣布他们最终的收入情况。“他给了我十六美分，还有一美分捏脸蛋儿的钱。”

“那一美分归你。”弟弟按照以往的约定说道。

她把那枚硬币揣进了连衣裙的口袋里，然后把剩下的钱转交给尼利。尼利今年十岁了，他比弗朗茜小一岁。但是，因为他是男孩儿，所以钱由他来保管。

“把这八美分存起来。”这是他们事先规定好的：无论在哪里挣的钱，他们都要拿出一半存到钉在壁橱最暗的角落的锡制存钱罐里。

“四美分给你，四美分给我。”

弗朗茜用手绢把存起来的钱包起来，并打了个结。她看着属于自己的那五枚一美分硬币，欣喜地发现它们可以换成一整枚五美分硬币了。

尼利卷起麻布袋，把它夹在胳膊下面，穿过人群走进了查理的平价店，弗朗茜紧随其后。查理的平价店是一家开在卡尼废品回收站旁边的廉价糖果店，正是为了迎合来废品回收站交易的人们而开的。星期六打烊的时候，店里的收银箱里塞满了带有绿色铜锈的一美分硬币。这家店有个不成文的规定：女孩儿止步。因此，弗朗茜没有走入店内，而是站在了门口。

那些男孩子的年龄从八岁到十四岁不等，他们穿着清一色的松松垮垮的灯笼裤，头戴帽檐破损的鸭舌帽。他们站在店里，手插在口袋里，单薄的肩膀紧张地向前弓起来。他们长大成人后或许依然如此，以同样的站姿出现在其他的聚集地，唯一的区别就是，到那时他们的双唇间可能会时刻叼着一根香烟，聊天时香烟会随着他们语调的强弱上下起伏。

现在，那些男孩子紧张地把头扭来扭去，瘦削的脸庞从查理处转向同伴，又从同伴那里转向查理。弗朗茜发现他们中有些人已经把头发修剪成夏日的发型：由于头发剃得太短，头皮露出了推子推得过猛而留下的痕迹。这些幸运儿可以把帽子塞进口袋里，或者把帽子推到后脑勺。而对于那些还没剃短的男孩儿来说，垂在他们脖颈部位的轻柔、天真的鬈发则让他们倍感羞愧。他们将帽子拉低，直到可以盖住耳朵。这会让他们看起来缺乏男子气概，即便他们常常满口脏话。

查理的平价店的东西并不便宜，而且老板的名字也不叫查理。他硬起了这么个名字，并写在了店铺雨棚上，弗朗茜误认为老板就叫查理。因为店铺的雨棚上写着这个名字，老板也这样称呼自己，于是弗朗茜就信以为真。你可以在他那里花钱抽奖。他的柜台后面有一块木板，木板上固定着标有数字一到五十的钩子，每个钩子上都挂着一个奖品。有些奖品十分精美，比如轮滑鞋、棒球手套、梳着真长发的娃娃等。其他钩子上则挂着记事簿、铅笔或其他值一美分的物品。弗朗茜看到尼利花钱购买了一张奖券。他从一个破烂的信封里抽出了一张脏兮兮的卡片，是二十六号！弗朗茜满怀期待地看向了那块木板。他抽到了一个价值一美分的拭笔器。

“你要奖品还是糖果？”查理向尼利问道。

“糖果吧。你说呢？”

情况总是如此。弗朗茜从未听说有人抽到过一美分以上的奖品。而且，那双轮滑鞋的轮子已经锈迹斑斑，那只娃娃的头发也蒙上了一层尘土。这些奖品仿佛在那里等候许久，正如诗歌里小男孩儿布鲁[①]的玩具狗和锡兵一样。弗朗茜暗自下定决心，有朝一日待她有五十美分的时候，她会买光所有的奖券，这样她就可以赢得板子上挂着的全部奖品了。她发现这样真的很划算：花五十美分拥有轮滑鞋、棒球手套、娃娃和所有其他的奖品。哎呀，单单一双轮滑鞋的价格就是这个价格的四倍呢！尼利的快乐时光草草收场，因为女孩儿很少去光顾查理的店。诚然，那个星期六的确有几个女孩儿在店里。

---

① 本书中的注释均为译者注。此处原文“Little Boy Blue”，为美国儿童诗人尤金·菲尔德（Eugene Field）所写的最著名的童诗中的同名人物。

她们打扮得花哨、大胆，装扮过于成熟了。对这些与男孩子嬉笑打闹的女孩子，街坊四邻都说她们将来会走歪路。

弗朗茜朝街对面吉木皮的糖果店走去。“吉木皮”的意思是跛脚的人。店主彬彬有礼，对小孩子非常和气。至少以前大家都是这样认为的，直到一个晴朗的下午，他把一名小女孩儿哄骗到了阴暗的密室。

弗朗茜内心很纠结，不知道是否应该花一美分去买吉木皮的特价商品——糖果福袋。莫迪·多纳文，一个和她有点头之交的女孩儿正准备买来碰碰运气。弗朗茜挤过拥挤的人群，站在了莫迪身后，假装也要花一美分买一个的样子。她像莫迪一样屏住呼吸，经过一番仔细研究，满怀期待地指向展示柜上一个鼓鼓囊囊的小袋子。弗朗茜本想选个小一些的袋子。她从朋友的肩膀上望过去，看见莫迪从袋子里掏出了几块陈旧的糖果，正在查看抽到的奖品——一条材质粗糙的亚麻布手绢。弗朗茜有次抽到了一小瓶气味浓烈的香水。她心里又打鼓了，不知道花一美分买福袋这事对不对。即使吃不到糖果，体验惊喜的感觉还是很不错的。但是，她转念又说服了自己，当莫迪买福袋兑奖的时候，自己已经和她共同体验到了惊喜，这已经是一次很棒的体验了。

弗朗茜一边走在曼哈顿大街上，一边大声地念出美妙动听的街道名字：斯科尔斯大街、梅塞尔斯大街、蒙特罗斯大街，还有约翰逊大街。最后两条大街居住的是从意大利过来的人。从西格尔大街开始的区域被称为犹太城，包括摩尔街和麦吉本街，接着经过百老汇大街。弗朗茜朝着百老汇大街走去。

在布鲁克林的威廉斯堡，这条百老汇大街有什么特别之处吗？

当然是有全世界最好的廉价商店啊！店铺宽敞，金光闪闪，世间万物应有尽有——至少在一个十一岁女孩儿的眼中是这样的。弗朗茜拥有五美分，她几乎可以购买那个商店里的任何东西，全世界也只有这里才能让她随心所欲。

她来到店里，在货架间的过道上徘徊，摆弄着任意一件她喜欢的精美商品。她挑选一件喜欢的商品，握在手里，感受它的轮廓，轻抚它的表面，最后再小心翼翼地放回原处，这样的感觉是多么美妙啊！五美分硬币让她有了底气。如果有售货员询问她是否想买东西，她可以回答："是的，我要买这个。"然后指一两件商品给售货员看。她由衷地意识到，金钱竟是如此神奇的东西。在放肆地抚摩了一系列商品后，她购买了自己心心念念的商品——一份价值五美分的粉白相间的薄荷威化饼。

弗朗茜沿着犹太社区的格雷厄姆大街走回家。街边商贩琳琅满目的小推车，每一个都像一个小店铺，这一切都让她兴奋不已：顾

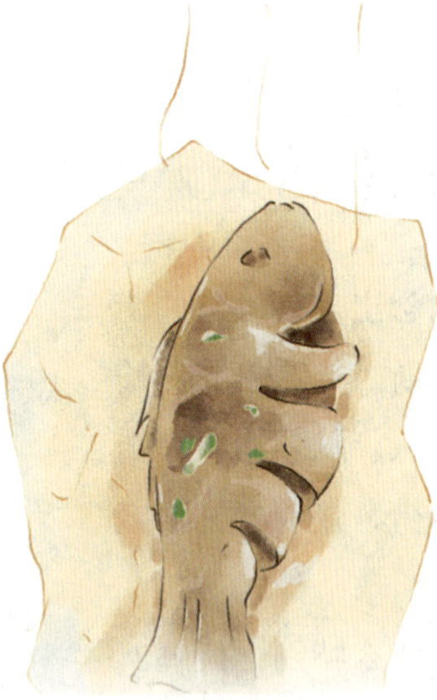

客的讨价还价，激动的犹太小贩，还有四周散发出的独特气味——有烤鱼的味道，有刚出炉的黑麦面包的味道，还有类似煮蜂蜜时散发出的香甜味。她注视着那些蓄着络腮胡、头戴驼绒无檐小毡帽、身穿仿丝薄棉布外套的男人，好奇他们的小眼睛为什么总是露着凶光。她朝那些巴掌大的小店铺望去，闻到了胡乱堆在桌子上的布料的味道。她发现羽绒被从窗户里迎风鼓了出来，染着东方艳丽颜色的衣物晾晒在安全梯间，光着膀子的小孩儿在排水沟旁嬉戏打

闹。一位孕妇挺着大肚子坐在路边一张硬邦邦的木椅上，在炽热的阳光下，一边耐心观察着街上的芸芸众生，一边守护着自己体内的奇妙生命。

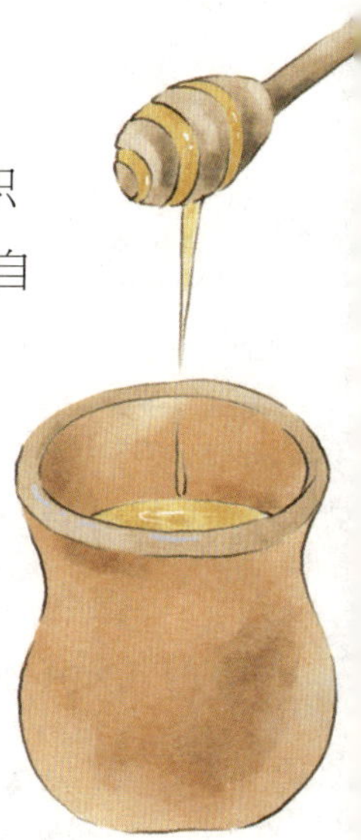

弗朗茜想起来，妈妈曾告诉她耶稣是犹太人，那时候她很震惊。弗朗茜曾以为耶稣是天主教徒。但是妈妈知道是怎么一回事。妈妈告诉她，在犹太人的眼中，耶稣是一个爱惹麻烦的男孩儿，他不能安分地做木工活儿，不能安顿下来结婚生子。妈妈说，犹太人相信救世主还尚未降临。想到这里，弗朗茜注视着那位怀有身孕的犹太妇女。

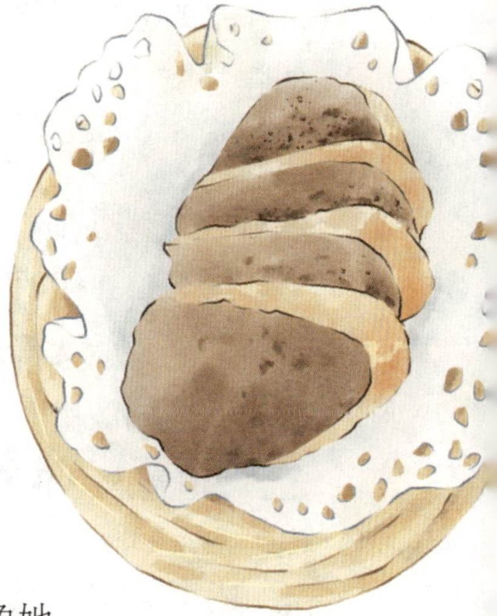

“我猜这就是犹太人生养那么多孩子的原因。”弗朗茜心想，“她们能如此安静地坐在那里等待，也是这个原因。她们不会因为身材臃肿而羞愧，还是这个原因。每个孕妇都认为自己正孕育着真正的小耶稣。难怪她们在怀孕时走起路来如此趾高气扬。相比之下，那些爱尔兰裔的孕妇看上去总是很羞愧，因为她们知道自己怀的永远不可能是小基督，而只能是另一个爱尔兰佬。等我长大怀孕了，我也要像她们一样骄傲而缓慢地走路，尽管我不是犹太人。”

弗朗茜到家已经是中午十二点了。不一会儿，妈妈也提着扫帚和桶进了家门，砰的一声，把手里的东西重重地摔在墙角。这意味着在星期一前，她都不用再碰它们了。

妈妈今年二十九岁，有着乌黑的头发、褐色的眼睛和灵巧的双手，身材也很好。她是公寓的清洁工，负责打扫三栋廉租公寓的卫生。谁会相信，妈妈擦地板是为了维持他们一家四口的生计？她那么美丽、苗条、活泼，充满热情与幽默感。她的手虽然被碱水烧得泛红起皮，但是手形依然十分优美，指甲弯弯的，呈椭圆形，看上去很可爱。大家都说，像凯蒂·诺兰这样娇小可人的女士竟然以擦地板谋生，真是一件憾事。不过他们还说，嫁了这样的丈夫，还能有什么办法呢？大家承认，无论从哪个角度看，约翰尼·诺兰的确是一位英俊潇洒的男士，远胜街区内的任何一个男人。可他是一个酒鬼。人们就是这样称呼他的，事实也的确如此。

弗朗茜让妈妈看着自己把八美分放入了锡制存钱罐。她们一起猜存钱罐里到底存了多少钱。弗朗茜觉得存款肯定将近一百美元了，但妈妈觉得八美元更靠谱一些。她们就这样在猜测中度过了美好的五分钟时光。

妈妈指导弗朗茜去买午饭："从那个裂纹杯里拿出八美分，去买四分之一块犹太黑麦面包，记住一定要买新鲜的。然后再拿五美分去索尔温的店里买一块五美分的舌尖肉。"

"但是这得你去打招呼，看你的面子他才会卖给我。"

"就告诉他，说是你妈妈的意思。"凯蒂斩钉截铁地说道。她又思忖了一下："我在考虑，我们是应该再买五美分的甜面包卷，还是把钱先存起来。"

"妈妈，今天可是星期六啊。整个工作日你都在说，到了星期六我们可以吃甜点呢。"

"好吧。那就去买面包卷吧。"

这家小小的熟食店[①]里挤满了前来购买犹太黑麦面包的人。男店员从弗朗茜选中的面包上切下四分之一大小的一块，装到了纸袋里。外皮酥脆，底部松软细腻，在弗朗茜眼中，如果是刚刚出炉的话，这块面包就是世界上最美味的面包了。她不情愿地走进了索尔温的店铺，因为索尔温并不是每次都会同意卖给她牛舌肉。每磅七十五美分的牛舌切片，只提供给富人享用。但是，当一条牛舌快卖光的时候，如果你和索尔温先生关系好的话，就能用五美分买下舌尖的一小块。当然，舌尖上并没剩下多少肉。其中大部分是柔软的小碎骨和保留了些许肉味的软骨。

今天碰巧赶上索尔温先生同意。“昨天牛舌快卖完了，”他对弗朗茜说道，“不过我特意给你留了。因为我知道你妈妈喜欢牛舌，而且我喜欢你妈妈。你帮我转达给她。听见了吗？”

“是的，先生。”弗朗茜低声说道。她低下头看向地板，感觉自己的脸颊越来越热。她十分厌恶索尔温先生，不愿意带话给妈妈。

来到面包店，她仔细挑选了四个糖最多的小面包卷。走出店铺，遇到了尼利。他朝袋子里看去，发现了甜面包卷，立刻兴奋得手舞足蹈。虽然上午已经吃了四美分的糖果，但是他依旧很饿，于是催促着弗朗茜一路跑回了家。

爸爸没有回家吃饭。他是一个自由职业者，在餐厅唱歌，并兼职做服务生，打打零工，这意味着他不会很忙。通常，他会在星期六上午去工会总部，等工作机会来找他。

弗朗茜、尼利和妈妈美滋滋地饱餐了一顿。他们每个人都吃了

---

① 熟食店，原文为“delicatessen”，是一种出售成品食品的餐馆，如沙拉、熟肉、面包、蛋糕、三明治等，顾客可以外带或堂食。

一块厚厚的牛舌尖、两片涂抹了无盐黄油的甜味黑麦面包、一块带糖的甜面包卷，还喝了一杯浓郁的热咖啡，咖啡旁边还有一茶匙甜炼乳。

诺兰家对咖啡有独特的想法。对于他们来说，这是一种奢侈的享受。妈妈每天早上都会煮上一大壶咖啡，然后在午餐和晚餐的时候重新加热。随着时间的流逝，咖啡的味道会越来越浓。虽然壶里加了大量的水，而咖啡的含量少得可怜，但是妈妈在里面加了一朵苦苣，使其味道尝起来更加浓烈、苦涩。家里的每个人可以喝三杯加了牛奶的咖啡。除此以外，你可以在任何想喝咖啡的时候给自己倒上一杯黑咖啡。有时，当你一无所有，而外面又下着雨，你独自一人在公寓时，如果能喝一杯东西，这多么鼓舞人心呀！尽管那只是一杯苦咖啡。

尼利和弗朗茜喜爱咖啡，但是他们很少喝。今天，尼利像往常一样坚持不往黑咖啡里添加任何东西，他吃掉了涂抹在面包上的炼乳，出于礼貌地啜了一小口黑咖啡。妈妈给弗朗茜也倒了一杯咖啡，又加了些牛奶进去，尽管她知道那孩子是不会喝的。

弗朗茜很喜欢咖啡香醇的气味和热乎乎的感觉。她一边享用着面包和肉，一边用一只手环住杯壁，享受其温暖。时不时地，她能闻出咖啡里苦中带甜的滋味。这远比喝掉它要好得多。用餐结束后，咖啡便被倒掉了。

妈妈的两个姐妹，茜茜和艾薇，她们经常来公寓做客。她们每次看到被倒掉的咖啡，便会就“浪费东西”这个话题对妈妈进行一番说教。

妈妈解释道：“弗朗茜和其他人一样有权利每顿饭喝一杯咖啡。如果倒掉咖啡比喝掉咖啡更能让她开心，那也未尝不可。我觉得，像我们这样的人，偶尔浪费一点儿东西，体验一下富足而不贫乏的感觉，还是很不错的。”

这个奇怪的观点既能让妈妈满足，也能让弗朗茜欢喜，在一贫如洗的穷人与挥金如土的富人之间连起一条纽带。这个女孩儿感觉，就算自己在物质上比威廉斯堡的任何人都匮乏，但在某种意义上她又比所有人都富有。她之所以感觉富有，是因为她有东西可以浪费。她放慢速度去吃自己那块带糖的甜面包卷，因为她不愿让其甜美的滋味在口中消失。这时咖啡也凉透了，她像国王一样把咖啡倒进了下水管，感觉自己也奢侈了一把。随后，她便准备出发去洛舍面包厂为全家采购可以吃半星期的陈面包。妈妈告诉她可以找一块没有被压得很碎的陈馅儿饼，然后用五美分把它买回来。

洛舍面包厂为街区的面包店供货。那些没有用蜡纸包起来的面包很快就会不新鲜。洛舍面包厂会从商家购回陈面包，然后再半价卖给穷人。售卖陈面包的店铺紧邻面包店。狭长的柜台占据了店里的一面墙，其余的两面墙则摆放着细窄的长凳。柜台后边开着两扇高大的门。面包店送货的篷车倒着开到门口，将面包直接卸载在柜台上。他们将两条面包以五美分出售，因此面包刚被卸下来，就被蜂拥而至的顾客们争相抢购。这样的面包永远不够卖，有些人得一直等到送面包的篷车往返三四趟之后才能买到。这样低廉的售价使得购买面包的顾客不得不自备面包包装纸。购买面包的大部分是儿童，有的孩子把面包夹在胳膊下面，就大摇大摆地往家走，好让全世界都知道他们很穷。有些自尊心比较强的孩子则会把面包裹起来，有的用旧报纸，还有的用脏净不等的面粉袋，而弗朗茜则会带一个大纸袋。

她没有马上冲上前去买面包，而是坐在了一张长椅上环顾四周。

十几个孩子在柜台的方向互相推搡，大喊大叫。四位老人坐在对面的长凳上打着盹儿。这些老年人都是家中领救济金的人。他们被派出来跑腿，或照看婴儿。这是这些年老体衰的人在威廉斯堡唯一能做的工作了。在买走面包前，他们会在那儿尽量多待一会儿，因为店里有洛舍面包厂飘来的烤面包的香味，而且阳光透过窗户晒到他们的背上，让他们感到很舒服。时间一分一秒地流逝，他们坐在那里打着瞌睡，以此消磨时光。这样的等待让他们的人生有了盼头，让他们感到自己又有了用武之地。

弗朗茜盯着那个年纪最大的老人，玩起了自己最喜欢的游戏——猜猜陌生人的故事。老人稀疏凌乱的头发和干瘪脸上的胡须都是灰色的，显得脏脏的。唾液干掉后在嘴角结成了斑块。他打了个哈欠，嘴里光秃秃的，没有一颗牙。只见他又合上嘴，嘴唇使劲向内抿，直到嘴巴完全都看不到了，下巴抬得高高的，几乎要碰到鼻子。弗朗茜始终看着老人，有点儿好奇，又有点儿厌恶。她注意到他的旧外套袖子的接缝已经裂开，大衣的内衬从里面翻出来，双腿无助地向两边摊开，油迹斑斑的裤子门襟处少了一颗扣子。她发现了他的鞋子破旧不堪，脚趾处已经开裂。一只鞋子的鞋带上打了很多结，另一只鞋子系着一根脏兮兮的麻绳。她看到了他的两根沾满了污垢的脚趾，灰色的趾甲粗糙不堪。

她的思绪飞速转动着。

“他年纪很大了，一定超过七十岁了。他出生时，亚伯拉罕·林肯[①]还在世，而且已经准备竞选美国总统了。那时的威廉斯堡一定

---

① 亚伯拉罕·林肯（Abraham Lincoln，1809 年 2 月 12 日—1865 年 4 月 15 日），出生于肯塔基州，美国政治家，美国第 16 任总统，主张废除奴隶制，被公认为美国历史上最伟大的三位总统之一。

还是个小乡村，或许印第安人还住在弗拉特布什。那真是很久以前的事了。”她继续盯着他的双脚，“他也曾经是个小宝宝，一定又干净又可爱。他的母亲会亲吻他粉嫩的脚趾。也许，在电闪雷鸣的夜晚，她会来他的婴儿床边，帮他掖好毯子，轻声安慰他说别害怕，有妈妈在。然后，她会将他抱起，用脸颊贴着他的头顶，告诉他说他是自己的可爱宝贝。他也曾经像我弟弟一样，在房子里跑进跑出，把门摔得嘭嘭响。他的母亲一边责骂他，一边想着有一天他也可能会成为总统吧。后来，他长成了大小伙子，身强体壮，志得意满。当他走在街上的时候，女孩儿们会微笑着回过身来看他。他也会笑容满面地回应她们，并且冲着其中最漂亮的女孩儿抛媚眼。我猜他一定已经结婚生子了，孩子觉得他是世界上最好的爸爸，因为他工作勤勤恳恳，并且会在圣诞节送他们玩具。现在，他的孩子们也渐渐变老，就像他一样，他们也有了自己的孩子，没有人想要这个老头儿，他们都在等待他去世的那天。但是，他不想死去。即便他如此年迈，生活中也没有什么值得高兴的事，可他依然想活下去。”

这个地方很安静。夏日的阳光透过窗户洒进来，一道尘土飞扬的光束斜照在地板上。一只绿色的大苍蝇在阳光照射的灰尘中飞来飞去。除了她和那个打瞌睡的老人外，店里空无一人。那些等面包的孩子已经跑到外面去玩耍了。他们那刺耳的尖叫声仿佛是从很远的地方传来的。

弗朗茜突然跳起身来，她的心脏开始怦怦直跳，有种毛骨悚然的感觉。不知怎的，她的脑海里无缘无故地浮现出一架为了演奏出美妙乐曲而被完全拉开的手风琴。随后，她想象那架手风琴被一点点合起来……合起来……合起来……突然，她感到一阵莫名的恐慌，意识到很多降临到这个世界的可爱孩童都会变老，就像眼前的这位老人。她想她必须离开这个地方，否则她也会发生变化：转瞬间成为一位齿落舌钝、双脚丑陋的老妇人。

就在这时，柜台后面的双开门被砰的一声打开了。一辆运送面包的篷车正倒了进来。一个男人走到柜台后面，篷车司机开始朝他扔面包，那个男人则把面包垒放在柜台上。街上的孩子听到了开门声一拥而入，把已经来到柜台前的弗朗茜包围了。

“我要买面包！”弗朗茜大喊道。一个高大的女孩儿用力地推了她一下，想让她知道自己几斤几两。“没关系！不要紧！”弗朗茜对那个女孩儿说道。“我要六块面包和一块馅儿饼，不要太碎的。”她大声嚷道。

售货员被她的强烈表现所打动，他把六块面包和一块被挤压得较轻的回收馅儿饼推给了她，并收了她两枚十美分硬币。她挤过人群，弄掉了一块面包。她艰难地捡了起来，因为人群中根本就没有弯腰的空间。

终于走到了店外，她坐在路边，把面包和馅儿饼都塞进了纸袋里。一位推着婴儿车的女士路过，小婴儿抬起腿踢来踢去。弗朗茜将这一切看在眼里，然而她看到的并不是一双婴儿的脚，而是一双破旧大鞋里的怪物。恐慌感再次向她袭来，她一路狂奔到家。

公寓里空无一人。妈妈已经梳妆打扮，和茜茜姨妈一起去观看一场午后的演出，她们买的是十美分的顶层楼座。弗朗茜把面包和馅儿饼放起来，然后将纸袋叠得整整齐齐以便下次使用。她走进了与尼利共用的没有窗户的小卧室，坐在自己的小床上，在黑暗中等待内心的恐惧感渐渐消失。

过了一会儿，尼利走进房间。他爬到自己小床下面掏出一只破破烂烂的棒球手套。

“你要去哪儿？”她问道。

“去空地上打棒球。”

“我能一起去吗？”

“不行。”

她跟着尼利走到街道的尽头。尼利的三名同伴在那里等他。其中一个拿着一根球棒；一个拿着棒球；第三个人则两手空空，只穿了一条棒球裤。他们朝着绿点区路上的一块空地走去。尼利见弗朗茜跟着他们,但他什么也没说。其中一个男孩儿用胳膊肘碰了碰尼利，说道：

“嘿！你姐姐在跟着我们呢。”

“没错。”尼利承认道。那个男孩儿转回身，冲着弗朗茜喊道：

“快滚开！”

“这是我的自由。”弗朗茜反驳道。

“这是我的自由。”尼利又对那个男孩儿说了一遍。此后他们便不再理会弗朗茜了。她继续跟着他们。社区图书馆要到下午两点才开馆，这段时间她无事可做。

一路上，男孩儿们玩耍打闹，走得很慢。他们会停下来在排水沟里寻找锡纸，或者捡一些烟头，把它们保存下来，等到下次雨天的午后去地下室抽。他们会特意花时间去捉弄一个要去教堂的犹太男孩儿。他们一边讨论如何处置他，一边把他扣留在身旁。那个小男孩儿只好一边等待，一边恭顺地赔笑。这几个人最终决定，如果小男孩儿在未来一周能严格遵守他们提出的行为规定，就可以放他一马。

“别让我们在德沃街上看见你。”他们命令道。

“绝对不会。”那个男孩儿答应道。这群男孩儿有些失望。他们原本以为会有争斗。其中一个人从口袋里掏出一小截粉笔，在人行道上画了一条弯弯曲曲的线。他命令道：

“你不许跨过这条线。”

这个小男孩儿明白，自己轻易就范有点儿冒犯到了他们，于是决定配合他们的小把戏。

“伙计们，难道我不能把一只脚踩进排水沟里吗？”

“你想往排水沟里吐痰都不行。”他们说道。

“那好吧。”他假装无奈地叹了口气。

其中一个大个子的男孩儿突然又想出了一条：“离女孩儿们远一点儿。懂了吗？”他们走开了，只剩下犹太男孩儿一个人在原地注视着他们的背影。

“天哪！”他小声咕哝着，一双棕色的大眼睛转动着，“那帮非犹太小子竟然认为我有足够的魅力，能对女孩儿想入非非。”他大为震惊。一路上他不断地重复着“天哪！”。

那些男孩儿一边慢慢走着，一边偷偷地瞄着那个提出女孩儿话题的大男孩儿，不知道他会不会聊一些下流的话题。可还没等他开口，弗朗茜就听到自己的弟弟说道：

“我认识那孩子，他是个犹太白人。”尼利曾经听爸爸这样称呼过一位犹太酒保，爸爸喜欢那个酒保。

“根本就没有犹太白人。”那个大个子的男孩儿说。

“呃，可是如果真存在所谓的犹太白人，那么他就属于其中的一员。”尼利说话的语气既表示出对别人的赞同，同时又坚持自己的观点，这样会显得不那么咄咄逼人。

“不可能存在犹太白人，”那个大个子男孩儿说道，“这个假设不成立。”

“我们的主就是犹太人。”尼利引用了妈妈的观点。

“可其他犹太人背叛并且杀害了他。”大个子男孩儿据理力争。

他们还没来得及进一步争论，就看见一个胳膊上挎着篮子的小男孩儿从洪堡街转弯走到了安斯利街。篮子上盖着一块干净的破布。篮子的一角支出一小截藤条，藤条上挂着六个椒盐卷饼，仿佛是一面没精打采的旗子。尼利那伙人里的大个男孩儿一声令下，他们紧紧追上了那个卖椒盐卷饼的小孩儿。那个小孩儿站在原地，张开嘴巴大吼一声：“妈妈！”

二楼的一扇窗户被一把推开，一位女士一边用纤薄的衣物裹紧胸口，一边大喊道：

“放开他，滚出这个街区，你们这些讨厌的浑蛋。”

弗朗茜迅速地用手捂住耳朵，这样她就不必在告解的时候告诉神父她站在那里听了脏话。

“我们什么也没做，女士。”尼利面带讨好的微笑说，这样的笑容在母亲那里很受用。

“你敢赌上性命发誓你们什么都没做吗？只要我在，你们休想得逞。”接着她用同样的语气对她儿子喊道：“快给我上来。你打扰了我的午觉，我叫你好看。”那个卖椒盐卷饼的男孩儿走上楼去，这一行人则继续闲逛。

“那位女士可真粗暴。”那个大个子男孩儿把头猛地扭向了那扇窗户。

“是啊。”其他人表示赞同。

“我老爸也很粗暴。”一个小男孩儿说道。

“关我们什么事？”大个子男孩儿满不在乎地说。

“我只是说说而已。”小男孩儿道歉道。

“我老爸可不粗暴。”尼利说道。男孩儿们笑了起来。

他们继续逛着，时不时停下来，深深地呼吸着纽敦溪溪水的气味。溪水沿着狭窄曲折的河道流经格兰德街上游的几个街区。

“天哪，这水太臭了！”大男孩儿抱怨道。

“没错！”尼利深表赞同。

“我敢打赌，这是世界上最难闻的臭味。”另一个男孩儿吹嘘道。

“是啊。”

弗朗茜也轻声表示赞同。她为这溪水的气味感到骄傲。这气味提醒她附近有一条航道，虽然臭气熏天，却随着附近一条河流一同流入大海。对于她来说，这样难以忍受的臭味意味着远航的船只和冒险的航程，闻到这样的气味让她很开心。

那些男孩儿走到一片空地，这里已被踩出了不规则的菱形棒球场的轮廓。这时，一只黄色的小蝴蝶正从杂草丛中飞过。出于人类对任何奔跑、飞翔、游动或爬行生物都有捕捉的本能，他们开始追蝴蝶，还未靠近，他们就忙把破旧的棒球扔向蝴蝶。尼利抓住了蝴蝶，那些男孩儿只是匆匆瞥了一眼便失去了兴趣。他们开始玩起了自己发明的四人棒球比赛。

他们玩得热火朝天，彼此之间你推我搡，嘴里还振振有词似的。每当有行动迟缓的人稍作停留，他们便会竭力地炫技、卖弄。坊间传闻，在星期六下午会有一百名球探在布鲁克林的街道上漫步，他们会在空地上观看比赛，挖掘有潜力的球员。布鲁克林的男孩儿宁愿放弃当选总统，也不愿错失加入布鲁克林棒球队的机会。

过了一会儿，弗朗茜便对观看他们的球赛失去了兴致。她知道他们会一直这样玩闹、打斗、卖弄，直到晚饭时才散漫地回家。现在已是下午两点了，图书馆管理员肯定已经吃完午饭回去了。弗朗茜满怀期待地朝图书馆走去。

Chapter 02
期待已久的事

图书馆是一个破旧的方寸之地，但在弗朗茜心中它很漂亮。那里给弗朗茜的感觉就如同教堂给予她的感觉一样美好。她推门走了进去。比起在教堂举行大弥撒时香料燃烧的味道，她更喜欢图书馆的气味——磨损的皮质封面、粘书的糨糊和刚刚加了油墨的印章垫的混合的气味。

弗朗茜觉得这个图书馆拥有世界上所有的藏书。她计划要读完世界上所有的书。她正按照字母顺序每天读一本书，就连那些枯燥的书也没有跳过。她还记得她借的第一本书的作者是艾伯特（Abbott）。到目前为止，她每日一书的计划已经坚持了很长时间，但还没有把首字母为“B”的书读完。她读过了关于蜜蜂（bee）、水牛（buffalo）、百慕大（Bermuda）假期、拜占庭式（Byzantine）建筑的书。尽管她热情满满，也不得不承认首字母为“B”的书确实有些晦涩难懂。但是弗朗茜是个酷爱阅读的人，她见到什么就读什么：垃圾小说、经典名著、时刻表和杂货店的价目单……有些作品的阅读体验真是美妙无比，例如路易莎·梅·奥尔科特[①]的那些作品。她决定在读完首字母为“Z”的书之后，把那些看过的书再读一遍。

到了星期六就有些不一样了。她会犒劳自己，读一本不按照字母顺序挑选的书。那一天，她会请求图书馆管理员给她推荐一本书。

弗朗茜走进去后，轻声地关上了身后的门——在图书馆里就应该如此——她迅速瞥了一眼摆放在图书馆管理员书桌边缘的一个金棕色的陶罐。那是一个能识别季节的装置。秋天的时候，里面插着几根苦甜藤。到了圣诞节，就换成了冬青。当看到罐里插着的银柳时，她就知道春天已经在路上了，即使外面的地上还有残雪。今天，在1912年夏日的一个星期六，罐里插的会是什么呢？她慢慢地把目光移动到罐子上方，越过纤细的绿色花茎、小巧的圆形叶子，接着，她看到了……旱金莲！有红色的、黄色的、金色的，还有乳白色的。就在目睹了如此美好的事物时，她感到一阵头痛。这一定是她永生难忘的记忆。

“等我长大了，”她心里想，“我也要有这样一个金棕色的陶罐，在炎热的八月，插上旱金莲。”

弗朗茜用一只手抚摩光洁的桌子边缘，她很喜欢这样的触感。她凝视着摆放得整整齐齐的、刚削好的铅笔，干净的绿色正方形记事簿，胖胖的白色膏状糨糊瓶，摆放有序的借书卡，以及等待重新放回书架的图书。有根铅笔格外引人注目，它的上方印着日期标记，孤零零地待在笔记本旁边。

---

① 路易莎·梅·奥尔科特（Louisa May Alcott，1832—1888年），美国女作家。1868年，她创作了《小妇人》，由此一举成名。

“嗯，等我长大了，有了自己的家，我不要豪华舒适的椅子和蕾丝窗帘，也不要橡胶做的植物。我要在前屋布置一张这样的书桌，把墙壁刷成雪白色。每个星期六的晚上，我都会摆放一本干净的绿色记事簿和一排被削得尖尖的明黄色铅笔，在我写作的时候用。我还要摆上一个金棕色的陶罐，里面插上一枝鲜花，或者几根绿植，或者一些浆果，还要有书……很多很多书……”

她挑选了一本书作为星期日的读物，作者姓布朗（Brown）。弗朗茜发现自己几个月来都在读布朗“家族”的书。每当她以为自己已经快要将姓布朗的作家的书全部借完时，就发现书架的下一排又开始以“布朗尼”（Browne）排列了。接下来轮到布朗宁（Browning）。她感到很郁闷，因为她迫不及待地想读到首字母为“C”的书。她曾发现过一本玛丽·科雷利（Corelli）写的书。她曾偷偷看过几页，内容真是扣人心弦。她能读到那本书吗？也许她应该每天读两本书。

她在桌前站了好一会儿，图书馆管理员才放下架子接待她。

“选好了吗？”那位女士没好气儿地问道。

“这本。我想借这本书。”弗朗茜把书往前推了推，翻开书背面的封皮，从内侧的封套里取出来一枚小卡片。经过图书馆管理员的训练，孩子们每次借书都会这么做。这样一来，管理员们就不用每天翻开几百本书，也不用从那么多的封套里取出几百张卡片了。

她拿起小卡片，在上面盖了章，然后放进了桌子上的卡槽里。她又在弗朗茜的借阅卡上盖了章，然后把卡片递给她。弗朗茜拿起了卡片，却没有马上离开。

“还有事吗？”图书馆管理员头也不抬地问道。

“请问，您可以给一个女孩儿推荐一本好书吗？”

“多大的女孩儿？”

“她今年十一岁。”

每周弗朗茜都会提出同样的请求，而那名管理员每次都会问同样的问题。对于管理员来说，借阅卡上的名字毫无意义，因为她从未抬头看过这些孩子的脸。她也从不记得那个小女孩儿——每天都会从图书馆里借一本书、星期六会借两本的弗朗茜。哪怕一个微笑对弗朗茜来说都意义重大，一次友好的交谈都会让她欣喜若狂。她非常喜爱这座图书馆，并且迫切地想要讨好这位管事的女士。但是这位女士一直心不在焉——总之，她讨厌孩子。

当那位女士把手伸到书桌下面时，弗朗茜期待得几乎颤抖起来。书被拿到桌面时她看到了书名：《我若为王》，麦卡锡著。真是太棒

啦！上周和再之前的两周都是《格劳斯塔克的贝弗利》。她只借过两次麦卡锡的书，然而这位女士几次三番向她推荐的都是这两本书。或许她只读过这两本书，或许某个推荐书单有这两本书，又或许她认为这两本书足以满足一个十一岁小女孩儿的阅读热情了。

弗朗茜把书紧紧抱在胸前，急匆匆地赶回家。一路上，她总想找个台阶坐下先睹为快，但最后还是忍住了冲动。

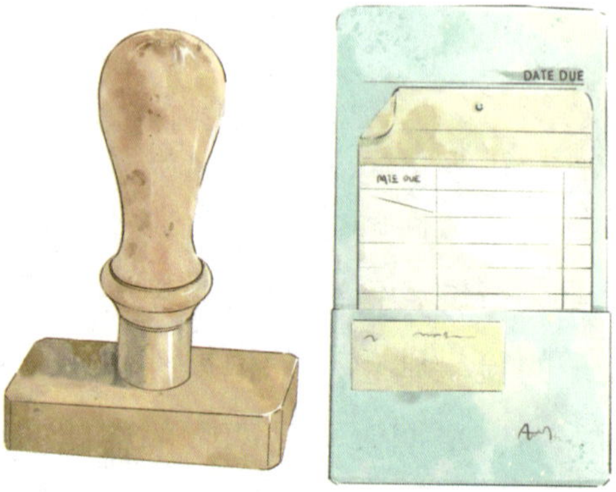

终于到家了，可以安享安全梯上的阅读时光了，为了这一刻，她已经等待了一个星期。她在安全梯的平台上铺了一小块毯子，又从自己的小床取来一个枕头倚在栏杆上。冰箱里还有些冰，真是太幸运了。她刮下一小块冰，放入玻璃杯里。她把上午买的粉白相间的薄荷威化饼放入一个小碗，这个碗虽然有裂痕，却拥有令人赏心悦目的蓝色。她将玻璃杯、蓝色小碗和书都在窗台上摆好，然后从窗户爬到安全梯上。一坐在那儿，弗朗茜就感觉自己住在了一棵树上。无论是楼上楼下，还是街对面的邻居，都无法看见她。可她却可以透过树叶间的缝隙，将万物一览无余。

这是一个阳光灿烂的午后。一股慵懒的暖风吹过，带来了夏日海洋的气息。树叶的影子投射在白色的枕套上，形成变幻莫测的图案。院子里空无一人，真是太美好了。通常，它会被一个小男孩儿抢先占用，因为他父亲在一楼租了一家店铺。男孩儿乐此不疲地玩着“墓地游戏”。他会挖出一个迷你墓穴，将活捉的毛毛虫放入小火柴盒里，再举行一场非正式的仪式，把它们埋入坟墓中。然后，他会在小小的土堆顶端立一块小鹅卵石作为墓碑。在游戏的过程中，他一直假装抽泣，胸口强烈地起伏着。可是今天，这个忧郁的男孩儿去本森赫斯特拜访他姑妈了。得知他今天不在，弗朗茜开心得如同收到了生日礼物一般。

弗朗茜呼吸着温暖的空气，看着婆娑的树影，一边读书，一边品尝糖果，并在阅读间隙小口地喝着清凉的冰水。

爱人啊，我若为王，
啊，我若为王……

弗朗索瓦·维庸的故事她越读越觉得精彩。有时，她会担心这本书在图书馆被弄丢，那她就永远不能再读了。因此，她还花了两美分买了个笔记本抄写过这本书。她太渴望拥有一本属于自己的书了，而抄书可以帮她实现这个梦想。可是，一页写满铅笔字的笔记本，无论是外观还是味道，都与图书馆的书大相径庭。因此，她放弃了。为了安慰自己，她发誓等长大了，要努力工作，好好存钱，然后把自己喜欢的每一本书都买回家。

她静静地读着书，享受着这个世界的宁静，享受着一个小女孩儿

才能感受到的快乐：一本好书，一碗甜点，还有独自在家的惬意。树影斑驳，一个下午就这么过去了。到了四点左右，弗朗茜家院子对面的廉租公寓热闹起来。透过树叶，她望向敞开的、没拉窗帘的窗户，看到有人拎着啤酒桶冲出了房门。回来时，桶里已装满了冒着泡沫的、即将溢出的凉啤酒。孩子们进进出出，跑来跑去，往返于肉铺、杂货店和面包店。女人们抱着笨重的当铺包裹回来了，里边装的是男人们在礼拜仪式上穿的西装。到了星期一，它又要被送到当铺，待上一个星期。依靠每周收的利息，当铺就收入颇丰。西装在当铺也能得到妥善保管——先被刷掉浮尘，然后放上防虫的樟脑丸。星期一挂进去，星期六再拿出来，蒂米大叔会收十美分利息，如此循环往复。

弗朗茜看到年轻的女孩子们正在梳洗打扮，她们准备和男朋友出去约会。因为公寓里没有浴室，所以她们就都穿着贴身的背心和衬裙，站在厨房的水池前梳洗。清洗腋下的时候，她们的手臂举过头顶，形成一道优美的曲线。在窗前站着的很多女孩儿都用这样的方式梳洗，仿佛这是一种令人翘首期盼的静谧仪式。

当弗拉伯家的马车驶入隔壁院子时，她就无法专注阅读了，因为观察那匹骏马简直和读书一样有趣。隔壁院子有一条鹅卵石铺成

的小路，在最深处有一间漂亮的马厩。两扇铁艺大门将院子与街道隔开。在鹅卵石小路边，有一块被精心打理的土地，一丛可爱的玫瑰和一排绯红的天竺葵生长其中。马厩比街区里的任何一栋房子都要精致，这里绝对是威廉斯堡最美的院子。

弗朗茜听到大门咔嗒一声关上了。一匹毛色鲜亮的棕色骟马跃入眼帘，它的鬃毛和尾巴都是黑色的。马拉着一辆褐红色的小篷车，车身侧面用金色的字母写着弗拉伯医生的名字和诊所的地址。这辆美观整洁的篷车从不拉货物。它整日在大街上缓慢行驶，为牙医招揽生意。真是一个梦幻般的移动广告牌。

弗兰克，这位面色红润的年轻人，每天上午驾驶马车出门，下午驾驶马车返回，就像童谣里唱到的那些青年才俊。他的生活还算富足，所有的女孩儿都喜欢同他打情骂俏。他的工作就是驾驶马车在四周徐徐而行，让街上的行人看清车上的地址和名字。等他们需要配假牙或拔牙的时候，他们就会想起马车上的地址，来到弗拉伯医生的诊所。

弗兰克悠闲地脱下外套，穿上一件皮围裙。而鲍勃，就是那匹马，正在一旁耐心地原地跺着马蹄。随后，弗兰克为它卸下马具，擦拭一番，然后把马具挂进马厩。接下来，他就用一块硕大的黄色湿海绵为马擦洗身体。那匹马很享受。它站在那里，身上洒满了阳光，它用蹄子用力刨击地面时，石头上有时会蹦出火花。弗兰克挤出一些水淋在马背上，一边向下揉搓，一边同它聊天。

“鲍勃，现在不要动啦。真是个乖男孩儿。往后退。吁，好啦！”

鲍勃并非弗朗茜生命中的唯一一匹马。她姨妈艾薇的丈夫——威利·弗林特曼也养了一匹马，名叫鼓手。鼓手拉的是一辆运牛奶的车。与弗兰克把马当成朋友的相处模式不同，威利和鼓手仿佛在互相算计如何伤害彼此。威利姨父时时刻刻都在呵斥鼓手。听了他的话，你会以为那匹马整夜不眠，站在牛奶公司的马厩里，一直盘算着如何折磨它的主人。

弗朗茜喜欢玩一种游戏——想象人与他们养的宠物彼此相像，反之亦然。布鲁克林最讨人喜爱的宠物是一种白色的卷毛小狗。那些养卷毛狗的女主人往往是小个子，身材丰满，肤色白皙，身上脏兮兮的，有一双和卷毛狗一样的湿漉漉的大眼睛。妈妈的音乐课老师提莫女士，是一位身材娇小、嗓音清亮的老姑娘，很像她养在厨房笼子里的金丝雀。如果弗兰克变成了一匹马，那么他一定是鲍勃那样的马。虽然弗朗茜从未见过威利姨父的那匹马，但她能猜出它的模样。鼓手一定像威利姨父一样，矮小瘦弱，因为眼白过多而显得神色慌张。它也会哭哭啼啼，像威利姨父一样。她连忙竭力不让自己再想威利姨父的事了。

在外面的大街上，站着十几个小男孩儿，紧紧抓住铁门，观看附近唯一的一匹马洗澡。弗朗茜看不到他们，却能听到他们的谈话。他们正在编造关于这匹温驯的动物的骇人听闻的故事。

“别看它现在没有乱动，看上去很乖，”一个男孩儿胡诌道，“那是假象。它正伺机而动，趁弗兰克不注意的时候，就会咬他，或者一脚把他踢死。”

“没错。”另一个小男孩儿说道，“昨天我还看见它从一个小婴儿身上踩过去了。”

第三个男孩儿灵机一动道：“我见过它往一位坐在排水沟旁的卖苹果的老妇人身上撒尿，弄得苹果上全都是。”他想了想又补充道，“人们给它戴眼罩，是因为不想让它看到人有多矮小。一旦它看清楚了，它就会消灭全人类的。”

“不戴眼罩会让它觉得人类很矮小吗？”

“就像小矮人一样呢。”

“天哪！”

每个男孩儿说话时都知道自己是在造谣，可他们又都对其他男孩儿所讲的关于马的事情深信不疑。最后，那些男孩儿觉得看着温驯的鲍勃安静地站在那里太无聊了。其中一人捡起了一块石头，朝那匹马扔了过去。石头打中了鲍勃，它的皮肤泛起了一道波纹。男孩儿们以为马要发狂了，紧张得瑟瑟发抖。弗兰克抬起头，用布鲁克林口音温和地对他们说道：

“别闹了，这匹马没有惹到你们。”

“哦，没有吗？”一个男孩儿愤怒地喊道。

“没有。”弗兰克答道。

“哈，去你的吧。”最小的那个男孩儿恼羞成怒道。

弗兰克一边往马的屁股上浇水，一边仍然温和地说道："你们是想自己离开这儿，还是等着我去打烂你们的屁股？"

"就凭你吗？"

"那我让你们好好见识一下！"弗兰克突然冲上前去，捡起一块松动的鹅卵石，摆好姿势准备投掷。男孩儿们一边后退，一边大声辱骂。

"你管不着。"

"是啊。这条街又不是你的地盘。"

"我要向我当警察的叔叔告发你。"

"快滚吧。"弗兰克冷漠地说道。他把鹅卵石小心翼翼地放回了原处。

几个较大的男孩儿觉得无聊，四下散开了。可那几个年纪较小的男孩儿又聚到门外，他们想看弗兰克给鲍勃喂燕麦。

弗兰克洗完了马，把它牵到树下，让马头遮到阴凉。他把填满饲料的袋子挂在马脖子上，然后继续清洗篷车，用口哨吹出《请让我以甜心呼唤你》的曲调。口哨声仿佛是一种信号，住在诺兰家楼下的弗洛茜·加迪斯把头探出了窗外。

"嘿，你好啊！"她活力四射地喊道。

弗兰克明知道是谁在和他打招呼。但是，过了好久，他才头也不抬地回了句"你好"。他走到篷车的另一侧，这样弗洛茜就看不见他了。但是她的声音依旧传入耳畔：

"收工了吗？"她欢快地问道。

"嗯，快了。"

"你今晚是不是要出去放松一下，这可是星期六的晚上啊。"没有回应。“你可别告诉我像你这样帅气的小伙子会没有女伴。”依旧没有回应。“今晚三叶草俱乐部有活动。”

“是吗？”听上去他对此毫无兴趣。

“是啊。我搞到了情侣票。”

“对不起，我没空。”

“在家里陪老母亲吗？”

“也许吧。”

“哼，见鬼去吧！”她重重地关上了窗户。弗兰克舒了一口气。总算说完了。

弗朗茜为弗洛茜感到难过。无论弗兰克拒绝了她多少回，她都始终如一。弗洛茜总是在追求异性，而那些男士总是想远离她。弗朗茜的姨妈茜茜也喜欢追求异性。可不知怎的，他们也会转身向她奔赴。

她们的不同之处在于：弗洛茜·加迪斯对于异性的期待过于殷切，而茜茜则对于异性的青睐表现得恰到好处。结果真是大相径庭！

Chapter 03

爸爸的工作

到了下午五点，爸爸回来了。这时马和篷车已经被锁进弗拉伯家的马厩。弗朗茜读完了书，也吃完了糖果。她注意到傍晚的阳光照在破旧的木栅栏板上，显得那样惨淡稀薄。她把脸贴在沐浴过阳光和清风的枕头上，好一会儿才把它放回自己的床上。爸爸走进来的时候，唱着他最喜欢的民谣《莫莉·马隆》。他上楼的时候总是哼唱这首歌，因此，大家就都知道他回来了。

迷人的都柏林，
多的是俏佳人，
在那里我初次邂逅了……

没等他唱到下一句，弗朗茜就已满面笑容地开了门。
“你妈妈呢？”他问道。每次到家他都这样发问。

“她和茜茜姨妈去看演出了。”

“这样啊！”听上去他有些失望。如果凯蒂不在家，他总会感到失望。“我今晚要去克洛默工作，那里要办一场盛大的婚礼。”他用大衣的袖子擦了擦礼帽，然后把它挂了起来。

“是去做服务生，还是去唱歌？”弗朗茜问道。

“两个都要做。弗朗茜，我还有干净的服务生围裙吗？”

“有一条洗好的，但还没有熨烫过。我会帮你熨好的。”

弗朗茜把烫衣板架在两把椅子上，然后开始加热熨斗。她拿出一块皱皱巴巴的方形厚帆布，上面缝有亚麻的带子，接着她往上面喷了些水。在加热熨斗的同时，咖啡也热好了，她给爸爸倒了一杯。爸爸喝了咖啡，吃了特意留给他的甜面包卷。此时此刻，他的心情好极了，因为晚上有活儿干，天气也不错。

“这日子太棒了，就像被馈赠礼物一样让人开心！”他感叹道。

“是啊，爸爸。”

“热咖啡多好啊！想象不出来，在它被发现之前，人们是怎么熬过来的。”

“我很喜欢咖啡的香气。”

“你买的是哪家的面包卷？”

“温克勒店里的。怎么了？”

“他家手艺越来越好了。”

“家里还剩了一点儿犹太面包，但只有一片了。”

“没关系！”他拿起那片面包，翻到另一面。上面贴着一张工会的标签：“优质面包——工会面包师匠心之作。”他撕下标签，突然想到了一件事：“我的围裙上也有工会标签！”

“就在围裙上呢，它被缝在接缝处。我会把它熨平，让它露在外面的。”

“那枚标签就像一种装饰，”他解释道，“就如同你戴的一朵玫瑰花。你看，这就是我这个工会服务生的徽章。”那枚徽章颜色不深，绿白相间，被别在了外套翻领处。他用袖子把它擦亮了些：“我加入工会前，那些老板想给我多少工资就给多少。有时，他们连一分钱都不给。他们说我收的小费已经够多了。有些地方甚至还要我倒贴钱干活儿。他们觉得服务生的小费很丰厚，为他们提供职位理应再收点儿费。后来我就加入工会了。你妈妈不该心疼交的那点儿会费。工会给我提供的工作除了能让我赚到小费，老板们也会付给我相应的薪水。各行各业都应该成立工会。”

“是的，爸爸。”这时弗朗茜已经开始熨衣服了。她喜欢听爸爸说话。

弗朗茜想到了工会总部。有一次，她去那里给爸爸送围裙和上班的车费。她看见他和几个男士坐在一起。他一直穿着他的无尾礼服，那是他唯一一套正装。弗朗茜走进来的时候，他的嘴里正叼着一根雪茄，黑色礼帽歪戴在头上，一副俏皮的样子。看到弗朗茜进来，他摘掉了礼帽，扔掉了雪茄。

“这是我的女儿。”他骄傲地介绍道。那些服务生打量着穿着破旧连衣裙的瘦小孩子，然后彼此交换了一下眼神。与约翰尼·诺兰不同，他们这些服务生每个工作日都有固定的工作，并且在星期六晚上还能兼职赚到额外的钱。约翰尼没有固定工作，只能东奔西走，在夜店做临时工。

“伙计们，我要告诉你们，”他说，“我家里有一双好儿女，还有一位美丽的妻子。我要告诉你们，我真的配不上他们。”

“别给自己太大压力。”一位朋友拍了拍他的肩膀安慰道。

弗朗茜偶然间听到人群外围有两个人正在谈论自己的父亲。有个矮个儿男人说道：

“我想你真该听听这个家伙是怎么说自己的妻子和孩子的。简直是太可笑了，他就是个滑稽的小丑。他把工资带回家交给他妻子，小费却自己留着去买醉。他和麦加里蒂酒吧达成了一个荒唐的协议：他把自己所有的小费都交给麦加里蒂酒吧保管，以此换酒喝。现在他自己都弄不清，是酒吧欠他钱，还是他欠酒吧钱。不过，这套法子对他来说挺合适，因为他总是喝得酩酊大醉。”随后这两人起身离开了。

一阵刺痛萦绕在弗朗茜的心头。但是，当她看见父亲周围的人都那样喜欢他，他一说话就引得他们眉开眼笑，满怀渴望地倾听着，弗朗茜心头的刺痛感便减轻了许多。她知道自己的父亲人见人爱，而那两个男人只是例外。

是的，人人都爱约翰尼·诺兰。他歌声动听，是个擅长唱甜美曲子、外表英俊的歌手。自古以来，每个人都会青睐同侪中会唱歌的人，对他们照顾有加，爱尔兰人于此尤甚。同事们喜欢他，客人们喜欢他，妻子孩子也喜欢他。他现在依旧年轻快乐、英俊潇洒。他的妻子不曾对他发牢骚，儿女也还未懂事，不会为他的行为感到羞耻。

弗朗茜将自己的思绪拉了回来，不再想去工会总部那天发生的事，继续听父亲说的话。他正在追忆往事。

“就拿我来说吧，我就是个无名小卒。”他平静地点了一根五美分的廉价雪茄，“在爱尔兰土豆收成不好的那年，我父母逃到了这里。他们有个朋友开了家轮船公司，这位朋友说可以带我父亲去美国，当地会有一份现成的工作等着他。他说船费就从父亲的工资里扣除，于是我父母就来到了这里。”

“我爸爸像我一样，什么工作都干不长。”他又抽起雪茄，陷入了沉默。

弗朗茜默不作声地熨烫着围裙，她知道父亲是在自说自话，并没指望女儿能理解自己，只是想要有个人倾听罢了。几乎每个星期六他都要说同样的话。在其余时间，如果喝了酒，他只会安静地进出家门，变得沉默寡言。但今天是星期六，这是他畅所欲言的日子。

“我父母都不识字。父亲去世后，我就不得不退学了，当时只读到六年级。你们真的很幸运。我一定会确保你们完成学业。”

“的确如此，爸爸。”

“当时我只有十二岁。在酒吧里，为那些酒鬼唱歌，他们会朝我扔硬币。后来，我就开始在酒吧和餐厅工作……做服务生……”他沉思了一会儿，没说话。

“我一直梦想成为一名真正的歌手，成为那种盛装打扮后在舞台演出的歌手。可是我文化程度不高，也不知道怎样才能成为舞台歌手。你妈妈告诉我要专心工作，她说能拥有一份工作是一件多么幸运的事。因此，我就干上了驻唱歌手兼服务生的活儿，但这种工作并不稳定。如果我只做一名普通的服务生肯定要好得多，这就是我酗酒的原因。”他就这样语无伦次地结束了这场倾诉。

弗朗茜抬起头来看看父亲，好像有什么问题想要问他，但是她什么也没说。

“我之所以酗酒，是因为我总是没有工作的机会，觉得没盼头了。这点我很清楚。我无法像其他男人那样去开卡车，像我这样的体格也不能当警察。当我刚好想唱歌的时候，只能去酒吧一边卖酒，一边唱歌。我的能力不行，肩上担子又太重了，只能借酒浇愁。”他又沉默好一会儿，然后低声说道：“我感受不到幸福。虽然有妻子和子女，我却吃不了苦。我从来没想过要组建一个家庭。”

那种刺痛的感觉再次袭向弗朗茜的心头，她想，父亲难道不想要她和尼利了吗？

“像我这样的人为什么要成家？可我爱上了凯蒂·罗梅利。哦，我没有在埋怨你妈妈，”他马上补充道，“如果不是她的出现，我可能就会和希尔迪·奥戴尔结婚了。你知道的，我觉得你妈妈现在还吃希尔迪的醋呢。当我遇到凯蒂后，我就对希尔迪说，我和她就此分道扬镳。然后我就娶了你妈妈，和她生儿育女。你妈妈是个好人，弗朗茜，永远不要忘记这一点。”

弗朗茜知道妈妈很好，她知道的。爸爸也是这样说的。可是，为什么她更喜欢爸爸呢？这是为什么呢？爸爸一无是处，他自己也是这样说，可她还是更喜欢爸爸。

“是啊，你妈妈工作兢兢业业。我爱我的妻子，也爱我的孩子们。”弗朗茜又开心起来。“但是，作为一个男子汉，我就不应该拥有更好的生活吗？也许有朝一日，工会既可以为人们安排工作，也可以让人们有闲暇娱乐。不过，我肯定赶不上那个时候了。当下，人们要么一直在辛苦劳作，要么就得沿街乞讨，没有其他可能。我死后，没有人会一直记得我，也没有人会评价说：‘他热爱家庭，信赖工会。’大家只会说：‘真是太糟糕了。无论从哪个角度看，他都只是个酒鬼。’是的，他们会那样说的。”

房间里一片寂静，约翰尼·诺兰面带痛苦地把抽了一半的雪茄从没有纱窗的窗户扔了出去。他预感自己的生命正在快速消逝。他望着那个低沉着头、正在默默熨烫围裙的小姑娘。她那稚嫩瘦削的脸上蒙着淡淡的忧伤，他感到心被深深刺痛了。

“听着！”他走到弗朗茜身边，用手臂搂住她瘦弱的肩膀，“如果今晚收到很多小费，我就拿出几美元，给一匹下星期一要比赛的好马下注，赢个十美元。然后把这十美元再押到另一匹马身上，这样就能赢一百美元了。如果再动动脑筋，运气再稍微好点儿，我就可以赢到五百美元。”

其实，在滔滔不绝说着以小博大的赢钱计划时，他自己都知道这不过是黄粱梦。可是又妄想着，如果一切都能成真，那该多妙啊！他继续说道：

“接下来你知道我要做什么吗，我的小歌星？”弗朗茜笑逐颜开。她很开心父亲这样称呼她，那是她小时候父亲为她取的昵称。他笃定地说，当时弗朗茜的哭声音色多变、悦耳动听，简直和歌剧演唱家没两样。

“不知道。你打算做什么呢？”

“我想带你去旅行。只有你和我，我的小歌星。我们要一路南下，到棉花盛开的地方去。”说到这句话，他开心起来，又重复说了一遍，“到棉花盛开的地方去。”随后他想起来了，这是他熟悉的一首歌里的歌词。他把双手插进口袋，吹起了口哨，然后又像帕特·鲁尼一样，开始跳起了华尔兹。然后，他继续唱起了那首歌：

……在一片雪白的田野，

我听到黑人在歌唱，噪音轻柔又低沉。
多么渴望到那儿去，因为有人正等着我
——在那棉花盛开的地方。

弗朗茜轻轻吻了他的脸颊：“哦，爸爸，我真爱你。”她低声说。

父亲紧紧搂住她，心中又是一阵刺痛。“天哪！天哪！”他不断地自言自语，痛苦的感觉已难以承受，“我这个父亲太糟糕了！”但是当他再次开口说话的时候，情绪又显然平复了不少。

“要是再这么聊下去，我的围裙就永远熨不好了。”

“都熨好了，爸爸。”她把围裙小心翼翼地叠成一个四方形。

“家里还有钱吗，宝贝？”

她看了看架子上有裂纹的杯子：“还剩下一个五美分和几个一美分。”

“你可以拿七美分去帮我买件假衬衫和纸领子吗？”

弗朗茜到纺织品店为父亲置办星期六晚上要用的行头。假衬衫是一种用已经浆洗过的硬挺挺的薄棉布做成的衬衫前胸，可以用领扣把它系在脖子上，再通过马甲将其固定。一些人用假衬衫代替衬衣，但穿一次就得丢掉。纸领子并不是纸做的。之所以叫这个名字，是为了要与穷人穿的赛璐珞衣领做区分。赛璐珞衣领用一块湿抹布就能擦干净，而纸领子是用薄面纱浆洗过的，是一次性的。

弗朗茜回来时，爸爸已经刮好了胡子，弄湿了头发，擦亮了皮鞋，换上了一件干净背心。虽然那件背心皱巴巴的，后背还破了一个大洞，但是看上去很干净，闻起来也香香的。他站上椅子，从橱柜顶层的架子上取下一个小盒子，盒子里放的是凯蒂送给他的结婚礼物——一对珍珠纽扣。买这份礼物花掉了她整一个月的薪水。约翰尼对此引以为傲，无论诺兰一家的生活遇到多大困难，他们都没有当掉那对纽扣。

弗朗茜帮父亲把这对纽扣扣在假衬衫上。他用一枚金色的纽扣固定翼领。这枚金纽扣是他与凯蒂订婚前，希尔迪·奥戴尔送给他的礼物。他也舍不得将它扔掉。他把自己深黑色的真丝领带系成了一个考究的蝴蝶结。其他服务生戴的都是用松紧带固定好的现成的领结，穿的也都是没有洗干净的或是洗后没熨烫过的白衬衫和赛璐珞衣领。可约翰尼与众不同，就算是偶尔这样打扮，他也要穿戴完美。

他终于穿戴整齐，波浪般的鬈发闪耀着金色的光泽。洗过脸又刮过胡子，他身上散发着清新的气味。他穿上外套，兴致盎然地系好扣子。虽然无尾礼服的缎面翻领有些破旧，但这套衣服如此合身，裤线如此笔直，谁又会注意到这点小瑕疵呢？弗朗茜看了看他脚下那双被擦得油光锃亮的黑皮鞋，注意到直筒裤一直垂下来，刚好盖住脚后跟。从正面看刚好遮住一半脚背，视觉效果很完美。没有哪个父亲可以把裤子穿出这种效果，弗朗茜为父亲感到骄傲。她用一张事先留好的干净的包装纸，把熨烫过的围裙仔细包好。

她陪父亲一起步行到电车站。女人们纷纷冲他微笑，直到瞧见他手里还牵着一个小女孩儿，才有所收敛。约翰尼看起来就像位玉树临风、放荡不羁的爱尔兰小伙子，根本看不出他已为人夫，妻子做清洁工打扫卫生，还有两个常常吃不饱饭的孩子。

路过加布里埃尔五金店时，他们停下脚步，看了看橱窗里的溜冰鞋。妈妈从来没有时间这么陪她，爸爸则不一样。他说总有一天他会给弗朗茜买一双的。他们转过街角。这时，格雷厄姆大街刚好有一辆电车驶来，父亲把握电车减速的节奏刚刚好，纵身一跃就跳上了车厢。待车子再次启动时，他已站在车厢后边的平台上，一边手握栏杆，一边探出身子向女儿挥手。弗朗茜心里想：“还有谁能比我父亲更勇敢呢？！”

Chapter 04
弗洛茜一家

送爸爸上了电车后，弗朗茜就去找弗洛茜·加迪斯，想看看她为当晚舞会准备的衣服。

弗洛茜在一家儿童手套厂当车工，赚钱养活母亲和弟弟。工人有时会把手套缝错面，她的工作就是把这些缝错面的手套翻过来。她经常把活儿带回来晚上在家做。她弟弟患有肺结核，无法工作，所以他们得拼命多赚点儿钱才行。

弗朗茜听说亨尼·加迪斯将不久于人世，可她不相信。他那样子一点儿也不像。事实上，他看上去好极了，皮肤光洁，双颊绯红，乌黑的大眼睛炯炯有神，仿佛一盏防风的油灯，能持久地燃烧。但是，他自己心知肚明。他十九岁了，对生活充满渴望，无法理解为何会遭此厄运。看到弗朗茜，加迪斯太太很高兴，有人能陪陪亨尼，他就不会总想烦心事了。

“亨尼，弗朗茜来了。”她兴高采烈地喊道。

“你好啊，弗朗茜。”

“你好，亨尼。”

“你是不是也觉得亨尼看起来很精神，弗朗茜？快告诉他，他精神不错。”

“你看上去很不错呢，亨尼。”

亨尼似乎在和一个隐形的朋友对话：“对一个将死之人，她竟然说他看起来不错。”

“我真是这么觉得的。”

“不，并不是。你只是说说而已。”

“你怎么能这么说呢，亨尼。你看看我——我都瘦得皮包骨了，可从来没想过自己快要死了。”

“你不会死的，弗朗茜。你生来就比我强，肯定能熬过这糟糕的生活。”

“不管怎样，我还是希望能像你一样红光满面呢。”

“千万别这么想。如果你知道我的脸为什么这么红，你就不想像我这样了。”

“亨尼，你应该多到屋顶上坐坐。”他妈妈说道。

“她叫一个将死之人到屋顶上去坐坐。”亨尼又对那个隐形朋友说道。

“你需要新鲜的空气，还有阳光。”

“别管我了，妈妈。”

“我这是为你好。”

“妈妈，妈妈，别管我了！别管我了！”

突然，他双手抱紧头，发出一阵阵剧烈而又痛苦的咳嗽声和啜泣声。弗洛茜和母亲面面相觑，决定不再打扰他，留他在厨房继续咳嗽、啜泣。她们则来到前屋，让弗朗茜看舞会穿的衣服。

弗洛茜每个星期都会做三件事：给手套翻面，设计舞会服装，追求弗兰克。每个星期六晚上，她都会参加化装舞会，每次穿的衣服都不同。那些衣服经过特别设计，可以遮挡她布满伤疤的右手臂。小时候，她曾不小心在厨房摔倒，右手臂掉进地上盛满了滚烫热水的煮衣锅里，被严重地烫伤了。从那时起，她右手臂的皮肤就发紫，皱巴巴的，不得不常年穿着长袖的衣服。

因为参加化装舞会的服装必须低领露肩，她便设计了一件露背礼服。礼服的剪裁衬出了她丰满的胸部，一只长袖子遮住了她的右手臂。评委们会认为那只灵动的衣袖有一定的象征意义，所以毫无悬念，她总能拔得头筹。

弗洛茜穿上当晚要穿的衣服——一条紫色缎面的紧身连衣裙，风格类似克朗代克舞厅女郎的打扮。裙子下摆装饰着层层叠叠的樱桃色薄纱，左胸部缝着一只由黑色亮片做的蝴蝶，遮盖右手臂的长袖子则是用豆绿色的雪纺绸制成的。弗朗茜很欣赏这件礼服。弗洛

茜的母亲猛地打开了衣柜门，一排鲜艳亮丽的礼服映入弗朗茜的眼帘。

弗洛茜有六件颜色各异的紧身连衣裙，六件多层薄纱衬裙，以及至少二十条雪纺绸衣袖，你能想到的所有颜色都有。每个星期，弗洛茜都会变换着搭配，组合成一套新礼服。等到下星期，那件樱桃色的薄纱衬裙就可能会从带黑色雪纺绸袖子的蓝连衣裙下面露出来。如此往复，乐此不疲。除此之外，衣柜里还有二十多把被捆得紧紧的、从未用过的丝绸伞，那是她得的奖品，弗洛茜收藏它们，就好比一名运动员收藏奖杯一般。看着这些伞，弗朗茜很高兴，因为物质匮乏的人总是汲汲于量的积累，觉得越多越好。

弗朗茜在欣赏这些礼服的时候，开始感觉到不安。看着这些如泡沫般充盈的艳丽色彩：樱桃色、橘色、明蓝色、红色和黄色，她总感觉在这些衣服背后悄悄隐藏着什么东西。这些东西像裹在了幽暗的长斗篷里，里面有一个骷髅头正咧着嘴笑，几根手指已化为白骨。它们就躲在这些鲜艳的色彩后面，等着亨尼来呢。

Chapter 05
星期六的大餐

晚上六点，妈妈和茜茜姨妈回家了。见到茜茜姨妈，弗朗茜很是高兴，因为她最喜欢茜茜姨妈。弗朗茜很爱她，为她着迷。目前看来，茜茜姨妈过着精彩的人生。她今年三十五岁，结过三次婚，生过十个孩子，不过，所有的孩子都在出生后不久后就夭折了。茜茜常说，弗朗茜就相当于她的那十个孩子。

茜茜在一家橡胶厂上班。她性格奔放，很有异性缘。一双黑眼睛柔情似水，头发乌黑卷曲，皮肤白皙透亮。她喜欢在头上戴一个樱桃色的蝴蝶结。妈妈则戴着那顶翠绿色的帽子，衬得她面色白嫩，仿佛瓶口的凝脂一样。她漂亮的手日渐粗糙，被恰到好处地藏在她那副白色棉质手套里。她和茜茜进来时有说有笑，正回忆着演出中听到的笑话。

茜茜给弗朗茜带了一个礼物——一支玉米芯烟斗。只要对着它吹气，烟斗的顶端就会跳出一只橡胶小鸡，而且越吹越大。那支烟斗玩具是茜茜上班的工厂生产的。为了掩人耳目，那家工厂会做少量的橡胶玩具。但是，真正能给这家工厂带来巨额利润的，则来自他们私下交易的其他产品。

弗朗茜希望茜茜能留下来吃晚饭。茜茜在的时候，一切都是那么轻松快乐，那么令人着迷。弗朗茜觉得茜茜很懂小女孩儿的心思。别人都把孩子当作可爱但淘气的小恶魔，茜茜则把他们当大人看。尽管妈妈一再挽留，茜茜还是要走。她说自己得回家看看，确认丈夫是否还爱她。这话让妈妈大笑起来。弗朗茜也觉得好笑，尽管不太懂话中的真意。临走前，茜茜承诺她会在下个月一号带杂志过来。茜茜的现任丈夫在一家通俗杂志社工作，每个月他都会收到社里出版的所有样刊：爱情故事、西部探险故事、侦探故事、超自然故事等。那些杂志的封面色彩艳丽，从库房拿出来时，它们被一根根黄色的崭新麻绳捆在一起。杂志一经送到，茜茜就立刻带给弗朗茜。弗朗茜如饥似渴地读完了杂志，然后把它们半价卖给附近的文具店，再把赚到的钱存进妈妈的存钱罐里。

茜茜离开后，弗朗茜对妈妈讲了自己在洛舍面包厂里看见的那个双脚脏兮兮的老头儿。

“胡说八道。”妈妈说，“上了年纪并不可悲。如果他上了年纪又成了孤家寡人，那的确很悲惨。可还有其他老人做伴呢！老年人并非不幸福，他们只是和我们的追求有所不同。他们只想有个温暖的地方住，有松软的食物吃，彼此回忆往事就够了。别再犯傻了。我们唯一可预知的就是，人人都有变老的那天。所以，你还是早一点儿适应现实吧。”

弗朗茜明白妈妈的话是对的。不过……她很高兴妈妈能和她谈点儿别的事情。她和妈妈开始筹划如何用陈面包准备下个星期的饭菜。

诺兰一家基本就靠着陈面包过日子，凯蒂居然可以用它做出那么多美味菜肴！她会拿出一块陈面包，往上面倒一些沸水，把它搅成糊状，然后撒上盐、黑胡椒、百里香、洋葱末和鸡蛋（如果鸡蛋便宜的话），调至入味，然后放入烤箱，烤至焦黄。这时，她会用半杯番茄酱、两杯水、各种调味料及少许黑咖啡调成酱汁，再加入面粉勾芡，最后把酱汁倒在烤好的面包上。热气腾腾，喷香扑鼻，让人回味无穷。剩下的面包留着第二天吃，他们会先把它们切成薄片，再用培根的肥油煎着吃。

妈妈还会用白糖、肉桂、切成薄片的一美分的苹果和陈面包切片做出美味的面包布丁。当布丁烤成焦黄色，白糖就会熔化，流淌在表面。有时，她还会做一道名为"Weg Geschnissen"[①]的菜。如果花一些心思去翻译这个词的话，就是指一种用面包碎做成的食物。她把面包碎浸在用面粉、水、盐和鸡蛋调成的面糊里，再放在热油里煎炸。趁着食物还没出锅，弗朗茜会跑到糖果店买一美分的棕色冰糖。回到家后，她用擀面杖把冰糖碾碎，吃之前撒在炸好的面包碎上。那时冰糖颗粒要化还没化的口感真是妙不可言。

星期六的晚餐堪比节日盛宴。诺兰家要吃煎肉啦！妈妈把一块陈面包加入热水，调成糊状，然后与十美分的加了洋葱碎的肉馅儿一起搅拌，再加入盐和一美分的欧芹末调味。最后将其搓成一个个小丸子，油炸后蘸着番茄酱吃。这些肉丸有一个名字，叫弗茜尼利

---

① 此处两个单词为德语。"Weg"有丢掉的含义，"Geschnissen"有切的含义。

肉丸。这个名字读起来很搞笑，好似是用弗朗茜和尼利两个人的名字拼凑出来的。

他们平时主要就吃陈面包、炼乳、咖啡、洋葱、土豆，以及在最后一刻打折买来的价值一美分的调味品。他们偶尔会吃一次香蕉，但是，弗朗茜总是更期待吃到橙子、菠萝，尤其是只有在圣诞节才能吃到的橘子。

有时候，她能多攒下一美分，就会买些碎饼干吃。杂货店的老板会用发皱的纸卷成喇叭形状，装上无法整块出售的碎饼干。妈妈的规则是：如果你有一美分，不要买糖果或蛋糕，可以买一个苹果。但苹果有什么好吃的呢？弗朗茜觉得苹果和生土豆的味道一样好，而土豆不需要花钱就能弄到。

有时候，尤其在阴冷漫长的冬日将尽之时，就算感到饥肠辘辘，弗朗茜也没胃口吃东西。此时就该轮到腌黄瓜隆重登场了。她会拿出一美分去摩尔街的一家店铺。那家铺子只卖犹太腌黄瓜，一根根圆润的腌黄瓜正泡在加了香料的浓卤水中。一位白胡子老头儿守在腌菜坛子旁，他头戴黑色无檐帽，牙齿全部掉光了，手里握着一柄大木叉。弗朗茜点了和其他孩子一样的东西。

“给我一美分的犹太佬腌黄瓜。”

那个犹太老人用一双小眼睛瞪着这个爱尔兰小孩儿，眼眶泛红，流露出凶狠愤怒的神色。

“外邦佬！外邦佬！”他朝她啐了一口，因为他实在痛恨“犹太佬”这个称呼。

弗朗茜并没有恶意。她确实不知道那个词的真正含义，以为这个词是专门用来描述某种陌生而又可爱的事物。当然，那个犹太人对此毫不知情。弗朗茜听说，他会把卖给非犹太人的泡菜单独装在一个坛子里，每天往这个坛子里吐口水，或者做一些更恶心的事，以此作为报复。不过，大家从没有确凿的证据能证明这个可怜的犹太老人真的这么做了。弗朗茜也不相信。

他用木叉搅动着泡菜，白胡子后面的嘴还不停地嘟囔着脏话。弗朗茜要他从坛子底部捞腌黄瓜，这使他怒火中烧。他又是翻白眼，又是抓胡子，但最后还是捞出一根圆润水灵、黄中带绿、两端紧实的上好腌黄瓜。他把腌黄瓜放到了一小张棕色的包装纸上，他一边继续骂骂咧咧，一边用沾满醋渍的手接过弗朗茜递来的一美分。然后他退到店铺后边坐下，在那里，怒气才慢慢消散。紧接着，他把头埋进胡须，打起盹儿来，做起有关故国往事的梦。

那根腌黄瓜，弗朗茜可以吃上一整天。她吸了又吸，咬了又咬，但并没有真吃，只是在咂摸它的味道。当在家吃了太多次面包和土豆后，弗朗茜就会想念起滴着酸汤汁的腌黄瓜。不知为何，当她品尝了一整天的腌黄瓜后，面包和土豆会再次变得美味起来。没错，吃腌黄瓜的日子是值得期待的。

Chapter 06

我和弟弟去买肉

尼利回家后，他和弗朗茜被派去买周末晚餐要吃的肉。这个任务相当重要，因此妈妈仔细地嘱咐着他们：

“去哈斯勒的店，用五美分买一截熬汤用的骨头。但不要在那儿买肉馅儿。去沃纳店里买十美分切碎的牛腿肉当肉馅儿，记着，不要买他盘子里的肉。另外，别忘了带个洋葱去。”

弗朗茜和弟弟在柜台前站了好一会儿，屠夫才注意到他们。

“想买点儿什么？”他终于开口问道。

弗朗茜开始交涉起来：“我要买十美分的牛腿肉。”

“绞成馅儿吗？”

“不用了。”

“有个女士刚刚买了二十五美分的牛腿肉馅儿。不过，我绞得太多了，剩了些放在盘子里，刚好是十美分的。真的，是我刚绞完的。”

妈妈告诉过弗朗茜，要提防这样的陷阱。无论屠夫怎么说，都不要买盘子里的肉。

“不了。我妈妈说要买十美分的牛腿肉。”

屠夫气急败坏地砍下一小块肉，称好重量，把它重重地摔在包装纸上。他刚要把肉包起来，弗朗茜便用颤抖的声音说道：

“啊，我忘记了。我妈妈说要把肉绞成馅儿。”

“该死的！见鬼去吧！”于是，他在肉上用力剁了几刀，然后丢进绞肉机里。又被耍了，他愤恨地想着。新鲜的红色肉馅儿从绞肉机里缓缓冒出来。他用手捧住肉，正要把它摔在包装纸上，这时……

“对了，妈妈说还要切一个洋葱放在肉馅儿里。”她怯生生地拿出从家里带来的去皮洋葱，然后推到了柜台的另一边。尼利站在一旁，一声不吭。他一同过来是站脚助威的。

“我的天哪！”屠夫火冒三丈地吼道。不过，他还是用两把剁肉刀把洋葱剁进了肉馅儿里。弗朗茜在一旁观察着，她很喜欢听剁肉刀在案板上敲击出的节奏。屠夫再次捧起肉馅儿，一把摔到包装纸上。他怒视着弗朗茜，她倒吸了一口凉气，因为妈妈的最后一个要求是最难开口的。那个屠夫也预料到了，他站在那里，愤愤不平。弗朗茜一气呵成：

“我还要一块板油，煎肉用。”

“小王八蛋！”屠夫咬牙切齿地低声咒骂。他片下一块白色的肥肉，报复性地将它扔到地上，然后又捡起来，狠狠地塞到那堆肉馅儿里。他怒火中烧地把肉包起来，一把夺过弗朗茜手中的十美分，一边转身交给老板结账，一边诅咒命运为什么要把自己变成一名屠夫。

买完肉馅儿后，他们去哈斯勒的店铺买熬汤用的骨头。哈斯勒家的骨头称得上优质，但肉馅儿就不好说了。因为他绞肉的时候总

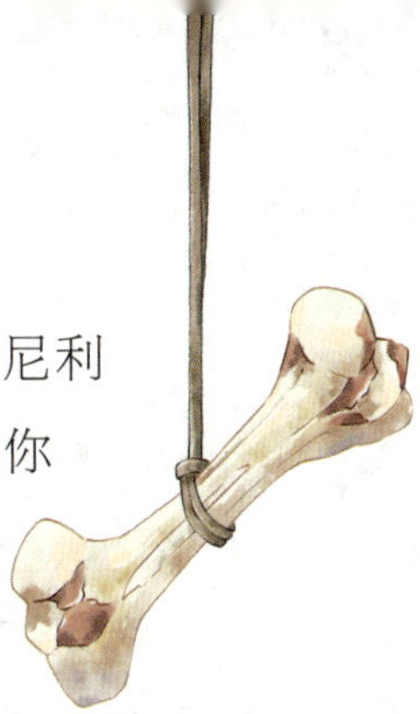

是锁着门，天知道你最后买到手的是什么东西。此时，尼利正拿着那袋肉馅儿站在门外等。因为，哈斯勒要是发现你在别家店买了肉，他会傲慢地告诉你从哪里买肉就去哪里买骨头。

弗朗茜挑了一块价值五美分的带肉的骨头。这块骨头品相不错，是星期日用来熬骨头汤的。哈斯勒让她稍等片刻，给她讲了一个老掉牙的笑话：有个人花两美分买碎肉喂狗，哈斯勒竟问他，是包起来带走，还是在店里吃。弗朗茜腼腆地配合着他笑了笑。那个屠夫心满意足地走到冰箱前面，回来的时候手里提着一根白亮的骨头，骨头中间露出奶油一般的骨髓，末端还粘着些红色的碎肉。他拿着这块骨头让弗朗茜好好欣赏。

“等你妈妈熬好汤后，”他说，“让她把骨髓剔出来，涂在面包上，再撒上黑胡椒和盐，给你做一个美味的三明治。”

“我会告诉妈妈的。”

“你把它吃了，好让你的骨头上也长些肉，哈哈。”

他包好骨头，收了钱，又切下一片厚厚的肝泥香肠递给她。弗朗茜为欺骗这位好心人感到抱歉，因为她已从别家买了肉。妈妈不放心他家的肉馅儿，真是太可惜了。

天色尚早，街灯还没有亮起来。可那位卖辣根的女士早已坐在哈斯勒的店门前，开始研磨辣根调料。弗朗茜拿出一只从家里带来的杯子，那位老妇人收了两美分，往里面倒了半杯辣根末。终于买完了肉，弗朗茜开心起来。她又来到蔬果店买明天熬骨汤要用的配菜。她买了一根干巴巴的胡萝卜、一棵打蔫儿的芹菜、一个发软的番茄，还有一小把新鲜的欧芹，总共两美分。把它们和骨头放在一起煮，就可以煮出一锅漂着肉末的浓郁鲜汤。妈妈还会往汤里加入手擀的宽面条。一份骨头汤面，搭配涂了骨髓的面包片，就是一顿丰盛的星期天晚餐。

吃完炸弗茜尼利肉丸、土豆和碎馅儿饼，又喝完咖啡后，尼利就下楼去街上找朋友们玩。虽然没有任何暗号或事先的约定，但男孩儿们总会在晚饭后心照不宣地聚集在街角。他们整晚都会待在那里，双手插兜，弓背耸肩，说笑打闹，推推搡搡，踩着口哨的节奏跳舞。

莫迪·多纳文过来约弗朗茜一起去教堂办告解。莫迪是名孤儿，她与两位未婚的姨妈住在一起。教堂里烟雾缭绕，烛光摇曳，蜡液流淌。修女们已经在祭台上摆上鲜花。人们在告解室外排起长队。姑娘小伙子们都想尽快完成任务，好赶得上外出约会。奥弗林神父的告解室门口的队伍排得最长，因为他年轻帅气，性格宽厚，人们认为在他这儿办告解最容易过关。

终于轮到了弗朗茜。她推开沉重的拉帘，在告解室里跪下："神父，保佑我吧，因为我有罪……"

弗朗茜迅速说出各种罪过，很快得到了赦免。她出来时低着头，十指交叉抵在下巴上。对生活相对简单的莫迪来说，她几乎没有什么罪过要告解，因此早早就出来了。当弗朗茜出来的时候，莫迪正坐在外面的台阶上等她。

像布鲁克林其他女孩儿一样，她们搂着彼此的腰，在街上走来走去。莫迪有一美分，她买了一个冰激凌三明治，然后分给了弗朗茜一口。没一会儿，莫迪就回家了，因为她的姨妈不准她晚上八点以后还在大街上逗留。两个女孩儿约定好，下个星期六还要一起办告解，然后才分开。

“千万别忘了。”莫迪一边后退，一边向弗朗茜喊道，“这次是我来叫你的，下次该轮到你叫我啦！”

“一言为定！”弗朗茜保证道。

弗朗茜回到家后发现前屋有客人，原来是艾薇姨妈和她的丈夫威利·弗林特曼。弗朗茜很喜欢艾薇姨妈，因为她和妈妈长得很像。她为人风趣幽默，像演员一样懂得逗人发笑，而且可以模仿世界上的任何人。

弗林特曼姨父带来了吉他。他正在演奏，大家同声合唱。弗林特曼肤色偏暗，身材瘦削，梳着一头光滑的黑发，蓄着柔软如丝的胡须。他的右手没有中指，吉他弹奏水平能到这个程度，已经相当不错了。当要用到那根手指时，他便重重地拍一下吉他，以代替要被演奏的音符，因此他弹奏的节拍有些怪异。弗朗茜进屋时，他今晚的演奏已经接近尾声，弗朗茜刚好赶上最后一曲。

弹奏完毕，他出去买了一桶啤酒回来。艾薇姨妈带了一块粗黑麦面包，还有十美分的林堡奶酪①。就这样，他们吃着三明治，喝着啤酒。几杯啤酒下肚后，弗林特曼姨父便开始吐露心声。

“看看我，凯蒂，”他对妈妈说，“你眼前这个男人太失败了。”艾薇姨妈翻了个白眼，又叹了口气，咬住下唇。“我的孩子们瞧不起我，”他抱怨道，“妻子也帮不上忙，还有我那匹叫鼓手的运牛奶的

---

① 林堡奶酪，源自比利时列日省林堡附近地区，但20世纪后期德国和美国制造的林堡奶酪已经取代了比利时所制的。林堡奶酪外形为小长条状，有红褐色的外壳和奶油色的奶酪肉。林堡奶酪的刺激性味道主要来自外壳，内部的质地如奶油，香味浓郁。该奶酪散发着非常强烈的臭味，是气味极为浓烈的奶酪中的一款（有人将其与鲱鱼罐头相提并论）。

马也和我作对。你知道前几天它对我做了什么吗？”

他往前靠了靠。弗朗茜看到他的眼中闪烁着泪光。

“我在马厩里给它洗澡。正在洗肚子时，它使坏尿了我一身。”

凯蒂和艾薇面面相觑，眼神中隐藏着笑意。凯蒂突然看向弗朗茜，眼睛里还带着笑，嘴角却显得很严厉。弗朗茜皱起眉头，低头看向地板，可心里也在暗暗发笑。

“这就是它干的好事。马厩里的人都在笑话我。”他将杯子里的啤酒一饮而尽。

“别这么说，威利。”妻子劝解道。

“艾薇不爱我。”他对妈妈说。

“我爱你，威利。”艾薇用温柔的声音向他保证。这声音本身就是一种抚慰。

“你嫁给我时的确很爱我，可你现在不爱了，不是吗？”他等着回应。艾薇一言不发。“你看。她‘不再’爱我了。”他对妈妈说。

“我们该回家了。”艾薇说。

弗朗茜和尼利在睡前必须看一页《圣经》和一页莎士比亚的作品。这是妈妈定的规矩。以前每个晚上，都是妈妈给他们读这两页，现在他们长大了，可以自己读了。为了节省时间，尼利负责读《圣经》，弗朗茜负责读莎士比亚的作品。睡前的读书活动已经持续六年，《圣经》已经读完一半，《莎士比亚全集》读到了《麦克白》。他们读得飞快。到了十一点，除了上晚班的约翰尼，诺兰家所有人都已上床准备睡觉。

星期六晚上，弗朗茜可以睡在前屋。她将两把椅子推到窗前拼在一起变成一张床，这样她就可以观察街上的行人了。她躺在那里，大楼里晚上声响不断，都能听得一清二楚。人们走进大楼，回到各自的公寓。有人疲惫得缓步慢行；有人则轻快地跑上楼；有人脚下被绊了一跤，嘴里咒骂着大厅里破烂的地毯。一个婴儿断断续续地哭着。住在楼下一间公寓里的醉汉数落着她的妻子，说她曾过着邪恶的生活。

凌晨两点，弗朗茜听见爸爸一边轻柔地唱着歌，一边走上了楼梯。

……甜美的莫莉·马隆
推着手推车，
在大街小巷穿行，
她吆喝道……

在爸爸唱到“吆喝”时，妈妈开了门。这是爸爸和家人之间玩的一个小游戏。如果开门前爸爸就把歌唱完了，就算他们赢；如果他在走廊就唱完了歌，就算爸爸赢了。

弗朗茜和尼利从床上下来，一家人围坐在桌前，准备吃东西。爸爸先往桌子上放了三美元，然后又给孩子们每人五美分。不过，妈妈让他们把钱存进存钱罐，因为今天捡垃圾他们已经赚到了零花钱。爸爸从婚礼上带回来一袋子没动过的饭菜——因为有些客人没到场，于是新娘就把没有吃掉的食物分给了服务生。纸袋里有半只冷掉的烤龙虾、五只冰冷如石的炸牡蛎、一小罐鱼子酱和一块罗克福羊乳干酪。孩子们不喜欢龙虾，冷牡蛎味道寡淡，鱼子酱吃起来也太咸了。不过，他们太饿了，因此把桌上的食物吃得一干二净。没等天亮，这些食物便会消化得无影无踪。估计要是能消化得动，

他们都能嚼动指甲。

吃完东西，弗朗茜终于要面对现实了。她没能履行从午夜到第二天弥撒结束前的斋戒，这样一来她就没办法领圣餐了。这肯定是罪过，下周她要向神父告解。

尼利爬到床上继续呼呼大睡起来。弗朗茜则走进了黑暗的前屋，坐在窗边——她没有睡意。妈妈和爸爸坐在厨房里，他们会在那里一直聊下去，直到天亮。爸爸正在聊今晚的工作：见到了哪些人，他们的样貌和穿着如何，言谈举止如何。诺兰家的人总不满足，再怎么生活都无法尽兴。他们一天到晚忙碌着，可觉得还不够。他们还得了解他们接触到的所有人，关注他们的生活，就像自己也能由此体验一番似的。

约翰尼和凯蒂就这样在深夜畅谈。在黑暗中，他们的声音此起彼伏，听起来很舒服，有抚慰心灵的作用。到了凌晨三点，街道上一片寂静。弗朗茜看到街对面公寓的女孩儿和她的男友刚好跳完舞回来。他们默不作声地站在门廊，紧贴着彼此，拥抱着彼此。突然，那女孩儿的身体不小心触碰了门铃。随后，她父亲便穿着衬裤下楼来，压低嗓音激烈咒骂那个男孩儿，让他赶紧滚，别再找她女儿。女孩儿一边咯咯笑，一边飞快地跑上楼。她的男友则走在大街上，嘴里吹着《今夜只有我和你》的曲调。

当铺老板托莫尼先生刚在纽约度过肆意挥霍的一晚，坐着一辆双人双座出租马车回了家。他从未踏足过自己继承来的当铺，因为那里有一个能干的经理打理一切。没人知道托莫尼先生为什么会住在一家店铺楼上的房间里，毕竟他这么有钱。他住在肮脏贫穷的威廉斯堡，却过着纽约贵族般的生活。据一位到过他家干活儿的泥瓦匠说，他的房间里陈设着雕塑、油画和白色的毛皮地毯。托莫尼先生单身。一整个星期都没人见过他，也没人见过他在星期六晚上离开，只有弗朗茜和巡逻的警察看见他回家了。弗朗茜观察着他，感觉自己就像坐在剧院包厢里的观众。

他那顶高高的丝绸礼帽斜戴在一只耳朵上。他把手杖夹在腋下，手杖的银质杖头在街灯的照耀下闪闪发光。他将白色的缎面斗篷往后一甩，随后掏出一些钱给车夫。车夫接过钞票，用马鞭的握柄碰了碰自己礼帽的帽檐，抖了抖马身上的缰绳。托莫尼先生目送车夫离开，仿佛那辆马车是联结他所认定的美好生活的最后一条纽带。然后，他走上楼，回到了自己的那间豪华公寓。

他应该经常出入莱森韦伯和华尔道夫等传说中的场所。弗朗茜决定有朝一日也要亲自去那些地方看看。总有一天，她会跨过那座离她只有几个街区远的威廉斯堡大桥。她要找到通往纽约上层街区的路，然后站在外面好好看看。这样，她就能更准确地了解托莫尼先生了。

一阵清爽的海风吹过布鲁克林。住在北边的意大利人在院子里养了几只鸡。这时传来了公鸡的打鸣声。紧接着，一只狗跟着叫起来。弗兰克养的那匹叫鲍勃的马，原本正舒服地躺在马厩里，也开始嘶鸣。

弗朗茜很喜欢星期六，她不舍得以睡觉的方式来结束这一天。新的一周让人惴惴不安，她有点儿害怕。她想把星期六的记忆牢牢印在脑海中，除了那位等待买面包的老人，这个星期六无懈可击。

除了星期六的其他夜晚，她不得不躺在自己的小床上，听着通风管道里传来的模糊的声音。声音源自一位稚气未脱的新娘。她的丈夫开卡车跑运输，样子活像一只大猩猩。那新娘发出柔弱的哀求声，丈夫则粗暴地指责她。接着会有一阵短暂的沉默。然后他便鼾声如雷，而新娘则会凄惨地哭泣，直到天明。

一想到那抽泣声，弗朗茜就不禁颤抖起来，她下意识地用手捂住耳朵。很快她便记起今天是星期六。此刻，她坐在前屋，这里听不见通风管道里的声音。太好了，现在还是星期六，真是美妙的一天哪！距离星期一还很远呢，在此期间还有一个宁静的星期天。她会花很长的时间去回忆金棕色陶罐里的旱金莲，以及想那匹站在阳光和树荫下的马被刷洗的样子。她渐渐有些昏昏欲睡。她听了一会儿凯蒂与约翰尼在厨房里的谈话——他们正在追忆往事。

“第一次遇见你时，我才十七岁，”凯蒂说，“当时我还在卡斯特编织厂上班呢。”

“我那时十九岁，”约翰尼回忆道，“我当时还在和你最好的朋友希尔迪·奥戴尔交往呢。”

“哦，她啊。”凯蒂不以为然地说道。

香甜的暖风轻柔地拂过弗朗茜的头发。她双臂交叠，趴在窗台上，脸颊枕在胳膊里，抬起头就能看到公寓屋顶上方高挂着的星星。没多一会儿，她便进入了梦乡。

Chapter 07

罗梅利家族的女人

时间回到十二年前，也就是1900年夏天，约翰尼·诺兰于布鲁克林初次邂逅凯蒂·罗梅利。那一年，他十九岁，她十七岁。凯蒂在卡斯特编织厂上班。她最好的朋友希尔迪·奥戴尔也在那里上班。虽然希尔迪是爱尔兰人，凯蒂的父母来自奥地利，但她们的关系还是非常好。凯蒂更漂亮，希尔迪更勇敢。希尔迪有一头黄铜色的秀发，脖子上系着红石榴色雪纺蝴蝶结，嘴里嚼着森森牌口香糖，熟悉所有的流行歌曲，还是个跳舞高手。

希尔迪有个哥们儿，是个花花公子，每个星期六的晚上都会带她去跳舞。他叫约翰尼·诺兰。有时，他会在工厂的外面等希尔迪，还总是带着几个男孩儿和自己一起等。他们百无聊赖地在街角晃悠，说笑逗趣。

一天，希尔迪叫约翰尼下次去跳舞时，为她的好朋友凯蒂带个舞伴。约翰尼听令照办。他们四个人乘坐电车前往卡纳西舞厅。这

两个男孩儿头戴草帽。草帽的带子一头系在帽檐上，另一头系在外套的翻领上。强劲的海风吹掉了翻领上的草帽，男孩儿们拽住绳子把帽子往回拉，惹得大家哄堂大笑。

约翰尼和他的舞伴希尔迪翩翩起舞。凯蒂却拒绝了与她的舞伴共舞，因为她觉得那个男孩儿既肤浅又粗俗。比如，当她从洗手间回来时，他竟然说："我以为你掉坑里去了。"不过，凯蒂还是让他给自己买了杯啤酒。她坐在桌旁，看着和希尔迪一起跳舞的约翰尼，心里想着："即使寻遍全世界，也找不到像约翰尼这样的人了。"

约翰尼双脚修长，鞋子擦得锃亮。跳舞的时候，他双脚向内踮起脚尖，脚跟、脚趾配合着，随着优美的节奏轻轻摇摆。跳到浑身发热时，约翰尼就把外套挂在椅背上。他的裤子剪裁得很贴身，白衬衫松松垮垮地恰好垂到腰间。他穿了一件高领衬衫，系着一条波点花纹领带（与他草帽上的带子十分搭配），胳膊上戴着浅蓝色缎带袖箍。凯蒂怀疑那是希尔迪为他做的，于是妒火中烧，嫉妒到余生都对淡蓝色恨之入骨。

凯蒂目不转睛地注视着约翰尼。他很年轻，身材修长，一头金色的鬈发闪烁光芒，一双深邃的蓝眼睛令人沉醉。他鼻梁挺拔，肩膀宽厚方正。她听见邻桌的姑娘们都夸他很有衣品，男舞伴们也夸他舞跳得棒。虽然他不属于自己，可凯蒂还是为他感到骄傲。

当乐队奏起《甜美的罗茜·奥格雷迪》时，约翰尼出于礼节邀请她共舞。当他的手臂环抱着自己的时候，凯蒂本能地跟着他的节奏起舞。她知道约翰尼就是自己想要的人。只要余生能看着他，听他说话，她就别无所求了。于是，在那一刻，她便下定决心，为了那份"殊荣"，即使再苦再累，她也甘之如饴。

或许这个决定是她这辈子犯的最大的错。她应该再等等，等到一个对她也有同样感觉的男人出现。那样的话，她的孩子们就不会饥肠辘辘，她也不用靠擦地板来维持生计了。而且，记忆中的那个他会永远耀眼夺目。但是，除了约翰尼·诺兰，她谁也不要，因此开始努力追求他。

接下来的星期一，她就对约翰尼展开了追求。下班的哨声一响，她便冲出工厂，赶在希尔迪之前跑到拐角处，大声喊道：

"你好，约翰尼·诺兰。"

"你好，凯蒂，亲爱的。"他回应道。

从那以后，她每天都会设法和他聊上几句。约翰尼也发现，自己也总在拐角处等待，期待和她聊上只言片语。

有一天，凯蒂找了一个女人的惯用借口，告诉女领班自己来月经了不舒服，于是提前了十五分钟下班。约翰尼正和朋友们一边在拐角处等着，一边吹着《安妮·鲁尼》的调子打发着时间。约翰尼歪戴着草帽，一只眼睛被帽檐遮住，双手插着兜，在人行道上跳了一支华尔兹。路上的行人纷纷驻足欣赏，巡逻的警察也高声说道：

"别在这儿浪费时间了，哥们儿。你应该登台表演。"

见凯蒂走来，约翰尼便停止了表演，冲她咧嘴一笑。她身穿一件贴身的灰色套装，上面饰着她们工厂生产的黑色穗带，看起来很有气势。这些穗带样式繁复，弯弯曲曲地缠绕在一起，目的是夺人眼球。不过，紧身胸衣上的两排褶边，让她并不丰满的胸部凸显出来。为了搭配这身灰色套装，她斜戴着一顶樱桃色贝雷帽，穿着一双维奇小山羊革材质的高帮纽扣靴。她棕色的眼睛神采奕奕，脸颊也因为兴奋和羞涩而泛红。为了追求这个男孩儿，她用尽了心思，就是想让自己焕然一新。

约翰尼冲她打招呼，其他男孩儿见状纷纷离开。在那个特别的日子里，凯蒂和约翰尼具体说了什么，他们永远也记不起来了。不知为何，在两人漫无目的却又郑重其事的交谈中，充斥着美妙的停顿和激动人心的情感暗流，他们渐渐明白，自己已深深爱上对方。

工厂下班的哨声响起，女孩儿们鱼贯而行，从卡斯特编织厂走出来。希尔迪身穿一件泥棕色套装，黄铜色的头发梳成高高的庞帕杜尔发型，头戴一顶黑色水手帽，上面别着根鬼气森森的帽针。看到约翰尼的时候，她露出了霸道的微笑。可当见到凯蒂与他在一起时，她的“微笑”突然扭曲成委屈和恐惧，充满憎恶。她拔出别在帽子上的那根长长的帽针，然后朝他们冲了过去。

“他是我的男朋友，凯蒂·罗梅利，”她歇斯底里地喊道，“你不能把他偷走！”

“希尔迪，希尔迪。”约翰尼嗓音柔和，从容不迫地说。

“我想这是我的自由。”凯蒂扬起头说道。

“强盗不配有自由。”希尔迪叫嚷着，举起帽针就扑向凯蒂。

约翰尼挡在两个女孩儿中间，面颊被希尔迪手中的帽针划伤了。这时，周围已经聚集了一群在卡斯特编织厂工作的女孩儿，她们正幸灾乐祸地看着他们，咯咯地笑出声来。约翰尼抓住两个女孩儿的胳膊，把她们带到拐角处。他把她们挤在一处门口，一边用手臂将她们拦住，一边和她们交谈。

“希尔迪，”他说道，“我真的很差劲。我不应该让你误会，因为我现在才发现我不能娶你。”

“都是她的错。”希尔迪哭着说道。

“是我的错。”约翰尼直截了当地承认道，“直到遇见凯蒂，我才知道什么是真爱。”

“可她是我最好的朋友。”希尔迪可怜兮兮地说，好像约翰尼的所作所为有悖伦常似的。

“她现在是我最珍视的女孩儿，关于这一点已经没什么好说的了。”

希尔迪一边抽泣，一边争辩。最后，约翰尼让她安静下来。他把自己和凯蒂的事情又向她做了一番解释，最后他说：“你要走好你的路，我也会走好我的路。”他觉得自己这段话说得很漂亮，就又重复了一遍，享受着这一戏剧性场面。

“你要走好你的路，我也会走好我的路。”

“你是说，我自己走我的路，你和她携手同行吧。”希尔迪痛苦地说道。

最终，希尔迪独自离开了。她耷拉着肩膀走在街上。约翰尼追上她，在街上抱住了她，温柔地同她吻别。

“我也不希望事情变成这样。”他悲伤地说。

“你不希望？”希尔迪厉声呵斥道，“如果你真的这么想，”她又开始哭了起来，“你应该让她离开，然后重新和我在一起。”

凯蒂也哭了起来。毕竟，希尔迪曾是她最好的朋友。她也吻了希尔迪。当她近距离看着希尔迪，不由得移开了目光，因为那双眼睛噙着泪水，眯缝着，充满了敌意。

就这样，希尔迪开始了新生活，约翰尼则选择了与凯蒂同行。

交往没多久，他们就订婚了。1901 年元旦那天，他们在凯蒂所在的教堂办了婚礼。直到结婚，两人相识还不足四个月。

托马斯·罗梅利永远都不会原谅他的女儿。事实上，他对所有女儿的婚嫁都无法原谅。他的育儿理念很简单，就是得有利可图。拥有四个女儿，他很是欣慰。他用最少的资金和精力把她们养大，待她们刚长成青少年时，便送她们去工作，为他赚钱。凯蒂结婚的时候是十七岁，只为家里挣了四年钱。他觉得这个女儿还欠自己钱。

罗梅利先生讨厌周遭的一切。至今，没有人能弄清缘由。他长得高大英俊，灰色的鬈发覆盖着头颅，如狮子一样威武。为了逃兵役，他和他的新娘逃离了奥地利。他痛恨故国，也十分固执地拒绝喜欢他新去的国家。他其实能听懂英语，可当别人用英语跟他交谈时，他就拒绝回应，也不让家人在家说英语。他的女儿们只略懂一些德语。（她们的母亲坚持让女儿们在家只说英语。她之所以这样坚持，是因为孩子们懂得德语越少，就能越少地觉察到父亲的残忍。）在成长的过程中，四个女儿与父亲的沟通都很少。除了责骂，他从来不与她们交谈。他口中的“该死的”，被他视为“你好”和“再见”一样的日常用语。当他暴跳如雷时，他会把惹怒他的人称为“俄国佬”——在他看来这是最恶毒的脏话了。他痛恨奥地利，痛恨美国，可最痛恨的却是俄国。他从未去过那个国家，也从未见过任何俄国人。没人能理解，他为什么如此痛恨一个不甚了解的国家和那里的人民。这个人就是弗朗茜的外公。就像他的女儿们一样，弗朗茜也讨厌他。

他的妻子，弗朗茜的外婆玛丽·罗梅利则如同圣人一般。她没接受过任何教育，不会读书，也不会写自己的名字，但她可以记住一千多个故事和传说。有些故事是她编出来哄孩子们开心的，有些则是她的妈妈或祖母讲给她听的古老的民间故事。她能唱出许多故国的歌曲，也懂得众多至理名言。

她非常虔诚，了解每一位圣徒的人生故事。她相信鬼魂、精灵和一切诡异的民间故事。她对药草了如指掌，既能为你熬制药草，也能用它制作符咒——只要你不用它去做坏事。在故国时，她因智慧而受人尊敬，很多人登门向她求教。她为人清清白白，无可挑剔，却能理解那些有罪的人。她严于律己，对他人的软弱则充满了包容心。

出嫁前她恪守贞洁，婚后她对丈夫野蛮的爱逆来顺受。他的残暴早已扼杀了她潜藏在心底的所有期待。然而，她懂得人们常说的，对爱情强烈的渴望会让女孩儿误入歧途。她理解，一个因恶性犯罪而被赶出街区的男孩儿，或许其本心仍然是善良的。她更理解，人们为什么会欺骗、会偷窃、会伤害他人。她深谙所有可怜之人的弱点，也知道诸多残忍带来的破坏力。

可她既不识字，也不会写字。

她的眼睛是棕色的，柔和清澈，透着纯真。亮闪闪的棕色长发从中间梳开，垂下盖在了两侧的耳朵上。她的肤色白皙透亮，嘴唇柔软细腻。她说话时轻言细语，娓娓道来，常给人一种抚慰人心的力量。她所有的女儿和外孙女都继承了她的嗓音特质。

玛丽确信，一定是自己在生活中无意间犯下了某种罪，才让她嫁给了“魔鬼”本人。对此她深信不疑，因为她丈夫就是这么告诉她的。“我就是魔鬼本人。”他不时这样对她说。

她经常观察他的模样：两绺头发分别支棱在脑袋的两侧，一双灰眼睛冷冰冰的，两边的眼角向上吊起来。她叹了口气，自言自语道：“是的，他就是魔鬼。”

他常常会仔细盯着她圣洁的脸，同时用一种虚情假意的语气去指责基督种种难以言说的行为。这总让她感到恐惧，以至于她会惊恐万分地取下挂在门后挂钉上的围巾，胡乱裹在头上，直冲到街上去。她就这样一直走啊走，直到开始挂念孩子们才回家。

她来到三个小女儿就读的公立学校，用蹩脚的英语告诉老师，一定要鼓励她的孩子们只说英语，不许她们再说德语单词或短语。她以这种方式保护孩子们免受父亲的伤害。她为她的孩子们只能念到六年级就不得不辍学打工而感到痛心疾首。当她们嫁给了没用的男人时，她心如刀割。当女儿们的女儿出生的时候，她泣不成声。因为她知道，身为女人就意味着要过一种卑微而艰难的生活。

每当弗朗茜开始祷告的时候，眼前就会浮现出外婆的面容。

茜茜是托马斯和玛丽·罗梅利的长女。她于父母抵达美国三个月后出生。她从未上过学。当她到了入学年龄时，玛丽并不知道，像他们这样的人也能享受免费教育。孩子受教育的权利虽然受法律保护，但是没有人去强制要求这些无知的家长，督促他们遵守法规。等其他两个女儿到了上学的年龄时，玛丽已经对免费教育有所了解。可那时茜茜太大了，已经无法和六岁的孩子们一同开始读书。因此，她只好留在家里，帮母亲干活儿。

十二岁时，茜茜和一个小伙子开始交往。她父亲将那个男孩儿毒打了一顿，掐断了这段恋情。几年后，她与一名消防员恋爱了。这回反倒是年轻的消防员把她父亲给揍了。因此这段恋情得以修成正果，消防员娶走了茜茜。

他们到市政厅登记结婚。茜茜在那里发誓自己已经年满十八岁，一位办事员为他们办了结婚手续。邻居们对此大为震惊，但是玛丽知道，对这样早熟的女儿来说，嫁人无异于最好的归宿了。

消防员叫吉姆，他人很好。他毕业于文法学校，可以说是受过教育的人。他收入可观，不经常在家，是一名理想的丈夫。他们生活得很幸福。除了日常必不可少的亲昵，茜茜对他别无所求，这让他很开心。有时，他也会因为妻子目不识丁而感到些许难堪。但茜茜机智风趣，热情善良，和她在一起时，生活充满了乐趣。随着时间的推移，他也逐渐不在乎她不识字了。茜茜对母亲和妹妹们关爱有加。吉姆平日里给她的生活费相当可观。她勤俭持家，往往能有富余的钱接济母亲。

婚后一个月，她就怀孕了。尽管已为人妻，可她实际上还是个生性活泼的女孩儿。她挺着鼓鼓的大肚子，在街上和其他孩子一起跳绳的时候，邻居们看见吓得大惊失色，而她看起来却毫不在意。

茜茜整日忙着做饭、打扫、跳绳，还试图混到男孩儿的队伍中，和他们一起打棒球。此外，她也为即将出生的宝宝做打算。如果是女孩儿，就用母亲的名字，叫她玛丽；如果是男孩儿，就叫他约翰。不知为何，她对约翰这个名字青睐有加。她开始用约翰来称呼吉姆，说她想让他和宝宝用同样的名字。一开始，这只是一个满怀爱意的昵称，可很快每个人都叫他约翰了，许多人甚至认为这就是他的真名。

宝宝出生了，是个女孩儿，生产过程相当顺利。他们请来了住在附近的产婆，一切都很顺利，分娩过程只用了二十五分钟。整个过程堪称完美。唯一的遗憾，就是宝宝一出生就夭折了。无巧不成书，这一天刚好是茜茜的生日。

她悲痛欲绝，伤心了好一阵子。悲痛改变了她。她干家务活儿更加勤快了，把家收拾得井井有条、一尘不染。她更加体贴母亲，不再像假小子一样。她深信是跳绳夺走了宝宝的生命，她变得文静贤惠，变得越发年轻、天真。

到二十岁的时候，她已经先后有过四个孩子，结果都是一出生便夭折了。最终，她把这一切归咎于她的丈夫，而非她自己的问题。在失去第一个孩子之后，她不是不再跳绳了吗？她对吉姆说，她不再喜欢他了，因为他们的亲昵只能带来死亡，她让他离开自己。吉姆短暂地争辩了一段时间，最终还是离开了。一开始，他会时不时寄钱给她。有时，当茜茜感到寂寞，需要人陪伴的时候，她就溜达到消防站。吉姆总会坐在外面，把椅子斜靠在外面的砖墙上。她就会微笑着从他面前走过，屁股一扭一扭的。

最终，茜茜遇到了另一个想要娶她的男人。家里没人知道他的本名，因为茜茜从一开始就叫他约翰。她第二次婚礼一切从简。作为天主教徒，她不相信离婚。她与吉姆的结婚手续是市政厅的办事员经手的，因此她认为，既然没在教堂办婚礼，那他们的婚姻就不作数，为什么要让上次婚礼成为绊脚石呢？于是，她就用上次婚后的名字做登记，并对那段婚姻只字不提，再一次在市政厅办了结婚手续，不过是由另一位办事员经手的。

茜茜没在教堂结婚，母亲玛丽感到很难过。茜茜的第二段婚姻成为托马斯折磨妻子的新武器。他经常对玛丽说他要去报警，要让茜茜因为重婚罪被捕。不过，他还没来得及去报警，茜茜与约翰二号的婚姻就走到了尽头。在他们结婚的四年里，她又生过四个孩子，也全部夭折了。因此，她认为约翰二号也不是她的归宿。

茜茜的丈夫是新教徒，她告诉他，因为他们的婚姻没有得到教会承认，所以她也不能承认，她宣布自己仍是自由之身。就这样，她便草草地解除了婚姻关系。

约翰二号从容地接受了。他很喜欢茜茜，两人相处得也很幸福。但是，她的性情如水银般瞬息万变。除了惊人的坦率和纯真，他几乎对她一无所知。他已经无法忍受和谜一样的人共同生活，因此并没有因分离而感到难过。

到二十四岁时，茜茜已生产过八次，却没能留下一儿半女。她觉得一定是上帝反对她结婚。她在橡胶厂找了一份工作，对工厂的所有人说自己是一个老姑娘（当然也没有人相信）。她搬回家，同母亲住在一起。在第二段与第三段的婚姻之间，她的情人接连不断，她把他们统称为约翰。

每一次徒劳无果的分娩，都让她对孩子的喜爱变得更加强烈。她陷入一种阴郁的情绪中，觉得如果没有孩子让她去爱，她一定会发疯的。她将自己满是挫败感的母爱倾注给交往的男友，还有两个妹妹——艾薇和凯蒂，以及她们的孩子。弗朗茜很喜欢她，尽管听过有人悄声议论，说茜茜是坏女人，但她还是一如既往地坚定地爱着茜茜。艾薇和凯蒂都曾想试图对离经叛道的姐姐大发雷霆，可奈何她对她们实在太好了，以至于无法抗拒她的魅力。

在弗朗茜过完十一岁生日后不久，茜茜在市政厅办了第三次结婚手续。约翰三号就是在杂志公司工作的那个。他每个月都把精美的新杂志带给弗朗茜读。为了这些杂志，弗朗茜希望茜茜的第三次婚姻能够长久些。

伊丽莎是玛丽和托马斯的二女儿。她不像其他三姐妹那样美丽、有活力。她长相平庸，性格沉闷，对生活漠不关心。玛丽一直想送自己的一个女儿到教会当修女，她觉得伊丽莎是最佳人选。十六岁时，伊丽莎进了一所修道院，她选了戒律森严的一家。除非父母离世，否则她不能踏出修道院一步。她选择“乌苏拉”作为自己的教名。对弗朗茜来说，乌苏拉修女就是一个虚幻的传说。

九岁那年，弗朗茜曾见过她一次，那时她刚从修道院出来，参加托马斯·罗梅利的葬礼。刚刚领完人生中的第一次圣餐，弗朗茜想把自己全心全意地奉献给教会，她觉得自己长大后也有可能成为一名修女。

她激动地等待着乌苏拉修女。想想看，自己有位当修女的姨妈，这是一件多么光荣的事呀！可是，当乌苏拉修女弯下腰亲吻她的时候，弗朗茜看到她上唇和下巴上覆盖着细细的胡须。这让弗朗茜大惊失色，不禁认为所有年纪轻轻就当修女的女孩儿的脸上都会长出胡子。因此，弗朗茜放弃了当修女的这个想法。

艾薇是罗梅利家的三女儿，她结婚也很早。她嫁给了一个名叫威利·弗林特曼的男人。他长相英俊，梳着一头黑发，嘴唇上蓄着如丝般顺滑的胡须，一双大眼睛水汪汪的，就像意大利人一样。弗朗茜觉得他的名字很滑稽，每当想到这个名字她就会暗自发笑。

弗林特曼并不出众，但也算不上一无是处。他生性软弱，整日怨声载道，不过，他吉他弹得很好。罗梅利家族的女孩儿们都有个特点，就是对具有创造力和表演才华的男人毫无抵抗力。对她们来说，任何音乐上、艺术上或讲故事的天赋都棒极了，她们感觉自己有责任来滋养和保护。

艾薇是家里最有修养的一个。她住在高档社区的边缘，尽管这里是廉价的地下公寓，她也想向高档社区的人学习，以提高自己的生活品质。

她希望能有所成就，让孩子拥有自己从未有过的优越条件。她有三个子女：一个男孩儿和他父亲同名，一个女孩儿叫布鲁莎姆，还有一个男孩儿叫保罗·琼斯。她向高雅生活迈出的第一步，就是让孩子从天主教的主日学校退学，送他们去圣公会的主日学校。她一直认为新教要比天主教更优雅。

艾薇热爱音乐天才，但自己却缺乏这方面的才华。因此，她迫切地寄希望于孩子。她希望布鲁莎姆爱上唱歌，希望保罗·琼斯能演奏小提琴，希望小威利可以弹钢琴。可是，她的三个孩子都没有音乐天赋。艾薇依旧迎难而上，坚持不懈，不管是否真的喜欢，他们都必须喜欢。既然他们没有天赋，那就让他们通过一小时又一小时的补课来达成目标。她给保罗·琼斯买了一把二手小提琴，通过讨价还价，一个自称“小快板”的教授，最终答应以每小时五十美分为孩子授课。他教小弗林特曼拉琴，声音难听得像在刮擦琴弦。到一年授课结束的时候，他教了一支完整的曲子，叫作《幽默曲》。孩子能够演奏一支完整的曲子，艾薇感觉棒极了，总比平日里一直拉那些音节好多了……呃，好一点点吧。之后艾薇的野心更大了。

“你看，”她对丈夫说，“既然我们给保罗·琼斯买了小提琴，那小布鲁莎姆也可以上小提琴课，他们俩可以用同一把琴练习。”

“他们得在不同时间上课吧？”她丈夫酸溜溜地说道。

“你什么意思？”她愤怒地回了一句。

于是，他们每周得多攒五十美分，然后塞给不情愿上课的布鲁莎姆——她也得去上小提琴课了。

天底下总有些这样德行较差的人。这位“小快板”教授对女学生的要求有些怪异。他让她们脱下鞋袜，光脚站在他家里的绿色地毯上拉琴。他既不打拍子，也不纠正指法，整整一个小时，他都在出神地盯着她们的脚胡思乱想。

一天，艾薇看到布鲁莎姆在为上课做准备。她发现孩子脱下了鞋子和袜子，然后仔细地清洗双脚。艾薇觉得这个行为虽然值得称赞，但是似乎有些奇怪。

“嗯，你为什么要现在洗脚呢？”

“为了去上小提琴课啊。”

“可你是用手去拉琴，也不是用脚呀？”

“如果两脚脏脏地站在教授面前，我会觉得很羞愧。”

“难道他能透过鞋子看到你的脚吗？”

“我觉得他不能，因为他要求我脱掉鞋子和袜子。”

听了这句话，艾薇吓了一跳。虽然她从未听说过弗洛伊德，性知识也很匮乏。但是，常识告诉她，“小快板”教授不应该每小时收

取五十美分，却不认真履行自己的授课职责。于是，布鲁莎姆的音乐教育就此终结。

当她询问保罗·琼斯时，他说自己上课时只被要求过摘下帽子，除此以外从未被要求脱下过别的衣物。因此，他可以继续去上课。经过五年的学习，他可以像父亲演奏吉他一样拉好小提琴，不过，他的父亲此生从未上过一节吉他课。

除了热爱音乐，弗林特曼姨父其实是个木讷无趣的人。在家里，他唯一能聊的话题就是那匹叫鼓手的拉送牛奶车的马，说它是如何捉弄自己的。五年来，弗林特曼和那匹马真可谓水火不容，艾薇希望他们俩能尽快决出胜负。

艾薇很爱她的丈夫，可她总是控制不住要模仿他。她会站在诺兰家的厨房里，假装自己是那匹叫鼓手的马。她会惟妙惟肖地模仿弗林特曼姨父试图把饲料袋套在马身上的场景。

"那匹马就这样站在路边上。"艾薇向前探着身子，直到头垂到膝盖上。"威利拿着饲料袋走过来，刚要把它套上去，那匹马就突然抬起头。"说到这儿，艾薇把头高高地甩起，并且像马一样嘶鸣。"威利就等在那儿。那匹马又把头垂了下去。你会以为，它永远都不会把头抬起来了，就像没长骨头一样。"艾薇耷拉着脑袋，看上去有些吓人。"威利拿起饲料袋后，结果那匹马又把头抬了起来。"

"然后呢？"弗朗茜问道。

"我走了过去，把饲料袋套在了马脖子上。就是这样。"

"那匹马会听你的话吗？"

"它会不会听我的？"艾薇对凯蒂重复了一遍，然后对弗朗茜说，"它会跑到人行道上来迎接我，我还没把饲料袋举起来，它就已经把头伸进去了。你说它会不会听我的？”她愤愤不平地咕哝着，然后又对凯蒂说，“你知道吗，凯蒂，有时我觉得我丈夫在吃那匹马的醋，因为鼓手喜欢我。”

凯蒂瞠目结舌，盯着她看了一会儿，随后捧腹大笑。艾薇和弗朗茜都笑了。两个罗梅利家族的女孩儿，有一半罗梅利家族血统的弗朗茜，她们为了共同的秘密站在那里——一起嘲笑一个男人的弱点。

这就是罗梅利家族的女人们：妈妈玛丽，她的女儿们——艾薇、茜茜和凯蒂，还有弗朗茜——她虽然姓诺兰，但也会长成罗梅利家族的女人。她们全都身形苗条、纤弱，眼睛充满好奇，嗓音轻柔而飘忽。

可是她们内在都有一副看不见的铮铮铁骨。

Chapter 08

诺兰家族的男人

罗梅利家族都是性格坚毅的女人，诺兰家族则都是软弱但才华横溢的男人。约翰尼家的人丁日渐凋零。诺兰家族的男人一代比一代英俊，也一代比一代柔弱和迷人。他们总会坠入爱河，却又总想逃避婚姻的责任。这就是他们家族衰落的主要原因。

婚后不久，鲁茜·诺兰便同她帅气的丈夫离开爱尔兰，来到了美国。他们隔一年生一个男孩儿，连续生了四个。三十岁时，鲁茜的丈夫米奇去世了，留下鲁茜一人担起家庭的重任。她想方设法地让安迪、乔吉、弗朗基和约翰尼念完六年级。每个男孩儿到十二岁时，就不得不辍学，去挣些小钱贴补家用。

男孩儿们都长大了，个个出落得仪表堂堂。他们能歌善舞，擅长音律，所有姑娘都为之倾倒。尽管诺兰一家人住在爱尔兰街最破旧的房子里，可男孩儿们的穿着是街区里最考究的。他们家的厨房一直立着一块烫衣板，因为总有人要在那里熨烫裤子、衬衫或整理领带。诺兰家族的这几个小伙子身材高挑、满头金发、英俊潇洒，是这片贫民窟的骄傲。他们的皮鞋擦得油光锃亮，走起路来脚下生风。他们的裤子平整服帖，头上总戴着帽子，显得颇为俏皮。可是，他们都没能活过三十五岁——全死了。四个人中，只有约翰尼留下了子嗣。

安迪是家里的老大，也是长得最帅气的那个。他留着一头泛红的金色鬈发，五官极为精致。不幸的是，他患有肺结核。他与一位名叫弗朗茜·梅兰妮的女孩儿订了婚，可婚期一推再推。他们都指望他的身体能有所好转，可是他再也没能好起来。

诺兰家族的男孩儿们都是歌手兼服务生。他们曾组成了诺兰四重唱，直到安迪病重，无法继续工作，才变成了诺兰三重唱。他们收入微薄，把大部分钱都花在了喝酒和赌马上。

在安迪最后一次卧病在床时，三个弟弟花七美元给他买了一个真正的天鹅绒枕头，想让他在临死前能有一份奢侈的享受。安迪觉得那个枕头棒极了，可刚刚枕了两天，他就突然口吐鲜血，将那个崭新、精致的枕头染成了铁锈色。安迪走了，母亲在他的尸体旁痛哭了三天。弗朗茜·梅兰妮发誓此生不再嫁人。其余三个兄弟也发誓永远不会离开母亲。

六个月后，约翰尼与凯蒂结婚了。鲁茜痛恨凯蒂，因为她希望自己这几个英俊的儿子都能留在家

里，陪在自己身边，直到自己离世，或者他们死去。

在此之前，她的三个儿子都没有结婚的打算，可就是那个女孩儿——凯蒂，竟然把他抢走了！鲁茜很肯定，约翰尼一定是中了她的诡计才和她结婚的。

乔吉和弗朗基很喜欢凯蒂，但他们都觉得这是约翰尼为了摆脱照顾母亲而耍的卑鄙的花招儿。尽管如此，这两兄弟还是尽心尽力地为约翰尼准备结婚礼物。他们四处寻找，最终决定把那个买给安迪的精美的枕头送给凯蒂。那个枕头价格不菲，况且安迪几乎没怎么用过。鲁茜在枕头上面缝了一个新枕套，遮住了安迪去世前留下的那块丑陋的污渍。就这样，这个枕头传给了约翰尼和凯蒂。他们觉得它太昂贵了，所以在日常生活中很少用。只有家里有人生病的时候，才把它拿出来枕一枕。弗朗茜称它为“病人枕”。凯蒂和弗朗茜全然不知，它曾经是“亡人枕”。

约翰尼结婚大约一年后，弗朗基（很多人认为他比安迪还要帅）和朋友们聚会喝多了酒，散场后，他摇摇晃晃地走回家，被一根绷直的铁丝网绊倒了。铁丝网应该是哪个有田园情怀的布鲁克林人用来圈自己房前那一平方英尺[1]草地的，它是由几根尖尖的小木棍支撑起来的。当弗朗基绊倒时，其中一根木棍刺穿了他的胃。弗朗基不知怎的站起了身，走回家，当晚就去世了——他就这样孤独地死去了，

① 英尺，英美制长度单位，1 英尺等于 12 英寸，合 0.3048 米，0.9144 市尺。旧也作呎。

临终时没有神父赦免他所有的罪孽。为了让他的灵魂得以安息，母亲每个月都为他做一场小弥撒，终身未改。因为她知道，儿子的灵魂仍在炼狱里四处游荡。

仅一年多一点，鲁茜·诺兰就已经“失去”了三个儿子：两个是被死神夺走的，一个是被婚姻夺走的。她为“失去”的三个儿子而伤心。乔吉是唯一留在她身边的孩子，但三年后也去世了，年仅二十八岁。那一年，约翰尼二十三岁，是家里唯一幸存的男丁。

这就是诺兰家族的男孩儿们。他们全都英年早逝，全都暴毙而亡，或因为性格鲁莽，或因为生活方式不良。约翰尼是唯一一个活过三十岁生日的男孩儿。

他的孩子弗朗茜·诺兰，集罗梅利家族和诺兰家族所有的特点于一身。她极其柔弱，热爱一切美的事物——这是住在贫民窟的诺兰家族的特点。她融合了外婆罗梅利的神秘感、讲故事的天赋、对万物坚定不移的信念，以及对弱小之士的同情。她极其顽强，继承了外公一部分残酷的意志。她继承了一些艾薇姨妈的模仿天赋，也继承了一些鲁茜·诺兰的占有欲，还有茜茜姨妈对生活和孩子的热爱。她像约翰尼一样多愁善感，却没有他那般姣好的容貌。她继承了凯蒂全部的温柔，却只拥有她身上一半的铮铮铁骨。不论好与不好，她都由这些家族特质构成。

当然，构成她这一生命体的元素还有很多。她是她在图书馆里阅读过的书，她是金棕色陶罐里的花朵，她是院子里那棵枝繁叶茂的树……与情深义重的弟弟激烈争吵的是她，母亲隐秘而绝望的哭泣是她，酒鬼父亲踉跄回家的羞耻感还是她……

除了这一切，她还有罗梅利家族和诺兰家族以外的特质，这些特质源自她的阅读、观察和日复一日的生活。这是她与生俱来的特质，使她成为两个家族中独一无二的存在。那是上天施与每个灵魂独一无二的东西，就像地球上没有两枚相同的指纹。

Chapter 09

你好，弗朗茜

婚后，约翰尼和凯蒂在威廉斯堡一条名为博加特的安静小巷安了家。约翰尼之所以选择这条街，是因为它的名字读起来扣人心弦、神秘莫测。婚后的第一年，他们在这里过得很幸福。

凯蒂选择嫁给约翰尼，是因为喜欢他的歌声、舞姿和穿着打扮。和所有女人一样，在婚后她也试图改变他的一切。她说服他放弃歌手兼服务生这份工作。他正沐浴在爱河之中，迫切地希望能取悦她，所以他照做了。他们找了一份工作，两人一起在晚上看管公立学校。他们很喜欢这份工作。当其他人都上床睡觉时，他们一天的工作就开始了。晚餐过后，凯蒂会穿上那件肩部宽大的羊腿袖黑色外套，外套上饰有华丽的穗带，那是她从工厂拿回来的最后一件战利品，头上裹一条樱桃红色的羊毛围巾（她称之为“云朵”），然后同约翰尼出发去上班。

学校虽然不大，设施还有些老旧，但是很温馨。他们很期待在那里过夜。他们手挽着手走着，他脚踩漆皮舞鞋，她穿着小羊皮系带高筒靴。有时，当寒冷的夜空挂满繁星，他们会跑跑跳跳，放声大笑。他们可以用专用钥匙进入学校，这让两人觉得自己十分重要。夜晚的学校是属于他们的世界。

他们一边工作，一边玩乐。约翰尼坐在课桌前，凯蒂假装自己是一名老师。他们在黑板上相互留言。他们会拉下像百叶窗一样卷起来的地图，用橡皮头教鞭指出其他国家。一想到那些陌生的国度和未知的语言，两人便充满好奇。（那时他十九岁，她十七岁。）

他们最喜欢打扫的地方就是礼堂。约翰尼一边擦拭钢琴上的灰尘，一边用手指去抚摩琴键，他弹了几段和弦。凯蒂坐在前排，让他唱歌。他为她演唱时下的伤感歌曲：《她或许见过更好的日子》，或是《我为你心碎》。他的歌声把住在附近的人们从午夜的梦中唤醒，他们躺在温暖的被窝里，半梦半醒地听着，然后互相低语道：

"真不知道是哪家的小伙子，真是太可惜了。他在浪费时间。他在浪费时间哪！他应该上台表演。"

有时，约翰尼会把一张小小的讲台想象成舞台，在上面跳上一支舞。他是如此优雅、英俊，又是那般深情。仅仅是生活本身，就让他满怀感激。凯蒂就这样看着他，她觉得自己简直要幸福死了。

凌晨两点，他们来到教工午餐室。那里面有一个煤气炉，他们会用煤气炉煮咖啡。他们还在橱柜里放了一罐炼乳。热气腾腾的咖啡，整个午餐室都充满了浓郁的香气，这让他们十分享受。他们用黑麦面包和博洛尼亚红肠做成的三明治味道好极了。吃完夜宵，他们有时会去教工休息室，那里有一张罩着印花棉布的沙发，他们会相互搂着，躺在上面休息片刻。

最后，他们会清理垃圾篓。凯蒂会在里面捡一些较长的粉笔和不算太短的铅笔头，然后把它们带回家，保存在一个盒子里。弗朗茜长大后，发现有这么多粉笔和铅笔可以用，觉得自己富有极了。

黎明时分，学校已被他们俩打扫得既干净亮堂又温暖舒适，这样就可以放心地交接给学校白天的管理员了。他们散步回家，看着星星逐渐从空中消失。他们路过面包店，一阵香气从地下烘焙店传来，这是烤面包卷的味道。约翰尼跑到地下室，花五美分买了一个热气腾腾的面包卷。回到家，他们喝着热咖啡，就着尚有余温的面包卷解决了早餐。然后，约翰尼会出门买一份《美国人》日报。在凯蒂打扫房间时，他会给她一边读新闻，一边穿插着自己的评论。到了中午，他们俩会做一锅热乎乎的炖肉和面条，或其他美味佳肴。吃过午饭后，他们就开始睡觉，一直睡到上班时间才起床。

他们每月挣五十美元。在那个年代，这对于他们那个阶层的人来说，算是一笔相当可观的收入了。他们过得舒适、安逸，美好的生活里充满着幸福和小小的奇遇。

而且，他们那么年轻，彼此深爱着对方。

几个月后，凯蒂发现自己怀孕了，天真的他们感到惊慌错愕。当她告诉约翰尼自己"有情况"时，约翰尼一开始感到困惑，不知所措。然后，他不想让她去学校工作了。她告诉他，自己拥有这种感觉已经有一段日子了，而这期间她一直在工作，没有感到任何不适。她坚称工作对她而言是有好处的，他妥协了。她继续坚持工作，直到身体变得笨重，笨重到无法打扫桌子下的灰尘。很快，她什么都做不了，只好躺在那张他们曾彼此依偎的沙发上陪伴约翰尼。那时，约翰尼承担了所有的工作，凌晨两点时，他会为她准备卖相难看的

三明治和煮过头的咖啡，即便如此，他们依旧很快乐。不过，随着时间的推移，约翰尼变得越来越焦虑。

十二月的某个寒冷之夜，凯蒂开始阵痛。她躺在沙发上，默默忍受着，想等约翰尼安心干完活儿后再告诉他。回家的路上，她感到了一阵撕心裂肺的疼痛，她再也承受不住了，痛苦地呻吟起来。约翰尼知道孩子就要出生了，他把她带回家，让她和衣躺在床上，又给她盖了些东西保暖，然后才跑到附近的产婆金德勒太太家。他求她赶快出发，这位善良的妇人却不紧不慢的，简直要把他逼疯了。

出发前，她得先摘掉头发上的几十个卷发夹，还得找到她的假牙，不戴假牙，她拒绝出诊。约翰尼只得帮她一起找，最后他们在外面窗台上找到了。假牙泡在一个玻璃杯里，里边的水冻得很结实，她不得不先等它化冻，然后再把假牙戴上。待一切结束，她又要做个护身符。她拿了一片在神坛上受过祝福的棕榈叶子，又拿出一枚圣母奖章、一小根蓝色的小鸟羽毛、一个破刀片和一枝药草。她用一根脏兮兮的绳子把这些东西绑在一起。那根绳子原本是紧身胸衣的缎带，它的主人只用了十分钟就生出一对双胞胎。她又开始往那些物品上喷洒圣水，相传这是耶路撒冷一口井里的井水。据说，耶稣曾经喝过这口井里的水来解渴。她向这位心急如焚的小伙子解释说，这个护身符可以减少生产过程中的疼痛，并能确保他得到一个健康的宝宝。最后，她拎起那个鳄鱼皮背包，左邻右舍都熟悉这个背包，而且所有小孩子都相信，他们自己就是被装在这个背包里胡乱踢着腿，给送到母亲身边的。她终于要出发了。

当他们赶到凯蒂身边时，凯蒂正疼得大声尖叫。公寓里挤满了女邻居，她们站在周围祈祷，并回忆起自己生产孩子时的经历。

“我生文森特的时候，我……”其中一个说道。

“我当时比她年纪还小呢，”另一个说道，“而且当……”

“他们并没有指望我能挺过去，可是……”第三个人骄傲地说起来。

她们迎产婆进了屋，然后把约翰尼赶出了门。约翰尼坐在门口的门廊上，凯蒂每次大声哭号都会让他胆战心惊。他一头雾水，一切发生得太突然了。现在已是第二天的早上七点，尽管屋里的窗户都是关着的，他在外面还是能听到凯蒂接连不断的叫喊声。上班的男人路过这里，他们望了望那扇传出阵阵尖叫声的窗户，又看了看蜷缩在门廊上的约翰尼，脸上不禁露出凝重的神情。

整整一天，凯蒂都处于临产的状态，可约翰尼却什么也做不了——他什么忙也帮不上。到了晚上，他再也无法忍受了。他跑到母亲家里寻求安慰。当他告诉母亲凯蒂正在分娩时，母亲的悲叹声几乎要顶破屋顶。

“现在，她算是彻底把你抓到手心里了，”她失声痛哭道，“你再也不会回到我身边了。”她完全听不进去劝。

当约翰尼找到哥哥乔吉时，他正在为别人表演舞蹈。约翰尼坐在那里一边喝酒，一边等着乔吉跳完，全然不记得要去学校工作的事。乔吉当晚的演出结束后，他们光顾了好几家通宵营业的酒吧，在每个地方都喝了一两杯，向每个人倾诉约翰尼的遭遇。男人们同情地倾听着，不仅招呼着约翰尼喝酒，还宽慰他说他们也遭遇过同样的磨难。

黎明时分，兄弟二人回到了母亲家。约翰尼不安地睡着了。早上九点，他猛然醒来，有种大难临头的感觉。他才想起凯蒂，又想起学校，可惜一切都为时已晚。他穿衣洗漱，然后往家的方向走去。路过一个水果摊时，他看见上面摆着牛油果，于是给凯蒂买了两个带回去。

他永远都不会知道，就在那个夜里，他的妻子承受了怎样剧烈的疼痛，用了将近二十四小时才生下一个瘦弱的女婴。关于生产，唯一值得一提的是，这个女婴在出生时头上包裹着一层胎膜。据说，这样的孩子将在这个世界上有所成就。产婆偷偷把那层胎膜占为己有，之后又以两美元的价格卖给了布鲁克林海军造船厂的一个水手。据说，但凡带着胎膜的人永远不会溺水身亡。水手把它装进一个法兰绒布的小袋子里，戴在脖子上。

在约翰尼喝得烂醉如泥、不省人事的那一夜，他不知道夜里气温骤降，学校里应由他照看的锅炉熄火了，水管因此冻裂，地下室和一楼全都被水淹没了。

到家时，他发现凯蒂躺在昏暗的卧室里，宝宝在她旁边，躺在安迪的那个枕头上。公寓被仔细地打扫过了，这多亏那些女邻居的帮忙。屋子里弥漫着一股淡淡的石灰混合爽身粉的气味。产婆临走前说了句："接生费是五美元，你丈夫知道我的住处。"

她离开后，凯蒂将脸扭到墙边，竭力忍住不哭。到了晚上，她努力让自己相信约翰尼就在学校工作。她多么希望他能在凌晨两点的用餐时间回家待一会儿。现在已经快中午了，他理应回家了。或许，他下了夜班后去他母亲家睡了一会儿。她尽可能地说服自己，无论约翰尼做什么都没关系，他会给自己一个安心的解释。

产婆离开不久，艾薇就过来了。一个邻居家的男孩儿被派去叫她。艾薇带来了一些甜黄油、一袋苏打饼，还给凯蒂泡了茶。凯蒂觉得美味极了。艾薇检查了婴儿，觉得这孩子看起来相貌平平。不过，她什么都没对凯蒂说。

约翰尼一到家，艾薇本想好好说说他，可当看见他脸色苍白、惊慌失措的狼狈相，想到他也只有二十岁，她就把话咽回了肚子。她吻了吻他的脸颊，告诉他不要担心，然后给他煮了一杯新鲜的咖啡。

约翰尼看也没看那孩子一眼。他手里紧紧抓着牛油果，跪在凯蒂床边，大声哭诉着自己的恐惧和担忧。凯蒂和他一起哭了起来。生产的那个晚上，她一直希望约翰尼陪在自己身边。但现在，她真希望自己可以在某个地方偷偷生下孩子，等一切结束后，再告诉他一切顺利。她已经饱受折磨，那感觉就像是被放进了滚烫的油里活活烹炸，却无法一死了之。她已经饱受了折磨！天哪，这难道还不够吗？为什么还要让他受苦呢？他天生就不是吃苦的命，她才是要受苦的那个人哪！两个小时前，她刚刚才生下了一个孩子，虚弱到无法把头从枕头上抬起来，然而她却安慰他，告诉他别担心，她会照顾他的。

约翰尼感觉好多了。他对凯蒂说，毕竟这没什么大不了的，而且他知道很多丈夫都要“经受磨难”。

“现在，我也经受过磨难了。”他说道，“我是一个真正的男人了。”

然后，他对着宝宝“嘘寒问暖”一番。凯蒂同意他的建议，为宝宝取名为弗朗茜，与哥哥安迪的未婚妻弗朗茜·梅兰妮同名。他们觉得，如果让她做孩子的教母，或许能治愈她那颗破碎的心。如果安迪还活着，那么她就会嫁进诺兰家族，和这个孩子同叫弗朗茜·诺兰。

他给牛油果加入橄榄油和腌泡菜的醋，做成沙拉端给凯蒂。她觉得味道寡淡，心里有些失望。约翰尼说，这味道像橄榄，她应该慢慢习惯。她被他的惦念感动了，为了不辜负他的这番心意，她吃掉了这份沙拉。艾薇也受邀吃了一些。她尝了尝，说自己宁愿先吃点儿番茄。

当约翰尼在厨房喝咖啡时，一个男孩儿从学校赶来，他带来一张校长的字条。字条上面说，约翰尼因玩忽职守被解雇了。校长通知他去学校一趟，结算剩下的工资。字条的结尾还告诉约翰尼，他不要指望能得到任何推荐信。读完字条，约翰尼面色苍白。他给了送字条的男孩儿一枚五美分硬币，感谢他来送字条，并让他帮忙带话，说自己这就过去。他销毁了那张字条，对凯蒂只字未提。

见到校长，约翰尼努力解释了一通。校长则说，既然他知道孩子要出生了，就应该更加认真地对待工作。出于善意，校长对他说，水管破裂造成的损失他就不必赔偿了，教育委员会会负责处理这件事。约翰尼感谢再三，并签署了一份凭证，保证将他的薪金支票转到校长名下，然后校长自掏腰包垫付了他的薪水。总而言之，在校长看来自己已经仁至义尽了。

约翰尼付了产婆的钱，又向房东支付了下个月的房租。他们现在有了一个孩子，凯蒂需要恢复身体，好久之后才能有力气工作，他们又都失业了，一想到这些，他顿时感到惶恐。最后，他宽慰自己，反正已经交了房租，至少他们能够安稳地生活三十天，船到桥头自然直，到时候情况一定会有所好转。

下午，他特意到玛丽·罗梅利家，告诉她孩子出生的消息。去的路上经过橡胶厂，他顺便去找茜茜的领班，让那个男人帮忙把孩子出生的消息转告给茜茜，并且让他问茜茜，下班后可否去家里看看孩子。领班向约翰尼使了个眼色，说他会转达的，并且戳了戳约翰尼的肋骨道："真有你的，老兄。"约翰尼咧嘴笑了笑，给了他十美分，嘱咐道：

"去买支好雪茄，算我请客。"

"我会的，老兄。"领班应允道。他和约翰尼握了握手，并再次保证他会向茜茜转达消息。

玛丽·罗梅利听到消息后伤心落泪："可怜的孩子！可怜的小宝宝，"她难过地说道，"来到这个满是悲伤的世界，她生来就要承受苦难。唉，她要那么艰辛地付出，即便只有一点点幸福。唉，唉……"

约翰尼急于把这个消息告诉托马斯·罗梅利，但是玛丽恳求他先缓一缓。托马斯讨厌约翰尼·诺兰，因为他是爱尔兰人。他恨德国人，恨美国人，恨俄国人，但他最无法接受的是爱尔兰人。他偏激地认为，异族通婚会生下血统不纯的孩子。

"如果我让金丝雀和乌鸦交配会得到什么物种呢？"这就是他的论据。

约翰尼把岳母送到自己家里，便出去找工作了。

见到母亲，凯蒂很是高兴。她对分娩时的阵痛记忆犹新。现在她也体会到了母亲在生她时经历的磨难。一想到母亲曾生下七个孩子，并将他们抚养长大，又目睹其中三个孩子夭折，并且清楚地知道，活下来的孩子注定要忍饥挨饿、吃苦受罪。她预想同样的命运将在她出生还不到一天的孩子身上循环上演，不禁为此而忧心如焚。

"我懂什么呢？"凯蒂问母亲，"除了我自己所知道的东西，我什么都教不了她，我懂的东西太少了。妈妈，你过得很穷，约翰尼和我也很穷。这个孩子长大了也会很穷。我们不会比现在过得更好的。有时，我觉得过去的那一年就是我能想象出的最美好的时光了。日子一天天过去，约翰尼和我只会变老，一切都不会好起来了。我们唯一拥有的就是当下，还能仗着年轻力壮找点儿活儿干。可随着时间的流逝，我们会失去这些的。”

这时，她看清了生活的真相。她心里想着：“我觉得我可以工作，我不能指望约翰尼。我得一直照顾他。哦，天哪，别再给我送来孩子了，那样我就不能照顾约翰尼了。我得照顾他，他无法照顾自己。”母亲打断了她的思绪，说道：

“我们在故国的时候又有什么呢？我们一无所有。我们是农民，一直挨饿受冻。后来我们来到这里，情况也没好到哪儿去。只不过在这里，你的父亲不用被抓去参军了。除此以外，我们却过得更加艰辛。我很想念我的故国，想念那里的茂密树木、广阔田野，想念熟悉的生活，以及我的那些老朋友。”

“如果你不指望有更好的生活，为什么还要来美国呢？”

“为了我的孩子们。我希望他们能出生在一个新的国度。”

“你的孩子们并不出色，妈妈。”凯蒂苦笑着说道。

尽管这里生活艰难，充满了陌生感，但在故国，一个人就算再努力，也不会比他的父辈过得好。如果他的父亲是一个木匠，那么他这辈子可能就是一个木匠。他没办法成为一名老师或者神父。他可能会有所进步，但无法突破他父辈的社会地位。在故乡，人的一生取决于他的过去。而在这里，人的一生属于未来。在这片土地上，如果一个人心怀善良，脚踏实地，不走歪路，他就有可能成为他想成为的任何人。”

“事实并非如此。你的孩子们没有比你过得更好。”

玛丽·罗梅利叹了口气："也许是我的错吧。我不知道该如何教育我的女儿。因为几百年来，我的家族一直在某个领主的土地上劳作。我一无所有，没能把我的第一个孩子送去上学。我很无知，刚开始并不知道，在这片土地，像我们这种家庭的孩子也可以享受免费教育。所以，茜茜没有机会比我生活得更好。但是，其他的三个……你们都去上学了。"

"我只读完了六年级，如果那也称得上教育的话。"

"你的雍尼（她发不出"约翰"的音）也接受过教育。你没看出来吗？"她的语气变得兴奋起来，"事情已经开始好转了。"她抱起宝宝，把她高高地搂在怀里，"这孩子的父母都认识字，"她真诚地说道，"对我来说，这就是一个伟大的奇迹。"

"妈妈，我还年轻。妈妈，我才十八岁。我有的是劲头儿。我会努力工作的，妈妈。但是，我不希望这个孩子长大以后只能靠力气活儿吃饭。我该怎么做，妈妈？我该怎么做才能给她创造一个迥然不同的世界？我该从哪里开始？"

"秘诀就是读书和写字。你能认字，选一本好书，每天给孩子读一页。你要每天坚持如此，直到孩子学会识字。然后，让她每天坚持朗读。这就是我所知道的秘诀。"

"我会为她读书的，"凯蒂坚定地说道，"什么是好书呢？"

"世界上有两部伟大的作品。一本是莎士比亚的。我曾听人说过，他的书里写尽了生命的奇迹。人类所知的一切妙语佳句、聪明智慧与世间万象，都在那些书页里。据说，这些故事都能被搬到舞台上演绎。我所认识的人里面，没有谁曾见过这部伟大的作品。但是，我曾听奥地利的领主说过，有些内容优美得如歌曲一般动听。"

“莎士比亚的书是用德语写的吗？”

“是英语。很久以前，我听领主对他的小儿子这么说过。当时，他的小儿子正要出发去著名的海德堡大学读书。”

“那另一本伟大的书是什么？”

“是新教徒们读的《圣经》。”

“可我们有自己的《圣经》呀，天主教的《圣经》。”

玛丽鬼鬼祟祟地环顾四周：“作为一名虔诚的天主教徒，虽然这么说有些不合适，但是我觉得新教的《圣经》中记载了更多品格高尚的动人故事。一位深受爱戴的新教徒朋友曾给我读过几篇她的《圣经》，所以我才有那样的感触。

“就是这本书，加上莎士比亚的作品。你必须每天给你的孩子读一页，即使你自己不理解上面写的内容，不能准确地发音，你每天也必须如此。随着孩子渐渐长大，她才能知道什么是伟大的作品，她才能懂得威廉斯堡这些廉租公寓并非整个世界。”

“新教的《圣经》和莎士比亚的书。”

“你还要把我给你讲的那些传说故事讲给你的孩子听——正如我的母亲讲给我听，我的外婆说给她听一样。你一定要把故乡的那些神话故事讲给她听，讲那些不存在于现实世界却永远住在人们心中的人物，比如，仙女、精灵、小矮人等。你一定也要告诉她，附在你父亲一家人身上的众多鬼魂，还有你姨妈被施了魔法的恶魔之眼。我们家族遇到灾难或要死人时，家族的女人身上会有哪些征兆，你得教孩子辨认。

“对了，一定不要忘了圣诞老人。孩子们在六岁前，一定要相信圣诞老人的存在。”

“妈妈，我知道这世上是没有鬼魂和仙女的。我岂不是要教给孩子愚蠢的谎言？”

玛丽厉声反驳道：“你无法确定这尘世中到底有没有鬼魂，也不知道天堂有没有天使。”

“我知道圣诞老人是不存在的。”

“那你也得告诉你的孩子们他们都是真的。”

“为什么？连我自己都不信啊！”

“因为，”玛丽言简意赅地解释道，“孩子一定要有一样宝贵的东西，那就是想象力。孩子一定要有一个秘密世界，里面住着不存在于这个世界上的东西。她一定要相信他们的存在，相信不属于这个世界的人物。这样，当世界丑陋到我们无法生存时，孩子便可以躲回自己的想象中。就拿我自己来说，就算到了现在这把年纪，还是觉得有必要回忆那些圣徒奇迹般的一生，以及人世间那些伟大的奇迹。只有脑海中想着这些事情，我才可以不苟活于眼前。”

“等孩子长大了，她自己会发现这一切是假的。如果发现我骗了她，她会失望的。”

“这就是所谓的‘顿悟’。自己开窍是件好事。一开始全心全意地相信一切，后来即便不相信了，也是一件好事。它会让你的情绪变得更丰富、更绵长。作为一个女人，当生活和周围的人让她感到失望时，她不会觉得难以承受，是因为她早就经历过了失望的感觉。你在教导孩子的时候，不要忘记苦难也是件好事。苦难会让一个人的性格更丰富。”

“如果是这样的话，”凯蒂苦涩地评论道，“那我们罗梅利家族的性格还真是挺丰富的呢！”

“没错，我们的确很穷。我们一直在过苦日子。但是我们变得更好了，因为我们了解了我之前同你说过的那些道理。虽然我不识字，但是我告诉你的都是我在生活中学到的经验。你一定要把这些经验讲给你的孩子听，不仅如此，你也要把成长过程中自己学到的经验教给孩子。”

“我还要教孩子什么呢？”

“你要让她相信天堂真的存在。天堂没有漫天飞舞的天使，也没有坐在宝座上的国王。”玛丽艰难地表达着她的观点，一会儿用英语说，一会儿用德语说，“但是，天堂是人们梦寐以求的地方，是充满奇迹的地方，是愿望得以实现的地方。这可能是另一种宗教吧。我还不清楚。”

“还有吗？还有什么？”

“在你离世前，一定要有一小块属于自己的土地，或者是一栋属于自己的房子，好让你的孩子们继承。”

凯蒂大笑起来：“属于我自己的土地？房子？我们能付得起房租就不错了。”

“即便如此，”妈妈坚定地说道，“你也必须这么做。几千年来，我们家的人都是农民，在故乡为别人耕种土地。到这里之后，情况有所好转，我们能靠双手在工厂劳动。每天，工人们都有一部分属于自己的时间，不用为老板工作。这样已经很不错了。但是，能够拥有一小块自己的土地就更好了，一小块可以留给我们孩子们的土地……这样，我们就足以在这片土地上自给自足。”

“我们怎样才能拥有自己的土地呢？约翰尼和我都在工作，但是我们赚得太少了。有时，交完房租和保险，剩下的钱连填饱肚子都不够。我们怎么能存得下钱买土地呢？”

“你得找出一个空炼乳罐，把它洗干净。”

“一个罐子……”

“你要把它的顶盖整齐地切掉，在罐身上划出几道你手指那么长的竖条，每个竖条大概这么宽。”她用手指比画出两英寸的宽度，“把这些竖条向后弯折后，大概能看出来这个罐子像一颗星星。你在顶部留一道窄缝。然后把这个罐子钉在衣橱最深的角落里，每个竖条上都钉上钉子。每天往里面存五美分，三年后，就是一笔五十美元的小财富。拿着这笔钱，你去乡下买一块地。拿到那块地的地契后，你就成地主了。一旦拥有了土地，一个人就再也做不回农奴了。”

“一天存五美分，听上去并不多。但是这钱从哪里来呢？我们的钱原本就不够花，现在还要再养活一个人……”

“你要按我说的做。你去蔬果店，问问一捆胡萝卜多少钱。那人会告诉你三美分。然后，你仔细查看，直到发现一捆看上去不那么新鲜也不太大的胡萝卜。这时，你再跟他说：‘这捆卖相差一点儿，两美分卖给我吧！’语气坚决些，这样你就能花两美分买到了。这样，你就可以把省下来的这一美分存进星星存钱罐里啦。再比如，现在是冬天，你花了二十五美分买了一蒲式耳[①]的煤。你感到天气冷了，想给屋里的炉子生火。但是先等等！再等一个小时。再忍受一个小时的寒冷。在身上披一条围巾，就这么想，我现在感到寒冷，是因为我要攒钱去买土地。那一个小时能节省三美分的煤，这样就又能存下三美分了。当你晚上一个人在家的时候，不要点灯，

---

① 蒲式耳，英美制容量单位（计量干散颗粒用）。英制 1 蒲式耳合 36.37 升，美制 1 蒲式耳合 35.24 升。

坐在黑暗里做会儿美梦。算一算这样又节省了多少煤油钱。这笔钱会越存越多。有朝一日，等你攒够五十美元，就可以在这座岛上买一块地了。”

“这样节省有用吗？”

“我向圣母发誓一定有用。”

“那你为什么从来没攒够买土地的钱呢？”

“我攒够了。一到这里，我就做了一个星星存钱罐。我花了十年的时间，才存下五十美元。我手里拿着这笔钱，找到住在附近的一个男人，大家都说他能帮人买地，而且童叟无欺。他给我看了一片美丽的土地，然后用我的母语告诉我：‘它是你的了！’他拿走了我的钱，给了我一张纸。我不认识上面的字。后来，看到有工人在我的土地上建房子，我就把那张纸拿给他们看。他们带着怜悯的目光看着我，嘲笑我。那个男人根本就无权出售那块地。这就是……用英语怎么说来着……骗什么。”

“骗局。”

“就是这个词。像我们这样的人，初来乍到，经常会被这样的人坑骗，就因为我们不识字啊。可是，你受过教育，你会先认出纸上写的字，确认那块地是否属于你，然后再付钱。”

“那你后来再也没存过钱吗，妈妈？”

“我存了。重新开始。但第二次要更难一些，因为家里养了很多孩子。我存够了钱，可搬家的时候，你爸爸发现了那个存钱罐，他就把钱拿走了。他不愿意用那笔钱来买地。因为他一直执迷于禽类，他用那笔钱买了一只公鸡和许多只母鸡，养在后院。”

“我好像对那些鸡有印象，”凯蒂说道，“真是好久好久以前的事情了。”

“他说，在附近卖鸡蛋可以挣很多的钱。唉！男人做的都是什么梦啊！一天晚上，有二十只饿猫跑到了栅栏里，咬死并吃掉了许多只鸡。第二天晚上，那些意大利人爬进了篱笆，又偷走了许多鸡。第三天，来了个警察，说在布鲁克林，人们私自在后院养鸡是违法的。我们必须交给他五美元的罚款，免得他把你爸爸带到警察局。你爸爸把剩下的那几只鸡卖掉了，然后又买了只金丝雀。这回他可以放心地在家里养了。就这样，我第二次存下的钱也没有了。不过，我又开始存了。或许有一天……”她坐在那里沉默了一阵，然后站起身，披上了围巾。

“天黑了。你爸爸要下班回家了。愿圣母玛利亚保佑你和孩子。”

茜茜一下班就直接过来了，都没来得及掸掉头上蝴蝶结沾着的灰色橡胶粉。一看见宝宝，她就激动地哭起来，哭得上气不接下气，说这个宝宝是世界上最漂亮的宝宝。约翰尼半信半疑，在他看来，那个孩子浑身发青，干瘪瘦弱。他甚至有些担心孩子的健康问题。茜茜为宝宝洗了澡（宝宝在第一天被洗了十几遍），然后冲到了熟食店，哄骗店主让她先赊账，待她星期六发了薪水再来还钱。她买了足足两美元的熟食：牛舌片、烟熏三文鱼、乳白色的烟熏鲟鱼片和脆卷。她还买了一袋木炭，把炉火烧得更旺了。她把晚餐放在托盘上端给了凯蒂，然后和约翰尼一同坐在厨房里吃了起来。房子里散发着温暖的气息，夹杂着美食、甜面粉，以及类似糖果的浓烈香气。香气是从茜茜项链上的心形吊坠散发出来的。那枚心形吊坠是仿银丝的，里面装着一只又白又硬的圆盘。

饭后，约翰尼一边抽雪茄，一边打量茜茜。他不清楚人们在评价一个人好坏的时候，奉行的是怎样的标准。就拿茜茜来说，她很坏，但是，她也很好。站在男人的立场来说，她是个坏女人。但她又是个好人，因为有她在的地方，就一定充满了活力、美好、温柔，那是一种势不可当的、充满乐趣的、香气扑鼻的人生体验。他希望在自己刚出生的女儿身上，能有一丝茜茜的影子。

当茜茜提出自己要在这儿过夜时，凯蒂看起来有些为难。她说家里只有一张床，那是她和约翰尼休息的地方。茜茜宣称，如果约翰尼能确保她也能生一个像弗朗茜这样漂亮的孩子，她愿意不顾一切去实现。凯蒂眉头紧锁。她当然知道茜茜是在开玩笑，只不过茜茜的性格过于真实和直白。她刚开始责备茜茜，约翰尼便打断她们，说自己要去学校了。

他不忍心告诉凯蒂自己丢了工作。他找到了哥哥乔吉，当晚，他正好在工作。幸运的是，他们刚好需要一个人招待客人，还要演唱歌曲。约翰尼得到了这份工作，并且对方答应他下个星期还会为他提供工作机会。他又做回了歌手兼服务生，从此再也没有换过其他的工作。

茜茜和凯蒂躺在床上，她们聊了一整夜。凯蒂诉说着自己对约翰尼的担忧和对未来生活的恐惧。她们聊到了玛丽·罗梅利。她真是一位好母亲哪！无论是对艾薇、茜茜还是凯蒂，她都一视同仁。她们也聊起了父亲托马斯·罗梅利。茜茜说他是个没用的老家伙，凯蒂则叫茜茜对他尊重些。茜茜说道："哦，胡说八道！"凯蒂大笑起来。

凯蒂把她和妈妈当天的谈话告诉了茜茜。关于存钱罐的想法让茜茜很是着迷，以至于她在半夜激动地爬了起来，把一罐炼乳全倒在碗里，然后做了一个存钱罐。她努力爬进了又窄又挤的壁橱，要把罐子钉在里面，但她那宽大的睡袍把她缠住了。于是她脱掉睡袍，赤身爬进壁橱。由于无法把身体全部塞进壁橱，她只好跪在里面钉存钱罐，屁股就这么露在了外面。凯蒂笑得前仰后合，她甚至担心自己会因此大出血。凌晨三点，巨大的敲击声吵醒了公寓里的其他租客。楼下的邻居敲起了天花板，楼上的邻居则跺起了地板，咚咚声响彻房间。茜茜在壁橱里咕哝道："家里还住着病人呢，邻居们怎么有脸弄出这么大动静！"听了这句话，凯蒂又捧腹大笑了一阵。"这让人怎么睡呀？"她一边说，一边狠狠地锤了锤最后一颗钉子。

钉好存钱罐，她又穿上了睡袍，往罐子里放了一枚五美分硬币，以示土地存钱活动正式开始。然后她又回到床上，兴致勃勃地听凯蒂说那两本书的事，她承诺一定要拿到那两本书，送给宝宝当受洗礼物。

弗朗茜安逸舒适地睡在了母亲和茜茜中间，就这样度过了来到这个世界后的第一个夜晚。

第二天，茜茜着手准备那两本书。她去了公共图书馆，询问图书馆管理员如何才能得到《莎士比亚全集》和《圣经》，同时还可以一直在自己手里保存。图书馆管理员说无法帮她弄到《圣经》，但馆里有一本破损的《莎士比亚全集》，正准备丢弃呢，茜茜可以拿走。那是一本破破烂烂的旧书，书里有莎士比亚全部的戏剧和十四行诗，还有阐释作者写作意义的细致脚注和详细解释，也有作者的传记和图片，每部戏还配有钢板画插图。书籍的字体很小，纸张很薄，一页纸上分了两栏。茜茜把它买了下来，一共花了二十五美分。

《圣经》虽然没那么容易搞到手，但终究更便宜些。事实上，茜茜一分钱也没花。《圣经》的封面上写着“基甸”这个名字。

买完那本《莎士比亚全集》之后，又过了几天，茜茜和她的朋友在一家安静的家庭旅馆过夜。早上醒来后，茜茜用胳膊肘推了推她的朋友。

“梳妆台上的那本书叫什么名字？”

“《圣经》。”

“是新教的《圣经》吗？”

“没错。”

“我要把它弄到手。”

“拿吧。他们把它放在这儿就是为了让人拿走的。”

“才不是呢！”

“真的是这样！”

“别开玩笑了！”

“人们把它偷走，阅读里面的内容，进而改过自新，最后对自己的行为进行忏悔。他们会把它还回来，并且再买一本新的，这样别人就可以将其偷走，阅读并改过自新了。如此这般，出版这本书的公司不会有任何损失。”

“好吧，不过他们这里的书可不会有人还回来了。”她把书用旅馆的毛巾包了起来。

弗朗西·诺兰的“图书馆”就这样建成啦。

Chapter 10

我的弟弟尼利

弗朗茜发育得不怎么好。她瘦小枯干，面色苍白，毫无健康成长的样子。尽管街坊四邻的妇人说凯蒂的奶水对宝宝没有好处，但是她依旧坚持母乳喂养。

弗朗茜三个月大的时候，凯蒂的奶水突然没有了，所以弗朗茜开始用奶瓶喝奶。凯蒂忧心忡忡，于是去请教她的母亲。玛丽·罗梅利看着她，叹了口气，但什么也没说。凯蒂去向产婆求助，那个女人却问了她一个愚蠢的问题。

“你星期五在哪里买的鱼？”

“在帕迪市场，怎么了？”

“你在那里碰到了一个老太太在给她的猫买鳕鱼头，能想起来吗？”

“是的。我每周都会碰到她。”

“如果早知道有她在，你就不会去了。就是她干的！就是她让你奶水不足的。”

“什么？不会吧！”

“她一直盯着你呢。”

“可是为什么呢？”

“她嫉妒你，因为你和那个爱尔兰帅小伙儿过得太幸福了。”

“嫉妒？她都那把年纪了。”

“她是个女巫。我在家乡的时候就认识她。没错，她跟我是坐同一条船来的。她年轻的时候，曾爱上了一个凯里郡的狂野男孩儿。他勾引这个女孩儿，让她怀孕了。后来女孩儿的老父亲追上门，让他和她去教堂结婚，他却不肯。就在夜深人静的时候，他趁机坐上了一条去往美国的船，溜走了。这个女孩儿的孩子一出生就死了。后来，她把自己的灵魂卖给了魔鬼，魔鬼教给了她巫术，从此她就能吸干奶牛、母山羊和年轻产妇的奶水。”

“我想起来了，她看我的眼神的确有些怪异。”

“她那个时候就盯上你了。”

“那我怎样才能让奶水回来呢？”

“我告诉你个方法。月圆之时，你用你的一绺鬈发做个小人儿，在上面粘些指甲，再裹上一块破布，洒些圣水，给它取名叫‘内莉·格罗根’，是的，这就是那个女巫的名字。然后，你在小人儿上面插进三根生锈的大头针。这么做就能破解她施在你身上的巫术了，你的奶水就会像香农河的河水一般，再次流动起来。这个秘方你只需要给我二十五美分。

凯蒂付了钱。到了满月的时候，她做了个小人儿，并在上面戳了一下又一下。可她的奶水还是不足。弗朗茜也因为喝了奶粉而生病。

绝望之际，凯蒂向茜茜寻求帮助。茜茜听完女巫的事，轻蔑地说道：

“是女巫干的才怪呢！根本不是谁盯你，而是约翰尼干的好事。”

凯蒂这才知道自己又怀孕了。她告诉了约翰尼，他开始焦虑起来。再次做回歌手兼服务生一直让他很开心，工作机会不少，且相对稳定，不大酗酒，挣到的钱大多用来补贴家用。可在得知第二个孩子就要出生后，他觉得自己又要被困住了。他只有二十岁，凯蒂也只有十八岁。他觉得他们是如此年轻，却又如此不堪一击。于是，他跑出去买醉。

过了一阵，产婆来查看她的符咒有没有奏效。凯蒂告诉她，那个符咒并没有成功，因为她怀孕了，这事并不能怪那个女巫。产婆撩起裙子，把手伸进了她缝在衬裙上的一个大口袋里，掏出了一瓶看上去有些令人作呕的深褐色的东西。

“没事，不用担心。”她说，“这瓶玩意儿早晚各服用一次，连服三天，你就会回到原来的状态。”凯蒂摇摇头表示拒绝。产婆问道：“你是害怕如果这么做了，神父会对你说什么？”

“不是。我只是不想杀生。”

“这不是杀生。在你感受到任何胎动之前，他都不算生命。你不是还没感觉到有胎动吗？”

“还没有。”

“好了！”她得意扬扬地用拳头砸在桌上，“这瓶我只收你一美元。”

“谢谢，我不想要。”

“别犯傻了。你还只是个小姑娘。你现在的孩子已经够让你劳心费神的了。你丈夫的确很帅气，可他并不是个安分守己的人。”

“我丈夫是怎样的人，这是我自己的事。我的孩子并不是个麻烦。”

“我只是想帮你。”

“多谢，再见！”

产婆把那瓶子塞回到衬裙的口袋里，起身准备离开。“等你要生的时候，你知道我住哪儿。”走到门口时，她给出了最后一条建设性意见，“如果你一直在楼梯上跑上跑下，有可能会流产。”

那年深秋，布鲁克林的小阳春①温暖得有些不真实。凯蒂坐在公寓门廊的台阶上，让怀里虚弱的女婴靠在自己高高隆起的肚子上，肚子里是另一个即将出生的孩子。路过的邻居心生怜悯，纷纷停下脚步，对弗朗茜表示同情。

“你养不大那个孩子的。”他们对她说道，“她的气色看起来不太好。如果上帝能把她带走，那将是她最好的归宿。穷人家养一个病恹恹的孩子，结果怎么能好呢？这个世界上已经有太多孩子了，得病的孩子已经没有容身之地了。”

“不要说这样的话。”凯蒂紧紧地搂着她的宝宝，“死亡并不是件好事。有谁想死呢？万事万物都在奋力求生。看看那棵长在栅栏外的树，它晒不到太阳，只有在下雨时才能被浇到水。它在酸土里生长，却依然那么强韧，因为艰苦的生存环境让它变得强大。我的孩子们也会像这棵树一样，慢慢地茁壮成长。”

---

① 小阳春，原文“Indian summer”，在加拿大与美国的交界处，魁北克和安大略南边，一种很特别的天气现象。深秋的时节，在冬天来临之前，天气忽然回暖，宛若回到了温暖的夏天，于是常叫作——印第安的夏天（Indian summer）。类似中国的“十月小阳春”，即深秋时短期的风和日暖的天气。这段天气过后，接踵而来的便是寒冷的冬天。

“唉，应该有人把那棵树砍掉，多么难看的东西。”

“如果世界上只有这样一棵树，你就会觉得它很美。”凯蒂说道，“但是，因为那样的树太多了，你就无法真正看到这棵树有多美。看看那些孩子。”她指着一大群正在排水沟旁玩耍的脏兮兮的孩子，“你可以随便挑一个带回家，给他梳洗打扮，让他坐在一幢豪华的房子里，那样你就会发现这孩子也很漂亮。”

“凯蒂，你的想法的确不错，可你的孩子病得太严重了。”他们对她说道。

“这孩子会活下来的。”凯蒂没好气儿地说道，“我会让她活下来的。”

弗朗茜活了下来，在哭哭啼啼中熬过了她的第一年。

弗朗茜一岁生日后的一周，她的弟弟出生了。

这次，阵痛袭来的时候，凯蒂没有在工作。她咬紧牙关，即便身陷剧痛，也一声不吭。在这样无助的疼痛中，她忍耐着，竭力保持安静，好让自己有力量去承受接下来分娩时更大的痛苦。

当这个健康的、哭声洪亮的男婴被抱到她胸前时，她对他生出了一种强烈的柔情。此时，躺在床边婴儿床里的另一个孩子弗朗茜开始啼哭起来。和自己刚出生的漂亮儿子一对比，她突然对这个一年前生下来的瘦弱的孩子产生了一股轻蔑。不过，她很快为这种嫌弃而感到羞愧。她知道这不是这个小女孩儿的过错。“我必须仔细审视自己。”她心里想着，“我会更喜欢这个男孩儿，但是我一定不会让她知道这件事。爱一个孩子胜过爱另一个这本是不对的，但我实在无能为力。”

茜茜央求她为这个男孩儿取名约翰尼。但是，凯蒂坚持认为男孩儿有权拥有一个属于自己的名字。茜茜很愤怒，也同凯蒂讲了很多。最终，凯蒂的愤怒战胜了理性，她竟然罔顾事实地指责茜茜爱上了约翰尼。茜茜则故意答道：“或许吧。”凯蒂没再多言。

凯蒂在舞台上见过一位英俊的演员，他扮演的高贵角色叫科尼柳斯，她就给自己儿子取名为科尼柳斯。随着儿子渐渐长大，这个名字叫着叫着，在布鲁克林口音中就被叫成了尼利。

没有经过曲折的推理或复杂的情感变化，这个男孩儿便成了凯蒂的整个世界。约翰尼在她心中降至第二，而弗朗茜则在妈妈心中变成了最后一名。凯蒂很爱这个男孩儿，因为比起约翰尼或弗朗茜，尼利完完全全地属于她一个人。尼利长得像极了约翰尼。凯蒂会把他改造成约翰尼原本应该有的样子。他会继承约翰尼所有的优点，对此她会鼓励他保持优秀。一旦尼利身上出现了约翰尼的缺点，她会立即将其扼杀在摇篮里。他会长大成人，会成为她的骄傲。在她余生的每一天，他都会照顾她。他是她需要花费精力去用心对待的人。对于弗朗茜和约翰尼，她总能随便应付过去。但是，她绝不会拿儿子的一生去冒险。她要好好培养他，确保他能过上好日子。

随着孩子们渐渐长大，凯蒂失去了所有的柔情，不过也平添了人们常常说的“品质”。她变得精明强干，目光长远。她深爱着约翰尼，但是往日里对他的那种狂热的崇拜感已消失殆尽。她爱女儿，因为觉得愧对于她。她觉得这种情感不是爱，更多的是怜悯与责任。

约翰尼和弗朗茜都感受到了凯蒂身上日益增长的变化。小男孩长得越发强壮、英俊，约翰尼却日益虚弱，身体每况愈下。弗朗茜则感受到了母亲对自己的看法。为了回应母亲，她便对母亲也硬起了心肠。说来有些矛盾，这反而使得她们向彼此靠近，因为她们共同“消失的柔情”，让两人变得更为相像了。

尼利一岁的时候，凯蒂就不再依靠约翰尼了。约翰尼一直酗酒，碰到当晚有人找他干活儿，他就去打零工。他会把工资带回家，但会把小费留下来买酒喝。对于约翰尼来说，一切都来得太快了，在还未到法定投票的年纪，就有了妻子和两个孩子。他的人生还没来得及开始就已经结束了。他注定失败，没有人比他更清楚这一点。

凯蒂与约翰尼面临着同样的困境。而且，她才十九岁，还比约翰尼小两岁。可以说她也注定失败。她的人生也是还未开始就已经结束了。可是，他们相似的地方也仅此而已。约翰尼知道自己注定失败，因此甘愿向命运低头。但是凯蒂并没有接受命运的安排，在原本的生活结束后，她便开辟了新的道路。

她将温柔修炼成干练。她放弃了梦想，接受残酷的现实。

强烈的求生欲使凯蒂成了一名斗士。约翰尼渴望不朽，这让他成了一无是处的梦想家。这就是两个人之间最大的不同之处，即便他们如此深爱着对方。

Chapter 11
爸爸戒酒

约翰尼又长了一岁，终于到了法定投票的年纪。他连续三天喝得酩酊大醉，等他庆生活动结束回到家，凯蒂把他反锁在卧室，让他接触不到任何酒类。但他并没有清醒过来，反而出现了震颤性谵妄[1]。他哭哭啼啼，不时地乞求凯蒂再让他喝一杯，还说自己备受煎熬。她告诉他，受些煎熬是件好事，可以让他坚强起来，还能长点儿教训，这样他就不会再去酗酒了。只是，可怜的约翰尼，他不仅没能变得坚强，反而更加脆弱，像女鬼一样尖叫、哭号起来。

邻居们咚咚地敲着她家的房门，告诉凯蒂应该为这个可怜的男人做点儿什么。凯蒂把嘴抿成了一条直线，正言厉色地大喊着让他们别管闲事。可尽管她蔑视邻居们，她也知道，月底前他们必须得搬走。他们再也无法在这个街区住下去了，因为约翰尼让一家人颜面扫地。

① 震颤性谵妄，由酒精中毒引起的神经疾病，通常会手抖，拿东西拿不稳。

到了傍晚，约翰尼痛苦的哭声让凯蒂心烦意乱。她把两个宝宝塞到一个婴儿车里，带着他们一起到了工厂。找到茜茜的那位领班后，凯蒂请求他让茜茜暂时离开机器，出来一会儿。她把约翰尼的事情告诉了茜茜。茜茜说，她会尽快脱身赶到，帮她修理约翰尼。

茜茜向一位绅士朋友请教了约翰尼的问题。这位朋友传授给她一些方法。说办就办，她买了半品脱[1]上等威士忌，把它藏在自己的胸间，然后系好紧身胸衣，扣好裙子的扣子。

她来到凯蒂家，对凯蒂说，如果能让她单独和约翰尼谈一谈，她就能让他清醒过来。凯蒂把茜茜和约翰尼一同锁在卧室，她回到了厨房，头枕着胳膊趴在桌子上，等了一夜。

见到茜茜后，约翰尼那混乱的大脑总算清醒了片刻，他抓住她的胳膊说："你是我的朋友，茜茜。你是我的姐姐。看在上帝的分儿上，给我喝一口吧。"

"别着急，约翰尼。"她柔声安慰道，"我在这儿给你准备了一些。"

她解开腰间的纽扣，露出一大片泡沫般的白色刺绣花边和暗粉色的缎带。一股温暖、浓烈的香气弥漫在房间里，这是她随身佩戴的香囊散发出来的。她拿出酒瓶，约翰尼看到后一把抓住它。酒瓶因她的体温而温暖。她让他喝了一大口，然后把酒瓶从他攥得紧紧的手指中拔了出来。喝完酒后，约翰尼安静下来，变得昏昏欲睡，祈求她不要走。茜茜

---

① 品脱，英、美计量体积或容积的单位。用作液量单位时等于 (1/8) 加仑，即英制等于 0.5683 升，美制等于 0.4732 升。

答应了他的请求。茜茜用胳膊搂着他的肩膀，不一会儿，约翰尼睡着了，眼泪从闭着的双眼中不断涌出。

她睁着眼睛躺在床上，把他抱在怀里，凝视着黑暗。她对约翰尼的感情，就好比她对自己的那些孩子。如果他们还活着，一定能感受到她温暖的爱。她轻抚他的鬈发，温柔地抚摩他的脸颊。当他在睡梦中呻吟时，她用安抚宝宝的口吻来抚慰他。她的胳膊抽筋了，试图挪动一下。他惊醒了一霎，紧紧地拽住她，祈求她不要离开。他对她说话的时候，竟喊她妈妈。

每当他惊醒后感到害怕时，她就让他喝上一口威士忌。天亮的时候，他醒了，脑袋也清醒了一点儿，但他说头痛欲裂。他一边呻吟着，一边猛地从她身边离开。

“到妈妈这儿来。”她用温柔的声音颤抖着说道。

他轻声哭泣起来，一边哭，一边诉说着自己的恐惧、担忧，以及对世界现状的困惑。她任由他倾吐衷肠，任由他尽情哭泣。她像母亲抱着儿子那样抱着他（虽然她从未这样做过）。有时，茜茜会同他一起哭。等他把所有的心里话都一吐而尽，她让他喝光了剩下的威士忌。最后，他疲惫地沉睡过去。

茜茜一动不动地躺了很久，因为她不想让他感觉到自己离开了。黎明时分，他紧紧握住茜茜的手终于松开了，脸上的表情平静安详，又恢复了往日的少年气。茜茜让他枕在枕头上，给他盖好被子。她把空的威士忌酒瓶顺着通风管道扔了出去，然后轻轻地关上门，走了出来。

茜茜的心中有着太多的柔情，只要有人需要她所拥有的东西，无论是她的金钱、时间、衣服，还是她的怜悯、理解、友谊、陪伴和爱，她都会倾囊相助。不管遇到什么事情，遇到任何人，她都像一个母亲一样对待一切。她是多么喜爱孩子啊！她爱那些穷困潦倒的人。她想让每个人都开心起来。

她爱街上所有四处觅食的野狗。看到以垃圾为食的野猫，她会为它们哭泣。它们瘦骨嶙峋，拖着大大的肚子，在布鲁克林的街角鬼鬼祟祟地游走，只为寻找一个可以产下幼崽的洞。她爱那些烟灰色的麻雀，喜欢空地上长出的小草。她在空地里摘了几束白色的苜蓿，觉得它们是上帝创造出的最美丽的花朵。她曾经在自己的屋子里发现一只老鼠。第二天晚上，她便为它准备了一个装有干酪屑的小盒子。没错，她倾听着每个人的烦恼，而她的烦恼却无人倾诉。可这再正常不过，因为茜茜是一个给予者，她从来都不会向任何人索取。

“约翰尼怎么样了？”凯茜问道。

“他醒了之后就会没事了。但是，看在上帝的分儿上，等他醒了，你不要再责骂他了。千万别再责骂他了，凯蒂。”

“可总得有人告诉他……”

“如果我听到你责骂他，我会把他从你身边抢走的。我对此发誓。就算我是你的姐姐。”

凯蒂知道她没有开玩笑，因此有些害怕。“那好，我不说。”她喃喃道，“这次就算了。”

“你终于成为一个女人了。”茜茜吻着凯蒂的脸颊赞许道。她既为凯蒂难过，也为约翰尼难过。

凯蒂突然崩溃，然后大哭起来。她的哭声极其难听，因为她既讨厌自己哭，又无法控制自己。茜茜只得听着，再次经历了她与约翰尼所经历的一切。只不过，这次她站在了凯蒂的立场。对待凯蒂与约翰尼，茜茜选择了截然不同的方式。她对约翰尼像母亲般温柔，因为他的内心渴望温情。茜茜承认，凯蒂拥有坚不可摧的意志。听完凯蒂的倾诉后，她也变得坚强起来。

“现在你都知道了，茜茜。约翰尼是个酒鬼。”

“唉，我们每个人都会有缺点。我们都会被人贴上某种标签。就拿我来说吧，我这辈子滴酒不沾。但是你知道的，”她既真诚又无辜地说道，“总是有人在背后议论我，说我是个坏女人。你能想象吗？我承认，我偶尔会抽一根香烟。但是说我坏……”

“可是……茜茜，你同男人相处的方式的确会让人……”

“凯蒂！别唠叨了！我们每个人都会成为自己注定要成为的那类人，每个人都有属于自己的人生。你有一个好丈夫，凯蒂。”

“可他酗酒啊。”

“是啊，他会一直喝下去，直到他死去。这就是事实——他酗酒。你必须全盘接受这个事实和他身上其他的优缺点。”

“全盘接受？你是说他不去工作，整晚不回家，和那些流浪汉做朋友吗？”

“你当初嫁给他，肯定是因为他身上的某个特质抓住了你的心。你只要坚持初心，忘掉其他的就好了。”

“有时候，我都不知道自己为什么会和他结婚。”

“你在说谎！你当然知道自己为什么和他结婚。你之所以嫁给他，就是因为你想成为他的枕边人，但你一直那么虔诚，不敢不去教堂举行婚礼就冒险行事。”

“你怎么能这么说呢？说到原因，就是我想把他从别人身边抢走而已。”

“那还不是你想和他同床共枕。一直都是这样的。如果你们关系亲密，那么你们的婚姻就会甜蜜；如果你们关系疏离，你们的婚姻就会陷入不幸。”

“不是的。肯定还有其他的原因。”

“还能有什么原因？好吧，就算有。”茜茜承认道，“如果还有其他优点，那生活就更加美好了。”

“你说得不对。亲密关系对你来说很重要，但是……”

“这对所有人都很重要，或者说它本身就应该重要。如果两个人亲密无间，那么所有的婚姻都会很幸福。”

“哦，我承认我喜欢他的舞姿、他的歌声，还有他的容貌……”

“你说的和我说的本质上是一样的。只不过你在用自己的语言去描述它。”

凯蒂心想：“你怎么可能说得过茜茜呢？她对一切事物都有自己的理解方式。也许，她的点子可以很好地解决问题。我不明白，虽然她是我的亲姐姐，但是人们对她议论纷纷。毋庸置疑，她是个坏女孩儿。她离世后，她的灵魂会永远在炼狱里游荡。我经常提醒她这一点，她却总是说，她的灵魂不会独自游荡的。如果茜茜先于我离世，我一定会请人做弥撒，超度她的灵魂。这样，她的灵魂也许很快就能从炼狱中超脱。因为，即使人们都说她很坏，但她对世界上那些有幸遇到她的人都心存善意。上帝会考虑到这一点的。”

突然，凯蒂俯身吻了吻茜茜的脸颊。茜茜大为震惊，因为她不懂凯蒂在想什么。

“也许你说得对，茜茜，也许你错了。对我而言，事情可以这样概括：除了酗酒，我爱约翰尼的一切。我会尽力待他，我会努力忽略……”她没再继续说下去。在凯蒂心里，她知道自己不是那种能轻易容忍他人的人。

弗朗茜睁着双眼，躺在厨房灶台旁边的洗衣篮里。她躺在那里，吮吸着大拇指，听着凯蒂和茜茜的谈话。但她还无法理解她们究竟在说些什么，毕竟她当时只有两岁。

Chapter 12

搬到新房子

约翰尼发酒疯出尽了洋相，搞得四邻皆知。凯蒂感到羞愧极了，不愿继续住在这个社区。当然，很多邻居家的丈夫也没比约翰尼好到哪儿去，但凯蒂不想和他们一般见识。她指望诺兰一家能比他们好，而不是和其他人一样甘于平庸。另外，这里也有经济的原因。其实这个问题是毋庸置疑的，因为他们原本就过得很拮据，现在还多了两个孩子。凯蒂四处打探住处，她想，要是能以工换租自然最好，至少能让他们一家人有住的地方。

她终于找到了一处能免费居住的房子，不过作为回报，她需要负责打扫整栋楼的卫生。约翰尼发誓不会让自己的妻子去做清洁工。但凯蒂用她从没有用过的干脆而又强硬的语气告诉他，要么她做清洁工，要么一家人无家可归，因为他们每个月的房租已经越来越难凑齐了。最后，约翰尼做出了让步，他答应承担所有的清洁工作，等他找到稳定的工作后，他们再搬到别的地方。

凯蒂打包好他们为数不多的家当：一张双人床、一张婴儿床、一辆破旧的婴儿推车、一套绿色的长绒礼服、一块印着粉色玫瑰的地毯、一条前屋的蕾丝窗帘、一株橡胶植物、一朵玫瑰色天竺葵、一只关在镀金鸟笼里的黄色金丝雀、一本长绒外壳的相册、一张厨房的桌子和几把椅子、满满一箱子的盘子和锅碗瓢盆；一个镀金的基督十字架，底座里有一个音乐盒，只要上紧发条就能演奏《圣母颂》；一个凯蒂母亲送给她的没有装饰的木质十字架、一个装满了衣服的洗衣篮、一卷被褥、约翰尼的一堆乐谱，以及《圣经》和《莎士比亚全集》。

他们找了个卖冰人帮忙搬家。他们的家当实在少得可怜，一车就能装下。那匹毛茸茸的马负责拉车，诺兰一家四口坐在运冰车上，一同前往新家。

旧房子被搬得空无一物。之后，凯蒂做了最后一件事——把锡制存钱罐取出来。她眯缝着眼睛找东西的样子，就像一个近视的人摘掉了眼镜一般。存钱罐里面一共有三美元八十美分。遗憾的是，她不得不从里面拿出一美元作为搬运费，付给卖冰人。

到新家后，趁着约翰尼正在帮卖冰人抬家具，凯蒂做的第一件事就是把存钱罐钉在壁橱里。她先是往里面放入了两美元八十美分，又从自己破旧的钱包里找出十美分硬币放了进去。那是她不想多付给卖冰人的十美分。

在威廉斯堡有个不成文的规定，搬运工干完活儿后，雇主要请他们喝一品脱啤酒。不过凯蒂心想：“我们又不会再看到他了。而且，那一美元已经够多了。想想他得卖多少冰才能挣到一美元啊！”

当凯蒂挂起蕾丝窗帘时，玛丽·罗梅利来了。她把圣水洒在房间里，以驱赶可能潜伏在那些角落里的恶魔。

外婆举起盛着圣水的小瓶子，当阳光透过瓶子，在对面的墙上折射出一道短小的彩虹时，弗朗茜高兴地手舞足蹈。玛丽与孩子一起微笑着，晃动着瓶子让彩虹跳舞。

“太美啦！太美啦！”外婆道。

“太羞啦！太羞啦！”弗朗茜重复着，并伸出了双手。

玛丽让弗朗茜拿着剩下的半瓶圣水，自己去帮凯蒂的忙。弗朗茜感到很失望，因为彩虹不见了。她觉得它一定是藏到了瓶子里。她把圣水倒在了自己的膝盖上，期待着彩虹从里面缓缓流出来。后来，凯蒂发现她弄湿了裤子，便轻拍了她几下，告诉她，她已经长大了，不该再尿裤子了。

“唉，这个孩子只是在自己祝福自己呢，但祝福的结果竟是挨了一顿打。”

凯蒂随即大笑起来，弗朗茜也笑了，因为她妈妈不再生气了。尼利也笑了，露出三颗牙齿。玛丽微笑地看着他们，她说，在新家里笑着开始新生活会带来好运。

晚饭时，他们已经全部安顿好了。约翰尼留在家里陪孩子们，凯蒂则去杂货店向老板赊账买东西。她告诉老板自己刚搬到附近，问能否先赊账拿一些食物回家，她会在星期六发了工资后把账结清。老板答应了，给了她一袋食物和一个小本子。他在本子上草草地记录下她欠下的款项，并嘱咐她每次来赊购时都要带上这个小本子。凭着这样一个小小的仪式，凯蒂一家得到了食物，至少在赚到下一笔钱之前不会挨饿了。

晚饭后，凯蒂读着书哄孩子们睡觉。她读了一页莎士比亚的简介和一页《圣经》中的系谱表。她目前为止就读了这么多。孩子们和凯蒂都不理解这些内容有什么名堂。凯蒂读得昏昏欲睡，可还是坚持读完了两页。她小心翼翼地为两个宝宝盖好被子，然后和约翰尼上床睡觉了。虽然刚到晚上八点，但是搬家使他们筋疲力尽。

就这样，诺兰一家在他们位于洛里默街的新家里睡着了。这条街道仍然位于威廉斯堡，但是距离绿点区已经很近了。

Chapter 13

四季往复

洛里默街要比博加特街更加雅致。这里住着邮递员、消防员和店铺老板。这里的店主更加富裕，不用住在店铺后面的房间里。

公寓大楼里有一间浴室。浴缸是一个内部衬着锌皮的长方形木箱。每当浴缸盛满水时，弗朗茜都会惊叹不已，因为那曾是她见过水最多的地方。在那双稚嫩孩童的眼中，那简直就是一片汪洋。

他们喜欢自己的新家。为了抵销房租，凯蒂和约翰尼把公寓大楼的地下室、大堂、屋顶和房屋前的人行道打扫得一尘不染。家里没有通风井，但每间卧室都有一扇窗户，厨房和前屋也各有三扇。入住新家的第一个秋天，他们过得惬意极了；阳光一整天都会照进屋子里，第一个冬天也很温暖。约翰尼的工作比较稳定，而且很少喝酒，还有足够的钱买煤取暖。

夏天到了，孩子们大部分的时间都在外面的门廊上度过。整栋公寓仅有他们两个小孩儿，因此门廊上总有地方给他们坐。弗朗茜快四岁了，她得照看快三岁的尼利。她在台阶上坐了很久，纤细的胳膊搂着纤细的双腿，徐徐的微风带着海水浓烈的咸味，吹拂着她棕色的直发。那片海就在附近，可她从未见过。她一边留意着在楼梯上爬来爬去的尼利，一边坐在一旁前后摇晃着身体思考着很多事情：风是怎样吹起来的？草是什么？为什么尼利是男孩儿，而不是像她一样的女孩儿呢？

有时，弗朗茜会和尼利坐在一起，目不转睛地注视着彼此。他们的眼睛形状相同，眼窝的深浅程度也一样。不过，尼利的眼睛是明亮的蓝色，弗朗茜则是清澈的深灰色。两个孩子说个不停。尼利的话很少，而弗朗茜的话很多。有时，弗朗茜会一直滔滔不绝地讲，直到这个性格温和的小男孩儿笔直地坐在台阶上，头靠着铁栏杆就那么睡着了。

那个夏天，弗朗茜开始学习针线活儿。凯蒂花一美分给她买了一块方布，大小类似女式手绢，上面勾勒着图案：一只趴在地上吐舌头的纽芬兰犬。她又花一美分买了一小卷红色刺绣棉线，花两美分买了一对刺绣小绷圈。外婆教弗朗茜如何穿针引线，很快，她就绣得熟练起来。路过的女人们都会停下脚步，怜悯地看着这个小女孩儿，同时发出啧啧的赞美声。弗朗茜眉头紧锁，右眉内侧已经出现了一条深深的皱纹，手中的绣针在被绷紧的布料间来回穿梭。这时，尼利会凑到她身边，饶有兴趣地看着那根亮闪闪的银色钢针。它魔法般地消失不见，又再次穿过布料出现。茜茜给了弗朗茜一颗胖墩墩的布草莓，让她用来清洁针头。尼利不耐烦的时候，弗朗茜就让他用针戳一会儿布草莓。只有绣一百多块这样的方布，然后把它们缝在一起，才能做成一个床罩。弗朗茜听说，的确有一些女士用这种方法做成了床罩，这也激起了弗朗茜的雄心壮志。整个夏天，她都在断断续续地绣着，但临近秋天，她发现自己也才完成了一半的量。做床罩的计划只能等以后再说了。

一年四季，循环往复。弗朗茜和尼利也在一天天地长大。凯蒂工作得越来越卖力，约翰尼却干得越来越少。不仅如此，他的酒量也随着季节更替而增多。睡前的阅读活动仍在继续，有时凯蒂累到筋疲力尽，会少读一页。但是，大部分时间她都能坚持读完。他们读到了莎士比亚的戏剧《尤利乌斯·恺撒》。这部剧的舞台提示中的“号角声”让凯蒂很费解。她以为这个词与消防车有关，所以每当这个词出现时，她就会喊出“叮叮当当”的声音，孩子们觉得有趣极了。

存钱罐里的硬币渐渐多了起来。有一次，一根生锈的钉子扎进了弗朗茜的膝盖，他们不得不把投币口拽开，从里面拿出两美元付给药剂师。还有十几次，他们用刀撬开存钱罐的尖头，然后拿出五美分硬币，好让约翰尼坐车上班。但按约定，约翰尼要在他的小费里拿出十美分存入存钱罐，这样算来，存钱罐里的钱还是变多了。

温暖的日子里，弗朗茜总是独自在街道或门廊玩耍。她很渴望有个玩伴，但她不知道该如何与其他小女孩儿交朋友。其他孩子不喜欢和她玩，因为她说起话来很可笑。受凯蒂每晚睡前阅读的影响，弗朗茜的说话方式的确有些奇怪。有一次，一个小孩子嘲笑她，弗朗茜反驳道：“你好似痴人说梦，充满着喧哗与骚动，却没有任何意义。”①

---

① 这句话出自莎士比亚戏剧《麦克白》第五幕第五场麦克白面临最终失败时的独白。

还有一次，她想和一个小女孩儿交朋友，她说：

“在这儿等着，待我回家‘得到’我的绳子，我们一起跳绳。”

“你是说你去‘拿’跳绳吗？”那个女孩儿纠正道。

“不。我要‘得到’我的跳绳。东西不会被‘拿’到，而是‘得到’。”

“你说话就像个意大利佬。”

“我才不像呢，”弗朗茜大喊道，“我说话像……像……上帝说话。”

“你这么说会被雷劈死的。”

“我才不会。”

“你这里没问题吧？”小女孩儿轻轻拍了拍自己的额头道。

“才没有。”

“那你为什么要那样说话？”

“这些故事是我妈妈读给我听的。”

“那你妈妈脑袋有问题。”那个小女孩儿纠正道。

“哼，不管我妈妈怎样，她都不会像你妈妈那样邋遢。”这是弗朗茜唯一能想到的回击。

这个回击小女孩儿已经听过很多次了。她狡猾得很，没有就此进行辩驳：“哼，那我宁愿要一个邋遢的妈妈，也不想要一个神经病妈妈；宁愿没有爸爸，也不想要一个酒鬼爸爸。”

“邋遢鬼！邋遢鬼！邋遢鬼！”弗朗茜情绪激动地喊着。

“神经病，神经病，神经病。”那个小女孩儿像唱歌一般有节奏地重复着。

“邋遢鬼！肮脏的邋遢鬼！”弗朗茜一边无助地抽泣，一边尖叫着怒吼。

小女孩儿蹦蹦跳跳地走了，蓬松的鬈发在阳光下随着她的节奏跳动起来。她用清脆的嗓音高唱道：“棍棒和石头会伤我筋骨，但侮辱谩骂却让我毫发无伤。待我离开这个世界，你会因对我的谩骂而哭泣。”

弗朗茜的确大哭起来。她之所以哭，并不完全是因为那些辱骂，还因为她感到孤独，没有人愿意和她一起玩。粗鲁的孩子觉得弗朗茜太文静，而乖巧的孩子似乎又在躲着她。弗朗茜懵懂地感到这并不全是自己的错，可能和茜茜姨妈有关——她的穿着，以及她路过时，那些男人在背后看她的眼神；也可能是爸爸的原因，有时他在回家的人行道上走得踉踉跄跄的；还可能和邻居家的那些女人有关，她们经常向她打听她爸爸、妈妈和茜茜的事，从她们的语气中她也能听出些端倪。那些看似漫不经心的哄骗，从未让弗朗茜上当，因为妈妈警告过她：“不要被那些邻居捉弄了。”

于是，在暖洋洋的夏日里，这个孤独的孩子坐在门廊上，假装不屑理会那群在人行道上嬉戏的孩子。弗朗茜同自己想象出来的玩伴一起玩乐，相信她们比那些真实的孩子更好。那些孩子手拉着手围成一圈，一边绕着圈走，一边唱着凄美忧伤的歌谣，而弗朗茜的心也跟随着这首歌谣的节奏跳动着。

快给野花浇浇水，
让它长得高又美。
淑女静美又窈窕，
终有一日要枯萎。
莉齐·韦纳是例外，

因为这里她最美。
快藏起娇羞的姿态，
背过身，
把你心上人的名字说出来。

她们停下脚步。在大家一番劝哄下，那个被选中的女孩儿（莉齐·韦纳）终于低声说出了一个男孩儿的名字。弗朗茜不知道，如果她们邀请她一起玩的话，她会说出谁的名字。如果她悄声地说出约翰尼·诺兰这个名字，她们会笑话她吗？

当莉齐悄声说出名字的时候，那些小女孩儿欢呼起来。然后她们又手拉手、绕着圈走了起来，热情地把这个男孩儿唱到歌谣里。

赫米·巴赫迈尔是个好少年，
帽子拿在手，
来到你门口。
姑娘走下楼，
衣裙为丝绸。
明日为佳期，
婚礼近在前。

女孩儿们再次停下脚步，开心地拍着手。随后，不知为何，她们的情绪突然发生了转变。她们低着头，围成一圈，缓慢地走了起来。

妈妈，妈妈，我病了，

快找医生为我诊治。
请快一些！请快一些！
医生，医生，我是否即将离世？
是的，我的宝贝，
你已不剩时日。
有多少送葬马车出现在我的忌日？
足够你的家人送别你完成仪式。

在其他的街区，歌词虽然会略有不同，但是游戏的玩法基本相同。没有人知道这些歌词从何而来。就这样，歌谣在女孩儿之间口耳相传，成为布鲁克林最流行的一种游戏。

她们也会玩其他游戏。两个女孩儿可以坐在楼梯台阶上玩抛石子的游戏。弗朗茜一般会自己玩抛石子。她先开始抛，然后扮演她的对手再抛一次。她还会同想象出来的玩伴聊天，她会说："我接到了三个，你接到了两个。"

还有一种跳房子的游戏，这个游戏由男孩儿开始，女孩儿结束。几个男孩儿会把一个锡罐放在电车的车轨上，然后坐在路边，老练地看着电车的车轮把锡罐轧扁。他们将其折叠，接着又放到车轨上，被轧过的锡罐会变得更平。他们就这样把轧平的锡罐折叠，再轧平，几次之后，就会得到一块方方正正、沉甸甸的锡块。这时，人行道上已经画好了格子，格子里也标好了数字。然后就轮到女孩子们，她们单脚跳起，把锡块从一个格子踢到另一个格子。谁能用最少的步数跳完所有方格，谁就赢得了比赛。

弗朗茜也做了一个锡块。她把锡罐放在铁轨上，当电车轧过锡罐的时候，她熟练地皱起了眉。当她听到锡罐被咔嚓一声轧扁的时候，她既开心又害怕，不禁打了个哆嗦。她开始想，如果那个电车司机知道了她让电车为她干活儿，会不会大发雷霆？她也画好了方格子，不过她只会写数字 1 和 7。她跳完了一轮游戏，热切地期待有人能和她一起玩。她相信自己肯定能赢，因为她跳完格子的步数比世界上任何一个小女孩儿都要少。

有时，街上也会传来音乐。这是弗朗茜可以独享的乐趣。一支三重奏的乐队每周都会绕街演奏。他们穿着普通的制服，戴着滑稽的帽子，那帽子就像被压扁的司机帽一样。弗朗茜一听到孩子们喊：“贝特尔布伯斯来啦！”她便往街道跑去。有时候，她还会拉着尼利一起去。

乐队有小提琴手、鼓手和短号手。三人演奏着古老的维也纳曲调，虽然演奏水平一般，但声音洪亮。小女孩儿们一起跳起了华尔兹，在夏日暖融融的街道上转了一圈又一圈。总有两个男孩儿用怪异的舞姿，模仿女孩儿们跳舞的样子，还故意粗鲁地撞她们。把女孩儿们惹怒后，那些男孩儿会夸张地向她们鞠躬，并花言巧语地道歉。

弗朗茜渴望自己像那些勇敢的人一样，他们不跳舞，而是站在吹短号的人旁边，大声地咂摸着滴着汁水的腌黄瓜。这样一来，短号手被腌黄瓜的味道刺激得流出口水，口水流到短号里，这让他十分愤怒。如果被彻底激怒，他就会用一连串的德语咒骂他们。他最后的一句话听起来总是“该死的犹太佬”。大部分住在布鲁克林的德国人都会把惹怒自己的人称为犹太佬。

弗朗茜饶有兴趣地看他们收钱的环节。演奏完两首乐曲后，小提琴手和短号手会继续演奏，而鼓手则会拿着帽子绕场一周，毫不

客气地接受观众施舍给他的硬币。在街道上收完赏金后，他便站在路边，抬头看向公寓的窗户。妇女们会把两美分硬币包在报纸里面，朝他们扔去。包报纸是必不可少的，因为男孩儿一旦看见散着的硬币，就觉得自己也有份。他们会一哄而上，捡起钱，拔腿就跑，任由乐手气急败坏地在他们后面追。但不知为何，他们从来不去抢那些包在报纸里的硬币，有时甚至会把它们捡起来，交给那些乐手。他们仿佛早已达成了默契，知道谁的钱该归谁。

乐手们如果赚到了足够的赏钱，就会再演奏一曲。如果收入微薄，他们就会离开，寻找下一个能赚到更多钱的地方。弗朗茜通常会拖着尼利，跟着乐队从一处换到下一处，从一条街走到下一条街，直到天色变暗，乐手们散伙回家。除了弗朗茜，还有一大群孩子也像中了魔笛的魔法一般，跟在乐队后面走街串巷。其中有很多带着弟弟、妹妹的小女孩儿，她们有人推着自制的推车，有人推着破旧的婴儿车。音乐仿佛拥有魔力，使她们全然忘记了回家吃饭。《蓝色多瑙河》被演奏了一遍又一遍，那些小宝宝也循环往复地哭闹，他们尿了裤子，睡着了，醒了又哭闹，然后又尿裤子，又睡着了……

弗朗茜觉得那些乐手一定过得很好。她盘算着，等尼利长大一些，就让他上街拉“可可”（尼利对手风琴的称呼），她负责敲铃鼓。人们会扔硬币给他们，如果他们赚到很多钱，妈妈就不用去工作了。

虽然弗朗茜跟着这支三人乐队走，但是她更喜欢风琴手。偶尔会有一名拉小风琴的男子来到这里，他的风琴顶上还坐着一只猴子。那只猴子穿着饰有金色穗带的红外套，头戴一顶红色平顶小圆帽，帽绳系在下巴上。它的红色裤子上有一个洞，方便它把尾巴露出来。弗朗茜很喜欢那只猴子，会把那枚宝贵的、本该用来买糖果的一美分硬币给它，为的是看它向自己脱帽致意，这让她感到无比欣喜。如果妈妈在家，她也会拿出本该存入存钱罐的一美分交给那个男子，并且郑重地告诉他不许虐待那只猴子，一旦被她发现他有虐待行为，她就会举报他。那个意大利人从来听不懂她在说什么，但总是做出同样的答复。他摘下帽子，双腿微屈，恭恭敬敬地鞠了一躬，嘴里热切地喊道："是，是。"

大风琴的演奏则截然不同。每当附近有大风琴表演时，现场就仿佛在举办狂欢节一般。那名拖着大风琴的男子鬈发乌黑，牙齿洁白，身穿一条绿色棉绒裤和一件棕色灯芯绒夹克，夹克上还挂着一条红色印花大手帕，耳朵上还戴了一只圆耳环。帮他一起拉风琴的女人穿着一条红色螺旋长裙和黄外套，耳朵上戴着一对很大的圆耳环。

高亢尖锐的音色叮当奏响，曲子来自《卡门》或《游唱诗人》。那个女人摇起了一只脏兮兮的、系着缎带的手鼓，随着音乐的节拍，无精打采地用胳膊肘敲着它。歌曲结束时，她会突然在原地转起圈来，露出肮脏的白色棉袜裹着的粗壮双腿和一闪而过的彩色衬裙。

弗朗茜从未留意到她的邋遢和倦怠。她一边欣赏音乐，一边看那色彩缤纷的场面。从她的身上，弗朗茜感受到了一种如画中人的魅力。凯蒂警告弗朗茜不要跟着演奏大风琴的人到处跑。她说，像这样穿着打扮的风琴手都是西西里人。全世界都知道，西西里人属于黑手党，黑手党的人会绑架小孩儿，勒索赎金。他们会把小孩儿抓走，然后留下一张字条，写着让孩子的家人在公墓里放一百美元作为赎金，字条上还会印着一个黑手印。在妈妈的眼中，这些风琴手都是这样的人。

在风琴表演结束后的几天里，弗朗茜一直玩风琴手的游戏。她想象着自己就是风琴手，根据记忆哼唱着威尔第写的旋律，用胳膊肘敲着一个旧的馅儿饼锡盘，假装那是手鼓。最后，她在纸上画出了一只手的轮廓，然后用黑色的蜡笔涂上颜色。

有时，弗朗茜的内心也会摇摆不定。她不知道自己长大后是组乐队更好，还是当一名风琴表演女郎更好。要是她和尼利能有一架小风琴和一只可爱的猴子，那该多好呀！这样，他们不用花一美分就可以整天逗猴子，看它脱帽致敬了。人们会付给他们很多钱，那只猴子可以和他们一起吃饭，晚上可以睡在她的床上。这是一份多么诱人的职业啊！弗朗茜把她的想法告诉了妈妈。妈妈却给她泼了盆冷水，告诉弗朗茜别犯傻，猴子身上有跳蚤，她是不会让猴子睡在家里任何一张干净的床上的。

弗朗茜想象着成为铃鼓女郎。不过这样的话，她就得和西西里人一样去绑架小孩儿。她可不想这么做，即便画黑手印是件有趣的事。

这里的音乐绵延不绝。在那些遥远的夏日里，布鲁克林的街道上熙熙攘攘，人们总是载歌载舞，日子本就是快乐的。但是，那样的夏日也会平添几分悲伤——关于孩子们的悲伤。他们的身体瘦小羸弱，脸上还带着婴儿肥；他们手拉手绕圈，一遍又一遍地重复着那几首单调的歌谣。只有四五岁的他们，却不得不如此早熟地照顾自己，多么让人难过心酸啊！乐队演奏的《蓝色多瑙河》既难听又让人难过。猴子鲜红色的小帽子下面是一双悲伤的眼睛。风琴手用轻快的叮咚声演奏着忧伤的曲调。甚至，就连那些来到后院的游唱诗人也唱着：

如果我有灵丹妙药，

定会让你长生不老。

他们也很悲伤。这些人饥寒交迫，只不过是碌碌无为的流浪汉，根本就没有唱歌的天赋，唯一拥有的就是勇气。他们手拿帽子，站在后院，大声演唱。悲哀的是，他们知道这仅有的勇气不会给自己带来任何其他的可能；与布鲁克林的所有人一样，他们身处迷茫。日光将尽之时，纵使阳光依然明媚，但它变得稀薄微弱，照在身上，也无法让人感到温暖。

Chapter 14

茜茜姨妈好心办坏事

在洛里默街生活的日子是快乐的。如果不是因为茜茜的无心之失，诺兰一家会一直住在那里。正是因为茜茜引起的“三轮车事件”和“气球事件”，毁了诺兰一家的声誉，才让他们没有脸面在这里继续住下去。

有一天，茜茜被解雇了。她决定帮还在上班的凯蒂照看弗朗茜和尼利。在离诺兰家还有一个街区时，茜茜不由得被一辆漂亮的黄铜三轮车所吸引，它在阳光的照射下闪闪发光，照得茜茜睁不开眼。这种车已经很少见了。它有一个宽敞的皮质座椅，能同时坐下两个儿童。座椅后面有一个靠背。车前是铁质转向杆，能控制小前轮的转向。三轮车的两个后轮比前轮大。转向杆顶部是一个实心的黄铜车把。三轮车的脚踏板位于座椅的前方，孩子们可以悠闲地坐在车里，靠着座椅靠背，一边踩着脚踏板，一边扶着膝盖上的车把控制方向。

茜茜发现三轮车停在门廊前无人看管，就毫不犹豫地走过去拉它，把它拉到了诺兰家门口。她把孩子们带到外面，并让他们骑了一程。

弗朗茜觉得有趣极了！她和尼利坐在座椅上，茜茜拉着他们在街区里绕了一圈。皮座椅被阳光晒得暖暖的，散发着一股浓郁而昂贵的味道。炽热的阳光在铜把手上舞动着，看起来好似一团燃烧的火焰。弗朗茜觉得，如果去摸车把，自己一定会被烫伤。这时，出事了……

一小群居民向他们冲了过来，为首的是一个歇斯底里的女人和一个号啕大哭的男孩儿。那个女人冲到茜茜身边，一边大喊道“强盗”，一边抓住车把，用力拉扯。茜茜也紧紧抓住不放。弗朗茜差一点儿就被甩了出去。巡逻的警察匆忙赶来。

“怎么回事？发生了什么？”就这样，他接管了这场纷争。

“她是个强盗。”那个女人举报道，“她偷了我小儿子的三轮车。”

“我没有偷车，警官。”茜茜说话的声音非常柔和，语气中带着恳求，“我看三轮车一直放在那里，没人玩，于是就想借过来给孩子们骑一下。他们从来没骑过如此精致的三轮车。您也能理解，骑车对孩子们意味着什么。这儿简直就像天堂一般。”那个警察目不转睛地看着座椅上两个一言不发的孩子。弗朗茜吓得浑身颤抖，惊恐地冲他咧嘴笑。“我只是想带他们绕着街区骑一圈，然后就把它还回去。是真的，警官。”

那位警察又把目光落在茜茜身上，然后转向那位喋喋不休的女人，说道：

“夫人，您怎么这么小气呢？让她带着孩子在街区里骑一圈，又不会影响到你的利益。让她带孩子们骑一圈，我保证车会完好无损地还给你。”

他就是律法。那个女人又能如何呢？警察给了那个还在咧嘴大哭的孩子一枚五美分硬币，让他闭嘴。他轻而易举地驱散了围观的人群，告诉人们如果不立即散开，就派囚车过来把他们都抓到警察局。

围观的人群散开后，警察挥舞着警棍，殷勤地护送茜茜和两个孩子绕着街区骑行。茜茜抬起头，用一双笑盈盈的眼睛望着他。于是，他立即把警棍插入腰带，坚持帮她拉车。茜茜脚踩一双小巧的高跟鞋，踏着小碎步跟在他身边。她那轻柔飘逸的声音仿佛有魔法一般，令警察神魂颠倒。他们绕着街区走了三圈，当人们看到一位全副武装的执法人员如此地投入“工作”时，都不禁掩面而笑。警察假装没看到人们掩饰笑容的手，继续热情地和茜茜交谈。

“三轮车事件”发生后，人们开始说三道四。之前，他们谈论约翰尼偶尔醉酒回家的事情，以及男人们看待茜茜的眼神。现在，这件事也成了他们的谈资。凯蒂考虑搬家了，因为这里变得像博加特街一样，街坊四邻对诺兰家的事情知道得太多了。正当凯蒂寻思着寻找新住处时，又发生了一件事，迫使他们不得不立刻搬走。可是，如果用正确的眼光去看待这件事的话，这整件事可以说毫无恶意。

一个星期六下午，凯蒂去威廉斯堡的一家大百货公司戈林百货做零工。晚餐她准备了咖啡和三明治，这些是老板给的，相当于加班费。约翰尼在工会总部等待工作机会。茜茜那天休息，她知道孩子们会被锁在家里，于是决定去陪陪他们。

她敲了敲门，在门口大声说自己是茜茜姨妈。弗朗茜打开了上了锁链的门，确认是茜茜后才让她进屋。孩子们一拥而上，搂得她喘不过气来。他们很爱她。在他们眼中，她是一位美丽的女士，身上闻起来总是香香甜甜的，她还会穿漂亮的衣服，给他们带新奇的礼物。

今天她带来了一个有香味的雪松木雪茄盒，几张红色和白色的薄纸巾，还有一罐糨糊。他们围坐在厨房的桌子旁，开始装饰雪茄盒。茜茜先用一枚二十五美分硬币在纸上勾勒出圆圈，然后弗朗茜把它们剪下来包在铅笔头上，在茜茜的指导下，一个小杯子就做成了。一个个小杯子做好后，茜茜在盒盖上画了一个心形。接着，他们在每个红色杯子的底部都涂了一些糨糊，然后把它们粘到画好的心形图上。等心形图被红色杯子粘满后，他们用白色的杯子填满盒盖剩余的部分。全部粘完后，这个盖子看起来就像一丛密集排列的白色康乃馨，花坛中间是一个红色的心形。全部完工前，他们用余下的白色杯子装点了雪茄盒的四面，在盒子的内壁铺上红色的薄纸巾。这个盒子简直美极了，你绝对猜不到它原来是装雪茄的盒子。将近一个下午的时间，他们都在装饰这个盒子。

茜茜和人约好五点去吃炒杂烩。她正准备起身赴约，弗朗茜紧紧抱住了她，求她不要走。茜茜虽然也不想离开，可她又不想错过约会。于是她翻了翻钱包，想找出点儿东西给孩子们玩。孩子们围站在她膝旁和她一起翻找。弗朗茜发现一个香烟盒，一把把它拽了出来。这款盒子是茜茜上班的工厂生产的，已经断货了。

孩子们吵着要玩这个盒子。茜茜不情愿地把盒子交给他们，和他们说盒子里装的是香烟，他们只能拿着盒子看，绝对不能打开，并嘱咐道：“千万不能碰封条。”

茜茜离开后，孩子们盯着盒子自

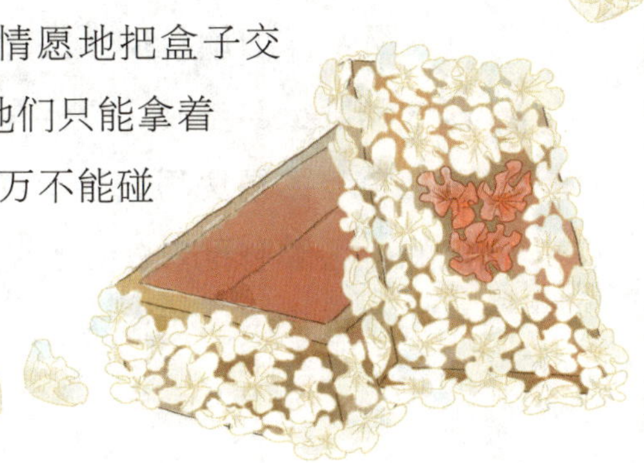

娱自乐了一阵。他们摇了摇盒子，盒子里传来了一种沉闷而神秘的嗖嗖声。

“盒子里面放的是蛇，不是香烟。”尼利胸有成竹地说道。

“不对，”弗朗茜纠正道，“应该是虫子，活的虫子。”

他们争论起来，弗朗茜认为那个盒子太小了，装不下一条蛇。尼利却坚称蛇被卷起来了，就像被装在玻璃罐里的鲱鱼一样。他们的好奇心越来越强烈，将茜茜的嘱咐完全抛之脑后。封条贴得很松，他们很容易就揭开了。弗朗茜打开盒子，里边的物品用一层亚光的软锡箔纸包着，然后弗朗茜小心翼翼地掀开锡箔纸。尼利蓄势待发，准备只要盒子里的蛇一动，他就钻到桌子下面去。但是，盒子里装的既不是蛇，也不是虫子，更不是香烟。里面的东西很无趣。在试着用盒子里的东西玩了一些游戏后，弗朗茜和尼利对它失了兴致。最后，他们把它吹成一个长条气球，笨手笨脚地将它系到一根绳子上，然后放到窗外，关上窗户固定住绳子的一端。两个人接着轮流跳到没有封条的空盒子上，全神贯注地想要把盒子踩碎，全然忘记了悬在窗外的那个东西。

约翰尼当晚被安排了工作，结果，当他不慌不忙地走到家，准备取工作用的新的假衬衫和纸领子时，他看到了这巨大的“惊喜”。他瞥了一眼，顿时面红耳赤。待凯蒂回家后，他把这件事告诉了她。

凯蒂仔细地盘问了弗朗茜，弄清了事情的经过。他们为此对茜茜大动肝火。当晚，等孩子们睡下后，约翰尼也外出工作了，凯蒂坐在黑暗的厨房里，脸上红一阵白一阵。约翰尼工作时，心情也很沉闷，仿佛世界末日快要来了。

晚些时候，艾薇来了。她和凯蒂谈论了关于茜茜的事。

“到此为止，凯蒂。”艾薇说道，“绝不能再有下一次。茜茜平日里的所作所为我们无权指摘，可是如今造成这样的后果，我们就不能视而不见了。我有个正在长大的女儿，你也有。我们不能再让茜茜来我们家了。她是个坏女人，这是绕不开的事实。”

“她身上有很多优点。”凯蒂不紧不慢地说道。

“看她今天干的好事，你还能说出这话？”

“嗯……我想你说得对。不过，别告诉妈妈，她不了解茜茜的现状，况且茜茜是她的掌上明珠。”

约翰尼下班回到家，凯蒂告诉他以后再也不让茜茜来家里了。约翰尼叹了口气，说他也想不出别的办法。约翰尼和凯蒂聊了一整夜，等到第二天清晨，他们已打算好月底就搬家。

凯蒂在威廉斯堡的格兰德街找到了一份清洁工的工作，同样可以以工换租。搬家那天，她带上了那个锡制存钱罐，存钱罐里有八美元多一点儿，她从中拿出两美元付给搬运工人。到了新家后，他们钉好存钱罐，然后把剩下的钱又放了进去。玛丽·罗梅利又来公寓洒了一遍圣水。安顿好一切后，他们再次到附近的商店办了个赊账账本。

新的公寓不如他们之前在洛里默街的那个家，但他们也无可奈何。这一次他们住在了顶楼，而不是一楼。公寓门口没有门廊，因为台阶的位置被一家临街的店铺占用了，这里也没有浴室，卫生间设在走廊里，为两家所共用。

新家唯一的亮点就是：屋顶归他们所有。按照不成文的规定，屋顶的使用权归住在顶楼的人所有，正如住在一楼的人拥有院子一样。此外，新家还有一个好处就是：由于楼顶没人住，因此天花板不会被震得地动山摇，灯罩也不会被震碎了。

凯蒂正和搬家工人讨价还价，约翰尼把弗朗茜带到了屋顶上。她看到了一个崭新的世界。不远处是美丽的威廉斯堡大桥。在东河对岸，隐隐可见摩天大楼的轮廓，仿佛一座用银色硬纸板做成的童话之城。远处的布鲁克林大桥与近处的威廉斯堡大桥遥相呼应。

“真是太美啦！”弗朗茜说道，“与美丽的乡村风景一样。”

“我有时会跨过那座桥去上班。”约翰尼说道。

弗朗茜一脸好奇地看着他。他跨过了那座神奇的大桥，待人接物却仍像往常一样。她想不通，于是伸出一只手，摸了摸他的胳膊。跨过那座大桥的神奇经历一定会让他有所不同吧，但她大失所望，因为他的胳膊摸起来和平时没什么两样。

感受到弗朗茜的触摸后，约翰尼伸出手臂搂住了她，低下头微笑地看着她：“你多大了，我的小歌星？”

“六岁了，马上就七岁了。”

“那你九月份就该上学了。”

“没有。妈妈说我必须等到明年，等尼利到了上学年龄我们一起去。”

“为什么？”

“这样的话，如果大孩子欺负我们，我们就可以一起对付他了。”

“你妈妈想得真周全呢！”

弗朗茜转过身，向其他屋顶望去。附近一个屋顶放着鸽子笼，鸽子们被牢牢地锁在里面。鸽子的主人是一个十七岁的少年，他站在屋顶的一角，手里握着一根

竹竿，竹竿的一端挂着一块布。那个少年站在那里，绕着圈挥舞起竹竿。另一群鸽子绕圈盘旋，只见其中一只被那块布吸引，飞离鸽群。少年小心翼翼地压低竹竿，那只愚蠢的鸽子随着布越飞越低。接着，他一把抓住了那只鸽子，把它塞进了鸽子笼。弗朗茜为此感到伤心。

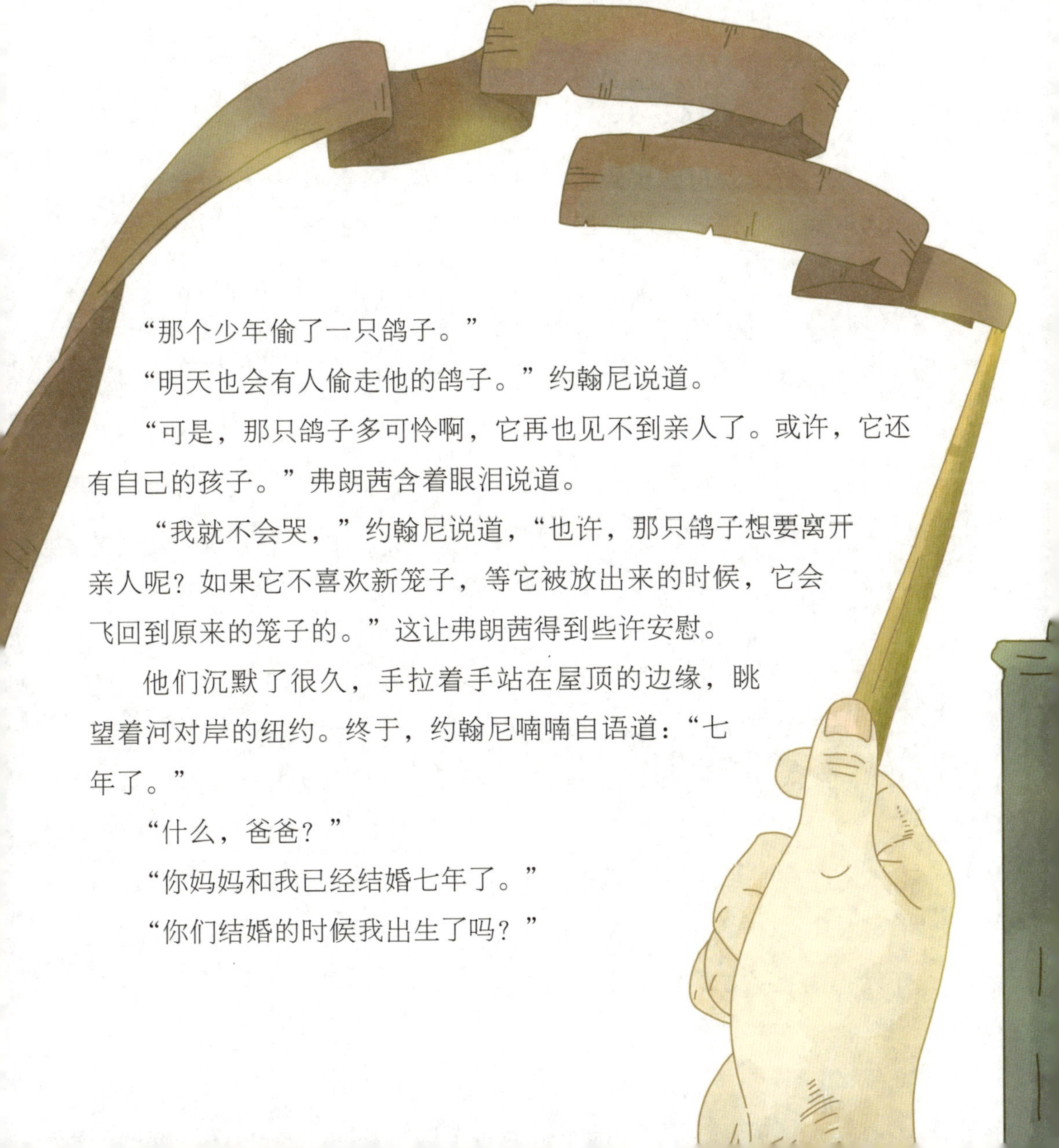

“那个少年偷了一只鸽子。”

“明天也会有人偷走他的鸽子。”约翰尼说道。

“可是，那只鸽子多可怜啊，它再也见不到亲人了。或许，它还有自己的孩子。”弗朗茜含着眼泪说道。

“我就不会哭，”约翰尼说道，“也许，那只鸽子想要离开亲人呢？如果它不喜欢新笼子，等它被放出来的时候，它会飞回到原来的笼子的。”这让弗朗茜得到些许安慰。

他们沉默了很久，手拉着手站在屋顶的边缘，眺望着河对岸的纽约。终于，约翰尼喃喃自语道：“七年了。”

“什么，爸爸？”

“你妈妈和我已经结婚七年了。”

“你们结婚的时候我出生了吗？”

"没有。"

"不过，尼利出生的时候，我倒是在场。"

"没错，"约翰尼继续自言自语道，"结婚七年，我们有了三个家。这将是我最后的家吧。"

弗朗茜并没有注意到他说的是"我"最后的家，而不是"我们"最后的家。

Chapter 15

新公寓的钢琴

新的公寓由四个房间组成。房间相互连接，他们称其为火车车厢屋。又高又窄的厨房对面是一个院子。院子中有一条石板路，周围是像水泥一样的酸性土壤，里面寸草不生。

可是，院子里却长着一棵树。

弗朗茜第一次见到这棵树的时候，它仅有两层楼那么高。她可以透过窗户俯视它。整棵树看起来就像一群身材各异的人撑着伞站在雨中。

后院里有一根很细的晾衣杆，杆上固定着六根晾衣绳，它们通过滑轮连接着各家厨房的窗户。如果晾衣绳从滑轮上脱落，邻居家的男孩儿就会自告奋勇地爬上杆子将滑轮重新固定好，以赚取一些零花钱。据说，那些男孩儿还会在夜深人静的时候爬上杆子，偷偷地把绳子从滑轮上解下来，这样他们就能在第二天赚到十美分。

在风和日丽的时候，晾衣绳上挂满了衣服，看起来美极了。白色的正方形床单在风中飘扬，好似故事书中描写的帆船。那些用木夹子固定在绳子上的红色、绿色和黄色的衣服仿佛都有了生命。

晾衣杆后面有一堵没有窗户的墙，那是隔壁学校的院墙。弗朗茜凑近那面墙去看时，发现墙上的砖块各不相同。这些砖块和白灰浆细碎的线条组合在一起，看上去匀称和谐，让人赏心悦目。太阳照在上面的时候，每块砖都闪闪发亮。当弗朗茜把脸颊贴在墙面时，她感觉暖烘烘的。凹凸不平的墙面上有很多细密的孔洞，下雨的时候，它们最先接受雨露的洗礼，散发出潮湿的泥土气息，宛若生命本身的味道。到了冬天，一层薄薄的初雪，还不足以在人行道上留下痕迹，却可以停留在粗糙的砖墙表面，仿佛童话里的蕾丝花边。

学校操场有四英尺长的一段正对着弗朗茜家的院子，它们之间被一面铁丝网栅栏隔开。弗朗茜很少有机会去院子里玩耍，因为那里被住在一楼的男孩儿霸占着，他在里面的时候不许别人进去玩。弗朗茜尽量赶在课间休息的时候过去，看成群结队的孩子在校园里嬉戏。课间休息不过是把几百个孩子都赶到这一小块石头铺砌的场地中，然后再把他们赶回去而已。孩子们一旦涌入操场，操场就会变得拥挤不堪，根本没有地方做游戏。孩子们一个个只能生气地乱转，提高嗓门持续不断地尖叫。这种单调的尖叫声持续五分钟后，上课铃响了起来，铃声仿佛一把锋利的尖刀，斩断了尖叫声。铃声响后的瞬间，操场上寂静无声，孩子们一动不动。紧接着，他们从到处乱转变成相互推搡。他们迫切地想要进入教室，正如他们刚刚想拼命跑出教室一样。在拥挤着回教室的路上，孩子们高亢的尖叫声变成了消沉的哀号声。

有一天下午，弗朗茜在院子里玩耍时，看到一个小女孩儿走到

操场上，拿着两块黑板擦相互敲打，以掸掉上面的粉笔灰。弗朗茜把脸贴在铁丝网上，注视着小女孩儿的一举一动，好像小女孩儿在做世界上最令人着迷的任务。妈妈告诉她，只有老师的“宠物”才能被派来做这份工作。在弗朗茜的认知里，这个词指的是小猫、小狗和小鸟。她发誓等她上学以后，一定要努力模仿喵喵、汪汪和啾啾声，这样一来她就能成为老师的“宠物”，也就有机会清理黑板擦了。

这天下午，弗朗茜以钦羡的目光望着那个女孩儿。那个拍黑板擦的小女孩儿意识到弗朗茜在羡慕她，于是故意炫耀一番。她用两只黑板擦拍打着砖块、石板路，最后又背过双手，在身后互相拍打。她对弗朗茜说：

“你想走近看看黑板擦吗？”

弗朗茜害羞地点了点头。那个女孩儿拿着黑板擦靠近铁丝网。弗朗茜伸出一根手指，想要去摸一摸那层彩色的毡毛。毡毛上落了一层粉笔灰，使其变成了纯白色。在弗朗茜即将摸到这个柔软又美丽的东西时，那个小女孩儿突然把手缩了回去，冲弗朗茜的脸上狠狠地吐了口唾沫。弗朗茜紧闭着双眼，竭力不让苦涩的眼泪流出来。那女孩儿饶有兴致地站在那里，等着弗朗茜的眼泪流出来。当她发现弗朗茜没有哭出来时，她嘲笑道：

“你为什么不哭呢，你是木头人吗？要我再往你脸上吐一口吗？”

弗朗茜转过身，走进了地下室。她在黑暗中坐了很久，直到潮水般的悲伤不再冲击她的内心。这是她第一次感受到梦想的幻灭。之后，她还有过很多次类似的经历。她感知事物的能力也在一次次的挫败中逐渐变强。从那以后，她再也不喜欢黑板擦了。

厨房既是客厅、餐厅，也是烹饪菜肴的地方。其中的一面墙上有两扇狭长的窗户。另一面墙有一处凹了进去，里面放置着一口铁制的煤炉灶。炉灶上方凹槽的内壁是用珊瑚色的砖和乳白色的灰泥砌成的。凹槽上有一个石制壁炉架，炉灶底部铺着一块垫炉石，弗朗茜可以用粉笔在垫炉石上画画。炉灶旁边有一个烧水的锅炉。炉火生起来时，锅炉也会跟着热起来。寒冷的日子里，被冻得缩手缩脚的弗朗茜一回到家就会抱住锅炉，然后把她仿佛结了霜的脸颊心满意足地贴在那温暖的银色外壁上。

锅炉旁边是一对皂石洗衣盆，上面盖着带铰链的木头盖子。两个洗衣盆中间的隔板可以抽出来，这样便能让两个盆合二为一，变成一个浴盆了。不过这个浴盆可不怎么样。有时候，弗朗茜坐在里面洗澡，盖子会砸到她的头。盆子底部坑坑洼洼的，以至于她每次洗完澡，不但不会感到舒心解乏，反而会浑身酸痛。另外，她也需要提防那四个水龙头。尽管她多次提醒自己要小心固定在那里的四个水龙头，但当她突然从肥皂水中跳起来时，后背还是会重重地撞在某个水龙头上，留下一道红肿的伤痕。

穿过厨房，就是两间卧室，卧室之间彼此连通。两个卧室之间，镶嵌着一个像棺材那么大的通风井。卧室的窗户很小，灰蒙蒙的不透光。或许，你可以用凿子和锤子撬开一扇通风井的窗户。可是，如果你真这么做了，唯一的收获就是潮湿的冷风。通风井的顶部盖着一个微型的斜顶天窗。窗户是用厚重且不透明的磨砂玻璃制成的。为了保护玻璃，窗户外面还罩着一张笨重的铁网。通风井的侧面是波纹铁板。这样的布置本可以为卧室提供光线，帮助室内通风。但是，厚重的玻璃、铁网和长年累月积攒的灰尘，使得任何光线都无法透进来。井侧面的通风口被尘土、烟灰和蜘蛛网堵住了，无法让房间通风换气，可即便如此却阻挡不了顽强的雨雪。一遇到暴风雨的天气，通风井的木质井底就会被雨水打湿，并且烟雾弥漫，散发出一股坟墓般的气味。

通风井简直就是一个恐怖的设计。就算把所有窗户都紧紧地封住，它还是会像扩音器一样，让你清楚地听到所有人的动静。老鼠在井底四处乱窜。而且，随时都存在发生火灾的风险。如果一个喝得酩酊大醉的卡车司机无意间把火柴扔进通风口，他还误以为是扔到了院子里或者大街上时，整栋房子瞬间就会被点燃。通风井底部堆满了各种脏东西。由于窗户太小，人们无法通过窗户爬到井底，这里便成为一个可怕的仓库，存放着人们想要抛弃的东西。生锈的刀片和血迹斑斑的衣物都不能称之为可怕。有一次，弗朗茜低头朝通风井里张望，她想起了神父描述过的炼狱，觉得炼狱一定就是井底的样子，只不过炼狱要比它大一些。每次弗朗茜要去客厅的时候，她都会闭紧双眼，瑟瑟发抖地穿过卧室。

客厅（或称“前屋”）是家里的主屋。屋子里有两扇又高又窄的窗户面对着热闹的街道。三楼的位置相对较高，因此街道上那些嘈杂的噪声传到这里就变得很轻了，宛如一种舒适的白噪声。主屋是一个体面的地方。它的屋门直接连通走廊。客人们无须经过厨房和卧室就可以直接进入主屋。屋子很高，墙上贴着深棕色带金色条纹的壁纸，色调较暗。窗户内侧安装了木质板条百叶窗，可以折叠进到窗户两侧狭窄的空间里。弗朗茜在这个用铰链连接的百叶窗上度过了很多快乐的时光，她喜欢把百叶窗拉出来，再用手轻轻一推，看着它们折回原来的位置。百叶窗真是一个令人永不厌倦的稀罕物，它既能盖住一整扇窗户，遮挡阳光和空气，又能流畅地将自己折叠隐蔽起来，看起来就像装饰窗户的镶板，毫不突兀。

黑色的大理石壁炉里镶嵌着一只矮矮的客厅暖炉。暖炉只有前半部分露在外面，看起来好像切了一半的大西瓜。暖炉由许多扇云母片小窗组成，它的框架是用和云母一样薄的雕花铁制成的。只有在圣诞节时，凯蒂才舍得在客厅里生炉火，这时所有的小窗都会亮起来。弗朗茜坐在炉边，炉火是那样温暖。夜色渐深，那些小窗由玫瑰色变成琥珀色，她感到无比欣喜。当凯蒂进来点亮煤气灯时，灯光驱散了阴暗，使那些小窗黯然失色，她觉得自己就像犯了大错一般。

客厅最让人赞叹的东西就是那架钢琴。那是一个你祈祷一生都可能不会实现的奇迹。但是，这个奇迹就这样真实地出现在了诺兰家的客厅，他们不用许愿，也不用祷告。这架钢琴是以前的租客留下的，因为他们付不起钢琴的搬运费。

在那个年代，搬运钢琴是一项大工程。搬运工无法把钢琴从狭窄而陡峭的楼梯上搬下来，所以，他们只能把钢琴严严实实地包裹起来，捆上绳子，利用安装在屋顶上的巨大的滑轮把钢琴吊出窗外。与此同时，搬运工的老板需要在一旁挥舞手臂，大喊大叫地指挥。搬运钢琴的街道要用绳子围起来，警察要把人群驱赶到远处。只要有人搬运钢琴，肯定会有学生逃学。钢琴从窗口钻出来的那一刻太壮观了。那个包裹严实的庞然大物被搬运工一下子甩出窗外，悬在空中不停地打转，让人眼花缭乱，然后慢慢恢复到正常位置，找到平衡后开始缓缓下降。整个过程不禁让人捏了把汗，孩子们则在一旁声嘶力竭地欢呼着。

这项工作要花费十五美元，是搬运其他所有家具的三倍。因此，钢琴的主人征求凯蒂的意见，问她能否先把琴留下，由她代为保管。凯蒂欣然同意了。那个女人依依不舍地嘱托凯蒂不要让钢琴受冷受潮，到了冬天，要把卧室的门打开，这样就可以从厨房透过一些热气，防止钢琴变形。

“你会弹钢琴吗？”凯蒂问道。

“不会，”那个女人难过地答道，“我们一家没人会弹钢琴。我真希望我会弹啊！”

“那你为什么要买钢琴呢？”

“这是富人家的钢琴。当时，他们要把它贱卖掉。我太想要一架钢琴了。是啊，我不会弹钢琴。可是，它太美了……它让整个房间变得华丽起来。”

凯蒂承诺会好好照看这架钢琴，直到那个女人付得起搬运费把它取走。结果，那个女人一直没能取走钢琴。诺兰家就这样一直拥有着这件美丽的宝贝。

这是一架小巧的抛光木质钢琴，琴身闪烁着幽暗的光泽。钢琴装饰板的表面雕刻着精美的花纹，这块镂空的木板后面装饰着深玫瑰色的丝绸。不同于其他的立式钢琴，这架钢琴的琴盖不用分段向上翻折，只需要整体向上翻开，把它倚在精美的装饰木板上即可，如同一个美丽的、闪闪发亮的暗色外壳。钢琴的两端各有一个烛台。你可以在上面插上纯白色的蜡烛，在烛光下弹奏。烛光在象牙般乳白色的琴键上投下如梦如幻的烛影。你还可以看到黑色的琴盖上反射着的琴键影子。

当诺兰一家第一次以临时主人的身份过来看房时，刚走进客厅，弗朗茜就被眼前那架钢琴吸引了。她努力张开双臂，想抱住它，奈何它实在太大了。于是，弗朗茜转而满足地抱了抱那张褪了色的玫瑰色缎面琴凳。

凯蒂目光炯炯地看着那架钢琴。她留意到楼下那层公寓的窗户上贴着一张白色的卡片，上面写着“钢琴课”。凯蒂萌生出一个想法。

那张琴凳很神奇，它可以通过旋转座椅来调节高度，这样弹琴人就可以根据自己的身高把它调节到适合演奏的高度。约翰尼坐在上面，玩了起来。当然，他也不会弹钢琴。他根本就不识谱。不过，他知道几个和弦。他一边唱歌，一边时不时地敲出一个和弦，听起来好像在自弹自唱。他弹了一个小三和弦，向他的大女儿投去一丝狡黠的目光。弗朗茜也喜笑颜开地看着他，满心期待。他把小三和弦重弹了一遍，然后不断重复。和着钢琴舒缓的回音，他用清澈而真实的嗓音唱道：

马克斯韦尔敦山风景秀丽
滴滴晨露，闪闪发亮
（和弦 / 和弦）
安妮·劳丽，就在这里
她对我情真意切

弗朗茜转过头去，不想让爸爸看到她的眼泪。她害怕他会问她哭泣的原因，她不知该如何回答。她爱他，她爱这架钢琴，她无法解释自己为什么哭。

凯蒂问道：“约翰尼，这是爱尔兰民谣吗？”她的嗓音中带着几分昔日的温柔，这是近一年来约翰尼思念已久的柔情。

“是苏格兰民谣。”

“我以前从来没听你唱过呢。”

“是的，我应该没唱过。我只是知道这首歌，从来没给别人唱过，因为我演唱的地方都是吵闹的场所，那些人是不会想听这种歌的。他们宁愿听类似《下雨的午后来找我》这样的歌。等他们喝醉后，我就只能唱《甜美的阿德琳》。”

他们很快在新家安顿下来。原本熟悉的家具此刻看起来却有些陌生。弗朗茜坐在椅子上，惊讶地发现，虽然它还是那把在洛里默街的椅子，但却让她产生了不一样的感觉。为什么这把椅子会变得不一样呢？

经过爸爸妈妈的一番收拾，客厅变得赏心悦目起来。客厅的地上铺了一块鲜亮的绿色地毯，上面印着大朵的粉色玫瑰。窗前挂着浆洗过的奶油色蕾丝窗帘。屋子中央摆放着一张大理石台面的桌子和一组三件套的绿色长绒组合沙发。在客厅的一角立着一个竹架子，架子上放着一本长绒外壳的相册。相册里有罗梅利姐妹婴儿时期的照片：她们趴在毛皮地毯上，姑妈们一脸慈祥地站在椅子旁，椅子上坐着她们的丈夫。丈夫们都留着浓密的大胡子。小架子上还摆着一组颇具纪念意义的套装小茶杯，有蓝色的，也有粉色的。蓝色的茶杯上画着镶金边的蓝色“勿忘我”图案，粉色的茶杯上则画着红色的“美国丽人”玫瑰花图案。杯子上用金色字体写着“记住我”“友谊长存”等字样。这些小杯子和小碟子是凯蒂的昔日闺中密友送给她的，是她们友谊的见证，她从不允许弗朗茜用它们来玩过家家的游戏。

架子的最低一层有一只骨白色的螺旋海螺，内部呈现淡淡的粉红色。孩子们特别喜欢它，给它起了一个爱称：“小脚丫”。每当弗朗茜把它扣在耳边时，就能听见大海的歌声。有时，为了哄孩子们开心，约翰尼会把海螺放在耳边听，然后神情夸张地伸出手臂将它举起，一脸深情地看着它，唱道：

我在海边，捡到贝壳，
把它贴近，我的耳朵。
满心欢喜，听它唱歌，
大海的歌，甜美清澈。

后来，约翰尼带孩子们去了卡纳西[①]。在那里，弗朗茜第一次看到了大海。她对大海唯一深刻的印象就是，它的波涛声听起来轻柔甜美，和小脚丫贝壳发出的呼啸声一模一样。

---

① 卡纳西，布鲁克林东南部一地区。

Chapter 16

社区里的商店

对于生活在城市里的孩子来说，社区商店在其生活中扮演着重要角色。店铺里有各种生活必需品，有孩子们由衷渴望的美，有其梦寐以求却望尘莫及的一切。

弗朗茜最喜欢当铺了。她之所以喜欢那儿，既不是因为那些被丢进装有铁栅栏小窗的奇珍异宝，也不是因为那些裹着披肩偷偷从侧门溜进去的女人，而是因为高高悬挂于店铺之上的三颗硕大的金球。它们在阳光下熠熠生辉，在风中宛若三个摇摇欲坠的金苹果。

当铺的一侧与烘焙店相邻。店里有夏洛特海绵蛋糕，蛋糕顶上涂抹着厚厚的奶油，点缀着糖渍樱桃。那是富人才买得起的甜品。

当铺的另一侧是格兰德涂料店。涂料店门前有一个展台，展台上挂着一个盘子。盘子中间有一道修补过的裂缝，十分引人注目。盘底还被钻了个洞，洞口拴了一条铁链，铁链下面坠了一块沉甸甸的大石头。这条广告是为了证明梅杰牌的水泥有多么结实。有人说那个盘子其实是铁做的，只是在盘子上面涂了颜料，使其看起来很像裂开的瓷器。可弗朗茜宁愿相信那是一个真正被打碎的盘子，然后又用水泥奇迹般地黏得完好如初。

最有趣的店铺是一间小棚屋。这间棚屋在印第安人出没威廉斯堡的时候就已经有了。在众多的廉租公寓中，这间棚屋看起来有些格格不入。棚屋的窗户、墙板和陡峭的斜屋顶都是由一个个小小的长方形拼接组成的。店铺有一扇小窗格组成的大凸窗。凸窗后面有一个端庄的男人坐在桌子前制作雪茄。他做的是那种深棕色的细长雪茄，四根卖五美分。他从一串烟叶中仔细地挑选包裹在外的叶子，熟练地在上面撒上小片的深浅不一的棕色烟叶，再把它们完美地卷在一起，卷好的雪茄松紧刚好，两端还呈现出方形的折角。他是传统的手艺人，对于革新嗤之以鼻。他拒绝在店里使用煤气灯。有时候，天黑得很早，还有很多雪茄没有做完，于是他就在烛光下工作。他的店外摆了一尊木质的印第安人雕像，这个雕像凶神恶煞地立在一块木头上，一只手握着一把印第安战斧，另一只手拿着一根雪茄，脚上穿着一双罗马鞋[1]，鞋带一直系到了膝盖，身着一条羽毛做的短裙，头戴印第安羽毛战帽，裙子和帽子被涂上鲜艳的红色、蓝色和黄色。这个做雪茄的男人一年为雕像涂四次漆，下雨的时候还会把它搬到屋内。周围的孩子们都管那个印第安人叫“梅麦米阿姨”。

那家只卖茶叶、咖啡和香料的店铺是弗朗茜最喜欢的店铺之一。那是一个令人着迷的地方，里面摆着一排排漆柜，散发着奇特的、浪漫的异域味道。店里有十几个盛放咖啡的朱红色箱子，箱子正面

---

① 罗马鞋，一种凉鞋款式，由镂空的交叉绑带包裹而成，有着较大的脚部裸露面积，亦称“角斗士鞋”或“绑带凉鞋”。

用中国墨水横向写着新奇的文字：巴西！阿根廷！土耳其！爪哇！混装！装茶叶的箱子相对小一些，带着斜翻盖，很漂亮。上面写着：乌龙茶！橙黄白毫[1]！红茶！杏花茶！茉莉花茶！爱尔兰茶！香料被放在柜台后面的小盒子里，各种名称在货架上一字排开：肉桂、丁香、生姜、多香果[2]、肉豆蔻、咖喱、胡椒粒、鼠尾草、百里香、墨角兰。店里有一台小研磨器，所有的胡椒粉都是现买现磨的。

店里还有一台用来磨咖啡豆的大型手摇研磨机。将咖啡豆放进一只亮闪闪的黄铜漏斗里，双手转动巨大的齿轮，芳香四溢的咖啡粉就会落到一个朱红色的盒子里。从后面看，那盒子好似一把勺子。

（诺兰一家也会在家里磨咖啡。弗朗茜很爱看妈妈优雅地坐在厨房里磨咖啡。妈妈一般会把咖啡研磨机夹在膝盖间，一边飞快地转动左腕磨豆子，一边抬头和爸爸有说有笑的，新磨出来的咖啡粉散发出的浓郁香味充斥着整个房间，让人感到心满意足。）

卖茶人有一台精美的天平。经过二十五年每天不间断的擦拭和打磨，天平两端的秤盘变得很薄，表面平滑细腻，闪闪发亮，看起来像抛了光的金子一样。弗朗茜每当去店里买一磅咖啡或一盎司胡椒粉时，都会仔细观察称量。只见一个标有重量的亮银色砝码被放在其中一个秤盘里，店主用一把银色的勺子把已磨成粉的咖啡或胡椒粉轻轻地添到另一个秤盘里。每当香气扑鼻的粉末被勺子抖落少许或轻轻地舀出时，在一旁观看的弗朗茜都会屏住呼吸。当两个秤盘静止、保持平衡的那一刻，她会感到无比平静、美妙。在这样一个万事万物都如此平衡静止的世界里，仿佛所有的坏事都不会发生。

---

① 橙黄白毫，一种印度、斯里兰卡产的上等红茶。

② 多香果，产于西印度群岛的一种浆果。

对于弗朗茜来说，最神秘的店铺莫过于中国人开的那家只有一扇窗户的店铺。那个中国人的头上还盘着一条长长的麻花辫。妈妈说，如果他留着辫子，那么当他想回到中国的时候还可以回去。一旦他剪了辫子，中国就再也不会让他回去了。他趿拉着一双黑色的毛毡鞋，一言不发地在店里忙前忙后，耐心地听顾客说着打理衬衫的要求。弗朗茜和他说话时，他总是将双手交叠放进他那件宽袖南京布衬衣的袖口里，然后眼睛一直盯着地面。她以为他睿智且勤于思考，在认真聆听她讲话。谁知他根本不会英语，对她说的话一无所知。他只知道“条条”① 和“衬衫”这两个词。

每当弗朗茜把她父亲穿脏的衬衫拿到店里时，他都会把它迅速地塞到柜台下面，然后拿出一小块不知道是什么材质的纸，用一支细细的毛笔在墨水里蘸一蘸，再在纸上匆匆画几笔，最后把这个神秘文件交给她。用一件脏衬衫，换一份神秘文件，在弗朗茜看来，这笔交易很划算。

店内有一股清爽、温暖却若有若无的香气，感觉像是在一间炎热的房间里摆了一束没有香味的花。他一定是在某个隐蔽的地点洗衬衫的，而且肯定是在夜深人静的晚上洗的。因为，从早上七点到晚上十点，他都站在店里干净的熨板旁来来回回地推着一只笨重的黑色熨斗。这只熨斗里面估计有微型的汽油装置，能让熨斗一直保持热度。但弗朗茜不明白这一点。她认为不用炉子加热，熨斗就可以熨衣服，这一定是他们民族的某种神奇力量。她隐隐约约地觉得，他多半没有在衣服上放浆粉，而是放了某种能发热的东西。

① 条条，中国人早年在美国开洗衣房时，会给顾客开一张字条，即tickee，作为清洁后领取衣服的凭证。

当弗朗茜需要取衣服时，她只需把条条和十美分这两样东西从柜台推过去，店主就会给她包好的衬衫和两颗荔枝。弗朗茜很喜欢这些荔枝。荔枝的外壳很脆，很容易剥开，里面的果肉又甜又软。果肉里面的核却十分坚硬，没有哪个小孩儿能敲得开。据说，这个果核里面是小果核，小果核里面是更小的果核，小核包小核，以此类推。有人说，里面的核会越来越小，小到你得用放大镜去看，还有更小的无法用肉眼看到，不过它还是一层包着一层，无穷无尽。这是弗朗茜第一次接触有关“无限”的概念。

弗朗茜最喜欢他不得不找零钱的时候。每当这时，他都会拿出一个镶着很多细铜杆的小木框。铜杆上穿着一枚枚蓝色、红色、黄色和绿色的小珠子。他一边沿着铜杆上上下下地拨动着那些小珠子，一边迅速地思考。最后，咔嗒一声把所有的珠子归到原位，大声告诉弗朗茜：“三十九美分。”真神奇，那些珠子会告诉他该收多少钱，该找多少钱。

啊，要是能当一个中国人就好了，弗朗茜期盼着。这样，她就能用这么一个漂亮的玩具来计算了，也能想吃多少荔枝就吃多少荔枝，还能知道熨斗不用炉子就能热起来的奥秘。哦，还能拿一支小毛笔，轻轻转动手腕就能在纸上写出那些清晰的符号了。那些黑色的印记就像蝴蝶的翅膀一样脆弱！这就是布鲁克林的东方之谜。

Chapter 17

第一节钢琴课

“钢琴课”！多么有魔力的几个字！诺兰一家刚安顿好，凯蒂就去拜访了一位在名片上宣传钢琴课的女士。那户人家有两位延莫尔的小姐。莉齐小姐负责教授钢琴，玛吉小姐负责教授声乐。学费为每节课二十五美分。凯蒂提出用劳动换取自己学钢琴的费用。她可以每周为延莫尔小姐打扫一个小时的房间，以换取一个小时的钢琴课。莉齐小姐一开始并不同意，声称她的课程时间比凯蒂的劳动时间更值钱。凯蒂反驳说，时间就是时间，无高低贵贱之分。最终，她终于说服了莉齐小姐，双方就这样达成了交易。

第一节钢琴课对诺兰一家来说是历史性的时刻。凯蒂要求弗朗茜和尼利在上课的时候坐在客厅目不转睛、认真听讲。她为老师在钢琴边摆好一把椅子，让孩子们肩并肩地坐在钢琴的另一边。在凯蒂紧张地反复调整了几次座椅位置后，三人才坐下来等待。

下午五点，延莫尔小姐准时到来。虽然她只是从楼下到楼上来教课，但她还是穿了身比较正式的便服，脸上罩着一层紧绷的波点面纱。她帽子的造型是一只红鸟，不过只有红鸟的胸膛和翅膀，两根帽针残忍地穿过红鸟的身体。弗朗茜无法将视线从那顶残忍的帽子上移开。妈妈把她带到卧室，低声解释说那只鸟并不是真的鸟，只是用羽毛粘成了鸟的样子，她不应该一直盯着看。虽然她相信了妈妈的话，可是她的目光还是不由自主地跑到那只受难的鸟身上。

除了钢琴，延莫尔小姐带来了所有的教具：一个价值五美分的闹钟和一个磨损严重的节拍器。那个闹钟显示的时间为五点。她设置了一个六点的闹钟，然后把它放在了钢琴上。她利用自己的特权消磨着宝贵的课堂时间。她脱下那双珍珠灰羊皮手套，向每根指套里都吹了口气，再把手套抚平，叠好放在钢琴上。她揭开面纱，把它向上掀起，盖在帽子上。她活动着手指，瞥了一眼闹钟上的时间，满意地看到自己消耗了足够多的时间，这才打开节拍器，坐到座位上，开始上课。

弗朗茜的注意力完全被节拍器吸引了，她发现自己很难集中精力去听延莫尔小姐的话，也无法仔细观察她把妈妈的手摆放在琴键上的姿势。在这单调又舒缓的咔嗒声中，她很快就进入了梦乡。至于尼利，只见他一双圆圆的蓝眼睛随着节拍器的钟摆来来回回地转动，直到把自己催眠，不知不觉地睡着了。他双唇微张，满头金发的脑袋耷拉在肩膀上，鼻子里还有一个小泡泡随着他的鼻息起起落落。凯蒂不敢叫醒他，生怕延莫尔小姐看穿她的小心思，觉得自己收了一份学费却要教三个人。

节拍器的咔嗒声，催人入梦；闹钟的嘀嗒声，乱人心神。延莫尔小姐好像不信任节拍器的节奏，嘴里数着：一、二、三，一、二、三。凯蒂那因劳作而肿胀的手指顽强地挣扎着，弹奏着所学的第一组指法。时间一分一秒地过去，屋子里渐渐暗了下来。突然间，闹钟铃声大作。弗朗茜的心吓得跳到了嗓子眼儿，尼利从椅子上掉了下来。第一节钢琴课结束了。凯蒂接连不断地表达着感激之情：

“就算今后再也没机会上课了，我也会按照您今天教给我的继续练下去。您真是一位好老师。”

虽然，这番恭维的话把延莫尔小姐哄得很开心，但她还是和凯蒂直截了当地说道：“我不会额外收孩子们的学费。我只想让你知道你骗不了我。”凯蒂面红耳赤，孩子们也因为伎俩被拆穿，羞愧地垂下头，看着地板。“我上课的时候，可以让孩子们旁听。”

凯蒂对她表示了感谢。延莫尔小姐站起身，没有立即离开。凯蒂又和她确认了上门做家务的时间，但是延莫尔小姐依旧没有动身。凯蒂感觉她似乎另有所求，于是，她问道：

“请问您还有什么要求吗？”

延莫尔小姐的脸上泛出淡淡的红晕，但依然保持着骄傲。“那个……我在其他地方上课……那些女士……呃……课后都会请我喝一杯茶。”她把一只手放在心口处，含糊地解释道，“爬楼梯也不是件容易的事。”

“您喝咖啡可以吗？”凯蒂问道，“我们没有茶了。”

“没问题！”延莫尔小姐如释重负地坐了下来。

凯蒂连忙冲进厨房，把一直放在炉子上的咖啡加热。与此同时，她把一个糖面包卷和一把勺子放在了一个圆形的锡制托盘上。

这时，尼利早就在沙发上睡着了。延莫尔小姐和弗朗茜坐在一起，互相凝视着对方。终于，延莫尔小姐问道：

“你在想什么呢，小姑娘？”

“就是随便想想。”弗朗茜说道。

“我有时看见你坐在排水沟边上一坐就是好几个小时。你当时在思考什么吗？”

“什么都没有。我只是在编故事给自己听。”

延莫尔小姐一本正经地指着她，说道：“小姑娘，等你长大了一定要当一个作家，把你的故事写下来。”她的话听上去不像是在陈述，更像是一种命令。

“我会的，女士。”弗朗茜礼节性地回应了她。

凯蒂端着托盘走了进来。“这些茶点可能不像您平时吃的那么精致，”她表示歉意道，“不过家里也只有这些，真是招待不周了。”

“别这么说，这些很棒。”延莫尔小姐优雅地说道。随后，她便努力地克制自己，不让自己显得那么狼吞虎咽。

其实，这两位延莫尔小姐主要靠学生们提供的“茶点”来果腹。一天几节二十五美分的课程并不能带来丰厚的收入。交完房租后，她们的饭钱已所剩无几了。大部分女士会在她们上完课后用淡茶和苏打饼来招待她们。这些女士虽然会出于礼貌为她们奉上一杯茶，但是并不想在付完二十五美分的学费后，再额外提供一顿饭。因此，延莫尔小姐开始期待到诺兰家上课。这里不仅有让人神清气爽的咖啡，还总有小面包卷或博洛尼亚红肠三明治可以填饱肚子。

每次上完课后，凯蒂都会把自己学到的东西教给孩子们。她督促他们每天练习半个小时。一段时间后，他们三人都学会了弹钢琴。

听说玛吉·延莫尔在教授声乐课时，约翰尼觉得自己不比凯蒂差，因此他提出为延莫尔家的一扇窗户修理断了的吊窗绳，作为交换，延莫尔小姐要为弗朗茜上两节声乐课。就这样，这辈子从未见过吊窗绳的约翰尼，手拿一把锤子和螺丝刀，把整个窗框卸了下来。他眼睁睁地看着断掉的吊窗绳，束手无策。他尝试一番，却毫无进展，有心无力。为避免冰冷的冬雨飘进屋里，他打算先把窗框放回原处，再研究如何去修理吊窗绳。放窗框的时候，他打碎了一块玻璃。这次交易以失败告终。延莫尔家不得不找来一位专业人士来修理窗户。作为补偿，凯蒂则需要免费为两位小姐洗两次衣物，而弗朗茜的声乐课计划也就永远搁浅了。

Chapter 18

接种疫苗

弗朗茜热切地盼望着开学。她以为只要自己上学了，心中所想的就能实现。她是一个孤独的小孩儿，很渴望同龄人的陪伴。她想在学校院子的饮水池喝水。水龙头的出水口是向上的，她觉得那里流出来的是苏打水，而不是普通的水。她曾经听妈妈和爸爸说起过教室的样子。她很想去看那张能像百叶窗一样拉下来的地图。最重要的是，她想拥有“文具”：笔记本、便笺本、装满铅笔的滑盖铅笔盒、橡皮、大炮形状的锡制小转笔刀、笔刷以及六英寸长的黄色软木尺子。

上学之前，孩子们必须接种疫苗。这是法律规定。可是，想想这该有多么恐怖呀！卫生部门的工作人员试图向那些贫穷又不识字的人解释，说接种疫苗就是在身体里注入一种无害的天花病毒，让身体对致命的天花病毒产生免疫力，可家长们并不相信。他们从解释中听到的是要在健康孩子的身体里注入病菌。一些在国外出生的家长不让孩子接种疫苗。因此，这些孩子就无法上学。然而，法律会追究这些家长不履行让孩子受教育的责任。“这算怎么回事？”他们质问道。可别开玩笑了。法律要求你送孩子上学，但为了上学，他们的生命却要受到威胁，这到底算怎么回事？哭泣的母亲带着大声哭号的孩子去保健站接种疫苗，那场景仿佛是把天真的孩子送往屠宰场一般。孩子们一看到针头便歇斯底里地乱叫，他们的母亲则在候诊室里，用围巾蒙住头，像哀悼逝者一样痛哭起来。

弗朗茜七岁，尼利六岁。凯蒂特意让弗朗茜晚一年上学，以便与尼利一同入学，这样他们可以彼此照顾，免受大孩子的欺负。在八月的一个可怕的星期六，凯蒂出门工作前来到他们的卧室。她叫醒了他们，吩咐道：

“你们起床之后，给自己好好洗个澡。快到十一点的时候，去公共卫生站，让他们给你俩接种疫苗，因为你们九月份就要入学了。”

弗朗茜瑟瑟发抖，尼利的泪水夺眶而出。

“你能陪我们一起去吗，妈妈？”弗朗茜恳求道。

“我得工作啊。要是我不去，谁来替我呢？”凯蒂反问道。她用愤怒来掩饰自己的内疚。

弗朗茜没有再说什么。凯蒂知道自己让孩子们失望了，可她无法控制自己，真的无法控制。是的，她应该陪他们一起去，给予他们安慰和直面恐惧的底气。可是，她知道自己无法忍受这种折磨。而且，他们必须接种疫苗，她陪与不陪都无法改变这个事实。那么，他们三个人中为什么不能有一个人免受折磨呢？此外，她还这样安慰自己：这是一个艰难而残酷的世界，孩子们要在这样的世界生存，就必须让他们早点儿坚强起来，学会照顾自己。

“那爸爸可以陪我们一起呀。”弗朗茜满怀希望地说道。

“爸爸得待在工会总部等活儿，他一整天都不在家。你们已经长大了，可以自己去了。而且，打疫苗也不疼。”

尼利提高了嗓门号啕大哭。凯蒂几乎要妥协了，她太爱这个儿子了。她之所以不想和他们一起去，有一部分原因是她无法承受看见儿子受到伤害……哪怕只是被针扎一下，她都受不了。她甚至已经动摇，想和他们一起去。可是，不行。她如果去了，就会耽误半天的工作。这样的话，就会占用她星期日上午的时间。而且，去了之后她肯定会非常难过。没有她在，他们终究是可以应付的。想到这里，她匆匆出发去工作了。

弗朗茜努力地安慰着惊恐万分的尼利。一些年龄稍大的男孩子曾告诉他，一旦被带去卫生站就会被砍掉手臂。为了分散他的注意力，弗朗茜带他来到楼下的院子里，用泥巴做馅儿饼玩。他们早把妈妈叮嘱的要好好洗个澡的事忘得干干净净了。

用泥巴做馅儿饼实在太有趣了，他们玩得非常投入，不知不觉就快到十一点了。他们的手上和胳膊上沾满了泥。十点五十分，加迪斯太太推开窗户，朝楼下的姐弟俩大声喊着，说他们的妈妈曾麻烦她快到十一点的时候提醒他们出发。尼利用眼泪和泥做完了最后一个馅儿饼。弗朗茜拉起他的手，两个孩子拖着沉重的脚步，缓缓绕过街角。

他们坐在一张长椅上。一位犹太母亲坐在他们身边。她的怀里抱着一个六岁的男孩儿。她一边哭泣，一边时不时地满怀深情地亲吻男孩儿的额头。其他坐在这里的母亲也是愁云满面。就在那扇磨砂玻璃门后面，恐怖的事情正在不停地上演。里面持续传来阵阵哭号声，哭号声不时会被一声刺耳的吼叫声打断，随后哭号声再次响起，然后一个面色惨白的孩子走了出来，左胳膊上缠着一条纯白色的纱布。她的母亲立刻冲上前去，一把抓住他，用不知哪国的语言咒骂，并朝着磨砂玻璃门挥舞着拳头，然后催促孩子赶快离开这个刑讯室一样的地方。

弗朗茜战战兢兢地走了进去。在她幼小的生命中，还从未见过医生或护士。白色的大褂，摆放在托盘上闪亮而残酷的器械，消毒水的味道，印着血红色十字的雾气腾腾的消毒器，这一切都吓得弗朗茜瞠目结舌。

护士掀开她的衣袖，用棉签在她的左胳膊上擦出一块干净的地方。弗朗茜看到那个穿白大褂的医生朝她走来，手里拿着一根可怕的注射器，针头特别长。他的身影越来越大，直到和那根硕大的针头合为一体。她闭紧双眼，等待死亡的降临。可是，什么事也没发生，她没有任何感觉。她睁开双眼，不敢奢望一切就这样结束了。她痛苦地发现，那个医生依然拿着注射器站在那里。他正厌恶地盯着她的胳膊。弗朗茜向自己的胳膊看去，发现自己的胳膊上全是深褐色的泥，上面只有一小块白色的区域。她听到医生对那个护士说：

“太脏了，太脏了，真是脏死了。从早到晚都是这样的孩子。我知道他们穷，但是他们总可以洗一洗吧。水又不要钱，香皂也不贵。你看看这胳膊，护士。”

护士瞅了一眼，大惊失色地啧啧感叹。弗朗茜站在那里，羞耻的火苗在她的脸上灼灼燃烧。医生是哈佛医学院的学生，在附近的医院实习。按照要求，他每周都要抽出一天到这种免费诊所出诊几小时。完成实习后，他就会去波士顿的某个诊所上班。他的未婚妻

是波士顿的一位社交名媛。在写给她的信中，他采用附近居民的说法，称自己在布鲁克林的实习好比在炼狱中修行。

护士是个在威廉斯堡长大的姑娘，这一点从她的口音就可以听出来。她是穷苦的波兰移民的后代。她雄心勃勃，白天在血汗工厂打工，晚上去学校读书。总之，她努力让自己完成相应的培训，希望有朝一日能嫁给一位医生。她不想让任何人知道她出生于贫民窟。

医生大发雷霆后，弗朗茜垂着头站在那里。她是一个邋遢的女孩儿。这就是那个医生想要表达的。现在，他说话的声音小多了。他问护士那样的人是怎么活下来的；如果他们都去绝育，不再生育，世界会不会更好。他的意思是不是希望她去死呢？就因为她玩泥饼，把手和胳膊弄得脏兮兮的，他就要采取措施夺走她的生命吗？

弗朗茜看了看那个护士。对弗朗茜来说，所有的女性都是妈妈，就像自己的妈妈、茜茜姨妈和艾薇姨妈一样。她以为那个护士会为她开解，“也许，这个小女孩儿的妈妈今天早上要工作，没有时间帮她洗澡”，或者“医生，你也知道，孩子们都喜欢玩泥巴”。可实际上那个护士却说：“我理解，很可怕不是吗？我真的很同情你，医生。这些人没有任何理由可以这样肮脏地活着。”

一个身处底层的人，通过自己的艰苦奋斗脱离苦海之后，有两种选择：要么选择遗忘，忘记曾经困难的生活；要么把自己的出身铭记于心，并且对那些还在苦苦挣扎以求脱困的人怀有同情和理解之心。这位护士选择了遗忘。不过，此时此刻站在这里的她知道，多年以后这个面黄肌瘦的女孩儿脸上的悲伤会一直困扰着她。她会迫切地希望自己当时能对小女孩儿说一句安慰的话，她痛恨自己没能为拯救灵魂而有所作为。她知道自己很渺小，可是她没有这么做完全是因为缺乏勇气。

针头扎进来时，弗朗茜毫无知觉。医生言语间的伤害如波涛一般汹涌而来，鞭挞着她的身体，夺走了其他的感觉。当护士在她的胳膊上熟练地缠上一条纱布，医生将注射剂放入消毒器，取出一枚新的针头时，弗朗茜说道：

“下一个就轮到我弟弟了。他的胳膊和我的一样脏，所以别大惊小怪，也不必把和我说的话再对他说一遍。”两个人都盯着这个小家伙，没想到她竟然说出了这样一番非同寻常的话。弗朗茜有些哽咽，声音断断续续：“你们没有必要和他说那些，就算说了也没什么用。他是个男孩儿，根本不在乎自己身上脏不脏。”她转过身，跌跌撞撞地走出了接种室。在门关上的那一刻，她听见医生用惊讶的语气说道：

“我真没想到，她居然能听懂我在说什么。”

她听见那个护士叹息道：“唉，真是的……”

凯蒂中午回家吃午饭时，孩子们已经回来了。看到他们缠着纱布的胳膊，她的眼里满是痛苦。弗朗茜情绪激动地大声说道：

“为什么，妈妈，这是为什么？他们为什么要……说那样的话，然后把针扎进你的胳膊里？”

既然一切都结束了，妈妈语气坚定地说道：“接种疫苗是件好事，这样你就能区分出左右手了。你上学的时候得用右手写字，你感觉到疼的那只胳膊就是在告诉你，呃，呃，不是这只手，要用另一只手。”

听完这个解释，弗朗茜的心情好了许多，因为她一直分不清左右。她一直用左手吃饭、画画。凯蒂总会纠正她，让她把拿在左手的粉笔或绣针换到右手。妈妈关于接种疫苗的解释让弗朗茜豁然开朗，她开始觉得或许这是一件很棒的事：仅仅付出那么一点点代价，就解决了分不清左右手的难题。自从接种了疫苗后，弗朗茜开始在日常活动中使用右手，而不是左手，从此她再也没有混淆过。

当天晚上，弗朗茜发烧了，接种的部位疼痛难忍。妈妈知道后大为惊慌，她紧张地嘱咐弗朗茜：

“无论多痒多疼，千万别去挠。”

“我为什么不能挠呢？”

“如果你挠它，整个手臂就会肿起来、变黑，最后会直接断掉。所以，千万别挠。”

凯蒂并不想吓唬孩子，只是她自己也被吓坏了。她以为只要用手碰了那只胳膊，就会感染败血症。她只是想用恐惧来阻止孩子去挠伤口。

弗朗茜不得不加倍小心，好让自己不去挠那又痛又痒的伤口。第二天，她的整条胳膊开始一阵阵地发疼。睡觉前，弗朗茜掀开纱布偷偷看了一眼。让她毛骨悚然的是，针扎进去的地方已经肿起来了，呈现出青色，还流出了黄色的脓液。弗朗茜并没有挠呀！她知道自己没有去挠。可是，等等！也许是昨天晚上睡觉的时候她挠了。是的，一定是那个时候挠的。她不敢去告诉妈妈。妈妈一定会说：“我告诉过你，我早就告诉过你，可你就是不听。现在，你看看。”

那是星期日的晚上，爸爸出去工作了。她无法入睡。她从床上爬起来，走到客厅，坐在窗前。她把头枕在胳膊上，等待死亡的降临。

凌晨三点，她听到一辆电车在格雷厄姆大街的转角处嘎吱一声停了下来，这意味着有人下车了。她把身子探出窗外。是的，是爸爸。他跳着轻快的舞步，悠闲地沿着街道漫步，嘴里吹着《我的心上人住在月亮上》的调子。他身穿无尾礼服，头戴圆顶礼帽，腋下夹着一个干净的袋子，袋子里放的是卷起来的围裙。这样的形象在弗朗茜的眼中就是生命本身。他走到公寓大门时，弗朗茜叫住了他。他抬起头，殷勤地向她脱帽致意。弗朗茜为他打开了厨房的门。

“你怎么这么晚还不睡觉，我的首席女歌手？”他问道，“现在可不是星期六的晚上，你知道的。”

“我坐在床边，”她低声说，“等着我的胳膊断掉。”

他强忍住笑，听她解释了手臂的事。他关上通向卧室的门，点开煤气灯，拆下纱布。当他看到那肿胀流脓的伤口时，感到一阵恶心。但是，他没有让她发觉。他永远都不会让她知道。

“嘿，宝贝，还好啊，没什么事。你真该看看我当时打了疫苗之后的胳膊，肿得有两只胳膊那么粗，而且，伤口不是这样发青发黄的，是又红又白又蓝的。但是，你看看，现在我的这只胳膊有多强壮。”这是他的一个善意的谎言，因为他从未接种过疫苗。

他在洗脸盆里倒了些温水，加了几滴苯酚，一遍又一遍地清洗着那个丑陋的伤口。刺痛传来，弗朗茜想抽回手臂，约翰尼却告诉她刺痛意味着治愈。他一边清洗，一边轻声哼唱着一首可笑又哀伤的歌。

他从不愿离开自己的火炉，
他从不愿东游西走……

他环顾四周，想找一块干净的布当作绷带，可他没有找到。于是，他脱下外套和假衬衫，把背心从头上脱下来，夸张地从上面撕下一块布条。

“那可是件好背心啊！”弗朗茜反对道。

“没事，反正它现在到处都是破洞。”

他用布条把弗朗茜的胳膊包扎好。布条上残留着约翰尼的气味，温暖的、带着雪茄的味道。不过，对孩子来说，这是保护与爱的气息，是一种莫大的安慰。

“你看！没事啦，我的首席女歌手。你为什么觉得自己的胳膊会断掉呢？”

“妈妈说，如果我挠了，它就会断掉。我没想去挠。但是，我猜我可能在睡觉的时候挠了。”

“可能是这样的，”他吻了吻她瘦削的脸颊，“现在回去睡觉吧。”她回到卧室，安稳地睡了一夜。到了早上，她发现胳膊不疼了。几天后，那只胳膊又恢复成原来的样子。

弗朗茜睡下后，约翰尼又抽了一根雪茄。然后，他缓慢地脱掉衣服，在凯蒂身边躺下。她隐约感觉他在身边，难得地表现出一丝柔情，伸出一只胳膊，搭在了他的胸膛。他轻轻地将她的胳膊拿开，尽可能地把身体挪得远远的。他紧紧地靠着墙壁，双手交叉在枕头下，躺在那里，盯着无边的黑夜，一夜未眠。

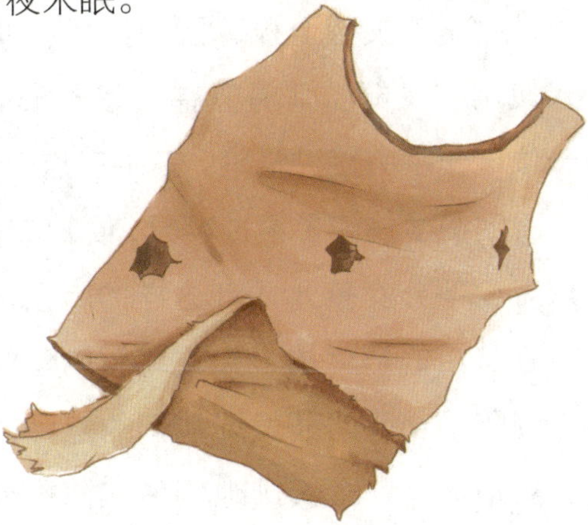

Chapter 19

开学第一天

弗朗茜对开学这件事充满了期待。鉴于接种疫苗教会了她区分左右，她觉得学校里一定会有更大的奇迹发生。她以为自己第一天放学回家，就能学会读书和写字。然而，她唯一的收获却是血淋淋的鼻子。她本想喝学校水龙头里的水，但有个大一些的孩子把她的头撞到了水槽的石沿儿上。而且，水龙头里喷出来的并不是苏打水。

弗朗茜失望至极，因为她不得不和另一个女孩儿合用本该一个人使用的桌椅。她渴望有一张属于自己的书桌。早上，她骄傲地从一位班长手中接过铅笔，下午三点，又不情愿地交还给另一位班长。

她在学校待了不过半天，便知道自己永远不会成为老师的宠儿。只有少部分女孩儿才有这样的特权。这些女孩儿梳着时髦的鬈发，穿着整洁的学生裙，头戴崭新的丝绸蝴蝶结。她们都是附近有钱店主的孩子。弗朗茜发现他们的老师，布里格斯小姐，会笑容满面地看着她们，并且安排她们坐在前排最好的位置上。这些宠儿不需要和别人共用桌椅。布里格斯小姐对这几个幸运儿说话时，会轻声细语；而对大部分平民家的孩子说话时，则咆哮如雷。

在开学的第一天，弗朗茜与和她一样出身的孩子厮混在一起，所学到的东西远远超出她的预期。她了解到在这个国家是存在阶级之分的。老师的态度让她迷惑不解，而且深深地刺伤了她。显然，老师之所以讨厌她以及像她一样的学生，完全是因为他们的出身。老师的行为让他们感到自己仿佛没有读书的权利，老师是被迫接纳了他们，所以对待他们的态度才会毫无体面可言。老师极不情愿地向他们施舍那点儿少得可怜的知识。正如卫生站的那个医生一样，老师的所作所为也让他们觉得自己没有生存的权利。

所有不被接受的孩子理应团结起来，一起去反抗一切不公平的人和事。可事实并非如此。他们讨厌彼此，正如老师讨厌他们一样。他们会模仿老师咆哮的样子，互相大吼大叫。

他们之中总会有一个孩子不幸地被老师选中，作为替罪羊。这个可怜的孩子会遭到侮辱谩骂，受到百般折磨，成为老师的出气筒。一旦哪个孩子有被老师选中的迹象，其他孩子就会反过来孤立他，模仿老师的样子折磨他。同时，他们还会讨好那些老师喜欢的孩子。或许，他们觉得这么做能让自己更靠近权力的中心吧。

三千名学生挤在这所丑陋又残暴的学校里，但学校却只能提供一千名学生所需的基础设施。不堪入耳的故事在孩子们之间流传。其中一个和普费弗小姐有关。普费弗小姐肤色白皙，发色金黄，总是咯咯地高声大笑。她会吩咐班长看管班级，声称自己要“去办公室一趟”，实则是去地下室与助理看管员幽会。还有一个故事与女校长有关，是那些被她伤害的小男孩儿口耳相传的。这位身材壮硕、性格残忍苛刻的中年妇女，很爱穿带有亮片装饰的连衣裙，身上总是有一股酿生杜松子酒的味道。她会把冥顽不化的男孩子带到办公室，让他们脱下裤子，用藤条抽打他们的屁股。如果是女孩儿，她往往会隔着裙子打。

当然，学校是禁止体罚的。可外面的人怎么会知道呢？谁会把这件事传出去呢？被打的孩子肯定是不会说的。街区里有个传统，如果一个小孩儿回家说自己在学校挨了鞭子，那么他会在家里再挨一顿鞭子。因为家里人认为一定是他在学校没有好好表现。于是，孩子都学会了默默接受惩罚，独自承受痛苦。

这些故事最丑陋的一点在于它们都真实得让人感到可怕。

在 1908 到 1909 年间，“残忍”是威廉斯堡公立学校唯一的形容词。那个年代，儿童心理学在威廉斯堡简直闻所未闻。教师的聘任条件也相当宽松：高中毕业，并且在教师进修学院接受过两年的培训。很少有教师是出于教育的使命感而从事这份工作的。她们之所以会当老师，是因为这是她们可以从事的为数不多的一份工作。这份工作的薪水要高于工厂的，而且有很长的暑假，退休以后还可以领取养老金。她们之所以去教书，是因为没有人想要她们。那个年代不允许已婚妇女当老师，因此大部分的老师都因为极度缺爱而变得神经兮兮的。这些未婚未育的妇女借由自己的权威身份，把她们的怒火通过一种扭曲的方式发泄到其他妇女的孩子身上。

那些最残暴的教师的出身往往与那些穷苦的孩子相似。她们之所以严苛地对待那些不幸的小家伙，从某种意义上来看，是因为她们想要以此来摆脱自己卑微的家庭背景。

当然，并非所有的老师都品行恶劣。有时，也会出现温柔的老师，她们会同情孩子们的遭遇，努力帮助他们。但是，这些女士不会一直当老师。因为她们要不很快就嫁人了，无法继续工作；要不就是因为受到其他老师的排挤而离职。

学校里还有一个棘手的问题，美其名曰“举手请假”。孩子被要求早晨上学之前在家里如厕，然后需要一直等到午饭时间才能再次如厕。他们本可以在课间解决如厕的需求，但是很少有孩子能够利用这段时间上卫生间。操场上往往人多拥挤，孩子们根本挤不到卫生间附近。就算运气不错，挤到了仅有十个隔间却要供五百名学生使用的卫生间，也会发现那里早就被学校里最凶狠的十个学生霸占了。那几个孩子站在门口，任何人都别想进去。即使一群饱受折磨的孩子涌到他们面前苦苦哀求，他们也会充耳不闻。在这些小霸王的强行索取下，有些孩子会花一美分使用卫生间，但很少有孩子付得起。直到上课铃声响起，课间休息结束，那些小霸王才会松开把住双开式弹簧门的手。没有人能想明白他们从这样可怕的游戏中究竟可以得到怎样的乐趣。他们永远不会受到惩罚，因为没有老师会去学生的卫生间，也从来没有学生告发过他们的行为。年龄再小的孩子也知道自己一定不能告密。如果他告状了，他知道自己一定会被小霸王们折磨致死。所以，这个邪恶的游戏就一直这样周而复始地上演着。

按常理来说，如果一个孩子在课堂上向老师请假，是可以离开教室去卫生间的。大家会打暗语：举起一根手指，意味着孩子要请假离开一会儿，很快就回来；举起两根手指，意味着需要更长的时间。可是，那些没有耐心又麻木不仁的老师会声称这不过是孩子们想逃一会儿课的诡计。她们知道学生在课间和午餐时间有充足的时间去如厕。因此，她们便自作主张地拒绝孩子们课堂上如厕的请求。

当然，弗朗茜也注意到了，那些老师喜欢坐在前排、衣着干净、打扮精致、备受呵护的孩子，他们可以随时离开教室。可是，为什么他们的待遇不一样呢？

至于班里的其他孩子，他们中有一半的人根据老师的要求改变了自己的如厕需求，而另一半的人只能长期尿裤子。

帮弗朗茜彻底搞定“举手请假”这个难题的人是茜茜姨妈。自从凯蒂和约翰尼告诉她不要再来家里之后，茜茜就再也没见过孩子们。她很想念他们。她知道他们已经开学了，想知道他们的学校生活是否顺利。

十一月的一天，工厂的生意不景气，茜茜被迫下岗了。放学的时候，她在学校的那条街上闲逛。她想，如果孩子们回家说看到了她，听起来就像是偶然遇见的。在一群出来的孩子中，她看见了尼利。一个比尼利高的男孩儿一把抢走了尼利的帽子，扔到地上，踩了几下后跑掉了。尼利转身，发现一个个子比他矮的男孩儿，于是，尼利抢走了这个男孩儿的帽子，做了同样的事。茜茜抓住尼利的胳膊，可是他粗声粗气地吼了一声，从她的手中挣脱出来，沿着街道跑了。茜茜心酸地发现，尼利长大了。

弗朗茜一见到茜茜，便立刻抱住她、亲吻她。茜茜带她来到一家小糖果店，买了一美分的巧克力苏打水。然后，她让弗朗茜坐在台阶上，给她讲学校的事。弗朗茜给她看了初级课本，还有写着一排排英文大写字母的作业本。茜茜很感动。她久久地凝视着这个孩子瘦弱的脸颊，发现她在不停地颤抖，她身上的衣物也根本无法抵御十一月的严寒。天气如此阴冷，她却只穿了一件破旧的棉质连衣裙和小毛衣，一双棉袜也是薄薄的。茜茜伸出胳膊，把她紧紧地搂在怀里，用身体给她取暖。

“弗朗茜，我的宝贝，你像树叶一样在颤抖。”

弗朗茜从未听过这样的表达，她陷入了沉思。她望向一棵从房子一侧的水泥里长出来的小树。那树的枝头上还残留着几片干枯的树叶，其中一片被风吹得沙沙作响。“像树叶一样在颤抖。”她把这个表达印在了脑海里。颤抖……

“你没事吧？”茜茜问道，“你浑身冰冷。”

一开始，弗朗茜并不想说。但是，在茜茜的一番哄劝后，她把害羞发烫的脸贴在了茜茜的脖子上，在她的耳边悄悄地告诉茜茜事情的原委。

“我的天哪！”茜茜道，“难怪你这么冷，你为什么不举手……”

“当我们举手的时候，老师从不看我们一眼。”

“哦，原来如此。别担心，每个人都有可能发生这样的事。就连英国女王小时候也可能发生过。”

可是，英国女王会因此感到羞愧难耐吗？弗朗茜默默地啜泣，羞愧又恐惧的眼泪夺眶而出。她害怕回家，害怕妈妈会轻蔑地嘲笑她。

“你的妈妈不会骂你的……任何一个小女孩儿都会遇到这种事的。别说是我告诉你的，你妈妈小时候也会尿裤子，还有你的外婆也会。这并不是什么新鲜事，你也不是第一个尿裤子的人。”

“可我都这么大了，只有小宝宝才尿裤子。妈妈会当着尼利的面让我难堪的。”

“你得在她发现之前就向她坦白，然后向她保证不会有下次了。这样她就不会让你难堪了。”

“可我不能保证啊。只要老师们不让我们上卫生间，我就还有可能尿裤子。”

“从现在开始，无论你什么时候举手请假，老师都会让你去的。茜茜姨妈从来不骗你，对不对？”

“好……吧。可你怎么知道呢？”

“我会在教堂里为此点一支蜡烛。”

这个承诺给了弗朗茜极大的安慰。弗朗茜回家后，凯蒂像往常一样责骂了几句。不过，弗朗茜早有了心理准备，她用茜茜姨妈告诉她大家都会尿裤子的事来安慰自己。

次日清晨，距离上课还有十分钟的时间，茜茜来到教室，找到了老师。

“你们班是不是有个叫弗朗茜的小女孩儿？”茜茜开门见山地问道。

“应该是弗朗茜·诺兰。”布里格斯小姐纠正道。

“她聪明吗？”

“聪……明。”

“她是好学生吗？”

“她最好是。”

“我就是问问您，她是个好女孩儿吗？”茜茜把脸凑到布里格斯小姐面前，说话的声音比之前更低，语气也更柔和。不知为何，布里格斯小姐却不由得往后退了退。

“啊，是个好女孩儿。”老师连忙说道。

“我是她的母亲。”茜茜谎称道。

“不会吧。”

“我真的是她母亲！”

“诺兰太太，您想了解这个孩子在校的什么情况呢……”

“您有没有听说，”茜茜继续编着谎话，“弗朗茜的肾有问题？”

“她的肾怎么了？”

“医生说如果她想上卫生间的时候，有人不让她去的话，她很可能会因为肾脏负担过重而倒地身亡。”

“您说得也太夸张了吧。”

“您是想让她直接倒在教室里吗？”

“当然不想啊，可是……”

“那您想被囚车带到警察局，在医生和法官面前承认自己没有让她上卫生间吗？”

茜茜说的是实话吗？布里格斯小姐无法判断，这是最离奇的地方。她还从未见过哪个女人能如此平静、温柔地说出如此耸人听闻的事情。就在这时，茜茜碰巧望向窗外，刚好看见一位身材魁梧的警察路过这里。她指着那个警察问道：

“你看见那个警察了吗？”布里格斯小姐点了点头，“他就是我的丈夫。”

“弗朗茜的爸爸吗？”

“还能是谁？”茜茜一把推开窗户，大喊道：“嘿，嗨，约翰尼。”

警察吃了一惊，抬头看去。茜茜冲着他热情地抛了一个大大的飞吻。在那一瞬间，他还以为是哪个极度缺爱的老姑娘神经错乱了。随后，他那与生俱来的男性虚荣心又让他相信，一定是某位年轻的女老师对他暗恋许久，今天终于鼓起勇气向他热情地告白了。他对此做出了回应，笨手笨脚地还了她一个飞吻，并且殷勤地脱帽致意。

然后，他吹起了《在魔鬼的舞会上》的调子，继续沿着街道巡逻。“看来我还蛮受女士们欢迎的，”他心想，“我竟然这么有魅力，我家里有六个孩子又怎样。”

布里格斯小姐目瞪口呆。这位警察长相英俊，体格健壮。这时，一个金发女孩儿走进教室，送给老师一盒系着丝带的糖果。布里格斯小姐十分欣喜，咯咯地笑了起来，并在那个孩子绸缎般光滑粉嫩的脸上吻了吻。茜茜的思维快得如刚磨好的剃刀一般，刹那间，她便看清了风向。她发现像弗朗茜这样家庭的孩子是不受老师待见的。

“嗯，”她说道，“我猜您一定觉得我们没什么钱。”

“我敢保证我从来没有……”

“我们家向来为人低调。不过，圣诞节快到了……”她暗示要送给老师礼物。

“有可能，”布里格斯小姐开始让步，“弗朗茜举手的时候，我并不是每次都能看到。”

“她的座位在哪儿？怎么会让您看不到呢？”

老师指了指后排较暗的位置。

“或许，她坐得靠前一些，您就能看得更清楚了。”

“所有的座位都已经安排好了。”

“圣诞节就要到了！”茜茜委婉地提醒她。

“我尽力而为吧。”

“是啊，您可得好好看看呀！”茜茜走到门口，回身说道，“不是因为圣诞节就要到了，而且我的丈夫可是一名警察。如果他发现您没有公平地对待弗朗茜，他一定会让您好好吃上一顿拳头的。”

自从那次会谈后，弗朗茜就再也没有遇到“举手请假”的麻烦了。

无论她多么羞怯地举起手，布里格斯小姐总能看到。她甚至把她调到第一排的第一个位置坐了一段时间。但是，当圣诞节到来的时候，昂贵的礼物没有如期而至，弗朗茜也因此被遣回阴暗的后排。

弗朗茜和凯蒂都对茜茜去学校的事毫不知情。但是，弗朗茜再也没有受到之前那样的羞辱。就算布里格斯小姐对她并不友善，但是至少不会对她侮辱谩骂。当然，布里格斯小姐也知道那个女人肯定是在胡说八道。不过，她为什么要冒这个险呢？她虽然不怎么喜欢小孩儿，可她也不是恶魔。她不愿看到一个孩子倒在她的面前。

几个星期后，茜茜找到和她同一车间的一个女孩儿帮忙，给凯蒂写了一张明信片。她请求妹妹能既往不咎，允许自己再去家里见见孩子们。凯蒂却对明信片的内容置之不理。

玛丽·罗梅利也过来为茜茜说情。“你和你姐姐之间到底有什么解不开的结呢？”她问凯蒂。

“我没法儿告诉你。”凯蒂答道。

“原谅是一份极其珍贵的礼物，”玛丽·罗梅利说，“可它却不用花一分钱。”

“我想怎样就怎样。”凯蒂说道。

“唉。”她的母亲只得作罢。她深深地叹了口气，什么也没有说。

虽然凯蒂不愿承认，但她十分想念茜茜。她想念茜茜毫无保留的善意和直率的处事方式。艾薇来看凯蒂的时候从未提起过茜茜。自从那次调解失败后，玛丽·罗梅利也再没提过茜茜的名字。

凯蒂从他们家族公认的“官方记者”，也就是保险代理人那儿了解姐姐的消息。罗梅利家族的人都在同一家保险公司投保，同一位代理人每周都会去罗梅利姐妹们的家收取保费。他就像这个家族的传话筒，传递着各家的消息和八卦。有一天，凯蒂从他那里得知茜茜又生下一个孩子，可她没有为那个孩子投保，因为孩子出生两个小时后就夭折了。凯蒂终于为自己如此刻薄地对待可怜的茜茜而感到后悔了。

“下次您再见到我姐姐，”她对那位代理人说，“请您告诉她别和我们这么见外。”代理人把谅解的信息传达给了茜茜，于是，茜茜又可以出入诺兰家了。

Chapter 20
神奇的大蒜

从孩子们入学起，凯蒂与疾病和寄生虫的战役就正式打响了。战斗很激烈，耗时却很短，最终凯蒂大获全胜。

孩子们整日挤在一起，难免滋生寄生虫，互相传染。虽然这一切并非他们的错，可他们不得不承受一个孩子所能经历的最屈辱的诊治过程。

学校的护士每周都会来班里一次，她背对窗户站着。小女孩儿们排成一排，依次走到她面前，转过身，撩起厚重的辫子，弯下腰。护士会拿起一根细长的棍子，在头发里四处翻找。如果发现了虱子或虱子卵，她就会让这个小家伙站到一边。检查结束后，这群被挑出来的“弃儿”会被迫站在班级前面，护士则在一旁让大家引以为戒，告诉大家这些小女孩儿有多么肮脏，叮嘱大家如何避免和她们接触。这些不许和别人接触的小女孩儿当天便会被遣送回家，被命令去奈普药店买“蓝色的药膏”，让她们的母亲帮忙涂在头发上。当她们返回学校上课时，会遭到同龄人的欺辱。每个“罪犯”身后都会跟着一群孩子，他们一边“护送”她回家，一边高声唱着：

“邋遢鬼呀，邋遢鬼，老师说你是邋遢鬼。把你灰溜溜地赶回家，灰溜溜地赶回家，因为你是邋遢鬼。”

等到下一轮检查时，有些长过虱子的孩子会安然无恙。这样的话，她们就会忘记自己被欺辱的痛苦，转而去羞辱那些被发现感染了寄生虫的孩子。她们遭受的痛苦并没有让她们产生任何怜悯之心，所以，她们之前的苦算是白受了。

在凯蒂忙碌的生活中容不下额外的麻烦和担忧，她也不会让这样的事发生。就在弗朗茜第一天放学回家，对凯蒂说邻座的女生头上有虫子在头发上爬上爬下后，凯蒂便立刻采取了行动。她用自己那块又大又粗糙的清洁女工专用的黄色肥皂搓洗弗朗茜的头部，直搓得她的头皮阵阵刺痛。第二天早上，她把梳子放在一碗煤油中蘸了蘸，然后用力梳理弗朗茜的头发，把头发紧紧地编成辫子，扯得弗朗茜太阳穴旁边的青筋都暴出来了。她叮嘱弗朗茜离煤气灯远一些，然后把她送到了学校。

弗朗茜头发上的煤油味弥漫了整个教室，和她同桌的女生躲得远远的。老师为此写了一张字条，让弗朗茜带回家，上面写着禁止凯蒂给弗朗茜的头发抹煤油。对此，凯蒂不以为然，并没有理会那张字条。每周，她都会用黄色的肥皂给弗朗茜搓洗一次头发。每天，她都会往弗朗茜的头发上抹煤油。

学校里暴发了流行性腮腺炎，凯蒂当即采取行动来对抗传染病。她制作了两个法兰绒的袋子，在每个袋子里缝入一头大蒜，又在袋子上缝了一根干净的松紧带。她让孩子们把它们围在脖子上，藏在衬衫下面。

弗朗茜带着满身的煤油味和大蒜味去上学，每个人都躲着她。在人满为患的操场上，她的周围却总是空荡荡的。在拥挤的电车上，为了避开诺兰家的孩子，人们挤成一团。

这个方法真的奏效！不知是因为大蒜里有女巫施的魔法，还是因为浓烈刺鼻的气味杀死了细菌，又或许是因为那些感染了疾病和寄生虫的孩子都离她远远的，弗朗茜没有被传染，还可能是因为她和尼利天生体格强健，这些都无法得知。不管怎样，事实就是凯蒂的孩子们上学的时候从未患过病，他们甚至连感冒都没得过，也从未生过虱子。

当然，弗朗茜也因为身上难闻的气味受人排挤，被人孤立。但是，她已经习惯了孤独。她习惯了一个人走路，习惯了被人当成“异类”。她并没有为此感到十分痛苦。

Chapter 21

学校里也有金色时光

尽管学校里充满了各种各样的恶意、残忍和不愉快，弗朗茜依然喜欢上学。在那里，许多孩子遵守同样的制度，在同样的时间做同样的事，这些给予她一种安全感。她能感觉到自己有明确的归属感，是集体中的一员，她和其他成员聚在一起，为了同一个目标，接受统一的领导。诺兰家的人只想在这个世界上生存下去，除此之外，他们不会遵守任何其他准则。他们遵循自己的生活准则，不属于任何固定的社会群体。对他们来说，这样的生活并无大碍。可有时，这样的生活会让一个小孩儿感到迷茫。因此，弗朗茜在学校找到某种安稳的感觉。虽然学校的规定和条例相当残酷和丑陋，但它给人一种目标感和秩序感。

校园生活并非一直暗无天日。孩子们每个星期都有半个小时美好灿烂的黄金时刻，那就是莫顿先生来上音乐课的时候。莫顿先生是一名专职教师，他会到街区内所有的学校轮流教课。有他出现的

日子就是节日。他身穿燕尾服，系着松松垮垮的领结。他活力四射，风趣幽默，热爱生活，好似住在云端的天神。他尽管相貌普通，却有一股英姿飒爽的劲头儿。他理解并体贴孩子，真心关爱孩子，因此孩子们对他崇拜有加。老师们也崇拜他。只要他来上课的日子，教室里就洋溢着欢乐喜庆的气氛。老师们会穿上自己最漂亮的衣服，言谈举止也会温柔很多。有时，她们还会梳起时髦的鬈发，身上喷些香水。这就是莫顿先生对女士们的魅力。

他像龙卷风一样，每每教室的门被突然打开，莫顿先生都会翩然而入，任由燕尾服的后摆在身后飘动。他会跳上讲台，面带笑容地环顾四周，用欢快的语气说："不错，不错。"孩子们会坐在下面开怀大笑，班主任也笑得一脸灿烂。

他先在黑板上画音符圆圆的符头，再给符头添加符干，这时这些音符就像长了小腿似的，仿佛要从音阶里跑出来。他画的降调符号像一个矮胖墩儿。至于升调符号，他会画出一个细鼻子来，好似迅速长出来的甜菜头。自始至终，他都像小鸟一样情不自禁地歌唱。有时，他会按捺不住自己的快乐，不自主地跳上一段舞蹈来抒发感情。

他春风化雨般地向孩子们传授高雅的音乐。他为这些伟大的经典乐曲配上了自己写的歌词，并给它们起了简单易懂的名字，如《摇篮曲》《小夜曲》《街头之歌》《歌唱阳光灿烂的日子》。孩子们用稚嫩的童声高声合唱汉德尔的《广板》，可他们只知道这首歌的名字叫《赞美诗》。小男孩儿在玩弹珠的时候，会用口哨吹出德沃夏克《新世界交响曲》的片段。当被问到所吹曲调的名字时，他们会回答："哦，叫《回家》。"他们在玩跳房子时，会哼唱歌剧《浮士德》中的《士兵大合唱》，也就是他们口中的《荣耀》。

伯恩斯通小姐是专门教授绘画的老师，她每个星期也会为孩子们上一次课。虽然她不像莫顿先生那样人见人爱，但是孩子们也很仰慕她。天哪，她就像一个来自盛产淡绿色和石榴色衣裙世界的人。她的面容甜美又温柔，像莫顿先生一样，她更喜欢这群疏于清洗、没人待见的孩子，而不是那些“老师的宠儿”。但老师们不喜欢她。尽管与伯恩斯通小姐说话的时候，她们会阿谀奉承，但转过身去，她们便会对她怒目而视。伯恩斯通小姐魅力十足，长相甜美，异性缘极好。她们知道她绝不会像她们一样，在晚上被迫孤枕而眠。

她的嗓音柔美婉转。她那双漂亮又敏捷的手里总是拿着一截粉笔或炭笔。当她拿着蜡笔时，她的手腕好像对它施了魔法一般，手腕转动一下，就画出了一个苹果；再转两下，那个苹果就跑到了一个可爱的小朋友的手中。下雨天，她不会讲课。她会拿出一沓纸和一截炭笔为教室里那些最贫贱的学生画速写。从她的画中，你看不到肮脏和不堪，只有纯真的光辉和被迫过快成长的心酸。伯恩斯通小姐真是太伟大了。

在学校的大部分日子里，老师们都会要求学生双手背后、挺直身体僵硬地坐着，而她们自己却偷偷阅读放在大腿上的小说。这种沉闷的校园生活宛如一条泥泞的长河，这两位外聘教师就像是河水在阳光下泛起的涟漪，闪烁着金色和银色的光芒。如果所有老师都像伯恩斯通小姐和莫顿先生一样，那弗朗茜就能理解天堂是什么样了。不过，这样也好，正是世间的黑暗和泥泞，才衬托出太阳耀眼夺目的光辉。

Chapter 22

我识字了！

啊，当孩子发现自己能读懂印在书上的文字的那一刻，是多么神奇啊！

很长一段时间以来，弗朗茜一直在学习字母的拼读。她把字母单独念出来，再把字母组合在一起，拼读出一个单词的读音。但是，突然有一天，当她在书上看到“mouse”（老鼠）这个单词时，顿时明白了这个词的含义。看着眼前的单词，一只灰色的小老鼠蹦蹦跳跳地浮现在她的脑海中。她继续往下看，当她看到“horse”（马）这个单词时，她仿佛听到了马蹄声，看到了光滑的马背在太阳的照耀下反射出的光芒。当“running”（奔跑）这个单词映入眼帘时，她感到气喘吁吁，仿佛自己在奔跑一般。单个字母的发音和整个单词的含义之间的壁垒被打破了。印在书上的单词，只要看一眼，她就能理解它的含义。她迅速地翻看了几页，几乎要激动得晕过去。她想大声宣布：她能读书啦！她能读书啦！

从那时起，阅读为她打开了新世界的大门，她不再感到孤独，也不再因为缺少亲密的朋友而感到遗憾了。她和书籍交朋友，无论喜怒哀乐，都有一本书与她相伴。诗歌给予她安静的陪伴。但当她厌倦了安静时，她就会读探险故事。到了青春期，她会读爱情故事。当她想和某人亲近时，就会读人物传记。从她具有阅读能力的那一刻起，弗朗茜就立下誓言：有生之年的每一天她都要读一本书。

她喜欢数字和计算。她自己想出了一个游戏：每一个数字是一位家庭成员，计算的“答案”就是把不同的家庭成员组合在一起，每个组合都有一个故事。“0”是抱在怀里的小宝宝，他从不捣乱，无论他何时出现，你只需“抱着”他即可。“1”是个漂亮的小女孩儿，她正在学走路，很容易搞定。“2”是个男孩儿，他能走路，刚会说话，并且已经开始参与家庭生活（进行求和计算等）了，几乎不会惹什么麻烦。“3”是个年纪稍大一些的男孩儿，他已经上幼儿园了，可以照顾弟弟妹妹们。“4”是一个与弗朗茜一般大的女孩儿，她几乎和“2”一样容易被照看。“5”是妈妈，温柔又善良，在进行较大数值的计算时，她就会出现，摆平一切，让一切变得很容易，就像妈妈一样。“6”是爸爸，虽然比其他成员难相处一些，但他非常公正。可是“7”很讨厌，他就像脾气怪异的老祖父一样，无论他在怎样的计算中出现，都不容易求解。“8”是祖母，虽然也让人摸不透，但是要比“7”更容易理解。最难的数字是“9”，他就是一个客人，想让他融入这个大家庭可不是件容易的事！

弗朗茜在做加法的时候，总能给每个答案编出一个小故事。如果答案是“924”，那就意味着其他家庭成员都出去了，家里只有这个小男孩儿和小女孩儿在招待客人。如果出现了“1024”这样的答案，就意味着家里所有的孩子一起在院子里做游戏。“62”就是爸爸带着小男孩儿散步。“50”就是妈妈推着小宝宝出去兜风。“78”代表冬日的夜晚坐在炉边烤火的外公和外婆。任意数字的组合都上演着一个新的家庭故事，每个故事都是独一无二的。

弗朗茜也把这个游戏应用到了解代数题中。“X”是男孩儿的心上人，她闯入男孩儿的生活中，把家里弄得一团糟。“Y”是男孩儿总会惹麻烦的哥们儿。对于弗朗茜来说，数学既温暖又有人情味，帮她消磨了很多孤独的时光。

成长中那些绕不开的事

·读书的惬意时光·

终于到家了，可以安享安全梯上的阅读时光了，为了这一刻，她已经等待了一个星期。

弗朗茜呼吸着温暖的空气，看着婆娑的树影，一边读书，一边品尝糖果，并在阅读间隙小口地喝着清凉的冰水。

她静静地读着书，享受着这个世界的宁静，享受着一个小女孩儿才能感受到的快乐：一本好书，一碗甜点，还有独自在家的惬意。

——Chapter 02 期待已久的事

·想象力是如此宝贵·

孩子一定要有一样宝贵的东西，那就是想象力。孩子一定要有一个秘密世界，里面住着不存在于这个世界上的东西。她一定要相信他们的存在，相信不属于这个世界的人物。这样，当世界丑陋到我们无法生存时，孩子便可以躲回自己的想象中。

——Chapter 09 你好，弗朗茜

·要么遗忘！要么铭记于心！·

一个身处底层的人，通过自己的艰苦奋斗脱离苦海之后，有两种选择：要么选择遗忘，忘记曾经困难的生活；要么把自己的出身铭记于心，并且对那些还在苦苦挣扎以求脱困的人怀有同情和理解之心。

——Chapter 18 接种疫苗

·得遇良师，人生之幸·

在学校的大部分日子里，老师们都会要求学生双手背后、挺直身体僵硬地坐着，而她们自己却偷偷阅读放在大腿上的小说。这种沉闷的校园生活宛如一条泥泞的长河，这两位外聘教师就像是河水在阳光下泛起的涟漪，闪烁着金色和银色的光芒。如果所有老师都像伯恩斯通小姐和莫顿先生一样，那弗朗茜就能理解天堂是什么样了。不过，这样也好，正是世间的黑暗和泥泞，才衬托出太阳耀眼夺目的光辉。

——Chapter 21 学校里也有金色时光

EX-
LIBRIS

风暴终将过去，
洗刷出碧空一片。

布鲁克林有棵树

白裙与玫瑰

[美] 贝蒂·史密斯　著
申　晨　译

南方出版社
·海口·

图书在版编目（CIP）数据

布鲁克林有棵树．白裙与玫瑰 /（美）贝蒂 · 史密斯
著；申晨译．—海口：南方出版社，2024.7.（2025.4重印）
ISBN 978-7-5501-9053-5

Ⅰ．I712.45
中国国家版本馆 CIP 数据核字第2024UF2388号

布鲁克林有棵树　白裙与玫瑰

BULUKELIN YOU KE SHU　BAI QUN YU MEIGUI

［美］贝蒂 · 史密斯　著　申　晨　译

目 录

CONTENTS

Chapter 23

我梦想中的学校

上学的日子一天天过去了。有些日子充满了恶意、粗暴和心碎，有些日子则因为伯恩斯通小姐和莫顿先生而阳光明媚。无论如何，学习知识永远都有魔力。

十月的一个星期六，弗朗茜在外面散步时，碰巧走到了一个陌生的街区。这里没有廉租公寓，也没有吵闹破旧的店铺。华盛顿率领部队穿越长岛时，这些房子就在这里了。这些房子虽然破旧不堪，周围却有一圈带门的尖木桩篱笆，让弗朗茜不由得想推门而入。秋日的花朵装点着前院，鲜艳夺目。路边种着枫树，树上的叶子红黄交织。整条古老的街区就这样幽静地沐浴在星期六的阳光下，笼罩着一种宁静、深邃、永恒、残破的氛围。弗朗茜感觉自己像爱丽丝①一样，踏入了一面魔镜里的奇妙世界，置身于一片被施了魔法的国度。

① 爱丽丝，英国著名童话《爱丽丝漫游奇境记》和《镜中世界》中的女主角。

她继续往前走，面前出现了一所古老的小学。老旧的红砖墙在夕阳的映照下闪着橙红色的光芒。校园周围没有栅栏。操场的地是草地而不是水泥地。学校对面的草地上长满了秋麒麟、野紫菀和三叶草，简直就是一片开阔的田野。

弗朗茜心潮澎湃。就是它！她想上的就是这样的学校。可她怎么才能到这里上学呢？法律有严格的规定，大家都要到自己所属的社区学校读书。如果她想来这个街区上学，那么她的父母就得搬到这个街区居住。弗朗茜心里很清楚，妈妈是绝对不会因为她喜欢另一所学校就搬家的。她一边思考着这件事，一边慢悠悠地往家走。

当天晚上，她熬夜等着爸爸下班回家。约翰尼哼着《莫莉·马隆》，跑上楼梯，他们四人吃完他带回家的龙虾、鱼子酱和肝泥香肠之后，妈妈和尼利便上床睡觉了。弗朗茜陪着爸爸，他抽了今晚的最后一根雪茄。她悄声在爸爸耳边说了那所学校的事。他看着她，点了点头，说道："我们明天去看看。"

"你是说，我们可以搬到那所学校附近去住吗？"

"不是的，但肯定有别的办法。我明天和你一起过去看看，然后想想有什么办法。"

弗朗茜当晚兴奋得无法入眠。早上七点，她就已经起床了。可是，约翰尼还在呼呼大睡。她心急如焚地等待着。每次他在梦中叹气，她都要跑进卧室，看他是不是睡醒了。

他一直睡到了中午。诺兰一家坐下来准备吃午餐，可弗朗茜却一点儿胃口也没有。她一直瞄着爸爸，但是他没有任何回应。难道他忘了吗？他是不是已经忘了呀？不，他没忘，因为当凯蒂为他倒咖啡时，他漫不经心地说：

“一会儿我要和我的首席女歌手出去走走。”

弗朗茜的心怦怦直跳。他没有忘记。他没有忘记。她等待着妈妈的回答。她可能会反对，或者询问缘由，或者可能会和他们一起去。可是，妈妈只说了句：“好的。”

弗朗茜洗好了盘子。随后，她下楼去糖果店买了一份星期日的报纸，接着又到雪茄店帮爸爸买了五美分的科罗娜雪茄。约翰尼每天都要看报纸。他要读完报纸上每一栏的内容，包括他不感兴趣的社会专栏。更糟糕的是，他每读一条都要向妈妈谈一谈自己的看法。他会放下报纸，转向妈妈，说道：“现在报纸上的趣事还真多。你看看这条。”每当这时，弗朗茜都要急哭了。

已经下午四点了。约翰尼的雪茄早就抽完了，报纸散落在地板上，凯蒂不想再继续听他的新闻分析，带着尼利去看望玛丽·罗梅利了。

弗朗茜和爸爸手挽着手出发了。他身着无尾礼服，头戴圆顶帽——他唯一的正装——看上去心情不错。那是一个美好的十月天。阳光暖洋洋的，清风拂面，把海洋的味道吹进了街角的每个角落。他们走过几个街区，转了一个弯，便来到了那个街区。只有在布鲁克林这样庞大散乱的地区才会出现如此鲜明的分界线。居住在这个街区的居民都是移民的第五代和第六代，而在诺兰家居住的街区里，如果你能证明自己是在美国出生的，就相当于拿到了五月花号①的船票。

而且，弗朗茜是班上唯一一个父母都在美国出生的学生。开学之初，老师在点名时会询问每个学生的家庭背景。大部分学生的回

① 五月花号，英国第一艘载运移民往北美殖民地的船只。1620年9月16日离英，12月下旬到达新英格兰的普利茅斯港。

答都是："我是波兰裔美国人。我父亲出生于华沙。"

"爱尔兰裔美国人。我的爸爸和妈妈出生于科克郡。"

当叫到诺兰时，弗朗茜则自豪地说："我是美国人。"

"我知道你是美国人，"那个性情暴躁的老师生气地说，"我问的是你原本的国籍。"

"就是美国！"弗朗茜更自豪地坚持道。

"是你自己告诉我你父母的国籍，还是我带你去见校长呢？"

"我父母就是美国人。他们是在布鲁克林出生的。"

所有的孩子都转过身来，看着这个父母不是在外国出生的小女孩儿。这时，老师说道："布鲁克林吗？嗯，我想那你的确就是美国人了，没错。"

爸爸向她介绍了这个陌生的街区：早在一百多年前，这些住户的祖先是从哪里来的。他们大部分是苏格兰人、英格兰人和威尔士人的后裔。这些家庭的男性大多是制作家具的工匠，会做精细的木工活儿。他们也擅长制作金、银和铜类的金属物品。

爸爸答应弗朗茜有时间会带她去布鲁克林的西班牙人居住区看一看。住在那里的大多数男人都以制作雪茄为生。他们每天都会一起凑出几美分，雇个人在他们干活儿时给他们读书。那个人给他们读的都是优秀的文学作品。

星期日的街道是如此宁静，父女俩沿着这条街道往前

走。弗朗茜看到一片叶子从树上飘落，她向前一跳接住它。那片叶子是清透的猩红色，仿佛镀了一层金边。她目不转睛地看着它，想着自己不会再见到这么美丽的事物了。这时，一个女子从转角处走了过来。她浓妆艳抹，围了一条长长的羽毛围巾。她冲约翰尼微微一笑，说道：

“需要和人聊聊天吗，朋友？”

约翰尼看了她一眼，便温文尔雅地答道：

“不需要。”

“真的吗？”她问道。

“真的不需要。”他平静地答道。

她走开了。弗朗茜一蹦一跳地回到爸爸身边，拉住了他的手。

“爸爸，那是个坏人吗？”她急切地问。

“不是的。”

“可她看起来很坏啊。”

“这世上并没有那么多坏人，只是有很多不幸的人。”

“可你看她脸上化的妆……”

“她只是没有往日那般的风采了。”他很喜欢这个表达，“她或许见过更好的日子。”弗朗茜继续在前面蹦蹦跳跳地捡树叶。

他们走到了那所学校。弗朗茜骄傲地指给爸爸看。在夕阳的照射下，砖墙那温柔的颜色显得更加温暖，小方格玻璃窗仿佛在阳光下舞动。约翰尼注视了好一会儿，然后说道：

“不错，真是所不错的学校呢！真不错。”

接着，正如他每次感动或激动时，他都会通过唱歌来抒发一样，他将那顶破旧的圆顶帽放在胸前，挺直了身板仰望着那所学校的教学楼，唱道：

学生时代，学生时代，

美好的日子里，我们彼此友爱，

阅读、写作、做算术题……

约翰尼穿着绿色的无尾礼服和干净的亚麻衬衫，牵着一个面黄肌瘦、衣衫褴褛的小女孩儿，在街头忘我地唱着过时的歌曲。在一个陌生的路人眼中，这样的情景着实有些可笑。但是，弗朗茜的内心却觉得这一刻有一种恰到好处的美。

他们走到马路对面，在被人们称为“空地”的草地上漫步。弗朗茜摘了一束秋麒麟和野紫菀，准备把这束花带回家。约翰尼告诉她这里曾是一处印第安人的墓地，他小时候经常来这里寻找弓箭头。弗朗茜提议他们也来找一些。他们在那里足足找了半个小时，却一无所获。约翰尼回忆说，自己小时候也没有找到过。弗朗茜听了捧腹大笑。爸爸坦白说：“这里也许根本就不是印第安人的墓地，是有人编出来的故事。”约翰尼说得千真万确，因为这就是他自己编出来的故事。

很快就到了回家的时间，弗朗茜的眼泪夺眶而出。因为爸爸对她想要到新学校上学的事没有任何表态。看着她的泪水，约翰尼立刻计上心来。

“宝贝，我有个办法。我们在这附近转一转，挑一栋漂亮的房子，然后记下门牌号。我会给你的校长写封信，就说我们要搬到这边来住了，所以让你转到这所学校来上学。”

他们发现了一栋房子。一栋只有一层的房子。房子是白色的，斜屋顶，院子里生长着晚菊。他仔细地把地址抄了下来。

“你知道我们这样做是不对的吗？”

“是吗，爸爸？”

“不过，我们做这件错事是为了做一件更大的好事。”

“就像善意的谎言吗？”

“就像一个可以帮助别人摆脱困境的谎言。所以，你要付出双倍的努力，好好表现，来弥补这个错误。你绝不能犯错误、缺勤或迟到。任何需要他们寄信到家里的事情你都要避免。”

“爸爸，我只要能在这里上学，就会好好表现的。”

“好的。现在我告诉你一条能穿过一个小公园来上学的路。我很确信我知道它的位置。没错，就在那里。”

他把公园指给她看，并且告诉她如何斜穿过公园去上学。

“那样你会感到很开心。来去之间，你可以欣赏到季节的变化。你觉得怎么样？”

弗朗茜想起了妈妈曾经给她读过的一句话，于是她回答道：“我的福杯满溢。”她由衷地感到心满意足。

凯蒂在得知这个计划时，说道：“你们随便。不过，不要把我扯进去。要是警察因为你提供假地址过来逮捕你，我会如实说我没有参与其中。这两所学校并没有好坏之分。我不明白她为什么非要转学。无论在哪所学校读书，都得写作业。”

“就这么说定了，”约翰尼说道，“弗朗茜，给你一美分。去楼下的糖果店里买一张信纸和一个信封。”

弗朗茜跑下楼去，又跑了回来。约翰尼写了一张便条，说弗朗茜要住到某某处的亲戚家，特此申请转学。他补充道，尼利继续住在家里，不需要转学。他签好自己的名字，并且在名字下面画了一条线，以示权威。

次日上午，弗朗茜战战兢兢地把便条交给了校长。那位女士读完后，低声咕哝了几句，然后填好了转学单，递给她成绩单，便打发她离开了。毕竟，学校已是拥挤不堪了。

弗朗茜独自带着转学文件去见了新学校的校长。他和她握了握手，并祝她在新学校学习愉快。一名班长把她领进了教室。老师中断了教学内容，把弗朗茜介绍给了班里的同学。弗朗茜望了望一排排的小女孩儿。她们虽然衣着破旧，但是大多很整洁。她被分到了单独的座位，愉快地融入到了新学校的日常生活。

这里的老师和学生都不像以前那所学校里的那样残忍粗暴。虽然这所学校里也有行为恶劣的小孩儿，但是他们看起来更像是孩童的顽劣，并不是有针对性地刻意为之。老师们也常常会丧失耐心，大发雷霆，可他们从来不会侮辱谩骂、残酷无情。他们也不会体罚学生。学生的家长对于宪法赋予他们的权利了如指掌，绝不会对不公正的事情逆来顺受。他们不会像那些初代和二代移民那样容易被人践踏和剥削。

弗朗茜觉得这所学校的不同之处在于看管学校的人。他是一位面色红润的、满头白发的老人，就连校长也尊称他詹森先生。他儿孙满堂，对家里的每个孩子都宠爱有加。他也像父亲一样关爱所有的孩子。在下雨天，有的学生到学校的时候已经浑身湿透，他坚持让他们去锅炉房烘干衣服再去上课。他会让他们脱下湿淋淋的鞋袜，把湿袜子挂在绳子上晾干。于是，锅炉前整齐地摆了一排破旧的小鞋子。

锅炉房非常温馨。粉刷得雪白的墙壁和喷了红漆的锅炉让人赏心悦目。室内的窗户很高。弗朗茜很喜欢坐在锅炉房，一边烤火取暖，一边看着橙色和蓝色的火焰在黑色的小煤块上跳舞。（孩子烤火的时候，詹森先生都会打开锅炉的门。）到了下雨天，弗朗茜都会提前从家出发，故意放慢脚步走到学校，这样她到学校的时候就会浑身湿透，就可以享受去锅炉房烘干衣服的特权。

詹森先生让孩子们翘课去烘干衣服，这种行为是不符合校规的。因为大家都非常尊敬他，所以没有人对此提出异议。弗朗茜在学校里听说了一些关于詹森先生的故事。她听说他曾上过大学，知识比校长还要渊博。他是在成了家，有了小孩儿之后，才决定做校工的，校工比老师赚得多。不管怎样，他都深受大家的爱戴。有一次，弗朗茜在校长办公室看到了他。他穿着干净的条纹工装裤，跷着二郎腿，坐在那里聊着时事。弗朗茜还听说校长也会经常到詹森先生的锅炉房坐一会儿，一边抽烟，一边和他聊天。

如果哪个男孩儿干了坏事，他不会被送到校长办公室去挨鞭子，而是会被送到詹森先生那里谈话。詹森先生从来不会责骂顽劣的小男孩儿。他会聊起自己在布鲁克林棒球队当投手的小儿子。他会谈到成为良好公民的重要性，告诉他们如果大家都尽其所能去做好事，这个世界就会变得更加美好。与詹森先生聊完后，闯祸的男孩儿基本上再也不会惹是生非了。

毕业时，孩子们出于对校长的尊重，会让他在纪念册的第一页签名。但是，在他们的心中，詹森先生的签名更加珍贵，于是大家都会让他签在第二页。校长的签名总是字迹潦草，签得很快。而詹森先生不同，他的签名充满了仪式感。他会坐下来，认认真真地擦一擦眼镜，挑出一支钢笔，蘸上墨水，眯起眼睛仔细查看，擦干笔尖，再次蘸些墨水，然后用他精致的钢板雕刻字体签上自己的名字，并且小心翼翼地用吸墨纸吸干墨水。他的签名永远是纪念册里最好看的。如果你鼓起勇气去求他，他会把纪念册带回家，让他在道奇队做投手的儿子也签上自己的名字。对于那些男生来说，这简直棒极了。不过，女生们对此并不感兴趣。

詹森先生写得一手漂亮的字，所以他应邀填写了所有的毕业证书。

莫顿先生和伯恩斯通小姐也会到这所学校来教课。每当他们来上课时，詹森先生也会走进教室，坐在教室后排的一个座位上，和学生们一起享受课堂。天气冷的时候，他会在莫顿先生或伯恩斯通小姐赶往下一所学校前，带他们到他的锅炉房去喝杯热咖啡。他有一张小桌子，上面放了一个煤气炉和煮咖啡的设备。他在厚厚的杯子里倒满了浓郁的、热气腾腾的黑咖啡，招待这些外聘教师。外聘教师们都对他的善意心存感激。

弗朗茜在这所学校里很开心。她谨言慎行，严守校规。每天，在路过那栋被她借用了地址的房子时，她都会满怀深情地望着它。遇到大风天，有报纸被吹到房前时，她会捡起四处散落的报纸，扔进房子前面的排水沟。垃圾清运工倒垃圾时，常常忘记把麻袋放进院子里，总是随意丢在路上。弗朗茜早上路过时，也会把麻袋捡起来，挂在栅栏上。住在房子里的人都觉得这个文静的小女孩儿好像有些洁癖。

弗朗茜很喜欢在这里上学，这也意味着她每天一共要走过四十八个街区。不过，她倒是喜欢走路。她每天不得不早出晚归，上学比尼利早，回家却比尼利晚得多。不过，她对此毫不介意。只是吃午饭有些麻烦。从家到学校，弗朗茜往返于十二个街区间，而午休只有一个小时，她根本没时间吃饭。妈妈不允许她带饭的理由是："照这么下去，她早晚有一天会离开家，远走高飞的。小孩儿就该有小孩儿的样子，得回家来吃饭。她每天走那么远去上学，难道是我的错吗？这不是她自己选的吗？"

"可是，凯蒂，"爸爸争论道，"那所学校真的很好。"

"那她好的和坏的就得一起承担。"

午饭的问题解决了。弗朗茜大概只有五分钟的时间吃午饭，这时间只够她回家拿一个三明治，她不得不在回学校的路上边走边吃。她从未觉得自己受了委屈。她在新学校里很开心，她心甘情愿为这份快乐付出代价。

来这所学校读书让她受益匪浅。这件事不仅让她看到了她出生世界之外的新世界，而且也让她明白了这个新世界并非遥不可及。

Chapter 24

不一样的经历

弗朗茜的每一年不是按照天来计算的，也不是按照月来计算的，而是按照节日来计算的。她的每一年从七月四日国庆假期开始计算，因为那是学校放假后的第一个节日。节日的前一周，她就开始攒鞭炮。她把每一分钱都花在了买鞭炮上。她把鞭炮藏在床下面的一个盒子里。她每天至少会把那个盒子拿出来十次，重新整理鞭炮，并久久盯着那淡红色的包装纸和白色的引线，好奇它们是怎么做出来的。每次买鞭炮的时候，店主都会赠送火捻。她会去闻这些火捻的味道。这些火捻点燃后，能燃烧好几个小时，可以用来燃放鞭炮。

到了节日当天，她却不舍得点燃鞭炮。比起燃放它们，她更喜欢拥有它们。有一年，家里格外拮据，弗朗茜和尼利连一美分也没攒到。于是，他们攒了几个纸袋子。在节日当天，他们在袋子里注满水，将袋口拧紧，把它们从屋顶扔到大街上。这些纸袋子发出的声响几乎与鞭炮一样。差一点儿就被袋子砸中的行人，怒不可遏地抬起头来，瞋目而视，却拿他们姐弟没办法。穷人家的孩子们都是用这种方法来庆祝国庆的，他们也只好忍气吞声。

下一个节日是万圣节。尼利会用煤灰把脸涂得黑黑的，把帽子反过来戴，把衣服的里面翻出来，穿在身上。他在妈妈的黑色长袜里塞满煤灰，然后和他的那群玩伴跑到大街上四处游荡，他一边挥舞着一根自制的黑色短棍，一边时不时地大声呼喊。

弗朗茜手里拿着一支白色的粉笔，和其他小女孩儿一起在街上走来走去。每当有装扮好的人从她身边经过，她就会跑过去，迅速地在那个人背后画一个大大的“十”字。孩子们并不知道这个风俗的意义。这样的形式被流传下来，其背后的原因却早被人遗忘了。据说这一传统源自中世纪，当时的人们可能用“十”字给患了瘟疫的人和房屋做标记。或许，那个时候的无赖用这种方法来捉弄无辜的人，于是，这样残忍的玩笑就代代相传，被曲解成了万圣节的恶作剧。

对于弗朗茜来说，选举日似乎是最重大的节日。比起其他节日，它更像是属于整个社区的节日。弗朗茜觉得，也许全国其他地方的人也会投票，但都不可能像布鲁克林这般盛大。

约翰尼给弗朗茜介绍过一家位于斯科尔斯大街上的牡蛎馆。这家店铺的建筑有一百多年的历史了。当时，坦慕尼酋长还没有带着他的“勇士们”东躲西藏。这家店的炸牡蛎闻名全州。不过，还有一件事让这里声名远播。这里是市政厅的政客们秘密集会的地方。政党领袖在包厢里举行秘密会谈。他们一边品尝鲜嫩多汁的牡蛎，一边决定谁来当选，谁被赶下台。

弗朗茜经常路过这家店铺，一看到它便会兴奋起来。店铺的门上没有招牌，窗前只摆了一盆蕨类植物。窗内的黄铜窗帘杆上挂着半条棕色的亚麻窗帘。有一次，弗朗茜看到店铺的门开了，走进去一个人。她匆匆瞥见一个低矮的房间内弥漫着浓浓的雪茄的烟雾，几盏暗红色的灯罩透出昏暗的灯光。

弗朗茜和其他社区的孩子一样，在不知所以的情况下，经历过几场选举。在选举之夜，她会站在队伍里，双手搭在她前面孩子的肩膀上，一边跳着蛇形舞蹈穿过街道，一边唱：

坦慕尼，坦慕尼，
酋长坐在帐篷[①]里，
预祝勇士得胜利，
坦慕尼呀坦慕尼。

她饶有兴趣地听妈妈和爸爸争论政党的优缺点。爸爸是民主党的忠实拥护者。而妈妈根本不关心政党之事，她不仅对民主党提出了批评，还对约翰尼说他在浪费选票。

“话可不能这么说，凯蒂。”他抗议道，“总而言之，他们还是做了很多好事的。”

“我大概能想象出来。”妈妈不以为然地说道。

“他们想要的不过是每个家庭的男人的选票，你看看他们为此付出了怎样的代价。”

“那你举个例子，说一说他们都付出什么了。”

---

① 此处指北美印第安人用树皮、兽皮等制成的圆锥形帐篷。

“嗯，如果你需要法律咨询，可以不用去找律师，直接问你的议员就可以了。”

“这不就是外行人指导外行人嘛。”

“你还别不信。他们虽然在很多方面做了傻事，但是对纽约市的法规了如指掌。”

“你去起诉市政府，看看坦慕尼协会能帮你多大忙。”

“你再看看公务员考试，”约翰尼又换了一个角度，“他们知道警察、消防员或邮递员的考试时间。有人如果对这些考试感兴趣，他们就会及时提醒选民们参加。”

“拉维夫人的丈夫三年前就参加了邮递员的考试，可他现在还是个卡车司机。”

“那是因为他投了共和党。如果他是民主党的选民，肯定会入选的，而且还会名列前茅。我听说有个老师想调到另外一所学校去工作，坦慕尼协会就帮她解决了。”

“怎么可能？除非她长得很漂亮。”

“这不重要。这是坦慕尼协会的明智之举。老师的教育对象正是未来的选民。比如，这个老师无论何时都会向她的学生们说坦慕尼协会的好处。你知道的，每个男孩儿长大后都会成为选民。”

“为什么？”

“因为这是特权。”

“特权！哼！”凯蒂冷笑道。

“如果你养了一只贵宾犬，结果它死掉了，你会怎么做呢？”

“我为什么要养贵宾犬呢？”

“我们在聊天呢，你就不能假设自己有一只死了的贵宾犬吗？”

“好吧。我养的贵宾犬死了。然后呢？”

“你可以去总部，那儿的人会帮你把它送走的。再假设弗朗茜想得到工作许可证，但是她没到法定年龄。”

“我猜他们应该能想办法办下来。”

“当然。”

“你觉得应该把这么小的孩子送到工厂工作吗？”

“想想看，如果你家有个坏小子，整日逃学，每天无所事事，在街上游手好闲。可是，他却未到法定的工作年龄。如果他能拿到一张假的工作许可证，不是一件好事吗？”

“如果那样的话，的确是件好事。”凯蒂认同道。

“看看他们为选民们争取到的这些工作吧。”

“难道你不知道他们是用怎样的伎俩争取的吗？坦慕尼协会的人去工厂里视察，却无视工厂违法的事实。工厂的老板为了报答他们，自然会把招工信息透露给他们，坦慕尼协会因此包揽了全部功劳。”

“再看看这个例子。有个人在故国还有亲戚，但是由于手续烦琐，他没办法把亲戚接到这里来。不过，坦慕尼协会就可以帮他解决这个问题。”

“是啊，他们先把外国人弄到美国，并保证已经开始帮他们办理公民身份的相关文件了。接着，告诉他们必须投票给民主党，否则就把他们赶回原籍。”

“不管你怎么说，坦慕尼协会一直善待穷人。如果一个人生病了，付不起房租，你觉得这个政党会让房东把他撵出去吗？绝对不会。如果他是民主党的选民，就绝不会发生这种事。”

“这么说，我猜房东应该都会支持共和党吧。”凯蒂说。

“不会的。民主党对待双方是平等的。如果房东的租客是个无赖，不但不交房租，还一拳打到房东的鼻子上，那会怎么样呢？坦慕尼协会会帮助房东把这个无赖赶出去的。”

“坦慕尼协会为选民做的事，会从他们身上得到双倍的利益。等着看我们女人可以投票的时候吧。”约翰尼的笑声打断了她的话，“你觉得我们不会等到那一天吗？那一天一定会来的。记住我的话。我们会把那些腐败的政客全都送进监狱，那里才是他们该待的地方。”

“如果有一天，女性真的可以投票了，你就和我一起去投票站。我们要手拉着手，而且你要和我投一样的票。”他伸出了一只胳膊搂住她，给了她一个短暂的拥抱。

凯蒂仰头冲他微笑。弗朗茜忍不住看了妈妈一眼。她发现妈妈笑的时候只有一边的嘴角往上翘，就像挂在学校礼堂里的那幅画中的女子一样，他们称那名女子为蒙娜丽莎。

坦慕尼协会的势力之所以如此强大，是因为他们很注重在孩子中培养潜在选民，让孩子们从小就接受民主党的思想教育。就算是最笨的选区工作者都知道，只要时间没有停止，那些如今还在学校里读书的男孩儿未来都会成为选民。他竭力拉拢这些男孩儿，同时也要努力获得女孩儿们的支持。在那个年代，女性虽然没有投票权，可政客们都知道布鲁克林的女性对其丈夫的决策有着重大影响。如果把一个小女孩儿培养成民主党的拥护者，那么等她结婚后，她一定会让她的丈夫毫不犹豫地给民主党投票。为了吸引孩子们，马蒂·马奥尼协会每年夏天都会为孩子们和他们的父母组织一次短途旅行。虽然凯蒂对这个组织的行为很不屑，但是她认为没有理由不享受这项福利待遇。当弗朗茜听说他们要参加旅行时，就像一个从未坐船旅行过的十岁孩子一样兴奋。

约翰尼不想去，他也想不明白凯蒂参加的原因。

“我之所以参加，是因为我热爱生活啊！”多么奇怪的理由。

“吵吵闹闹的聚会算什么生活，白给我票我也不去。”他说。

但他还是参加了旅行。他觉得乘船游览或许能让孩子们学到些东西，他想在孩子的教育上亲力亲为。那是一个闷热的夏天，甲板上挤满了欣喜若狂的孩子，他们互相追逐打闹，差点儿掉进了哈得孙河[①]。弗朗茜目不转睛地凝视着流动的河水，直到她感到头晕目眩。那是她人生中第一次感到头痛、恶心。约翰尼告诉孩子们，很久以前探险家亨利·哈得孙就曾在这条河上扬帆远航。弗朗茜十分好奇哈得孙先生当年有没有像她一样感觉头痛、恶心。妈妈坐在甲板上，头戴翡翠绿草帽，身穿向艾薇姨妈借来的黄色波点薄纱连衣裙，她看起来美极了。她和周围的人谈笑风生。妈妈充满活力，非常健谈，大家都喜欢听她说话。

正午过后不久，游船在州北部的一处树木繁茂的幽谷边停靠下来。民主党人下了船，张罗起来。孩子们跑来跑去，四处使用自己的消费券。一周前，每个孩子都收到了一沓写着“热狗”“苏打水”“旋转木马”等字样的消费券，共有十张。弗朗茜和尼利都分到了消费券。但是，弗朗茜受一些精明的男孩儿的蛊惑，拿奖券做赌注，和他们玩弹珠游戏。他们对她说如果玩游戏，她可能会赢得五十张消费券，这样就可以痛痛快快地玩一整天。弗朗茜根本不会玩弹珠，很快就把消费券都输光了。而尼利赢了三张，他的运气向来不错。弗朗茜

① 哈得孙河，美国东北部河流，源出纽约州东北部阿迪朗达克山间的冰川湖，径直南流，近河口处的河段为纽约、新泽西两州界河，注入上纽约湾，通连大西洋。

问妈妈能不能给自己一张尼利的奖券。妈妈则趁机对她赌博的问题进行了一番说教。

“你本来有消费券，可你以为自己很聪明，可以得到一些不属于你的东西。人们参与赌博的时候，脑子里只想着自己会赢。他们从来想不到自己会输。你一定要记住：总会有人输的。不是你就是别人。如果输掉一些消费券，能够让你吸取这个教训，那你付出的代价真的很小了。”

妈妈说得没错。弗朗茜对此心知肚明。可她一点儿也开心不起来。她想像其他孩子一样去坐旋转木马。她想喝苏打水。她闷闷不乐地站在热狗摊旁边，看着其他孩子狼吞虎咽。这时，一位男士站到她的身旁，和她说话。他穿着警察制服，只不过上面的金色徽章比别人多。

“你没有消费券吗，小姑娘？”他问道。

“我忘带了。”弗朗茜撒谎道。

“是啊，我小时候也玩不好弹珠。”他从口袋里掏出三张消费券，“我们每年都会多印一些消费券，来发给那些输掉的孩子。不过，很少有女孩儿会输掉消费券。她们不管拥有多少，都会牢牢抓住的。”弗朗茜接过三张消费券，向他表示感谢，正准备转身离开时，他问道：“坐在那边戴翡翠绿草帽的女士是你的妈妈吗？”

“是的。”她等着他继续提问，见他一言不发，她便问道，“怎么了？”

“你应该每天晚上都祈祷，愿你长大以后有你母亲一半的美貌。现在就去吧。”

“那是我爸爸，就在我妈妈旁边。”弗朗茜以为他会说她的爸爸很帅气，他却什么都没说，只是默默地注视着约翰尼。弗朗茜跑开了。

弗朗茜被要求，每半个小时就要回到妈妈身边报告行踪。她这次再回来时，约翰尼正站在免费提供的啤酒桶前。妈妈打趣她说：

“你就像茜茜姨妈一样，总是和穿制服的男人说话。”

“他给了我额外的消费券。”

“我看到了。”凯蒂顺嘴说了一句，“他问你什么了吗？”

“他问我你是不是我妈妈。”弗朗茜没有提他说妈妈很漂亮的事。

“是啊，我也觉得他问的是这个。”凯蒂盯着自己的双手。那是一双粗糙的、泛红的手，常年被清洁液腐蚀，满是裂口。她从提包里拿出一副缝补过的棉质手套。虽然天气很热，但她还是戴上了手套。她叹了口气：“我工作得太卖力了，有时候都忘了自己是个女人。”

弗朗茜大吃一惊。她从未听妈妈发过类似的牢骚……她不懂妈妈为什么会突然为自己的双手感到羞耻。她一边蹦蹦跳跳地离开，一边听到妈妈向身旁的女士问道：

“那个穿着制服朝这边看的男士是谁？”

“那位是迈克尔·麦克沙恩警长。你可真有趣，他分管你们的辖区，你竟然不认识他。”

愉快的一天还在继续。每张长桌的尽头都立着一个啤酒桶。所有优秀的民主党人都可以免费享用。弗朗茜也像其他孩子一样兴高采烈地跑来跑去、大喊大叫、打打闹闹。啤酒哗啦啦地流淌着，流得就像暴雨后布鲁克林的排水沟一样。一支铜管乐队一直在一旁尽职尽责地演奏。从《凯里的舞者》到《爱尔兰的眼睛在微笑》《哈里根，是我》；从《香农河》到纽约当地的民歌《纽约的人行道》。

在演奏每支乐曲前，乐队的指挥都会报幕：“马蒂·马奥尼乐队接下来为您带来的曲目是……”每首歌曲结束时，乐队所有的成员都会齐声高喊：“马蒂·马奥尼万岁！”每倒一杯啤酒，服务生都会说：“马蒂·马奥尼向您致敬。”现场的每一项活动都是以“马蒂·马奥尼”来命名的。比如，“马蒂·马奥尼竞走比赛”“马蒂·马奥尼跳棋比赛”等。这一天还没结束，弗朗茜就确信马蒂·马奥尼是位伟大的人物。

傍晚时分，弗朗茜觉得自己应该找到马奥尼先生，亲自感谢他让自己度过了这么美好的时光。她找了又找，问了又问，却发现了一件奇怪的事。没有人认识马蒂·马奥尼，也没有人见过他。显然，他没有参加这次旅行。虽然不见其人，却处处寻得其踪迹。有人告诉她，也许根本就没有马蒂·马奥尼这个人。那只是他们给这个组织的负责人起的名字。

“四十年来，我一直给民主党投票，”他说道，“好像候选人一直是那个男人，马蒂·马奥尼或者是有相同名字的另一个人。我不知道他是谁，小姑娘。我只知道我把选票全都投给了民主党。”

返程的船行驶在月光下的哈得孙河上。路上唯一引人注目的是男人们之间频频发生的冲突。孩子们有的晕船，有的被晒伤，都有些烦躁不安。尼利枕在妈妈的腿上睡着了。弗朗茜坐在甲板上，听妈妈和爸爸聊天。

“你认识麦克沙恩警长吗？”凯蒂问道。

“我知道这个人。大家都说他是‘诚实警官’。党内对他很关注，如果他当选议员，我一点儿也不惊讶。”

一位坐在旁边的男士向前探身，碰了碰约翰尼的胳膊。“他当选警察局长的可能性更大，老兄。”他说道。

“他的家庭情况怎么样？”凯蒂问道。

“就像阿尔杰[1]的那些故事里写的一样。他二十五年前只身从爱尔兰来到美国，随身只带了一个可以背在身上的行李箱。他白天在码头当搬运工，晚上学习，不久加入了警队。之后，他继续学习，参加考试，最后成为警长。”约翰尼说道。

“我猜他的妻子一定知书达礼、十分贤惠吧？”

“事实并非如此。他刚到这里时，一个爱尔兰家庭收留了他，帮他在这里站稳了脚跟。这家的女儿嫁给了无赖。度完蜜月，她就被丈夫抛弃了，而那个无赖也在一次斗殴中丢了性命。不过，那个女孩儿怀孕了，但是她没办法让邻居们相信她结过婚。这样下去整个家庭都会蒙羞。为了回报这个家庭的恩情，麦克沙恩娶了这个女孩儿，并且让那个孩子随他的姓。他们结婚并非因为爱情，但是我听说他一直对她很好。”

“他们有自己的孩子吗？”

“我听说有十四个。”

“十四个？”

“但是，只有四个子女被养大。其他都夭折了。他们 出生就患有肺结核，是从他们的母亲那里遗传来的。而他们的母亲是从一个女孩儿那里感染的这种病。”

“他的麻烦事还不止这些。”约翰尼沉思着自言自语，“他人真的很好。”

“我猜他的夫人还健在吧。”

“不过，她病得很重。人们都说她挺不了太久了。”

---

① 霍雷肖·阿尔杰（Horatio Alger，Jr.），美国儿童小说作家，作品大多以励志故事鼓励生活在社会底层的年轻人积极向上、奋发图强、勇于追求自我幸福。

“哦，那种人且活着呢。”

“凯蒂！”约翰尼对其妻子的话语颇为震惊。

“我才不在乎呢！她嫁给那个无赖也好，怀了他的孩子也罢，都没什么可说的。那是她自己的事。但是，她为什么不及时吃药？为什么要把她的麻烦转嫁到一个好人身上呢？”

“话不能这么说。”

“我希望她死，早点儿解脱。”

“凯蒂，住口。”

“我就是要说。这样他就能再婚，娶一个健康的、快乐的女人，给他生下可以健康成长的孩子。每个好男人都该有这样的权利。”

约翰尼沉默不语。听到妈妈这番言论，弗朗茜感到了一种莫名的恐惧。她立刻站起身走到爸爸身边，拉起他的一只手，紧紧地握住。月光下，约翰尼惊讶地睁大了双眼。他把孩子拉到怀里，紧紧搂住了她。只说了句：

“你看月亮是如何在水上漫步的。”

短途旅行过后，民主党便开始为选举日做准备。他们把闪闪发亮的、印有马蒂头像的白色胸章发给附近的孩子们。弗朗茜拿到了几枚，她盯着那张脸，看了很久。她觉得马蒂越来越神秘，在她的心中，他的地位堪比圣灵——虽然从未现身，却能感受到他的存在。照片里的男人面色温和，梳着一头鬈发，嘴上蓄着八字胡，看起来就和没名堂的小政客一样。弗朗茜真希望自己能够亲眼见他一面，哪怕就一次。

这些胸章让孩子们大为兴奋。他们用它交换商品、玩游戏，将其变成了他们之间的流通货币。尼利以十枚胸章的价格把他的陀螺卖给了一个男孩儿。糖果店的老板吉木皮用一美分的糖果换了弗朗茜手里的十五枚胸章。老板与工会有协议，可以通过回收胸章来换钱。弗朗茜四处寻找马蒂，发现他无处不在。她发现有的男孩儿用他的脸做靶子玩投球游戏，还发现有人把他的脸放到电车轨道上轧扁，做成跳格子用的小铁块。尼利装满杂物的口袋里，也能翻出马蒂的徽章。她低头往下水道里张望，发现马蒂的脸浮在污水中。她发现他的脸甚至出现在栅栏底部的酸性土壤里。在教堂做弥撒献礼时，她发现身边的朋克·珀金斯往盘子里放了两枚胸章，而不是他母亲给他的两枚一美分硬币。她看到他做完弥撒后就跑到糖果店，用那两美分买了四支甜卡牌香烟。她到处都能看见马蒂的脸，却从未见过他本人。

选举前一周，她和尼利以及其他男孩儿四处搜集选举之夜点燃篝火要用到的木柴，他们称这些木柴为“选举柴”。她负责把收集到的木柴存放在地下室。

选举日当天，弗朗茜早早就起来了。她看见一个男人在敲门。约翰尼去开门，那个人问：

“这是诺兰家吗？”

“是的。”约翰尼确认道。

“十一点去投票站。”他核对了名单上约翰尼的名字，然后递给约翰尼一根雪茄，说道，“马蒂·马奥尼向您致敬。”接着，那人便前往下一位民主党人的住处。

“如果没有接到通知，你就不会出发吗？”弗朗茜问道。

“是的。不过，他们之所以这样挨家挨户通知，是为了让大家错开投票的时间，以防大家都一窝蜂地赶在同一时间投票。”

“为什么呢？”弗朗茜追问道。

“因为……”约翰尼闪烁其词。

“我来告诉你，”妈妈插嘴道，“因为他们想密切监控选民及他们的选票。他们得知道每个人投票的准确时间。如果他没有投给马蒂，天晓得会发生什么事。”

“女人真是对政治一窍不通。”约翰尼一边说着，一边点燃那支马蒂的雪茄。

大选之夜，弗朗茜帮助尼利把他们收集的木柴拖了出来，为这片街区里最大的篝火做出了贡献。弗朗茜和其他孩子一起站在队伍里，他们围着篝火一边唱着《坦慕尼》，一边跳起了印第安舞蹈。篝火燃尽之时，男孩儿们偷袭了犹太商人的手推车，他们把偷来的土豆丢到灰烬里烤。他们把这样烤出来的土豆叫“爱尔兰土豆”。土豆并不够分，弗朗茜一个也没吃到。

弗朗茜站在街上，观看选举结果。人们在街角一栋房子的两扇窗户之间拉起一条床单。街对面有人用幻灯机把数字投射到床单上。每当有新的结果出来，弗朗茜便会和其他孩子大喊：

“又一个区的结果出来啦！”

马蒂的照片时不时地出现在屏幕上，人们欢呼得喉咙都沙哑了。那一年民主党人当选了总统，纽约州的州长也由民主党人连任了。可是，弗朗茜只知道马蒂·马奥尼又赢了。

大选过后，政客们把自己的诺言抛之脑后，心安理得地休息去了。直到新年，他们才开始为下一次大选做准备。一月二日是民主党总部的“妇女活动日”。只有在这一天，女性才有机会进入这个平时只有男性才能出入的大楼，在里面享用谢莉酒和果仁点心。一整天，前来造访的女士络绎不绝。她们受到了马蒂追随者们的热情接待。马蒂本人从未露面。当这些女性离开总部大楼时，她们会把写有自己名字的精美的小卡片留在大厅桌上的雕花玻璃盘上。

虽然凯蒂对政客抱有蔑视的态度，但她每年从未缺席活动。她会穿上那套缝着黑色镶边的打理得干净平整的灰色套装，把她那顶翡翠绿的天鹅绒帽子斜戴在右眼上方。她甚至会付给在总部大楼外临时摆摊的代笔人十美分，让他为自己手写卡片。那人能把“约翰·诺兰夫人”这几个字的大写字母延伸出来，并画上花朵和天使的装饰。这十美分原本应该存入存钱罐，但是凯蒂觉得她每年可以奢侈这一回。

全家人都在等她回家。他们想听她拜访总部的所有见闻。

“今年怎么样？”约翰尼问道。

“还是老样子，还是那群人。很多女人都穿了新衣服，我敢打赌她们是特意去买的。”

Chapter 25

布鲁克林很时髦

约翰尼是个多愁善感的人。他觉得生活太过沉重，于是沉溺于借酒消愁。弗朗茜逐渐能够判断出他醉酒时的状态。每当他喝醉后，都会笔直地走回家。他会小心翼翼的，微微侧着身子走。喝醉后的他是一个沉默的人，不会大吵大闹，不会放声歌唱，不会伤春悲秋。他会慢慢陷入沉思。不认识他的人都以为那是他清醒时的状态，而不是他醉酒时的状态。因为，他清醒的时候，总会纵情高歌、忘乎所以。当他喝醉的时候，陌生人眼中的他是一个安静寡言、深思熟虑，对旁人的事漠不关心的人。

弗朗茜觉得他喝醉的时候很可怕。这并非出于道德的考量，而是因为那时爸爸变成了她不认识的人。他不会同她说话，不会理会任何人。他会用陌生人一样的目光看着她。妈妈和他讲话的时候，他会把头扭开。

当他酒醒之后，他就会觉得自己要为了孩子们成为更好的父亲。

他觉得自己应该教给他们一些东西。他会戒一段时间的酒，下定决心努力工作，并把所有的闲暇时间都用来陪弗朗茜和尼利。他和凯蒂的母亲——玛丽·罗梅利，有着相同的教育理念。他希望把自己所知道的一切都教给他的子女。这样等他们到了十四五岁的年纪，所了解的事情就和他在三十岁时知道的一样多。他认为孩子们可以从那时起不断学习和积累知识，那么等他们三十岁时，所掌握的知识就是他现在的两倍。

他心血来潮地觉得他们需要学习地理、公民学和社会学相关的知识，于是，他带他们来到了布什威克大街。

布什威克大街是一条位于老布鲁克林的高雅的林荫大道。街道路面宽阔，绿树成荫，道路两边的房屋都是用花岗岩建造的，门前砌着长长的石阶，看起来富丽堂皇。这里住着有权势的政治家、资产雄厚的酿酒家族，以及家境富裕的移民。这些移民是乘坐头等舱而非统舱来到这里的。他们带着金钱、雕塑和阴郁的油画来到美国，在布鲁克林安顿下来。

虽然这时人们已经开始使用汽车，但是大多数家庭的出行方式还是以骏马驱动的豪华马车为主。爸爸把不同种类的马车指给弗朗茜看，并且向她进行了讲解。弗朗茜向一辆辆从她身边驶过的马车投去了敬畏的目光。

有些马车很小巧，车身喷着精美的漆，车内装饰着簇绒白缎，车顶还插着一把上流社会女士们用的大伞，伞的边缘垂着流苏。还有一种是用柳条编成的马车，模样十分可爱。马车的两侧各有一条长凳，那些幸运的孩子坐在车上，一匹设得兰小矮马在拉车前行。她目不转睛地看着车上那些陪在孩子们身旁的干练的家庭女教师。她们是来自另一个世界的女性，身披斗篷，头戴浆洗过的硬挺的帽子，侧身坐在座位上驾着小矮马。

弗朗茜看到一辆由一匹高头大马驱动的日常黑色双座马车。驾车的是一位打扮时髦的花花公子。他手上戴着羊皮手套，手套的边缘向上翻起，看着就像卷起来的袖口。

她还见到一辆由几匹看起来很可靠的马拉着中规中矩的家庭马车。弗朗茜并未觉得这些马车有什么令人惊叹之处。因为威廉斯堡的每个殡仪馆都有这样的车队。

弗朗茜最喜欢双轮双座的出租马车。看看它们有多神奇！它们只有两只轮子，而且当乘客落座后，车门就会自动关起来！弗朗茜天真地以为，车门的这一设计是为了让乘客免受马粪飞溅之苦。弗朗茜心想："如果我是个男人，驾驶这样的马车，便是我梦寐以求的工作，能坐在高高的后座上，手边的托座里插着一根威风凛凛的鞭子。哦，穿上那种缝着大纽扣、领子是天鹅绒的帅气的大衣，戴着柔软的高顶黑色大礼帽，帽子上系着缎带花结！哦，还能用一条看起来很昂贵的毯子盖在膝盖上！"弗朗茜压低声音模仿着车夫的吆喝声：

"坐马车吗，先生？要坐马车吗？"

"任何人，"约翰尼已被他自己的美梦冲昏了头脑，他说，"只要他们付得起车费，都可以乘坐那些双轮双座的马车……”他补充道，“你看，我们生活的地方多美好啊！”

“如果这不是免费的，怎么能称得上美好呢？”弗朗茜问道。

“所谓美好，就是：只要你付得起车费，无论你是谁都可以乘坐马车。在我们以前的国家，就算有些人付得起车费，还是不能乘坐马车。”

“如果我们能免费乘坐马车，那么这个国家岂不是更美好吗？”弗朗茜仍然未被说服。

坊间传言，纽约的下一任市长会从布鲁克林的布什威克大街产生。约翰尼为此很激动：“好好看看这条街区吧，弗朗茜，快告诉我，我们未来的市长住在哪一栋房子里呢？”

弗朗茜看了一番，然后垂头丧气地说：“我不知道，爸爸。”

“就在那里！”约翰尼如同吹响了冲锋号一般大声宣布，“总有一天，那栋房子的台阶前会立起两根灯柱。在这座伟大的城市里，无论你漫步到哪里，”他滔滔不绝道，“只要你看到房前立着灯柱的房子，你就会知道这里住着世界上最伟大的市长。”

“他要两根灯柱做什么？”弗朗茜满腹疑惑。

“因为在这个国家就是这样的……”约翰尼虽然解释得有些含混不清，却充满了爱国热情，“正如你所了解的，这个国家绝不会像我们的故国那样。”他开始低声唱起了歌。很快，他便心潮澎湃，开始大声唱了起来。弗朗茜也加入其中。约翰尼唱道：

你是一面古老的伟大旗帜，

你是一面高高飘扬的旗帜。

人们好奇地打量着约翰尼。一位善良的女士丢了一美分给他。

关于布什威克大街，弗朗茜还有另一段回忆。那段回忆里充满了玫瑰的芳香。玫瑰……玫瑰……布什威克大街上到处都是玫瑰花。街道上已经限行了。人行道上人头攒动，警察不停地把人们往身后驱赶。到处都是玫瑰的芬芳。骑马的车队终于来了：骑警开道，紧接着是一辆大型的敞篷汽车。车上坐着一个面色和善又亲切的男人。他的脖子上佩戴着玫瑰花环。有些人一看到他便喜极而泣。弗朗茜紧紧抓住爸爸的手；她听周围人说道：

“想想看！他以前也是个布鲁克林的男孩儿呢。”

“以前？傻瓜，他现在还住在布鲁克林呢。”

“真的吗？”

“真的。他就住在布什威克大街上。”

“快看！快看哪！”一个女人大声喊道，“他做了这么伟大的事，可他看起来还是那么平易近人，就像我丈夫一样。只不过，他长得更帅。”

“当时那上面一定很冷吧！”一个男人说。

“我就好奇，他的那玩意儿会不会冻掉呀？”一个下流粗俗的男孩儿说道。

一个面容枯槁的人拍了拍约翰尼的肩膀。“老兄，”他问道，“你真的相信在北极点上会立着旗杆吗？”

“当然啦，”约翰尼答道，“他不是已经爬上去，转身就把美国国旗插上去了吗？”

就在这时，一个小男孩儿喊道："他来啦！"

"啊——啊！"

汽车经过之处，人群便会传来此起彼伏的赞美之声。弗朗茜也受到了感染，心情十分激动。她情不自禁地放声尖叫：

"库克博士[1]万岁！布鲁克林万岁！"

① 此处指弗雷德里克·库克（Frederick Cook），他声称于1908年4月抵达了北极点。

Chapter 26

区分现实和想象

第一次世界大战①之前，大多数在布鲁克林长大的孩子关于感恩节的记忆都是温馨的。在那一天，孩子们可以穿上稀奇古怪的服装，头戴一美分的面具，在街区里四处乱转，像小乞丐一样，挨家挨户“砸门讨赏”。

弗朗茜给自己精挑细选了一个面具。她买了一个黄色面孔的亚洲人面具，上面还挂着用绳子粗制滥造的胡须。尼利买了一个苍白的骷髅头面具，那面具咧嘴笑着，露出黑色的牙齿。爸爸在他们离开前赶过来，为他们每人买了一美分的锡制喇叭。红色的给弗朗茜，绿色的给尼利。

弗朗茜几经周折才把尼利打扮好。他穿了一条妈妈淘汰的连衣裙。正面的裙摆剪短至脚踝处，好方便他走路。后面的裙长没有剪裁，

---

① 第一次世界大战，1914—1918 年帝国主义国家两大集团间为重新瓜分世界而进行的战争。

脏兮兮地拖在地上。尼利将报纸揉成一团，塞进裙子里，让自己的胸部显得特别丰满。他那双包着铜尖的破鞋露在裙摆外面。为了不让自己受冻，他又在外面套了一件破旧的毛衣。他穿着这身服装，戴好了骷髅头面具，头上顶着爸爸不要的圆顶礼帽。不过，帽子有些大，立不起来，只能耷拉到他的耳朵上。

弗朗茜穿上了妈妈的黄色马甲、浅蓝色裙子，还系了一条红色的腰带。她把亚洲人面具固定在一条红色的手帕上，把手帕裹在头上，在下巴下面打结固定。由于天气寒冷，妈妈让她把那顶“济特夫帽”（这是凯蒂对于羊毛绒线帽的独特说法）戴在了外面。弗朗茜挎着去年复活节的篮子，往里面放了两个核桃应景，就和尼利出发了。

街上挤满了头戴面具、穿着奇装异服的孩子。他们吹着一美分的锡制喇叭，那声音震耳欲聋。有些家境贫困的孩子买不起一美分的面具，就用烧焦的木炭把脸涂黑。有些家境相对优越的孩子的服饰是从店里买来的：质地轻薄的印第安人服装、牛仔服装，以及薄纱棉布制成的荷兰少女连衣裙。一些对此毫不在意的孩子则把脏被单裹在自己身上，并称之为装扮。

弗朗茜被挤在一群孩子中间，和他们一起推搡着到处走。一些店主关起门把他们锁在了店外。但是，大多数的店主都为孩子们准备了一些东西。糖果店的老板攒了几个星期的碎糖块。现在，他把它们分装到小袋子里，分发给来乞讨的孩子们。他这么做也是形势所迫。因为他需要孩子们的光顾来养家糊口，他可不想断了自己的财路。烘焙店的老板烤出一批批口感松软的饼干发给孩子们。孩子们是街区里主要的消费者，他们只会光顾那些善待他们的店铺。烘焙店的老板对此心知肚明。蔬果店的老板也拿出了熟过头的香蕉和烂了一半的苹果

来应付他们。有一些不依赖孩子们消费的店铺老板则既不锁店门，也不给孩子们任何东西，只是长篇大论地对他们说教一番，告诉他们乞讨是多么不好的事情。而这么做的后果就是，孩子们会一次又一次地用力敲打店铺的正门。“砸门乞讨”也因此得名。

到了中午，一切都结束了。弗朗茜厌倦了身上笨重的服装。她的面具已经变得皱巴巴的。（面具用廉价的薄纱制成，上了厚厚的浆，然后套在模具上晾干成型。）一个男孩儿抢走了她的锡制喇叭，并且在膝盖上掰成了两段。她遇见了尼利，他正流着鼻血走过来。他和另一个男孩儿打了一架，因为那个男孩儿想要抢他的篮子。尼利不肯说自己有没有打赢，不过他手里除了提着自己的篮子外，还有另一个男孩儿的篮子。他们回家美美地享用了一顿有炖肉和自制面条的感恩节大餐。整个下午，他们都在听爸爸追忆他小时候过感恩节的往事。

就在感恩节的时候，弗朗茜平生第一次说了谎，这个精心编造的谎言被戳穿了。从那以后，她立志要成为一名作家。

感恩节的前一天，弗朗茜的班上举行了感恩节活动。老师选出了四个女孩儿，每人背诵一首关于感恩节的诗歌，每人手中拿着一样象征感恩节的东西。第一个女孩儿拿了一根干玉米；第二个女孩儿拿了一只火鸡爪子，以代表整只火鸡；第三个女孩儿提着一篮子苹果；第四个女孩儿拿了一个小茶碟大的价值五美分的南瓜馅儿饼。

活动结束后，火鸡爪子和玉米被扔进了垃圾桶。老师把苹果留下准备带回家。她问班上是否有人想要那一小块南瓜馅儿饼。整个教室里，三十张小嘴垂涎欲滴，三十双小手跃跃欲试，却没有一个人举手。虽然有的学生一贫如洗，大多数孩子经常食不果腹，但是所有孩子的内心都很骄傲，绝不会接受嗟来之食。看到没有人回应，老师便下令扔掉南瓜馅儿饼。

弗朗茜无法眼睁睁地看着那么漂亮的馅儿饼被扔掉。而且，她从未尝过南瓜馅儿饼的味道。在她的心中，这是只有乘坐大篷马车的人和印第安勇士才能吃到的食物。她极其渴望品尝一番。电光石火之间，她编了一个谎言，举起了手。

“有人想要这个馅儿饼，真是太好了。”老师说道。

“我不是为自己要的，”弗朗茜骄傲地撒谎道，“我认识一户非常贫困的人家，我想拿给他们吃。”

“很好，”老师表扬道，“这才是真正的‘感恩’精神。”

那个下午，弗朗茜在回家的路上吃掉了南瓜馅儿饼。不知是因为良心不安，还是因为口味陌生，她觉得这个馅儿饼一点儿也不好吃。它尝起来像块肥皂。接下来的星期一，老师上课前在大堂里看到了她，向她问起那户穷苦的人家是否喜欢那个馅儿饼。

“他们非常喜欢。”弗朗茜对老师说道。随后，她见到老师一副饶有兴致的模样，于是便把故事编得更加细致：“他们家里有两个小女孩儿，梳着金色的鬈发，长着蓝色的眼睛。”

“这样呀？”老师示意她继续说下去。

“而且……而且……她们是双胞胎呢。”

“真是太有趣啦！”

弗朗茜灵光一闪：“她们一个叫帕梅拉，一个叫卡米拉。”（其实，这是弗朗茜为自己的洋娃娃起的名字，虽然她一个娃娃也没有。）

“而且她们家里非常贫穷，一贫如洗。”老师提示她。

“哦，是的，很贫穷。她们两三天没吃东西了。医生说要是没有我带的那块馅儿饼，她们就会饿死。”

“这么小的一块馅儿饼，”老师温柔地评论道，“竟然能挽救两个人的性命。”

弗朗茜立刻恍然大悟，自己扯得太远了。她痛恨自己鬼使神差地撒下这样一个弥天大谎。老师俯下身，伸出一只胳膊搂住了弗朗茜。弗朗茜看到她眼里泛着泪花。弗朗茜感到心碎不已，悔恨之情如同苦涩的洪水一般涌上了心头。

“我撒了个大谎，”她坦白道，“我自己吃了那块馅儿饼。”

“我知道你吃了它。”

“请不要寄信到家里，”弗朗茜想到自己是借别人的地址来上学的，恳求道，“我会每天放学都留下来……”

“我不会因为你的想象力而惩罚你的。”

老师温和地向她解释了谎言和故事的区别。说谎往往是出于恶意或掩盖自己的胆怯。讲故事则是基于现实生活的创作。你只是没有说出事实，你讲述的是你认为事情应该有的样子。

听了老师的一番话，弗朗茜感到如释重负。最近，她总是喜欢夸张地描述事情。她没有把事情原原本本地讲出来，而是对其进行了有趣、刺激和夸张的改编。凯蒂对这样的苗头很反感。她不停地警告弗朗茜要老老实实地陈述事实，不要有浪漫又不切实际的幻想。可弗朗茜就是不愿意描述平平无奇的事实。她必须添加一些色彩。

虽然凯蒂也有这样绘声绘色地讲故事的天赋，约翰尼也常常沉浸在自己的幻想中，但他们还是试图遏制子女身上类似的天性。或许，他们有充分的理由。或许，他们自己也明白，这种想象的天分不过是给他们穷困潦倒的残酷生活遮上了一层玫瑰色的幕帘，让他们得以坚持下去。或许，凯蒂认为如果他们没有这种天赋，头脑会更加清醒，从而能够看清现实，厌恶现实，然后想办法扭转现实。

弗朗茜永远记得那位善良的老师对她的教导："要知道，弗朗茜，很多人会认为你一直以来创作的这些故事都是可怕的谎言，因为它们并非人们所看到的真相。以后，再遇到任何事情，你都要如实地讲述事实，但是可以把你认为它应该如何发生写下来。讲述事实，写下故事，这样一来你就不会混淆了。"

这个建议让弗朗茜终身受益。她太容易混淆事实和想象了，每个孤独的孩子都会产生这样的幻想，这让他们难以分辨。但是老师帮助弗朗茜区分了二者。从那时起，她便开始把自己的所见、所感、所为写成一个个小故事。最后，她终于可以如实地描述事情了，只是稍微添加一丝出于本能的渲染。

十岁的弗朗茜第一次通过写作找到了抒发自我的方式。她写下了什么并不重要。重要的是，尝试写故事的过程让她分清了事实和虚构的界限。

如果她没有通过写作来抒发情感，也许长大以后，她可能是一个谎话连篇的大骗子。

Chapter 27
云杉树

布鲁克林的圣诞节总是那样令人着迷。早在圣诞节来临前，节日的气氛已无处不在。最先出现的迹象就是，莫顿先生开始在各个学校里教唱《圣诞颂歌》。不过，圣诞节到来的第一个确凿的标志还是商店的橱窗。

一个摆满了洋娃娃、雪橇和其他玩具的橱窗是多么梦幻的世界，只有孩子才能理解这种美妙的感觉。这样的感受对于弗朗茜来说不需花费任何金钱。透过橱窗看到这些玩具的感觉几乎和拥有它们一样美好。

哦，当弗朗茜转过街角，发现另一家为了圣诞节而精心布置的店铺时，真是惊喜连连。橱窗里的地毯竟然撒满了像星星一样闪亮的粉末状棉絮！里面展示着淡黄色头发的娃娃，还有弗朗茜更喜欢的一种娃娃。这种娃娃的发色如同加了很多奶油的上好的咖啡。娃娃的面部着色完美，身上的衣服是弗朗茜从未见过的样式。这些娃

TOY

SHOP

娃直立着，被装在薄纸板的盒子里。她们的脖子和脚腕缠着胶带，胶带的末端穿过盒子后面的洞，固定在背面，以帮助它们立得更稳。哦，看看那双睫毛浓密的深蓝色的眼睛，简直看进了小女孩儿的心里。那双完美的小手向前伸着，仿佛在哀求："求你了，做我的妈妈好吗？"弗朗茜从未有过属于自己的洋娃娃，家里只有一个两英寸高的玩偶，是花五美分买来的。

还有小雪橇（威廉斯堡的孩子们称之为"大雪橇"）！若能拥有一个，简直是进入了梦想的天堂！这个崭新的雪橇上画着带有浅绿色叶子的深蓝色花朵，这是孩子们梦寐以求的图案。雪橇的滑板被漆成了乌木色，转向杆由光滑的硬木制成。整个车身都刷上了一层闪亮的清漆！不仅如此，所有的雪橇都有自己的名字："蔷薇花蕾！""木兰花！""冰雪之王！""飞行者！"……弗朗茜暗暗在心里想："如果能拥有一个，我这辈子就不会再向上帝祈求任何东西了。"

橱窗里还有一双闪闪发亮的旱冰鞋。镍制鞋身，鞋带由上等棕色皮革制成，镀银的轮子结实而有质感。那双旱冰鞋交叠着放在云朵一样的棉花床上，鞋面上撒着白雪一样的云母粉末，使得它们看起来跃跃欲试，仿佛只要有人吹一口气就可以让它们跑起来一般。

还有好多精美的物品呢！弗朗茜的眼睛一时间看不过来。为了看清所有的商品，她的脑袋不停地转来转去，把自己转得头晕目眩。她把商店橱窗里展示的所有玩具编成了一个小故事。

在圣诞节的前一周，云杉树被陆续运到了社区。或许是为了方便运输，它们的树枝都用绳子捆了起来，掩盖了其舒展时的风采。卖树的摊贩们租下了店铺前路边的空地。他们在灯柱之间拉起一根绳子，把树靠在上面，于是，在街道的一侧形成了一条芳香四溢的云杉大道，摊贩们一整天都在这条道上走来走去。他们没有戴手套，手指都冻僵了，只能不停地哈气，怀着渺茫的希望看着驻足的行人。只有少数人会因为过节而买一棵树，其他人则只会站在那里讨价还价，看来看去，犹豫不决。但是，大多数人只是过来摸摸树的枝干，偷偷扯下一把云杉的针叶揉搓，使其释放出松木的阵阵香气。天气寒冷却无风，空气中充满了松木和柑橘的芳香。只有在圣诞节时，店铺才会摆上柑橘，使得这条破旧的街道拥有了短暂的美好。

这个街区有一个残酷的习俗。如果到了平安夜的午夜，这些云杉树还没有卖出去的话，那么按照人们的说法就是：到那时，你不需要去买树了，“他们会把这些树扔给你”。事实也的确如此。

平安夜的午夜，孩子们聚集在那些没有售出的云杉树旁。摊贩把树从最大的那棵开始，挨个儿扔出去。孩子们自愿站在前面挡住扔过来的树。如果一个男孩儿被树击中却没有摔倒，那么那棵树就是他的了。如果被击倒，那么他就失去了获得圣诞树的机会。只有最粗野的男孩儿和一些青年才会选择让大树砸自己。精明的孩子都等待一棵自己可以承受其重量的树出现。小一些的孩子会等待一英尺高的迷你树。当赢得了这样一棵小树时，他们会兴高采烈地尖叫起来。

这一年的圣诞夜，弗朗茜十岁了，尼利九岁了，妈妈终于同意让他们下楼去选一棵圣诞树。这是他们第一次选树。当天早些时候，弗朗茜已经选中了一棵树。从下午到晚上，她一直站在那棵树的旁边，祈祷没有人会买下它。让她感到欣慰的是，到了午夜那棵树还没有被买走。那是街区里最大的一棵云杉树。它的价格太高了，没有人能买得起。它的树枝上缠着崭新的白绳子，干净利落地捆到了树顶。

摊贩最先拿出了这棵树。弗朗茜还没来得及开口，街区的恶霸，一个名叫朋克·珀金斯的十八岁男孩儿，走上前来，命令这个摊贩把树扔给他。这个摊贩十分讨厌朋克那目空一切的样子。他环顾四周，问道：

“还有人想要试试吗？”

弗朗茜走上前去，说：“先生，我想试试。”

摊贩突然发出了嘲讽的笑声。周围的孩子们也在一旁窃笑。几个聚在一起看热闹的成年人则放声大笑。

“啊，快走开。你太小了。”摊贩反对道。

“我和我弟弟一起，我们在一起就不小了。”

她把尼利拽了过来。那个人打量着他们，这个十岁的小女孩儿瘦得脸颊都凹进去了，不过下巴还是有一点儿婴儿肥。他又看了看这个叫尼利·诺兰的小男孩儿，他梳着一头金发，长着一双圆圆的蓝眼睛，看起来纯真又可靠。

“两个人一起太不公平了。”朋克尖叫道。

“你闭上嘴吧，”这个摊贩——此时此刻拥有至高权力的人厉声说道，“这两个孩子很有胆量。你们站远些，这两个孩子要去接这棵树了，还真是一场好戏呢！”

围观的人群闪出一条通道。弗朗茜和尼利站在通道的一端，高大的摊贩抱着树站在另一端。整条通道仿佛是一个由人群组成的漏斗，而弗朗茜和尼利就是漏斗下端的尖嘴。摊贩粗壮的手臂向后弯曲，准备蓄力抛出那棵大树。他忽然发现，站在通道尽头的那两个孩子是那么渺小。在抛出前的一刹那，他仿佛体会到了耶稣被捕前在客西马尼园祈祷时的感受。

“哦，我的天哪！”他的灵魂备受煎熬，“我为什么不把这棵树直接送给他们，对他们说一句‘圣诞快乐’，然后让他们回家呢？我留着这棵树又有什么用呢？今年是不可能卖出去了，我也不能把它留到明年再卖。”他站在这里思考这些时，孩子们也一脸严肃地看着他。“可是，”他又恢复了理性，“如果我这么做了，其他孩子都会指望我也把树白白地送给他们。那么明年就没有一个人会来买我的树了。他们都会不费吹灰之力等着我双手把树奉上呢。不，我可没有那么伟大。我还没有伟大到能做那样的事。我也得为自己和孩子着想。”他终于狠下心来，“唉，管他呢！这两个孩子要想在这个世界生存下去，就得适应这个世界。他们得学会付出和接受惩罚。而且，老天哪，这个该死的世界上哪里有什么‘给予’，只有不停地‘索取’‘索取’，一直都在‘索取’。”他奋力抛出大树的那一刻，心中却在哭泣，“这个该死的、堕落的、肮脏的世界！”

弗朗茜看到那棵树从他的手中脱离。瞬间，时间和空间都没有了意义。整个世界都静止了，只见某个黑黝黝的庞然大物划过空中。那棵飞向她的大树仿佛清除了她有生以来的所有记忆。她的脑海一片空白，只剩下刻骨铭心的黑暗和那个冲向自己、越来越大的东西。大树砸中他们时，她踉跄了几步。尼利则几乎要跪倒在地，但是弗朗茜趁他倒地前，猛地拉起了他。大树嗖的一声，轰然落地。眼前只有黑暗和绿色的针叶。随后，她感到被树砸中的那侧脑袋传来钻心的剧痛。她看到尼利也在瑟瑟发抖。

一些大男孩儿把树挪开后，发现弗朗茜和弟弟的手还牵在一起，他们俩笔直地站在那里。尼利的脸被划破了几处，鲜血渗了出来。

那双不知所措的蓝眼睛，以及被鲜血衬得更加白皙的皮肤，让他看起来更像一个婴儿。但是，他们在微笑。他们得到街区里那棵最大的圣诞树了吗？一些男孩儿欢呼着“万岁”。几个成年人鼓起了掌。摊贩高声赞扬道：“好啦，讨厌的小东西，拿着你们的树快滚吧。”

弗朗茜从能听懂话开始，耳边就脏话不断。对于那些人来说，污言秽语和咒骂没有任何意义。那只是他们那些胸无点墨、不善言辞的人表达情感的方式。这些词语更像一种方言，根据说话者的情绪和语气表达不同的含义。此时此刻，当弗朗茜听到自己和尼利被称为小东西时，她向那位好心人露出了灿烂的笑容。她知道他真正想要说的是：“再见，愿上帝保佑你。”

把这样的大树拖回家可不是件容易的事。他们得一点点缓慢地往前挪动。还有个小男孩儿过来捣乱，跟在他们身旁边跑边喊：“免费搭车啦！上车，准备出发！”说着，他便跳到了树上，让他们拖着他一起走。终于，他玩腻了这个游戏，便从树上下来了。

不过，从某个角度来说，他们花这么长时间把树弄回家也是件好事。这样延长了他们体验胜利的时光。当听到一位女士称赞“我从未见过这么大的圣诞树”时，弗朗茜兴奋极了。一位男士在他们的身后喊道：“你们这两个孩子该不会是去抢银行了吧，怎么能买到这么大的树？”街角的警察拦住了他们，经过一番仔细查看后，他郑重地提出要花十美分买下这棵树。如果他们能把这棵树帮忙送到他家，就给他们十五美分。虽然知道他在开玩笑，可弗朗茜依然无法抑制住心中满满的自豪感。她回答说就算给她一美元也不卖。警察摇了摇头，说她真是个傻姑娘，没有抓住赚一笔的机会。他把价格抬高到二十五美分，弗朗茜依旧摇着头，笑着对他说：“不卖。”

他们仿佛在表演一幕圣诞节的舞台剧。场景是一个街角，时间是一个寒冷的平安夜，角色有一位善良的警察、弗朗茜的弟弟和她自己。弗朗茜熟知所有的对白。警察的台词全部正确，弗朗茜顺着他的台词对答如流，而所有台词间的微笑，就是舞台提示。

要想把树抬上狭窄的楼梯，他们不得不喊爸爸来帮忙。看到他挺直身板跑下楼来，没有东倒西歪的，弗朗茜总算放心了：他没有喝醉。

爸爸看到这么大的圣诞树感到很惊讶，这让弗朗茜和尼利万分欣喜。爸爸假装不相信这棵树是他们的。弗朗茜虽然知道爸爸在和他们开玩笑，却依然向他反复保证这棵树就是他们的，她自己也乐在其中。爸爸在前面拖拽，弗朗茜和尼利在后面用力地推，他们开始把这棵大树拖上三段狭窄的楼梯。约翰尼喜不自胜，他全然不顾此刻已夜深人静，开始放声高歌。他唱起了《平安夜》。狭窄的墙壁承载了他清脆悦耳的歌声，片刻停顿后，加倍甜美的声音在走廊里回荡起来。一扇扇房门被吱吱嘎嘎打开，一户户人家聚到楼梯的平台上，惊喜地享受着平淡生活中这一始料未及的时刻。

弗朗茜看见两位延莫尔小姐一同站在门口，她们灰色的头发上夹着卷发器，宽松的长袍下面露出浆洗得硬挺的带有褶裥装饰边的睡袍。她们用尖细的嗓音与约翰尼一同歌唱。弗洛茜·加迪斯、她的妈妈还有弟弟亨尼也都站在门口。亨尼因患上了肺结核命不久矣。此刻，他哭了起来。见此情景，约翰尼压低了声音。他觉得这歌声可能惹得亨尼伤心了。

弗洛茜已是盛装打扮，等人送她去参加午夜后开始的化装舞会。她把自己装扮成克朗代克舞厅的舞女：穿着薄透的黑色丝袜，脚踩

马蹄跟浅口高跟鞋，一条红色的吊袜带被系到了膝盖下面，手中挥舞着一个黑色的面具。她笑盈盈地盯着约翰尼的眼睛。她的一只手扶着屁股，倚在门框上，看起来风姿绰约——至少她自认为如此。约翰尼为了让亨尼开心起来，说道：

“弗洛茜，我们没有装饰树顶的天使。你能否赏光扮演一下呀？”

弗洛茜原本想用脏话回应，说如果站得那么高，她的内裤会被风吹掉的。但是，她改变了主意。看着那么高大骄傲的树，如今被这样卑微地拖在地上；看着孩子们笑得一脸灿烂，邻居们如此友善以及走廊里暗淡的灯光，所有这一切使得她羞于说出心中的那个回答。只听她答道：

“天哪，约翰尼·诺兰，你一定是开玩笑呢！”

凯蒂独自站在顶层楼梯平台的最后一段台阶上，双手紧紧握在胸前。她聆听着歌声，俯视着楼下，看着他们缓缓地爬上楼梯，陷入沉思。

“他们觉得这一切很美好。”她心想，“他们认为自己可以免费得到圣诞树，他们的爸爸可以和他们一起嬉戏歌唱，而且邻居们也很开心。他们觉得这样的生活很美好。他们或许觉得自己是个幸运儿，大家都活着，而且又能过圣诞节了。他们无法看见我们居住的房屋和街道是这般肮脏不堪，我们的邻居其实并没有那么体面。约翰尼和孩子们无法看清的是，我们的邻居是被迫在如此污秽的环境中寻求一丝欢乐的。我的孩子们一定得摆脱这样的生存环境。他们一定得过上比约翰尼和我，以及周围所有人都要好的生活。可是，怎样才能扭转现在的局面呢？每天一页一页地读那两本书，一美分一美分地往存钱罐里存钱，只做这两件事是远远不够的。我们需要钱！有了钱就会让这一切有所改变吗？没错，钱的确会让改变更容易。但是，光有钱是不够的。街角的那家酒吧是麦加里蒂先生家的，他有很多钱。他的妻子戴着钻石耳环。可她的孩子们并没有像我的孩子这样善良、聪慧。他们对别的孩子吝啬又贪婪，因为他们有嘲笑穷苦孩子的资本。我曾见过麦加里蒂的女儿站在街上拿着一袋糖果吃，一群饥肠辘辘的孩子围成一圈看着她。我看到那群孩子看着她，心里都在哭泣。当她吃不下了，她宁愿把剩下的糖果统统倒进下水道，也不愿分给那些孩子。哦，不，只有钱是不够的。麦加里蒂的女儿每天都有不同的蝴蝶结发卡戴在头上，一个就要五十美分，是我们一家四口人一天的伙食费。可她只有一头稀疏的浅红色头发。我的尼利头上的那顶济特夫帽子虽然破了一个大洞，被扯得变了形，但是他那头金色的鬈发又浓又密。我的弗朗茜一个蝴蝶结发卡也没有，可她的头发又长又亮。这是用钱能买到的吗？当然不能。这也说明了还有比钱更重要的事。杰克逊小姐在社区服务所教书，她生活得并不富裕。她做的是慈善工作，住在服务所顶楼的一间小屋里。她虽然只有一条裙子，却把这条裙子打理得十分干净、平整。同她交谈时，她都会注视你的双眼。当她说话时，她的嗓音仿佛有治愈病人的魔力。杰克逊小姐是一个知书达礼的人。虽然她住在肮脏、混乱的街区，却能出淤泥而不染。她就像戏剧中的女演员，只可远观而不可亵玩。这是她与麦加里蒂夫人最大的不同。麦加里蒂夫人腰缠万贯，可她大腹便便，与为她丈夫运送啤酒的卡车司机暧昧不清。那么，她与这位身无分文的杰克逊小姐的区别究竟在哪里呢？”

凯蒂立刻想到了一个答案。这个答案如此简单，错愕的感觉仿佛脑海中袭来的一阵疼痛。是教育！就是它！就是教育使这两个人产生了天壤之别！教育能让他们从肮脏污秽中脱离出来。证据就摆在眼前！杰克逊小姐受过教育，而麦加里蒂夫人却没有。啊！这不就是玛丽·罗梅利，她的妈妈，这么多年以来一直对她说的吗？只不过，她的妈妈没有明确地说出这个词——教育！

看着孩子们拖着圣诞树，艰难地爬楼梯，听着他们仍然宛如婴儿一般的笑声，她产生了很多关于教育的想法。

“弗朗茜很聪明，”她想，“她必须得念到高中，甚至接受更高的教育。她是一个爱学习的孩子，总有一天她会大有作为的。不过，一旦她接受了教育，就会和我逐渐疏离。她为什么和我逐渐疏离了呢？她爱我的方式和儿子爱我的方式不同。我感觉她在离我而去。她无法理解我。她唯一懂得的就是我不理解她。或许，当她接受了更高的教育，就会以我为耻，以我的说话方式为耻。不过，她很有涵养，不会表现出来的，反而会努力改变我。她会来看我，竭力让我过得更好。而我因为知道她超越了自己，会对她更刻薄。她越长大，明白的道理越多，她的幸福感就会越低。她会发现我很爱尼利，却不爱她。对此，我也无能为力，可她却无法理解。甚至有时候，我觉得她已经看清了这个事实。她开始远离我，很快就要摆脱我了。转学到离家那么远的学校就是她离开我的第一步。但是，尼利是不会离开我的。这也是我如此深爱他的原因。他会贴近我，理解我。我希望他将来能当医生。他一定得成为医生。或许，他也会拉小提琴。他的音乐天赋，是他父亲遗传给他的。他钢琴弹得比我和弗朗茜都好。没错，他爸爸的确很有音乐天赋，可这不但没有给他带来任何好处，反而正在摧毁他。如果他不会唱歌，那些请他喝酒的人就不会找他了。他唱得再好，也无法让他和我们过得更好，这又有什么用呢？

这个天赋出现在尼利身上就不同了。他得接受教育。我得想想出路，不能让约翰尼和我们长期待在一起。我曾经那么深爱他，就算现在，有时也很爱他，可他实在是一无是处。我竟然看透了他，上帝啊，请原谅我吧。”

就这样，在他们拖圣诞树上楼时，凯蒂终于想通了一切。当他们三个抬起头看到她那张圆润美丽、活力四射的脸庞时，绝不会想到她竟然默默地在心中做出了一个痛苦而又明确的决定。

他们把圣诞树立在前屋，并且在树的周围铺上了一条床单，防止松针直接掉落在印着粉色玫瑰的地毯上。圣诞树被插进了一个大锡桶，桶里放了一些碎砖块，挤住了树干，让树保持直立。树上的绳子被剪开后，树枝向四周伸展开来，填满了整个房间。有些树枝搭在了钢琴上，因此有几张椅子刚好立在了树枝间。他们没钱买圣诞树的装饰和彩灯。但是，有这样一棵高大的树立在家里就足够了。房子里面很冷。这一年，他们收入微薄，穷得没办法添置前屋烧炉子用的煤。整个房间散发着冷冽、清新、芳香的气息。在圣诞树立在屋子里的那一周里，弗朗茜每一天都会穿着毛衣，头戴济特夫帽子，坐在树下。她坐在那里，呼吸着树木的芳香，欣赏着它深绿色的枝条。

啊，这棵大树可真神秘呀，可它却被囚禁在廉租公寓前屋的锡桶里！

虽然那年他们很穷，圣诞节却过得很快乐，孩子们也都得到了圣诞礼物。妈妈送给他们俩每人一条羊毛打底裤（解开后腰处的纽扣就可以露出屁股的那种），还有一件长袖的羊毛衫，贴着皮肤穿扎得人痒痒的。艾薇姨妈送给他们一件共同的礼物——一盒多米诺骨牌。爸爸给他们讲解了玩法。尼利不喜欢这个游戏，因此，爸爸和弗朗茜一起玩。每当输了，他就假装自己很恼火。

外婆玛丽·罗梅利的礼物是自制的，看起来非常精美。她送给他们每人一枚肩胛徽章。她先在一块大红色的羊毛布上剪出两片椭圆形的小布块，然后用亮蓝色的线在其中一片上绣了一个十字架，另一片上绣了一颗金色的心，心上戴着一顶棕色的荆棘王冠。一把黑色的匕首刺穿了心脏，两滴深红色的血从匕首的尖端滴下。十字架和心脏的图案非常小巧，针脚极其细密。最后，她把两片椭圆布块缝在一起，把这枚徽章缝在一条束腰衬裙的缎带上。玛丽·罗梅利来之前，把徽章拿给了神父赐福。她把徽章的肩带套在弗朗茜的头上，用德语说道："圣诞万福。"接着，她又补充一句，"愿天使与你同行。"

茜茜姨妈送给弗朗茜一个小包裹。弗朗茜拆开后，发现是一个小火柴盒。盒子非常精致，表面贴着皱纹纸，盒盖上画着一朵小小的紫藤花。弗朗茜推开盒子，盒子里装着十枚包裹着粉色薄纸的小圆片。这些小圆片竟然是十枚金光闪闪的一美分硬币。茜茜说她买了一些金粉，在里面混入了几滴香蕉油，然后涂在每一枚硬币上。弗朗茜最喜欢茜茜姨妈的礼物。之后的一个小时，她就把火柴盒缓缓地推开了十几次。她把盒子握在手里端详。看着盒子外面钴蓝色皱纹纸和干净的薄木片制成的内壁，她心中满是欢喜。金色的硬币被梦幻般的薄纸包裹着，这本身就是一个百看不厌的奇迹。大家都一致认为这些硬币太美了，花掉太可惜了。那个白天，弗朗茜不知道在哪儿弄丢了两枚硬币。为安全起见，妈妈建议把它们放在存钱罐里。她承诺当存钱罐被打开的时候，弗朗茜就可以拿回这些硬币。虽然弗朗茜也赞同把硬币存入存钱罐最安全，但是把那些金灿灿的硬币投入黑暗中，让她感到万分痛苦。

爸爸为弗朗茜准备了一份特别的礼物，是一张印着教堂的明信片。教堂的屋顶粘着云母粉末，看起来比真正的雪还要闪亮。教堂的玻璃是用一块块闪闪发亮的橙色方形纸片组成的。神奇的是，当弗朗茜把这张明信片举起来时，光线就会透过纸窗，在闪闪发光的雪地上投下金色的影子，简直美极了。妈妈说卡片上没有写字，弗朗茜可以留着明年寄给别人。

“哦，那可不行。”弗朗茜用双手把明信片紧紧护在胸前。

妈妈大笑：“弗朗茜，你得开得起玩笑，否则生活真的会很艰难。”

“圣诞节可不是说教的节日。”爸爸说。

“不能说教，但能喝酒，是吧？”她勃然大怒。

“我就喝了两杯，凯蒂。”约翰尼恳求道，“是因为圣诞节别人特意请我喝的。”

弗朗茜走进卧室，关上了门。她不忍心听妈妈责骂爸爸。

晚餐开始前，弗朗茜把自己准备的礼物发给了大家。她送给妈妈一个帽针筒。筒身是她从奈普药店花一美分买来的试管。她把试管插进蓝色缎带制成的筒套里，筒套的两侧缝出褶皱的样式作为装饰，并在套子的顶端缝了一小段婴儿头饰带。这样帽针筒就可以挂在梳妆台旁边，方便妈妈拿取帽针。

她送给爸爸的礼物是一条她用两根鞋带在线轴上编制出来的怀表带。弗朗茜在线轴的顶部钉了四根钉子，把鞋带绕过每一根钉子，反复在钉子间缠绕，一条厚厚的编织表带就这样从线轴下面编了出来。约翰尼并没有怀表，不过他找来一枚铁垫圈，系在表带上。他整日把铁垫圈塞进马甲的口袋，假装自己揣着一块怀表。

弗朗茜为尼利准备了一个很棒的礼物——一颗价值五美分的弹珠。比起普通的弹珠，这颗弹珠看起来更像一颗超大的猫眼石。尼利有一盒“小不点儿”，用黏土做成的有棕色和蓝色斑点的小弹珠，一美分能买二十个。可是，他没有大颗的弹珠，没法儿参加重要的比赛。弗朗茜看见他弯起食指，勾住弹珠，将拇指抵在弹珠的后面，动作既娴熟又自然。弗朗茜很高兴给他买了这份礼物，而不是她一开始想到的那支价值五美分的气枪。

尼利把弹珠揣进口袋，然后宣布他也给大家准备了礼物。他跑进卧室，钻到自己的床底下，找到一个黏糊糊的袋子，拿着走了出来。他将袋子塞给妈妈，说了句：“你来分礼物。”然后，他就退回到了角落里。妈妈打开袋子。里面是他为每个人准备的条纹拐杖糖。妈妈简直欣喜若狂。她说这是她收到过的最美的礼物。她亲吻了尼利三次。弗朗茜竭力掩饰，这才没有表露出嫉妒的神色。因为相较于自己送的礼物，妈妈更青睐尼利的礼物。

就在那个星期，弗朗茜又撒了一个弥天大谎。艾薇阿姨送来两张票。某个新教团体为穷人举办了一场庆祝活动，信仰不同的人也可以参加。届时，舞台上会有装饰精美的圣诞树，还有圣诞戏剧和《圣诞颂歌》的表演，每个孩子都能得到一份圣诞礼物。一开始，凯蒂无法接受，信仰天主教的孩子怎么能去参加新教的聚会活动呢？在艾薇三番五次的劝说下，妈妈终于让步，同意让弗朗茜和尼利去参加庆祝活动。

活动在一个大礼堂里举行。男孩儿和女孩儿分坐在礼堂的两侧。活动整体还算不错，只是演出的戏剧有些沉闷无聊。戏剧表演结束后，教会里的女士沿着过道给每个孩子分发礼物。女孩儿的礼物是西洋跳棋棋盘，男孩儿的礼物是乐透棋[①]。又演唱了几首圣诞歌曲后，一位女士走上了舞台，宣布有一个特别的惊喜。

一个衣着精致的可爱的小女孩儿从幕后走到了舞台上，手里抱着一个精美的洋娃娃。这个娃娃有一英尺高，梳着真正的黄头发，有一双能闭合的蓝眼睛，还有真正的睫毛。那位女士把孩子领到舞台的前面，郑重地说道："这个小女孩儿叫玛丽。"小玛丽微笑着鞠了一躬。观众席上的小女孩儿们也都对她投以微笑，一些即将进入青春期的男孩儿尖声吹着口哨。女士接着说："这个娃娃是玛丽的妈妈买的。她还按照玛丽身上的这套衣服为这个娃娃做了同样的服装。"

玛丽往前走了几步，把洋娃娃高高地举在空中。然后，她把娃娃交给了那位女士，拉起裙摆的两侧，行了一个屈膝礼。那位女士说得一点儿也没错。弗朗茜看到娃娃身上的装饰有蕾丝花边的蓝色丝绸连衣裙、粉色的蝴蝶结、黑色漆皮的浅口鞋和一双白色的真丝短袜，完美地复制了玛丽的穿着打扮。

"现在，"那位女士说，"这个娃娃也叫玛丽，和这个善良的小女孩儿的名字一样。她要把这个娃娃送人。"这个小女孩儿再次露出了优雅的笑容。"玛丽想把这个娃娃送给观众席中也叫玛丽的贫穷的女孩儿。"台下

① 乐透棋，一种儿童桌游。参加者从袋子或盒子里抽出一枚印有数字的圆形棋子，放在棋盘对应的数字上，最先将棋子连成一列的一方获胜。

的小女孩儿开始窃窃私语，宛如一阵风吹拂过玉米地。“在座的贫穷女孩儿中有人叫玛丽吗？”

礼堂里一片寂静。台下的观众中至少有一百位叫玛丽的女孩儿。可就是“贫穷”这一形容词足以让她们哑口无言。无论这些玛丽多么想要这个娃娃，没有一个玛丽会站起来，成为观众席中所有贫穷小女孩儿的代表。她们开始交头接耳，说自己并不贫穷，自己的家里有更好的娃娃，也有比那个女孩儿更好看的衣服，只不过她们不想穿而已。弗朗茜麻木地坐在座位上，全心全意地渴望着那个娃娃。

“嗯？”那位女士疑惑道，“没有人叫玛丽吗？”她等了一会儿，再次询问起来。依旧无人回应。她遗憾地说：“台下的观众竟然没有人叫玛丽，真是太可惜了。那么，小玛丽只好把这个娃娃带回家了。”小女孩儿微笑着鞠了一躬，然后转过身，准备带着洋娃娃离开舞台。

弗朗茜再也受不了了，她真的受不了了。这种感觉就像老师要把南瓜馅儿饼扔到垃圾桶一样。她站起身来，高高地举起了手。那位女士看到后，叫住了正要离开舞台的小女孩儿。

“啊！我们有一位叫玛丽的女孩儿呢，虽然很害羞，不过是玛丽就好呢。快到台上来，玛丽。”

弗朗茜感到无地自容，她走过长长的过道，来到舞台上。她迈上台阶的时候摔了一跤，所有的女孩儿都在窃笑，男孩儿则哄堂大笑。

“你叫什么名字？”女士问。

“玛丽·弗朗西斯·诺兰。”弗朗茜小声回答。

“大点儿声，面向观众说。”

弗朗茜痛苦地面向观众，大声说：“玛丽·弗朗西斯·诺兰。”台下所有的脸看起来都像系在粗绳子上的气球。她觉得如果自己继续看下去，这些脸就会飘到天花板上去。

那位漂亮的女孩儿走上前，把洋娃娃放到弗朗茜的怀里。弗朗茜自然地将双臂蜷在一起，抱住了娃娃。仿佛她的胳膊就是为了等待这样的洋娃娃而生的。漂亮的玛丽伸出手想要同弗朗茜握手。尽管弗朗茜感到窘迫和困惑，但她还是注意到了那只娇嫩又白皙的手。手背上透出静脉血管淡蓝色的纹理，椭圆形的指甲闪闪发亮，就像精致的粉色贝壳一样。

就在弗朗茜狼狈不堪地回到自己的座位时，只听那个女士说道："你们都见证了一个有关圣诞精神的真实案例。这位叫玛丽的小女孩儿家境非常富裕，她在圣诞节收到了很多漂亮的洋娃娃。可是，她非常慷慨。她希望那些没有她这般幸运的、贫穷的小玛丽也能快乐起来。因此，她把这个洋娃娃送给了同样名为玛丽的穷苦的小女孩儿。"

热泪刺痛了弗朗茜的双眼。"她们为什么不能，"她一边痛哭，一边想，"把洋娃娃直接送给我，却非要提及我很贫穷、她很富有呢？他们为什么不能不加任何评论地把它送出去呢？"

然而，弗朗茜所遭受的羞辱并没有到此为止。当她沿着过道往回走时，台下的女孩儿们都斜着身子靠向她，压低了嗓音，轻蔑地唤道："乞丐，乞丐，乞丐。"

弗朗茜一路听着"乞丐，乞丐，乞丐"的嘘声走回座位。那些女孩儿觉得自己比弗朗茜更富有。虽然她们和她一样穷苦，但是她们有她没有的东西——自尊。对此，弗朗茜心知肚明。她对于自己说谎的行为以及通过欺骗的手段得到洋娃娃这件事并没有感到内疚。她为谎言付出了代价，为这个洋娃娃放弃了自己的自尊。

她想起了那位让自己把谎言写成故事而不是说出来的老师。也许，她不该上台接受这个洋娃娃，而是应该把它写进故事里。可是，她不要！不要！拥有这个洋娃娃比任何一个拥有洋娃娃的故事都要美好。活动结束时，全体起立，齐唱国歌《星条旗之歌》。弗朗茜低下头，把脸贴在洋娃娃的脸上，闻到了彩绘陶瓷的清香，洋娃娃头发上美妙的味道令人难忘，身上崭新的纱制衣料摸起来妙不可言。洋娃娃的睫毛触碰到她的脸颊，她不禁激动得浑身颤抖。孩子们唱着：

在这自由的国度，

在这勇士的家乡。

弗朗茜把洋娃娃的一只小手攥得紧紧的，以至于自己的大拇指突然跳动了一下，她以为是洋娃娃的手在抽动。她差点儿相信这个洋娃娃活了起来。

她对妈妈说这个洋娃娃是送给自己的奖品。她不敢说出真相。妈妈痛恨一切带有慈善意味的东西。她若是知道真相，一定会把它扔掉的。尼利也没有揭穿她。就这样，弗朗茜拥有了这个洋娃娃，同时她的心里也藏了一个谎言。那天下午，她写了一个故事，讲述了一个小女孩儿非常渴望得到一个洋娃娃，为此她愿意把自己不朽的灵魂永远留在炼狱。故事写得感人肺腑，可弗朗茜读完后却感慨道："这对于故事里的女孩儿来说没什么，但我的心情并没有好转。"

她想起下星期六要去做告解，于是下定决心，无论神父给予她怎样的惩罚，她都甘愿承担三倍的惩罚。可是，她的心情还是没能好起来。

随后，她想到了一件事！或许她能让谎言变成现实！她了解过天主教的孩子们受坚振礼时，可以选择某位圣贤的名字作为中间名。问题就这么简单地解决啦！当她受坚振礼时，她要用“玛丽”作为中间名。

当晚，在他们读完一页《圣经》和一页莎士比亚的书后，弗朗茜征求妈妈的意见：

“妈妈，当我受坚振礼时，我可以用‘玛丽’作为我的中间名吗？”

“不行。”

弗朗茜感到心里一沉：“为什么呢？”

“因为你在受洗时，已经用了安迪女朋友的名字——‘弗朗茜’作为中间名了。”

“我知道了。”

“不过，我们也给你取了我妈妈的名字——‘玛丽’。你的全名是玛丽·弗朗西斯·诺兰。”

弗朗茜拿着洋娃娃去睡觉了。她一动不动地躺在床上，生怕吵醒了它。夜里，她时不时地醒来，轻轻地唤着“玛丽”，用手指轻触洋娃娃那双小巧的浅口鞋。一碰到那薄薄的、柔软的、光滑的皮革，她就禁不住地颤抖。

这是她的第一个，也是最后一个洋娃娃。

Chapter 28

一切都在改变？

对凯蒂来说，未来近在咫尺。她的口头禅是："不知不觉圣诞节就到了。"或者，在假期开始之前她会说："不知不觉就要开学了。"春天到了，弗朗茜脱下了衬衣衬裤，把它们开心地扔在地上。妈妈一边把它们拾起来，一边说："你很快就会再用到它们的。冬天不知不觉就到了。"妈妈这话是什么意思呢？春天才刚开始，冬天永远不会再来了。

小孩子对未来一直没有概念。下一周对他们来说就像未来那样遥不可及。今年的圣诞节与明年的圣诞节之间隔着一个永恒。日子一天一天过，弗朗茜迎来了自己的十一岁。

在她十一岁和十二岁的生日之间，情况发生了变化。未来来得更快了。日子仿佛变短了，一周仿佛少了几天。亨尼·加迪斯的逝去使弗朗茜对于时间的认知发生了转变。她总是听别人说亨尼命不久矣，听的次数太多了，以至于她相信他总有一天会离去，可那是很久很久以后的事。现在，这个遥远的未来竟然就在眼前。曾经的未来会成为现在，也将会成为过去。弗朗茜不懂是不是只有某个人的死亡才能让一个孩子明白这个道理。但并非如此，弗朗茜九岁那年，就在她第一次领到圣餐的一个星期后，她的外公罗梅利便去世了。她还记得，那时候圣诞节对于她来说还很遥远。

可对于现在的弗朗茜来说，变化来得太快，让她有些摸不着头脑。尼利明明比她小一岁，可他却突然长得飞快，比她高出一头。莫迪·多纳文搬走了。三个月后，当她回来看弗朗茜时，弗朗茜发现她变得不一样了。仅仅在那三个月里，莫迪从女孩儿出落成女人的模样。

以前，弗朗茜觉得妈妈永远是正确的；现在，她发现妈妈偶尔也会出错。她发现父亲身上的那些她喜爱的特质，在别人看来却颇为滑稽。茶叶店里的天平不再那么闪闪发亮了。她发现店里的箱柜已经掉了漆，看上去破旧不堪。

星期六的夜晚，她也不再趴在窗前等着看托莫尼先生从纽约尽兴而归了。忽然之间，她觉得他这样的生活方式很愚蠢。他去了纽约，然后回家，回到了家又想念纽约。他那么富有，又那么喜欢纽约，为什么不干脆搬到纽约去住呢？

一切都在发生改变。弗朗茜有些不知所措。她的世界正在悄悄地离她而去，可取而代之的又会是什么呢？不过，究竟是哪里不一样了呢？她依旧每晚朗读一页《圣经》和一页莎士比亚的书。她依旧每天练习一个小时的钢琴。她依旧将赚到的硬币存入锡制存钱罐里。废品回收站还在那里，所有的店铺都是老样子。一切都没有改变。发生改变的是她自己。

她把这个想法告诉了爸爸。他让她伸出舌头，然后又摸了摸她的手腕。他摇了摇头，难过地说：

“你的情况很糟糕，你病得很重。”

“我得了什么病？”

“成长病。”

成长会破坏很多东西。它使从前有趣的游戏变得枯燥无味。当食物不够吃的时候，他们就在家里玩游戏打发时间。如果家里的钱都花光了，食物也所剩无几，凯蒂和孩子们就会假装他们是远征北极的探险家。他们想象自己被暴风雪困在一个山洞里，随身只剩下一丁点儿食物。他们必须坚持下去，等待救援。妈妈把橱柜里仅存的食物分成几小份，称之为“限量配给”。孩子们吃完后依旧饥饿难耐，她会鼓励他们：“打起精神，勇士们，救援马上就到了。”当家里赚到了一些钱，妈妈就会采购一大批食物。她还会买一小块蛋糕庆祝一下，并且在蛋糕上插一面一美分的小国旗，说道：“我们成功啦，兄弟们。我们到达北极啦！”

有一次，又经历了“营救行动”之后，弗朗茜问妈妈：

“探险家们如此挨饿受冻是值得的。遭受苦难让他们取得了伟大的成就——他们发现了北极。可是，我们这么挨饿是为什么呢？”

凯蒂顿时显得筋疲力尽，只说了一句：“被你看穿了。”不过，弗朗茜当时还无法理解她的意思。

成长也破坏了弗朗茜对于剧院的喜爱之情。准确地说，不是剧院，是戏剧。她发现自己越来越不喜欢剧中那些无巧不成书的桥段。

弗朗茜曾是个戏剧的狂热爱好者。她一度想当女风琴师，后来又想成为老师。第一次领完圣餐后，她想成为修女。十一岁的时候，她想成为演员。

就算威廉斯堡的孩子对其他事物一无所知，他们也对自己的剧院了如指掌。在那个年代，社区里有许多不错的剧院，如布莱尼剧院、科斯·佩顿剧院和菲利普·兰心剧院。兰心剧院就在拐角处。当地居民一开始称之为“莱斯”剧院，后来变成了“劳斯[①]”剧院。除了在夏季的休演期外，只要弗朗茜能凑到十美分，她每个星期六下午都要去剧院看戏。她买的是顶层楼座的票。但为了能占到第一排的位置，她经常在开演前一个小时去排队。

她爱上了男主演哈罗德·克拉伦斯。星期六午后场的演出结束后，她在剧场的后门等他，跟随他走到那栋破旧的褐石房子。他低调地住在这栋房子的一间陈设简朴的屋子里。即便走在街上，他也像旧时的演员那样，走得相当笔挺。他的脸色如婴儿般粉嫩，仿佛上面还涂着扮演青少年时所用的油彩。他迈着笔直的步伐悠闲地走着。他从不左顾右盼，嘴里叼着一根看上去很神气的雪茄。他走进房子前会把雪茄丢掉，因为他的女房东不允许这位大明星在她的房子里吸烟。弗朗茜站在路边，虔诚地低头看着那根被丢弃的烟头。她取下套在上面的一圈包装纸，套在自己的手指上戴了一个星期，假装那是他送给她的订婚戒指。

一个星期六，哈罗德和他的剧团上演了《牧师的情人》。这部剧讲述了一个英俊帅气的乡村牧师爱上了女主角格里·莫尔豪斯的故事。不知为何，女主角不得不去一家杂货店找个工作。有一个女反派也爱上了这位帅气的年轻牧师，她到店里故意刁难女主角。与村里人的穿着截然不同，她身穿皮草，打扮得珠光宝气。她大摇大摆地走进了杂货店，颐指气使地提出要买一磅咖啡。可怕的时刻终

---

① 劳斯，原文为“Louse”，有虱子的意思。

于来临了，只听她说出了那句致命的话："把它磨成粉！"观众发出了一阵阵叹息声。按照之前剧情的铺垫，这位娇小美丽的女主角十分瘦弱，无法转动研磨机那硕大的轮子，而按照剧情的发展，只有她成功地研磨出咖啡才能保住这份工作。她使出了浑身解数，拼尽全力，可轮子依旧纹丝不动。女主角向女反派苦苦哀求，告诉她自己多么需要这份工作。女反派依旧重复着自己的要求："把它磨成粉！"就在情况看起来要陷入绝境之时，哈罗德身穿教士服，面色红润地走了进来。见此情景，他用一种戏剧性的却有些不合时宜的姿势把他宽大的牧师帽径直扔到了舞台对面。他迈着笔直的步子走到咖啡研磨机前，把咖啡豆磨成了粉，成功拯救了女主角。现磨咖啡的香味弥漫了整个剧院，观众顿时肃然起敬，场内鸦雀无声。紧接着，人们议论纷纷，剧院也嘈杂起来。是真的咖啡！剧团竟然假戏真做！虽然磨咖啡豆对于每个人来说是件再平常不过的事，但是在舞台上磨咖啡的确别具一格。女反派咬牙切齿地说："又失败了！"哈罗德将格里揽入怀中，让她背对着观众。幕布落下。

中场休息时，弗朗茜没有加入其他孩子的消遣活动——冲底下那些花三十美分买池座票的富豪吐口水。她在思考落幕前的场景。男主角刚好在紧要关头走进来，磨好了咖啡，一切皆大欢喜。可如果当时他没有出现，那么情况会怎样呢？女主角可能会丢了工作。肯定是这样的，然后呢？等到饥饿难耐时，她就不得不出去找工作。她可能会像妈妈那样以擦地板为生，或是像弗洛茜·加迪斯那样靠男人来养活自己。杂货店的工作之所以那么重要，不过是因为那是剧中情节的设定而已。

她对接下来的那个星期六上演的剧目也不满意。剧中，女主角失散多年的恋人刚好回家，及时付清了抵押贷款。要是他有事耽搁了，没法儿及时回来怎么办呢？房东一定会勒令他们在三十天内搬出去，至少在布鲁克林是这样的。或许，在那个月里，事情会有转机。如果没有转机，那他们就不得不搬家。嗯，他们得拼尽全力。漂亮的女主角可能得去工厂做计件工。她性格敏感的弟弟不得不去卖报纸。妈妈白天得当清洁工。但是，他们会生存下来的。没错，他们会活下去的，弗朗茜坚定地想。死亡并不是件容易的事。

弗朗茜不明白为什么女主角不嫁给反派。这样就解决了房租的问题。而且，这样一个如此深爱她的男人，为了赢得她的芳心，让她回心转意，也甘愿为她处理各种各样的麻烦事。这样的男人难道不该被她重视吗？至少，在男主角行踪不定地枉费工夫时，这个男人一直陪在女主角身边。

弗朗茜把那部戏剧的第三幕按照她设想的另一种结局重新写了一遍。她以对白的形式写下来，这样的写作方式对她来说相当轻松。写故事的时候，你得解释一个人的行为，说明其背后的缘由。但是，如果你写作的是人物间的对白，就不用这么麻烦了，因为人们所说的话就足以解释一切。弗朗茜发现自己可以毫不费力地用对白写出故事。由此，她再次改变了自己的职业理想。她决定不去当演员了。她想成为一名剧作家。

Chapter 29

乘船出海去

就在那一年的夏天，约翰尼突然意识到，自己的孩子长这么大竟然对于不断冲刷布鲁克林海岸的大洋一无所知。约翰尼认为他们应该乘船出海。于是，他决定要带他们去卡纳西码头划船，顺便再去深海垂钓。他从未钓过鱼，也从未划过船，可他却在脑海中产生了这样的念头。

与此同时，约翰尼又突发奇想，那就是带上小蒂莉一起去海边，其中的心路历程只有他自己能懂。小蒂莉是邻居家一个不到四岁的小女孩儿，约翰尼与她素未谋面。其实，他想要带上她，是鉴于她哥哥古西的所作所为，想对她做一些补偿。而所有的一切都与卡纳西之行联系在一起了。

古西是一个六岁的小男孩儿，是街区里一个臭名昭著的人物。他生性顽劣，下嘴唇异常肥大。与其他宝宝一样，他妈妈用充盈的乳汁喂养他。除此以外，他与其他任何宝宝，无论是活下来的还是已经夭折的，都再无任何相似之处。在他九个月时，他的妈妈想停止母乳喂养。可是，古西无法接受。妈妈停止哺乳后，他不接受用奶瓶喝奶粉，不吃任何食物，也不喝水，只是躺在婴儿床里呜咽。妈妈怕他饿死，只好继续哺乳。他心满意足地吮吸着，别的什么都不吃。就这样，他靠喝母乳长到了两岁。妈妈再次怀孕，母乳因此停止了分泌。古西怒气冲冲，历经了九个月漫长的等待，他不接受任何形式的奶制品，无论用什么样的容器盛放牛奶，他都不喝。但他喝起了黑咖啡。

小蒂莉出生了，妈妈的奶水再次充足起来。当古西第一次目睹妈妈给小宝宝哺乳时，他顿时陷入了歇斯底里的状态。他躺在地板上，哭天抢地。一连四天，他不吃不喝，不上卫生间，憔悴不堪。他妈妈吓坏了，觉得让他再吃一次母乳也没什么坏处，可她却因此酿成大错。从那以后，所有的母乳都到了古西的肚子里，而体弱多病的小蒂莉只得喝奶粉或牛奶。

古西到了三岁，看起来比同龄的孩子要高大。他和其他男孩儿一样，穿着过膝长裤和鞋尖包铜的笨重的鞋子。他一看见妈妈解开衣服的扣子，就立刻跑向她。他是站着吃奶的，一只手肘抵在妈妈的膝盖上，得意扬扬地交叉着双脚，来回扫视着屋子。古西吃奶的方式之所以让人觉得可怕，是因为他看上去和那些一只脚蹬在酒吧栏杆上、嘴里叼着淡色粗雪茄的男人一模一样。

邻居们知道了古西的状况，私下里纷纷议论他这种病态的行为。古西的爸爸知道这件事后，不肯与妻子同床共枕了。他说她喂养了一个怪物。这个可怜的女人苦思冥想，终于找到了能让古西断奶的方法。她下定决心不再让这么大的孩子吃奶了。他马上就要四岁了。

她担心他的恒牙会因此长不齐。

一天，她买来一罐炉用黑涂料和一把刷子，然后把自己关在卧室里。她用涂料把左边的乳房涂成了黑色，并用口红在靠近乳头的位置画了一张长满獠牙的丑陋的大嘴。她扣好衣服，走进厨房，在窗边的哺乳摇椅上坐了下来。古西正在扔骰子。见她坐下，他把手中的骰子一把扔到洗衣盆下面，急匆匆地跑过去准备吃奶。他交叉着双脚，手肘抵在她的膝盖上，等待着。

“古西想要吃奶吗？”他的妈妈哄骗道。

“想！”

“好的。那古西好好吃呀！”

突然间，她掀开衣服，将可怕的胸脯展现在古西的面前。他吓得浑身瘫软。片刻后，他尖叫着，惊慌而逃。他藏到了床底下，足足待了二十四个小时，才战战兢兢地爬了出来。他又开始喝起了黑咖啡。每当看到妈妈的胸脯，他都不寒而栗。古西断奶了。

妈妈把自己的成功经验分享给街坊四邻。一种新式的断奶方法流传开来，称之为“古西式断奶法”。

得知这件事后，约翰尼对古西嗤之以鼻。他十分担心小蒂莉。他觉得她被剥夺了一样很重要的东西，她可能会因此命途多舛。他突发奇想，觉得到卡纳西海岸划船出海可以抹去她行为怪异的哥哥对她造成的伤害。因此，他让弗朗茜去小蒂莉家征求其家人的意见。精疲力竭的母亲欣然同意了约翰尼的邀请。

接下来的那个星期日，约翰尼便带着三个孩子去了卡纳西码头。当时，弗朗茜十一岁，尼利十岁，小蒂莉三岁多。约翰尼身穿他那套无尾礼服，头戴圆顶帽，佩戴着崭新的假衬衫和纸领子。弗朗茜和尼利仍然穿着平常的衣服。小蒂莉的妈妈则为小蒂莉穿了一件装饰有深粉色缎带镶边的蕾丝连衣裙。裙子虽然廉价却样式花哨，因为她觉得今天是个值得纪念的日子。

他们乘电车去海边。上车后，他们坐在前排。约翰尼和电车司机成了朋友，两个人聊起了时事。在终点站卡纳西站下车后，他们找到了一个小码头。码头旁有一间小棚屋。几条小船用破破烂烂的绳子拴在码头，随着海浪上下颠簸，船里满是水。棚屋的上方有一块牌子，上面写着：

出租渔具和船只

下面还有一块更大的牌子，写着：

出售鲜鱼

约翰尼一边和棚屋主人议价，一边按照他为人处世的方式，同棚屋主人攀交情。那个人邀请约翰尼到棚屋里喝上一杯提神的东西，说平日里他也只是在晚上才喝。

约翰尼进屋去见识那提神饮料。尼利和弗朗茜好奇一杯睡前才喝的东西有什么可见识的呢？穿着蕾丝裙子的小蒂莉站在那里，一言不发。

约翰尼走出棚屋时，手里多了一根鱼竿和一个生锈的锡罐，罐子里装满了带着泥土的蚯蚓。这位态度亲切

的主人为他们选了一条相对来说好一点儿的船，他把解开的绳子交给约翰尼。主人祝他们航行顺利，然后又回到了棚屋里。

约翰尼先把钓鱼的用具放到船舱的最下方，然后帮助孩子们坐进了船里。接着，他蹲在码头上，手里握着一截绳子，给孩子们讲解如何划船。

“上船的方法有两种：正确的和错误的。”约翰尼说道（其实，除了那次乘船游览，他从未操纵过任何船只），“正确的方法就是先用力推船，然后在它漂到海里之前跳进去。就像这样。”

他站起身，一把推开身前的船，纵身一跃……掉进了海里。孩子们都目瞪口呆地注视着他。前一秒，爸爸还站在码头上。现在，他已经落到了海水里。水没过他的脖子。不过，他嘴唇上打过蜡的小胡子和头上的圆顶帽还安然无恙。帽子仍然稳稳地扣在他的额头上。同孩子们一样，他也瞠目结舌地盯着他们看了一会儿，才说道：“你们这几个小坏蛋谁都不准笑！”

他狼狈地爬进船舱，差点儿把船弄翻。他们都不敢放声大笑。但是，弗朗茜一直在暗暗憋笑，憋得肋骨都疼了。尼利不敢去看他的姐姐。他知道只要他们一对视，自己一定会忍不住大笑起来的。只有小蒂莉一言不发。约翰尼的假衬衫和纸领子湿得一塌糊涂。他把它们一把扯了下来，扔到船外。虽然他划着船摇摇晃晃地驶入了大海，但是整个过程都不失肃穆之感。当船划到他觉得合适的位置后，他下令要“抛锚”了。当孩子们发现，这个如此浪漫的短语真正的含义只不过是把一块拴在绳子上的铁块扔到海里时，他们都感到大失所望。

他们胆战心惊地看着爸爸把一条浑身是泥的蚯蚓穿到鱼钩上，那情景让人不禁感到恶心。他们终于开始钓鱼了。钓鱼的过程就是穿鱼饵，用力地把鱼线抛入海中，等待片刻，提起既没有鱼饵又没有鱼的鱼钩。然后一遍又一遍，循环往复。

阳光越来越足，天气也越来越热。约翰尼的无尾礼服已经被晒干了，变成了一件面料皱巴巴的绿外套。孩子们被晒得双颊发烫、头晕目眩。过了好几个小时，约翰尼终于宣布要吃午饭了，孩子们才如释重负，欢天喜地。他卷好鱼线，收拾好渔具，起锚朝码头划去。小船似乎在水里打转，离码头越来越远。最后，他们又划了几百码[1]，终于靠岸了。约翰尼把船绑到岸边，嘱咐孩子们在船里等他，然后便上岸了。他说中午要请他们大吃一顿。

不久，他拿着热狗、越橘馅儿饼和草莓汽水，歪斜着身子走了回来。他们坐在船里吃午饭。小船被拴在破破烂烂的码头上，不停地摇摆。他们眼前是黏糊糊的、绿色的海水，偶尔还能闻到腥臭味。

---

① 码，英美制长度单位。1码等于3英尺，合0.9144米。

约翰尼在岸上喝了几杯酒，想起自己之前对孩子们大吼大叫，感到十分愧疚。他告诉孩子们，如果他们笑话他掉进了水里，他们可以笑出来。可不知为何，他们就是笑不出来。想笑的时刻已经过去了。爸爸可真开心呀，弗朗茜心想。

“这才是生活呢，”他说，“远离令人抓狂的人群。天哪，没有什么比乘船出海更惬意的了。我们要远离这一切。”他最后莫名其妙地说道。

他们享用了一顿丰盛的午餐后，约翰尼又载着他们驶入海中。他的圆顶帽下汗如雨下。小胡子尖上打的蜡被晒化了。嘴唇上原本修饰整齐的胡须也变得凌乱不堪。但他的心情十分愉悦，一边划着船，

一边引吭高歌：

“扬帆，远航，跨越海洋。”

他不停地划呀划，船却一直在原地打转，从未驶入海中。最后，他的两只手都磨出了水泡，他再也不想划船了。于是，他戏剧性地宣布他要靠岸。他又划呀划，小船绕的圈越来越小，最终靠近了码头。他从未发现三个孩子的身上没被晒得通红的地方已经呈现出豆绿色的斑点。要是他早知道热狗、越橘馅儿饼、草莓汽水以及鱼钩上扭动的蚯蚓这些并不适合孩子们就好了。

船一靠岸，他纵身跳上码头，孩子们也学着他的样子跳上了岸。弗朗茜和尼利都成功了，可小蒂莉却落入水中。约翰尼趴在地上，把手伸到水里，将她捞出水面。小蒂莉站在那里，身上的蕾丝裙湿透了，精心打扮的衣服全毁了，可她还是什么也没说。尽管烈日炎炎，约翰尼还是脱下了身上的无尾礼服，跪下来，把外套裹在小女孩儿身上。衣服的袖子垂到了沙子里。见此情景，约翰尼把她抱在怀里，一边在码头上迈着大步走来走去，一边轻拍她的后背，哼唱摇篮曲安抚她。对于这天发生的一切，小蒂莉感到茫然不解。她不明白自己为什么被放到一条船上，不明白自己为什么会掉进水里，也不明白这个男人为什么会对她如此关怀备至。她一直默不作声。

约翰尼感到她的情绪得到了安抚后，便把她放下来，再次走进了那个棚屋。他又喝了一杯，不知是醒神酒还是睡前酒。他花了二十五美分从船主的手里买了三条比目鱼。他走出了棚屋，手里拿着包在报纸里的湿漉漉的鱼，对孩子们说他答应妈妈会带一些新钓的鱼回家。

“最重要的是，”爸爸说，“我带回家的可是从卡纳西海边钓的鱼。这些鱼究竟是谁钓的其实并不重要。重要的是我们的确去钓鱼了，并且带了一些鱼回家。”

他的儿女们知道他是想让妈妈觉得这些鱼是他钓上来的。爸爸没有让他们说谎。他只是让他们不要太较真儿。孩子们能理解他。

他们坐上了一辆电车。车内的座椅是两排面对面的长凳。他们坐在同一排长凳上，看起来十分怪异。约翰尼身上的绿色裤子泡过海水后显得又皱又硬。他身上穿着破了很多大洞的背心，头戴圆顶帽，嘴唇上的胡子凌乱不堪。小蒂莉披着他的无尾礼服外套坐在他身边。她整个人都被衣服遮得严严实实，海水从衣服下面流出来，在电车地板上形成了一块盐水滩。弗朗茜和尼利坐在她旁边。他们的脸被晒成了砖红色。他们直挺挺地坐在那里，尽量不让自己晕车。

后上车的乘客都坐到他们对面，好奇地打量着他们。约翰尼挺拔地坐在那里，腿上放着三条鱼，尽量不去想背心上的破洞。他的目光越过对面乘客的头顶，假装在研究一条泻药的广告。

车上的乘客越来越多，车厢变得拥挤不堪。但是，没有人愿意坐在他们旁边。其中一条比目鱼从泡湿的报纸里钻了出来，掉到了车厢的地板上。鱼的表面黏糊糊的，粘满了灰尘。小蒂莉再也忍不住了。她盯着呆滞的鱼眼，什么也没说，默默地呕吐起来。约翰尼的那件无尾礼服外套没有一处幸免。弗朗茜和尼利仿佛等到了信号

一般，也呕吐起来。约翰尼坐在那里，腿上放着鱼。包鱼的报纸破了，两条鱼躺在他的腿上，一条鱼躺在他的脚下。他一直目不转睛地看着广告，不知所措。

这段可怕的旅行终于结束了，约翰尼把小蒂莉送回了家。他觉得自己有责任解释一下状况。可是，小蒂莉的妈妈没能给他解释的机会。她一看到浑身滴着污水的女儿便大声尖叫起来。她一把扯下外套，扔到了约翰尼的脸上，骂他是“开膛手杰克”[①]。约翰尼试图解释清楚，可她就是不听。小蒂莉依旧一言不发。最后，约翰尼终于有机会插了一句话：“女士，我觉得你的小女儿好像不会说话。”听了这话，这位母亲更加歇斯底里了。她冲约翰尼尖叫道：“还不都是你害的，这都是你的错！”

“您就不能让她说点儿什么吗？”

妈妈抓住了小女孩儿，反复用力地摇晃她。“说话！”她吼道，“说句话呀！”小蒂莉终于开口了。她开心地笑了起来，说了句：“谢谢。”

凯蒂把约翰尼臭骂了一顿，说他根本不配有孩子。而他们口中的那两个孩子，由于严重晒伤而感到忽冷忽热。当凯蒂看到约翰尼唯一的一套礼服被毁得面目全非时，她差一点儿放声大哭。把这套衣服清洗干净、熨烫平整需要花整整一美元。而且，她知道这套衣服永远无法恢复原样了。至于那三条鱼，已经腐烂得不成样子了，只好被丢进垃圾箱。

孩子们上床睡觉了。他们感到又冷又热，胃里还一阵阵恶心。他们把头埋进被子里，一想起爸爸落水时滑稽的样子，就忍不住暗

---

① 开膛手杰克，1888 年伦敦连续凶案的凶犯，如今他依然是欧美文化中恶名昭彰的杀手之一。

暗偷笑，笑得床也跟着动了起来。

约翰尼在厨房的窗边一直坐到了深夜。他一直想不通为什么他会把一切都搞砸了。他唱过很多关于小船的歌曲，也唱过很多喊着劳动号子乘船出海的歌。他不明白为什么一切都不是歌里所写的那样呢？孩子们本该带着对海洋深切持久的爱欢天喜地地回来，而他应该带着自己钓的鱼，满载而归。这是为什么？哦，为什么不是歌里唱的那样呢？为什么他们得到的只有磨了许多水泡的双手、被水泡坏的西装、严重的晒伤、腐烂的臭鱼和阵阵恶心呢？为什么小蒂莉的妈妈会误会他的意图，完全忽视了结果呢？他想不通，真的想不通。

是那些关于大海的歌曲欺骗了他。

Chapter 30

我十三岁了

“今天，我成为真正的女人啦。”弗朗茜在日记中写道。那是十三岁的夏天。她看着这句话，心不在焉地挠着腿上被蚊子叮咬的地方。她低头看着自己那条细长的、尚未发育完全的双腿。她把这句话划掉，重新写道：“很快，我就要长成真正的女人啦。”她又低头看了看自己如搓衣板一样平坦的胸部。她把这页纸撕下来，在新的一页重新写了起来。

“认知狭隘，”她用力地按着铅笔在纸上写道，“是战争、大屠杀、酷刑和滥用私刑的诱因。它使得人们虐待儿童或互相残害。认知狭隘是世界上大多数邪恶、暴力、恐怖和肝肠寸断的罪魁祸首。”

她把这些词语大声地朗读出来。它们听起来就像罐装食品一般，经过加工，鲜味尽失。她合上本子，把它收了起来。

那个夏日的星期六，原本应该被她写在日记中，那是她一生中最快乐的一天。她第一次看到自己的名字被印在刊物上。学校在每个学年末都会出版校刊，里面刊登了各个年级的学生在写作课上写得最好的作品。弗朗茜的那篇《冬日时光》被校刊选为七年级的最佳文章。校刊的价格为十美分，弗朗茜得一直等到星期六才能买。不过，学校在星期五就要放暑假，弗朗茜很担心自己买不到校刊。但是，詹森先生说他星期六还会正常上班，如果她把钱带来，他就可以给她一份校刊。

正午刚过，她拿着校刊站在家门口，翻到印有她文章的那一页。她多么希望有人能路过，这样她就可以拿给他看了。

午饭时间，她把文章拿给妈妈看。但是，妈妈得赶回去工作，根本没有时间去读。和妈妈吃饭的时候，弗朗茜至少提了五次自己的文章被刊登在校刊上了。可妈妈最后只是说道："好了，好了，我知道了。我早就料到了。你还会有更多的文章印在刊物上，要慢慢习惯这种事。别被这件事冲昏了头脑。别忘了洗盘子。"

爸爸还在工会总部。他要到星期日才能读到这个故事，可弗朗茜知道他知道这件事后，一定会非常欣慰。于是，她站在街上，把象征着荣耀的杂志夹在胳膊下面，一刻也舍不得放下。她会时不时地看着印在刊物上的自己的名字，喜不自禁。

弗朗茜看见一个叫乔安娜的女孩儿从不远处的公寓楼里走出来。她正准备推着自己的孩子出门散步。见此情景，那些出门买东西的家庭妇女纷纷停下脚步，开始说三道四，不时发出一阵惊叹。看哪，乔安娜可真是遇上大麻烦了。这些妇女觉得乔安娜没有权利成为一个自豪的母亲，也没有权利在光天化日之下带孩子出门。她们都认为她应该把那个孩子藏在某个阴暗的角落里。

弗朗茜对乔安娜和她的孩子充满了好奇。她曾经听爸爸妈妈谈起过她们。当婴儿推车路过她身边时，她仔细地打量着那个小宝宝。宝宝快乐地坐在车里，是个非常漂亮的小家伙。也许，乔安娜并不是个好女孩儿，但是和这些良家妇女的孩子相比，她的宝宝无疑被养育得更可爱、更精致。宝宝头上戴着一顶漂亮的带有褶边装饰的童帽，身穿一件干净的白色连衣裙，胸前围着洁净的白色围嘴。婴儿车的车罩一尘不染，从上面的刺绣可以看出乔安娜对宝宝浓浓的母爱。

乔安娜平时在工厂工作时，宝宝交由她的母亲来照看。她的妈妈羞于带孩子出门。所以，只有在周末，乔安娜不上班时，孩子才能出门呼吸一下新鲜空气。

没错，弗朗茜确定这个孩子很漂亮，就像乔安娜一样。弗朗茜还记得，那天爸爸妈妈聊起乔安娜时，爸爸对她外貌的描述："她的皮肤如木兰花的花瓣。"（约翰尼从未见过木兰花。）"她的头发如乌鸦的羽毛一样乌黑发亮。"（他从未见过这样的鸟。）"她的眼睛像森林的池塘一般清澈幽暗。"（他从未去过森林，而唯一知道的"池塘"，是他赌球下注的赌池。大家都往赌池里放入十美分，猜测道奇队比赛的得分。猜对的人可以赢走赌池里所有的钱。）尽管如此，他对乔安娜的描述千真万确。她的确是一个非常美丽的女孩儿。

"她确实很漂亮，"凯蒂说道，"但是长得好看给她带来了什么好处呢？那简直就是对这个女孩儿的诅咒。我听说她的妈妈没有结婚就生了两个孩子。现在，她妈妈的儿子在新新监狱服刑，女儿生了个孩子。这家人仿佛同命运结了仇怨一样，替他们多愁善感也没用。"她时而以让人惊叹的超然态度补充道，"当然啦，这些都与我无关。我不需要对她们的行为做出任何反应。我不会因为那个女孩儿做错事，就出去朝她的脸上吐口水。我也不会因为她的所作所为而把她接回家一起生活。她为了把那个孩子带到这个世界所遭受的磨难，就像婚姻给她带来的痛苦一样。如果她本质是个好女孩儿，那么她会从这样的痛苦和羞辱中吸取教训，不会再犯同样的错误。如果她本质上就是个坏女孩儿，那么她绝不会因为人们对她的态度而烦恼。因此，约翰尼，如果我是你的话，就不会为她感到难过。”随后，她突然转过身来，看着弗朗茜，说道：“乔安娜就是你的前车之鉴。”

这个星期六下午，弗朗茜看着乔安娜走来走去，不明白自己到底要从她身上吸取什么教训。乔安娜很为她的孩子感到自豪。这有什么教训呢？乔安娜只有十七岁。她待人非常友善，也希望大家都能友好地对待她。她对那些不苟言笑的良家妇女报以微笑，但是当她看到她们皱起眉头做出回应时，她脸上的微笑消失了。她对在街上嬉戏的孩子们微笑，有些孩子也冲她报以微笑。她面带笑容地看向弗朗茜，弗朗茜也想以微笑回应她，可她没有这么做。难道她要吸取教训，不能对乔安娜这样的女孩儿表示友好吗？

整个下午，这些怀里抱着一袋袋蔬菜和用牛皮纸包裹的鲜肉的良家妇女似乎都无事可做。她们三三两两地凑在一起，窃窃私语。每当乔安娜路过她们身边时，她们便会停止交头接耳。每当乔安娜走远了，她们又继续低声地说三道四。

每次乔安娜路过的时候，她的双颊都会越来越红，头抬得越来越高，身后的裙摆也越发桀骜不驯地飞扬起来。她越走越迷人，越走越骄傲。她经常有意无意地停下来整理婴儿盖的小被子。她轻抚孩子的脸颊，温柔地笑着。这一举动彻底激怒了那些妇女。谁给她这么大的胆子？她们愤愤不平地想，她有什么资格这么做？

这些妇女大多有自己的子女。她们的孩子都是在吼叫与拳打脚踢中成长起来的。她们很多人都痛恨夜里躺在自己枕边的丈夫。她们对男欢女爱早已失去了兴致。她们一边硬着头皮忍受着亲密，一边祈祷千万不要再怀孕。这种逆来顺受的态度反而让男人显得更面目可憎、粗鄙不堪。这种男欢女爱对于双方都是一种折磨，他们都希望可以尽早结束。她们之所以如此痛恨这个女孩儿，就是因为她们发觉她与孩子父亲之间的情感并非如此。

乔安娜意识到了她们的恨意，却并未因此退缩。她不愿让步，不想带宝宝回家。在这种僵持下，总会有一方要爆发。那些妇女先发制人。她们再也无法忍受了，一定得让她吃些苦头。当乔安娜再次路过她们身边时，一个瘦骨伶仃的女人大喊道：

“你不觉得自己很丢人吗？”

“我怎么了？”乔安娜不明所以。

听了这句话，瘦女人勃然大怒。“她竟然问她怎么了？”她对边上的女人说，“我来说说你怎么了。因为你是整个街区的耻辱。你没有资格带着你那来历不明的孩子四处招摇。孩子们都跟你学坏了。”

“我有我的自由，你无权干涉。”乔安娜反驳道。

“像你这样的人可没有自由。别出来，滚回家去。”

“你试试看，能不能赶得走我！”

“快滚，你这个坏女人。”瘦女人呵斥道。

女孩儿用几乎颤抖的声音反击道：“你说话注意点儿！”

“我们对你说话不需要注意什么。”另一个女人插嘴道。

一个男人路过，驻足了片刻。随后，他碰了碰乔安娜的胳膊："我说，小妹妹，你快回家吧，等这几只母老虎消消气再出来吧。你吵不过她们的。"

乔安娜挣脱手臂："少管闲事！"

"我没有恶意，小妹妹。真是抱歉。"说完，他继续向前走。

"你为什么不跟他一起走呢？"瘦女人嘲弄道，"他可能会给你二十五美分呢。"其他女人大笑起来。

"你们就是嫉妒我。"乔安娜不卑不亢地说道。

"她说我们嫉妒她。"一个妇女说道，"我们嫉妒什么？你吗？"（她说"你"的语气，仿佛在说女孩儿的名字。）

"你们嫉妒男人喜欢我。没错。幸好你结婚了。"她冲着瘦女人说道，"否则，不会有男人喜欢你的。我敢打赌，你的丈夫事后还会向你吐口水。肯定是这样。"

"滚开！你这个不知羞耻的女人！"瘦女人歇斯底里地大喊大叫。随后，出于一种强烈的本能，她从排水沟里抓起一块石头，扔向了乔安娜。

这个行为仿佛是一个信号，其他女人也开始扔石头。其中一个人最为滑稽，她扔的竟然是一团马粪。有几颗石头打中了乔安娜，而一颗比较尖锐的石头砸中了婴儿的前额。婴儿的脸上瞬间流下一股细细的、清澈的血迹，她胸前洁白的围嘴顿时血迹斑斑。宝宝呜咽着张开双臂，想让妈妈来抱。

那几个拿着石头做好了投掷姿势的妇女，悄悄地把石头扔回了排水沟。她们的怒火消散了，瞬间感到羞愧难当。她们原本没想伤害那个孩子，她们只想把乔安娜赶出街道而已。她们作鸟兽散，默默地回家了。几个站在一旁看热闹的孩子又继续玩起了游戏。

此刻，哭泣的乔安娜把宝宝从推车里抱了起来。孩子依旧低声抽泣着，好像没有权利放声大哭一般。乔安娜把自己的脸颊紧紧地贴在孩子的脸上，泪水与鲜血混在了一起。那些妇女胜利了。乔安娜把孩子抱回了家，只剩下婴儿推车横在人行道的中间。

弗朗茜目睹了全过程，听到了她们说的每个字。她还记得乔安娜对她微笑的样子，她记得自己是怎样扭过去，没有回应她的微笑的。为什么她没有回应她的微笑？为什么她没有回应呢？现在她的内心饱受折磨——在她往后余生里，每当她想起自己没有回应乔安娜的微笑，她的内心都会痛苦不堪。

一些小男孩儿开始绕着空的婴儿推车玩起了捉人游戏。他们紧紧抓着车子的两侧，一边躲避追逐，一边把车子拖来拖去。弗朗茜把他们驱散了。她把车子推到了乔安娜的家门口，踩下了刹车。社区里有一条不成文的规定，不得乱动放在住户门外的物品。

她手中拿着刊登了自己文章的校刊，站在停好的婴儿车旁，再次端详着印在上面的自己的名字——“《冬日时光》，作者：弗朗西斯·诺兰”。她想要做些什么、牺牲些什么来弥补自己没能回应乔安娜的微笑。她想到了自己的这篇文章。它让她引以为傲，她迫不及待地想把它拿给爸爸、艾薇姨妈和茜茜姨妈阅读。她想永远留着它，享受每次读到它时心中涌现的那股暖流。如果她把校刊送人，她肯定无法再买到一本了。她把校刊塞到了婴儿枕头下面，把杂志翻到

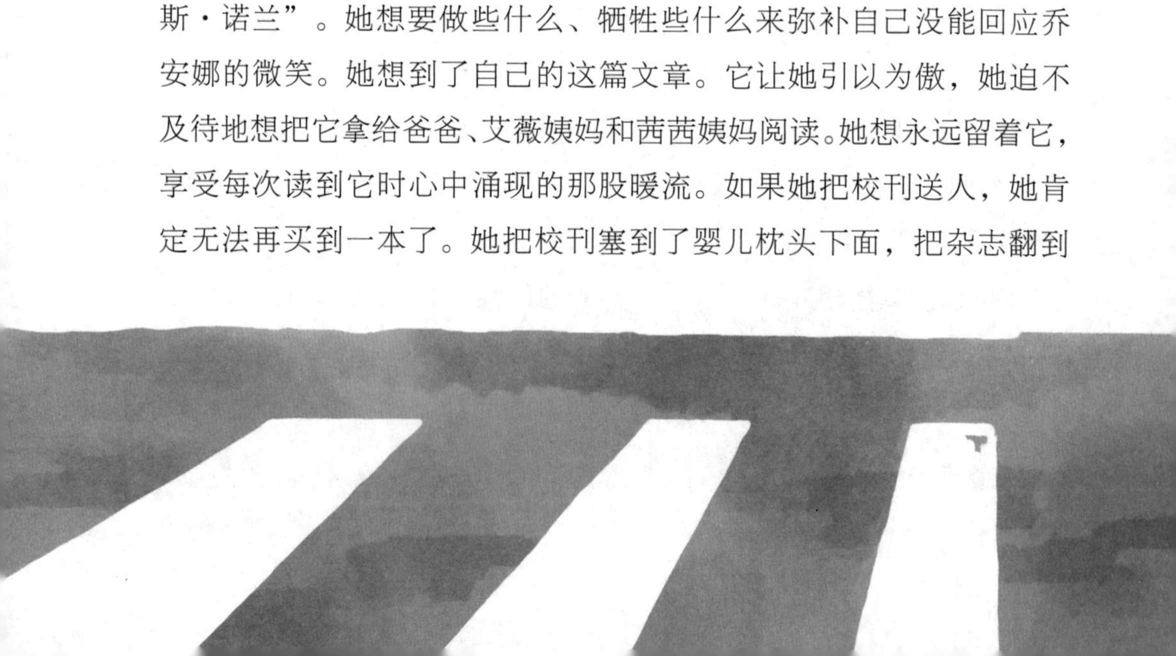

印有自己文章的那一页。

她看到那雪白的婴儿枕头上染上了星星点点的血迹。她再次看到那个孩子，看到了那张小脸上流下的细细的血迹，看到了宝宝伸出双臂，想要被拥抱的模样。一阵痛楚袭来，弗朗茜感到虚弱无力。又一阵疼痛在全身爆发，然后慢慢减弱。她勉强支撑着走到了所住公寓的地下室，坐在了堆放在最暗的角落里的那摞粗布麻袋上，等待着新一波的疼痛席卷全身。每一次疼痛的巨浪冲刷过后，新一波的疼痛就会卷土重来。她瑟瑟发抖、胆战心惊地坐在那里，等待疼痛消失。它们再不消失的话，她就会死的——她一定会死的。

过了一会儿，疼痛的感觉减弱了许多，每次的间隔也长了许多。她陷入了沉思。她现在终于明白自己要从乔安娜身上吸取什么教训了，不过，并非妈妈所谓的"前车之鉴"。

她记住了乔安娜。她晚上从图书馆回家时，会路过乔安娜的家。她曾经常常看到乔安娜和一个男孩儿站在狭窄的门厅里紧紧相拥。她看到那个男孩儿温柔地轻抚乔安娜美丽的长发，看到乔安娜伸出手去抚摩他的脸颊。在街灯的照射下，乔安娜脸上的表情恬淡宁静、如醉如梦。如此美好的开始，为什么会以羞耻和被谩骂作为结局呢？为什么？这究竟是为什么呢？明明他们的故事开端那么温柔、那么恰

如其分，为什么会落得这般田地呢？

弗朗茜知道其中一个扔石头的妇女结婚仅三个月便生下了孩子。弗朗茜当时也和其他孩子一起，站在路边看着婚庆队伍出发去教堂。她看到新娘迈上租用的马车时，圣洁的婚纱下高高隆起的腹部。她看到新娘父亲紧紧握在新郎胳膊上的那只手。新郎的眼下一片乌青，神情沮丧。

乔安娜没有父亲，也没有男性亲戚。家里没有人能架着她爱人的胳膊，把他绑到婚礼的神坛。这就是乔安娜的罪过，弗朗茜心想，她并非坏女孩儿，她只是不够聪明，无法逼迫那个男孩儿和她去教堂结婚。

弗朗茜无法了解故事的全貌。其实，那个男孩儿很爱乔安娜，并且愿意在带给她所谓的“麻烦”后娶她为妻。不过，男孩儿有个大家庭——一个妈妈和三个姐姐。他对她们说自己要娶乔安娜，她们却劝说他打消这个念头。

别犯傻了，她们对他说道。她可不是个好女孩儿。她们全家都有问题。而且，你怎么知道你是她唯一的男朋友呢？如果她和你在一起了，她也会和别人在一起的。啊，女人都很狡猾的。我们当然了解，因为我们就是女人呀。你心地这么善良，你信了她的话，你是孩子的父亲。她在骗你呢。别被人骗了，我的儿子；别上当呀，我的弟弟。就算你要结婚，也要娶一个好姑娘。娶一个只有得到了神父的证婚才和你同床共枕的女孩儿。如果你执意要娶这个女孩儿，我就不认你这个儿子了，你也不再是我们的弟弟了。你永远都无法确定孩子到底是不是你的，就连你工作的时候也会心神不宁的。哦，当然了，我的儿子，我们的弟弟，女人就是这样的。我们很清楚，因为我们就是女人哪。我们知道她们的真面目。

男孩儿被说服了。他的母亲和姐姐们给了他一笔钱。他在泽西市找了个住处，找到一份新工作。她们决不会告诉乔安娜他在哪里。从此，他再没有见过她。乔安娜没有结婚，她生下了那个孩子。

疼痛的浪潮渐渐消退。这时，弗朗茜惊恐地发现自己有些不对劲。她伸出一只手按在胸口，竭力想摸一摸肉体上锯齿形的伤口。她曾听爸爸唱过许多关于心的歌曲，在这些歌曲里，有破碎的心、疼痛的心、舞动的心、沉重的心、欢喜跳动的心、悲痛欲绝的心、躁动不安的心、静如止水的心。她相信心真的会做这些事情。一想到乔安娜的孩子，她就心碎不已。她感觉血流出她的心脏，流出她的身体。想到这里，她便大惊失色。

她上楼回到公寓，照了照镜子。她的眼睛下面有黑眼圈，她感到头部剧痛。她躺在厨房那张旧皮沙发上，等待妈妈回家。

她把自己在地下室的遭遇告诉了妈妈。她对乔安娜只字未提。凯蒂叹了口气，说道："这么早啊？你才十三岁。我还以为要再过一年才来呢。我是十五岁来的。"

"那个……这么说我这是正常的？"

"所有的女人都是这样的，很正常。"

"可我不是女人。"

"这件事说明你正在从一个女孩儿变成一个女人。"

"会一直这样吗？"

"得持续几天。不过，一个月后还会再出现的。"

"那得持续多久呀？"

"很久。要到你四十岁或五十岁左右才结束。"她沉思了一会儿，

“我妈妈生我的时候，已经五十岁了。”

“哦，这还和生孩子有关系吗？”

“是的。你得时刻都记得，要做一个好女孩儿，因为你现在可以怀孕了。”弗朗茜的脑海中瞬间闪过乔安娜和她的孩子。“千万别让男孩儿亲你。”妈妈说道。

“你就是这样怀的宝宝吗？”

“不是的。但是，怀孕往往是从接吻开始的，”她补充道，“想想乔安娜。”

其实，此刻凯蒂对街上发生的事情全然不知。她只是碰巧想到了乔安娜而已。但是，弗朗茜却认为她有惊人的洞察力。她看着妈妈，肃然起敬。

想想乔安娜，别忘了乔安娜。弗朗茜再也不会忘记乔安娜。从那时起，一想到那些扔石头的妇女，她就对女人心生恨意。她惧怕她们阴险狡诈的行径，她无法信任她们的天性。她开始憎恨她们对彼此的背叛和残忍的施暴。在所有扔石头的人中，没有一个人敢站出来为那个女孩儿仗义执言，她们生怕自己会被人指责与乔安娜是一丘之貉。唯一善良、温暖的话语是出自那个路过的男人之口。

大部分女人都有一个共同之处：她们生孩子的时候都遭受了巨大的痛苦。这理应成为她们团结的纽带，让她们相互关爱，保护彼此，共同对抗父权社会。可现实并非如此。生产的剧痛仿佛让她们的爱心萎缩、灵魂干涸。她们团结起来只为做一件事：践踏其他女人的尊严。无论是扔石头，还是背后造谣，似乎都是她们表达忠诚的方式。

男人却截然不同。虽然他们彼此憎恨，但是他们会团结起来对抗世界，对抗任何想要陷害他们同类的女人。

弗朗茜翻开她当作日记本的习字帖，在之前所写的有关“认知狭隘”的那一段下面空了一行，写道：

“在我有生之年，我绝不会与女性成为朋友。我绝不会再信任任何女人，也许除了妈妈，有时还有艾薇姨妈和茜茜姨妈。”

Chapter 31

两件大事

有两件大事发生在了弗朗茜十三岁这一年：欧洲爆发了战争，一匹马爱上了艾薇姨妈。

艾薇的丈夫和他那匹叫鼓手的马八年来一直水火不容。他向来苛待那匹马，对它拳脚相加，恶语相向，故意用力去拉马嚼子。而马对威利·弗林特曼也不友善。它已经熟悉了路线，每到一处送奶点，都会自动停下来。弗林特曼一跳上马车，它便会再次出发，都养成了习惯。可是最近，在弗林特曼刚跳下车时，马就会朝下一个送奶点跑去。它一路小跑，弗林特曼不得不跑出半个街区才能追上它。

弗林特曼一般在中午完成送奶的工作。他会回家吃饭，然后把马和马车带回马厩，在那里给马洗澡并清洗马车。这匹马经常上演一出卑鄙的恶作剧。它常常在弗林特曼钻到它的肚子下面擦洗时，往他身上撒尿。其他伙计都会在旁边驻足，等待这一刻，好笑话弗林特曼一番。弗林特曼忍无可忍，从此便在自己的住处前洗马。对于马来说，夏天倒是没什么，不过冬天的确很难挨。天寒地冻的时候，艾薇经常跑下楼，告诉威利在这样寒冷的天气用冷水给马洗澡，对它来说就是一种折磨。这匹马仿佛知道艾薇是在为它打抱不平。每次她和丈夫理论时，鼓手都会把头靠在她的肩膀上，然后发出轻柔而可怜的嘶鸣声。

又是一个寒冷的日子，鼓手亲手解决了这件事，或者用艾薇姨妈的话说，“亲脚”更合适。艾薇姨妈给诺兰一家人讲述整个事件的时候，弗朗茜听得入了迷。没有人比艾薇姨妈更会讲故事了。她能风趣幽默地模仿每一个人物，甚至连马都模仿得惟妙惟肖。她还会把每个人当时的内心想法描述出来。据艾薇的讲述，事情的经过是这样的：

当时，威利在楼下的街道上，用冰冷的水和硬邦邦的黄色肥皂给冻得瑟瑟发抖的鼓手洗澡。艾薇站在窗前观看。他俯下身去洗马肚子，马立刻全身绷紧。弗林特曼以为它又要往他身上撒尿，这个饱受侮辱又无能为力的男人再也无法忍受了。他挥起拳头，朝马肚子重重地捶了一拳。马抬起一条腿，正好踢中了他的脑袋。弗林特曼滚到了马肚子下，不省人事了。

艾薇赶忙跑下楼。马一看到她便高兴地嘶鸣起来，不过艾薇没有理会它。当马扭过头，看到艾薇把弗林特曼从它的身下拖出来时，它开始踏步往前走。或许是想帮助艾薇，把马车从昏迷的男人身上拉走；又或许是想拉着马车从弗林特曼身上碾过去，彻底了结恩怨。艾薇大声喊道："吁，快停下，好孩子。"鼓手立刻停了下来。

有个小男孩儿找到警察，警察找到了救护车。随车的医生无法判断弗林特曼是骨折还是脑震荡，只得把他送往绿点区的一家医院。

当然，得有人把马和装满一车空奶瓶的马车拉回马厩。尽管艾薇从未驾过马车，但她依旧迎难而上。她披上了丈夫的旧外套，头上裹了一条围巾，爬上车座，抓起缰绳，大声说道："走吧，鼓手，我们回家。"马向后甩过头，深情地看了她一眼，然后就欢快地慢跑起来。

艾薇根本不知道马厩的位置，幸好这匹马认识路。这匹马非常聪明，它会在每个十字路口停下，等待艾薇看好路况，然后再穿过马路。如果路上没有车，她就下令："走吧，孩子。"如果前方有车经过，她就会说："等一下，孩子。"就这样，他们平安抵达了马厩。鼓手骄傲地跑回了自己住的马房。其他车夫还在洗刷马车，看见一位女士驾车回来，颇为震惊。这引起了一番骚动。马厩的老板闻声赶来，艾薇向他说明了情况。

"我早就料到会这样，"老板说，"弗林特曼根本就不喜欢那匹马，马也不喜欢他。看来，我们得换一个人顶替。"

艾薇害怕丈夫会因此丢了工作，便问老板在丈夫住院期间，能否由她来接替送奶的工作。她说送牛奶的时候天还没亮，不会有人知道是她送的。老板对她笑了笑。她向他解释了每周二十二美元五十美分的薪水对他们家有多重要。她苦苦哀求，样子如此娇小可人，却有莫大的勇气。老板最终妥协了。他把顾客名单给她，告诉她伙计们会帮她装车，又说那匹马认识路，应该没太大困难。其中一个车夫建议，她应该带上马厩里的狗一起去，以防有人偷牛奶。老板同意了，让她凌晨两点到马厩报到。于是，艾薇成为这条线路上第一位女送奶工。

她干得很不错。马厩的同事们都很喜欢她，说她比弗林特曼能干。她动手能力很强，性情温柔，很有女人味。伙计们都喜欢她轻声细语的说话方式。马也非常开心，竭尽全力配合她。每到一家订奶户的门前，它都主动停下来；等到艾薇又安全坐上车，它才继续出发。

和弗林特曼一样，她会在吃午饭的时候把马也带回家。天气寒冷，她会拿一条旧被子盖在马身上，免得它在外面等待时着凉。她会把马吃的燕麦拿到楼上，用炉子加热几分钟，然后再喂给它吃。她觉得冰冷的燕麦让马没有胃口。马很喜欢吃温热的燕麦。在大口吃掉燕麦后，她会喂它半个苹果或一块方糖作为奖励。

她觉得在街上给马洗澡太冷了，于是把它带到马厩里清洗。她认为用黄肥皂洗澡会刺激马的皮肤，便拿了一块甜心牌香皂。她还找了一条大的旧浴巾给马擦干身子。马厩的伙计提出可以帮她清洗马和马车，可她坚持要自己给马洗澡。两个伙计争着帮她清洗马车，为此大打出手。艾薇提出他们俩可一人轮一天班，从而解决了这个问题。

她不想用冷水给马洗澡，于是把水放到老板办公室的煤气炉上加热。她用温暖的水和带有芳香的香皂擦洗马的身体，用浴巾一点儿一点儿仔细地为它擦干身体。这匹马全程从未有过任何不敬之举。在这期间，它会打响鼻，一直快乐地嘶鸣。当艾薇为它擦拭身体时，它的皮肤会舒服地抖动起来。当她擦到它的胸前时，它会把它那硕大的脑袋搭在她小巧的肩膀上。毫无疑问，这匹马疯狂地爱上了艾薇。

后来弗林特曼康复了，重新回到马厩上班。可是，只要是他坐在座位上，马就说什么也不肯离开马厩。马厩不得不给弗林特曼安排另一条路线，又配了一匹马。但是，当其他车夫驾车时，鼓手也不肯配合。正盘算卖掉这匹马的时候，老板突然想出一个主意。在这群车夫中，有一位举止阴柔、说话口齿不清的年轻人，他们让他来驾驶弗林特曼的马车。鼓手似乎很满意，顺从地跟随这位车夫一同去送奶。

就这样，鼓手又开始担起日常职责。不过，每天中午，它都会跑到艾薇住的那条街，站在她公寓的门前。直到艾薇下楼，喂它吃一小块苹果或方糖，抚摩它的鼻子，称它是个好孩子，它才肯回到马厩。

“这马真有趣。”听完故事，弗朗茜说。

“可能是天性使然吧，”艾薇姨妈说，“但它肯定知道自己想要什么。”

Chapter 32
爸爸生病了

十三岁生日的那天，弗朗茜在日记中这样写道：

十二月十五日

我进入青春期啦。接下来的一年会发生什么事呢？对此，我充满了期待。

不过，根据日记的记录来看，这一年并没有发生太多的事情。随着时间的推移，记录的字数也越来越少。弗朗茜写日记的冲动源于小说中的女主角。那些女主角都有写日记的习惯，而且会在日记中抒发自己伤春悲秋的感叹。弗朗茜以为自己日记的内容也会如此。可是，除了一些有关戏剧演员哈罗德·克拉伦斯的浪漫的描写外，其他的内容只称得上是流水账。到了年末，她拿来随意地翻看着。

一月八日

外婆玛丽·罗梅利有一个漂亮的雕花木盒。那是一百多年前，她的外祖父在奥地利为她制作的。她在里面放了一件黑色的连衣裙、一条白色的衬裙，还有鞋子和长袜。这些是她下葬时要穿的衣服，因为她不想穿寿衣。威利·弗林特曼姨父说他希望自己离世后能被火化，骨灰从自由女神像上撒下去。他认为自己下辈子要当一只小鸟，所以他希望能有一个好的起点。艾薇姨妈说他现在就是一只鸟，一只傻鸟。我大笑起来，结果被妈妈责骂。火化真的比土葬要好吗？我想不明白。

一月十日

爸爸今天生病了。

三月二十一日

尼利从麦卡伦公园偷了几根柳，送给了格蕾琴·哈恩。妈妈说他现在还太小，不应该总想着女孩子。她说他以后有的是时间。

四月二日

爸爸已经有三个星期没有工作了。他的手出了问题，抖得太厉害了，导致他什么都拿不稳。

四月二十日

茜茜姨妈说她要有孩子了。我表示怀疑，因为她的肚子是平的。我听到她对妈妈说，孩子在靠近后背的位置。这是怎么回事呢？

五月八日

今天爸爸生病了。

五月九日

爸爸今晚出去工作了，但是没过多久，他就回家了。他说那些人不需要他了。

五月十日

爸爸病了。他白天的时候做了噩梦，大喊大叫。我得去找茜茜姨妈。

五月十二日

爸爸已经一个月没有工作了。尼利想去申请工作许可证，然后辍学。妈妈坚决反对。

五月十五日

爸爸今天晚上出去工作了。他说从现在起，他要承担起责任。因为工作许可证的事情，他责备了尼利一番。

五月十七日

爸爸病着回家了。一些小孩儿在街上一路跟在他的身后取笑他。我讨厌那些小孩儿。

五月二十日

尼利找到一份卖报纸的活儿，但他不让我帮忙。

五月二十八日

卡尼今天没有捏我的脸，他捏了别的地方。我想我长大了，不适合去卖废品了。

五月三十日

加恩德小姐说我的那篇《冬日时光》被选入校刊了。

六月二日

爸爸今天病着回家了。尼利和我帮着妈妈一起把他抬到楼上。爸爸号啕大哭。

六月四日

今天，我的作文得了“A”。题目是《我的理想》。我只有一处写错了。我把“编剧”写成了“戏剧作者”。加恩德小姐为我指正了错误。

六月七日

今天有两个人把爸爸搀回了家，他生病了。妈妈不在家。我让爸爸躺在床上，给他喝了一些黑咖啡。妈妈回家后，夸奖我做得很不错。

六月十二日

今天，延莫尔小姐教我弹舒伯特的《小夜曲》。妈妈学得比我快一些，她已经在练习歌剧《唐豪瑟》里的《晚星颂》了。尼利说他学得比我们俩都要快，他可以不看谱子就能弹奏《亚历山大的拉格泰姆乐团》。

六月二十日

看戏剧啦。今天看的是《金色西部的少女》。这是我看过的最精彩的戏剧。血从天花板上滴下来的样子简直太逼真啦！

六月二十一日

爸爸已经两个晚上没回家了。我们都不知道他在哪儿。他回家时病倒了。

六月二十二日

今天妈妈掀开了我的床垫，发现了我的日记。她一字不落地读了一遍。她让我把日记里的“醉”字统统划掉，换成“病”字。我很庆幸自己没有在里面写妈妈的坏话。如果我有了孩子，一定不会读他们的日记，因为就算是小孩儿，他们也有自己的隐私。如果妈妈再发现这本日记，看到这一篇，我希望她能明白我的意思。

六月二十三日

尼利说他交了个女朋友。妈妈说他现在还太小。是这样吗？

六月二十五日

今晚，威利姨父、艾薇姨妈、茜茜姨妈和她的约翰来我们家里聚会。威利姨父喝了很多啤酒，然后开始放声大哭。他说自己现在新分到的马名叫贝茜。它所做的事比往他身上小便还要过分。妈妈责备我，说我不该笑。

六月二十七日

我们今天把《圣经》全部读完了。现在我们得从头再读一遍。

莎士比亚的作品我们已经读了四遍了。

七月一日

太狭隘了……

弗朗茜把手放在纸上，盖住了文字。刹那间，她以为那如潮水般的疼痛会再次席卷全身。但是，当时的感觉已经烟消云散。她翻过了这一篇，开始读另一篇。

七月四日

今天，麦克沙恩警长把爸爸带回了家。一开始，我们还以为爸爸被逮捕了。可事实并非如此，其实是爸爸生病了。麦克沙恩先生给了尼利和我各二十五美分。妈妈要求我们还给他。

七月五日

爸爸还在生病。他还能再去工作吗？我不知道。

七月六日

今天，我们开始玩北极远征的游戏。

七月七日

北极。

七月八日

北极。

七月九日

北极。我们盼望的救援没有如期而至。

七月十日

今天，我们打开了存钱罐，里面一共有八美元二十美分。我的那些金色的硬币全都变成了黑色。

七月二十日

存钱罐里的钱都花光了。为了赚钱，妈妈为麦加里蒂夫人洗了一些衣服。我帮忙熨烫，但是，我把麦加里蒂夫人的衬裤烫了一个洞。之后，妈妈再也不让我熨衣服了。

七月二十三日

我在亨德勒餐厅打暑期工。我负责在午餐和晚餐的用餐高峰时间，用桶装的软肥皂洗盘子。每个星期一，会有个人来店里取走三桶油渣；到了星期三的时候，会送回一桶软肥皂。人们生活在这个世界上还真是物尽其用。我每周能赚到两美元，餐厅还包伙食。工作并不繁重，不过我不喜欢用那种肥皂。

七月二十四日

妈妈说不知不觉间我就会长大成人。是这样吗？

七月二十八日

弗兰克准备一加薪就娶弗洛茜·加迪斯为妻。弗兰克说按照威尔逊总统这种行事风格，再这么下去，我们迟早会卷入战争的。他说他之所以准备结婚，是因为他想拥有妻儿，这样一旦开战，他就可以不去打仗了。弗洛茜说那并非他的本意，他们是因为真爱才结婚的。我对此表示怀疑。我还记得几年前，弗兰克在院子里洗马的时候，弗洛茜是怎样苦苦追求他的。

七月二十九日

爸爸今天没有生病。他要去找工作。他让妈妈不要再给麦加里蒂夫人洗衣服了。他也不让我去打工了。他说我们会变得很有钱，然后到乡下去住。这怎么可能呢？

八月十日

茜茜说她很快就会有孩子了。我很费解，因为她的肚子像煎饼一样平。

八月十七日

爸爸现在已经连续工作三个星期了。我们又有了丰盛的晚餐。

八月十八日

爸爸生病了。

八月十九日

爸爸生病了，因为他丢了工作。亨德勒先生不肯让我再回到餐厅工作了。他说我不可靠。

九月一日

今晚，艾薇姨妈和威利姨父来家里了。威利姨父演唱了《弗朗基和约翰尼》，还在里面夹杂了脏话。艾薇姨妈站在一把椅子上，给了他鼻子一拳。我哈哈大笑，妈妈因此责骂了我。

九月十日

今年是我在校的最后一个学年了。加恩德小姐说如果我能保持作文的成绩一直是“A”的话，她就会让我写一部剧在毕业典礼上演。我有一个绝妙的想法。一个女孩儿身披长发，穿着洁白的衣裙，她就是“命运”。其他的女孩儿会依次上台，说出自己想从“生活”中得到什么。而“命运”则会告诉她们真实的答案。最后，一个身穿蓝色裙子的女孩儿张开双臂，说道：“这样的人生值得一过吗？”这时，大家齐声回答：“值得。”不过，所有的台词都要押韵。我把这个想法说给爸爸听。不过，他病得太严重了，他无法理解。可怜的爸爸。

九月十八日

我问妈妈，我能不能剪一个艾琳·卡斯特那样的齐耳短发。她说不可以，因为头发会对女人的美貌产生极大的影响。这是不是意味着她希望我快点儿成为一个女人呢？我也希望如此。我想自己做主，想剪什么样的发型就剪什么样的发型。

九月二十四日

今晚我洗澡的时候，发现自己正在变成一个女人。我终于等到了这一刻。

十月二十五日

看到这个本子快要写满了，我真是太高兴了。因为我不想再写日记了。我的生活乏善可陈。

弗朗茜翻到了最后一篇。日记本只剩下最后一张空白页了。好吧，她越早把本子用完，就能越早结束写日记的计划，她也就不必再为此劳心费神了。她蘸了蘸墨水。

十一月二日

每个人的生活中都不可避免地会谈到性。人们会写文章抵制它。神父们会在讲道时压抑它。大家甚至会制定戒律禁止它。但是，它依旧无处不在。学校里所有的女孩儿聊天的内容只有一个：性和男孩儿。她们都对性充满了好奇。我对性也感到好奇吗？

她仔细地琢磨着最后一句话，眉心的右侧皱出了一道沟壑。她画掉了那句话，重新写道："我也对性感到好奇。"

Chapter 33

社区里的危险

在社区里，一谈到“性”，人们总是讳莫如深。每当孩子们问及相关问题，家长们总是闪烁其词，因为他们找不到恰当的词语回答。夜深人静时，每一对相拥而眠的已婚夫妇都有属于他们自己的甜言蜜语。但是，几乎没有母亲会在光天化日之下谈论这些词语，更不会在孩子面前提及。孩子们长大后，他们又会发明出自己的甜言蜜语，且同样不能告诉他们的孩子。

无论是精神上还是身体上，凯蒂·诺兰都不是个怯懦的人。她总是能巧妙地解决所有棘手的问题。她不会主动提起与“性”相关的话题，但当弗朗茜向她提问时，她总会竭尽所能地给予解答。当弗朗茜和尼利还年幼时，他们曾约好要一起问凯蒂一些相关的问题。有一天，他们一同来到她面前，弗朗茜开口问道：

“妈妈，我们是从哪里来的？”

“是上帝把你们给了我。”

信仰天主教的孩子们对此观点毫无异议。但是，接下来的问题却不那么容易了。“那上帝是怎么把我们带到你身边的呢？”

“这个我解释不了。因为我会用一些比较复杂的词来解答，你们还无法理解。”

“你说说看，万一我们能够理解呢。”

“要是你们能听懂，就不用我解释这个问题了。”

“那你就用我们能听懂的语言，告诉我们孩子是怎么来的吧。”

“不行。你们现在还太小。”

“那好吧。那你能告诉我们女孩儿为什么和男孩儿不一样呢。”

妈妈想了一会儿：“最大的不同在于，女孩儿是蹲着上厕所，而男孩儿是站着上厕所。”

“可是妈妈，”弗朗茜说道，“如果厕所里面很黑，我会害怕，我也会站着上厕所的。”

“还有，”小尼利坦白，“我也会蹲着，当我……”

妈妈打断了他：“其实，每个女人都会有一些男人的特质，每个男人也都会有一些女人的特质。”

讨论到此为止。因为这个观点让两个孩子十分费解。于是，他们决定不再就此探讨下去了。

当弗朗茜如日记中记录的那样开始变成女人时，她又开始好奇，和妈妈谈论起性的话题。凯蒂则将自己知道的一切用简单、直接的语言解释给她听。在交谈的时候，不可避免地会用到一些大家认为过于直白的词语，可凯蒂依然勇敢果断、毫不遮掩地说了出来，因为她也不知道其他的表达方法。她和女儿讲的这些事情，别人也从来没有教过她。在那个年代，像凯蒂这样的人无法通过阅读学习正确的性知识。凯蒂用词很直白，表达也很质朴，但并不让人反感。

弗朗茜比周围的大多数孩子都要幸运，她的困惑都在第一时间得到了详细的解答。她从不需要偷偷溜进幽暗的走廊，带有罪恶感地悄悄交换秘密，也不需要通过扭曲的方式来学习这些知识。

在街区里，人们对正常的性行为秘而不宣，而性犯罪却是众所周知的事。在贫穷落后和人口拥挤的城市街区，一些性犯罪的恶魔成为父母心头挥之不去的噩梦，似乎每个街区都会有这样的恶魔出没。在弗朗茜十四岁那年，威廉斯堡就出现过这样的恶魔。很长一段时间里，他不断猥亵小女孩儿。尽管警察一直在进行搜捕，却一直未能将其抓捕归案。其中一个原因是，受到侵犯的女孩儿的父母会严守这个秘密，怕被人知道后，孩子会受到歧视，无法和同伴一起继续度过正常的童年生活。

有一天，弗朗茜家附近的一个小女孩儿遇害身亡，这事再也瞒不住了。那个小女孩儿只有七岁，文静又乖巧。那天，她放学后没有回家，她的母亲并未多想，以为她半路跑去什么地方玩了。直到晚饭后，他们才去找她。他们询问了她所有的同伴，可大家都说放学后就再也没见过她。

恐惧席卷了整个街区。街上的孩子全被叫回了家，不准出门。麦克沙恩警长带来六名警员。他们着手对屋顶和地下室进行了仔细的搜查。

最后，女孩儿在附近一栋房子的地下室里被找到了。整个街区笼罩在恐惧的阴霾中。约翰尼非常担心弗朗茜受到伤害，甚至设法弄来一把手枪。

约翰尼在听说那起强奸杀人案后，便去银行找到了他的朋友伯特，问他还有没有多余的手枪。

“当然有了，怎么了？”

“我想借用一下，伯特。”

“你借枪干吗，约翰尼？”

“有个家伙在我们街区杀了一个小女孩儿，到现在都没被抓住。”

“希望他们能逮住他，约翰尼。我真的希望他们能抓住那个畜生。”

“我也是有女儿的人。”

“是啊，没错，我知道，约翰尼。”

“所以，我才想要你把枪借给我。”

“可这违反《沙利文法案》①呀。”

“你把我留在银行顶班，这种事肯定也违反了别的法规呀。你怎么那么确信，我不是个劫匪呀？”

“哦，你不可能是劫匪，约翰尼。”

“我觉得既然我们已经违反了一条法律，那就不妨再违反一条吧。”

“好吧，好吧。我这就借给你。”他拉开书桌的一个抽屉，从里面拿出了一把左轮手枪，“我来给你演示一下。当你想射杀某人的时候，你就像这样指着他，”他用手枪指着约翰尼，“然后拉这个东西。”

“原来如此。让我试试看。”约翰尼拿起了手枪，他把枪对准了伯特。

“不过，”伯特说道，“我自己可从来没碰过那个东西。”

---

① 此处指1911年的《纽约州沙利文法案》（*New York State Sullivan Act*），禁止无许可证者携带枪支。

“这是我第一次拿枪。”约翰尼解释。

“那你可得小心点儿，”伯特平静地说，“里面可是上满膛的。”

约翰尼不禁打了个寒战，然后小心翼翼地放下了枪：“呃，伯特，我真的不知道。我们刚刚有可能差点儿把对方给射杀了呢。”

“天哪，没错。”伯特也觉得毛骨悚然。

“只要动一动手指就能夺走一个人的生命。”约翰尼若有所思地说道。

“约翰尼，你该不会是想自杀吧？”

“才不会呢，我会喝酒喝到死的。”约翰尼大笑起来，但笑声戛然而止。他拿着枪，准备离开，伯特说道：

“如果你抓住了那个畜生一定要告诉我。”

“好的。”约翰尼信誓旦旦地说道。

“那么，再见了。”

“再见了，伯特。”

约翰尼召集全家，解释了枪的事。他警告弗朗茜和尼利绝不可以碰它。“这个小小的圆筒装的可是五条人命呢！”他夸张地解释。

那把枪在约翰尼的枕头下躺了一个月，从未被人碰过。社区里也再没发生性侵事件。那个恶魔好像跑到了别的地方去了。妈妈们开始放松警惕。不过，还有少数的母亲与凯蒂一样，在孩子们放学回家时，继续在门口或走廊里守望。因为那个杀人凶手习惯潜伏于黑暗的走廊中伺机作案。凯蒂觉得还是应该提高警惕。

当大多数人都放松警惕，以为安全了的时候，恶魔再次现身了。

一天下午，凯蒂正在一栋公寓的大厅里打扫卫生。那栋公寓与她家相隔一栋楼。听到街上有孩子的说话声，她知道现在已是放学的时间。她犹豫着要不要回到公寓大厅等弗朗茜放学。自从凶案发生后，她一直如此。弗朗茜应该有能力照顾自己了。不过……凯蒂犹豫了片刻，但她还是决定回家。反正手里的肥皂一个小时内就会用完，她需要一块新的肥皂，如果现在回去拿，可以说是一举两得。

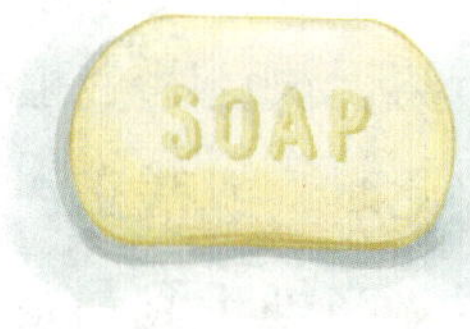

她在街道上四下张望，发现这些孩子中没有弗朗茜的身影。她不安起来，随后，才想起弗朗茜去较远的街区上学了，会晚一些回家。进了公寓，凯蒂决定先去喝一杯热咖啡。等她喝完，弗朗茜也该到家了，她那颗忐忑不安的心自然也会平静下来。她走进卧室，想确认那把枪是否还在枕头下面。它当然还在。她觉得自己的行为有些可笑。她喝了咖啡，拿了一块黄色的肥皂，准备回去继续工作。

弗朗茜到家了。平时，她也是这时候才到家。她打开公寓大厅的门，上下打量着幽长狭窄的大厅。她见眼前没有可疑的迹象，于是回身关上了厚重的木头门。大厅内顿时一片漆黑。通往楼梯口的路并不长，她快步走过去，可刚伸出脚踏上第一级台阶时，她突然发现了那个恶魔。

楼梯的下面有一处凹进去的地方，可以通往地下室，恶魔就是从那里走出来的。他的脚步很轻，但是步子迈得很大。他身材瘦小，穿了一件破旧的深色外套和一件无领的衬衫，也没有打领带。他那一头浓密的头发一直垂到额头，几乎盖住了眉毛。他长着一个鹰钩鼻，嘴唇薄得如一条弯弯的线。即使在昏暗的光线下，弗朗茜也看清了他那双湿漉漉的眼睛。她又迈上了一级台阶，这回她看得更清楚了，可脚下却像踩入了水泥里一般，一动也不能动了！她抓住了楼梯扶手下面的两根细细的栏杆，双手攥得紧紧的。她很想大声喊“妈妈”，可她的喉咙仿佛被什么东西堵住了，出口的只有空气。她仿佛在噩梦中尖叫，却发不出任何声音。她动不了了！她动不了了！她攥着栏杆的手阵阵发疼，脑子里胡乱地想自己怎么没把那两根栏杆拽下来。那个人正朝她走过来，可她没法儿逃跑！她跑不了了！上帝啊，她祈祷，快让哪个租客恰好出现吧！

此时，凯蒂正往楼下走，她步子很轻，手里还拿着那块黄色的肥皂。当她走到最后一段楼梯顶部时，往下一看，发现那个男人正朝着弗朗茜走去，而弗朗茜紧握着栏杆，吓得呆若木鸡。凯蒂没有发出任何声响，所以弗朗茜和那个男人都没有发现她。她轻轻地转过身，跑上两段楼梯，来到了公寓门外，然后果断沉稳地拿出放在门口地垫下面的钥匙，打开了房门。时间如此紧迫，她却还下意识地把那块黄色的肥皂放在了洗衣盆的盖子上。她拿出了藏在枕头下面的手枪，做出了瞄准的姿势，然后她把握着枪的那只手藏在围裙下面，手不禁抖起来。她把另一只手伸到了围裙下面，稳稳抓住了握枪的手。她就这样双手握着枪，走下了楼梯。

那个杀人恶魔已经走到了楼梯底部，他绕过楼梯，像猫一样跳上了两级台阶。他伸出一只胳膊搂住了弗朗茜的脖子，用手掌捂住她的嘴，不让她叫出声来。突然有声音传了过来。弗朗茜抬起头，看到妈妈正跑到最后一段楼梯。凯蒂的姿势看起来有些笨拙，因为她的两只手还藏在围裙下面握着手枪，所以她不能很好地保持平衡。恶魔看到了凯蒂。不过，他无法看到她拿的那把枪。他不情愿地放开了弗朗茜，然后向后倒退着走下两级台阶，那双湿漉漉的眼睛一直盯着凯蒂。弗朗茜仍然站在原地，一只手还紧紧地攥着扶手的栏杆。她无法松开那只手。恶魔走下了楼梯，把后背靠在墙上，准备顺着墙溜到地下室的门口。凯蒂停下了脚步。她跪在一级台阶上，把围裙隆起的地方塞进两根栏杆之间，死死盯住恶魔，然后扣下了扳机。

伴随着一声巨响，凯蒂的围裙破了个洞，燃烧的布料散发出烧焦的气味。恶魔的嘴唇向上弯起，露出了满口肮脏的烂牙。他用双手捂住了肚子，然后摔倒在地。狭窄的大厅里一时浓烟弥漫。

女人的尖叫声响起。大门被砰地撞开了。大厅里传来了急匆匆的脚步声。街上的行人开始涌入大厅。门口瞬间被卡住，人们进不去也出不来。

凯蒂抓住弗朗茜的手，使劲把她往楼上拽，可这个孩子的手仿佛冻在了栏杆上一般，就是无法松开。无可奈何之下，凯蒂用枪托敲了敲弗朗茜的手腕，麻木的手指终于松开了。凯蒂拖着她上楼，穿过走廊。一路上她不断地遇到从房间里出来的女人。

“出什么事了？这是怎么回事？”她们尖叫道。

“没事了，现在没事了。”凯蒂对她们说道。

弗朗茜一直跌跌撞撞，几乎无法站起来。最后，凯蒂不得不任由弗朗茜跪在地上，拖着她走过最后那段路。她把弗朗茜拖进了家门，安顿在厨房的沙发上。随后，她挂上了门上的链栓，小心翼翼地把手枪放在那块黄色肥皂旁边，手却不小心碰到了枪口。枪口是热的，她的心里不禁感到一阵恐惧。凯蒂对枪支一无所知，她之前也从未开过枪。所以，她以为这样的温度会使这把枪走火。她打开了洗衣盆的盖子，把枪扔进了泡着脏衣服的水里。因为那块黄色的肥皂和整件事关联在一起，所以她把肥皂也扔了进去。她走到了弗朗茜身边。

“他伤害你了吗，弗朗茜？”

“没有，妈妈。”她呻吟着说道。

枪声响起时，尼利正在街上闲逛。他看到大家都挤到了走廊里，于是，他也挤了过去。他爬上楼梯，越过栏杆往下望。那个变态还躺在跌倒的地方，蜷缩成一团。一群妇女把他的裤子扯了下来。站在他附近的妇女都用鞋跟去踩他，稍远一些的则用脚去踢他，冲他吐口水。所有人都扯着嗓子辱骂他。尼利听到了他姐姐的名字。

“弗朗茜·诺兰？”

“是的，是弗朗茜·诺兰。”

“你确定吗？弗朗茜·诺兰？”

“我跟你说我都看见了。”

“她妈过去，然后……”

“弗朗茜·诺兰！”

救护车鸣着汽笛呼啸而来。听到这声音，尼利以为弗朗茜遇害了。他抽泣着冲上了楼梯，拼命地捶打房门，大叫着：“让我进去，妈妈！快让我进去！”

凯蒂开门让他进了屋。当他看到弗朗茜躺在沙发上时，他更是放声大哭起来。这时，弗朗茜也开始大声哭号起来。“别哭啦！快停下！”凯蒂大声制止他们，不停地摇晃尼利，直到他停止哭泣。

“快跑，快去找你爸爸。一定要把他找到。”

尼利在麦加里蒂的酒吧里找到了爸爸。约翰尼刚坐下来，准备慢慢地喝上一下午的酒。听了尼利描述后，他扔下了酒杯，和尼利一起跑了出去。他们根本挤不进楼门。救护车就停在门口，四名警察正在人群中奋力地挤出一条路，好让救护的医生进去。

约翰尼和尼利穿过隔壁大楼的地下室进入院子。他们互相搭了把手，翻过木板栅栏来到自己的院子，然后爬上了安全梯。约翰尼的圆顶帽在窗前若隐若现，凯蒂往窗外一看，顿时吓得尖叫起来，疯狂地四处寻找那把手枪。不过，约翰尼还算走运，因为凯蒂不记得自己把枪扔到哪里了。

约翰尼跑到了弗朗茜身边。虽然她已经长得那么大了，可他还是把她抱在怀里，仿佛她还是个婴儿一般。他轻轻摇晃她，想哄她睡觉。

“他伤害她了吗？”约翰尼问。

“没有，但我伤害了他。”凯蒂冷冷地说。

“你是用那把手枪射伤的他吗？”

“不然还能用什么？”她给他看了看围裙上的洞。

有人在用力地敲着门。他们依旧默不作声。在这个时候，他们不希望有外人进入自己的家。有人在门外操着浓厚的爱尔兰口音喊：

“快开门。我们在依法办案。立刻开门。”

凯蒂打开房门。一个警察走了进来，身后跟着一名救护车上的实习医生。那个医生的手里提着一个救护包。警察指着弗朗茜道：

“他是不是想对这个孩子下手来着？”

“是的。”

“医生，我们得给她做个检查。”

“我不允许你们这么做。”凯蒂抗议。

“我们在依法办案。”警察平静地说。

于是，凯蒂和实习医生只好把弗朗茜带到卧室里。而这个备受惊吓的孩子不得不忍受这种有伤尊严的检查。实习医生很有自信，他迅速而仔细地完成了检查。他站起身，准备把仪器放回到急救包中，说道：“她没事。他没能近身。”他用手握住她肿胀的手腕，“这是怎么弄的？”

“是我不得已用枪托敲的，否则她的手无法松开栏杆。”凯蒂解释道。医生又发现她的膝盖上全是瘀青。

“这儿是怎么弄的？”

“是我不得不拖着她穿过走廊时撞的。”

凯蒂和医生走出卧室，来到了厨房。约翰尼正和警察坐在餐桌旁。那个警察的手很大，却捏着一小截铅笔头，痛苦地在一个小本子上做记录。

“那个孩子没事吧？”警察问道。

“没有大碍，”实习医生答道，“只是受了些惊吓。等她醒了，”他对凯蒂说，“一定记得告诉她这就是一场噩梦。”

“我该付你多少钱，医生？”约翰尼问。

“一分钱都不用，老兄。这钱由市政府出。”

“非常感谢。”约翰尼轻声说道。

实习医生注意到，约翰尼的手在不停地颤抖。他从裤子的后袋里掏出一瓶一品脱的酒瓶，塞给了约翰尼：“给你！”约翰尼抬起头来看他。“喝吧，老兄。”实习医生态度坚决地说道。约翰尼感激地喝下了一大口。实习医生把酒瓶递给了凯蒂：“你也喝点儿吧，女士。你看上去也需要来一口。”凯蒂也喝了一大口。警察开口道：

“你们当我是什么？没人关心的人吗？”

当实习医生从警察那里拿回酒瓶时，瓶子里的酒只有一英寸高了。他叹了口气，一饮而尽。警察也叹了口气，然后转身面向约翰尼。

“那么，枪放在了什么地方？”

“我的枕头下面。”

“交出来吧。我得把它送到警察局去。”

凯蒂早已把处理手枪的事忘得一干二净，她走进了卧室，看了看枕头下面，然后愁眉苦脸地回来了。

“怎么回事呢？那把枪不见了！”

警察大笑起来："肯定不在那里呀。你把它拿出来打坏人了呀。"

过了好久，凯蒂才想起来自己把枪扔进了洗衣盆。她捞出了那把枪。警察把它擦干，取出了里面所有的子弹。他问了约翰尼一个问题。

"你有持枪许可证吗，老兄？"

"没有。"

"这就难办了。"

"这不是我的枪。"

"那是谁给你的？"

"没有——没人给我。"约翰尼不想给他的警卫朋友惹麻烦。

"那你是怎么弄到这把枪的呢？"

"我自己捡的。没错，我是在排水沟里捡到的。"

"捡到了一把上好了油、装满了子弹的枪吗？"

"我说的都是实话。"

"果真如此？"

"果真如此。"

"我这边倒是无所谓，老兄。不过，你的说法一定要前后一致。"

大厅里传来了救护车司机的叫喊声，他说要把那个恶魔送到医院了。医生准备离开。

"医院？"凯蒂问道，"看来我没有把他杀掉。"

"你确实没有打死他，"实习医生说道，"我们会把他治好，让他自己走上电椅的。"

"真是抱歉，"凯蒂说道，"我原本想一枪打死他的。"

"在他昏过去之前，我得到了他的口供，"警察说道，"街区那头的那个小孩儿就是他杀的，还有其他两起案件也是他干的。我记录了他的口供，他签了字，也有了人证。”他拍了拍自己的口袋，“如果局长知道了这件事，因此提拔我，我一点儿也不意外。”

“但愿吧，”凯蒂淡淡地说道，“希望有人能从这件事中获益。”

第二天早上，弗朗茜醒来时，发现爸爸守在她身旁，他告诉她一切都是一场梦而已。时间一天天过去了，这件事对于弗朗茜来说也确实像一场梦。虽然弗朗茜和妈妈需要参加听证会，不过凯蒂事先听说这只不过是例行公事。弗朗茜也只记得她和妈妈各自讲述了事情的经过，仅此而已。

“我放学回家，”弗朗茜陈述证词，“当我走进大厅时，这个男人就走了出来，没等我叫出声，他就抓住了我。正当他试图把我拖下楼梯时，我的妈妈下楼了。”

凯蒂陈述道：“我走下楼梯时，看见他正在拽我的女儿。我跑上楼，回到屋里拿手枪（整个过程十分短暂），然后我跑下楼，发现他正想溜到地下室，这时我开枪打中了他。”

弗朗茜很担心妈妈会因为开枪伤人而被逮捕。可妈妈并没有被逮捕，法官只是和妈妈，还有她，握了握手。

这件事也有相关的新闻报道，不过报道中隐藏了诺兰一家的名字。当时，报道这件事的记者喝得酩酊大醉，他像往常一样给警察局打电话，询问是否有案件需要报道，才了解了这件事的始末。不过，他把诺兰的姓氏与办案警察的姓氏弄混了。因此，布鲁克林的一家报纸用半个通栏的篇幅报道了这件事，说住在威廉斯堡的奥利里太太在自家公寓的大厅里开枪击中了小偷。第二天，两家纽约市的报纸又用两英寸的版面报道说，威廉斯堡的奥利里太太在自家公寓的走廊里被小偷开枪击中了。

最终，整件事逐渐淡出了大家的视野。有一段时间，凯蒂被邻居们奉为女英雄。可随着时间的推移，邻居们已经忘记了那个恶魔，他们只记得凯蒂·诺兰开枪打中了一个人。于是，一谈到凯蒂，人们便纷纷表示这个女人不好惹。一旦她看谁不顺眼，就会开上一枪。

约翰尼则因无证持枪违反了《沙利文法案》，被罚了五美元。几天后，麦克沙恩警长过来找凯蒂。他看见她正吃力地把一大桶煤灰搬到马路牙子上。他心中满是怜悯，于是伸出了援手。凯蒂连连道谢，抬起头来看他。她在马蒂·马奥尼协会举行的郊游活动上见过他。那天他问弗朗茜，凯蒂是不是她母亲。第二次见面，是他把约翰尼送回家的那次，当时约翰尼已烂醉如泥，根本无法自己回家。凯蒂听说麦克沙恩太太得了肺结核，现在住进了专门收治肺结核晚期病人的隔离病室。她的时日不多了。“之后……他会再婚吗？”凯蒂在心里暗暗琢磨，“他当然会再结婚的。”她自问自答，“他那么英俊，为人又正直，还有一份这么好的工作，肯定会有女人争先恐后地想嫁给他的。”麦克沙恩警长脱下帽子，对她说：

“诺兰太太，感谢您抓住了那个凶手，警察局的伙计们和我都很感激您。”

“您客气了。”凯蒂客套地回答。

“为了感谢您，那些兄弟自发为您募捐，聊表心意！”他拿出一个信封，想要递给凯蒂。

“钱？”她问。

“对呀。”

“请您收起来吧。”

“您肯定需要的。您先生工作不稳定，孩子又还小，用钱的地方还很多。”

“那也不关您的事，麦克沙恩警长。如您所见，我在勤勤恳恳地工作，我们不需要别人的施舍。”

“那我们就尊重您的意愿。”

他把信封揣回衣兜，目光却从未从她身上移开。“这样的女人真是世间少有啊！”他心想，“她身材苗条，皮肤白皙、娇美，还有一头漂亮的黑色鬈发。她身上那股勇气和骄傲抵得上六个女人吧。我已是一个四十五岁的中年人了，”他无法停住思绪，“而她还只是个小女孩儿呢（虽然凯蒂已经三十一岁了，但她看起来比实际年龄要小许多）。我们两个人的婚姻都不如意，真是不幸呢。”麦克沙恩对约翰尼的事非常了解，他也知道这样下去，他们的婚姻是不会长久的。他对约翰尼只有怜悯之情，正如他对他的妻子莫莉一样。他不愿他们任何一个人受到伤害，正如他从未有过背叛病重妻子的想法。“可是我的心中所想，会不会对他们其中一个造成伤害呢？”他扪心自问，“我当然会选择等待。可是，要等上多少年呢？两年？五年？唉，只怕我等得太久了，已经丧失对幸福的期盼了。不过，现在我肯定还能再等下去的。”

他再次向她表示了感谢，正式地道别。他们握了握手。就在他握住她的手时，他在心里想：“总有一天，她会成为我的妻子的。如果上帝允许，她也愿意的话。”

凯蒂当然对他内心的想法无从知晓。（呃，她有可能知道吗？）也许吧。可不知为何，她叫住了他：

“麦克沙恩警长，我希望有朝一日，您可以拥有应得的幸福。”

Chapter 34

茜茜姨妈的孩子

弗朗茜听茜茜姨妈对妈妈说，她也想要个孩子。她感到很费解，因为茜茜姨妈不像别的女性那样说“生”个孩子。后来她发现，茜茜不用“生”而用“要”，是有原因的。

茜茜有过三任丈夫。在柏树山上的圣约翰公墓里，有一小块空地，里面立着十块小墓碑，墓碑属于茜茜的十个孩子。每一块墓碑上的出生日期与死亡日期都是同一天。茜茜如今三十五岁了，仍然没有自己的孩子，她因此感到绝望。凯蒂和约翰尼时常谈论此事。凯蒂十分担心有一天茜茜会绑架一个孩子回来。

茜茜很想领养个孩子，但是她的约翰不同意。

“我是不会花钱去养别人生的孩子的，明白吗？”这是约翰的说法。

“难道你不喜欢孩子，亲爱的？”她用甜言蜜语哄劝。

“我当然喜欢孩子。但必须是我自己生的，而不是别的无业游民生的。”他回答。无意间，他捎带着把自己也给羞辱了。

大多数情况下，茜茜的约翰都是她手中柔软的面团。可只有这件事，他不允许自己被她如此拿捏。就算是要养孩子，他也一定要养自己的孩子，而不是别人的。茜茜知道他是认真的，甚至对他产生一种敬意。但是，她就是想要个孩子，一个活生生的孩子。

茜茜偶然间发现，在马斯佩斯①，有一个年轻貌美的女孩儿。这个女孩儿只有十六岁，却遇到了棘手的事情，她怀上了一个有妇之夫的孩子。她的父母是西西里移民，刚刚从意大利来到美国。他们把自己的女儿锁进了一间小黑屋里，这样邻居们就无法看见她那象征着耻辱的大肚子了。女孩儿的爸爸只给她提供面包和水，且认为这样的饮食会让她身体虚弱，她肚子里的孩子便会在生产时夭折。因为这个名叫露西娅的女孩儿有位心地善良的母亲，女孩儿的父亲很怕母亲会趁自己不在家时偷偷给女儿送吃的。于是，早上外出工作时，爸爸带走了家里所有的钱。到了晚上，他会买一袋食物回家，并且看着大家吃完，确保食物一点儿都不剩。全家吃过饭后，他才会给女儿送每日的餐食：半个面包和一壶水。

听到这个骇人听闻的故意让人挨饿的事件后，茜茜大为震惊。她想出了一个主意。她设身处地地思考了一下，觉得如果孩子生下来就被送走，那么这家人一定会很开心。她决定去打探一下情况。如果他们是正常且健康的家庭，那么，她会主动提出收养这个孩子。

起初茜茜去拜访时，露西娅的妈妈不肯让她进屋。第二天，茜茜再次登门，这一次她在衣服上别了一枚徽章。她敲了敲门。门只开了一条窄缝，茜茜指了指徽章，严肃地要求进屋内检查。母亲被

① 马斯佩斯，美国纽约市皇后区的一个小镇。

吓坏了，以为茜茜是移民局的工作人员，便让她进屋了。露西娅的母亲并不识字，否则她会看到徽章上写的是“家禽督察员”。

茜茜掌控了局面。那位准妈妈既害怕又不甘示弱，饿得瘦骨嶙峋。茜茜威胁露西娅的母亲，说如果她再这样虐待女儿，就会被逮捕。于是，母亲声泪俱下，用蹩脚的英语告诉了茜茜这件丑事，还和盘托出了女儿父亲计划饿死女儿和未出世的孩子的事。茜茜与这位母亲还有露西娅聊了整整一天。她们全程几乎靠打手势来沟通。最后，茜茜终于让她们明白，她想等孩子一出生就立马接手，然后带走孩子。露西娅的母亲弄清茜茜的来意后，感激地亲吻着茜茜的手。从那天起，茜茜就成为这个家里被喜爱、被信赖的朋友。

早上，约翰出门上班后，茜茜便把公寓打扫得干干净净，然后为露西娅做上一锅好吃的，带到这户意大利人家去。她为露西娅特制了爱尔兰菜和德国菜结合的餐食。她觉得如果胎儿在出生前就吸收了这样的食物，出生后就不会太像意大利人。

茜茜悉心照料着露西娅。天气好的时候，茜茜会把露西娅带到公园里，让她坐着晒太阳。在她们这样一段非同寻常的关系中，茜茜一直是这个女孩儿忠实的朋友和贴心的伙伴。露西娅很喜欢茜茜，因为她是这个新世界上唯一善待自己的人。全家人（除了蒙在鼓里的父亲）都很爱茜茜。母亲和家里其他孩子参与了策划，好让父亲找不到破绽，他们都很乐意这样做。一听到父亲上楼的脚步声，他们就把露西娅再锁进小黑屋。

这家人都不太会说英语，茜茜也不懂意大利语。但是几个月后，他们从茜茜那里学了一些英语，而茜茜也和他们学了一些意大利语。他们总算能在一起交谈了。茜茜从未提过自己的名字，于是他们就称她为“自由女神”，因为他们抵达美国后，下船看到的第一个女人就是那位手持火炬的女士。

茜茜就这样接管了露西娅、她未出世的孩子和她的整个家庭。当一切安排妥当，并且所有人都达成共识之后，茜茜向朋友及家人宣布，她想再生一个孩子。大家都不在意，因为茜茜一直想要一个孩子。

她找了一位不见经传的产婆，并且预付了分娩费。茜茜交给她一张纸，纸上有事先让凯蒂写上的茜茜的名字、茜茜家约翰的名字以及茜茜婚前的姓氏。她让产婆接生完孩子后就把这张纸送到卫生局。这个无知的女士不会说意大利语，茜茜在雇她的时候也确认了这一点。她还以为纸上写的是孩子父母的姓名。茜茜想把这张出生证明也安排妥当。

茜茜把怀孕的状态表演得惟妙惟肖。在最初的几个星期里，她在早晨模仿孕吐。当露西娅说自己能感受到胎动的时候，茜茜就对自己的丈夫说自己感觉到了胎动。

露西娅阵痛开始的那个下午，茜茜也回到家躺在床上。当她的约翰下班回家时，她告诉他孩子要出生了。他仔细打量着她，她的身材还是像芭蕾舞演员那么苗条。他争辩了几句，但是她态度十分坚定，并且执意要他去找她的母亲。玛丽·罗梅利观察了茜茜一番，说她看起来不像怀孕了。母亲的话还没说完，茜茜就发出了一阵令人毛骨悚然的叫喊声，说自己快疼死了。玛丽若有所思地看了她一会儿。虽然她不理解此刻茜茜的想法，但是她可以确定的是，与茜茜再争论下去也是徒劳。如果茜茜说她要生孩子，那她就是要生孩子了。事情就是这样的。可是，她的约翰提出了质疑：

“可你看看，她都瘦成那样了。她的肚子里不可能有孩子啊，不是吗？”

“或许孩子在她的脑袋里呢。你瞧瞧她的头，是不是足以装得下一个孩子？”玛丽·罗梅利说。

“得了吧，怎么可能？”约翰说。

“你有什么资格这么说？”茜茜质问，“圣母玛利亚不是独自一个人就怀上了耶稣吗？如果她都可能怀孕，那我这样一个有丈夫的已婚妇女当然比她更容易怀上孩子嘛。”

“谁知道呢？”玛丽说。她转身面向茜茜心烦意乱的丈夫，温柔地说：“这世间有很多的事情是男人无法理解的。”她竭力劝说这个男人把整件事都抛之脑后，说自己会给他做一顿美味的餐食，让他大吃一顿，再好好睡一觉。

这个一头雾水的男人在自己的妻子身边躺了整整一夜，几乎整宿没睡。他时不时地用肘部撑起身体，仔细观察她，又时不时地把手放在她那平坦的腹部，抚摩着她。茜茜整夜都睡得很安稳。

第二天早上，当他准备出发去上班时，茜茜郑重其事地宣布他下班回家前就能当上爸爸了。

“我不管了。”这个饱受折磨的男人大喊了一声，然后便去通俗杂志社上班了。

茜茜飞快地赶到露西娅的家里。露西娅的父亲刚离开一个小时，孩子就出生了。是个健康、漂亮的女婴，茜茜欣喜若狂。她嘱咐露西娅在宝宝刚出生的这十天里，一定得母乳喂养，起个好头，然后她再把宝宝接走。她出门买回来一只烤鸡和一块烘焙店做的夹心饼。露西娅的母亲用做意大利菜的方式烹制了烤鸡。茜茜又向街区里的意大利杂货店老板赊账，拿了一瓶基安蒂酒[①]。一家人美美地吃了一顿丰盛的大餐。大家其乐融融，好像在庆祝节日一样。露西娅的腹部几乎和以前一样平坦，她身上这座象征耻辱的纪念碑也终于被移除了。现在，就和从前一样……或者说只要茜茜把孩子带走，一切都复旧如初。

茜茜每个小时给孩子洗一次澡。她一天给孩子换了三次外套和束带。不管有没有必要，她都每隔五分钟就给孩子换一次尿布。她为露西娅洗了澡，把露西娅打理得清爽洁净、芳香怡人。她把露西娅的头发梳了又梳，直到那头秀发变得如绸缎般光滑闪亮。她竭尽所能地照顾露西娅和宝宝。直到露西娅的爸爸要下班回家了，她才依依不舍地离开。

爸爸到家后，走到小黑屋，为露西娅送去了每日少得可怜的食物。他拧开煤气灯，发现容光焕发的露西娅身边竟然躺着一个健康的胖娃娃，此刻娃娃正香甜酣睡着。他不禁瞠目结舌。她只吃面包、喝白水，却生出这样的宝宝！他心里涌起了越发强烈的恐惧感。这简直就是奇迹呀！肯定是圣母玛利亚眷顾这位年轻的母亲。在意大利，人们都知道她能创造这样的奇迹。而他却如此惨绝人寰地对待自己的亲骨肉，或许他会因此受到惩罚。这位悔不当初的父亲给露西娅端来了一盘满满的意大利面。这份好意却被露西娅拒绝了，她说自

① 基安蒂酒（Chianti），一种意大利基安蒂地区的世界驰名的红葡萄酒，据说是十九世纪的一位男爵突发奇想，把此地的几种葡萄混合酿制而成的。

己习惯了吃面包喝白水。妈妈也站在露西娅这边，解释说，正是面包和水孕育出了这个完美的宝宝。父亲越发地相信这一切就是圣母显灵。他发疯似的想竭力对露西娅好，但是全家人都在惩罚他，不允许他对自己的女儿表达任何的善意。

当晚，茜茜的约翰回家时，茜茜正平静地躺在床上。他开玩笑地问道：

“你今天把孩子生出来了吗？”

“生出来了。”她虚弱地回答道。

“哈，你继续编！”

“你离家一个小时后孩子就出生了。”

“不可能！”

“我发誓！”

他在屋子里四下看了看：“那孩子在哪儿呢？”

“在康尼岛医院的恒温箱里呢。”

“怎么放那儿去了？”

“孩子只有七个月大，早产了，才三磅重。所以我才没显怀。”

“你在骗我呢，是不是？”

“等我恢复体力了，我就带你去康尼岛亲眼看看，让你透过那个玻璃罩子看个明白。”

“你到底想怎么样？想逼疯我吗？”

“十天后我就可以把她带回家。等她长出指甲了。”一时间她胡乱编了个理由。

“茜茜，你到底怎么了？你心里比谁都明白，你今天早上根本就没生孩子。”

“我生了。孩子只有三磅重。他们得把她放到恒温箱里，否则她没法儿活下来。我十天后就把她带回家。”

“算了！我投降！”他大吼着离开家，喝得酩酊大醉。

十天后，茜茜把孩子带回了家。孩子个头很大，将近十一磅重。她的约翰最后一次提出了质疑。

“这孩子不像只有十天，她体形太大了。”

“亲爱的，这还不是因为你是一个强壮、高大的男人嘛。”她轻声道。她看到他的脸上流露出一丝喜悦的表情。于是，她伸出双臂搂住了他。“我现在恢复好了，”她贴在他的耳边道，“如果你想和我同床共眠的话。”

“你发现了吗，”他事后说，“她看起来还真有些像我呢！”

“尤其是耳朵那里。”茜茜昏昏欲睡，喃喃地说。

几个月后，那家意大利人便回国了。他们很高兴离开这里，因为这个新世界带给他们的只有悲伤、贫穷和耻辱。茜茜再也没收到过他们的消息。

大家都知道这个孩子不是茜茜的——不可能是茜茜生的。但是，她一口咬定孩子就是她的，而且大家也找不到其他解释，就慢慢接受了这个事实。毕竟，这个世上怪事很多。她给孩子起名为萨拉，但是没过多久，大家都称她为“小茜茜”。

茜茜只把这个孩子的身世告诉了凯蒂。因为她要凯蒂帮忙写出生证明上的名字，于是向她坦白了此事。呃，不过弗朗茜也知道这件事，因为她在晚上常常会被说话声吵醒。妈妈和茜茜姨妈在厨房里谈论这孩子的事。弗朗茜发誓，要永远帮茜茜姨妈保守秘密。

除了那家意大利人，约翰尼是唯一知道此事的外人。是凯蒂告诉他的。弗朗茜曾偷听到他们谈论此事，当时他们还以为她睡熟了。爸爸支持茜茜的丈夫。

“这种伎俩对任何男人来说，都太恶劣了。得有人告诉他才行。我要去告诉他。”

“不行！”妈妈厉声喝道，“他过得还挺快乐的，就让他一直快乐下去吧。”

“快乐？他为别的男人养孩子，自己还蒙在鼓里。我不觉得他快乐。”

“他疯狂地爱着茜茜，很怕她会离他而去。如果她离开了他，他会痛不欲生的。而且，你也了解茜茜。她的身边总是出现一个又一个男人，她换了一个又一个丈夫，就是想要个自己的孩子。她本来都想和现在的丈夫离婚了，结果这个孩子出现了。从现在起，茜茜会脱胎换骨的。等着瞧吧。她终于要安定下来，变成一位贤妻，好到他根本配不上。况且，这个约翰值得你如此大动干戈吗？”她停顿了一下，继续说道，“她会成为一个很好的母亲。这个孩子就是她的全部。所以，别惹是生非了，约翰尼。”

“对于我们男人来说，你们罗梅利家族的女人城府都太深了。”约翰尼感叹道。突然，他脑中闪过一个念头：“说！你该不会也对我做了同样的事吧，是不是？”

为了回答他，凯蒂把孩子们叫起来，让他们穿着长长的睡袍站在他面前。“你自己看。”她命令道。约翰尼看了看自己的儿子，他感觉自己仿佛在照一面哈哈镜，镜中是缩小版的自己。他又看向了弗朗茜。那完全是另一张凯蒂的脸，只不过表情更加严肃，只有眼睛不太一样。那双眼睛很像约翰尼。弗朗茜一时兴起，拿起一个盘子放在胸口，就像约翰尼拿着帽子唱歌时那样。她唱了一首他唱过的歌曲：

他们都叫她轻狂的萨尔，

一个与众不同的女孩儿……

活脱脱约翰尼那般的表情和手势。

“我知道了，我知道了。”爸爸轻声说。他亲了亲自己的孩子，轻轻地拍了拍他们的后背，让他们去继续睡觉。孩子们离开房间后，凯蒂搂过约翰尼的脑袋，低声地在他耳边嘀咕了几句。

“不会吧？”他惊讶地问。

“没错，约翰尼。”她平静地回答。他戴上了帽子。“约翰尼，你要去哪儿？”

“我出去一趟。”

“约翰尼，你回家的时候请不要……”她看向了卧室的门。

“我不会的，凯蒂。”他保证。他轻轻地吻了她，然后出门了。

半夜，弗朗茜醒了。她不知道自己为何会醒来。对了！爸爸还没回家呢。没错，就是这个原因。只有确认爸爸回家了，她才能睡得踏实。一醒来，她的思绪就活跃起来。她想到了茜茜姨妈的孩子，想到了出生，以及出生后要面临的注定的结局：死亡。她不愿去思考死亡。为什么每个人出生后，都要面对死亡呢？正当她想把死亡的想法从脑海中驱散时，走廊里传来了爸爸上楼的轻柔的脚步声。当她听到他唱出了《莫莉·马隆》的最后一段歌词时，她不寒而栗。他从未唱出过那段歌词！从来没有！可为什么……

她浑身发热，悄然离世，

没人能治愈她。

我就这样失去了，

我的挚爱——莫莉·马隆……

弗朗茜没有起身。通常情况下，如果爸爸回来晚了，都是由妈妈来开门。她不想影响到孩子们的睡眠。歌曲就要唱完了。妈妈没有听到——她没有醒来。弗朗茜跳下了床。她开门前，歌曲已经唱完了。她打开门，爸爸手里握着帽子，静静地站在门口。他越过弗朗茜的头顶，直直地望着前方。

“你赢了，爸爸。”她说道。

“是吗？”他一边问道，一边朝屋里走去，并没有看向她。

“你把歌曲唱完了。”

“是啊，我想……我是把这歌唱完了吧。”他在窗边的椅子上坐了下来。

“爸爸……”

“把灯关了，回去睡觉吧。”（他回来之前，家里一直为他留着灯，只不过光线调得很暗。）她关了灯。

“爸爸，你……生病了吗？”

“不，我没喝醉。”黑暗中，他的声音很清晰。弗朗茜知道，他没有说谎。

她回到了床上，把脸埋进了枕头里，不知为何，她泪流满面。

Chapter 35

爸爸怎么了？

又到了圣诞节的前一周。弗朗茜刚过完十四岁生日。而尼利，正如他自己所说的那样，在随时等着十三岁的到来。看起来，今年的圣诞节并不会太好过。约翰尼有些不太正常，他不再喝酒了。当然，约翰尼也有不喝酒的时候，不过那是在他工作的时候。现在，他既不喝酒，也不去工作了。反常的是，他虽然没有喝醉，表现得却像喝醉了一般。

他已经两个星期没和家人说话了。弗朗茜记得，爸爸最后一次和她说话，就是在他唱《莫莉·马隆》尾段歌词的那个晚上，那晚他回家的时候也没有喝醉。现在回想起来，那晚以后他就再也没有唱过歌。他走进走出，一言不发。他在外面待到很晚才回家，没有人知道他去了哪儿。他的双手比以前抖得更严重了，吃饭时几乎握不住叉子。突然间，他看起来苍老了许多。

昨天，他回家的时候，他们正在吃晚餐。他看着他们，仿佛要说些什么。然而，他只是一声不吭地闭上了双眼，片刻后便朝卧室走去。他的生活毫无规律，他整日整夜神出鬼没。在家的时候，他都穿戴整齐地躺在床上，紧闭双眼。

凯蒂的脸色日渐苍白，少言寡语。她有一种不祥的预感，好像自己即将迎来一场悲剧。她的脸庞逐渐消瘦，双颊凹陷下去，但是她的体态却越来越丰腴。

距离圣诞节还有一个星期的时候，她又多打了一份工。她早早地起床，尽可能快地打扫完公寓，下午早早就收了工，然后匆匆跑到格兰德街尽头的波兰社区，到那里的戈林百货公司工作，从下午四点一直忙到晚上七点为百货公司里的女售货员提供咖啡和三明治，因为在圣诞节的购物高峰期，女售货员们不被允许外出用餐。这样一来，凯蒂一天就能挣七十五美分，这对于她的家人来说无疑是雪中送炭。

时间临近晚上七点。尼利已经送完报纸回家了，弗朗茜也从图书馆回来了。公寓里没有生火，他们只能等到妈妈回来才能要钱去买柴火，公寓里很冷，为了保暖，两个孩子都身穿外套，头戴济特夫帽子。弗朗茜看到妈妈洗的衣服还晾在绳子上，于是她把绳子拉回了屋里。那些衣服都冻硬了，奇形怪状的，无法从窗户外进来。

“来，我来试试看。”尼利指着一条冻硬的衬裤说道。衬裤的裤腿向两侧伸展，冻得直挺挺的。尼利使劲拉扯也无济于事。

“我要折断这该死的裤腿。”弗朗茜说道。她用力地捶打裤腿。只听咔嚓一声，硬邦邦的裤腿终于被折了下来。弗朗茜粗暴地把衬裤拽进了屋子里。那一刻，她简直和凯蒂一模一样。

“弗朗茜？”

“怎么了？”

“你……你说脏话了。”

“我知道。”

“上帝会听到的。”

“是吗，这样啊！”

“是的，他听到了。他是全知全能的神。”

“尼利，你相信他能看到这间又小又旧的屋子吗？”

“当然啊。”

“你连这也相信吗，尼利？他不仅要忙着照看小麻雀，以免它们掉出巢穴，还要照看花蕾，确保它们按时开花。他哪有时间巡视我们呀？”

“别这么说，弗朗茜。”

“我倒是希望他能看见我们呢！如果他能像你说的那样，从窗外巡视人类，那么，他就会知道我们处于怎样的境地，知道我们是怎样的饥寒交迫。他还会看到妈妈身子那么弱，无法再承受如此高强度的劳动。他还会看到爸爸的状态，他应该做些什么来拯救爸爸。是的，如果他能看到，他一定会做些什么的！”

“弗朗茜……”尼利惶恐不安地环顾四周。弗朗茜看出来了，他心中很不安。

“我已经是个大孩子了，不该这样吓唬他。”她心里想到。她大声说：“好了，尼利，我不说了。”他们聊起了别的话题，一直聊到凯蒂回家。

凯蒂匆匆忙忙地走进了屋子，拎着一捆两美分的柴火、一个装着一罐炼乳和三根香蕉的袋子。她把纸和木柴塞进了炉灶，炉灶里瞬间生起了火。

“呃，孩子们，我想今晚我们就煮燕麦吃吧。”

“又吃燕麦呀？”弗朗茜呻吟道。

“也没那么糟糕啊，”妈妈说，“我们现在有炼乳了，我还买了香蕉。我们可以切成片放在燕麦上。”

“妈妈，”尼利提出了要求，“我不想把炼乳和燕麦混在一起吃，我只想把它淋在上面。”

“我想把香蕉切成片，然后和燕麦一起煮着吃。”弗朗茜提议。

“我想吃一整根的香蕉。”尼利反对道。

为了解决姐弟的矛盾，妈妈说道：“我给你们每人一根香蕉，你们想怎么吃就怎么吃。”

燕麦煮好后，凯蒂盛了满满两汤盘，分别摆在桌子上。她又在炼乳的罐子上凿了两个洞，在每个盘子里各放了一根香蕉。

“你不吃吗，妈妈？”尼利问。

“我等下再吃，现在还不饿。”凯蒂叹了口气。

弗朗茜道：“妈妈，如果你现在还不想吃，去弹弹钢琴怎么样？这样我们就好像在餐厅吃饭一样。”

“前屋太冷了。”

“点煤油炉吧。”孩子们齐声说。

“好吧，”凯蒂从橱柜里拿出一盏手提式的煤油炉，“不过，你们知道的，我弹得并不怎么样。”

“你弹得非常好呀，妈妈。”弗朗茜真挚地说道。

凯蒂很开心。她跪下来点亮了炉火：“你们想听什么？”

“弹《来吧，小叶子》吧。”弗朗茜大声说。

“《迎接甜美的春光》。”尼利喊道。

“我先弹《来吧，小叶子》吧，”妈妈说，“因为弗朗茜过生日的时候我没有送她礼物，就把这首歌作为礼物吧。”她朝冰冷的客厅走去。

“我要把我的香蕉切成片，撒在燕麦上吃。我要切很薄很薄的片，这样看起来就是满满一大盘香蕉了。”弗朗茜说道。

“我的香蕉要整根吃掉，”尼利说，“我还要慢慢地吃，这样就可以吃很长时间了。”

这时，妈妈弹起了弗朗茜点的歌曲。莫顿先生曾教孩子们唱过这首歌。弗朗茜和着音乐，唱了起来：

来吧，小叶子，某天，风发出呼唤。
穿上红色与金色的衣裙，
来到草地间，我们一起玩耍……

“哈，这是哄小孩儿的歌。”尼利打断了她。弗朗茜不再唱下去了。凯蒂演奏完弗朗茜点的歌曲，开始演奏鲁宾斯坦的《F大调旋律》。莫顿先生曾为这首曲子填词，取名为《迎接甜美的春光》，并教给孩子们。尼利唱了起来：

欢迎你，甜美的春光，我们用歌声向你致意。

“歌声”这句词的曲调原本是高音，结果尼利唱到这里却由男高音转成了男低音。弗朗茜咯咯地笑了起来，尼利很快也笑得前仰后合，再也唱不下去了。

“你猜如果妈妈现在和我们坐在一起，她会说什么？”弗朗茜问。

“她会说什么？”

“她一定会说：‘不知不觉春天就到了。’”他们又大笑起来。

“圣诞节马上就要到了。”尼利发出感叹。

“你还记得小时候，”弗朗茜说，她的年龄也才刚过十三岁，“圣诞节快来的时候，我们能闻到什么味道吗？”

“让我们看看现在还能不能闻到。”尼利心血来潮地说。他把窗户打开一道缝隙，鼻子凑了过去，说：“还能闻到。”

“你闻到了什么？”

“我闻到了雪的味道。还记得吗？我们小的时候，经常抬起头，看着天空大喊‘羽毛童子，羽毛童子，从天上抖落一些羽毛吧’。”

“是啊，每次下雪的时候，我们都会以为天上真的有羽毛童子呢。让我也闻闻看。”她说着，突然也把鼻子凑到了窗前的缝隙，“没错，我还能闻到呢，是橙子皮和圣诞树混合在一起的味道。”他们一起关上了窗户。

“你为了得到那个洋娃娃，谎称自己叫‘玛丽’，这件事我可从来没向妈妈告密呢。”

“是啊，多亏你了，”弗朗茜感激地说道，“不过，有一件事我也帮你保密呢。就是那次你用咖啡渣做了根卷烟。结果你抽烟的时候，把纸点着了，着火的纸把你的衬衫烧出了一个大洞。我帮你把它藏了起来。”

“你知道吗？”尼利若有所思地说，“那件衬衫其实被妈妈找到了。她用补丁把洞补好了，却从未问过我这是怎么回事。”

“妈妈可真有趣。”弗朗茜说。他们想起了妈妈很多令人难以捉摸的举动。柴火烧完了，火渐渐熄灭，但是厨房里依旧很温暖。尼利坐在炉子最外面的边缘处，那里不是很烫。妈妈曾警告过他，如果直接坐在热炉子上，会生痔疮的。但是，尼利并不在意。他喜欢让自己的后背暖烘烘的。

两个孩子渐渐高兴起来。厨房很温暖，他们也填饱了肚子。妈妈正在演奏钢琴曲，音乐声让他们感到安心又惬意。他们追忆着以前的圣诞节，或者，用弗朗茜的话来说，他们谈论着旧日的时光。

他们正聊着，突然，外面传来了重重的敲门声。“是爸爸。”弗朗茜说。

“不对，爸爸总是一边唱歌一边上楼梯，这样我们就知道他回来了。”

“尼利，自从那一晚后，爸爸就再也不一边唱歌一边回家了……”

“让我进去！”门口响起了约翰尼的叫喊声。他不停地捶打着房门，仿佛要把它撞碎。妈妈从客厅跑了出来。她那张苍白的脸，把她的双眼衬得格外深邃。她打开了房门。约翰尼踉跄地扑进了家门。他们目不转睛地看着他。他们从未见过这样的爸爸。向来衣着整洁的爸爸，如今却穿着一件肮脏不堪的无尾礼服，好像他之前一直躺在排水沟里一般，而他头上的那顶圆顶帽的帽顶也深深塌陷到帽身里。他没有外套和手套，那双冻得通红的手不停地颤抖着。他扑向了桌子。

“不，我没喝醉。”他说。

“没人说……”凯蒂刚开口。

“我终于把酒给戒了。我恨酒，我恨酒，我恨酒！”他用手捶着餐桌。他们都知道他说的是实话。“自从那晚，我就滴酒未沾……”

突然间，他说道，“可是没有人相信我，没有人……”

“好了，约翰尼。”妈妈安慰地说道。

“爸爸，你怎么了？”弗朗茜问道。

“嘘！别去烦你爸爸。”妈妈说道。她又对约翰尼道：“家里还有些早上煮的咖啡，约翰尼。味道不错，还是热的呢。今天晚上我们有炼乳了。我一直在等你回来吃饭。”她倒了一杯咖啡。

“我们已经吃过了啊。”尼利说。

“安静！”妈妈对他说道。她把炼乳倒进了咖啡里，然后在约翰尼的对面坐了下来：“约翰尼，快趁热喝吧。”

约翰尼一动不动地盯着杯子。突然，他挥手一推，杯子在地上摔得粉碎，凯蒂倒吸了一口凉气。约翰尼抱头痛哭，浑身颤抖。凯蒂走到他身旁。

“你还好吗？约翰尼，你怎么了？”她用抚慰的语气柔声问道。最后，他终于呜咽地说道：

“今天，他们把我赶出服务生工会了。他们说我是废物，是酒鬼。他们还说，我这辈子别想再从他们那里得到工作机会。”他平复了一下，然后又用带着恐惧感的嗓音说道，“一辈子啊！”他又难过地哭了起来，“他们想让我交还服务生徽章。”他用一只手捂住了佩戴在西服翻领上的那枚白绿相间的小徽章。爸爸经常说那枚徽章是他的装饰，就像玫瑰一样，想到这里，弗朗茜感到喉咙一紧。能成为工会的一员，曾令他那般自豪。“我是不会放弃的。”他抽泣着。

“没关系，约翰尼。你只要好好休息一下，一定能重新振作起来的。到时候，他们会很乐意让你回去的。你是个优秀的服务生，更是他们最好的歌手啊。”

“我已经不行了，我唱不了歌了。凯蒂，现在我一唱歌，他们就笑话我。他们给我安排的最后几份工作，就是雇我去逗人们发笑。事到如今，全完了。”他大声地哭号起来，哭得完全失控了，仿佛再也停不下来了。

弗朗茜想跑进卧室，把头埋在枕头下面。她慢慢地往门口挪去，却被妈妈瞧见了。

“别动！”凯蒂厉声喝道。然后她又安慰爸爸道：“来，约翰尼。先休息一段时间，你会感觉好一些。我们点煤油炉了，我把它拿到卧室去，到时候屋子里又舒适又暖和。我会坐在你身旁，陪着你睡着。”她伸出一只胳膊搂住他，他却轻轻地推开了她的手臂，独自一人走进了卧室，哭泣的声音渐渐低了下来。凯蒂对孩子们说：“我去陪爸爸待一会儿。你们留在原地，该干什么干什么。”两个孩子目瞪口呆地看着她。“你们这样看着我干什么？”她也有一丝哽咽，“没什么事。”他们移开了目光。凯蒂走进了客厅去拿煤油炉。

过了许久，弗朗茜和尼利都没有看对方。最后尼利问：“你还想聊一点旧日的时光吗？”

“不想了。”弗朗茜说。

Chapter 36

爸爸去世了

三天后，约翰尼去世了。

那晚，他上床休息后，凯蒂一直坐在床边陪他，直到他睡着。为了不打扰他，凯蒂睡在了弗朗茜那里。夜里不知什么时候，他起来了，悄悄地穿好衣服，便出门了。直到第二天晚上，他都没有回家。次日白天，他们开始四处找他。他们把约翰尼常去的地方都找遍了，可是这些地方的人说约翰尼已经一周没去过了。

当晚，麦克沙恩警长来找凯蒂，把她带到了附近的一家天主教医院。去的路上，他尽可能委婉地把约翰尼的情况说给她听。那天一早，有人发现约翰尼蜷缩在一栋公寓的门口，警察赶到时，他已经昏迷了。他的背心外面套着无尾礼服，礼服的扣子扣得整整齐齐。警察看到他的脖上挂着象征天主教信徒的圣安东尼徽章，于是叫来了天主教医院的救护车。大家在他身上没有找到任何能证明其身份的线索。后来，警察就此情况写了一份报告，然后上报给警察局，并在报告中对这个不省人事的男人进行了一番描述。麦克沙恩警长例行检查时，偶然看到了这段描述。凭借第六感，他猜出了这个人的身份。于是，他赶往医院，发现这名男子真的就是约翰尼·诺兰。

凯蒂抵达医院的时候，约翰尼还活着。医生告诉她，他得了急性肺炎，已经没有生还的可能了。他的生命已经进入倒计时，处于死亡前的昏迷状态。他们把凯蒂带到他的病床前。他的病床位于一间类似走廊的狭长的病房内。病房里还有五十张病床。凯蒂对麦克沙恩警长表达了感激之情，然后和他道别。麦克沙恩警长知道她想与约翰尼独处，便知趣地离开了。

约翰尼病床的四周是一圈屏风，预示着死亡即将来临。他们为凯蒂搬来一把椅子，她一整天都坐在那里看着他。他发出了刺耳的喘息声，脸上挂着泪痕。凯蒂一直守在他身边，他直到离去也没能睁开双眼，没跟妻子说上一句话。

凯蒂到家的时候已是夜里，所以她决定第二天早上再告诉孩子们这个消息。“让他们再安睡一宿，”她心里想，“再让他们过一个没有悲伤的夜晚。”她只对孩子们说爸爸得了重病，住院了，别的只字未提。看到她这番神情，孩子们也不敢多问了。

天刚蒙蒙亮，弗朗西就醒了。她的目光落在了狭长的卧室的另一端：妈妈坐在尼利的床边，低头凝视着他的脸，她的眼圈发黑，仿佛在那里坐了一整夜。当发现弗朗西醒来后，凯蒂便让她马上起床，穿好衣服；然后又轻轻地摇醒了尼利，说了同样的话。不一会儿，她走出卧室，来到了厨房。

卧室里光线昏暗，十分寒冷。弗朗西瑟瑟发抖地穿好了衣服。她不想一个人去见妈妈，于是开始等尼利。凯蒂正坐在窗边，等着两个孩子过来。此刻，他们俩站在她的面前。

“你们的父亲去世了。”她对他们说。

弗朗茜麻木地站在原地，没有诧异，也没有难过。她什么感觉也没有。妈妈刚刚说的话没有任何意义。

“你们不要为他哭泣。”妈妈命令道。她接下来的话也没有意义：“现在，他终于解脱了。或许，他比我们幸运。”

有家殡葬店的老板收买了医院的护工，只要有人去世，护工就会立刻向他们通风报信。如此一来，这位精明的老板就在同行竞争中占了先机。其他人都是等生意上门，他却是主动寻找商机。这个极具商业头脑的老板一大早就来拜访凯蒂。

“诺兰太太，”他一边打招呼，一边偷偷地瞄了一眼护工给他的那张写着姓名和地址的字条，“看到您如此悲痛，我深感同情。希望您能节哀顺变，我们每个人都会经历和您同样的事情。”

“请问，您有何贵干？”凯蒂直截了当地问。

“我想和您交个朋友。”他怕凯蒂误会自己的来意，所以赶忙直奔主题，说道，“关于……呃……遗体……有一些相关的细节。我是说……”他又瞟了一眼字条，“我是说诺兰先生的遗体。我希望您能把我当作在这个特殊时期给予您安慰的朋友……我会……呃，我希望您能把一切交给我来处理。”

凯蒂心领神会，问道：“办一场简单的葬礼需要多少钱？”

“目前，您不用考虑钱的问题，”他避重就轻地说，“我会给他办一场体面的葬礼。诺兰先生可是我最尊敬的人。（他根本就不认识诺兰先生。）我会把这件事情当成自己的私事来办，给他举办一场最体面的仪式。钱的事，您不用担心。”

“我不会担心的。因为我们根本没有钱。”

他舔了舔嘴唇。“那当然是除了保险之外吧？”这是一个问句，而非陈述句。

“保险倒是有一些。”

“啊！”他高兴地搓着手，“那我正好能帮得上忙。保险理赔的手续很烦琐，估计要很久才能拿到钱呢。请您让我来帮您处理此事吧。希望您理解，我并不会为此收任何费用，您只需要在这里签个字就行。”他迅速地从口袋里掏出一张纸，“把您的保单交给我。葬礼的费用我先为您垫付，然后我会从保费中扣除的。”

所有的殡葬店都会提供这样的“服务”。其实，他们就是想通过这样的伎俩获知顾客可得到多少赔偿。一旦他们知道了理赔的数额，就会把葬礼的费用定为理赔金额的百分之八十。他们得给人们留下一些钱买丧服，好让他们满意。

凯蒂拿来了保单。她刚把它放在桌子上，那老板便立刻用老练的眼光找到了理赔金额：二百美元。他假装自己没有看到保单。凯蒂签署了文件后，他又聊了一些其他事。最后，他才摆出一副下定决心的样子，说道：

“诺兰太太，我来和您说一下我的安排吧。要给逝者办一场风光的葬礼，我会安排四辆送葬的马车，给他用镍制把手的棺材，一共是一百七十五美元。按照平时的价格，这种规格的葬礼得花费二百五十美元呢。这次，我可是一分钱都没赚呀。”

“那你这番折腾是为什么呢？”凯蒂问。

他的神情没有丝毫不悦：“我这么做就是因为我喜欢诺兰先生的为人。他那么优秀，那么勤奋。”他注意到凯蒂惊讶地看了他一眼。

“我没想好，”她迟疑地说，“一百七十五美元……”

“这金额还包括了做弥撒的费用呢！”他赶忙插嘴。

“那就按您说的吧。”凯蒂没精打采地说。她感觉已经没有精力再讨论这件事了。

殡葬店老板拿起了保单，装作刚看到索赔金额的样子。“呀！有二百美元呢，”他故作惊讶地感叹道，“也就是说，办完葬礼您还能得到二十五美元呢。”他说着，把腿向前伸直，把手完全伸进口袋里，掏了一阵，说，“嗯，我平时常说，在任何时候，手里都得留一些现金，以备不时之需。”他善解人意地笑了笑，“所以，我先自掏腰包把剩余的保金先垫付给您。”他把几张崭新的二十五美元纸币放到了桌子上。

凯蒂对老板表示感谢。他没有骗她的钱，她也没有提出异议。她知道殡葬这一行都是这样做生意的，而他只不过是在做本职工作而已。他嘱咐凯蒂到相关医生那里办理死亡证明。

“麻烦您告诉他们，我会去处理尸体……我是说遗体……呃，我会过去接诺兰先生。”

再次抵达医院后，凯蒂被带到医生办公室。他们所在教区的神父也在那里。他正努力地提供相关的信息，协助医生填写死亡证明。当见到凯蒂时，他画了一个十字以示祝福，然后同她握了握手。

“诺兰太太所了解的信息比我要多。”神父说。

医生询问了一些必要的信息，如姓名、出生地、出生日期等。最后，凯蒂问了他一个问题。

“请问，您在下面那一栏里填的是什么呢——我是说，死亡原因那里。”

“急性酒精中毒和肺炎。”

“他们都说他死于肺炎。”

“那是直接致死的原因，可急性酒精中毒才是导致他死亡的根本原因，可能是主要的致死原因，如果您想了解真相的话。”

“我希望您能，”凯蒂用缓慢的语气坚定地说，“不要写他死于酗酒，希望您只写他死于肺炎。”

“夫人，我必须如实填写。”

“他已经去世了。至于他的死因，对您还有什么意义呢？”

“但法律有规定……”

“您看，是这样的，”凯蒂说，“我有两个好孩子，长大后都会有所作为的。他们父亲的死因……正如您刚刚提到的，并不是他们的错。如果我说，你们的父亲是因肺炎而死，对我来说有莫大的意义。”

神父也在一旁帮腔：“医生，这事您能办到。既不给自己带来危害，还能帮别人一把。别再为难这个可怜的小伙子，他人已经不在了。您只写肺炎也算不上说谎啊。而且，这位女士定会铭记您的善意，以后会一直为您祈祷的。再说，”他又很现实地补充，“这和您又有什么关系呢？”

突然，那位医生想起两件事。他记得这个神父是医院董事会的成员，而且他还想继续在这家医院当主治医生。

“好吧，”他不再坚持，“我就按您说的写。不过，您千万别让其他人知道。这可全是看在您的面子上啊，神父。”他在“死亡原因”一栏写下了“肺炎”。

于是，就再没有文字记录能证明约翰尼·诺兰是死于酗酒了。

凯蒂用那二十五美元现金置办了丧服。她给尼利买了一套全新的黑色西装。这是尼利人生中的第一套西装，他内心百感交集：骄傲与喜悦中又交织着无限的悲伤。按照布鲁克林的习俗，凯蒂为自己买了一顶黑色的帽子，还有一条三英尺长的面纱。弗朗茜得到了她期待已久的新鞋子。不过，凯蒂决定不给弗朗茜买黑色的外套了，因为她长得太快了，到明年冬天衣服就小了。妈妈说可以把自己的那件旧的绿色外套借给弗朗茜，胳膊上戴一块黑纱就可以了。弗朗茜很满意，因为她讨厌黑色，正担心妈妈会让她穿黑色的丧服呢。购置完所有衣物后，他们将所剩不多的钱存入了锡制存钱罐里。

殡葬店老板再次登门，说他已经把约翰尼送到了殡仪馆整理了遗容，当晚就会把约翰尼带回家。凯蒂用相当严厉的语气告诉他，不要在孩子面前提及这些细节。

接着，又是一个晴天霹雳。

“诺兰太太，我得拿走您的地契。”

“什么地契？”

“就是墓地的地契呀。我得拿到地契，才能挖墓穴呀。”

“我还以为那一百七十五美元里已经包括墓地了呢。”

“不，不是的，不包括墓地！而且，我已经给您优惠了。光是棺材就花了我……”

“我不喜欢您，”凯蒂直言不讳，“我不喜欢您从事的行业。不过，”她却以令人惊讶的超然态度补充道，“我想逝者总要有人埋葬吧。一块墓地要多少钱？”

“二十美元。”

“我们上哪儿去找……”她突然沉默了一下，“弗朗茜，去拿螺丝刀。”

他们撬开了锡制存钱罐。里面一共有十八美元六十二美分。

“这些还不够,”殡葬店老板说,“但是,剩下的钱我可以帮你出。”他伸出手，想要把钱拿走。

“我会把钱凑齐的，”凯蒂对他说，“不过，我得拿到地契才能付钱。”

他大吵大闹地争论了一番，最后还是打道回府，称自己会带地契过来的。妈妈让弗朗茜到茜茜家去借两美元。当殡葬店老板带来地契时，凯蒂谨记妈妈十四年前的教训，将那份文件仔仔细细、不慌不忙地读了一遍。随后，她让弗朗茜和尼利也读了一遍。殡葬店老板站在原地，身体重心从一只脚换到了另一只脚。当诺兰家的三个人都表示地契没有问题后，凯蒂才把钱交了出去。

“诺兰太太，我为什么要骗您呢？”他仔细地把钱收好，又埋怨道。

“是啊，为什么总有人想骗人呢？”她反问，“可就是有人会这么做呀。”

那只锡制存钱罐立在桌子中间。它已经十四岁了。罐身上的条形切口已经磨破了。

“妈妈，你想让我把它钉回去吗？”弗朗茜问。

“不用了，”妈妈缓缓地说，“我们不再需要它了。看，我们现在终于拥有了一小块土地了。”她将那张叠起来的地契摆在了那只丑陋的星星存钱罐上。

棺材停放在前屋时，弗朗茜和尼利一直待在厨房。他们甚至睡在厨房里，因为他们不想见到父亲躺在棺材里。凯蒂也似乎理解他们，并未坚持他们一定要进去看父亲。

房子里摆满了鲜花。不到一周前，将约翰尼除名的服务生工会此时却送来了一束如枕头般大小的白色康乃馨花束。花束上斜拉着一条紫色的丝带，上面用金色的字写着：“我们的兄弟”。辖区的警察局送来了一份十字形的花束，以纪念诺兰家帮忙抓到了杀人恶魔。麦克沙恩警长送来了一束百合花。约翰尼的母亲、罗梅利一家和一些邻居也都送来了鲜花。还有几十位凯蒂从未听说过的约翰尼的朋友也送来了鲜花。酒吧老板麦加里蒂先生送来了一个用人造月桂树叶子编成的花环。

“把它扔进垃圾桶。”艾薇看着卡片上的名字，愤愤不平地说。

“不必如此，”凯蒂轻声说，“这不怪麦加里蒂。他也没强迫约翰尼去他那里。”

（约翰尼离世的时候欠了麦加里蒂三十八美元。不知为何，这位酒吧老板对凯蒂只字未提。他默默地消掉了这笔债。）

公寓里弥漫着玫瑰花、百合花和康乃馨的混合香气，浓郁得甚至有些令人作呕。从那以后，弗朗茜就十分讨厌这几种花。但是，这些花让凯蒂知道，还有这么多人惦记着约翰尼，她感到十分欣慰。

就在约翰尼的棺材要封盖的前几分钟，凯蒂来到厨房，找到了两个孩子。她把双手搭在弗朗茜的肩膀上，低声说：

“我刚刚听到邻居们在窃窃私语，他们说你们不想见父亲的最后一面，是因为他不是个好爸爸。”

“他是个好爸爸。”弗朗茜愤愤不平地说。

“没错，他是个好爸爸。”凯蒂赞同。她默默地等待，让孩子们自己做决定。

“走吧，尼利。”弗朗茜说。两个孩子手牵着手，一起朝父亲走去。尼利匆匆地看了一眼，便跑了出去，他怕自己会忍不住放声大哭。弗朗茜站在那里，眼睛一直盯着地板，她不敢去看。最后，她还是抬起了双眼。她不敢相信爸爸竟然死了！他依旧穿着那件无尾礼服。衣服已经被洗得干干净净，烫得平平整整。他还穿了假衬衫，佩戴了纸领子，领口打着精致的领结。他西服的翻领上别着一朵康乃馨，康乃馨的上面是那枚工会徽章。他那头金色的鬈发如昔日般闪闪发亮，其中有一绺不太服帖，微微下垂，贴在前额的一侧。他闭着双眼，仿佛只是浅浅地睡去。他是那样的年轻俊美，看起来一直被精心地照顾。她第一次注意到他的眉毛竟然有那么美的弧度。他嘴唇上的小胡子被悉心地修剪过，使他看上去依旧那般风度翩翩。他的脸上再无痛苦、难过与焦虑。那是一张光滑且带有孩子气的脸。约翰尼去世时年仅三十四岁，可他看上去要年轻许多，仿佛一个刚过二十岁的男人。弗朗茜端详着他的手，那双手随意地交叠着放在一个银质十字架上。他无名指上有一圈白色的痕迹，那里曾戴着结婚时凯蒂送给他的图章戒指。（凯蒂已经把戒指摘了下来，准备等尼利长大了送给他。）她看到爸爸一动不动的双手，感到有些奇怪。因为在她的记忆中，那双手永远是抖动的。弗朗茜发现，他的手指修长，双手看起来是那样的优美、纤细。她目不转睛地看着他的手，以为自己看到它们动了一下。她顿时恐慌起来，恨不得拔腿就跑。但是，满满一屋子的人都在看着她。他们会说她跑开是因为……他一直都是个好爸爸！一直都是！一直都是！她伸出一只手放在他的头发上，把那绺头发梳到原位。茜茜姨妈走过来，用一只胳膊搂着她，低声说道：“是时候了。”弗朗茜向后退了一步，和妈妈站在了一起，看着他们封上了棺材的盖子。

做弥撒的时候，弗朗茜和尼利分别跪在妈妈的两侧。弗朗茜一直低头看着地面，这样她就不会看到祭坛前的棺材了。棺材摆放在支架上，上面盖满了鲜花。她曾偷偷地看了妈妈一眼。凯蒂跪在那里，眼睛直直地注视着前方。那张寡妇面纱下，是她苍白又安静的脸。

神父走下祭坛，绕着棺材，在其四角泼洒圣水时，一个坐在过道对面的女人突然大声地抽泣起来。怀着对逝去的约翰尼的占有欲，醋意大发的凯蒂猛然转身，想要看清究竟是哪个女人胆敢为约翰放声哭泣。她仔细地打量着那个女人，然后把头转开。她脑海中凌乱的思绪飞舞着，宛如风中的碎纸屑。

“希尔迪·奥戴尔看起来比实际年龄要老一些呢，”她心想，“她的黄铜色的头发上好像撒了一层粉。可她并没比我大很多，就……三十二或三十三岁吧。她十八岁那年，我十七岁。当时我们已经分道扬镳；你要走好你的路，我也会走好我的路。希尔迪，希尔迪……他是我凯蒂·罗梅利的男友，希尔迪，希尔迪……可你是我最好的朋友。我这人真差劲，希尔迪……我本不该让你误会，早该明确地告诉，你该走你的路……希尔迪，希尔迪，尽情哭泣吧，尽情哭泣吧。”凯蒂想，“爱约翰尼的人都应该为他哭泣，但我不行。”

凯蒂、约翰尼的母亲、弗朗茜和尼利乘坐紧随着灵车后面的第一辆马车，朝着墓地进发。两个孩子背对着车夫而坐。弗朗茜感到些许欣慰，这样她就看不到带领送葬车队的灵车了。她能看到后面的那辆马车。坐在那辆车里的是艾薇姨妈和茜茜姨妈。她们的丈夫因为工作都没能过来，外婆玛丽·罗梅利则要留在家里照顾茜茜刚出生的小宝宝。弗朗茜希望自己坐在第二辆马车里。一路上，鲁茜·诺兰一直在恸哭哀号，凯蒂却神情漠然，一动不动地坐在那里。马车密不透风，车内弥漫着潮湿的干草味和腐臭的马粪味。难闻的气味、不新鲜的空气，加上背向乘车的方式，还有车内紧张的氛围，使得弗朗茜感到一阵从未有过的恶心。

墓地里挖了一个深深的洞穴，洞穴旁边立着一个原木箱子。他们将盖着布的棺材和闪亮的把手都放进了那个木箱里。当木箱被放入墓穴的时候，弗朗茜移开了目光。

天色灰蒙蒙的，寒风呼啸。冰冻的尘土被吹成了一个个小旋涡在弗朗茜的脚边打转。就在不远处，有块一周前的新墓。坟墓上堆着一个金属网编织的花架。几个男人正在把上面凋谢的花朵摘下来。他们有条不紊地干着，把枯萎的花朵整齐地堆在一起，将金属网仔细地垒放好。他们做的是合法的生意。他们向墓地的管理方买下许可权，把拆下来的金属架卖给花店。花店会循环使用这些花架。没有人对此不满，因为那些人都心存良知，不会在花朵没有全部凋谢的时候就来拆架子。

弗朗茜的手里被塞进了一捧冰冷、潮湿的土。她看到妈妈和尼利站在坟墓的边缘，把手里的土撒入墓穴。弗朗茜也缓缓地走了过去。她闭上双眼，慢慢地松开了手。一秒钟后，她听到一阵轻柔的撞击声，那种恶心的感觉再次袭来。

葬礼结束后，几辆马车朝不同的方向驶去。前来送葬的人被送回各自的家。鲁茜·诺兰和其他几位邻居一同离开了，她甚至都没来道别。整个葬礼自始至终，她都拒绝与凯蒂和孩子们交谈。茜茜、艾薇坐进了凯蒂、弗朗茜和尼利的马车。车里坐不下五个人，因此弗朗茜不得不坐到艾薇的大腿上。回家的路上，大家都沉默不语。为了调节气氛，艾薇讲了几件关于威利姨父和他那匹马的新鲜事。但是，大家都没笑，因为根本没有人在听。

在路过一间离家不远的理发店时，妈妈让车夫停下车来。

“进去，”妈妈对弗朗茜说，“把你爸爸的杯子取回来。”

弗朗茜听得一头雾水。“什么杯子？”她问。

“你就说来取杯子就行了。”

弗朗茜走了进去。店里有两名理发师，其中一名理发师坐在靠墙的那排椅子上。他把左脚踝搭在右腿的膝盖上，抱着一把曼陀林①。他正在弹奏意大利歌曲《我的太阳》。弗朗茜知道这首歌。莫顿先生曾经教过他们，并称之为《阳光》。另一名理发师正坐在一张理发椅上，打量着长镜中的自己。女孩儿一进门，他就从椅子上下来了。

“您好，请问有什么事吗？”他问。

“我想取回我爸爸的杯子。”

“请问，他叫什么名字？”

“约翰尼·诺兰。”

“哦，天哪。真是太糟糕了。”他一边叹气，一边在架子上的一排马克杯中取下一个。那是一个厚厚的白色马克杯，杯身用金色的花体字母写着“约翰尼·诺兰”。杯底粘着一块快要用完的肥皂，还插着一个用得很旧的刷子。他撬下肥皂，把它

① 曼陀林，一种琵琶类的乐器，起源于意大利，原名为意大利文“mandolino”，意为“杏仁”，由其外形得名。其大小与小提琴差不多，全长约40厘米。共有八根弦，两两成对，分为四组。

和刷子一起放进一个没写名字的大一些的杯子里，然后开始清洗约翰尼的杯子。

等待期间，弗朗茜四处张望着。她从未去过任何一家理发店。店里充满了肥皂、干净的毛巾和月桂油的味道。屋子里还有一个煤气炉，此刻正友好地嗞嗞作响。弹琴的理发师演奏完整首歌，又把这首歌重新弹了一遍。曼陀林轻柔地叮当作响，悲伤的曲调回响在温暖的店里。弗朗茜在心中默默地唱着莫顿先生谱写的歌词。

哦，亲爱的，
阳光灿烂的日子，
是如此的美好。
风暴终将过去，
洗刷出碧空一片。

每个人都有不为人知的一面，她若有所思。爸爸从未提过这家理发店，可他每周都会到这里修三次胡子。约翰尼是个极其讲究生活品质的人，他模仿那些家境更优越的男人购买自己的专属杯子，而不是用普通杯子里的泡沫来剃胡子。约翰尼有自己的风格。只要有钱，他一周会来这里三次。他会坐在其中一张椅子上，看着那面镜子，与理发师谈天说地：也许是关于布鲁克林那年是否有好球队，或者民主党是否能像往年一样胜出。或许，当那名理发师弹奏曼陀林的时候，他会合曲演唱。没错，他一定会唱歌的。唱歌对他来说就像呼吸一样容易。她很想知道，当他排队等候的时候，是不是读过放在长椅上的那份《警察公报》呢?

理发师将杯子洗净、擦干后，交给了她。“约翰尼·诺兰是个好人。”他说，“请告诉你的妈妈，就说是我说的。”

“谢谢您。”弗朗茜感激地低声道谢。伴随着曼陀林忧伤的琴声，她走出了理发店，关上了门。

回到马车后，她把杯子交给了凯蒂。“这是给你的，”妈妈说，“爸爸的图章戒指就送给尼利。”

弗朗茜凝视着杯子上面爸爸的金色名字，轻声说：“谢谢。”短短五分钟内，她再次心怀感激。

约翰尼在这个世上活了三十四年。不到一周前，他还在这些街道上行走。可此时此刻，能够证明这个男人曾经来过的物品却只有一个杯子、一枚戒指和两条没有熨烫的服务生围裙。约翰尼没有留下任何其他的遗物，因为他拥有的全部服饰，包括饰扣和他那枚14K金的纽扣，都随他一起下葬了。

他们到家后，发现邻居们来过了，并且把公寓好好整理了一番。前屋里的家具都被摆回原来的位置，枯萎的叶子和掉落的花瓣都被清扫出去。窗户被打开了，屋子的空气焕然一新。他们买了煤炭，把厨房的炉子烧得旺旺的。他们还在桌子上铺了一块雪白的桌布。延莫尔姐妹烤了蛋糕，并切好，摆在盘子里。弗洛茜·加迪斯和她的母亲买来了一整根切好的意大利腊肠，足足装了两个盘子。桌子上还摆着一篮刚切好的黑麦面包和几个咖啡杯。有一大壶新磨好的咖啡正在炉子上加热。有人还在桌子中间放了一罐真正的奶油。这些都是邻居们趁诺兰一家外出时做的。随后，他们便锁好门，把钥匙放在地垫下面，离开了。

茜茜、艾薇、妈妈、弗朗茜和尼利坐在餐桌前。艾薇为大家倒上了咖啡。妈妈坐在那里，一动不动地盯着自己眼前的那个杯子。她回忆起约翰尼最后一次坐在桌子前的情景。她像约翰尼一样，扬起胳膊，推开杯子，趴在桌子上，撕心裂肺地放声大哭起来。茜茜把她抱在怀里，柔声地安慰：

“凯蒂，凯蒂，别这么哭了。再这么哭下去，你肚子里即将出生的宝宝会变得像你一样忧郁。”

Chapter 37
妈妈给的惊喜

葬礼的第二天，凯蒂一整天都躺在床上。弗朗茜和尼利也魂不守舍地在家里走来走去。傍晚时分，凯蒂起身给他们做了些吃的。饭后，她劝姐弟俩出去散散心，呼吸一下新鲜空气。

弗朗茜和尼利沿着格雷厄姆大街朝百老汇的方向走去。这寂静的夜晚冷得刺骨，好在没有下雪。大街上的行人寥寥无几。圣诞节已过去三天，孩子们这时都在家里玩新收到的玩具。街上的灯光凄清惨白。一阵来自海洋的小寒风低吹过来，卷起了排水沟里肮脏的废纸。

仅仅过了几天，弗朗茜和尼利的童年就彻底结束了。圣诞节仿佛从未降临一般，悄无声息地过去了，因为他们的父亲就是那天离世的。尼利十三岁的生日也在那几天毫无察觉地溜走了。

他们走到一座高大的歌舞剧院的门口，门前灯火通明。姐弟俩都识字，但凡在街上见到文字，都要仔细阅读一番。他们很自然地停下脚步，阅读起本周的演出节目单。在第六个节目的下面，有一则大写的节目预告：

情歌王子昌西·奥斯本，将在此为您倾情献唱！锁定下周，不要错过！

情歌王子……情歌王子……

父亲去世后，弗朗茜没有掉过一滴眼泪。尼利也一样。但此时此刻，弗朗茜感觉自己所有的眼泪都已经在嗓子里凝成一团，越变越大……越变越大。她感觉如果这团凝固的东西不赶紧融化，重新变回泪水，她一定会窒息而死。她看向尼利，一滴滴眼泪正从他的眼中滚落，于是她跟着也哭了起来。

他们拐进了路边漆黑的小巷，坐在人行道的边缘，把脚伸进排水沟。虽然尼利一直在抽泣，可他却没有忘记在马路牙子上铺一条手绢，以免把新买的长裤弄脏。他们感到又冷又孤独，于是彼此紧紧倚靠在一起。他们就这样一起坐在冰冷的街道上，静静地哭了很久。最后，他们都哭不动了，便开始交谈起来。

“尼利，爸爸为什么要死呢？”

“我猜是上帝想让他死吧。”

“为什么呢？”

“可能是为了惩罚他吧。”

“惩罚他什么呢？”

“我也不知道。”尼利难过地说。

“你相信是上帝把爸爸带到了这个世界的吗？”

“我相信。”

“那么，他就应该希望爸爸好好活着，不是吗？”

“我猜是这样的。”

“那他又为什么让他这么快就死去呢？”

“可能是为了惩罚他吧。”尼利想不出其他的答案，只能重复道。

“如果真是这样，又有什么意义呢？爸爸不在了，可他却不知道自己是被上帝惩罚了。上帝把爸爸造成了那个样子，然后还会自言自语说：‘我猜你也不敢违背我。’我敢打赌上帝就是这么说的。”

“你不该那样谈论上帝的。”尼利担心地说。

“人们都说上帝是伟大的，”弗朗茜轻蔑地说，“他无所不知，无所不能。如果他真的这么伟大，那为什么不去帮助爸爸，反而如你说的那样，去惩罚爸爸呢？”

“我只是说有可能。”

“如果上帝掌管了整个世界，”弗朗茜说，“那他就掌管了日月星辰、飞禽走兽、花草树木和所有人类，他实在太忙了，有太多重要的事情需要关注。你觉得他怎么会有时间来惩罚一个像爸爸这样的人呢？”

“我觉得你不该这样谈论上帝，”尼利不安地说，“他或许会让你现在就倒下丧命的。”

“那就让他来吧，”弗朗茜怒吼道，“让我就这么坐着倒在排水沟里丧命吧！”

他们胆战心惊地等待着，可什么也没发生。当弗朗茜再次开口说话时，她的语气平静了很多。

“耶稣曾经是一个活生生的孩子。他光着脚走路，就和我们夏天

时一样。我看过他的一幅画。在那幅画里，他还是个男孩儿，没有穿鞋子。长成大人后，他去钓鱼，就像爸爸做过的那样。人们能伤害他，但是无法伤害上帝。耶稣不会到处去惩罚人，因为他太善解人意了。”

提到耶稣的名号时，他们俩就像天主教徒那样画了十字。然后，她把一只手放在尼利的膝盖上，低声说：

“尼利，除了你，我是不会对别人说这些话的，我再也不相信上帝了。”

“我想回家。”尼利说。他正瑟瑟发抖。

凯蒂开门让他们进屋时，发现两个人面容疲惫，却又十分平静。“还好，他们终于哭出来了。”她心里想。

弗朗茜看了看妈妈，然后迅速地移开了目光。“我们不在家的时候，”弗朗茜暗暗地想，“她肯定一直在哭，直到自己哭不出来为止。”没有一个人提起哭泣的事。

“我想你们回家的时候一定很冷，”妈妈说，“所以我给你们准备一个温暖的惊喜。”

“什么惊喜？”尼利问道。

“等着瞧。”

惊喜就是把可可粉和炼乳搅拌成糊，再用沸水冲开的“热巧克力”。凯蒂将口感浓郁的热饮倒入杯中。“还有呢！”她补充道。她从放围裙的纸袋里掏出三颗棉花糖，往每个杯子里都放了一颗。

“妈妈！”两个孩子同时兴高采烈地喊道。这种“热巧克力”对他们来说是一份非常特别的美味，通常每年只有在过生日的时候才能享用一次。

“妈妈真的很了不起。”弗朗茜一边想着，一边用勺子压住棉

花糖。看着那块慢慢溶化的棉花糖变成了一个白色的旋涡，在黑色的巧克力上漫延开来。“她知道我们刚刚哭过，却没有多问。妈妈从不……”弗朗茜的脑海中突然闪现出那个恰当的词汇，“妈妈从不会‘手忙脚乱’。”

是的，凯蒂从不会手忙脚乱。她的双手美丽又粗糙，做起事来总是胸有成竹，无论是准确无误地把折断的花枝插入盛水的玻璃杯中，还是利落地拧干洗碗布——右手向内，左手向外，同时进行。她讲话言简意赅，用词精准，直抒胸臆。思路也很清晰，果断且毫不妥协。

妈妈说：“尼利长大了，不能再和姐姐睡同一间卧室了。所以，我把你……”她几乎不假思索地说，“……你父亲和我的房间收拾好了。现在就是尼利的卧室了。”

尼利的目光突然落到了母亲身上。一个属于自己的房间！美梦成真了。两个梦想都成真了：西服长裤和自己的房间……但是，一想到自己是如何得到这两样东西的，他又瞬间黯然神伤起来。

“然后，我会搬到你的房间，弗朗茜。”机敏的凯蒂并没有说，“你来住我的卧室”。

“我也想有自己的卧室，”弗朗茜心中燃起了一丝嫉妒的火苗，“不过，我认为让尼利自己睡一间卧室是合理的安排。毕竟只有两间卧室，总不能让他和妈妈睡同一间卧室呀。”

凯蒂知道此时弗朗茜的想法，于是说道：“等天气再暖和一些，弗朗茜可以睡在前屋。我们可以把她的小床搬进去，白天的时候在上面铺一条漂亮的床单，那里就变成一个私人起居室。你觉得怎么样，弗朗茜？”

“好的，妈妈。”

过了一会儿，妈妈又说：“最近几个晚上我们都忘记读书了，但是从现在开始，我们要继续阅读。”

“看来一切都恢复原状了。”弗朗茜心里有些惊讶，但还是从壁炉上拿来了《圣经》。

妈妈说道：“我们错过了今年的圣诞节，那就跳过本应该读的部分，直接读圣婴耶稣的诞生吧。我们轮流朗读。弗朗茜，从你开始吧。”

弗朗茜读了起来：

……就这样，他们抵达那里时，玛利亚的产期到了。她生下了第一个儿子。她把孩子用襁褓包好，放在马槽里，因为当时所有的客店都没有空房。

凯蒂突然叹了口气。弗朗茜停了下来，疑惑地抬起头。“没事，”妈妈说，“继续读吧。”

“是啊，没什么大惊小怪的，”凯蒂想，“我现在应该能感到胎动了。”未出世的孩子在她的肚子里又轻轻地动了一下。“会不会因为他知道我们有了这个孩子，”她暗自思考着，“所以才下定决心戒酒呢？”当时，她曾悄声地告诉他，他们又要有一个孩子了。他知道以后，是不是就想努力做出改变呢？正是因为知道了这件事，所以他才在临死前一直想努力成为更好的人？“约翰尼……约翰尼……”她又叹了一口气。

他们轮流朗读耶稣诞生的章节，每个人读的时候都会想到约翰尼的离去。但是，三个人都把自己的想法埋在了心里。

当两个孩子准备睡觉时，凯蒂做了件不同寻常的事。她并非一个善于表露情感的女人，可今天却一改往日的风格，她把孩子们紧紧地搂在怀里，吻了他们，向他们道晚安。

“从现在开始，”凯蒂说，“我既是你们的妈妈，也是你们的爸爸。”

Chapter 38

帮妈妈干一点儿活儿

圣诞假期快结束时，弗朗茜对妈妈说自己不想回学校读书了。

“你不喜欢上学吗？”妈妈问道。

“不，我喜欢上学。但是，我已经十四岁了，可以很容易地拿到工作许可证。”

“可你为什么想去工作呢？”

“我想帮家里挣钱。”

“不，弗朗茜。我还是想让你继续读书，还有几个月就能毕业了。六月很快就到了，到了夏天就能拿到工作许可证。或许尼利也可以拿到。不过，到了秋天，你们俩都要继续念高中。好了，不要再想工作许可证的事了，好好回学校念书。”

“可是，妈妈，我们怎样才能熬到夏天？”

“总会有办法的。”

凯蒂的内心并非自己所说的那般自信。生活中的各个方面都会引发她对约翰尼的思念。约翰尼生前没有稳定的工作，但他能在星期六或星期日的晚上找到活儿，给家里赚回三美元。每当家里的经济过于拮据时，约翰尼还有办法约束一下自己，和大家共渡难关。可现在，约翰尼不在了。

凯蒂在心里盘算了一下。只要她能继续做这三栋公寓的保洁工作，房租就不成问题。尼利兼职送报纸，每周可以赚到一美元五十美分。如果他们只在晚上生炉子，那么煤炭钱也不成问题。但是，等一下！每周还有二十美分的保费（凯蒂每周的保费为十美分，两个孩子各五美分）得先从这些钱里扣出来。这样的话，就少烧一些煤吧，大家可以早一些上床睡觉。衣服呢？想都别想了。弗朗茜已买了双新鞋，尼利买了新套装。那么，最大的问题就是食物了。或许，麦加里蒂太太能再雇她洗衣服，这样一周就可以再挣一美元。又或许，她再出去找一些清洁的工作来做。没错，他们能应付过去的。

他们就这样撑到了三月末。此时，凯蒂已经有些行动不便了。（孩子的预产期在五月。）她挺着大肚子站在厨房的烫衣板旁，或者双手双膝着地，笨拙又困难地清洗地板时，那些雇主都心惊胆战，不忍直视。出于怜悯，她们不得不出手相助。可她们很快便意识到，自己明明花钱雇了保洁女工，大多数的工作却还要自己动手。于是，她们陆续告诉凯蒂，不再需要她来打扫了。

终于有一天，当保险代理人上门收保费时，凯蒂再也拿不出这二十美分了。他是罗梅利家族的老朋友了，对凯蒂的现状也十分了解。

“我真不希望您的保单断保失效，诺兰太太，尤其是在您投保了这么多年之后。”

“您不会因为我仅仅晚付几天保费就让我的保单失效吧？”

“我肯定不会这么做的，但是公司会。这样的话，为什么不先把孩子们的保单给兑现了呢？”

“我都不知道还能这么做。”

“几乎没人知道。如果孩子们的保费停缴，公司会保持沉默。过了投保时间，公司会把他们已经交过的保费截留。如果他们知道是我告诉你的，我肯定会丢工作的。但我是这么想的：我一直为您的父亲、母亲、罗梅利家族的所有姐妹、您的丈夫和孩子代理投保。嗯，我不知该如何表达，这些年我一直在你们中间传递家人出生、患病和离世的消息，我感觉自己仿佛就是你们家里的一员了。”

“是啊，我们离不开您呢。”凯蒂说。

“诺兰太太，您可以这么做。您可以把孩子们的保单兑现，然后继续缴您自己的保费。愿上帝保佑，假如您的孩子发生不测，您一定有办法将其好好安葬。但是，万一您出了事，没有保费，以他们现在的能力，是无法将您妥善安葬的，您觉得呢？”

“是啊，这是他们力不能及的。我必须继续缴我的保费，我可不愿像乞丐一样被埋进陶人之田。否则他们会一辈子都因此抬不起头的，不光他们抬不起头，他们的孩子、他们孩子的孩子，都会抬不起头的。因此，我会继续缴我的保费，接受您关于兑现孩子们保单的建议。请您告诉我该怎么做。”

凯蒂用两个孩子的保单一共兑现了二十五美元，这些钱可以让他们熬到四月底。再过五周，肚子里的孩子就会出生。再过八周，弗朗茜和尼利就会从小学毕业。无论如何，都要熬过这八周。

罗梅利家族的三姐妹围坐在凯蒂家厨房的餐桌前开会。

“如果条件允许，我一定会帮你的。”艾薇说道，“可你是知道的，自从被那匹马踢了后，威利的状态一直不太好。老板觉得他对工作有些生疏了，他与同事们相处得也不愉快，甚至就连马都不愿意跟他出去送牛奶了。于是，他被安排打扫马厩，清理马粪和碎瓶子。他们把他的周薪降到了十八美元。我们要养三个孩子，这些钱根本不够。我自己也在打零工，帮人做保洁。”

“但凡我有办法……”茜茜开口道。

“可别，”凯蒂斩钉截铁地拒绝了她，“你能把妈妈接过去同住已经很好了。”

“没错，”艾薇说道，“凯蒂和我过去很担心她，她一个人独住，还要为挣几美分的薪水出去打扫卫生。”

“妈妈几乎没开销，也不给我们添麻烦。”茜茜说，“我的约翰也不介意让她住在家里。不过，他每周只挣二十美元，现在又有了孩子，我想回去干老本行，但是妈妈现在年纪太大了，我不能再让她照顾孩子、打理房子。她现在八十三岁了。我倒是可以去工作，但是我得雇人来照顾她和孩子。凯蒂，要是我有工作，我就能帮到你了。”

“你也身不由己呀，茜茜。没办法，各家有各家的难处。”凯蒂说。

“现在唯一的办法，”艾薇说，“就是让弗朗茜辍学，给她办个工作许可证。”

“但我还是希望她能完成学业。我的孩子会是诺兰家第一批拿到毕业文凭的。”

“文凭又不能当饭吃。”艾薇说。

“你就没有男性朋友可以求助吗？”茜茜问，“你是一个大美人，你知道的。”

“或者说，等她的身材恢复了。”艾薇插嘴道。

刹那间，她想起了麦克沙恩警长。“没有，”她说，“我没有男性的朋友。我的男性朋友只有约翰尼，没有别的人。”

“我觉得艾薇说得对，”茜茜肯定地说，“虽然我也不想这样，但是你得让弗朗茜去工作才行。”

“一旦她辍学，没有拿到学位，那她就永远不可能再去念高中了。”凯蒂反对道。

“好吧，”艾薇叹了口气，“实在不行，那就只能求助天主教的慈善机构了。”

“如果哪天我们真到了那个地步，”凯蒂轻声说，“到了需要向教会乞讨度日的地步，我就把门窗紧紧地堵住，等到孩子们睡熟了，把煤气阀打开。”

“别这么说，”艾薇厉声打断了她，“你还是想活下去的，不是吗？”

“我是想活下去，可我想活得有盼头。我不想靠别人施舍的食物活下来，只为了有力气去领更多施舍的食物。”

“那么，话又说回来了，”艾薇说，“弗朗茜得出去工作。而且只能让弗朗茜去，因为尼利只有十三岁，他无法领到工作许可证。”

茜茜把手放在凯蒂的胳膊上：“事情没那么糟。弗朗茜向来聪慧，又读了那么多书。这孩子一定会想办法让自己继续完成学业的。”

艾薇站起身：“好啦！我们该走了。”她把一枚五十美分硬币放在餐桌上。她料到凯蒂会拒绝，于是假装凶巴巴地说道：“这可不是白给你的，早晚得还给我呢。”

凯蒂笑了起来：“你不必这么大吵大嚷的，我不介意拿我姐姐的钱。”

茜茜则更直接。她俯身与凯蒂吻别时，把一张一美元的纸币塞进了她的围裙，说：“如果有需要，尽管来找我，就算是在半夜我也会赶过来的。不过，你要派尼利过来。一个女孩儿晚上走煤场那一带的夜路不安全。”

凯蒂独自坐在厨房的餐桌旁，直到深夜。“我需要两个月……就两个月。”她想，“敬爱的主啊，给我两个月的时间，只要短短两个月就好。到时候，我的孩子就会出生，我就能继续工作了。到时候，我的孩子们会从公立学校毕业。等我能主宰自己的思想和身体时，我将对您一无所求。可现在，我实在是力不从心，所以才向您求助。两个月……两个月就好……”她等待着那束象征着她与上帝建立联结的温暖的光芒出现，然而并没有出现。于是，她又尝试了一次。

“圣母玛利亚，耶稣的母亲。您肯定能理解我的苦衷，您也是一位母亲。圣母玛利亚……”她等待着。光芒依旧没有出现。

她将茜茜的一美元纸币与艾薇的五十美分一起放在了桌子上。“这些钱够我们再撑三天。”她想，“可然后怎么办呢……”不知不觉地，她竟喃喃低语起来：“约翰尼，你在哪儿呀？你再帮我们振作一次吧，就一次……”她再次等待着。这一次，光芒出现了。

冥冥之中，约翰尼的确帮助了他们。

酒吧的老板麦加里蒂始终无法忘记约翰尼，这并非因为他受到了良心的谴责。不，不是这样的。他并没有强迫任何人进他的酒吧。他只是注意给门铰链上好油，让人们轻轻一推就能打开门。除此以外，他招揽客户的手段并不比其他酒吧的老板多。他店里的免费午餐与其他店的一样平平无奇，除非顾客情不自禁地即兴表演，他的店里根本没有让人沉迷其中的娱乐节目。不，并不是因为他感到良心不安。

他只是单纯地想念约翰尼，仅此而已，与金钱无关，毕竟约翰尼总是欠他的钱。他很喜欢约翰尼来店里，因为他可以让酒吧显得高雅起来。想想看，在一群卡车司机和挖路工人中间，站着这样一位温文尔雅的瘦削的年轻人！“诚然，”麦加里蒂并不否认，“约翰尼饮酒过量了。可是，如果他不在这里喝酒，也会去别的地方喝酒。不过，他的酒品不错，不会喝了几杯就满嘴脏话、惹是生非。没错，”麦加里蒂断定，“约翰尼是个好人。”

麦加里蒂想念的是听约翰尼谈天说地。“他怎么能把事情讲得如此生动呢，”他想，“无论是南方的棉花田、阿拉伯的沙滩，还是法国的明媚阳光。尽管这些地方都是他从歌中听到的，但他的描述就仿佛真的去过一般。我的确很喜欢听他给我讲那些遥远的地方，”他沉思着，“可我还是最喜欢听他跟我讲他家里的事。”

麦加里蒂曾经梦想过一个家。梦中的家住得离他的酒吧很远，远到清晨酒馆打烊后，他得乘坐电车回家。梦中温柔贤惠的妻子会在家里等着他，为他准备好热气腾腾的咖啡和美味的食物。吃过饭后，他们会促膝而谈……聊一些酒吧以外的话题。他也梦想过自己能有干净、漂亮、聪明的孩子。他们长大了可能会因为父亲的职业而感到些许羞耻。他反而为孩子们的羞耻而自豪，因为这意味着他有能力养育出优雅的孩子。

不过，这是他梦想中婚姻的样子。后来，他娶了梅。她是一个身材凹凸有致的性感女孩儿，头发呈深红色，嘴巴很宽。但是，婚后不久，她就变成一个肥硕又邋遢的女人，也就是布鲁克林人口中的“酒吧老板娘”。他们结婚的头一两年，过得还算幸福。直到某天早晨，麦加里蒂一觉醒来，发现他的生活并不美满。梅永远不会变成他梦中的贤妻。她喜欢酒吧，非要在酒吧楼上租房子住，不想去法拉盛①买房子。她不愿打理家务，而是喜欢整日整夜地坐在酒吧的后屋里，与顾客们喝酒嬉笑。他和梅的孩子们在街上横行霸道，四处吹嘘自己的爸爸是酒吧的老板。让他大失所望的是，他们竟然以此为荣。

他知道梅有背叛婚姻的行为。不过，只要那个男人没有在背后嘲笑自己，他对此并不在意。早在几年前，他对梅的身体失去欲望的时候，他的嫉妒之心也随之离开了。他逐渐对与她或其他任何女人同床共眠都失去了兴致。不知为何，在他的心目中，唯有相谈甚欢才会有进一步的亲密无间。他想要一个能完完全全倾听他心声的女人，一个暖意融融、灵心慧齿、能和他促膝长谈的女人。他想，唯有找到这样的女人，他的男子气概才能再次回归。他就这样笨拙地摸索追求着思想、灵魂与身体的统一。随着岁月的流逝，与亲近的女人促膝长谈的需求成了他的一种执念。

他一边做生意，一边观察着人性，从中得出了一些自己的见解。虽然这些见解既不犀利也不独到，事实上这些见解颇为乏味，但是，它们对麦加里蒂先生很重要，因为都是他自己冥思苦想出来的。在婚后的前几年里，他曾尝试同梅分享这些见解，可她的回答永远都是：“我想是吧。”有时，她会换一种说法：“我想就是这样吧。”后来，由于无法再和她推心置腹地交流，他也逐渐失去

① 法拉盛，位于纽约的皇后区，北美的第一批商业苗圃就是起源于法拉盛地区。

了作为丈夫的能力，她也开始对他有所背叛。

麦加里蒂的灵魂深处有巨大的负罪感。他讨厌自己的孩子。他的女儿艾琳与弗朗茜同岁。艾琳的眼睛是粉红色的，就连头发也是浅到发粉的红色。她刻薄又愚蠢，多次留级，以至于十四岁了还在念六年级。他的儿子吉姆十岁了，除了屁股肥得几乎穿不上裤子，一无所长。

麦加里蒂还有一个梦想。他希望妻子梅有一天能向他坦白，那两个孩子并非他的亲生骨肉。这个想法让他很欣慰。他觉得，这两个孩子如果是她和别的男人生的，自己仍然会爱他们。这样，他就可以客观地看待他们的刻薄和愚蠢，还会对他们抱有怜悯之心，去帮助他们。要是这两个孩子是自己亲生的，他就会感到厌恶。因为在他们身上，他看到了自己和梅身上最糟糕的特质。

在约翰尼光顾酒吧的这八年里，他每天都会自豪地谈起凯蒂和他的孩子们。在这八年里，麦加里蒂在心里暗暗地玩着一个游戏。他假装自己是约翰尼，当听到约翰尼谈起家里人时，仿佛是麦加里蒂在讲述梅和自己的孩子。

“给你看个东西，”有一次，约翰尼从口袋里掏出一张纸，骄傲地说，“我女儿在学校里写了一篇作文，得了‘A’，她才十岁。我读给你听！”

约翰尼朗读的时候，麦加里蒂就假装那个故事是自己女儿写的。还有一天，约翰尼拿来一对做工粗糙的木制书立，得意扬扬地把它们放在吧台上。

“给你看个东西，”他一脸骄傲地说，“这是我儿子尼利在学校做的。”

“这是我儿子吉姆在学校做的。”麦加里蒂一边欣赏书立，一边在心里暗暗自豪地说。

还有一次，麦加里蒂为了挑起话题，问道："约翰尼，你觉得我们会参战吗？"

"真巧，"约翰尼当时答道，"昨天我和凯蒂还在聊这件事呢。我们坐着聊了一个通宵，最后我还是说服了她，因为威尔逊总统一定会让我们置身事外的。"

麦加里蒂想，要是他和梅通宵坐着谈论此事，会是什么样的情形？要是她说出"你说得对，吉姆"这句话，自己又会有怎样的感受呢？可是，他永远都不会知道，因为他知道这种事根本就不可能发生。

因此，约翰尼离世后，麦加里蒂的那些美梦也随他而去了。他曾尝试独自玩这个游戏，结果都失败了。他需要约翰尼这样的人来帮自己开启想象力。

就在罗梅利家族的三姐妹坐在凯蒂的厨房里会谈时，麦加里蒂冒出了一个想法。他挣的钱多到自己不知道该怎么去花，除了钱，他一无所有。或许，他可以通过约翰尼的孩子再次获得编织梦想的能力。他猜测凯蒂目前手头会有些拮据。或许，他可以为约翰尼的孩子找些简单的家务活儿，让他们放学后来做。他会帮助他们摆脱困境……上帝知道他负担得起，说不定他也会因此获得一些回报。也许，他们也会和他交谈，就像他们曾经和自己的父亲交谈一样。

他告诉梅，他要去拜访凯蒂，想给她的孩子们安排些零活儿。梅则幸灾乐祸地说，他肯定会被人家赶出门的。麦加里蒂并不觉得自己会被赶出门。出发前，他刮着胡子，回忆起凯蒂因送花圈向他道谢的情景。

约翰尼葬礼过后，凯蒂挨家挨户感谢送过花的人。她对写着"女士专用”的侧门嗤之以鼻，径直从正门走进麦加里蒂的酒吧。她全然无视围在吧台旁的那些目瞪口呆的男人，直接走到麦加里蒂面前。一见她走来，麦加里蒂便把围裙的一角塞进皮带，表示他暂时离岗一阵，从吧台后面走出来迎接她。

“我来向您道谢，感谢您为约翰尼送了花圈。”凯蒂说。

“哦，是那个事啊！”他如释重负，本以为自己要挨一顿骂。

“感谢您，真是破费了。”

“我喜欢约翰尼。”

“我知道的。”她伸出手来。他呆呆地看了一会儿，才意识到她是想同他握手。他紧紧握着那只手，问道：“您不生我的气？”

“我为什么要责怪您呢？”她回答，“约翰尼是个自由自在的人，已年过二十一。”说完她转身离开了酒吧。

不会的，麦加里蒂笃定，如果带着善意登门，这个女人是不会把他赶出门的。

他坐在厨房的一张椅子上同凯蒂交谈，感到有点儿不自在。孩子们这时本该在写作业，可弗朗茜却装作低头看书，实则在听麦加里蒂先生的话。

“我和我太太商量过了，”麦加里蒂编了个谎，“她和我都同意雇用您的女儿做家务。请您放心，我们不会安排繁重的任务，只是让她铺铺床、刷刷盘子。我想雇用您的儿子在楼下的酒吧帮忙。您了解的，我们店里晚上为客人提供免费餐食，需要他来剥鸡蛋，把奶酪切块。我不会让他靠近吧台，只安排他在厨房工作。他们每天放学后做一个小时左右，星期六做半天。每周我会付给他们每人两美元。”

凯蒂心中激动起来。“每周四美元，”她心里盘算着，“再加上送报纸的一美元五十美分，这样他们俩都能继续上学了，吃饭的钱也够了。我们就能熬过这段艰难时期了。”

“您觉得如何，诺兰太太？”他问。

“还是让孩子们自己决定吧。”她回答。

“怎么样？”他朝向两个孩子发问，“你们觉得怎么样？”

弗朗茜假装刚从书中回过神来，问：“你们刚刚在说什么？”

“你愿意去帮麦加里蒂太太做家务吗？”

“我愿意，先生。”弗朗茜答道。

“那你呢？”他对尼利说。

“我也愿意。”男孩儿也赞同。

“那就这么说定了。”他对凯蒂说，“当然了，这只是一份临时工。在还没找到固定的人手之前，家务和帮厨就暂由他们来做。”

“我也希望他们俩是临时工。”凯蒂说。

“估计您手头可能有些紧，”他把手伸进口袋，“我先预支两个孩子第一周的薪水。”

“不用了，麦加里蒂先生。他们若是出去挣钱，就享有周末亲自领薪水，并把钱带回家的权利。”

“好吧。”但他的手依然留在口袋里，紧紧握着一厚沓钞票。他心里想：“我有这么多钱，什么都没买到，而他们却一无所有。”他想出一个主意。

“诺兰太太，你也知道我和约翰尼之间的约定。我赊账让他喝酒，他把小费交给我。是这样的，他离开时，还剩了些钱没花掉。”他掏出了那沓厚厚的钞票。弗朗茜看到后，眼睛瞪得溜圆。麦加里蒂本想说这十二美元全是约翰尼剩下的，然后把钱如数交给凯蒂。但他取下套在纸币上的橡皮圈时，观察到凯蒂的表情，发现她眯起了眼睛。他知道凯蒂肯定不相信。“当然啦，剩得也不多，”他漫不经心地说，“只有两美元。不过，我还是得把钱给您。”他抽出两张钞票递给她。

凯蒂摇了摇头：“我知道您根本就不欠我们钱。如果您实话实说，那也应该是约翰尼欠您的钱。”被凯蒂看穿了，麦加里蒂感觉很羞愧。他只好又把钱揣进口袋里，那沓厚厚的钱贴着他的大腿，让他感到些许不适。“但是，麦加里蒂先生，我还是要感谢您的好意。”凯蒂说。

她最后这句话让麦加里蒂打开了话匣子。他开始滔滔不绝地说起来。他聊起了自己在爱尔兰的童年时光，聊起了他的父母和众多兄弟姐妹，聊起了自己梦想中的婚姻。他向她倾诉了自己多年来的心中所想。他并没有贬低自己的妻儿。对于他们，他只字未提。他聊到了约翰尼，说着约翰尼每天讲述自己妻儿的情形。

“比如这窗帘……”麦加里蒂说着伸出肥硕的大手指着半条窗帘。窗帘用黄色的印花棉布制成，上面印着一朵红色的玫瑰花。“约翰尼对我说，你把自己的旧裙子拆了，改成了厨房的窗帘。他说厨房都因此变漂亮了，仿佛坐在吉卜赛篷车里一般。”

弗朗茜不再假装学习了。她仔细琢磨着麦加里蒂最后说的“吉卜赛篷车”。想到这儿，她就带着全新的眼光打量起那窗帘：“爸爸真的这么说的呀，我还以为他当时没发现新窗帘呢。至少，当时他什么也没说。但是，他的确注意到了，还对这个人夸耀了一番。”听到别人这么说约翰尼，弗朗茜几乎要相信爸爸还没有走。“爸爸真的对这个人说了这番话。”她又饶有兴趣地重新观察麦加里蒂。他个头矮小敦实，双手粗壮，脖子又红又短，头发十分稀疏。弗朗茜想：“光看他的外表，又有谁能想到他的内心会如此不同呢？”

麦加里蒂一口气讲了两个小时。凯蒂在一旁专心地聆听。她并不是在听麦加里蒂侃侃而谈，她听的是麦加里蒂口中的约翰尼。每当他稍有停顿，凯蒂就会适时做出回应，例如“是吗？”“然后呢？”“后来呢？”当他想不出合适的措辞时，她会善意提示，而他也会欣然接受。

就在麦加里蒂畅所欲言时，发生了一件奇妙的事。他感觉自己的男子气概失而复得，在体内荡漾着。这倒不是他与凯蒂共处一室的缘故。此时凯蒂身体已经臃肿得不成样子，只要看一眼，他都不免心头一紧。之所以这样，并非这个女人的缘故，而是源于与她的交谈。

屋子里越来越暗，麦加里蒂停止了交谈。他感觉喉咙沙哑，疲惫不堪。不过，这种疲惫却给予了他一种崭新的平静感。他心不甘情不愿地想到得回去工作了。酒吧里现在一定挤满了下班的人，他们都喜欢在回家吃饭前喝上一杯。当一群男人围着吧台时，他不喜欢看到梅置身其中。他慢慢站起身来。

“诺兰太太，”他反复摆弄着自己的棕色圆顶礼帽说，“我能偶尔过来聊聊天吗？”她缓缓地摇了摇头。“就聊聊天？”他再次恳求道。

“不行，麦加里蒂先生。”她尽可能用温和的语气回答。他叹了口气，离开了。

弗朗茜很高兴自己可以忙碌起来，因为这样，她就没有时间一直思念爸爸了。她和尼利每天早上六点起床，上学前要帮助妈妈打扫两栋公寓。妈妈目前不能干太重的活儿。弗朗茜负责擦亮三个门厅的铜制门铃底座，还要用浸了油的抹布擦拭楼梯的每一根栏杆。尼利则负责清扫地下室和铺着地毯的楼梯。他们俩每天都要一起把装得满满当当的垃圾桶抬到马路牙子上。不过，他们遇到了一个难题：就算他们两个人一起用力，也无法推动那么沉重的垃圾桶。于是，弗朗茜想出一个办法。他们先把垃圾桶推倒，将垃圾倒在地下室的地板上，然后把空的垃圾桶抬到人行路上，再用盛煤的小桶把垃圾一点儿一点儿运到垃圾桶里。虽然他们得多次往返于人行路与地下室，但总归解决了问题。这样一来，留给妈妈的工作就只剩下清扫、擦洗铺着油毡的过道了。有三个租户提出在凯蒂的孩子出生前要自己擦洗自家门前的过道，这真是帮了大忙。

放学后，两个孩子要去教会参加慕道班，因为春天他们就要行坚振礼了。慕道班结束后，他们就去麦加里蒂的酒吧帮忙。正如麦加里蒂先生所承诺的，他们二人的工作相当轻松。弗朗茜负责铺好四张凌乱的床铺，清洗几个早餐用过的盘子，再将房间清扫一番。不用一个小时就能做完。

尼利与弗朗茜每天的日程相同，不过他还多了一份送报纸的工作。有时，他要晚上八点才能回家吃晚饭。他在麦加里蒂酒吧的后厨工作。他的任务是剥鸡蛋壳，每天剥四五十只煮熟的鸡蛋，将硬奶酪切成一英寸见方的小块，并且在每个小方块上插一根牙签，将一大根黄瓜泡菜切成长条。

麦加里蒂前几天并未急于和孩子们交谈，等孩子们适应了这里的工作，他才决定像约翰尼那样同孩子们交谈。他走进厨房，坐下来，观察尼利干活儿。“他和他父亲简直一模一样。”麦加里蒂心想。他等了很久，直到男孩儿习惯了他的存在，才清了清嗓子。

“你最近有没有再做木头书立？”他问。

“没……没有，先生。”尼利结结巴巴地回答。他被这突如其来的怪问题吓了一跳。

麦加里蒂等了一会儿，心里纳闷这个男孩儿为什么不继续聊下去。尼利加快了剥鸡蛋的速度。麦加里蒂又尝试了一次：“你觉得，威尔逊总统会让我们远离战争吗？”

“我不知道。”尼利说。

麦加里蒂等了很久。尼利以为他是来检查自己工作的。他迫切地想要取悦雇主，手上的动作更麻利了，竟然提前完成了任务。他将最后一个剥好的鸡蛋放在玻璃碗中，抬起头来。“啊！现在他要和我聊天啦。”麦加里蒂心想。

“请问，这是我全部的工作吗？”尼利问。

“是的，就这些。”麦加里蒂还在等他开口。

“那么，我是不是可以先走了？”尼利大着胆子问。

“可以，去吧孩子。”麦加里蒂叹了口气。他望着男孩儿从后门离去的背影，心里想着：“要是他能转身，说一些……随便说一些……他们家的事该多好啊！”但是，尼利并没有转身。

第二天，麦加里蒂尝试同弗朗茜交谈。他走到楼上的公寓房间里，一言不发地坐了下来。弗朗茜感到有些害怕，她开始把灰尘往门口扫。“如果他靠近我，”她想，“我就能跑出去了。”麦加里蒂在屋子里默默地坐了许久，以为这样她就能习惯自己在身边了。他根本不知道自己已经吓到这个小姑娘了。

“你最近有没有写作文，得了‘A’的好文章？”他问。

“没有，先生。”

他等了一会儿，问：“你认为我们国家会参战吗？”

“我……我不知道。”她说着，朝门口挪了挪。

他心想：“我一定是吓到她了。她以为我和走廊里那个变态一样呢。”于是，他大声说：“别害怕，我这就走。如果你愿意，可以把门锁上。”

“好的，先生。”她说。他离开后，弗朗茜心想：“我猜他应该只是想和我聊聊天，可我真没什么和他聊的啊。”

有一次，梅·麦加里蒂上楼来。弗朗茜正跪在地上，努力清理安装在水槽下的水管后面的污垢。梅让她站起来，别再扫了。

“主爱你，孩子，”她说，“别为了干活儿累死自己。等你和我死后都上了天堂，这栋公寓还会好好地站在这里。”

她从冰箱里拿出一大块玫瑰色的果冻，把它一分为二，将其中的一半放到盘子上。她在果冻上挤满了打发好的奶油，然后把两把勺子放在餐桌上，坐了下来。她示意弗朗茜也坐下。

“我不饿。”弗朗茜撒了个谎。

“吃点儿吧，就当陪我。”梅说。

这是弗朗茜平生第一次吃果冻和打发过的奶油。真是太美味啦！她时刻提醒自己要注意礼貌，不能狼吞虎咽。她边吃边想：“麦加里蒂太太是个好人，麦加里蒂先生也是个好人，可他们为什么合不来呢？我猜他们只是不适合彼此吧。”

梅和麦加里蒂坐在酒吧里间的一张小圆桌旁，和往常一样沉默地吃着无声的晚餐。出乎他意料的是，梅竟然把手放在了他的胳膊上。他被突如其来的肢体接触吓了一跳。他用那双又小又亮的眼睛凝视着她那双红褐色的大眼睛，感受到她怜悯的目光。

“没用的。”她温柔地说。他内心翻腾起一阵兴奋之情。“她懂得！”他想，“这么说……这么说……她懂我。”

“有句老话说得好，”梅继续说，“金钱不是万能的。”

"我懂，"他说，"那我让他们走？"

"几周后再说吧，等她的孩子出生了。总得给他们一个喘息的机会。"她站起身，朝外面的吧台走去。

麦加里蒂坐在那里，不由得五味杂陈。"我们刚刚交谈了。"他惊讶地想，"虽然我们没提到任何名字，没说任何具体的事情。但是，她竟然了解我的想法，我也能知道她的想法。"他赶忙去追妻子，想留住彼此之间的默契。然而，他看见梅站在吧台的尽头，一个虎背熊腰的卡车司机用胳膊搂住她的腰，正在她耳边悄声说着什么。梅用手捂住嘴巴，笑得花枝乱颤。一见麦加里蒂走了进来，卡车司机窘迫地缩回手臂，走到一群男人中间。麦加里蒂走到吧台后面，注视着妻子的眼睛。她眼神空洞，根本找不到一丝默契。他又和往日一样，带着心灰意懒的表情开始晚上的工作。

玛丽·罗梅利的年纪一天比一天大了。她已经无法独自在布鲁克林走动。但她很想在凯蒂临产前见她一面。于是，她请保险代理人帮忙带个话。

"当一个女人生孩子时，"她对他说，"死神会短暂地握住她的手。有时，他甚至不会放手。请您转告我的小女儿，我很想在她临产前见见她。"

代理人把话转达给凯蒂。第二周星期日，凯蒂便带着弗朗茜一起去看望母亲。尼利推辞了，说坦·艾克斯街的球队要在空地上举行棒球比赛，他之前已经答应要去做他们的投手。

茜茜家的厨房宽敞又温暖，明媚的阳光透过窗户洒在纤尘不染的房间里。外婆玛丽·罗梅利坐在炉子旁的一把矮矮的摇椅上。那是她从奥地利带过来的唯一的家具。这把小摇椅已经在她家乡小屋的炉边放了一百多年了。

茜茜的丈夫坐在窗前，抱着婴儿用奶瓶喂奶。凯蒂与弗朗茜先问候了玛丽和茜茜，然后过来同他打招呼。

“你好，约翰。”凯蒂说。

“你好，凯蒂。”他回答。

“您好，约翰姨父。”

“你好，弗朗茜。”

接下来，他就再也没说过一句话。弗朗茜仔细打量着他，对他很好奇。罗梅利家族的人都把他看作临时的家人，正如他们看待茜茜的历任前夫和情人一样。弗朗茜很想知道，他是否感觉到自己被当作临时的家人来对待呢？他的真名是史蒂夫，可茜茜总称他为“我的约翰”。每当家里人提起他，大家也总是叫他“这个约翰”或“茜茜的约翰”。弗朗茜很好奇，当他在杂志社工作时，他的同事会不会也叫他“约翰”呢？他有没有提出过抗议？有没有说过：“听好了，茜茜。我叫史蒂夫，不叫约翰。让你的妹妹们也叫我史蒂夫。”

“你胖了，茜茜。”只听妈妈说。

“女人生孩子后自然会胖一些。”茜茜回答得一本正经。她笑着对弗朗茜说：“你想抱一抱小宝宝吗，弗朗茜？”

“哦，好呀！”

茜茜那位身材高大的丈夫一言不发地站起来，把孩子和奶瓶交给弗朗茜，然后沉默地走出房间。对此，大家并没有大惊小怪。

弗朗茜坐在他空出来的椅子上。她从来没有抱过小宝宝。她模仿着乔安娜的样子，用手指轻触她柔软的圆脸蛋儿。一阵战栗的感觉从她的指尖传来，沿着手臂，传遍了全身。“等我长大了，”她暗下决心，“我要让家里永远都有个小宝宝。”

她怀里抱着宝宝，一边听着妈妈和外婆聊天，一边看着茜茜姨妈做面条，她要做出足够家里吃一个月的面条。她先拿出一团偏硬的黄色面团，用擀面杖擀平，然后把平整的面皮卷起来，好像一块果子冻卷筒蛋糕。她拿出一把锋利的菜刀，把卷起来的面皮切成如纸一样薄的细条。接着，她把这些细条抖开，挂在炉前用细榫钉制成的架子上，将面条晾干。

弗朗茜感觉茜茜变了，她不再是过去的那个茜茜姨妈了。并不是因为她的身材比以前丰满了些，她的变化与外表无关。对此，弗朗茜感到很困惑。

玛丽·罗梅利想要仔细地了解凯蒂的近况。凯蒂事无巨细地向她讲述起来。她先聊了聊他们的近况，然后采用倒叙的方法继续讲。她先讲了孩子们到麦加里蒂那里干活儿的事。她告诉妈妈正是他们挣来的薪水让他们得以维持生计。随后，她讲了麦加里蒂坐在厨房同她谈论约翰尼的情景。最后，她说：

“就这么说吧，妈妈，如果当时不是麦加里蒂先生过来找到我，我真的不知道会发生什么事。我当时真是穷途末路了，就在那天前的几个晚上，我还向约翰尼祈祷，让他帮我来着。我知道，自己当时太愚蠢了。”

“那才不是愚蠢呢，”玛丽说，“他听到了你的祈祷，他还帮了你呢。”

“鬼魂帮不了任何人的，妈妈。”茜茜说。

“鬼魂不是那些破门而入的东西呀，”玛丽·罗梅利说道，“凯蒂说她丈夫总是和这位酒吧老板聊天。在那些年的交谈中，雍尼（她发不出“约翰”的音）已经把自己的点点滴滴留给了这个人。当凯蒂向她的丈夫求助时，那藏在酒吧老板灵魂中的雍尼听到了她的求救，便过来帮助了她。”

弗朗茜反复思考着这句话。“果真如此，”她想，“那么，麦加里蒂先生在那天有关爸爸的长谈中，已将爸爸的一点一滴都还给了我们。现在他的灵魂里没有爸爸了。也许，正因如此，我们才无法像他期望的那样与他畅谈吧。”

她们临走时，茜茜给凯蒂带了满满一鞋盒的面条。弗朗茜同她的外婆吻别时，玛丽·罗梅利紧紧地搂住她，用德语低声说：

“接下来的一个月里，你要格外地顺从妈妈，给予她更多的尊重。她这时特别需要爱和理解。”

虽然外婆说的话弗朗茜一个字都没听懂，但她还是答道：“好的，外婆。”

乘电车回家的路上，弗朗茜把鞋盒抱在自己的膝盖上，因为妈妈现在已经看不到膝盖了。弗朗茜坐在车上，陷入了沉思：“如果真的像外婆玛丽·罗梅利说的那样，那么就从来没有人会真正地逝去。虽然爸爸离开了我们，但是他仍然以多种方式陪伴着我们。尼利与他如此相像，妈妈和他相知了这么多年，这些都是他存在的方式。他的母亲给了他生命，而且依旧健在，这也是他存在的方式。也许，有一天，我会生下一个长得很像爸爸的男孩儿，他会继承爸爸所有的优点，但他不会酗酒。再然后，我的儿子也会有他的儿子。或许，真的不存在真正的死亡。”她想到麦加里蒂先生，“有谁能想到他身上会有爸爸的影子呢？”她又想到了麦加里蒂太太，想到她让自己安心地坐下来和她一起吃果冻。弗朗茜脑中忽然灵光一闪！她终于明白了茜茜的身上到底发生了什么变化。她对妈妈说：

“茜茜姨妈不再用那种味道浓烈的香水了，是吧，妈妈？”

“是啊，她不再需要用香水了。”

“为什么呢？”

“她现在已经有了孩子，还有一个照顾她和孩子的男人了呀。”

弗朗茜还想继续问下去，但是，妈妈已经闭上了眼睛，仰头靠在座位上。看着她苍白的倦容，弗朗茜决定不再去打扰她。她得自己想明白。

“一定是有原因的，”她琢磨着，“用香气浓郁的香水和女人想要孩子有关，还与她想要找到可以让她怀上孩子的男人有关，而且这个男人还要愿意照顾她和宝宝。”她小心地收藏好这个宝贵的认知，就像收藏成长过程中不断领悟到的其他认知一样。

弗朗茜的头开始疼起来。不知道是因为怀抱婴儿太兴奋、电车颠簸、思念爸爸，还是因为对茜茜姨妈不再用香水的思考。或许只是她每天起得太早，整日辛苦劳作的缘故。又或许，是因为每个月到那几天，她的头都要疼一阵。

“唉，”弗朗茜断定，“我猜让我头疼的是生活本身，就是这个原因。”

“别傻了，”妈妈依然闭着眼睛，仰着头轻轻说道，“茜茜姨妈家的厨房太热了，我的头也很疼。”

弗朗茜心头一惊。“难道妈妈就算闭着眼睛，也能看穿我的心思吗？”随后，她想起来，她之前的思考都没有说出口，只有最后这句让她头疼的话说出来了。于是她放声大笑。这是爸爸去世后，她第一次开怀大笑。妈妈睁开眼睛，嘴角也露出了微笑。

Chapter 39

什么是美？

弗朗茜和尼利在五月举行了坚振礼。弗朗茜已经快十四岁半了，尼利则要小一岁。茜茜利用她专业的缝纫技术，为弗朗茜制作了一件简单的白色薄纱连衣裙。凯蒂设法为她买到了一双白色的儿童浅口鞋和一双白色的长丝袜。这是弗朗茜人生中的第一双丝袜。尼利穿着参加父亲葬礼时的那身黑色套装。

街区内有个传说，如果在受坚振礼的这一天许下三个愿望，将来一定会成真。第一个是不可能实现的愿望，第二个是需要通过自身努力实现的愿望，第三个是长大以后就能实现的愿望。那个不可能实现的愿望是自己棕色的直发可以变成尼利那样的金色鬈发；第二个愿望是拥有像妈妈、艾薇姨妈和茜茜姨妈那样甜美的嗓音；第三个愿望是长大后可以环游世界。尼利的第一个愿望是希望自己非常富有；第二个愿望是成绩单上能有更高的分数；第三个愿望是长大以后可以不像爸爸一样酗酒。

布鲁克林的教会有一条铁律：坚振礼当天，孩子们的照片必须由专业的摄影师去拍。凯蒂付不起拍照的费用，只好请弗洛茜·加迪斯用她的盒式照相机给孩子们拍一张快照。弗洛茜让孩子们站在人行道边，摆好姿势准备拍照，但她没注意就在按下快门的那一刻，一辆电车从两个人的身后驶过。她把那张快照放大，装裱在相框里，作为坚振礼的礼物送给弗朗茜。

照片送到的时候，茜茜刚好在场。凯蒂拿着照片，其他人站在她的身后一起欣赏。弗朗茜此前从未拍过照片。这是她第一次从别人的角度观察自己。照片中，她身体僵直地站在路边，背对着排水沟，裙摆的一侧被风吹起。紧挨着她的尼利比她高出了一头，他身穿崭新、笔挺的黑色套装，显得既英俊又富贵。阳光斜照在屋顶上，尼利刚好置身于阳光中，他的脸庞既明亮又清晰，而弗朗茜则站在阴影中，她的脸色黯淡，表情愤怒。他们俩的身后正驶过一辆电车，留下了模糊的影子。

茜茜说道："我敢打赌，这是世界上唯一一张带有电车的坚振礼照片。"

"照片拍得很棒，"凯蒂说道，"比起站在摄影棚用纸板做的教堂窗户前，他们站在街上的样子看起来自然得多。"她把照片挂在了壁炉架上。

"尼利，你选了什么名字？"茜茜问道。

"我用了爸爸的名字，我叫科尼柳斯·约翰·诺兰。"

"这名字还真适合外科医生呢。"凯蒂赞叹道。

"我用了妈妈的名字，"弗朗茜郑重地说道，"现在，我的全名是玛丽·弗朗西斯·凯瑟琳·诺兰。"弗朗茜等待着。可妈妈却没有说这名字很适合作家。

“凯蒂，你还有约翰尼的照片吗？”茜茜问道。

“没有了，只有一张我们结婚时拍的合影。怎么了？”

“没什么。时间过得可真快啊，对不对？”

“是啊，”凯蒂叹了口气，“生活中能让我们确定的事情寥寥无几，这算是一件吧。”

坚振礼结束后，弗朗茜不再需要参加慕道班的培训了。于是，她把每天多出来的一个小时全用来写小说。她要向新来的英语老师加恩德小姐证明自己懂得何为“美感”。

自从父亲去世后，弗朗茜不再写草木花鸟和她的想法之类的内容了。因为她太想念爸爸了，所以她会写一些关于他的小故事。她努力想要表明就算爸爸有这样或那样的缺点，可他依然是一个好爸爸，一个善良又体贴的人。这样的故事她写了三篇，结果她并没有像往常一样拿到“A”，反而都只得了“C”。当她的第四篇作文被返还时，老师在评语中写到让她放学后留下。

其他孩子都回家了，教室里只剩下加恩德小姐、弗朗茜和一本大词典。弗朗茜最近的四篇作文被摆在加恩德小姐的办公桌上。

“弗朗西斯，你的作文是怎么回事？”加恩德小姐问道。

“我不知道。”

“你是我教过的最好的学生之一，你的文字很美，我很喜欢阅读你的文章。但是，最近这几篇……”她轻蔑地瞟了一眼那些作文。

“我仔细检查了拼写，也花了很多心思去琢磨写作技巧，我还……”

“我指的是你选的主题。”

“您说过我们可以自主选题。”

“但是贫穷、饥饿和酗酒都是丑恶的主题。虽然我们不否认这些东西的存在，但是它们不该出现在我们的文章里。”

“文章里应该写什么呢？”弗朗茜下意识地模仿着老师的措辞。

“通过沉浸的想象以挖掘美感。作者就像艺术家一样，必须对美感有极致的追求。”

“什么是美呢？”女孩儿问道。

“我觉得没有什么能比济慈的定义更贴切了，他说‘美即是真，真即是美’。”

弗朗茜鼓起勇气说道：“我写的那些故事都是真的。”

“简直一派胡言！”加恩德小姐勃然大怒。随后，她用缓和的语气继续说道：“所谓‘真’，指的是永远闪烁的繁星、永不落的太阳、人类真正高贵的品质、母爱和对国家的热爱。”她虎头蛇尾地解释了一番。

“我明白了。”弗朗茜说道。

加恩德小姐继续说着，弗朗茜在心中愤愤不平地反驳。

“酗酒既不真，也不美，它是一种恶习。醉汉应该出现在监狱里，而不应该被写进文章里。贫穷也是，不该为贫穷找任何借口。只要想劳动，大家都能找到工作。人们之所以贫穷，就是因为他们懒得去工作。懒惰没有任何美感可言。”

（“难道妈妈懒惰吗！”）

“饥饿也不是美好的事物，我们也根本没有必要去忍受饥饿。我们有组织良好的慈善机构。大家都没必要挨饿。”

弗朗茜气得咬牙切齿。在所有的词语中，母亲对“慈善机构”

深恶痛绝。在她潜移默化的影响下，两个孩子也对这个词厌恶至极。

“当然，我并不是一个势力的人，”加恩德小姐阐述道，“我的家庭也并不富裕。我爸爸只是一名牧师，工资很低。”

（“可他毕竟有工资呀，加恩德小姐。”）

“能帮我母亲打理家务的只有一个未经训练的女佣，她们大多数都是乡下来的女孩儿。”

（“原来是这样啊，加恩德小姐，您家再穷还请得起女佣呢。”）

“很多时候，我们雇不到女佣，我妈妈只能独自一人包揽所有的家务。”

（“加恩德小姐，我妈妈不仅要包揽所有的家务，还要做比那繁重十倍的保洁工作。”）

“我当时想念州立大学，但是我们付不起学费。我父亲不得不让我去读一所小型的教会学院。”

（“但您毕竟还是能顺利去大学读书啊。”）

“不瞒你说，上那种大学的都是穷人。我也知道饥饿的滋味。我父亲也曾一再地被拖欠工资。有一次，我们一连三天都只能吃面包片配茶。”

（“哈，这也称得上知道什么是饥饿吗！”）

“但是，如果我的文章里只有贫穷和饥饿，那我不就成为一个乏味的人了吗？”弗朗茜没有作答。“对吗？”加恩德小姐加重了语气，再次问道。

“是的，老师。”

“现在，来谈谈你为毕业典礼写的戏剧吧。”她从桌子的抽屉里拿出一份薄薄的手稿，“有些部分还是相当不错的。可有些地方，显然是不合适的。比如，”她翻了一页，“‘命运说：“年轻人，你的理想是什么？”男孩儿回答：“我要当一名医师，把人破碎的身体缝合好，拯救他们的生命。”’这个想法非常好，弗朗西斯。但是，这里，你写得糟透了。‘命运说：“那是你理想的工作。可是，你看！你终将会变成这副模样。”光线照射到一位老人身上，他正在焊接一个垃圾箱的底部。老人说：“啊，我曾经想治愈他人。现在，我却在修理……”’”加恩德小姐突然抬起头来，“你不是在开玩笑吧，弗朗西斯？”

“哦，不是的，老师。”

“那么，经过我们这番交流，你应该明白我们不能在毕业典礼上使用你的剧本的原因了吧。”

“明白了。”弗朗茜的心都要碎了。

“目前，比特丽斯·威廉姆斯有一个不错的点子：‘一个仙女挥舞着魔杖，男孩儿、女孩儿们身着象征着一年里不同节日的服装出场，每个人都朗诵一首描述自己所代表的节日的小诗。’这个主意很棒，可惜比特丽斯不会写诗。你想不想按照她的想法，为剧目写诗呢？比特丽斯不会介意的。我们会在节目单上注明，本剧由比特丽斯构思。这样很公平，是不是？”

“是的，老师。但是我不想用她的构思，我想用我自己的。”

“当然，你有这样的态度是值得表扬的。好吧，我也不再继续说服你了。”她站起身来，“我花了这么长时间来找你谈话，是因为我真的觉得你非常有前途。现在，我们已经都说明白了，我相信你不会再写那些污秽的小故事了吧。”

“污秽”。弗朗茜反复琢磨。她没有学过这个词的用法。“请问

‘污秽’是什么意思呢？”

“当——你——遇——到——不——会——的——词——时，我——是——怎——么——告——诉——你——的？”加恩德小姐拿腔拿调地回答，仿佛唱歌一般滑稽。

“哦！我忘记了。”弗朗茜来到大词典前，查阅这个词的含义。“污秽”：“肮脏。”肮脏？她想起爸爸平生的每一天都佩戴整洁的假衬衫纸衣领。他的鞋子虽然破旧，可他每天至少擦两次，他的鞋子永远是亮闪闪的。“肮脏。”爸爸在理发店用的可是自己买的杯子。“卑鄙”，弗朗西跳过了这个含义，因为她不知道这个解释的真正含义。“臃肿。”才不是呢！爸爸是一名舞者，他苗条又轻快，他的身材和臃肿没有一点儿关系。这个词还有“恶劣”和“下贱”的含义。她想起了爸爸的无数个温柔、体贴的举动，大家都那么爱他。她涨红了脸。她再也看不下去了，眼前的书页已经变成了红色。她转身面向加恩德小姐，满是怒气的脸扭曲到变形。

“不准你用这个词来形容我们！”

“我们？”加恩德小姐茫然地问道，“我们在聊你的作文呢。你这是怎么了，弗朗西斯！”她用震惊的语气说，“真想不到！你可一直是个好学生呢。要是你母亲知道了你胆敢对老师无礼，她会怎么说呢？”

弗朗茜害怕起来。在布鲁克林，对老师无礼几乎能进少管所了。“对不起，请您原谅我吧，”她只得被迫顺从地请求着，“我不是故意的。”

“我能理解。”加恩德小姐语气温和地说道。她搂着弗朗茜的肩膀，领着她走到了教室的门口。“看来，我们的谈话还是对你产生了一些影响。‘污秽’是一个丑陋的词语，看到你对我的用词感到愤怒，我还是很欣慰的。这说明你理解了这个词的含义。可能你会因此讨厌我，但请相信我说的都是为你好。总有一天，你想起我的话，会因此感谢我的。”

弗朗茜真希望大人们可以不要再对自己说这种话。未来已经有太多需要感谢的人了，这已经让她不堪重负。她觉得，自己人生最美好的年华，是不是都要用来四处寻找要感谢的人，然后告诉他们：“您当年说得对，我对您感激不尽。”

加恩德小姐把那几篇“污秽”的作文和剧本交给弗朗茜，说道：“你回家后，就把这些文章扔到炉子里烧掉。你要亲自划根火柴把它们点燃。你一边看火越烧越旺，一边说‘我在烧掉丑陋的东西，我在烧掉丑陋的东西’。”

放学回家的路上，弗朗茜努力想把整件事情想得透彻些。她知道加恩德小姐并非为人刻薄。她说这些都是为了弗朗茜好。不过，在弗朗茜看来，这些话让她感到极其不适。她明白了，在一些受过教育的人看来，她的生活可能是不堪的。她很想知道，当她受过教育后，是否会对自己的出身感到羞耻。她会因为她的家人而羞耻吗？会因为无忧无虑、善解人意的爸爸和充满勇气、为人坦率的妈妈而羞耻吗？外婆虽然不识字，却让妈妈引以为傲。她会因为诚实善良的尼利感到羞耻吗？不！不会的！如果她所受的教育让她感到羞耻，那么她宁愿不受教育。“但我要向加恩德小姐证明，”她暗自发誓，“我要向她证明我是具有想象力的，我肯定能证明给她看。”

从那天起，她就开始写小说。小说女主角名叫谢丽·诺拉。弗朗茜设想这个女孩儿出生在一个富裕的家庭，过着极其奢华的生活。小说的名字叫《这就是我》，所写的内容与弗朗茜的生活截然相反。

弗朗茜已经写了二十页了。到目前为止，小说里细致描述了谢丽家富丽堂皇的家具，大加赞美了谢丽精美的服饰，并且详细描写了女主角享用过的每一道美味佳肴。

弗朗茜打算在小说完成后，就请茜茜姨妈的约翰帮忙带到杂志社出版。弗朗茜幻想着自己把这本书亲手交给加恩德小姐的场景。这真是个美梦呢！她已经在脑海中构思好了所有的场景，甚至连对白都想好了。

弗朗茜：

（把书递给加恩德小姐）我敢保证您一定在这本小说里找不到任何污秽的内容。请您把它当作我本学期的作业吧。我希望您不会介意我把它出版了。（加恩德小姐瞠目结舌。弗朗茜宠辱不惊。）把文章印刷出来更方便阅读，对吧？（加恩德小姐阅读的时候，弗朗茜漫不经心地盯着窗外。）

加恩德小姐：

（读完后）天哪！弗朗西斯！真是太棒啦！

弗朗茜：

您说什么？（开始回忆起来）哦，这本小说啊，是我忙里偷闲随便写的。写自己一无所知的事情，并不需要太长的时间。相反，在描述真实的生活时，要花费更长的时间，因为你得先有体验才行。

弗朗茜划掉了这句话。她不希望加恩德小姐看出她的感情受到了伤害。于是，她重新写道：

弗朗茜：

您说什么？（陷入回忆）哦，这本小说能够得到您的赏识，我很高兴。

加恩德小姐：

（羞怯地）弗朗西斯，你能……能给我签个名吗？

弗朗茜：

当然可以啦。

（加恩德小姐摘下钢笔的笔帽，将笔尖朝向自己，递给了弗朗茜。弗朗茜写道："M. 弗朗西斯 · K. 诺兰敬赠。"）

加恩德小姐：

（端详签名）好独特的签名呀！

弗朗茜：

那只是我的全名。

加恩德小姐：

（试探地）弗朗西斯？

弗朗茜：

请您不要客气，有什么话您尽管说。

加恩德小姐：

能不能请你在签名的上方写上“送给我的朋友，缪丽尔·加恩德”？

弗朗茜：

（迟疑片刻）当然可以啦。（咧嘴勉强笑了笑）我一贯按照您的要求来写作的。（写下了赠言）

加恩德小姐：

（低声说道）谢谢你。

弗朗茜：

加恩德小姐……现在看来，这事已经没那么重要了……不过，看在旧日的情分上……您能为我的这部作品打分吗？

（加恩德小姐拿起一支红色的铅笔，在书上写了一个大大的“A+”）

这个梦太美妙了，弗朗茜备受鼓舞，极度兴奋地开始了下一章的创作。她会一直写下去，尽快完成小说。这样一来，她的美梦就可以成真了。她写道：

“帕克，”谢丽·诺拉向她的贴身女佣问道，“厨师今晚为我们准备了什么晚餐呢？”

“谢丽小姐，应该是放在玻璃罩里的烤雏鸡鸡胸肉、温室芦笋、进口蘑菇和菠萝慕斯蛋糕。”

“听起来太无聊了。”谢丽评论道。

“是啊，谢丽小姐。”女佣恭敬地附和道。

“你猜怎么着，帕克，我想由着性子点些吃的，享受一番。”

“您尽情点，我们一定照办。”

“我想要各种各样的甜点，从里面挑一些当晚餐。请给我端上一打俄式奶油布丁、草莓水果酥饼和一品脱的冰激凌，要巧克力味的，一打手指饼干和一盒法国巧克力。”

“好的，谢丽小姐。”

一滴水落到了纸上。弗朗茜抬头看去。不，屋顶没有漏水，是她在流口水。她饿极了，非常非常饿。她走到炉子旁，朝锅里看了看。锅里全是水，里面只有一根煮得发白的骨头。放面包的盒子里还有一些面包。面包有些发硬了，不过总比没有好。她切了一片面包，倒了一杯咖啡。她把面包在咖啡里蘸了蘸，好让它软一些。她一边吃，一边读着自己刚刚写的文字，突然有了一个惊人的发现。

“你瞧，弗朗茜·诺兰，”她对自己说，“你现在写的这些内容就是加恩德小姐讨厌的那些。在这里，你想写的其实是你很饿。只不过，你用说反话的方式愚蠢地、委婉地写了出来。”

这篇小说引发了她的怒火，她将抄写本撕成了两半，一把塞进了炉子里。火舌蹿到了纸上，她心中的怒火也烧得更加猛烈。她跑到房间，从床下拿出一个装满手稿的盒子。她小心翼翼地将有关爸爸的四篇文章放在一边，把其他文章一股脑儿地塞进了炉子。她烧毁了自己所有得“A”的作文。在一张张纸被烧成灰烬前，上面的句子瞬间变得清晰起来。“一棵参天的白杨树，高耸入云，冷静又安详。”还有一句：“天穹是一片温柔的蓝色，真是一个完美的十月天。”还有另一句的结尾：“……蜀葵如凝练的夕阳，燕草如浓缩的天空。”

“我从未见过白杨树，我只是从某个地方读到过‘天穹’这个词。还有那些花，我只是在种苗目录上见过。我得了‘A’，不过是因为我善于撒谎。”她把纸往炉膛的深处戳了戳，让它们燃烧得更快些。看着它们渐渐燃成灰烬，她不断地重复着：“我在烧掉丑陋。我在烧掉丑陋。”当最后一束火苗熄灭后，她对着锅炉戏剧般地宣布：“我的写作生涯就此结束了。”

突如其来的恐惧和孤独涌上心头。她想念爸爸，她很想见到爸爸。他不会死的，他没有离去。不一会儿，他就会唱着《莫莉·马隆》，走上楼梯。她会为他开门，他会说：“你好呀，我的首席女歌手。”她会告诉他：“爸爸，我做了个噩梦。我梦见你死去了。”然后，她会把自己和加恩德小姐的谈话转述给他。爸爸则会费尽心思地安慰她，告诉她一切都会好起来的。她等待着，仔细听着。或许，这真是一场梦。但是，不可能的，没有这么长的梦。这一切都是真的。爸爸永远地离开了。

她趴在桌子上，呜咽起来：“妈妈会不会像爱尼利那样爱我？我一次又一次地努力博取她的爱。我随时在她身旁，时刻追随着她，完成她吩咐的所有事，但是，我还是没法儿让她像爸爸那样爱我。”

随后，她的脑海中浮现出坐电车时妈妈的脸。当时，妈妈坐在她的身边，仰头靠在座椅上，闭着双眼。她看上去脸色苍白、疲惫不堪。妈妈是爱她的。她当然爱她。只是她无法用爸爸的方式去表达。妈妈一直是个有担当的好妈妈。就连现在，面临随时都有可能临产的情况，她还在外面劳动。要是妈妈在生产时死了怎么办？一想到这里，弗朗茜感觉自己的血液都凝固了。要是妈妈不在了，她和尼利该怎么办呀？他们能去哪儿呢？艾薇和茜茜也很贫困，无法收留他们。他们会无家可归的。除了妈妈，他们在这个世界上再也没有可依靠的人了。

“敬爱的上帝啊，”弗朗茜开始祈祷，“请不要让妈妈死去。我知道我告诉过尼利，我不再相信您了。但是，我是相信的！我相信您！我只是一时气话。请您不要惩罚妈妈。她没有做任何不好的事。请您不要只因为我说了不相信您的话就把她带走。如果您能让她活下来，我愿用我的写作生涯和您交换。只要您能让她活下来，我可以从今以后放弃写作。”

可是，她觉得自己的祈祷并没有用。上帝记得她说过她不相信他了。作为对她的惩罚，他会像带走爸爸那样把妈妈带走。恐惧使她歇斯底里起来，她甚至觉得妈妈已经不在了。她冲出家门去找妈妈。凯蒂没有在自己的公寓楼内打扫。她冲进了第二栋廉租公寓，连续跑上三段楼梯，嘴里大喊着：“妈妈！”她也不在这栋公寓。弗朗茜又冲进了第三栋公寓楼，这是最后一栋了。妈妈不在第一层，也不在第二层，只剩下最后一层了。如果还找不到妈妈，那她肯定是被上帝带走了。她尖叫道：

“妈妈！妈妈！”

“我在上面呢，”凯蒂的声音从三楼传来，“别这么大吵大嚷的。”

弗朗茜终于松了一口气，她差点儿瘫倒在地。她不想让妈妈看出来自己大哭了一场。她想找出手帕擦眼泪，却怎么也找不到。于是，她用衬裙擦了擦眼睛，缓缓地走上了最后一段楼梯。

“你好，妈妈。”

“是不是尼利出什么事了？”

“没有，妈妈。”（她第一时间想的总是尼利。）

“那就好，你还好吗？”凯蒂微笑着说道。凯蒂猜想可能学校发生了什么事，让弗朗茜心情不好。这样的话，如果她想向她倾诉……

“你喜欢我吗，妈妈？”

“要是我连自己的孩子都不喜欢，我就是个怪物，对不对？”

“你觉得我长得和尼利一样好看吗？”她焦急地等待着妈妈的回答，因为她知道妈妈从不说谎。过了很久，妈妈才回答她：

“你有一双漂亮的手，还有一头浓密的长发。”

“可你觉得我和尼利一样好看吗？”弗朗茜又问了一遍，她希望妈妈能说谎。

“听着，弗朗茜，我知道你这样跟我兜圈子，肯定是想对我表达些什么。不过，我现在太累了，实在没精力去想这些。耐心一点儿，等孩子出生以后再说。我喜欢你，也喜欢尼利。我觉得你们两个都是非常美丽的孩子。现在，别再让我为你担心了。”

弗朗茜立刻悔恨不已。她看到马上就要临盆的母亲，手脚并用、体态笨拙地趴在地上时，她怜惜得心如刀绞。她在妈妈身边跪下来。

“妈妈，快起来，剩下的部分让我来打扫吧。我现在没事了。”她把手伸进了水桶。

“不要！”妈妈厉声喝止。她把弗朗茜的手从水里拉出来，用围裙擦干。“千万不要把手放进去，水里放了苏打和碱液，你看看我的手都变成什么样子了。”她举起那双匀称优美却伤痕累累的手，“我不希望你的手变成这样。我希望你能永远拥有一双漂亮的手。而且，我快打扫完了。”

“就算帮不上忙，我能坐在楼梯上看你干活儿吗？”

“你要是没有别的事，就看吧。”

弗朗茜坐下来，注视着妈妈。知道妈妈还活着，而且就在她身边，这样的感觉真是太好了。就连擦洗地板的声音听起来都如此悦耳，带给人安全感。唰——唰——唰，刷子刮蹭着地板。嚓——嚓——

嚓，抹布摩擦着地面。扑通——扑通，妈妈把刷子和抹布扔进桶里。哗啦——哗啦，妈妈把水桶推到下一块区域。

“弗朗茜，你有没有能一起聊天的女性朋友呢？”

“没有，我讨厌女人。”

“这倒是有些反常呢，与同龄的女孩儿聊天对你是有好处的。”

“妈妈，你有要好的女性朋友吗？”

“没有，我讨厌女人。”凯蒂说。

“你看吧，我们俩一样。”

“可我曾经有过一个好朋友。正是因为她，我才认识了你爸爸。所以，你看，女朋友有时还能派上用场呢。”她打趣道。但是，她手中的刷子仿佛刷出了“我们分道扬镳”的声音。她强忍着眼泪。“没错，”她继续说，“你还是需要朋友的。除了我和尼利，你从不和别人聊天，就知道看书和写作。”

“我已经放弃写作了。”

凯蒂立刻明白了，弗朗茜心中的困扰肯定与她的作文有关：“你今天的作文是不是得了低分？”

“没有。”弗朗茜没有实话实说。不过，她还是一如既往地惊叹于妈妈的推断力。她站了起来：“我想现在该去麦加里蒂那里干活儿了。”

“等一下！”凯蒂把刷子和抹布扔进了水桶，“我的工作完成了。”她伸出了双手，“拉我一把，我想站起来。”

弗朗茜握住了妈妈的手。凯蒂用力抓着她的手，动作笨拙地站起身来：“送我回家吧，弗朗茜。”

弗朗茜拎起水桶。凯蒂一手抓着扶梯的栏杆，另一手搂着弗朗茜的肩膀。她重重地倚在女儿身上，缓慢地走下楼梯。妈妈走起路来左摇右晃，弗朗茜努力配合着她的步伐。

“弗朗茜，这几天孩子随时都有可能出生。如果有你在，我会觉得很安心。你有空就待在我身边。在我工作的时候，不时地来找我，查看我的情况。我无法告诉你我有多么依赖你。我不能指望尼利，因为这个时候，男孩子是派不上用场的。我现在非常需要你，只要知道你在身边，我就会更有安全感。所以，多陪我一会儿吧。”

弗朗茜的心中涌出了对母亲强烈的爱。“我永远都不会离开你的，妈妈。”她说。

“真是我的好女儿。”凯蒂把她搂得更紧了。

“也许，”弗朗茜想，“她不像爱尼利那般爱我。但是，她更需要的人是我，不是他。我猜，被需要和被爱的感觉一样好。或许更好。”

Chapter 40

妹妹出生了

两天后，弗朗茜回家吃过午饭，下午没再回学校上课。妈妈一直躺在床上。尼利则按照妈妈的要求继续回学校上课了。弗朗茜想要去找茜茜或艾薇，可妈妈却说现在还不是时候。

独自当家让弗朗茜感觉自己肩负重任。她把房子仔细打扫了一番，盘点了家里的存粮，并且为晚餐做准备。每隔十分钟，她都会帮妈妈垫起枕头，问她是否想要喝水。

三点刚过，尼利便气喘吁吁地冲进了家门，他把书丢在一边，慌张地问现在是不是该去找人了。看到他急匆匆的样子，凯蒂笑了起来，告诉他不到迫不得已，不要去打扰艾薇或茜茜。尼利便出去工作了。他按照妈妈的吩咐，向麦加里蒂先生征求意见，能否让他一个人干两个人的活儿，因为弗朗茜要留在家里照顾他们的母亲。麦加里蒂先生不仅同意了他的请求，还给他提供了免费午餐。不到四点半，尼利就做完了店里所有的工作。他们早早地吃完了晚饭。

尼利早点儿开始送报纸，就能早点儿完工回家。妈妈说她什么也不想吃，只想喝杯热茶。

弗朗茜泡好茶后，妈妈却又没胃口了。弗朗茜有些着急，因为妈妈什么都不想吃。尼利出发去送报纸后，弗朗茜端来一碗炖菜，想让妈妈吃一些。结果，凯蒂冲她大发雷霆，让弗朗茜别来烦她，说她想吃的时候，自己会开口要。弗朗茜把炖菜倒回锅里。虽然她感觉很受伤，但还是强忍着没哭出来。她太想帮助妈妈了。妈妈又在喊她了，似乎不再生气了。

“现在几点了？”凯蒂问道。

“还有五分钟到六点。”

“你确定钟没有慢吗？”

“没有，妈妈。”

“那会不会走得太快了。”妈妈看上去忧心忡忡。于是，弗朗茜从前窗望出去，看了看沃伦诺夫珠宝店门口挂的硕大的时钟。

“我们的钟是准的。”弗朗茜告诉妈妈。

“外面天黑了吗？”对此，凯蒂无从知晓。因为，就算是阳光明媚的正午，从通风口的窗户透进来的也只有一缕灰蒙蒙的光线。

“没有，外面还是亮的。”

“屋里太黑了。”凯蒂焦躁地说。

“我去把蜡烛点上。”

墙上有一个小架子。架子上摆着一尊圣母玛利亚的石膏雕像，她身穿蓝色长袍，双手呈祈求的姿势向前伸出。雕像的脚边摆着一个厚厚的红色玻璃杯，里面盛放着黄色的带有灯芯的蜡烛。玻璃杯的旁边是一个花瓶。花瓶里插着纸做的玫瑰花。弗朗茜划了一根火柴，点燃了灯芯。烛火透过厚厚的玻璃，发出暗淡的红宝石色光亮。

“现在几点了。”过了一小会儿，凯蒂又问道。

“六点十分了。”

“你确定钟不快也不慢吗？”

“是的，绝对准确。”

凯蒂看起来很满意。但是，五分钟后，她又问了一次时间。仿佛她有一个很重要的约会，唯恐自己迟到。

六点半了，弗朗茜再次向妈妈报时，并告诉她尼利预计一小时后到家。“他一进家门，你就让他去找艾薇姨妈。你告诉他，走路来不及。给他找五美分，让他坐电车，一定要去找艾薇，因为她住得离我们更近些。”

“妈妈，要是宝宝突然生出来，让我措手不及，那该怎么办呢？”

“我可没那么幸运，不可能那么快就生的。现在几点了？”

“六点三十五了。”

“时间准吗？”

“绝对准确。妈妈，尼利虽然是个男孩儿，但是让他陪在你身边也比我在要好得多。”

“为什么？”

“因为他总是能给你带来莫大的安慰。”她说这番话时，心中没有任何怨恨或嫉妒，只是单纯地陈述事实，“可我……我……真的不知道该说些什么能让你感觉好一些。”

“几点了？”

“才过了一分钟。”

凯蒂沉默许久。接着，她用轻柔的声音，仿佛在自言自语地说："不，这种时候不该让男人在场。不过，女人总想让他们陪在身边。她们希望男人听到每一声痛苦的呻吟，看到每一滴血，听到每一次肉体的撕裂声。就算让男人和她们一起承受痛苦，她们又能从这种扭曲的乐趣中得到什么呢？对于她们来说，这似乎是在报复，报复上帝让她们成为女人。现在是几点？"没等弗朗茜回答，她继续说道，"结婚前，要是有男人看到她们头戴卷发器或者没穿束腰衬衣，她们可能会为此寻死觅活。但是，当她们有了孩子时，却希望让男人目睹自己最丑陋的样子。我不懂。我真的不懂。男人一定会觉得正是因为与他们结合，才给这个女人带来了痛苦和折磨，那么从此以后就会抗拒与她亲密相处了。这也是许多男人在孩子出生后就开始背叛婚姻的原因……"凯蒂几乎没有意识到自己在说什么。她太想念约翰尼了，以至于她不得不找理由说服自己，他此刻的缺席合乎常理："而且，重要的是：如果你爱一个人，就会心甘情愿地独自承受痛苦，让你爱的人得以解脱。所以，当你到了这个时候，别让你的男人进屋。"

"知道了，妈妈。现在是七点过五分。"

"看看尼利回来没有。"

弗朗茜张望了一番，回来说没有看到尼利。凯蒂想起了之前弗朗茜对她说的有关尼利给予她安慰的话。

"不是你说的那样，弗朗茜。现在能给予我安慰的人是你。"她叹了口气，"如果是个男孩儿，我们就叫他约翰尼。"

"妈妈，这个名字真好！到时候我们四个人又在一起了。"

"是啊，真好。"之后，凯蒂又沉默了一阵。她再次询问了时间，弗朗茜告诉她已经七点十五了，尼利很快就会到家的。凯蒂吩咐她找出尼利的睡衣、牙刷、一条干净的毛巾和一小块香皂，用报纸包起来，因为尼利今晚要睡在艾薇家。

弗朗茜腋下夹着那包东西往街上跑了两趟，才看到尼利。他正沿着街道朝她跑来。弗朗茜迎上去，把纸包和车费都交给了他，叮嘱一番，让他赶快出发。

“妈妈怎么样了？”他问道。

“很好。”

“你确定吗？”

“确定。我听到电车来了。你最好快点儿。”尼利跑去赶车了。

弗朗茜回来时，发现妈妈的脸上汗如雨下，下嘴唇沾有血迹，好像被咬破了。

“哦，妈妈，妈妈！”她摇晃着妈妈的手，把它贴到自己的脸颊上。

“找块毛巾，用冷水打湿，拧干后帮我擦擦脸。”妈妈低声说。弗朗茜照着她的话去做。随后，凯蒂又想到了之前没有聊完的话题。“没错，你就是我莫大的安慰。”她又有了一个看似毫不相干，实则密切相关的念头，“我一直想读一读你得‘A’的那些作文，却一直没有时间。我现在还有点儿时间。你能读一篇给我听吗？”

“我读不了了，我把它们全烧了。”

“你用心构思，认真书写，交给老师，然后拿到了高分。之后，你又会反复琢磨，最后把它们全部烧毁。自始至终，我从未读过一篇。”

“没关系的，妈妈。反正写得也不好。”

“我真的很内疚。”

“妈妈，它们真的没那么好。而且，我也知道你一直都很忙。”

凯蒂思忖着：“可是，为了儿子的事，我总是有时间。我会为他挤出时间。”她一边继续思考，一边大声地说出了自己的想法，“尽管如此，尼利需要更多的鼓励。你有一颗坚定的心，让你勇往直前，就像我一样。但是，尼利需要更多外界的支持。”

“没关系的，妈妈。”弗朗茜重复道。

“虽然我无法改变已经发生的事，”凯蒂说，“对此，我会永远感到愧疚的。现在几点了？”

“快七点半了。”

“再帮我擦擦汗吧，弗朗茜。”凯蒂似乎总想让自己的脑海中留下些什么，“难道真的一篇也没留下？没有可以读的了吗？”

弗朗茜想起了有关爸爸的那四篇作文，以及加恩德小姐对它们的评价，回答道：“没有了。”

“那就读一读莎士比亚的作品吧。”弗朗茜取来了那本书，“就读‘在这样的夜里’那段吧。我希望孩子出来前，脑海中能有美好的回忆。”

字体太小了，弗朗茜不得不点亮煤气灯才能看得清。灯光突然亮起，她看到了妈妈的脸。她面如死灰，表情扭曲。妈妈看起来一点儿也不像妈妈。她就像陷入痛苦的外婆玛丽·罗梅利。凯蒂竭力避开灯光，弗朗茜迅速关了灯。

“妈妈，这些剧目我们已经读了很多次了。我几乎倒背如流。我不需要灯光，也不用看书。妈妈，我这就背给你听！”她背诵起来：

月光皎洁！—— 在这样的夜

微风怡人，轻吻树叶，无声又无息；

在这样的夜

特洛伊罗斯……

“几点了？”

“七点四十。”

……登上了特罗扬城墙，

望着希腊人的军营，

遥寄相思，

克雷茜达，今夜将在彼处栖身。①

“弗朗茜，你后来弄清楚特洛伊罗斯是谁了吗？还有克雷茜达？”

“弄清楚了，妈妈。”

“等哪天我有时间了，你一定得告诉我。”

“好的，妈妈。”

凯蒂呻吟起来。弗朗茜再次帮妈妈擦掉汗水。凯蒂像那天在走廊时一样，向弗朗茜伸出了双手。弗朗茜握住了她的手，她双脚用力撑着。凯蒂猛拉着她的手，弗朗茜感觉自己的胳膊要脱臼了。终于，妈妈不再用力，松开了手。

就这样，又过了一个小时。弗朗茜背诵了几篇她谙熟于心的段落，

① 此处出自莎士比亚喜剧《威尼斯商人》。

如：波希亚的演讲[①]、马克·安东尼的葬礼悼词[②]、“明日复明日”[③]，这些显然也是莎士比亚作品中脍炙人口的段落。凯蒂有时会提问，有时会掩面呻吟。她完全不知道自己在做什么，也完全不在意答案是什么，只是不停地询问时间。弗朗茜时不时地为她擦汗。一个小时内，她拽了弗朗茜三四次。

艾薇八点半赶到了，弗朗茜感到无比释然。“茜茜姨妈半个小时以后也能到。”艾薇说着冲向了卧室。她查看了凯蒂的情况，从弗朗茜的床上拿过一条床单。她把一端系在凯蒂的床柱上，另一端塞进凯蒂的手里。“换一换，拉这个试试看。”她建议道。

凯蒂用力扯了一阵，又满头大汗。随后，她低声问道："几点了？"

“别去管时间了，”艾薇笑眯眯地答道，“你又不着急去哪儿。”凯蒂也笑了起来，但是随着一阵疼痛袭来，笑容立刻消失了。“要是屋里再亮一些就好了。”艾薇提议道。

“但是，她觉得煤气灯太刺眼了。”弗朗茜反对道。

艾薇取下客厅煤气灯的球形玻璃灯罩，在灯罩的外层涂上了一层肥皂，然后把它套在卧室的煤气灯上。当煤气灯再次点亮时，光线变得朦胧、柔和，不再刺眼。虽然已是温暖的五月，艾薇还是在炉子里生了火。她雷厉风行地指挥着弗朗茜。弗朗茜跑来跑去，把水壶盛满水，放到火上；洗好搪瓷脸盆，倒入一瓶橄榄油，放到炉子后面；把脏衣服从洗衣篮里倒出来，在里面铺上一条破旧却干净的毯子，把篮子架在火炉附近的两把椅子上。艾薇把所有的盘子放

---

① 此处出自莎士比亚喜剧《威尼斯商人》。

② 此处出自莎士比亚第一部罗马剧《尤利乌斯·恺撒》。

③ 此处出自莎士比亚四大悲剧之一《麦克白》。

进烤箱里加热。她嘱咐弗朗茜把热盘子放进篮子里，冷却后拿出来，换其他热盘子放进去。

“你妈妈给宝宝准备衣服了吗？”她问道。

“你把我们当成什么人啦？”弗朗茜一边略带恼怒地反问，一边拿出一套朴素的婴儿衣服，样样俱全：四件手工缝制的法兰绒婴儿连体和袍、四条头饰带、一打手工缝边的尿布和四件脱线磨旧的衬衣。衬衣是她和尼利小时候轮流穿过的。“除了衬衣，其他都是我做的。”弗朗茜自豪地展示道。

“不错。看来你妈妈希望生个男孩儿呢。”艾薇一边欣赏绣在和袍上的蓝色羽毛，一边品评道，“那就让我们拭目以待吧。”

茜茜一到，姐妹二人便走进了卧室，弗朗茜被留在了门外。只听她们说：

“该去叫产婆了，”茜茜说，“弗朗茜知道她住哪儿吗？”

“我没准备叫产婆，”凯蒂道，“家里没有请产婆的五美元。”

“这样吧，或许茜茜和我能凑够钱，”艾薇刚开口道，“如果……”

“等等，”茜茜道，“我生过十个，不，十一个孩子呢。你生过三个孩子，凯蒂也生过两个孩子了。我们加一起生过十六个孩子了。我们完全能自己接生。”

“好吧。那就由我们来接生吧。”艾薇决定。

然后，她们就关上了卧室的门。现在，弗朗茜只能听到她们活动的声响，却听不到她们说了什么。被两个姨妈这样关在门外，弗朗茜感到很生气，她们来之前她一直独当一面。她把两个变凉的盘子从洗衣篮里拿出来，放进了烤箱，又从烤箱里拿出了两只加热好的盘子。她忽然感到自己是世界上最孤独的人。她真希望尼利能在

家，这样他们还能聊一聊旧日的时光。

弗朗茜猛地睁开眼睛。她想，自己该不会是打瞌睡了吧。可不能睡着！她摸了摸洗衣篮里的盘子。全都变凉了。她赶紧换了一些热好的盘子。篮子得一直保持温暖，因为宝宝出生后要睡在里面。她听了听卧室里的动静。她打了一阵瞌睡后，屋里的声响变得不一样了。她们不再悠闲地来回走动，不再轻声交谈。她的姨妈们似乎急促地跑来跑去，话音也变短了。她看了一眼时钟，九点三十分。艾薇走出卧室，随手关上房门。

“弗朗茜，给你，拿这五十美分，出去买四分之一磅的无盐黄油、一盒苏打饼干和两个脐橙。告诉店主你要买脐橙。和他说你是买给一位生病的女士的。”

“可店铺都关门了呀。”

“去犹太城买，那里不打烊。”

“我早上再去。”

“让你去就赶紧去。”艾薇厉声说道。

弗朗茜不情愿地走出家门。当她走下最后一段台阶时，听到了一声沙哑的惨叫。她停下了脚步，犹豫着是该跑回去，还是继续往下走。她想起艾薇严厉的命令声，继续走下了台阶。当她走到公寓楼大门时，又一声更痛苦的惨叫传来。她很庆幸自己走到了街上。

其中一间公寓里，长得像大猩猩一样的卡车司机，命令他的妻子准备入睡，对于她的不情愿，他向来视而不见。就在这时，他听到了凯蒂的第一声惨叫，不由得大喊："天哪！"第二声惨叫传来时，他说道："上帝保佑，她可别让我整宿都睡不好。"他那稚气未脱的新娘一边抽泣，一边脱衣服。

弗洛茜·加迪斯和她的母亲坐在厨房里。弗洛茜正在缝制一套新礼服，是一件白色的缎面礼服。她与弗兰克的婚礼推迟了，她想在婚礼上穿这条白裙子。加迪斯太太正在为亨尼织一双灰袜子。亨尼已经去世了。但是，在他有限的生命里，他的妈妈一直都在给他织灰色的袜子，这已经成为她日常生活的一部分。第一声惨叫传来时，加迪斯太太织漏了一针。

弗洛茜说道："男人享乐其中，女人却在受苦。"她的母亲一言不发，只在听到凯蒂的第二声惨叫时，不由得瑟瑟发抖。"做一件有两只袖子的礼服，"弗洛茜说道，"还挺有趣的。"

"是啊。"

她们各自忙着自己手中的活计，谁也没有说话。终于，弗洛茜打破了沉默："我想知道他们值得这般痛苦吗？我说的是养育孩子。"

加迪斯太太想到了自己逝去的儿子和手臂大面积烫伤的女儿。她沉默不语，只是低头织着袜子。她找到了刚刚漏针的地方，全神贯注地挑起了针脚。

瘦削的延莫尔姐妹躺在硬板床上。她们摸索着彼此的手。"姐姐，你听到了吗？”玛吉小姐问。

“她的孩子要出生了。”莉齐小姐答道。

“很久以前，哈维向我求婚的时候，我之所以没有答应他，就是因为这个。我很害怕这件事。我太害怕了。”

“我也不明白，”莉齐小姐道，“有时，我觉得与其……安稳度日，倒不如去经历痛苦和不幸，勇敢地反抗，大喊大叫，甚至去承受那样可怕的疼痛。”她停顿了一会儿，直到最后一声尖叫消失了，才说道，“至少，她知道自己还活着。”

玛吉小姐哑口无言。

诺兰家走廊对面的房间没住人。楼里剩下的那间公寓住着一个波兰的码头工人，以及他的妻子和四个孩子。听见凯蒂的惨叫时，他正在把一罐啤酒倒进玻璃杯里。

“这些女人！”他轻蔑地哼了一声。

“闭嘴！”他的妻子怒吼道。

凯蒂每一次放声大叫，楼内的女人都会随之心头一紧，她们和她一起承受着痛苦。深谙生育之痛是所有女人唯一的共识。

弗朗西在曼哈顿大街上走了很远，才找到一家营业的犹太奶制品店。她去另一个商店买饼干，然后再找到一家卖脐橙的水果摊。返回的路上，她瞥了一眼奈普药店的大钟，发现已经快十点半了。其实，她并不在意时间，她只觉得妈妈好像很在乎。

当她走进厨房时，感觉家里有所不同了。有一种崭新的安宁感，还有一种无法形容的味道，是一种清新的、淡淡的芳香。茜茜站在那里，背对着洗衣篮。

“你有一个小妹妹了，”她说，“感觉怎么样？”

“妈妈呢？”

“你妈妈很好。”

“原来你们故意把我支开了。”

“我们觉得你才十四岁，有些事情对于你来说还太早。”艾薇从卧室里走出来说道。

“我就是想知道，”弗朗茜怒气冲冲地说，“是妈妈派我出去的吗？”

“是的，弗朗茜，是她吩咐的，”茜茜温柔地说，“她好像说不想让自己爱的人跟着受罪。”

“那好吧。”弗朗茜平复了情绪，颇觉宽慰。

“你不想看看小宝宝吗？”

茜茜站到一旁。弗朗茜掀开盖在宝宝头上的毯子。宝宝很漂亮，皮肤雪白，一头柔软的黑色鬈发垂在额前，就像妈妈的头发一样。宝宝睁了睁眼睛。弗朗茜发现她的眼睛是奶蓝色的。茜茜解释说所有新生儿的眼睛都是蓝色的。等他们渐渐长大后，眼睛的颜色就会越变越深，最后有可能像咖啡豆一样黑。

“她长得像妈妈。”弗朗茜肯定地说。

“我们和你想的一样。”茜茜说。

“宝宝没问题吧？”

“非常健康。”艾薇对她说道。

“没有畸形或其他毛病吧？”

“当然没有啦。你怎么会有这种想法呢？”

想到妈妈直到临产前一刻还在手脚并用地趴在地上干活儿，因此自己才十分担心这会造成宝宝畸形。不过，她没有告诉艾薇。

“我能进去看看妈妈吗？”她小心翼翼地问，仿佛自己是这个家的陌生人一样。

“顺便把盘子也拿给她吧。”弗朗茜把盛着两块黄油饼干的盘子端到母亲面前。

“妈妈，你好吗？”

“你回来了，弗朗茜。”

妈妈又恢复了以前的模样，只是面容憔悴了些。她无法抬起头，于是，弗朗茜举起饼干来喂她。吃完了饼干，弗朗茜端着空盘子站在原地。妈妈一言不发。弗朗茜感觉自己和妈妈仿佛又变成了陌生人。她们两天之前的那份亲密感荡然无存。

“妈妈，你给宝宝选的名字都是男孩儿的。”

“是啊。不过我不介意生的是女孩儿，真的不介意。”

“她很漂亮。”

“她会有一头黑色的鬈发。尼利有一头金色的鬈发。可怜的弗朗茜，你有一头棕色的直发。”

“我喜欢棕色的直发。”弗朗茜抗议道。她迫切地想知道宝宝的名字，但是，此刻，妈妈看起来如此陌生，而她又不想直截了当地问出来：“需要我把宝宝的信息写下来送到卫生局吗？”

“不用了。神父在为她洗礼时会送过去的。”

“这样啊！”

凯蒂听出了弗朗茜的失望：“不过，你去把墨水和本子拿进来，你帮忙写下她的名字吧！”

弗朗茜从壁炉架上取下茜茜大约十五年前拿回来的基甸《圣经》。她端详着写在扉页上的四条笔记。前三条都是约翰尼的笔迹，他的字迹优美，工工整整：

1901年1月1日，凯瑟琳·罗梅利与约翰尼·诺兰结婚。

1901年12月15日，弗朗西斯·诺兰出生。

1902年12月23日，科尼柳斯·诺兰出生。

第四条笔记是凯蒂用左倾斜体字写下的，她的字迹苍劲有力：

1915年12月25日 约翰尼·诺兰去世，年仅三十四岁。

茜茜和艾薇跟着弗朗茜一同走进了卧室。她们也很好奇，凯蒂究竟会给宝宝取什么名字。萨拉？伊娃？露丝？伊丽莎白？

“这样来写。”凯蒂口述道，“1916年5月28日，”弗朗茜把钢笔伸进墨水瓶里蘸了蘸，“安妮·劳丽·诺兰出生。”

“‘安妮’！这名字也太普通了吧。”茜茜抱怨道。

“为什么是这个名字呀，凯蒂？是什么原因呢？”艾薇耐心地问。

“因为约翰尼曾经唱过一首歌。”凯蒂解释道。

弗朗茜写下名字的那一刻，耳边响起了那段和弦。她听见爸爸在唱：“安妮·劳丽，就在这里。”……爸爸……爸爸……

“……他说，这是一首属于更美好的世界的歌，”凯蒂继续说，“如果我用他的歌给孩子取名字，他一定会含笑于九泉的。”

“劳丽这个名字真美。”弗朗茜说道。

就这样，宝宝取名为劳丽。

Chapter 41

不断变化的世界

劳丽是个乖宝宝。大多数时候，她都在心满意足地睡大觉。醒来时，她会安静地躺着，那双浆果一样的棕色眼睛紧紧盯着自己的小拳头。

凯蒂用母乳喂养孩子，不仅是天性使然，还因为家里也没有钱买新鲜的牛奶。由于宝宝一直都需要有人照顾，所以，凯蒂每天早上五点就开始工作。她先打扫其他两栋公寓大楼。她一直工作到将近九点才回来，这时，弗朗茜和尼利得出发去上学了。然后，她开始打扫自己所住的这栋大楼。她会把家门半开着，以便及时听见劳丽的哭声。每天晚上，凯蒂吃完饭后便立刻上床睡觉。弗朗茜几乎很少见到妈妈，仿佛她已经离开家了一样。

宝宝出生后，麦加里蒂并没有按照计划在孩子出生后解雇弗朗茜和尼利。他现在真的非常需要他们，因为就在1916年的春天，他的生意突然异常兴隆，酒吧一直门庭若市。这个国家正在发生种种巨变，顾客们和全国各地的美国人一样，都想聚在一起讨论时事。街角的酒吧是穷人的俱乐部，现在成为他们唯一的聚集场所。

弗朗茜在酒吧楼上的公寓里打扫房间时，人们高谈阔论的声音会透过薄薄的地板，传到她的耳中。她常常停下手里的活儿，仔细聆听。没错，世界正在飞速变化。这一次，她知道发生改变的是世界，而非自己。从那些讨论声中，她听到了世界的变化。

是真的。他们要停止酿酒了。过不了多久，国家就会全面禁酒。

我们工作挺辛苦的，喝杯啤酒的权利总该有吧。

你把这话说给总统听吧，看看他能不能听你的。

这可是人民的国家。如果我们不愿意禁酒，它就不能禁酒。

没错，的确是人民的国家，不过他们还是会禁止你喝酒。

天哪，那我就自己酿酒吧。来美国之前，我父亲就自己在家里酿酒。你拿一蒲式耳的葡萄……

别瞎说了！他们不可能让女人投票的。

这可说不准。

如果真是那样，我家那位最好和我投同样的票，否则我就得拧断她的脖子。

我的妻子才不会去投票站，站在一群流浪汉和酒鬼中间。

……那有可能出个女总统。

他们不会让女人来领导政府的。

现在政府里不就是一个女人说了算吗？

胡说八道！

威尔逊总统就连上厕所都得请示他夫人。如果威尔逊夫人不同意，他连动都不能动。

威尔逊自己就是个老太太。

他让我们远离战争。

他就是个大学教授！

现在，白宫需要的是一位明智的政治家，而不是教书匠。

……汽车。马车很快就成历史了。底特律那家伙正在造特别便宜的汽车，很快每个工人都能开得起汽车了。

一个工人开着自己的车！有这好事，你可得多活几年。

飞机！不过是狂热的时尚。不会长久的。

大家越来越喜欢看电影了。布鲁克林的剧院接二连三地关门。就拿我来说吧，我宁愿去看查理·卓别林，也不愿意看咳死·佩

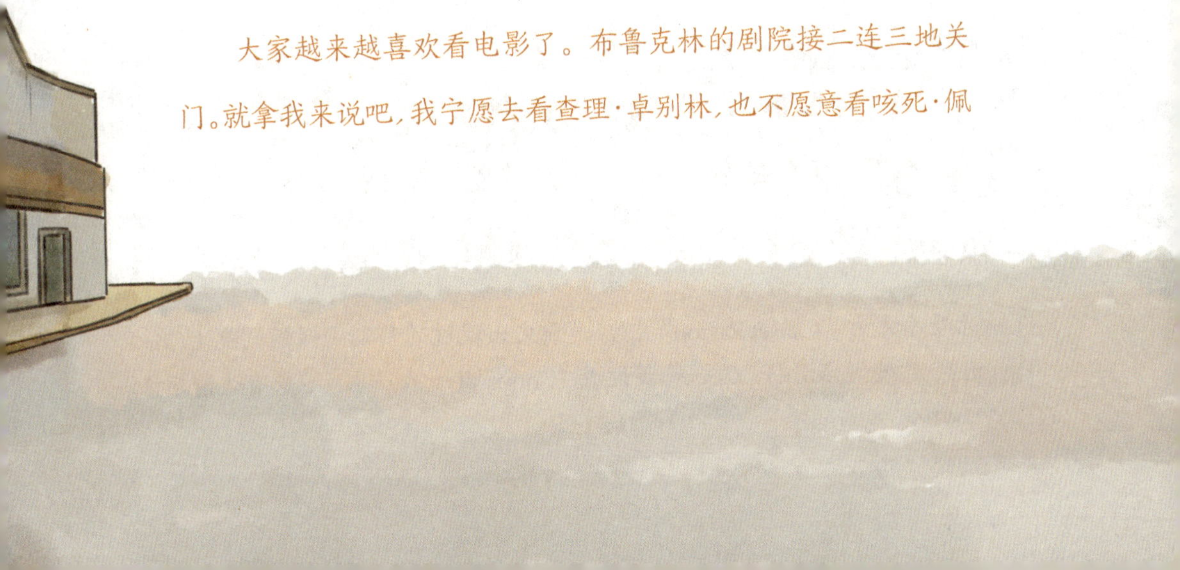

顿[1]剧院的戏，我妻子正相反。

……无线电。真是有史以来最伟大的发明。跟你说，人说的话在空气中传播，都用不到电线。你用某种机器就能捕捉到，然后戴上耳机就听到了……

他们把这玩意儿叫“半麻醉”。女人在生孩子的过程中都没感觉。朋友把这事告诉我妻子，她说这种东西早该发明出来。

你瞎说什么呢！煤气灯已经过时了。哪怕是最便宜的廉租公寓都安装电灯啦。

真不知道现在的年轻人都怎么了。他们都在疯狂地跳舞。跳舞……跳舞……跳舞……

所以，我把自己的名字“舒尔茨”改成了“斯科特”。法官问我，你要去哪儿？为什么改名字呢？“舒尔茨”这个名字很不错呀。法官也是个德国人，懂了吧？听着，麦克，我说……我就是这么对他说的。我才不管他是不是法官呢。我要和我以

① 此处原文为“Corset Payton”，应是前文出现过的科斯·佩顿剧院（Corse Payton），此处说话者将“Corse”误说成“Corset”（女人胸衣），或有诙谐趣味。

前的国家断绝关系，我说。他们竟然对比利时的儿童做那种事[①]，我说，我再也不想和德国有任何瓜葛。我现在是一个美国人，我说，我想要一个美国名字。

我们要打仗了。兄弟，我感觉马上就要开始了。

我们只需要今年再选威尔逊当总统。他不会让我们卷入战争的。

别指望他们会兑现竞选时的承诺。当你选了民主党当总统，你就选了一个好战的总统。

林肯是共和党。

但是，南方有一个民主党的总统，就是他发动的内战。

那你说说看，我们还能忍多久？那些浑蛋又击沉了我们的一艘船。他们到底得击沉多少艘船，我们才能鼓足勇气把他们打得屁滚尿流呢？

我们不能参战。这个国家目前发展得很好。他们愿意打仗就让他们打吧，别把我们卷进去。

我们不想去打仗。

一旦宣战，我第二天就应征入伍。

---

① 第一次世界大战时，德军违反宣布比利时中立的1839年条约，公然入侵比利时。英国等国为获得中立国家，尤其是美国的同情和援助，展开了一系列舆论宣传，其中包括“德国人砍掉比利时婴儿的手”。

你就吹吧。你都五十多岁了，他们不会要你的。

我宁愿坐牢，也不想上战场。

人们总得为心中的正义而战。我很乐意去战斗。

我没什么可担心的。我有双侧疝气。

该来就来吧。一旦打仗，他们会需要我们这些工人造轮船和枪炮。他们还需要农民给他们种粮食。他们会想方设法讨好我们。我们劳动阶级会扼住那些该死的资本家的咽喉。他们不能领导我们了。我们要领导他们。天哪，我们得让他们寝食难安。我真希望能快点儿打仗，越早越好。

就像我和你说的，现在一切都是机器生产的。前几天，我听到一个笑话。一个男人和他妻子用机器制造包括吃穿在内的所有生活用品。他们来到了一个制造婴儿的机器前。于是，男人把钱放进了机器，果然出来了一个孩子。结果，这个男人转身说道："还我旧日美好的时光！"

美好的旧时光！是啊，我猜我们永远回不去了。

再给我把酒满上，吉姆。

弗朗茜就这样一边打扫房间，一边听着这些对话。她努力把每件事物拼凑起来，试图去理解这样一个动荡又混乱的世界。在她看来，就在劳丽出生和举行毕业典礼的这段时间，整个世界都发生了天翻地覆的变化。

Chapter 42

我毕业了

弗朗茜还没来得及和劳丽好好相处，就到了毕业典礼的时间。凯蒂脱不开身同时去两所学校参加毕业典礼，他们商量了一番，决定让凯蒂去参加尼利的。这个决定合情合理。不能因为弗朗茜当初擅自转学，而让尼利承担相应的代价。弗朗茜虽然能够理解，但她还是有点儿伤心。如果爸爸还活着，他一定会去参加她的毕业典礼。他们决定让茜茜去参加弗朗茜的毕业典礼，艾薇则留在家里照看劳丽。

1916 年 6 月的最后一个夜晚，弗朗茜最后一次踏入她深爱的那所学校。自从有了孩子，茜茜变得沉稳了很多，这会儿她默默地走在弗朗茜的身边。两个消防员从他们身边经过，茜茜也毫不在意，想当年，茜茜可是对穿制服的人相当着迷。弗朗茜真的很不希望茜茜改变。茜茜的不同以往，让弗朗茜感到更加孤独。她把手悄悄伸进茜茜的手里，茜茜紧紧地握住她。弗朗茜感到一种莫大的慰藉。

骨子里，茜茜还是原来那个茜茜。

毕业生坐在礼堂的前面，来宾坐在后面。校长发表了一场真挚的演讲，告诉孩子们，他们即将面临的是一个动荡的世界，美国势必会卷入战争，而战后重建新世界的重担将落到他们肩上。他敦促孩子们要接受更多教育，学更多本领，这样才能更好地建设新世界。弗朗茜很受触动，她在心底暗暗发誓，要谨遵校长的教导，让理想薪火相传。

接下来是毕业演出。辛酸的泪水在弗朗茜的眼眶里打转，刺痛了她的双眼。听着台上单调乏味的台词，她心里想："我写的剧本会比这好得多。我会把'垃圾桶'那段情节删除。如果老师让我来写，我都会照她说的办。"

演出结束后，他们列队上台，领取毕业证书，成为名副其实的毕业生。最后，他们向国旗庄严宣誓，齐唱国歌《星条旗之歌》，毕业典礼终于画上了句号。

现在，弗朗茜要迎来自己的艰难时刻了。

按照惯例，女孩儿在毕业时都会收到花束。但鲜花不能带进礼堂，只能被送到教室，由老师帮忙放到受赠者的书桌上。

弗朗茜必须回到教室，才能去领成绩单、课桌里的铅笔盒和毕业纪念册。她站在教室外，让自己鼓起勇气来迎接严峻的现实。她知道，一定只有自己的桌上没有鲜花。这是毋庸置疑的，因为她根本没有把送花的事告诉妈妈，她也知道，家里没有钱来买这些东西。

弗朗茜决定直面艰难。她走进教室，径直走到老师的办公桌前。她目不斜视，不敢去看自己的桌子。空气中弥漫着浓郁的花香。她听见收到鲜花的女孩儿们叽叽喳喳的说话声，兴高采烈地夸赞彼此的鲜花。

她拿到了成绩单，有四门课成绩都是“A”，只有一个“C-”。得“C-”的竟然是英语成绩。她曾经是学校里写作最优秀的，可现在她的英语成绩才勉强及格。刹那间，她讨厌起这所学校，讨厌起所有老师，尤其是加恩德小姐。她也不在意自己没有收到鲜花了，无所谓。而且，这个惯例本身就很愚蠢。“我这就去拿书桌里的东西，”她下定决心，“要是有人过来说什么，我会让他们闭嘴，然后永远地走出这所学校，不和任何人道别。”她抬起头，“没有放鲜花的书桌就是我的。”但是，根本就没有空桌子，每一张桌面上都放了鲜花！

弗朗茜走到自己的书桌前，以为是哪个女孩儿把花束暂时放在了那里。弗朗茜本打算拿起花束，递给它的主人，冷冷地说：“你不介意吧？我得拿走桌子里的东西。”

她拿起了那束花——二十四朵暗红色的玫瑰花，还点缀着一束蕨类植物。弗朗茜像其他女孩儿一样，把它捧在怀中，假装那是自己的花。她在卡片上寻找主人的名字。可卡片上写的是她的名字！真是她的名字！卡片上写着：

献给弗朗茜，毕业快乐！爱你的，爸爸。

卡片上的字迹出自爸爸之手，整齐秀美，正是用家里橱柜里那瓶黑色墨水写的。恍惚间，这一切都像是一场梦，一场冗长又混乱的梦。劳丽是一场梦，在麦加里蒂酒吧的工作、毕业演出、糟糕的英语成绩也是一场梦。现在，这场梦终于醒了，一切都安然无恙。爸爸会在走廊等她。

可是，走廊上只有茜茜。

“爸爸真的不在了。”她说。

“是啊，”茜茜说，“已经过去六个月了。”

“可他没有离去，茜茜姨妈。他给我送了花。”

“弗朗茜，大约一年前，他就把那张写好的卡片和两美元交给我，说：‘弗朗茜毕业的时候，请帮我把花送给她，我怕自己会忘记。’”

弗朗茜潸然泪下，确定这一切真的不是梦。辛苦的工作，对妈妈的焦虑，没能写成毕业剧本的遗憾，没能在英语课上拿到好成绩，在没有心理准备的情况下收到父亲的花束——所有的一切终于让她的泪水决堤了。

茜茜带她到女洗手间，把她推进一个隔间。“尽情哭吧，”她命令道，“不过得快点儿。回去晚了，你妈妈会担心的。”

弗朗茜站在隔间里，抱着她的玫瑰，泣不成声。每当听到洗手间的门被打开，女孩儿们聊着天走进来，她就会冲一下马桶，让冲水的声音掩盖住自己的抽泣声。很快，她的情绪得到了平复。当她走出隔间时，茜茜递给她一条用冷水打湿的手帕。弗朗茜擦着眼泪，茜茜问她是否感觉好一些了。弗朗茜点了点头，恳求茜茜再等她一会儿，她要去和大家道别。

她走进校长办公室，和他握了握手。“别忘记母校啊，弗朗茜。有空回来看看我们。”他说。

“我一定会的。”弗朗茜承诺。她又跑回教室同班主任道别。

“我们会想你的，弗朗西斯。”老师说。

弗朗茜从书桌里拿出铅笔盒和毕业纪念册，开始和班里的女同学们道别。她们团团围住了她。一个女孩儿搂着她的腰，两个女孩儿亲吻着她的脸颊。她们大声地说着告别的话。

“有空来我家呀，弗朗西斯。”

“给我写信呀，弗朗西斯，让我知道你过得怎么样。”

“弗朗西斯，我家里安装电话了。有空就给我打电话呀。明天就打。”

“你得在我的毕业纪念册上写点儿什么，好吗，弗朗西斯？等你出名了，我就可以把它拿出去卖了。”

“我要去夏令营了。我把地址留给你，写信给我呀。一定要呀，弗朗西斯！”

“我九月要去女子高中读书了。弗朗西斯，你也去女子高中吧。”

“别去，和我一起去念东区的高中吧。”

“女子高中！”

“东区高中！”

“伊拉斯穆斯·霍尔高中才是最好的呢。和我做同学吧，弗朗西斯，整个高中时期我们都会是好朋友的。如果你到那里读书，我就只交你这一个朋友。”

“弗朗西斯，你还没让我给你写毕业纪念册呢。”

“我也没写呢。”

“给我，给我。”

她们在弗朗茜那本几乎空白的纪念册上写了起来。“她们人都很好，”弗朗茜想，“念书的时候，我本可以和她们交朋友的。我还以为她们不想和我做朋友，这都是我自己的错。”

女孩儿们都在纪念册上写了起来。有的写得又小又挤，有的写得又大又松散。但不管怎样，这些都是孩子们的笔迹。她们一边写，弗朗茜一边读：

愿你开心幸福，
愿你先生个儿子，
当他头发开始卷曲，
愿你再生个女儿。
—— 弗洛伦斯·菲茨杰拉德

如果婚后，
你的丈夫冲你乱发脾气，
你就用火钳打他一顿，
然后离婚。
—— 珍妮·利

当黑夜如幕，
孤星如珠，
请不要忘记，我依然是你的朋友，
哪怕你已在天涯海角。
—— 诺琳·奥利里

比特丽斯·威廉姆斯把纪念册翻到了最后一页，写道：

献给弗朗茜，毕业快乐！
爱你的，爸爸

翻到最后，

在看不到的地方，

我签了名，

只是为了泄愤。

她署名："你的文友比特丽斯·威廉姆斯"。"她竟然说是我的'文友'。"想到这里，对于毕业演出，弗朗茜依然心怀妒忌。

弗朗茜终于脱身，来到了走廊。她对茜茜说："我还要和一个人道别。"

"就你花的时间最长。"茜茜满脸笑容地抱怨。

灯火通明的办公室里，加恩德小姐独自一人坐在办公桌前。学生们都不喜欢她，目前还没有人来和她道别。看到弗朗茜走了进来，她热切地抬起了头。

"你是来跟英语老师道别的吧？"她欣慰地说。

"是的，老师。"

加恩德老师不肯就此罢休，她一定要摆一摆老师的架子。"谈谈你的成绩吧。你这学期根本就没交作业，我本应该给你不及格的。不过，最后我还是让你及格了，这样你才能和同班同学一起毕业。"她停下来等着，但弗朗茜一声不吭，"怎么，难道你不该感谢我吗？"

"谢谢您，加恩德小姐。"

"你还记得我们那次的谈话吗？"

"记得，老师。"

"你后来怎么那么固执，连作业都不交了？"

弗朗茜无话可说，她无法向加恩德小姐解释清楚其中的原因。她伸出手说：“再见，加恩德小姐。”

加恩德小姐吃了一惊：“呃……好吧，再见了。”她们握了握手。“弗朗茜，总有一天，你会明白我是对的。”弗朗茜沉默不语。“不是吗？”加恩德小姐厉声问道。

“是的，老师。”

弗朗茜走出办公室。她不再讨厌加恩德小姐了。弗朗茜虽然不喜欢她，但为她感到悲哀。在这个世界上，除了坚信自己正确，加恩德小姐一无所有。

詹森先生站在学校的台阶上，用双手握住每个孩子的手，说道：“再见了，愿上帝保佑你。”与弗朗茜握手的时候，他还补充了一条寄语：“正直善良，勤奋努力，为校争光。”弗朗茜承诺她一定做到。

回家的路上，茜茜说：“这样吧，我们别把送花的事告诉你妈妈了。免得她会因此想起你爸爸，又该伤心了。加上劳丽出生后，她的体力才恢复些。”于是，她们约定好，告诉妈妈这花是茜茜买的。弗朗茜取下花束上的卡片，放进了铅笔盒里。

弗朗茜对妈妈谎称花是茜茜买的。妈妈说道：“茜茜，真不该让你为此破费。”但是，弗朗茜可以看得出妈妈非常开心。

大家拿着两张毕业证书欣赏了一番，一致认为弗朗茜证书上的字更漂亮，这都要归功于詹森先生那一手好字。

“这可是诺兰家的第一批文凭呢。”凯蒂说。

“多多益善才好。”茜茜说。

“我要让我的孩子们每人都拿到三张文凭，”艾薇说，“初中的、高中的，还有大学的。”

“二十五年后，”茜茜说，“我们家的文凭就能堆得这么老高。”

她踮起脚尖，手比画出的高度距离地面有六英尺。

最后，妈妈查看了姐弟二人的成绩单。尼利只有操行和体育得了“B”，其他的都是“C”。妈妈说道：“儿子，你真棒。”她跳过弗朗茜所有得“A”的科目，盯住那个“C-”。

“弗朗茜！我真是没想到。这是怎么回事？”

“妈妈，我不想谈这件事。”

“这可是英语啊，你最擅长的学科呀！”

弗朗茜提高了音量，重复道：“妈妈，我不想谈这件事。”

“她的作文在学校里向来是写得最好的。”凯蒂向茜茜和艾薇解释道。

“妈妈！”弗朗茜几乎尖叫起来。

“凯蒂！别问了！”茜茜厉声喝止。

“那好吧。”凯蒂突然意识到自己在咄咄逼人，感到十分惭愧，不再追问。

艾薇转换了话题，问道：“我们不是要去参加庆祝活动吗？”

“我去戴帽子。”凯蒂说。

茜茜留下来照顾劳丽，艾薇和妈妈带着两个毕业生到舍弗利冰激凌店参加庆祝活动。店里挤满了庆祝毕业的人。孩子们拿着自己的毕业证书，女孩儿们还捧着自己的花束。每张桌子旁都坐着孩子的父亲或母亲，有的父母都在场。诺兰一家在店内靠后的地方找到了一张空桌。

店里到处都是大喊大叫的孩子、笑容满面的家长和四下奔走的服务生。有的孩子十三岁，少数的十五岁，但是，大部分的孩子都和弗朗茜一样——十四岁。大多数的男孩儿都是尼利的同学。他在店里四处跟人打招呼，声音洪亮，得意扬扬。弗朗茜几乎不认识店里的女孩儿们，但还是欢快地向她们挥手致意，大声问候，仿佛她们是相识多年的好友。

弗朗茜为妈妈感到骄傲。别人的母亲已经长了白发，大部分人的身材都走了样，店里的椅子已经容不下她们肥硕的身体。但是，她妈妈的身材依旧苗条，没人看得出她快三十三岁了。她的皮肤还像以前一样光滑、白皙，头发也依然又黑又卷。弗朗茜想："如果让妈妈穿上白色的裙子，捧着一束玫瑰，看起来简直就是一个刚刚毕业的十四岁少女。只可惜，自从爸爸去世后，她眉心的皱纹更深了。"

他们准备点餐。弗朗茜的脑海中有一份关于冰激凌苏打水的列表，表中罗列了所有口味的冰激凌苏打水。她要照单子里列出的顺序把它们全都尝一尝，这样，以后就可以宣称自己尝过全世界所有口味的冰激凌了。这一次轮到菠萝口味的，于是她点了菠萝味的冰激凌。尼利点了他的最爱——巧克力味的。凯蒂和艾薇点的是原味的——香草冰激凌。

艾薇给店里的人都编排出小故事，逗得弗朗茜和尼利哈哈大笑。弗朗茜会时不时留意母亲的神情。当艾薇姨妈讲笑话时，妈妈并没有笑，她慢慢地吃着冰激凌，眉头越皱越紧，弗朗茜知道她肯定又在想心事了。

"我的两个孩子，"凯蒂思考着，"只有十三四岁，可他们受过的教育比我三十二年来受的教育还要多。可这还不够。想想我像他们这么大时多无知啊！而且，就算后来我结婚生子了，也并没有改善。无法想象，我竟然会诉诸巫术，因为轻信产婆的话，就迁怒于鱼市的老妇人。这两个孩子的起点远高于我，也永远都不会那样无知。

“我供他们完成了初中的学业，能做的只有这么多了。之前所有的计划——尼利当医生，弗朗茜去读大学——现在都无法实现了。那个刚出生的孩子……以他们现有的能力，能否独当一面，有所成就？我不知道。莎士比亚……《圣经》……他们还会弹钢琴，但是他们现在已经不再练习了。我教给他们要干净体面、为人诚实、拒绝施舍。不过，这样就够了吗？

“不久，他们就要学会取悦老板，处理新的人际关系。他们会走上另一种人生。是好，还是不好？如果他们整日工作，晚上就没有时间待在家里陪我了。尼利会和朋友在一起。弗朗茜呢？看书……去图书馆……看戏剧……听免费的讲座或音乐会。当然了，我还有个小宝宝要照看呢。那个小宝宝，她的人生会有更好的起点。等她初中毕业的时候，她的哥哥姐姐或许可以帮衬着让她读完高中。我一定要让劳丽过得比他们俩更好。她的哥哥姐姐一直吃不饱、穿不暖。就算我拼尽了全力，可做得还是不够好。他们还那么稚嫩，现在却不得不去工作。唉，要是我能让他们在秋天念高中就好了！求你了，上帝！我愿用我二十年的生命作为交换，我会夜以继日地劳作。可显然，我做不到，否则就没人来照顾那个小宝宝了。”

她的思绪被响彻店内的歌声打断了。有人唱起当下流行的反战歌曲，其他人也跟着唱起来：

我生儿子，不是让他当兵打仗，

我把他养大，盼他成为我的骄傲和欢喜……

凯蒂又陷入沉思：“没人能帮我们，没有人。”她的脑中闪过麦克沙恩警长的脸。劳丽出生的时候，他曾送来一个巨大的果篮。她知道他九月就要从警察局退休了，然后参选他老家皇后区的下一任议员。大家都说他一定能当选。她听说他的妻子已经病重，可能活不到丈夫当选的那一天了。

“他会再婚的，”凯蒂想，“当然，他会娶那些社交经验丰富……能助他一臂之力的女人……政客的妻子都得拥有这样的能力。”她盯着自己那双因劳作而粗糙的手，打量了许久。然后她把手伸到桌子下面，仿佛为这双手感到羞愧。

妈妈的这些举动，弗朗茜看在眼里。“她一定在想麦克沙恩警长呢。”弗朗茜暗暗猜测。她想起了很久以前的那次郊游。当时，麦克沙恩望向了妈妈，妈妈连忙戴上了手套。“他喜欢她，”弗朗茜心想，“不知道妈妈是否知道这件事。她肯定知道，她好像什么都能知道。我猜，要是妈妈愿意的话，她肯定能嫁给他。但他可别指望我叫他爸爸。我的爸爸已经不在了，无论妈妈嫁给谁，对我来说他都是某某先生。”

人们唱到了最后几句：

要是所有母亲同声说，

我生儿子，不是让他当兵打仗。

这世界就不再有战争。

“……尼利，”凯蒂想到，“他才十三岁。就算开战了，等他到了入伍的年龄，战争也该结束了。真是谢天谢地。”

此时，艾薇正在轻声哼唱这首歌，只不过她改了歌词：

谁敢在他肩膀上放八字胡[①]。

“艾薇姨妈，你这改得也太离谱啦！”弗朗茜说，她和尼利一起笑得前仰后合。凯蒂一下子从思绪中回过神来，抬起头笑了起来。这时，服务生把账单放在了桌子上，他们都安静地看着凯蒂。

“我希望她别犯傻，傻到给他小费。”艾薇想。

“妈妈知道应该给服务生留下五美分小费吗？”尼利心想，“我希望她知道。”

“无论妈妈怎么做，”弗朗茜想，“都有她的道理。”

平时在冰激凌店并不需要给小费，但是，举办庆祝活动时，客人应该按照惯例多付五美分小费。凯蒂看了一眼账单——一共三十美分。她的钱包里只有一枚五十美分硬币，她掏出来放在了账单上。服务生收了钱，又给她找回来四枚五美分硬币，硬币在桌上排成一排。他并没有马上离开，他希望凯蒂能拿走其中的三枚。凯蒂看着那四枚硬币，心想：“那可是四块面包啊。”四双眼睛凝视着凯蒂的手。凯蒂毫不犹豫地用手按住了四枚硬币，果断地推给了服务生。

“不用找了。”她慷慨地说。

弗朗茜强忍住冲动，这才没让自己站在椅子上欢呼。“妈妈可真了不起。”她不停地对自己说。服务生美滋滋地收起了硬币，飞奔而去。

“都能买两份冰激凌苏打水了。”尼利咕哝了一句。

“凯蒂呀凯蒂，你怎么这么傻，”艾薇指责，“我敢打赌，你只

---

① 八字胡，原来的歌词为“musket”（滑膛枪），艾薇将其改为“mustache”（八字胡）。

剩这么多钱了吧。”

“没错。不过，这也可能是我们家最后一次毕业典礼呀。”

“麦加里蒂明天就会付给我们四美元的薪水。”弗朗茜为妈妈辩护。

“他也可能明天就解雇我们。”尼利插嘴。

“看来，在他们找到工作前，你们就只有那四美元了。”艾薇推测。

“我不在乎，”凯蒂说，“就这一次，我想让我们体验一下百万富翁的感觉。如果花二十美分能让我们感到富有，那么这个代价还算划算。”

想起凯蒂允许弗朗茜把咖啡倒进水槽的情景，艾薇便不再多嘴。这个妹妹身上总有很多她无法理解的地方。

庆祝活动接近尾声时，阿尔比·西德莫走到他们桌前，他腿很长，有个开杂货店的阔气的爸爸。

“弗朗茜，明天一起看场电影？”他一口气说出来。“我请你。”他连忙补充道。

（有家电影院为毕业生提供周末场的优惠，只要出示毕业证书，就可以只花五美分看两场电影。）

弗朗茜看了看妈妈，妈妈点头同意。

“好的，阿尔比。”弗朗茜接受了邀请。

“回见。明天下午两点。”他跑开了。

“这可是你第一次约会呢，”艾薇说，“许个愿吧。”她伸出小拇指和弗朗茜拉钩，弗朗茜也钩住艾薇姨妈的手指，许下了愿望：“愿我能一直这样，身着白裙，手捧玫瑰。愿我们永远能像今晚一样，一掷千金。”

成长中那些绕不开的事

·谎言与故事的区别·

老师温和地向她解释了谎言和故事的区别。说谎往往是出于恶意或掩盖自己的胆怯。讲故事则是基于现实生活的创作。你只是没有说出事实，你讲述的是你认为事情应该有的样子。

“要知道，弗朗茜，很多人会认为你一直以来创作的这些故事都是可怕的谎言，因为它们并非人们所看到的真相。以后，再遇到任何事情，你都要如实地讲述事实，但是可以把你认为它应该如何发生写下来。讲述事实，写下故事，这样一来你就不会混淆了。”

——Chapter 26　区分现实和想象

·苦中作乐的小游戏·

如果家里的钱都花光了，食物也所剩无几，凯蒂和孩子们就会假装他们是远征北极的探险家。他们想象自己被暴风雪困在一个山洞里，随身只剩下一丁点儿食物。他们必须坚持下去，等待救援。妈妈把橱柜里仅存的食物分成几小份，称之为“限量配给”。孩子们吃完后依旧饥饿难耐，她会鼓励他们：“打起精神，勇士们，救援马上就到了。”当家里赚到了一些钱，妈妈就会采购一大批食物。她还会买一小块蛋糕庆祝一下，并且在蛋糕上插一面一美分的小国旗，说道：“我们成功啦，兄弟们。我们到达北极啦！”

——Chapter 28　一切都在改变？

·受过教育后，是否对自己的出身感到羞耻·

她很想知道，当她受过教育后，是否会对自己的出身感到羞耻。她会因为她的家人而羞耻吗？会因为无忧无虑、善解人意的爸爸和充满勇气、为人坦率的妈妈而羞耻吗？外婆虽然不识字，却让妈妈引以为傲。她会因为诚实善良的尼利而感到羞耻吗？不，不会的！如果她所受的教育让她感到羞耻，那么她宁愿不受教育。

——Chapter 39　什么是美？

·记忆和爱不会消失·

自从父亲去世后，弗朗茜不再写草木花鸟和她的想法之类的内容了。因为她太想念爸爸了，所以她会写一些关于他的小故事。她努力想要表明就算爸爸有这样或那样的缺点，可他依然是一个好爸爸，一个善良又体贴的人。

她想念爸爸，她很想见到爸爸。他不会死的，他没有离去。不一会儿，他就会唱着《莫莉·马隆》，走上楼梯。她会为他开门，他会说："你好呀，我的首席女歌手。"……爸爸则会费尽心思地安慰她，告诉她一切都会好起来的。她等待着，仔细听着。或许，真是一场梦。

——Chapter 39　什么是美？

EX LIBRIS

我要拥抱这样无风的寒夜。
我要拥抱近在咫尺的灿烂星辰。

布鲁克林有棵树

跨过威廉斯堡大桥

[美] 贝蒂·史密斯　著
申　晨　译

南方出版社
·海口·

图书在版编目（CIP）数据

布鲁克林有棵树．跨过威廉斯堡大桥 /（美）贝蒂·史密斯著；申晨译．—海口：南方出版社，2024.7.（2025.4重印）
ISBN 978-7-5501-9053-5

Ⅰ．I712.45

中国国家版本馆 CIP 数据核字第2024N2G127号

布鲁克林有棵树　跨过威廉斯堡大桥

BULUKELIN YOU KE SHU　KUA GUO WEILIANSIBAO DA QIAO

[美] 贝蒂·史密斯　著　申　晨　译

目 录

CONTENTS

Chapter 43

第一次赚钱

“现在你明白了吧。”女领班对弗朗茜说，“很快你就能成为一名熟练的花枝工了。”女领班说完就走开了，留下弗朗茜一人。这是她的第一份工作，也是她第一天上班的第一个小时。

弗朗茜按照女领班教的那样，左手拿起一英尺长的、闪闪发亮的铁丝，右手拿起一张窄窄的、深绿色的薄纸巾，用纸巾的一端在湿海绵上蘸一蘸，然后用一只手的拇指、食指和中指拉直纸条，另一只手的拇指、食指和中指搓捻着铁丝转动，把薄纸巾缠在铁丝上。她将缠满纸巾的铁丝放在一边，这样就做好了一根花枝。

勤杂工马克满脸痘痘，他每隔一段时间就会把做好的花枝分给花瓣工，她们会把纸做的玫瑰花瓣用铁丝固定到花枝上。另一个女孩儿会把花萼穿到玫瑰花瓣下面，然后把它交给花叶工。花叶工从叶子堆里取出三片连在一起的、深绿且富有光泽的叶子，将它们固定在花枝上。紧接着，将这些半成品交给收尾工。收尾工会用一条更厚的、带纹理的绿纸条从花萼开始缠绕，直到包裹住整根花枝。这样一来，花枝、花萼、玫瑰花瓣和花叶合成一体，看起来像天然生长的一般。

弗朗茜感觉后背酸痛，一阵刺痛穿过她的肩膀。她估摸着自己已经缠了一千根花枝了，肯定到吃午饭的时间了。她转身看了一眼钟表，结果发现自己只工作了一个小时！

“盼着下班呢？”一个女孩儿嘲笑道。弗朗茜吃惊地抬起头，什么也没说。

她逐渐找到了干活儿的节奏，手上的动作更娴熟了。第一步，放下包好的铁丝，接着，拿起一根新的铁丝和一张纸巾；第二步，蘸湿纸巾。接下来，第三、四、五、六、七、八、九、十步，铁丝就被裹好了。很快，她把这些步骤熟稔于心，就不需要一步一步地数，也不需要全神贯注了。她的后背放松了不少，肩膀也不疼了，她的思绪得以释放，开始思考其他问题。

“可能一辈子都要这样生活，”她心想，“一天工作八小时，用裹铁丝赚的钱来买食物、交房租，这样勉强维持生计只为了裹更多铁丝。有些人生下来就是为了过这样的生活。当然，其中一些女孩儿会结婚，嫁给那些过着同样生活的男人。婚姻能带给她们什么呢？可能是辛苦了一天后，在睡前几个小时能有人和自己聊聊天吧。”但她知道这种状态不会维持太久。她见过太多的劳工夫妻，在孩子出生后，日常开销与日俱增，除了愤怒和咆哮，彼此之间很少交流。“这些人被生活困住了，可这是为什么呢？因为……（她想起外婆一再重复的话）他们没有受到足够的教育。”弗朗茜顿时害怕起来。也许，她再也无法去念高中了；也许，她再也无法接受比现在更高的教育了；也许，她一辈子都要在裹铁丝中度过——第一步……第一步半……第二步……第三、四、五、六、七、八、九、十步。这感觉似曾相识，正如十一岁那年，她在洛舍面包厂看到那个双脚脏得令人作呕的老人时，让她感到莫名的恐惧。惊恐之间，她不禁加快了节奏，这样她就不得不专注于工作，从而不去胡思乱想。

“新人就是干劲十足呀！”一个收尾工冷嘲热讽地说。

“想讨老板欢心呗。”一个花瓣工接着说道。

没过多久，就算加快了节奏她也能轻松应对，弗朗茜的思绪再次得到释放。她偷偷打量着坐在长桌前的女孩儿们，一共有十二个人，有波兰人，也有意大利人。她们中最小的看起来有十六岁，最年长的三十岁左右，她们的肤色都很暗。不知为何，她们都穿着黑色的连衣裙，显然她们并不知道黑色的衣服不适合肤色较暗的人。弗朗茜是唯一一个穿着条纹棉布水洗连衣裙的人，她感觉自己像个傻孩子。眼尖的女孩儿们注意到弗朗茜在偷看她们，于是她们用独特的羞辱方式报复弗朗茜。坐在最前面的那个女孩儿先开了头。

“这张桌子上有个人脸很脏。”她宣布。“不是我。”其他人依次答道。轮到弗朗茜的时候，大家都停下手里的活儿，等待着。弗朗茜不知该如何作答，一时语塞。“新来的没说话，”带头的女孩儿说道，“脸脏的人就是她。”弗朗茜顿时双颊发烫，她加快了干活儿的速度，希望她们能就此打住。

“有人脖子脏兮兮的。”她们又开始了。“不是我。”其他人依次答道。轮到弗朗茜时，她也说道：“不是我。”但是，这个回答显然没有让她们善罢甘休，反而给她们平添了更多的话柄。

“新来的说她的脖子不脏。”

"她就是这么说的！"

"她是怎么知道的？她能看见自己的脖子吗？"

"就算脖子是脏的，她会承认吗？"

"她们想让我做些什么？"弗朗茜疑惑不解，"可到底要我做什么呢？她们希望我生气，然后冲她们破口大骂？她们想要我放弃这份工作，还是想看我哭鼻子，就像小时候那个拍黑板擦的小女孩儿那样？无论如何，我都不会让她们得逞！"她低下头，干活儿的速度更快了。

这个讨厌的游戏持续了整整一个上午。只有勤杂工马克进来时，她们才会消停一会儿。她们暂时放过了弗朗茜，然后把矛头指向了马克。

"新来的，你可得小心马克呀，"她们警告她，"他曾因为强奸罪被捕两次，还有一次被捕是因为拐卖妇女。"

这些指控简直就是赤裸裸的挖苦，因为马克带有十分明显的娘娘腔。弗朗茜看到那个不幸的男孩儿每次都被奚落得面红耳赤，不禁为他感到难过。

一上午就这样煎熬着。就在弗朗茜觉得这样的时间永无止境时，午饭的铃声响了。女孩儿们放下手里的工作，拿出了装着午餐的纸袋。她们把撕开的袋子当作桌布，把用洋葱当配菜的三明治摊开，吃了起来。弗朗茜的手又热又黏，她想先洗手再吃饭，便问邻座的女孩儿盥洗室在哪儿。

"我不会讲英语。"那个女孩儿夸张地模仿着初学者的口音。

"我听不懂。"另一个女孩儿用德语说道。可她一上午都在用地道的英语嘲弄弗朗茜。

“‘观戏室[①]’是什么地方？”一个胖胖的女孩儿问道。

“是不是就是看戏的地方啊？”一个自作聪明的女孩儿答道。

马克正在收盒子。他站在门口，怀里堆满了盒子。他的喉结上下蠕动了两下，这是弗朗茜第一次听到他说话。

“耶稣基督就是为了你们这样的人才被钉死在十字架上的，”他激动地说，“可你们连给新来的女孩儿指个盥洗室都不愿意。”

弗朗茜惊讶地盯着他。她觉得这话听起来实在有趣，终于忍不住哈哈大笑起来。马克咽了一口唾沫，转身消失在走廊里。随后，一切都变了。桌子前传来一阵窃窃私语。

“她笑了。”

“嘿！新来的女孩儿笑了！”

“笑了！”

一个年轻的意大利女孩儿挽起弗朗茜的胳膊，说：“走吧，新来的，我带你去卫生间。”

到了卫生间，她帮弗朗茜拧开水龙头，从玻璃碗里拍出些肥皂液。弗朗茜洗手的时候，她关切地陪在一旁。当弗朗茜想用一条明显从来没被人用过的白毛巾擦手时，那个女孩儿一把拽开了她。

“新来的，别用那条毛巾。”

“怎么了？它看起来很干净呀。”

“那条毛巾很危险。这里有些女孩儿患有传染病。如果用它擦手的话，你会被传染的。”

“那我该怎么办？”弗朗茜挥了挥湿漉漉的手。

---

① 观戏室，原文为“washroom”，译为“盥洗室”，此处译文将该词按中文谐音进行处理，意在表明这些女工故意打趣。

“像我们一样，用衬裙擦吧。”

弗朗茜一边用衬裙擦手，一边惊恐地盯着那条“致命”的毛巾。

回到车间，她发现大家已经帮她铺好了纸袋，妈妈给她准备的两个博洛尼亚红肠三明治也被拿出来摆放好了。有人还在她的纸上放了一个漂亮的番茄。女孩儿们都对她笑脸相迎。整个上午都在带头戏弄她的那个女孩儿，举起一个威士忌酒瓶喝了一大口，然后递给弗朗茜。

“你也喝点儿吧，新来的，”她命令道，“光吃三明治太干啦。”弗朗茜往后缩了缩，连忙拒绝。“喝吧！里面是凉茶。”弗朗茜想起了卫生间里的那条毛巾，果断拒绝了她的好意。“哎呀！”那个女孩儿说，“我知道你为什么不喝我瓶子里的东西了。一定是洗手的时候，阿娜斯塔西娅吓唬你来着吧。别听她胡说，新来的。传染病的事是老板传的，他知道我们听了以后肯定不会用毛巾了。这样一来，他每周就能省出几美元洗毛巾的钱呢。”

“是吗？”阿娜斯塔西娅疑惑地说，“可我看你们也没有人用那条毛巾呀。”

“别扯了，我们只有半个小时的午餐时间，谁愿意浪费时间去洗手呀！快喝吧，新来的。”弗朗茜举起瓶子喝了一大口。凉茶的味道浓烈，清凉提神。她谢过那个女孩儿，然后想对送她番茄的女孩儿表示感谢。但是，女孩儿们都连忙否认起来。

“你在说什么？”

“什么番茄？”

“我没看到番茄呀。”

“新来的自己带了个番茄，居然都不记得了。”

于是，她们又取笑了她一番。不过，这一次弗朗茜感受到了友善与温暖。弗朗茜享受着午餐时间，她终于明白了这些女孩儿的心思，她们只是想让她笑一笑——如此简单，却又如此难以被察觉。

下午的时光过得非常愉快。女孩儿们告诉她用不着这么拼命地干活儿，这份工作是季节性的，秋季的订单一旦完成，她们都得下岗。订单完成得越快，她们被解雇得就越快。能得到那些经验丰富的老员工的信任，弗朗茜十分欣喜。于是，她也默契地放慢了速度。整个下午她们都在讲笑话，无论是有趣的，还是低俗的，弗朗茜都和她们一起放声大笑。后来，和其他人一起戏弄马克时，她也只是略感内疚。可怜的马克就像一个殉道者，他不知道，只要他笑一笑，哪怕一次，他在这个车间的麻烦就可以烟消云散。

星期六中午十二点刚过，弗朗茜就站在百老汇高架列车法拉盛大道车站的楼梯下等尼利。她手里拿着一个信封，里面装着五美元，那是她第一个星期的薪水。尼利也给家里挣了五美元。他们约好一起回家，举行一个小小的仪式，把钱一起交给妈妈。

尼利在纽约市中心的一家证券公司打杂。茜茜的约翰通过一个在那里工作的朋友帮尼利谋了这份差事。弗朗茜非常羡慕尼利。每天他都可以穿过那座雄伟的威廉斯堡大桥，去那个陌生的大都市上班，而弗朗茜却只能步行到布鲁克林北边干活儿。而且，尼利是在餐厅里吃午饭的。上班的第一天，他像弗朗茜一样自带午餐，但是公司的男孩儿们都嘲笑他，说他是布鲁克林的乡巴佬。从那以后，妈妈每天给他十五美分吃午饭。他告诉弗朗茜，自己在一家名为“自助餐馆”的地方吃饭：只要把一枚五美分硬币塞进投币口，咖啡和奶油就会一起流出来，不多不少，刚好能装满一杯。弗朗茜真希望

自己也能乘车穿过那座大桥去上班，在“自助餐馆”吃午饭，而不是吃从家里带的三明治。

尼利从车站跑下来，腋下夹着一个扁扁的包裹。弗朗茜发现他的脚斜踩在台阶上，这样，整个脚掌就能稳稳地踩在台阶上，而不用仅靠脚后跟支撑了。爸爸就是这样下楼梯的。尼利没有告诉她包裹里装的是什么，他说那样就没有惊喜了。他们在离家不远的一家银行停下，赶在银行下班前，请柜员把他们的旧纸币都换成一美元面值的新钞票。

“你们为什么要把这些钱换成新钞票呢？”柜员问道。

“这是我们的第一份薪水，所以我们想换成新钞票带回家。”弗朗茜解释道。

“原来是第一份薪水呀！”柜员说，“这倒是让我想起来了。没错，我想起来了。我还记得自己第一次领薪水回家时的情景呢。当时，我还是个小伙子……在长岛曼哈西特的一个农场上班。是这样的，先生……”他开始滔滔不绝地聊起自己的生平，后面排队的人不耐烦地骚动起来。最后，他说道：“……当我把第一份薪水拿给我母亲时，泪水在她的眼眶里打转。没错，先生，泪水在她的眼眶里打转。”

他撕开了一沓新钞票的包装纸，为姐弟俩换好了新的纸币。接着，他说道：“送给你们一个小礼物。”他从抽屉里拿出两枚新铸的、金光闪闪的一美分硬币，分别递给姐弟俩。“这是1916年新发行的，”他解释道，“是这个街区的第一批。你们可要留好了，别现在就花掉呀。”他又从自己的口袋里掏出了两枚旧的一美分硬币，放回抽屉里，作为补偿。弗朗茜对他表达了感谢，离开时，她听到排在他们身后的男士把胳膊肘靠在柜台上说：

“我还记得当年给我老妈带回我第一份薪水时的情景呢。”

当他们走出银行时，弗朗茜心想，是否每个排队的人都会讲起自己拿第一笔薪水的故事呢？“每个工作的人，”弗朗茜说，“都有一段共同的经历，他们都会记得第一次把薪水带回家的情形。”

“是啊！”尼利深表赞同。

他们转过街角，弗朗茜若有所思地说：“泪水在她的眼眶里打转。”她以前从未听过这样的表达，于是浮想联翩。

“这怎么可能呢？”尼利好奇地问，“眼泪又没有腿，它们不可能‘打转’呀。”

“他不是那个意思。他口中的‘打转’的意思如同人们说的‘我一整天都待在床上’的‘待’一样。”

“可是‘打转’不是那个意思呀。”

“是那个意思，”弗朗茜反驳道，“在布鲁克林，‘打转’跟‘待’就是一个意思。”

“我想也是。”尼利附和着，“我们别走格雷厄姆大街回家了，走曼哈顿大街吧。”

“尼利，我想到一个好主意。我们自己也做一个存钱罐吧，把它钉在你的衣柜里。不过，别告诉妈妈。我们就从这些新纸币开始存。如果妈妈给了我们零花钱，我们就每周再存十美分。等到圣诞节的时候，我们把它打开，用里面的钱给妈妈和劳丽买礼物。”

“也要给我们自己买。”尼利赶忙补充道。

“可以啊。我给你买礼物，你给我买礼物。到时候，我会告诉你我想要什么。”

姐弟俩一言为定。

他们迈着轻快的步伐，把那些刚卖完废品，正在回家路上闲逛的孩子远远甩在身后。当路过斯科尔斯大街的时候，他们望向卡尼的废品回收站，发现查理的平价店外挤满了人。

“一群小屁孩儿。”尼利轻蔑地说着，把口袋里的硬币晃得叮当响。

“尼利，我们以前也总去卖废品呢，你还记得吗？”

“那是很久以前的事了。”

“是啊。”弗朗茜赞同道。其实，他们最后一次去卡尼那儿卖废品也不过是两个星期以前的事。

尼利把那只扁扁的包裹交给妈妈，说:“这是送给你和弗朗茜的。”妈妈将它拆开，里面是一磅洛夫特牌的花生糖。“这个可不是用我的薪水买的。”尼利神秘兮兮地解释道。接着他们让妈妈到卧室待一会儿，趁机把十张崭新的钞票摆在桌子上，然后再把妈妈叫出来。

“给你的，妈妈。”弗朗茜大手一挥说。

“哦，我的天哪！”妈妈感叹道，“真是难以置信。”

“不止这些呢。”尼利说着，从口袋里掏出一堆零钱，放到桌子上，总共有八十美分，“这是我跑腿得到的小费，”他解释道，“我攒了一个星期。本来还有更多，不过我买了点儿糖。”

妈妈把钱推给桌对面的尼利，说：“这都是你挣的小费，留着自己花吧。”

（跟爸爸当年的待遇一样，弗朗茜心想。）

“太好啦！那我分给弗朗茜二十美分吧。”

“不用了。”妈妈从有裂缝的杯子里拿出五十美分交给了弗朗茜，“这是弗朗茜的零花钱。每周五十美分。”弗朗茜欣喜若狂。她从未奢望自己能有这么多零花钱。两个孩子对母亲连声道谢。

凯蒂看了看糖果，看了看那些崭新的钞票，又看了看自己的两个孩子。她紧紧地咬住嘴唇，猛然转身，走进了卧室，随手带上了门。

“是不是有什么事让她生气了？”尼利小声问道。

“不是的。”弗朗茜说，“她没有生气。她只是不想让我们看到她哭。”

“你怎么知道她要哭呢？”

“因为，当她看着这些钱时，我看到泪水在她的眼眶里打转。”

Chapter 44

继续上学的事

弗朗茜才工作了两个星期就面临下岗。当老板解释说只是休息几天时，女孩儿们彼此交换了眼神。

“说是几天，其实是六个月。”阿娜斯塔西娅对弗朗茜说。

女孩儿们打算去绿点区的一家工厂找工作。那里是制作圣诞花环的，有一批冬季的订单需要手工完成。等做完那批订单后，她们再去其他工厂找活儿干，如此循环往复。她们就是布鲁克林的流动工人，往返于不同地区打季节性短工。

她们劝说弗朗茜和她们一起去。可是，弗朗茜却想尝试一些新的工作。她觉得既然自己必须工作，就不如趁着换工作的机会让自己有更丰富多彩的经历。就像她尝过不同口味的苏打水一样，以后她就可以说自己尝试过各种工作了。

凯蒂在《世界报》上看到了一则招聘档案管理员的广告，不要求工作经验，但需年满十六岁，信仰基督教。弗朗茜花一美分买了一张信纸和一个信封，认真地写了一份求职申请，并按广告上的邮箱号码把信寄了过去。虽然她只有十四岁，但是她和妈妈一致认为如果她谎称自己十六岁，也可以轻而易举地蒙混过关。所以，她在求职信中说自己已经十六岁了。

两天后，弗朗茜收到了一封回信，信头上的图案让她兴奋不已：一把剪刀放在一张折起的报纸上，旁边还有一罐糨糊。信是从纽约运河街的模范剪报局寄来的，邀请诺兰小姐去参加面试。

茜茜陪弗朗茜一起购物，帮她挑选了一件成年人穿的连衣裙和她人生中的第一双高跟鞋。等她换上新衣服后，妈妈和茜茜都发誓说，除了发型，她看起来绝对有十六岁。她的两条辫子使她看起来略显稚嫩，像个孩子。

“妈妈，求你让我把头发剪短吧。”弗朗茜恳求说。

“养长这么一头秀发足足花了你十四年的时间，”妈妈说，“我是不会让你把它剪掉的。”

“天哪，妈妈，你太落伍了。”

“你为什么想把头发剪得像男孩儿一样短呢？”

“这样打理起来会更容易。”

“打理头发是女人的一大乐趣。”

“不过，凯蒂，”茜茜反驳说，“现在所有的女孩儿都把头发剪短了。”

“那她们可太傻了。头发是女人的秘密。白天，头发用发簪盘起来。可到了晚上，在与丈夫独处时，取下发簪，头发就会披散开来，仿佛一件闪亮的披肩。这让她们给男人留下一种别样的神秘感。”

“猫在夜晚皆灰色，丑妍暗中难分辨。”茜茜俏皮地说。

“你少插嘴。”凯蒂厉声说道。

“如果我剪了短发，看起来就像艾琳·卡斯特了。”弗朗茜坚持道。

“犹太女人结婚时会被迫把头发剪短。这样，她们就不会吸引其他男人的目光了。修女剪掉长发也是为了证明自己不会再和男人有任何瓜葛。为什么一个年轻的女孩子非要将头发剪短呢？”弗朗茜刚想回答，妈妈又接着说，“这件事没商量。”

“好吧。”弗朗茜说，“但等我十八岁时，我要自己做主。等着瞧吧。”

“等你十八岁了，就算你把头发剃光了我都不会管。在此之前……”凯蒂把弗朗茜那两条沉甸甸的辫子绾在头顶，取下自己头上的骨制发卡，将弗朗茜的发髻拢起。“看吧！”她后退了一步，打量着自己的女儿，“就像戴了一顶闪闪发亮的皇冠。”她夸张地说。

“她梳这个发型看起来至少有十八岁了。”茜茜承认道。

弗朗茜照了照镜子，发现妈妈把她的头发这样一梳，确实让她显得更成熟了，心里很是得意。可她仍然不肯松口承认。

“顶着这么一坨头发，我这辈子都会头疼的。”她抱怨说。

“如果你这辈子只为这坨头发头疼，那你还真是走运呢！”妈妈说。

第二天早上，尼利护送姐姐去纽约。当火车离开马西大道站，驶入威廉斯堡大桥时，弗朗茜发现很多坐在车厢里的人都不约而同地站起身，然后又坐了下来。

“尼利，他们刚刚为什么站起来？”

“火车开上桥时，刚好能看到一家银行，银行外面挂了个大钟。人们站起来看时间，就能判断自己上班有没有迟到。我敢打赌，每天得有一百万人看那个大钟。”尼利说。

弗朗茜原本以为第一次乘车穿越那座大桥时一定会欣喜若狂。可现在她发现，过桥时的激动远不及她第一次穿成人服装时那样心潮澎湃。

面试很快就结束了，她被录用了，进入试用期。上班时间为早上九点至下午五点半，中间有半个小时的午餐时间，起薪为每周七美元。老板还带她在剪报局参观了一番。

十位读报员坐在一张倾斜的长桌前，分别负责阅读来自美国各州的报纸。每天、每时、每刻，来自美国各州各市的报纸源源不断地涌入剪报局。这些女孩儿在每一份报纸中找到目标新闻，用边框圈出来，做好标记，并在报纸头版的顶部写下找到的新闻总数，以及对应的类别编码。

做好标记的报纸会被收集起来，拿给印刷工。印刷工手头放着一台手动印刷机，上面带有可调整日期的装置和一排排铅字。印刷工把印刷机上的日期调整为与报纸一致的日期，再按照报纸名、城市名和州名排好铅字并插入机器。然后，按照报纸顶部所写的新闻总数打印出一张张小纸条。

接着，纸条和报纸会被送到裁报工手中。裁报工站在一张大大的斜面桌前，用一把锋利的弯刀裁开做了标记的报纸。（尽管信头上有一把剪刀的图案，但整个剪报局找不到一把剪刀。）裁报工将裁掉的废报纸扔在地上，每隔十五分钟，废报纸就堆到齐腰高了。这时，会有男员工收拾废报纸，将它们拖出去打包成捆。

裁好的报纸和纸条会移交给贴报工。贴报工再把这些报纸和纸条粘贴在一起。然后，统一归档、收集，装到信封里邮寄出去。

弗朗茜很快就熟悉了归档系统。仅仅两个星期，她就记下了档案盒上的两千多个名称和类目。然后，她开始接受读报员岗位的培训。之后的两个星期，她除了一门心思地研究客户卡片，什么也没做。客户卡片上的信息比档案盒的类目要更加详细。一场非正式的测试证明她记住了全部剪报的内容分类，之后，她被安排阅读俄克拉何马州的报纸。她负责的报纸被送往裁报工前，老板会对其进行审核，并指出错误。待她足够熟练，无须审核后，宾夕法尼亚州的报纸也分到了她的手里。不久，纽约州的报纸也分给了她。也就是说，她负责阅读三个州的报纸。到了八月末，她阅读和标记报纸的数量超过了局里所有的人。她初入职场，很想做出一番成绩。她的眼神敏锐，视力极佳（她是唯一一位不戴眼镜的读报员），而且她很快就训练出了一目十行的能力，拿到报纸，稍做扫视，便能立刻判断出有没有新闻需要做标记。她每天阅读报纸的数量高达一百八十至两百份，而阅读速度仅次于她的读报员，平均每天只能读一百至一百一十份。

没错，弗朗茜是剪报局里阅读速度最快的，但薪水也是最低的。虽然，在她成为读报员后，周薪涨到了十美元，但速度排在第二名的读报员每周的薪水为二十五美元，其他读报员每周也能挣二十美元。弗朗茜与其他女孩儿的关系还没有好到可以相互信任的程度，因此她无从得知自己的薪水这么低。

尽管弗朗茜喜欢读报纸，而且十美元的周薪也让她引以为傲，可是她并不开心。对于能来纽约工作这件事，她曾感到非常兴奋。就连图书馆金棕色陶罐里插着的小花都能让她激动不已，她当然对纽约这样的大都市心驰神往。可事实并非如此。

首先让她感到失望的是威廉斯堡大桥。站在自家屋顶眺望那座大桥时，她曾想象穿越它的感觉定然如长着翅膀的仙女飞翔在空中一般。但当她真正乘车从桥上穿行时，却觉得与乘车穿过布鲁克林的街道别无二致。就像百老汇大街一样，大桥上铺设着人行道和车道，就连铁轨也都一模一样。火车驶过大桥的时候并没有让人产生非同寻常的感觉。纽约同样令人失望，除了更高的建筑和更拥挤的人群，其他与布鲁克林大同小异。她想知道，从此以后，是不是所有的新鲜事物都会令人失望呢？

她经常研究美国地图，想象自己穿越平原、高山、沙漠和河流。那是一种美妙的感觉。而现在，她怀疑，倘若真的身临其境，自己会不会同样感到失望。她设想自己要步行横跨这个伟大的国家，那样的话，她早上七点就得出发，一路西行。她会一步一步前行，用脚步来丈量距离。她一边往西走，一边忙着数脚下的步数，并且时刻谨记自己是从布鲁克林一步一步走出来的，这样的话她也许就没时间去想路上遇到的那些山川、河流、平原和沙漠。她只会注意到：有些事物很奇怪，因为它们让她想起了布鲁克林；还有些事物也很奇怪，因为它们竟与布鲁克林截然不同。“我想，在这大千世界，根本就没有新鲜事物吧！”弗朗茜失落地想，“即便有什么新鲜的或不同寻常的事物，那么在布鲁克林也能略显端倪。而我一定是对它习以为常了，所以就算遇到了，也没有注意。”就像亚历山大大帝认为的那样，弗朗茜也伤心地认为：此间再无新的世界可以征服。

她让自己适应纽约人争分夺秒的通勤节奏。赶往办公室的紧张感无异于一种折磨。如果能在八点五十九分抵达，那么她一天都可以自由自在。但如果是在九点零一分抵达，她便会一直忧心忡忡，因为倘若恰逢老板当天心情不好，那么迟到会使她顺理成章地成为出气筒。因此，她学会了各种节省时间的小窍门。在火车到站停稳前，她便挤到门口，这样门一开她就能第一时间跑下车。下车后，她像小鹿一样，跑着绕过人群，率先冲上通往街道的台阶。在去往办公室的路上，她一直紧贴着墙根行走，这样就可以在街角急转弯。需要过马路时，她就走对角线，以节约上下马路牙子的时间。进入办公大楼，即使电梯管理员大喊“满员了！”她依然会挤进电梯。所有的用心良苦、分秒必争，都是为了让自己能在九点之前抵达办公室，而不是九点之后！

有一次，为了能有更充裕的时间，她提前十分钟从家出发。尽管不必匆忙赶路，她还是跑下火车，冲上台阶，以最短的时间穿过街道，拼命挤进满员的电梯。她整整提前了十五分钟。偌大的办公室空空荡荡，几乎能听到回声。她感到既孤独又失落。当其他员工在九点前几秒钟才匆匆赶来时，弗朗茜觉得自己像个叛徒。第二天早上，她又恢复了往日的节奏，多睡了十分钟。

弗朗茜是剪报局里唯一一个来自布鲁克林的女孩儿。其他人分别来自曼哈顿、霍博肯、布朗克斯，还有一个女孩儿每天要往返新泽西州的巴约讷通勤。局里最年长的两位读报员是一对来自俄亥俄州的姐妹。弗朗茜上班的第一天，姐妹俩中的一个就对她说：“你有布鲁克林口音。”那震惊的语气透露着指责，使得弗朗茜开始注意自己的口音。她说话的时候小心翼翼，很怕把“女孩儿”说成“吕孩儿”，把“约会”说成“略会”。

局里只有两个人让她在交谈时不会感到尴尬。一个是老板，他毕业于哈佛大学，除了会不加区别地拖长“a”的发音，他说话朴实无华、浅显易懂，与那些读报员截然不同。这些读报员虽然是高中毕业，但是通过多年的阅读，积累了大量的词汇，说起话来难免咬文嚼字。另一个人就是阿姆斯特朗小姐，她是局里除老板以外的另一个大学毕业生。

阿姆斯特朗小姐专门负责阅读某几个城市的报纸。她有一张单独的办公桌，位于办公室的最佳角落。那里北面和东面都有窗户，使得她有充足的光线阅读。她只负责阅读芝加哥、波士顿、费城和纽约市的报纸。纽约市的报纸一印好，就有专差为她送来。她读完自己负责的报纸后，不会像其他的读报员一样，帮助进度落后的同事赶工。在这个空暇时间，她会一边做钩针编织或修剪指甲，一边等待下一份报纸送来。她的薪水最高，每周三十美元。她为人和善，会热情地关心弗朗茜，找机会和她攀谈，以免她觉得孤单。

有一次在卫生间，弗朗茜偶然听到有人说阿姆斯特朗小姐是老板的情妇。弗朗茜只听过“情妇”这个词，却从未亲眼见过这种传说中的生物。很快，她就仔细地研究了阿姆斯特朗小姐身上到底有哪些“情妇”的特征。她发现阿姆斯特朗小姐并不漂亮，她的嘴巴很大，鼻孔扁平肥厚，整张脸看上去很像猿猴，她的身材也还说得过去。她双腿修长，腿形优美，腿上的丝袜十分精美，脚上价格不菲的高跟鞋也衬得她的足弓越发优美。“这样看来，成为情妇的秘诀就是要有美丽的双腿。”弗朗茜总结道。

在剪报局里，裁报工、印刷工、贴报工、打包工和送报工拉帮结派。这些员工虽然未受过教育，但是心思灵敏。不知为何，他们自称“俱乐部”，认为那些受过教育的读报员看不起他们。为了报复，他们想方设法在读报员中挑拨离间。

弗朗茜身处中立状态。从家庭和教育背景来看，她属于“俱乐部”

的成员。但是，若论能力和才智，她则属于读报员的成员。“俱乐部”的成员精明地洞察到了弗朗茜身上的这一特点。于是，他们试图利用她做中间人，故意向她透露各种搬弄是非的办公室谣言，期待她会把这些谣言说给其他的读报员，从而惹起事端。但是，弗朗茜和其他读报员的关系并没有亲近到可以互诉闲话的程度，因此那些谣言传到她这里便消失得无影无踪了。

所以，有一天，当一名裁报工告诉弗朗茜，阿姆斯特朗小姐九月份就要离职，老板会提拔弗朗茜接替她的位置时，弗朗茜觉得这多半是为了让读报员互生嫉妒而编造的谣言。因为，就算阿姆斯特朗小姐真的离职了，所有的读报员都想要接替她的位置。她觉得自己不过是一个只有初中学历、年仅十四岁的女孩儿，倘若有人觉得自己有资格去接替阿姆斯特朗小姐这种三十岁的大学毕业生所做的工作，简直荒谬至极。

已临近八月末，弗朗茜感到忧心忡忡，因为妈妈始终没提让她念高中的事。她迫切地想回到学校。这些年来，她听母亲、外婆和姨妈谈论高等教育，不仅让她渴望获得更多的教育，也使得她对自己目前没能继续接受教育而感到自卑。

每次回忆起那些在她的毕业纪念册上留言的女孩儿，她都倍感亲切。她很想再次回到她们身边，成为她们中的一员。她们与她有相同的家庭背景，并没有比她更优越。按照常理，她应该和她们一起上学，而不是和比她年长的女人们一起竞争工作。

她不喜欢在纽约工作。四周涌动的人潮让她忐忑不安。她觉得自己还没有准备好，就被强行推进了这样的生活中。在纽约工作，最令她害怕的就是拥挤的高架列车。

有一次，她站在拥挤的车厢里，双手拉着吊环，连胳膊都放不下去。这时，她感觉有一只男人的手在摸她。无论她怎样扭动挣扎，她仍然无法摆脱那只手。列车突然转向，她的身体随着人群一起摇摆，她感觉那只手贴得更紧了。她无法扭过头去，无法知道那个人究竟是谁，只能绝望无助地站在原地，忍受着这份侮辱。她本可以大声喊叫、高声反抗，可是，这样一来，大家便都会围观自己尴尬的处境，这会让她更加无地自容。时间仿佛凝固了一样，直到车内人群终于松散了一些，她才得以挪动到车厢的另一端。从那以后，上下班挤车成了一种可怕的折磨。

有个星期天，她和妈妈带着劳丽一起去看望外婆。弗朗茜把在火车上被人骚扰的事情告诉了茜茜，希望她能安慰自己。但是，这件事在姨妈的眼中只是一个天大的笑话。

“你是说有个男人在高架列车上摸了你吗？”她说道，“我就不会因为这件事烦恼。”

茜茜继续说道：“弗朗茜，总有一天，等你到了四十五岁，身材会变得像中间扎着绳子的饲料袋一样。到那时，你再回首往事，肯定会怀念过去那些男人想要捏你的日子。”

“如果她真的怀念了，”凯蒂说道，“那也是受了你的教唆，并不是因为这是多么美好的回忆。”她转身对弗朗茜说道：“你得学会不拉吊环也能在车上站稳。把你的手放在身体两侧，在口袋里放一根又长又尖的针。要是再有人摸你，你就用针扎他。”

弗朗茜照着妈妈说的做了。她学会不拉吊环，用双脚保持平衡。她把一只手揣在外套的口袋里，紧紧攥着一根尖利的长针。她希望有人再来摸她，好让那个人尝尝被扎的滋味。

“虽然茜茜有关身材和男人的言论有她自己的理解，但是我可不喜欢被人骚扰。等我到了四十五岁，我希望有比这更值得回忆的经历。茜茜真应该感到羞耻……

“我究竟是怎么了？茜茜对我那么好，我却在这儿批判她。我有一份如此有趣的工作，本该感到庆幸，可我竟还不满意。我那么热爱阅读，现在还有人付薪水让我阅读。在每个人的眼中，纽约是世界上最令人惊叹的城市，可我却不喜欢。好像我才是这个世界上最不知足的人！哦，我真希望自己能做回小孩儿，看一切都那么美好！”

劳动节前，老板把弗朗茜叫到了他的私人办公室，告诉她阿姆斯特朗小姐因为结婚要离职了。他清了清嗓子，补充道，其实阿姆斯特朗小姐要嫁的就是他。

弗朗茜对“情妇”的认知被彻底颠覆了。她一直认为男人们是永远不会娶情妇的，他们会像丢掉旧手套一样抛弃情妇。这么说，阿姆斯特朗小姐并没有变成旧手套，而是即将成为他的妻子。真是令人难以置信！

“所以，我们需要一位新的读报员来负责那几个城市的报纸。”老板说，“阿姆斯特朗小姐本人提议……我们……嗯……可以让你来尝试一下，诺兰小姐。”

弗朗茜心跳加速。她，读城市报！局里最让人梦寐以求的职位！“俱乐部”的谣言竟是真的！又一个先入为主的认知被颠覆了。她一直以为所有的流言都是假的。

老板计划将她的周薪调至十五美元，他盘算着，只需用一半的薪水，就能请到一位与自己未婚妻一样优秀的读报员。这个女孩儿心里一定也乐开了花——像她这么年轻……每周挣十五美元。她说自己年满十六岁了，可看上去不过十三岁。当然，只要她能胜任这项工作，他才不会管她的年龄。他也不会因雇用童工而被追究法律责任，因为他完全可以为自己辩解，称弗朗茜自己谎报了真实年龄。

“除了工资，还会有一点儿加薪。”他态度和蔼地说。弗朗茜笑得很开心，他不禁担心起来。他心想：“我是不是不该说这句呀？也许她并没有期望涨薪水。”他赶紧对刚才的失误加以掩饰：“……不过，得先看你的表现，再慢慢往上提。”

“我不知道……”弗朗茜有些迟疑地说道。

“等她过了十六岁，”老板断定，“一定会狮子大开口的。”于是，为了先发制人，他说：“你的薪水将会调至每周十五美元，从……”他犹豫了一下，觉得没有必要太和善，“从十月一日开始。”说完，他靠在椅子上，感觉自己简直像上帝一样仁慈。

“我的意思是，我觉得我不会在这里干太久的。”

“她这是在向我要更多的钱吗？”想到这里，他大声地问道，“为什么呢？”

“我打算过完劳动节假期就回学校读书，我本来想等一切尘埃落定再来告诉您的。”

“去上大学吗？”

“高中。”

“那我只能安排平斯基去阅读城市报了，”他琢磨着，“她现在的周薪是二十五美元，到时候她多半想要涨到三十美元，那岂不是又和之前的情况一样了。而且，诺兰的能力要高于平斯基呢。都怪艾尔玛！她为什么觉得女人一结婚就不该工作了呢？她完全可以继续干下去……这样还能肥水不流外人田，我们还能用这钱买房子呢。”

他对弗朗茜说：“哦！那可太遗憾了。我并不是否定高等教育，不过，我认为读报纸也不失为一种好的教育途径。它提供的是一种优质的、鲜活的、与时俱进的教育。可到了学校……就只有书本，死气沉沉的书本。”他的语气里略带不屑。

“我……我得和妈妈商量一下。”

“当然可以。把我对教育的看法说给她听，告诉她，你老板说过了，”他闭上眼，决定铤而走险，说，“薪水会调至每周二十美元，就从十一月一号开始。”他将承诺延后了一个月。

“那可真是一大笔钱呢！”她坦诚地说。

“我们相信高薪才能留得住员工呀。不过……嗯……诺兰小姐，请你千万不要向别人透露你未来的薪水，你挣得可比其他人都多啊。”他谎称，“要是她们发现了……”他摊开双手，做出无能为力的样子，“懂了吗？千万别在卫生间里乱说。”

弗朗茜向老板保证，自己决不会在卫生间里乱传闲话。看到他放下心来，弗朗茜感到很欣慰。老板开始签署文件，示意她面谈结束了。

“那就这样，诺兰小姐。我在劳动节后第二天等待你的答复。”

“好的，先生。”

一个星期二十美元！弗朗茜目瞪口呆。两个月前，她还在为自己每周能挣五美元而欣喜不已。威利姨父已经四十岁了，他每周才挣十八美元。茜茜的约翰那么聪明，他的周薪也不过二十二美元五十美分。她的邻居中，每周能拿回二十美元的男人少之又少，而且他们都已经成家了。

“有了那笔钱，我们的麻烦就可以全部解决了，”弗朗茜盘算着，“我们可以找地方租一栋三居室的公寓，这样妈妈就再也不用出去打扫卫生了，劳丽也不会总被单独留在家里了。我猜，要是能把这些事都解决，那么，对于这个家来说，我会变得非常重要。

“可我还是想回学校读书！”

她回想起家人无数次谈论教育的那些话。

外婆：它会让你在这个世界出人头地。

艾薇：我的三个孩子每人都要获得三张文凭。

茜茜：等妈妈离去的时候——愿上帝保佑不要太早，宝宝长大该上幼儿园了。我会再出去工作的。我要把钱存起来，等小茜茜长大后，供她读最好的大学。

妈妈：我不希望我的孩子们像我一样辛苦地生活。接受教育能让他们生活得轻松一点儿。

“不过，这仍然是一份不错的工作，”弗朗茜心想，“至少，现在看来还算不错。可我的视力会越来越差。那些老读报员全都戴着眼镜。阿姆斯特朗小姐说过，好的视力才是读报员的资本。那些读报员刚开始工作时，读报的速度也很快，就像我一样。可现在，她们的眼睛……我一定得保护好眼睛……下班后不能再看书了。

“如果妈妈知道我每周可以赚二十美元，也许她就不会让我回学校读书了。我也不怪她，毕竟我们过了这么久的苦日子。妈妈一直坚持所有的事都一碗水端平，但是这笔钱或许会让她改变看待问题的方式，这并非她的错。在她决定是否让我上学前，我不会告诉她薪水的事。”

弗朗茜和妈妈提起上学的事，妈妈说他们是得好好谈谈了。吃完晚饭，他们就开始谈论这件事。

喝完餐后咖啡，凯蒂宣布（这是多此一举，因为大家都知道）学校下周就要开学了。“虽然我希望你们都能读高中，可目前来看，今年秋季只能先供一个人上学。我会竭尽所能地节省每一分钱，攒足学费，这样明年你俩就都能回学校上学了。”她等待着，等了很久，两个孩子都一言不发，“怎么了？你们不想上高中吗？”

弗朗茜开口的时候，嘴唇都僵硬了。一切都取决于妈妈的决定。弗朗茜希望她的话能给妈妈留下深刻的印象：“我想上高中，妈妈。回学校读书是我这辈子最大的心愿。”

“我可不想读书，”尼利说，“妈妈，求你别让我回学校。我喜欢工作。而且，到了明年初，我的薪水还能涨两美元呢。”

“难道你不想当医生吗？”

“不想。我想当一名经纪人，像我的那些老板一样赚很多钱。我会进军股票市场，总有一天会成为百万富翁。”

“我的儿子会成为一名伟大的医生。”

“你怎么知道？我可能像莫杰街的胡勒医生一样，在公寓的地下室开诊所。也会像他一样，成天穿一件脏兮兮的衬衫。总之，我想得很清楚了。我不需要回学校读书了。”

“尼利居然不想回学校念书了。”凯蒂几乎哀求地对弗朗茜说，“弗朗茜，你知道这意味着什么吗？”弗朗茜咬紧了嘴唇，哭泣是没有用的，她必须保持冷静，她一定得让自己的头脑保持清醒。“这意味着，”妈妈说，“尼利必须回学校读书。”

“我不回去！”尼利大叫着，“不管你说什么，我都不会回去！我现在要上班挣钱，我想继续工作。和那帮同事在一起，我也算是个人物，但如果回去上学，就又变成一无是处的小孩儿了。而且，你需要我的钱，妈妈。我们不想再过穷日子了。”

“你要回去上学，”凯蒂轻声说，“弗朗茜的钱足够我们生活开销了。”

“他明明不想上学，你为什么要强迫他？”弗朗茜哭着说，“我这么想要上学，你却不让我去？”

“没错。”尼利赞同道。

“因为如果我不强迫他，他就永远都不会回到学校了，”妈妈说，“而你，弗朗茜，你总会拼尽全力，想方设法让自己回到学校。”

“你为什么总是这么肯定呢？”弗朗茜抗议道，“再等一年，我就太大了，不能回学校上学了。尼利才十三岁，他明年再上学也来得及。”

“胡说八道。明年秋天你也才十五岁呀。”

“是十七岁！”弗朗茜纠正她说，“我马上就十八岁了，年龄太大了，没法儿重新开始了。”

“你说什么傻话呢？”

“根本就不是傻话。上班的时候，我假装十六岁。无论是外表，还是行为举止，我都得像十六岁，而不是十四岁。虽然明年我才十五岁，可我过的是比这个年龄大两岁的生活。到时候，我已经成熟到无法变回学生了。”

“尼利下周就回去上学。”凯蒂固执己见地说，“弗朗茜明年再去。”

“我恨你们。如果你们逼我回学校，我就离家出走。没错，我说到做到！”尼利大吼着摔门而去。

凯蒂满脸愁容、痛苦不堪。弗朗茜很心疼她。“别担心，妈妈。他不会真的离家出走的，他只是说说而已。”妈妈脸上的愁容瞬间散开，这让弗朗茜怒火中烧，“但我才是需要离家出走的那一个，我决不会事先告诉你们。等你们不需要我赚钱的时候，我就离开这个家。”

“我的孩子们到底怎么了？他们以前都很乖啊。”凯蒂心酸地问道。

“我们被迫长大了。”见凯蒂一脸疑惑，弗朗茜解释说，“我们一直都在无证工作。”

“可是，工作许可证太难办了。哪怕洗礼证明，神父每份都要收一美元呢。而且，我还得和你们去市政厅。当时，每隔两小时我就得给劳丽哺乳，根本没法儿出门。所以，我们才想出这个办法。只要你们俩都说自己十六岁，就能省掉所有的麻烦。”

“这都没问题。但是，既然说我们十六岁了，那我们就得有十六岁的样子。可你却还把我们当作十三岁的孩子。”

“我真希望你们的爸爸还在。他能理解你们的心思，而我却做不到。”妈妈的话深深地刺痛了弗朗茜。席卷全身的痛苦散去后，弗朗茜告诉妈妈，十一月一日起，她的薪水将会翻倍。

“有二十美元！”凯蒂目瞪口呆，“哦，我的天哪！”她每次极度吃惊时都会做出这样的表情，“你是什么时候知道的？”

“星期六。”

“你之前一直在保密吗？”

“没错。”

“你是怕我知道了，会继续让你工作吗？”

“是的。”

“可当我决定让尼利回去上学的时候，我并不知道这件事呀。你应该看得出来，我只是做了我认为正确的事，与你挣多少钱无关。你看出来了吗？”她近乎恳求地问。

“没有，我没看出来。我只看出来你更喜欢尼利。你为他事无巨细地安排好了一切，却对我说，我总能自己想办法。总有一天，我也会欺骗你的，妈妈。我会做我认为正确的事，哪怕有悖于你的期许。”

“我一点儿也不担心，因为我知道我能信任我的女儿。”凯蒂的言语简单又不失尊严，这让弗朗茜自惭形秽，“我也信任我的儿子。虽然他现在因为不能按照自己的意愿行事而生气，但是他会坦然接受，并在学校好好表现的。尼利是个好孩子。”

“没错，他是个好孩子。”弗朗茜承认，“可就算他是个坏孩子，你也发现不了吧。可我对你而言……”她嗓音沙哑，泣不成声。

凯蒂狠狠地叹了口气，什么也没说，站起身，开始收拾桌子。在她伸手去拿杯子的时候，弗朗茜第一次看到，母亲的手在颤抖。那只手抖得很厉害，几乎无法握住杯子。弗朗茜拿起杯子，塞到母亲手里，她发现杯子上有一条长长的裂痕。

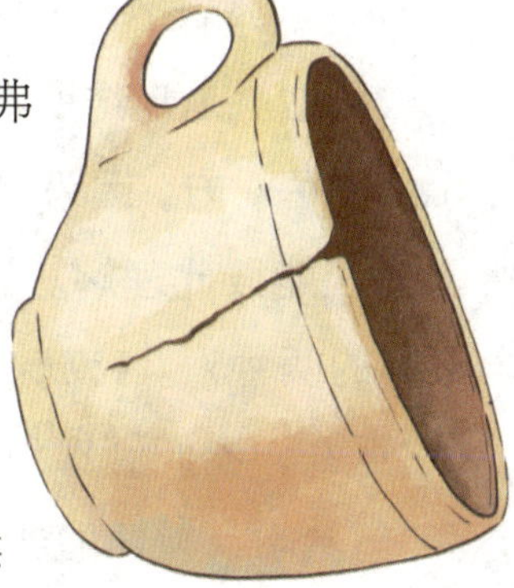

“我们家以前就像一个坚固的杯子，”弗朗茜默默地想，“它完完整整的，能很好地盛放东西。爸爸去世后，第一条裂痕出现了，今晚的争吵便是另一条。很快，当杯子上的裂痕越来越多时，杯子就会碎掉。我们也会分崩离析，不再是一个整体。虽然我也不愿看到这样的结局，可我还是故意制造了一条深深的裂痕。”她也狠狠地叹了口气，与凯蒂如出一辙。

妈妈走到洗衣篮前。尽管周围的争吵声很激烈，但是宝宝依旧睡得很平静。弗朗茜看到妈妈用那双颤抖的手把沉睡的宝宝抱出洗衣篮。凯蒂坐在窗边的摇椅上，把宝宝紧紧搂在怀里，轻轻地摇着。

一阵莫名的怜悯之情涌上弗朗茜的心头。“我不该对她那么刻薄。”她心想，“除了辛苦的工作和各种各样的麻烦，她还得到过什么呢？现在，她只能在宝宝身上寻求安慰。或许，她在想，即使她这么爱劳丽，劳丽也如此地依赖她，可劳丽一旦长大，也会像我一样，与她为敌吧。”

她尴尬地伸出手，抚摩母亲的脸颊：“没关系，妈妈。我不是故意的。你说得对，就按你说的做。尼利一定得回去上学，我们会确保他完成学业的。”

凯蒂按住了弗朗茜的手，说：“真是我的好女儿呀！”

“妈妈，别因为我和你争吵而生气了。是你教我，只要认为正确的事，就该去争取，我……我觉得自己没有错。”

“我知道。我很高兴你能为自己争取应得的权利。而且，不管结果如何，你都能接受。这一点我们俩一模一样。”

“可这就是症结所在，”弗朗茜心想，“我们两个太像了，所以才无法理解对方，因为我们甚至无法理解自己。爸爸和我截然不同，所以我们能彼此理解。妈妈之所以能懂尼利，是因为尼利与她是完全不同的两种人。我真希望自己能像尼利那样，与妈妈截然相反。”

“那么，我们俩算和好了吗？”凯蒂笑着问。

“当然啦。”弗朗茜也对妈妈笑了笑，吻了吻她的脸颊。

但是，在她们隐秘的内心深处，两个人都清楚地知道，彼此的关系再也不会和好如初了。

Chapter 45

买礼物

又快到圣诞节了。今年，家里有钱置办礼物，冰箱里塞满了食物，公寓里每时每刻都温暖舒适。弗朗茜从寒冷的街上回来时，屋内的暖意好比爱人的怀抱，把她一下子拥进了家门。偶尔，她也会好奇，被爱人拥入怀中究竟是怎样的感觉呢？

弗朗茜虽然没能再回到学校读书，可她发现自己挣的钱能让他们不再艰苦度日，这使她倍感宽慰。妈妈一贯公平，当弗朗茜的薪水涨到每周二十美元时，妈妈每周给她五美元，供她自己支配，让她坐车、吃午餐和买衣服等。另外，凯蒂在威廉斯堡储蓄银行以弗朗茜的名义开了账户，每周存入五美元，并解释说，这是她上大学的学费。凯蒂用余下的十美元，以及尼利贡献的一美元把家里的日常用度安排得妥妥当当。虽然数额算不上丰厚，但是1916年的物价还算便宜，诺兰一家过得相当不错。

尼利发现，很多以前的朋友都去了东区高中，他也就兴高采烈地去上学了。放学后，他可以继续到麦加里蒂的酒吧打工，妈妈会从他挣得的两美元中分出一美元作为他的零花钱。他是学校里的风云人物，零花钱多于大部分男生，还能把莎士比亚的《尤利乌斯·恺撒》倒背如流。

弗朗茜和尼利打开锡制存钱罐，里面有将近四美元。尼利又添了一美元，弗朗茜放了五美元，这样他们一共有十美元购买圣诞节礼物。圣诞节前的下午，他们三个人带上劳丽一起去购物了。

首先，他们要给妈妈买一顶新帽子。到了帽子店，妈妈抱着宝宝坐在椅子上，他们则站在椅子后面，看妈妈试戴帽子。弗朗茜想让妈妈买一顶翡翠绿的天鹅绒帽子，但是威廉斯堡找不到这种颜色。妈妈觉得自己应该买一顶黑色的帽子。

“是我们在给你买帽子，不是你自己。”弗朗茜告诉她，“我们的意思是，不要再买丧帽了。”

“妈妈，试试这顶红色的。”尼利建议道。

“不，我想试试橱窗里那顶墨绿色的。”

“这是新款颜色，”女店主说着，从橱窗里取下了那顶帽子，“我们把它叫作苔藓绿。”她将帽子端端正正地戴在凯蒂的额前。凯蒂不耐烦地用手轻轻一推，将帽子斜扣在一只眼睛上。

“就是它啦！”尼利表态道。

“妈妈，你看上去真漂亮。”弗朗茜评价说。

“我喜欢这顶帽子。”妈妈果断地说。“多少钱？”她问女店主。女店主深吸了一口气，诺

兰一家做好了随时讨价还价的准备。

“是这样的……”女店主刚开口。

“多少钱？”凯蒂不动声色地又问了一遍。

“要是在纽约，同样的东西至少得要十美元呢，但是……”

“十美元的话，那我直接去纽约买得了。”

“话可不能这么说。同样的款式，一模一样的帽子，您去沃纳梅克百货商店买的话，要七美元五十美分呢。”她意味深长地停顿了一下，“同样的帽子，我五美元卖给您。”

“我只有两美元的预算来买帽子。”

“那您还是走吧！”女店主用夸张的语气大嚷道。

“好吧。”凯蒂抱起宝宝，站起身来。

“您就这么急着走吗？”女店主把她按回椅子，让她坐下。她把帽子塞进一个纸袋里：“只要四美元五十美分，我让您带回家。没骗您，就算是我婆婆买，都拿不到这么低的价格呢。”

“我当然信她的话。”凯蒂暗暗地想，“如果你婆婆和我婆婆一样的话，我就相信你。”凯蒂大声说道：“这顶帽子的确很漂亮。但是，我只能付两美元。帽子店有很多，我肯定能买到两美元的，虽然比不上这顶，但足够挡风保暖。”

“我希望您听我说，”女店主用深沉而又真诚的声音说，“他们都说我们犹太人把金钱看作一切。可我不一样。当我的帽子遇上一位美丽的顾客时，我会特事特办。”她把手放在胸口，说，“那时，我会觉得……赚不赚钱一点儿都不重要。我可以免费送给您。”她把袋子塞进凯蒂的手里，“四美元卖给您。这是我的进价了。”她叹了口气，“相信我，我真不该做生意，我还是当一名画家更好。”

她们继续讨价还价。凯蒂知道，当价格砍到两美元五十美分时，女店主肯定不会再让步。她假意离开，以试探女店主的态度。但是这一次，女店主没有再挽留她。弗朗茜朝尼利点了点头。他付给女店主两美元五十美分。

“千万别告诉别人你们是这个价格买下来的。”女店主告诫说。

“我们不会说的。”弗朗茜保证，“用盒子装起来吧。”

“一个盒子十美分，那也是批发价。”

“用袋子装也挺好的。”凯蒂反对道。

“这是你的圣诞礼物，”弗朗茜说，“一定要装盒子的。”

尼利又拿出了一枚十美分硬币，用薄纸把帽子包好，放进了一个盒子里。“您看我这么便宜地卖给您了，下次买帽子的时候，可还得来我们家呀。不过，到时候就没有这么便宜了。”凯蒂笑了笑。他们正待离开时，女店主说道：“戴了我的帽子，您会健康平安的！”

“谢谢！”

店门刚一关上，女店主便不痛快地低声咒骂：“外邦佬！”然后，冲着他们啐了一口。

他们走到大街上，尼利说：“难怪妈妈五年才买一顶新帽子，原来买东西这么麻烦呀。”

“麻烦吗？”弗朗茜说，“怎么会？明明很有趣！”

接着，他们来到西格勒家的纺织品店，给劳丽买圣诞节的毛衣套装。一看到弗朗茜，西格勒就是一通挖苦。

“看！最后你还是来到了我的店！你是不是在别处没买到，才来我这儿的呀？还是别家店的便宜货没我的好？”他转向凯蒂解释着：“这么多年了，这个小姑娘一直到我这儿给她爸爸买假衬衫和纸衣领，现在整整一年了，她都没来。”

“她父亲去年过世了。”凯蒂解释道。

西格勒先生用手掌狠狠地拍了一下脑门儿。“哎呀！你瞧我这张嘴，口无遮拦，净说些错话。”他连忙道歉。

“没关系。”凯蒂安慰他说。

“我这里总是这样，没人告诉我这些事，所以我到现在才知道。”

“谁说不是呢。”凯蒂说。

“那么，”他言归正传，迅速地问道，“有什么能为各位效劳的吗？”

“我们想要一套七个月大的宝宝穿的毛衣套装。”

“我这儿刚好有合适的尺码。”

他从盒子里拿出了一套蓝色羊毛连体衣裤。他们把衣服拿到劳丽身上比量了一下，发现毛衣只到她的肚脐，裤子只到她的膝盖。他们又试了试其他尺码，最后发现一套两岁宝宝穿的尺码刚好合适。西格勒先生欣喜若狂。

“我在服装行业干了二十年，在格兰德街干了十五年，在格雷厄姆大街干了五年，还从未见过谁家七个月的宝宝能长这么大的。”诺兰一家人脸上洋溢着满满的自豪。

西格勒纺织品店的商品一律一口价，没有讨价还价的余地。尼利数了三美元。他们当场就给宝宝换上了那套新衣服。她头上的帽子盖住了耳朵，亮蓝色的衣服衬得她的皮肤白里透红。她好像知道自己穿了新衣似的，高兴得见谁都笑，露出的两颗小牙，看起来十分可爱。

“啊，可爱的小家伙！”西格勒柔声哄道。他双手合十，虔诚地说道：“愿她穿上这套衣服，健康成长。”不像上一家店主，这一次的祝福没有被吐唾沫的行为抵消。

妈妈带着宝宝和新买的帽子回家了，弗朗茜和尼利则继续采购他们的圣诞礼物。他们为弗林特曼家的表亲们买了一些小礼物，还为茜茜的小宝宝买了东西。然后，就轮到他们给自己买礼物了。

“我告诉你我想要什么，然后你去帮我买来。”尼利说。

“好啊。是什么？”

“鞋套。”

“鞋套？”弗朗茜不禁提高了嗓门。

“要珍珠灰的。”他坚定地说。

“如果你想要这个的话……”她正半信半疑地开口道。

“中等大小。”

“你是怎么知道尺码的？”

“我昨天去店里试穿来着。”

他把一美元五十美分交给了弗朗茜。弗朗茜买好了鞋套，并让男店员把它们包起来，装进了礼物盒里。来到大街上，她把礼盒递给尼利，两个人神色庄重，皱起眉头对视着。

“这是我送给你的礼物。圣诞快乐！”弗朗茜说。

“谢谢你。”尼利郑重其事地问道，“那么，你现在想要什么礼物呢？”

“黑色蕾丝舞蹈裙套装。”

“那是女士用品吗？”尼利不安地问道。

“嗯……腰围二十四英寸，胸围三十二英寸。售价两美元。”

“你去买吧。买那种东西我可张不开口。”

弗朗茜买了那套她梦寐以求的舞蹈裙套装——黑色蕾丝的内衣和内裤，小块的黑色蕾丝布块之间用窄窄的黑色缎带连接着。尼利不赞成弗朗茜选这样的礼物，面对她的道谢，他勉强回了一句“不客气”。

他们路过街边的圣诞树市场。“你还记得吗？”尼利说，“就是我们让那个人把最大的圣诞树扔给我们那次？”

“当然记得！每次我头疼，都是被树砸中的那个地方。”

“还记得当时爸爸一边唱歌，一边帮我们把树拖上楼梯。”尼利回忆道。

那天，爸爸的名字不止一次被提到，每次想起爸爸，弗朗茜的内心都会泛起一阵温柔，而非往日的那种刺痛。“难道是因为我在渐渐忘记他吗？”弗朗茜心想，“随着时间的流逝，是不是很难再记起他了？我猜，可能就像外婆玛丽·罗梅利说的：‘时间会带走一切。’第一年，我们很难忘记他，因为我们总会提到去年大选他还投过票。去年的感恩节，他还和我们一起吃饭。可到了第二年，就会变成两年前他怎样了……随着时间的推移，记住他和追忆他都变得越来越难，能记住的事情也会越来越少。”

“快看！”尼利拉住她的胳膊，指向插在木盆里的一棵两英尺高的冷杉。

“它还能长得更高。”她喊道。

“你以为呢？它们一开始就注定能长高啊。”

“我知道。不过，当你总是看到它们被砍掉，就会觉得它们长大只是为了被砍断。我们就买这棵吧，尼利。”

“可这棵也太小了。”

“可是它有树根呀。”

当他们把这棵小圣诞树带回家后，凯蒂皱起了眉头，若有所思地打量了一番。“不错，”她说，“过完圣诞节，我们可以把它搬到安全梯上，给它阳光和水，每个月还要给它施些马粪。”

“不要，妈妈。”弗朗茜抗议，“你该不会让我们俩去找马粪吧？”

小时候，姐弟俩最害怕的家务活儿就是找马粪。外婆玛丽·罗梅利家的窗台上养了一排绯红的天竺葵。那些花朵长势旺盛、明艳绚丽，这都要归功于弗朗茜和尼利拿着雪茄盒到大街上搜集的马粪。他们把马粪球整整齐齐地排满两排，然后拿给外婆，外婆就会奖励他们两美分。弗朗茜曾因捡马粪而感到羞耻。有一次，她向外婆提出了抗议。结果，外婆回复道：

“唉，一代不如一代，到你们这一代，我已经使唤不动了。在奥地利的时候，我的好兄弟们用大马车来装马粪，他们都是强壮又受人尊敬的人啊。”

“和‘粪便’打交道，”弗朗茜想，“他们当然得强壮又受人尊敬呀。”

凯蒂说：“家里既然有一棵树，我们就得好好照顾它，让它茁壮成长。如果你们觉得羞耻，可以晚上去捡马粪呀。”

“现在几乎看不到马了，街上都是汽车，很难找到马粪的。”尼利辩驳说。

“你们可以去不通汽车的鹅卵石小路上去找。如果路上没有马粪，那就等马来，然后跟着它走，直到捡到为止。”

“天哪！”尼利抗议道，“我真后悔买了这棵破树。”

“我们怎么这么糊涂啊！”弗朗茜说道，“我们现在可不一样了。我们有钱了。只要去街上找一个小孩儿，给他五美分，他肯定会帮我们找马粪的。”

“对呀！”尼利赞同道，并松了一口气。

“我还以为，”妈妈说，“你们想亲手照顾你们的树呢。”

“穷人和富人的差别在于，”弗朗茜说，“穷人要亲手去做一切，而富人却可以雇人做事。我们现在不再贫穷了。有些事情我们可以花钱请人帮我们做。”

“那样的话，我还是想贫穷些。”凯蒂说，“因为我喜欢亲手做事。”

每当妈妈和姐姐开始各执己见、争论不休时，尼利就会感到乏味无聊。为了转移话题，他说：“我猜劳丽和那棵树一样高了。”他们从篮子里抱起宝宝，放在圣诞树前比量。

“刚好同样的高度。”弗朗茜模仿西格勒先生的语气说道。

“我想知道哪个会长得更快呢？”尼利说。

“尼利，我们从没养过小猫小狗之类的。所以，我们把这棵树当作宠物养吧。”

“啊，树不能成为宠物。”

“为什么不能？它有生命，而且会呼吸，不是吗？我们可以给它取个名字。就叫安妮！这棵树叫安妮，宝宝叫劳丽，合在一起，就是那首歌的名字啦。”

“你知道吗？”尼利问。

“知道什么？”

“你疯了。没错，你就是疯了。”

“我知道，这种感觉真的很棒，不是吗？今天，我觉得自己不是诺兰小姐，也不想假装自己已经十七岁，在模范剪报局当首席读报员。仿佛又回到了以前，我让你保管那些卖废品的钱。我感觉自己就像一个小孩儿。”

“你就是小孩儿呀，”凯蒂说，“一个刚刚满十五岁的小孩儿。”

“是吗？要是你看到尼利给我买的圣诞礼物，就不会这么想了。”

“是你让我买给你的。”尼利纠正道。

“给妈妈看看你让我给你买的圣诞礼物，小机灵鬼。快去拿给她看看。”弗朗茜催促着。

当他把礼物展示给妈妈时，妈妈也像弗朗茜一样提高了嗓音，脱口而出：“鞋套？”

“就是想给我的脚踝保暖。”尼利解释说。

弗朗茜给妈妈看了她的舞蹈裙套装，妈妈又发出了那个“哦，我的天哪！”的惊叹。

“你觉得这是放荡的女人穿的衣服吗？”弗朗茜满怀希望地问道。

“如果她们真这么穿，估计都得患肺炎。好了，我看看晚餐吃什么。”

“你不反对我穿吗？”弗朗茜有些失望，因为妈妈并没有因此大惊小怪。

“不会呀。所有的女人都会经历想要穿黑色蕾丝内衣的时期。只不过你的这种想法比大多数人来得更早些，热情退得也会更快。我想我们把汤热一热，晚餐就喝汤吧，汤里再加一些肉和土豆……”

“妈妈以为自己什么都懂。”弗朗茜心里愤愤地想。

圣诞节当天早晨，他们一起去做弥撒。凯蒂要去为约翰尼祷告，愿他的灵魂得以安息。

她戴上了新帽子，看起来美丽动人。宝宝身穿新衣，看起来也非常漂亮。尼利穿着新短筒靴，坚持要抱宝宝，很有男子汉气概。他们路过斯塔格街时，几个在糖果店门口闲逛的男孩儿冲着尼利发出了阵阵嘘声，尼利瞬间羞红了脸。弗朗茜知道他们是在笑话他的鞋套。为了不让尼利那么尴尬，弗朗茜假装那些男孩儿嘲笑他抱着孩子，于是，提出由她来抱劳丽。尼利拒绝了她的好意。他也和弗朗茜一样清楚，那些男孩儿是在笑话自己穿了鞋套，不禁为住在威廉斯堡居民的狭隘思想愤懑不已。他决定回家后把鞋套收好放进盒子里，等他们搬到更优雅体面的社区后再拿出来穿。

弗朗茜穿着她新买的蕾丝裤，冻得瑟瑟发抖。每当冷风吹起她的外套，钻入她轻薄的裙子，她都感觉自己像没穿内衣一样。"要是，啊……要是我穿着我的法兰绒灯笼裤就好了。"她懊悔道，"妈妈说得没错，这样穿真的会得肺炎。但是，我不会让她知道的，免得又让她得逞了。我想我先把这套衣服收好，等夏天再穿吧。"

走进教堂，他们让劳丽平躺在前排的一条长凳上，这样一整排长凳都被他们占用了。有几个晚到的人以为那里还有空位，因此弯腰屈膝来到入口，正要落座，结果看到一个婴儿占了两个位置，于是狠狠地瞪了凯蒂一眼。正襟危坐的凯蒂瞪了回去，眼神比他们凶狠两倍。

弗朗茜认为这是布鲁克林最漂亮的一座教堂。教堂由古老的灰色石砖砌成，一对尖塔直指云霄，高度超过了最高的廉租公寓。教堂的内部有高高的穹顶、狭窄深嵌的彩绘玻璃、雕刻精美的祭坛，堪称一座微型的主教座堂。祭坛左侧的花纹是罗梅利外公雕刻的，对于这件事，弗朗茜一直引以为傲。半个世纪前，罗梅利外公刚从奥地利过来，初来乍到的他舍不得捐款，只能以工代捐。

这个节俭的男人把雕刻时挖掉的碎木料收集起来带回家。他执着地把这些碎木料拼贴起来，用这块受过祝福的木料雕刻出三个小十字架。玛丽在三个女儿结婚时，各送了她们一个，并嘱咐她们把十字架传给每一代的长女。

凯蒂的十字架高高地悬挂在家中壁炉架上方的墙面上。等弗朗茜结婚时，凯蒂就会把这个十字架传给弗朗茜。弗朗茜为此很自豪，因为它是用那座精美的祭坛上的木头雕刻成的。

今天的祭坛分外美丽，周围堆满了绯红的一品红和杉树枝，纤细的白色蜡烛顶着金色的烛光在叶子中闪闪发亮。祭坛的栏杆内摆放着耶稣诞生的马棚，马棚屋顶上盖有茅草。弗朗茜知道，圣母玛利亚、约瑟夫和东方三博士，这些手工雕刻而成的小像围在马厩里的圣婴周边，就像他们一百年前从故国被带过来时那样。

神父领着辅祭男童走了进来。他沿着弧形的台阶登上了讲坛。“请大家为约翰尼·诺兰祈祷，”他用洪亮的声音庄严地说道，“愿他的灵魂得以安息。”

“诺兰……诺兰……”阵阵叹息声在穹顶回荡。

伴随着一阵痛苦的低吟，近千人跪了下来，为一个叫诺兰的灵魂做简短的祈祷，尽管在场认识他的不过寥寥十几人。

Chapter 46
新的一年

“还有十分钟，”弗朗茜宣布，“就到 1917 年啦。”

弗朗茜和弟弟并肩坐在厨房的煤炉灶前，把穿着长筒袜的脚搭在炉膛上取暖。妈妈已经睡着了，不过，她睡前再三叮嘱他们务必提前五分钟叫她起来跨年。

“我有一种感觉，”弗朗茜继续说，“1917 年会比我们过去任何一年都要重要。”

“你每年都这么说，”尼利不以为然地说，“之前，你说 1915 年将是最重要的一年。接着是 1916 年，现在又是 1917 年。”

“这一年一定很重要。首先，1917 年，我就真的十五岁了，而不是在办公室里冒充十六岁。另一件重要的事情也已经发生了。房东在安装电线了。再过几个星期，我们就可以不用再点煤气灯了。”

“正合我意。”

“然后，他还会拆掉这些炉子，换成暖气供暖。”

“哎呀，我会很怀念这个炉灶的。你还记得很久以前，（两年前！）我常常坐在炉子上吗？”

“我以前总怕你会着火。”

“我现在就要坐到炉子上去。”

“去吧。”他坐在离炉膛最远的炉边上。那里不算太热，但足够温暖。“还记得，”弗朗茜继续说道，“我们在炉膛石上算题吗？爸爸后来还给我们弄来了一个真正的黑板擦，这块炉膛石就像学校的黑板一样，只不过它是平放在地上的。”

“记得呀。那是好久以前的事了。可是，你看！你不能因为我们的公寓要通电、要安暖气，就说 1917 年最重要。其他公寓已经通电通气好多年了，这没有什么了不起的。”

“今年最重要的事，就是我们即将参战了。”

“什么时候？”

“很快。下个星期……下个月。”

“你是怎么知道的？”

“我的弟弟，我每天都要读报纸，读两百份呢。”

“唉！我真希望这仗能一直打下去，打到我可以加入海军的年龄才好。”

“谁要加入海军？”两个人吓了一跳，四处张望。妈妈正站在卧室的门口。

“妈妈，我们说着玩呢。”弗朗茜解释道。

“你们忘记叫我了，”妈妈责备说，“我好像听到了汽笛声。一定是新年到了。”

弗朗茜一把推开窗户。这是一个寒夜，一丝风都没有，万籁俱寂。

庭院对面，几座公寓楼的背面笼罩在一片黑暗之中。他们站在窗边，只听教堂响起了快乐的钟声。接二连三的钟声一阵盖过一阵，汽笛声紧随而至，刺耳的警报声大作。黑漆漆的窗户砰地被推开。号角声也加入了这嘈杂的大合奏。有人放了一声空枪。一时间，喊叫声、不满声此起彼伏。

1917 年啦！

嘈杂声渐渐平息，空气中充斥着某种期待。有人唱起了歌：

怎能忘记旧日朋友，
心中能不怀念……

诺兰一家跟着唱了起来。邻居们也一个接一个地加入了合唱。可唱着唱着，一阵令人不安的声音传来了。是一群德国人在唱歌，他们用《友谊地久天长》的曲调演唱着德语的歌词：

是的，这是一座小花房，
小花房，
小花房。
啊，你真美丽，
啊，你真美丽，
啊，你这美丽的小花房。

有人喊道：“闭嘴，你们这群肮脏的德国佬！”作为回应，德国人提高了音量，他们的歌声完全将《友谊地久天长》的歌声淹没。

为了报复，爱尔兰人恶意模仿德国人的歌词，高声唱了起来。歌声飘过漆黑的庭院：

是的，这是一首该死的歌，
该死的歌，
该死的歌。
啊，你真肮脏，
啊，你真肮脏，
啊，你们这些肮脏的德国佬。

犹太人和意大利人撤出了这场斗争，纷纷关上了窗户，只留下德国人和爱尔兰人一争高下。德国人唱得更起劲了，有更多的人加入了演唱，直到他们淹没了爱尔兰人恶意模仿的歌声，就像淹没了《友谊地久天长》一样。德国人获胜了，他们用胜利的欢呼声结束了冗长的演唱。

弗朗茜打了个寒战。“我不喜欢德国人，”她说道，“他们太……太执着了，想要某件东西就绝对不放手。他们做什么事情都争强好胜。”

夜晚再次沉静下来。弗朗茜抓住妈妈和尼利：“现在一起喊。”她一声令下，他们三个人把头探出了窗外，大喊了一句：

“大家新年快乐！”

片刻的沉静后，黑暗的夜色中传来了纯正的爱尔兰口音：“新年快乐，诺兰一家！”

“会是谁呢？”凯蒂疑惑不解。

“新年快乐，你这个肮脏的爱尔兰佬！”尼利大吼大叫地回应道。

妈妈用手捂住了他的嘴，把他从窗边拖走，弗朗茜砰的一声重重地关上窗户。三个人歇斯底里地大笑起来。

“瞧你干的好事！”弗朗茜笑得上气不接下气，几乎要笑出眼泪了。

“他认识我们，他会过来找我们算……算……算账的。”凯蒂笑得浑身没了力气，不得不扶住桌子，“那……那……那人是谁呀？”

“是奥布赖恩那个老头儿。上周，他把我从院子里骂了出来，肮脏的爱尔兰……”

“嘘！”妈妈说道，“要知道，新年伊始做的事会重复一整年的。”

“你该不会希望自己像一张破唱片一样，一直循环‘肮脏的爱尔兰佬’这句话吧？”弗朗茜说，“而且，你自己就是爱尔兰佬呀。”

“你还不是一样。”尼利还嘴道。

“除了妈妈，我们都是爱尔兰人。”

“我嫁给了一个爱尔兰人，那我也是爱尔兰人呀。”她说。

“那么，我们几个爱尔兰人要不要在跨年夜喝杯酒庆祝一下？可以吗？”弗朗茜提议。

“当然可以呀，”妈妈说，“我这就去调酒。”

麦加里蒂曾送给诺兰一家一瓶上好的陈年白兰地，作为圣诞礼物。她倒出一小量杯的酒，分装在三个高脚杯中。接下来，她将打散的蛋液与牛奶混合在一起，再加入少许白糖，搅拌均匀后倒入三个杯子。杯子填满后，她再把肉豆蔻磨成粉末，分别撒在每个杯子里。①

她调酒的动作有条不紊，但是，她认为今晚饮酒的行为意义重大。

---

① 这种做法即下文提到的“牛奶潘趣酒”。

她一直很担心两个孩子会继承诺兰嗜酒的习性，因此一直试图改变家里人对待酒精的态度。她觉得如果一味地说教，反对饮酒，那么孩子们很有可能产生叛逆的心理，越是不让他们干的事情，他们就越觉得有趣。但是，如果她谈起喝酒这件事时轻描淡写，或许他们会觉得酗酒是一件稀松平常的事。对于喝酒这件事，她决定采取既不能放任不管，也不小题大做的态度。她想让孩子们知道，节日里是可以适当饮酒放纵一下的。那么，新年恰好就是举杯畅饮的时刻。她递给姐弟俩每人一杯酒，密切关注着他们的反应。

“我们为了什么而举杯呢？”弗朗茜问道。

“为了一个希望，”凯蒂答道，“愿我们一家人能像今晚一样，永远在一起。”

“等一下！”弗朗茜说道，“把劳丽也抱过来，这样她就能和我们在一起了。”

凯蒂把睡得正香的宝宝抱出婴儿床，带到了温暖的厨房。劳丽微微睁开眼睛，抬起头，迷迷糊糊地笑了笑，露出了两颗小乳牙，又把头倚在凯蒂的肩膀上睡着了。

“现在，”弗朗茜举起了酒杯说，“为我们永远在一起，干杯。”他们彼此碰了碰杯，开始喝酒。

尼利尝了一口就皱起了眉头，说他宁愿喝纯牛奶。他把酒倒进了水池里，重新在杯子里倒入了冰牛奶。凯蒂一脸焦虑地看着弗朗茜，看着她喝光了杯中的酒。

“不错，”弗朗茜说，“还挺好喝的。不过，比起香草冰激凌苏打水可差远了。”

“我有什么好担心的呢？”凯蒂心中暗自欢喜，“毕竟，他们有多像诺兰家族的人，就有多像罗梅利家族的人。我们罗梅利家族根本就没有人嗜酒。”

“尼利，我们到屋顶上去吧，”弗朗茜心血来潮地说道，“去看看新年伊始的世界是什么样的。”

“好啊。”尼利同意了。

“先把鞋穿上，”妈妈嘱咐道，“还有外套。”

他们爬上了摇摇晃晃的木梯，尼利推开楼顶的盖子，他们来到了屋顶上。

夜色醉人，寒意浓浓。一丝风也感受不到，清冷的空气无声流动着。璀璨的繁星低垂于天际。满天星斗闪烁，把夜幕衬托成浓郁的钴蓝色。今晚没有月亮，星光胜似月光。

弗朗茜踮起脚尖，张开双臂。“哦，我要拥抱这一切！”她大喊着，“我要拥抱这样无风的寒夜。我要拥抱近在咫尺的灿烂星辰。我要把这一切紧紧地抱在怀里，直到它大声喊：‘放开我！放开我！’”

“别离屋檐那么近，”尼利担心地说，“你可能会摔下去的。”

“我需要一个人，”弗朗茜绝望地想，“我需要一个人，一个能让我紧紧拥抱的人。我需要的不仅仅是这种拥抱的感觉，更需要有人能理解我此刻的感受。这份理解是拥抱必不可少的一部分。

“我爱妈妈，也爱尼利和劳丽。但是，我需要去爱一个人，用一种不同于爱他们的方式去爱。

“如果我把这个想法告诉妈妈，她一定会说：‘是吗？那你有这种感觉的时候，千万别和男生一起待在黑暗的走廊里。’而且，她也一定会担心我会步茜茜的后尘。但是，我的需求与茜茜姨妈是不一样的，因为比起单纯的拥抱，我更需要拥抱背后的那份理解。如果我和茜茜或艾薇聊这个话题，她们一定也会和妈妈一样，说出同样的话。尽管茜茜和艾薇很早就结婚了，妈妈出嫁时也不过是个小姑娘，可是她们都忘记了……她们只会对我说现在想这样的事还太早。或许，我才刚到十五岁，的确很年轻。不过，在有些事情上，我的想法比同龄人要成熟。可是，我却无人能相知相拥。也许有一天……总有一天……”

“尼利，人终有一死，那么在这一刻死去是不是很美好呢？此刻，你会相信一切都如此的完美，正如今晚的夜色一样吗？”

“你知道你为什么会这么想吗？”尼利问道。

“不知道，为什么？”

“那杯牛奶潘趣酒把你灌醉了。就是这个原因。”

她握紧了双拳，大步朝他走去：“不准你这么说我！你再说一次试试看！”

见她的反应如此激烈，尼利吓得连连后退。“那……那……那也没什么大不了的，”他结结巴巴地说，“有一次，我也喝醉过。”

好奇心驱散了弗朗茜的怒火："是吗，尼利？没骗我？"

"真的。有个家伙带了几瓶啤酒，我们就拿到地下室去喝。我喝了两瓶就醉了。"

"喝醉的感觉是什么样的呢？"

"嗯，首先你会觉得天旋地转。然后，一切就像——我们用一美分买的那种万花筒，还记得吗？你透过小头的那一端往筒里看，用手旋转大头的那一端，就会看到很多纸片不断地落下，每次落下的样子都不一样。不过，最让我记忆犹新的还是那种眩晕感。后来，我都吐了。"

"这么说的话，那我也喝醉过。"弗朗茜用肯定的语气说。

"喝啤酒吗？"

"不是的。是去年春天，在麦卡伦公园，我平生第一次看到郁金香的时候。"

"之前从没见过，你怎么知道那是郁金香？"

"我看过图片。反正，当我看到它，看到它在生长，看到它的叶子的样子，看到它正红色的花瓣和黄色的花蕊，我感觉天旋地转，就像你说的，一切都像万花筒里那些彩色纸片一样，转个不停。我感觉头晕目眩，不得不在长椅上坐了一会儿。"

"那你也吐了吗？"

"没有。"她回答，"今晚，我在屋顶也有同样的感觉，所以我知道肯定不是因为喝了那杯牛奶潘趣酒。"

"天哪！"

她想起了什么："妈妈给我们喝那杯牛奶潘趣酒原来是在试探我们。我就知道。"

“可怜的妈妈。”尼利说，“不过，她倒是不用担心我。我再也不会喝醉了，因为我可不喜欢呕吐。”

“她也不必担心我。我不需要靠酒精麻醉自己。就像郁金香和这样的夜晚，这类的事物就会让我沉醉。”

“真是一个美妙的夜晚呀！”尼利赞同道。

“如此宁静又明亮……甚至有一些……神圣。”

她等待着。此刻，如果爸爸和她在一起的话……

只听，尼利唱了歌：

平安夜，圣善夜！

万籁静，光华射……

“他和爸爸一模一样。”她开心地想。

她眺望着布鲁克林。星光下，整个城区半隐半现。她眺望着那些水平的公寓屋顶，高低起伏，错落有致，零星几栋老建筑的斜屋顶凸显其中。有的屋顶上竖着烟囱管帽；有的屋顶上几只鸽子笼影影绰绰，有时，还能隐约听到鸽子在梦中发出的咕咕声；教堂的那双尖顶，遥遥地赫然耸立于漆黑的廉租公寓之上。街道的尽头，那座大桥仿佛发出了一声叹息，跨过了东河，消失在对岸。桥下流淌着黑沉沉的东河水，远处是纽约灰蒙蒙的天际，整个城市宛若硬纸板裁成的布景。

“再也没有什么地方能像它一样了。”弗朗茜说。

“什么地方？”

“布鲁克林。一座神奇得有些不真实的城市。”

“这里和其他地方没什么两样。”

“才不是呢！我每天都要去纽约，纽约就和这里不一样。我还去过一次巴约讷，看望生病在家的同事。巴约讷也不一样。布鲁克林是神秘的。它就像—— 没错—— 就像一个梦境。房屋和街道都不像真的，这里的人也是。”

“这里的人可够真实了——他们打架、吵骂，还又脏又穷。”

“但是，这就像是一场关于贫穷和挣扎的梦。这并非他们真实的感受，仿佛一切都发生在梦里一样。”

“布鲁克林与其他地方别无二致，”尼利坚定地说，“只是你的想象使它与众不同而已。不过，这样也不错，”他宽厚地补充道，“只要你开心就好。”

尼利！他像极了妈妈，也像极了爸爸。他继承了两人所有的优点。弗朗茜爱她的弟弟。她想拥抱他，亲吻他。但是，他和妈妈一样，不喜欢如此直白地表露感情。如果她去亲他，他一定会气急败坏地把她推开的。于是，她只是伸出了一只手。

“新年快乐，尼利。”

“新年快乐！”

他们郑重地握了握手。

Chapter 47

是缘分吗？

在圣诞假期的这一小段时间里，诺兰一家一起重温了旧日的美好时光。但随着新年假期的结束，一家人的生活开始按照约翰尼去世后逐渐形成的新轨迹运行。

首先，他们不再上钢琴课了。弗朗茜已经好几个月没有练习了。尼利则每天晚上去附近的冰激凌店演奏钢琴。尼利一直擅长弹奏拉格泰姆音乐，爵士乐的技艺更是出神入化。正如人们所说，他可以让钢琴说话，从而备受人们的喜爱。他演出的报酬是可以免费喝店里的冰激凌苏打水。有时，舍弗勒会给他一美元的酬劳让他演奏整晚。弗朗茜不喜欢这种做法，于是跟妈妈说了这件事。

“妈妈，我不想让他这么做。”她说。

“这样有什么不妥吗？”

“你肯定也不想让他养成通过演奏换取免费饮料的习惯，就像……”她犹豫了一下。凯蒂接过了她的话。

"就像你爸爸一样吗？不，他永远不会跟他一样的。你爸爸从来没能演唱他喜爱的那些歌曲，如《安妮·劳丽》或《夏日最后一朵玫瑰》。他唱的都是别人想听的，类似《甜美的阿德琳》《老磨坊溪畔》这样的歌。可尼利不一样。他总是演奏自己喜欢的乐曲，根本不在乎别人喜欢与否。"

"也就是说，你觉得爸爸只是个艺人，而尼利是个艺术家喽？"

"怎么说呢……没错。"凯蒂不服气地承认道。

"我觉得你这是溺爱。"

凯蒂皱起了眉，弗朗茜不再与其争论。

自从尼利上了高中，他们就不再朗读《圣经》和莎士比亚的作品了。尼利向家里人说，他们正在学习莎士比亚的《尤利乌斯·恺撒》，而且校长每次开校会时都会朗读《圣经》，这些对他来说已经足够了。弗朗茜也恳求妈妈晚上别再读书了，因为她整日读报，双眼疲劳不堪。凯蒂没有坚持，她觉得两个孩子已经长大了，完全可以由自己来决定要不要读。

弗朗茜的夜晚是孤独的。诺兰一家只有在晚饭时才能聚在一起。一家人用餐时，就连劳丽也会坐进餐桌边的高脚椅中。吃完饭后，尼利不是出去找他的朋友玩，就是去冰激凌店弹钢琴。妈妈在家里看报纸，到了八点钟她就带着劳丽一起睡觉。（凯蒂仍然每天五点起床，这样她就能趁着弗朗茜和尼利在家陪宝宝期间，干完大部分的清洁工作。）

弗朗茜很少去看电影，因为电影画面总是跳来跳去，会刺激她的眼睛。她也没有戏剧可看，因为大部分的剧团已经解散了。而且，她在百老汇看过巴里莫尔在高尔斯华绥的《正义》中的表演后，就一心盼望再次观看该剧团的演出。去年秋天，她曾看过一部自己喜欢的电影，是纳济莫娃主演的《战争的新娘》。她很想再看一遍，却在报纸上读到因战争迫在眉睫，该片禁止上映的消息。她还对自己前往布鲁克林一处陌生的地段，在基思歌舞剧院观看萨拉·伯恩哈特表演的独幕剧记忆犹新。虽然这位伟大的女演员已年过七旬，可舞台上的她看起来不过三四十岁。弗朗茜不懂法语，不过根据表演，她能推断出这部剧是围绕女主角被截肢的腿展开的。伯恩哈特在剧中扮演一名在战争中失去了一条腿的法国士兵。弗朗茜时不时就会听到“德国鬼子”一词。伯恩哈特那头火红的头发和金嗓子让她铭记于心。她把演出的节目单珍藏在自己的剪贴簿里。

但是，日复一日，月复一月，那样的夜晚也只有三个而已。

那年春天来得很早，甜美的夜晚让她躁动不安。走过街道，穿过公园，所到之处总能见到成双成对的男女。他们或手挽着手散步，或坐在公园的长椅上相拥，或紧挨着彼此静静地站在门廊。好像除了弗朗茜，世界上的每个人都有恋人或朋友。在布鲁克林，仿佛只有她一个人是孤独的。

1917 年 3 月，整个社区都在思考和讨论这场不可避免的战争。公寓里的一个寡妇有一个独生子。她很担心儿子被迫上前线，战死沙场。于是，她给儿子买了一把短号，还为他找了老师教他。她觉得这样儿子入伍后就会被编入军乐队，只在游行和检阅时吹吹号，不必上前线打仗。同住一栋楼的邻居被他不绝于耳的拙劣的短号练习声折磨得痛不欲生。有一个不堪其扰的男人被逼无奈想出了一个诡计。他对男孩儿的母亲说自己有内部消息，军乐队要带领士兵冲锋陷阵，免不了最先牺牲。大惊失色的母亲赶紧典当了短号，并销毁了当票。从此以后，不堪入耳的响声再也没有响起。

每天吃晚饭时，凯蒂都会问弗朗茜："开战了吗？"

"还没有。不过，随时都有可能。"

"我真希望能快点儿打起来。"

"你希望打仗吗？"

"不，我不想打仗。但是，如果不得不打的话，那就越早越好。越早开始，就能越快结束。"

不久，茜茜引发了一场轰动，使得大家把战争的事情暂时抛之脑后。

茜茜早已与她放浪形骸的过去划清界限，她原本应该步入稳定的中年生活，不再追求随心所欲的人生，可她却疯狂地爱上了和她结婚五年多的约翰，这让全家乱作一团。不仅如此，她还让自己仅在十天内就完成了丧偶、离婚、再婚、怀孕这几件大事。

一天下午，临近下班时，《标准联合报》像往常一样被送到了弗朗茜的桌子上。这是威廉斯堡居民最喜欢阅读的报纸。弗朗茜也像往常一样把报纸带回家，供凯蒂饭后阅读。第二天早晨，弗朗茜会将报纸带回办公室，进行阅读和标记。因为弗朗茜从不在工作以外的时间读报，所以她不知道那期报纸的内容。

晚饭过后，凯蒂坐到窗前浏览报纸。她刚翻到第三页，瞬间发出了极其震惊的"哦，我的天哪"的惊呼。弗朗茜和尼利跑过去，站在她的身后往前看。凯蒂指着一个标题：

英雄消防员在市场大火中牺牲。

下面还有一行小字的副标题：

他原计划于下月退休并领取退休金。

读了报道后，弗朗茜发现这位英雄消防员就是茜茜的第一任丈夫。报纸上有一张茜茜二十年前的照片。照片中的她梳着高颅顶庞帕杜尔发髻，身穿肩部宽大的羊腿袖连衣裙，当时她还很年轻。照片下面有一行说明文字："英雄消防员的遗孀。"

"哦，我的天哪！"凯蒂再次惊呼，"这么说，他一直没有再婚，生前还一直保存着茜茜的照片。他牺牲后，得有人去整理他的遗物，于是他们发现了——茜茜！"

"我得马上过去一趟。"凯蒂一边摘下围裙去拿帽子，一边解释道，"茜茜的约翰有读报的习惯。茜茜骗他说自己离婚了，要是他知道了真相，就算不杀了她，至少也会把她扫地出门。"她又纠正了一下，"还有宝宝和妈妈，茜茜带着她们根本无处可去。"

"他看起来是个好人。"弗朗茜说道，"我觉得他不会那样做的。"

"我们根本无法预测他的行为。我们根本就不了解他。他一直就是家里的陌生人。愿上帝保佑我不会太晚到。"

弗朗茜坚持和妈妈一起去。尼利同意在家照看劳丽，条件是她们回来后要把所有的细节一字不落地讲给他听。

两人赶到茜茜家时，发现茜茜激动得面红耳赤。外婆玛丽·罗梅利已经抱着宝宝躲到了前屋。她坐在黑暗中祷告，祈祷一切顺利。

茜茜的约翰对她们描述了整个事件。

"我当时去杂志社上班了。这时有几个男人来到家里，对茜茜说：

‘你知道吗？你的丈夫出事了，已经没命了。’茜茜以为他们说的是我。”说着，他突然看向茜茜，“你哭了吗？”

“你隔着一个街区都能听到我的哭声。”她信誓旦旦地说，这个回答似乎很合他的心意。

“他们问茜茜遗体该怎么处理。茜茜就问他有没有保险，我没说错吧？结果还真有，五百美元呢，还是十年前买的，受益人填的居然还是茜茜的名字。这下茜茜可忙坏了！她让他们把他安置在施佩希特殡仪馆，你们知道吧？她订了一场五百美元的葬礼。”

“我不得不去安排。”茜茜表示歉意，“我是他唯一在世的亲人。”

“这还不算完。”他继续说，“现在，他们要过来给茜茜一笔抚恤金。这让我忍无可忍！”他突然咆哮起来，“我娶她的时候，”他的语气又冷静了些，“她告诉我她已经离婚了。可现在，事实并非如此。”

“可天主教会不允许离婚呀。”茜茜辩驳道。

“你又没在天主教堂举行婚礼。”

“我知道啊。所以我从不认为自己结过婚，也不认为我必须离婚。”

他猛地举起双手，痛苦地说：“我投降！”之前，当茜茜坚持自己要生孩子的时候，他也说过同样绝望的话，“知道吗，我是真心实意地娶她为妻，对不对？可她做了什么？”他极富感染力地反问，“她却背信弃义，让我们变成了‘通奸犯’。”

“你别胡说！”茜茜厉声说道，“我们不是‘通奸’，是‘重婚’。”

“那也得到此为止！听见了吗？你在第一段婚姻中丧偶，现在你需要结束第二段婚姻关系，然后再和我结一次婚，懂了吗？”

“好的，约翰。”她温顺地答道。

“还有，我不叫约翰！”他再次咆哮起来，“我叫史蒂夫！史蒂夫！史蒂夫！”他每重复一次自己的名字，都会重重地捶一下桌子，使得放在蓝色玻璃糖碗里的勺子也跟着上下晃动，敲打着碗沿儿，叮当作响。他用手指戳着弗朗茜的脸。

“还有你！从现在起要叫我史蒂夫姨父，明白吗？”

弗朗茜目瞪口呆地盯着眼前这个性情大变的男人。

“喂，你说句话呀？”他大声说道。

“你……你……你好，史蒂夫姨父。”

“这还差不多。”他的情绪平静了很多，取下挂在门后的帽子，按在了头上。“约翰……我是说，史蒂夫，你要去哪儿呀？”凯蒂有些担心地问。

“听着！在我小时候，每当家里来了客人，我老爸总是出去买冰激凌来招待他们。嗯，这是我的家，不是吗？现在家里有客人，所以，我要出去买一夸脱[1]的草莓冰激凌，懂了吗？”说完，他便走出了家门。

“他人真好，对不对？”茜茜叹了口气，“哪个女人不爱这样的男人呢？”

“看来，罗梅利家族终于有男人了。”凯蒂生硬地回应。

弗朗茜来到黑暗的前屋。借着路灯的光亮，她看到外婆坐在窗边，怀中抱着茜茜睡熟的宝宝，颤抖的手上挂着琥珀色的念珠。

“外婆，您可以不用再祈祷了。”她说，“你看，现在没事了。他出去买冰激凌了。”

---

① 夸脱，英、美计量液体或干量体积的单位。

“愿荣耀归于圣父、圣子和圣灵。”玛丽·罗梅利赞颂道。

史蒂夫以茜茜的名义给她的第二任丈夫写了一封信，寄到了她最后知道的地址，并在信封上注明了“劳烦转交”的字样。一周之后，他们收到了一封从威斯康星州寄来的厚厚的信。茜茜的第二任丈夫在信中说他现在很好，七年前在威斯康星州办理了离婚，很快就再婚并在那里定居了。他有一份不错的工作，还育有三个孩子。他过得很幸福，并且以挑衅的口吻扬言会一直这样生活下去，他还在这句话的下面画了条线。他随信寄来一张旧剪报，证明茜茜已经通过公告送达[1]的方式合法地被告知了离婚诉讼。他还寄来一份判决书的复印件（离婚理由那一栏填的是“遗弃”），和一张快照，照片中是他三个活泼可爱的孩子。

如此迅速地离了婚，茜茜感到欣喜不已。她决定要寄给前夫一个镀银的泡菜碟作为迟到的结婚礼物。她觉得，还应该再写一封信以示祝福。由于史蒂夫拒绝为她代写贺信，于是她找到了弗朗茜为她代笔。

“就写，我希望他能非常幸福。”茜茜口述。

“可是茜茜姨妈，他已经结婚七年了。不管他幸福与否，都已成定局。”

“第一次听到别人结婚时，都要祝他幸福的，这是基本的礼仪。写下来吧。”

“好吧。”她写了下来，“还有吗？”

“再夸一夸他的三个孩子……类似……他们真可爱呀……”想说

---

① 此处指向不到庭或者无居所的被告人发出的传票或其他诉讼文书登载在指定的报刊上，以使其能够获得实际通知的送达方式。

的话突然卡在了喉咙里。她知道前夫之所以寄来照片，就是为了证明茜茜那些夭折的孩子并非他的错。这种行为深深伤害了茜茜："就写我现在有一个健康漂亮的女儿，在'健康'的下面画一条线。"

"但是，史蒂夫的信中只说你们计划结婚。要是你这么快就有了孩子，这个人会觉得很可笑的。"

"就按我说的写。"茜茜命令道，"再写上，我的另一个孩子也即将在下星期出生。"

"茜茜姨妈！不会吧，这是真的吗？"

"当然是假的。不过，就是要这么写。"

弗朗茜写好后问："还有吗？"

"谢谢他寄来的离婚文件。再写，其实我比他早一年拿到了离婚证明，只是忘了而已。"茜茜强词夺理地总结说。

"可那不是真的。"

"我确实比他早离婚。我早在心里和他离了。"

"好吧，好吧。"弗朗茜不再反驳。

"写上，我现在非常幸福，而且要一直这样生活下去。再像他那样，给这句话下边画条线。"

"天哪，茜茜姨妈！你非要如此不甘示弱吗？"

"没错。就像你妈妈一样不服输，还有艾薇和你。"

弗朗茜不再出言反驳了。

史蒂夫拿到了结婚证，又跟茜茜举办了一场婚礼。这是茜茜第一次在教堂举行婚礼，她终于相信自己真的结婚了，并且会和丈夫至死不渝。史蒂夫非常开心，他深爱着茜茜，而且总担心会失去她。她离开前几任丈夫时，都是那样漫不经心、当机立断。他很害怕她会像之前那样离开自己，并且带走他深爱的宝宝。他知道虔诚地信仰教会——无论什么教会，天主教也好，新教也罢，只要在教堂举行了婚礼，茜茜就决不会提出离婚。他们相处了这么久，这是他第一次在这段关系中体会到了幸福感、安全感和掌控感，而茜茜也发现自己竟然疯狂地爱上了他。

一天夜里，凯蒂正准备入睡，茜茜过来找她。她告诉凯蒂不必起身，她就想坐在卧室里和她聊天。弗朗茜坐在餐桌前，把诗歌的剪报粘贴在旧剪贴簿里。她在办公室里放了一枚刀片，每次读到喜欢的诗歌和故事，就顺便裁下来，贴到剪贴簿里。她有一系列不同类别的剪贴簿：一本是“诺兰古典诗歌集”；另一本为“诺兰当代诗歌集”；还有一本为“安妮·劳丽之书”，里面贴的是弗朗茜收集的童谣和有关动物的故事，等劳丽再大一些就可以读给她听。

从昏暗的卧室里传来的谈话声有一种慰藉人心的韵律。弗朗茜一边贴，一边听。茜茜正说道：

“……史蒂夫，他这么优秀又为人正派。每当我意识到这一点，我都会痛恨我自己。”

“你没有告诉他你和其他人的事情吧？”凯蒂忧心忡忡地问。

“我看起来有那么傻吗？不过，我真心地希望他是第一个，也是唯一一个。”

“当一个女人这么说的时候，”凯蒂说，“那就意味着她要进入更年期了。”

“我才不要进入什么更年期呢。”茜茜愤愤不平道，“首先，我的年纪还小。其次，我也无法接受。”

“总有一天你会经历的，谁都躲不掉。”凯蒂叹了口气道。

茜茜惶恐不安地说："失去了生育能力……变得不男不女……身体发福走样……下巴上长汗毛。那我也不想活了！"茜茜情绪激动地喊道，"但是，无论如何，"她又得意地接着说，"我和更年期根本就不沾边，因为我又有情况了。"

昏暗的卧室里传来了一阵窸窸窣窣的声音。弗朗茜可以想象出妈妈用胳膊肘撑起身子时的样子。

"不要啊，茜茜！不要！你不能再经历这种事了。已经发生十次了——十个孩子都夭折了。而且，这次情况会更严峻，因为你已经快三十七岁了。"

"对生孩子来说不算大啊。"

"不是因为这个。这次要是再有个三长两短，以你现在的年龄不太容易走出来了。"

"这你不必操心，凯蒂。这个孩子会活下来的。"

"你每次都这么说。"

"这一次我十分确信，因为我觉得上帝站在了我这边。"她平静而笃定地说。过了一会儿，她继续道："我把小茜茜的身世告诉史蒂夫了。"

"他怎么说？"

"他一直都知道孩子不是我亲生的。不过，见我当时不容置疑的态度，他自己也真假难辨了。他说只要不是我和其他男人生的孩子就没关系。而且，孩子刚出生就被抱到了我们身边，他真的觉得她就是他的女儿。有趣的是，孩子长得很像他。她长着乌黑明亮的眼睛，圆圆的下巴，还有那双紧贴着脑袋的小耳朵，简直和他一模一样。"

"她的那双黑眼睛遗传自露西娅，而且世界上有一百万人长着圆下巴和小耳朵。但是，如果史蒂夫觉得孩子像他，那也不错。”沉默良久，凯蒂再次开口道，“茜茜，那家意大利人从没和你透露过孩子父亲的事吗？”

“没有。”茜茜也默默地等了好一会儿才继续说，“你知道是谁和我说起那个女孩儿遇到了麻烦，还把她的住址和家庭情况告诉我的吗？”

“是谁？”

“史蒂夫。”

“哦，我的天哪！”

这一次她们两个人都一言不发。过了很久，凯蒂终于说道：“这当然只是个巧合。”

“是啊，”茜茜赞同道，“他说是他杂志社的一个同事告诉他的。那个伙计和露西娅住同一个街区。”

“是啊，”凯蒂重复道，“要知道，在布鲁克林总会发生一些让人无法解释的趣事。比如，有时，我走在街上，想起了一个可能有五年未见的人。结果，我转过街角就看见那个人正朝我走来。”

“没错，”茜茜答道，“有时，我正在做一件平生从未做过的事。突然之间，我会觉得我之前仿佛做过这件事——或许在上辈子也做过……”她的声音越来越小。过了一会儿，她又说：“史蒂夫总是说他绝对不会帮别的男人养孩子。”

“所有的男人都这么说。人生就是这么奇妙。”凯蒂接着说道，“几件偶然的事情遇到了一起，一个人就可以从中受益匪浅。你只是碰巧认识了那个女孩儿。那个伙计肯定也把这件事告诉了社里的其他十几个人。史蒂夫只是碰巧和你提到此事。你碰巧结识了那一家人，而且宝宝也碰巧长了圆下巴，而不是方下巴。这样的概率都无法算作偶然。而是……”凯蒂停下来，打算想出一个更贴切的词语。

坐在厨房的弗朗茜听得太入神了，完全忘记了自己不该偷听大人的谈话。当她听出妈妈词穷时，她不假思索地提示道：

“妈妈，你是想说‘缘分’吗？”她大声喊道。

屋内二人大吃一惊，卧室里顿时一阵沉默。随后，谈话声再次响起，不过这次变成了窃窃私语。

Chapter 48

我上大学了！

弗朗茜的办公桌上放着一份报纸。这是一份“号外”，刚从印刷厂送来，标题的油墨还没有完全晾干。报纸送来已有五分钟，可她仍然没有拿起铅笔做标记，而是盯着报纸上的日期。

1917 年 4 月 6 日。

标题仅一个单词:“WAR”（战争），却有六英寸高。三个字母的边缘印得模糊不清，整个单词似乎在颤抖。

弗朗茜脑中浮现出一个画面：五十年后，她为自己的孙子孙女讲述自己这一天是如何来到办公室，坐在她的读报员桌前，在日常工作中得知宣战这一消息的。因为她从外婆那里得知，一个人的暮年时光是由这样的青春回忆构成的。

可是，弗朗茜不想依靠回忆而活。她想活在当下，或退而求其次，重新体验这些回忆，而不只是追忆往昔。

她决定将这一刻原原本本地定格在自己的生命里。或许，这样她就可以把人生的经历鲜活地保存起来，而不是让它们变成所谓的回忆。

她把眼睛移向桌面，仔细地观察木头的纹理。她将手指滑过放铅笔的凹槽，把手指的触感铭记于脑海中。她用刀片在纸卷铅笔的笔杆上划了一个小口，然后撕开包裹笔芯的卷纸。她将撕下来的卷纸握在手心，用食指反复摩挲，感受着纸条螺旋的质感。她把卷纸扔进金属垃圾篓，心中默数它落入其中所需的秒数。她全神贯注地听着，唯恐错过它落入底部时发出的微乎其微的撞击声。她伸出一根手指按在潮湿的标题上，端详了一番沾上油墨的指尖，然后在一张白纸上按下了指印。

她没有理会报纸前两版可能出现的客户，而是把报纸的头版撕了下来，一边小心翼翼地将其叠成长方形，一边观察着拇指压出的折痕。她把折叠好的报纸装入一个结实的马尼拉信封中，这是社里用来邮寄剪报的信封。

弗朗茜打开抽屉，拿出钱包，她仿佛第一次听到抽屉发出的声响。她还注意到了打开钱包搭扣时的咔嗒声。她感受着外层皮质的触感，记住了它的味道，并且仔细观察了黑色的波纹丝绸衬里。她查看了零钱袋内硬币上的日期，发现了一枚1917年新发行的一美分硬币，将其放入信封。她取下口红的盖子，用口红在指印下边画了一条线。口红那清晰的颜色，还有它的质地和气味，都让她倍感愉悦。她依次查看了化妆盒里的脂粉，指甲锉表面凸起的微小颗粒，无法弯曲的梳子以及手帕上的线头。钱包里有一张破旧的剪报，上面印着她从俄克拉何马州的报纸上裁下的一首诗。这首诗的作者以前在布鲁克林生活过，曾在布鲁克林的公立学校就读，年轻时还编辑过《布鲁克林每日鹰报》。她第二十次读起了这首诗，脑海中回味着诗里的每一个字：

我年迈，又年少，
我愚蠢，又睿智；
对于他人，我既漠然又关切。
母性与父性，孩童与大人，
我共存一身，
我满是粗俗，又满是文雅。

她把这张破烂的诗歌剪报放入信封，然后在化妆盒里的镜子中，打量着自己编好的头发，端详着它们盘在头上的样子。她发现自己的睫毛又黑又直，长短不一。然后，她又看了看自己的鞋子，用手抚摩着腿上的丝袜，她第一次发现，丝袜摸起来并不光滑，而是粗糙的。她身上连衣裙的材质是纤细的灯芯绒。她掀开裙摆，注意到衬裙窄窄的蕾丝边是菱形的组合图案。

“如果我能把此时此刻的每一个细节都铭记于心，我就能永远地留住这一刻了。”她心想。

她用刀片割下一缕头发，用印有她的指印和口红的那张纸包住，把纸对折，也放入那个信封。她封好信封，在上面写道：

弗朗西斯·诺兰，十五岁零四个月，1917年4月6日。

她想：“五十年后的今天，如果我再次打开这个信封，我还会如此一般，一点儿也没有变老。距离五十年还有很久很久—— 有几十万个小时。可是，从我坐在这里算起，就已经过去了一小时……我的生命又少了一个小时……又一小时从我的生命里消失了。”

“敬爱的上帝，”她祈祷，“让我生命中的每一分钟、每一小时都不虚度吧。让我欢喜，让我悲伤；让我寒冷，让我温暖；让我食不果腹，让我大快朵颐；让我衣衫褴褛，让我衣冠楚楚；让我真诚或虚伪；让我诚实或欺瞒；让我受人尊敬，让我负罪而活。我只想让我宝贵的每一分钟都是充实的。当我熟睡时，请让我一直有梦，这样生命中才不会有片刻被荒废。”

送报员来了，又往她桌子上扔了一份城市报纸。上面的标题有两个字：

宣战！

地板似乎突然旋转起来，种种颜色在她眼前闪过，然后她一头扑在油墨未干的纸上，静静地哭了起来。一位稍年长的读报员从卫生间回来，她路过弗朗茜的办公桌时停了下来。看到头条和哭泣的女孩儿，她以为自己明白了原委。

“唉，打仗了！”她叹了口气，“我猜你该不会是有一位恋人或兄弟吧？”她用读报员特有的文绉绉的语气问道。

“嗯，我有一个弟弟。”弗朗茜如实回答。

“我很同情你，诺兰小姐。”说罢，她回到了自己的桌前。

“我又‘醉’了，”弗朗茜想，“这一次是因为报纸的一个标题而‘醉’。而我这次还大哭了一场—— 这一次‘醉’的体验可不怎么样。”

模范剪报局也受到了战争的影响，其业务日渐萧条。首先，社里业务的顶梁柱客户——一位每年花数千美元订阅有关巴拿马运河等新闻剪报的先生——在宣战后的第二天就来到局里，说他暂时不能确定邮寄地址，因此会每天亲自来局里取剪报。

几天后，两个步调缓慢、脚步沉重的男人走进老板的办公室。其中一个人摊开手掌，伸到老板的眼前，老板看见他手心里的东西，大惊失色。他从那位最重要的客户的档案盒里拿出了一沓厚厚的剪报。这两个脚步沉重的人仔细查看了一番，随后把它们还给老板。老板把它们塞进信封，将信封放在自己的办公桌上。之后这两个男人走进老板办公室内的卫生间，半掩着门。他们在里面等了整整一天。中午的时候，他们派一个跑腿工出去买了一袋三明治和一罐咖啡，在卫生间里吃了午餐。

下午四点半，那位订阅有关巴拿马运河新闻剪报的客户走了进来。老板慢吞吞地将那个鼓鼓囊囊的信封递给他。就在客户把信封塞入外套的内袋之时，那两个脚步沉重的家伙不紧不慢地走出卫生间。其中一人拍了拍那位客户的肩膀，客户叹了口气，从衣袋里拿出信封，交了出去。接着，另一个人也拍了拍他的肩膀。那位客户立刻啪的一声并拢脚跟，生硬地鞠了一躬，然后被两人夹在中间带了出去。老板那天也因急性消化不良而提前下班回家了。

当晚，弗朗茜对妈妈和尼利讲述了那个德国间谍是如何在他们办公室被捕的。

第二天，一名模样干练的男子提着一个公文包来到剪报局。老板回答了很多问题，那名男子将答案依次填入一张打印表格的空白

处。接下来，让人悲伤的一幕出现了。老板不得不开出一张将近四百美元的支票——那个客户被迫撤销订阅后，老板需要退还余款。那名男子离开后，老板急忙四处奔走借钱来兑现支票。

从那以后，剪报局的业务一落千丈。老板宛如惊弓之鸟，无论什么背景的客户，都被他拒之门外。剧院演出季一结束，演员客户也减少了。过去，春季图书出版的洪流会给剪报局带来数以百计的作家客户，他们会花五美元订阅当季的剪报。还有数十个出版社客户，他们支付的订阅费用高达数百美元。如今，洪流成了涓涓细流。出版社纷纷推迟了重要刊物的发行工作，观望着，等待时局稳定下来。很多研究人员预计自己会被征召入伍，因此也取消了订阅。就算业务没有受到影响，剪报局也难以维持下去了，因为员工们开始纷纷离职了。

政府预计会出现人手短缺，于是在三十四街的邮政局大楼里举行了公务员考试，面向社会公开招聘女性员工。很多读报员都参加了考试，并顺利通过，随后被要求即刻上岗。剪报局里那些“俱乐部”阶层的体力劳动者几乎集体辞职。他们应召去了军工厂，不仅收入增加了两倍，还因为无私的爱国精神大受赞扬。老板的妻子重操旧业。老板解雇了其余的读报员，只留下了弗朗茜。

三个人撑起了公司的所有业务，偌大的房子显得空空荡荡的。弗朗茜和老板娘负责读报、归档，兼顾办公室的工作。老板有气无力地裁剪报纸，字条被印得模模糊糊的，并被歪歪斜斜地贴在了剪报上。

六月中旬，老板终于放弃了。他安排人出售了办公室设备，违约解除了租赁合同，至于如何向客户退款，他只简单地说了一句：“让他们去告我吧。”

弗朗茜知道另外一家位于纽约的剪报局，她打了电话过去，询问他们那里是否需要读报员。对方说他们从不雇用新的读报员。“我们善待自己的读报员。”只听那人用带有挑衅的语气说。弗朗茜接茬道：“而且永远不需要换人。”说完，她感觉很舒畅，挂断了电话。

在剪报局上班的最后一个上午，她在报纸上标出了有用的招聘广告。她掠过了与办公室相关的招聘信息，因为她知道自己只能再从归档员做起。除非是做速记员或打字员，否则在办公室里根本没有出头之日。无论如何，她都更喜欢在工厂工作。她更喜欢工厂里的人，喜欢双手劳作时大脑可以自由地思考。不过，妈妈肯定不会再让她去工厂上班。

她看到了一条招聘广告，这份工作似乎是工厂与办公室的完美结合——在办公室里操作机器。一家通信公司为女孩儿提供电传打字机的操作培训，培训期间学员可领取十二美元五十美分的薪水。工作时间为下午五点至凌晨一点。如果能得到这份工作，至少她晚上有事可做。

她去和老板道别时，老板说她最后一周的薪水只能先欠着。还说他知道她的地址，会把欠的工资寄过去。弗朗茜向老板、老板娘以及自己最后一周的薪水做了告别。

通信公司的办公室位于纽约市中心的一座摩天大楼里，从那里可以俯瞰东河。弗朗茜先递交了一封来自前老板的热情洋溢的推荐信，然后与其他十几位女孩儿一样，填了一份申请表。她还参加了一项能力倾向测验。测验的题目看似有些愚蠢。例如，有一道题目为：“一磅铅和一磅羽毛哪个比较重？”显然，她通过了测试。公司给了她一个号码，一枚储物柜的钥匙（她为此还付了二十五美分的押金），并且通知她明天下午五点来报到。

下午不到四点，弗朗茜就到家了。凯蒂正在打扫他们住的那栋公寓。看到弗朗茜走上楼梯，她的脸上顿时流露出不安的神色。

“妈妈，别一副忧心忡忡的样子，我又没有生病或不舒服之类的。”

“哦。”凯蒂如释重负地说道，“我还以为你失业了呢。”

“我是失业了。”

“哦，我的天哪！”

“而且我也拿不到最后一个星期的薪水了。不过，我又找到一份工作……明天开始……一个星期十二美元五十美分。我估计工作一段时间后应该能加薪。”凯蒂正想询问。“妈妈，我累了。妈妈，我不想说话，我们明天再谈吧。我也不想吃晚饭了，只想睡一觉。”弗朗茜走上楼去。

凯蒂坐在台阶上，焦灼不安。自开战以来，食物和其他一切物品的价格飞速上涨。上个月，凯蒂都没能给弗朗茜的账户存钱。每周十美元根本不够花。劳丽现在每天要喝一夸脱鲜牛奶，调制乳太贵了。橙汁也必不可少。现在只有十二美元五十美分了……扣除弗朗茜的零花钱，剩下的钱就更少了。很快就要放暑假了，尼利可以在暑假打工。但是，到了秋天怎么办呢？尼利得继续念高中，而且今年弗朗茜也得回学校读书了。怎么办？怎么办？她焦虑万分地坐在那里。

弗朗茜瞥了一眼熟睡的宝宝，便脱下衣服上了床。她双臂交叠放在脑后，盯着通风口那灰色斑块一样的窗户。

“看看我，”她胡思乱想着，“十五岁了，还没有稳定下来。还不到一年，我就已经换了三份工作。过去，我还以为换工作很有趣。但是，现在我只有恐惧。前两份工作我都失去了，但不是因为我自身的过错。对待每一份工作，我都尽心尽力，全力以赴。现在，我又要在新的领域重新开始了。只不过现在我怕了。这一次，如果老板说‘跳一次’，那我肯定会因为害怕丢了工作而跳两次的。我如此担惊受怕，是因为家里还指望我赚钱养家。可在我出去工作之前，我们是怎么熬过来的呢？也对，当时劳丽还没出生。尼利和我也还小，需求也没那么多。当然，那时爸爸还能帮上一些忙。”

“唉……再见了，大学。再见了，和念书有关的一切。”她扭过脸去，不再看那灰蒙蒙的亮光，闭上了眼睛。

弗朗茜坐在一个大房间里，面前放着一台打字机。机器上方罩着一块金属盖板，这样弗朗茜便无法看到键盘。她正前方的墙上钉着一幅硕大的键盘布局图。弗朗茜对照着布局图，用手寻找盖在下面对应的字母。第一天就这样过去了。第二天，公司发给她一沓旧电报让她对照着打。她一边读电报，一边看着键盘布局图，手指摸索着键盘上的字母。第二天结束后，她已经完全记住了键盘上每个字母的位置，再也不用查看图表了。一个星期后，他们取下了盖板。不过，对于弗朗茜来说有没有盖板已经无所谓了，因为她已经学会了盲打。

一位讲师为她们讲解了电传打字机的工作原理。一整天时间，弗朗茜都在练习收发虚拟电报。然后，她被安排负责收发纽约—克利夫兰线的电报。

她觉得这是一份神奇的工作。她坐在机器前打的字，能传到数百英里外的俄亥俄州克利夫兰市，然后就能在那边机器的卷筒纸上打印出来！同样神奇的是，克利夫兰市那边的女孩儿打的字也能从弗朗茜面前的机器上打印出来。

这份工作很轻松。弗朗茜一小时收电报，一小时发电报。中间有两次换班，每次可以休息十五分钟。到了晚上九点，她有半个小时的“午餐”时间。弗朗茜有自己负责的线路后，她的周薪便涨到了十五美元。总的来说，这份工作还不错。

家里也渐渐适应了弗朗茜新的作息。下午四点刚过，她从家里出发，然后在凌晨两点左右回家。进入走廊前，她先按三次门铃，这样可以让妈妈保持警惕，确保弗朗茜不会被某个潜伏在走廊里的人袭击。

弗朗茜一直睡到十一点。因为有弗朗茜留在家里陪着劳丽，妈妈也不必起得那么早了。她可以最先打扫自己住的公寓。当她要去打扫其他两栋公寓时，弗朗茜已经起床照看劳丽了。虽然弗朗茜在星期日晚上也要去工作，但是她在星期三的晚上可以休息。

弗朗茜对新的作息很满意。这样的安排既能让她在夜晚不再感到孤独，也能让她替妈妈分担家务。而且，弗朗茜每天还可以带劳丽去公园里坐上几个小时。沐浴温暖的阳光对她俩都大有好处。

凯蒂在脑海中酝酿出一个计划，并且把它告诉了弗朗茜。

“她们会一直安排你上夜班吗？”凯蒂问道。

“当然会呀！他们求之不得呢！没有女孩儿想上夜班。正因如此，他们才把夜班都安排给了新来的。”

“我在考虑，或许今年秋天，你可以继续上夜班，白天回到高中读书。我知道可能会有些困难，但是总会有办法解决的。”

“妈妈，不管你说什么，我都不会去念高中了。”

“但是你去年拼命想回去呀。”

“那是在去年，是回去上学的最好时机。现在，一切都太迟了。”

“现在还不太晚，不要那么固执嘛。”

“但是，就算我现在进了高中，又能学到什么呢？哦，我并非目中无人。可毕竟，我有将近一年的时间每天都阅读八个小时，而且我从中学到了东西。对于历史、政治、地理、写作和诗歌，我都有自己的看法。我读了太多关于人性的内容，读了关于他们的所作所为和生活方式。我读到过有关犯罪行为的报道，也读到过英雄事迹。妈妈，我几乎什么都读到过。现在，我已经无法再和一群小孩儿安安静静地坐在教室里，听一个老姑娘一本正经地胡说八道了。我会不停地跳起来纠正她的。或者，我会乖乖听话，把一切吞到肚子里，然后怨恨自己……嗯……恨自己太窝囊。所以，我不想去念高中了。但是，有一天我会上大学的。”

“但是你必须念完高中，才能上大学呀。”

“高中要读四年……不，五年，因为我肯定会被什么事情耽搁。然后再念四年大学。没等毕业，我就成为一个二十五岁的干瘪老姑娘了。”

“不管你愿不愿意，无论是读书还是工作，你总有一天会到二十五岁的。既然如此，你还不如在二十五岁前接受一些教育。”

“妈妈，我再说最后一次，我不会去念高中了。”

“那就走着瞧吧。”凯蒂咬牙切齿地说。

弗朗茜没再还嘴。可是，她脸上的表情和母亲如出一辙。

不过，这次谈话让弗朗茜受到了启发。如果妈妈觉得她可以晚上上班，白天去念高中，那么她为什么不用这个方法去读大学呢？她仔细阅读了报纸上的一则广告。布鲁克林久负盛名且历史最悠久的大学正在宣传暑期课程。有意研修高级课程、补考或减免学分的大学生，以及希望提前修完大学学分的高中生都是授课对象。弗朗茜觉得自己可以归为最后一类学生。虽然她不是严格意义上的高中生，但是她绝对有这个资格。她向对方索要了一份课程目录。

她从目录中选择了三门上课时间在下午的课程。这样，她可以像往常一样睡到十一点，然后去上课，下课后直接从学校出发去上班。她选了基础法语、基础化学和一门名为“复辟时期的戏剧”的课程。她估算了一下学费，算上化学实验课的费用，一共六十美元出头。她的储蓄账户里一共有一百零五美元的存款。她找到了凯蒂。

“妈妈，我能从你为我攒的大学学费里取出六十五美元吗？”

“干什么？”

“当然是上大学呀。”她故意说得漫不经心，以此营造一种戏剧性的效果。妈妈果然提高了嗓音，反复确认：

“大学？”

“是暑期大学。”

“可……可……可是。”凯蒂结结巴巴地说着。

“我知道，我没上过高中。不过，如果我告诉他们我不要文凭，也不要成绩，只是想听课的话，也许我就能去上学。”凯蒂从壁橱的搁架上取下那顶绿色的帽子。“妈妈，你这是要去哪儿？”

“去银行取钱。”

见到妈妈如此急切，弗朗茜人笑起来：“现在是下班时间，银行都关门了。再说也不急，离注册时间还有一周呢。”

大学坐落于布鲁克林高地，是偌大的布鲁克林城区中，又一片弗朗茜从未探索过的陌生之地。在填写注册表格时，她手中的笔停在“教育程度”这一栏上，迟迟未落笔。此处一共有三个选项：小学、高中和大学。沉思片刻，她画掉了这几个单词，在其上面的空白处写下“私人教育”。

“仔细想来，这并不是谎言。”她安慰自己道。

校方没有出于任何原因将她拒之门外，这让她大为惊讶又倍感欣喜。收银员接过钱，给了她一张学费的收据。她拿到了一个注册号、一张图书馆的借书卡、一张课程表和一份所需教材的书单。

她跟随一群人来到街区远处的大学书店。她查看了书单，准备买一本《基础法语》和一本《基础化学》。

“要全新的还是二手的？”店员问道。

“啊，我不知道呀。应该买哪一种呢？”

“全新的。”店员答道。

有人拍了拍她的肩膀。她扭过头，看到一个英俊帅气、衣着得体的男孩儿。男孩儿劝她说：“买二手的，都一样用，价格能便宜一半。”

“谢谢你。”她扭过头，对店员坚定地说：“买二手的。”她又开始买戏剧课上会用到的那两本书。她的肩膀又被拍了一下。

“别，不用买。”男孩儿劝阻道，“你可以在课前、课后或空闲的时候去图书馆里读。”

“再次感谢。”她说道。

“不客气，乐意效劳。”他回应了一句，然后悠闲地走开了。

她目送着他离开书店。“天哪，他又高又帅！”她暗暗地想，“大学可真是太美好了。”

她坐在去办公室的高架列车上，手里紧紧地抓着那两本教材。列车行驶在轨道上，发出了有节奏的声响，听起来就像“大学——大学——大学——”。弗朗茜开始感到晕车，她感觉自己晕得受不了了，明知道上班会迟到，还是在下一站就下了车。她倚在一台投币体重秤上，好奇自己究竟是怎么了。不太可能是吃坏了东西，因为她完全将午饭抛之脑后，什么也没吃。随后，她的脑海里电闪雷鸣般地冒出了一个想法。

“我的祖辈们都不识字，他们的长辈们更不识字。我妈妈的姐姐也不识字。我的父母甚至连小学都没有毕业。我从未念过高中。但是，我，弗朗西斯·诺兰，现在竟然上大学了。弗朗茜，你听到了吗？你上大学了！

“哦，天哪，我真的晕了。”

Chapter 49

在书店帮过我的男孩儿

上完第一节化学课，弗朗茜神采奕奕地走出教室。短短一个小时，她就发现一切事物皆由不断运动的原子构成。她领悟到原来一切事物都不会真正地消失或毁灭。有些东西就算被烧成灰烬或腐烂，也不会从地球上消失。它只是变成了其他的形态，如气体、液体或粉末。上完第一节课，弗朗茜坚信，一切都充满了生机，化学的世界里没有死亡。她很费解，为什么那些有学问的人不把化学当作一种宗教呢？

有了在家自学莎士比亚的基础，她学习“复辟时期的戏剧”这门课相对轻松，只是需要花费大量的时间阅读。对这门课程和化学课她毫不担心。但是，基础法语课却让她摸不着头脑。这门课并不是基础的法语课，任课教师想当然地认为，选课的学生要么以前学过法语，要么是考试不及格来重修学分的，要么就是在高中已经学过法语课了。因此，他跳过讲解语言基础，直接进入翻译环节。弗朗茜对英语语法、拼写和标点的掌握相当不牢固，再学习法语更是难上加难。这门课她肯定不及格。她所能做的只有每天背单词，努力坚持下去。

来回乘坐高架列车时，她在学习；工作休息时她在学习；吃饭时，她也要把书立在餐桌上翻看。她用通信公司实操教室的一台机器打印作业。她从不迟到、请假，只求能通过至少两门课程。

那个在书店相识的男孩儿成了她的守护天使。他叫本·布莱克，是一位风云人物。他是马斯佩斯高中毕业班的学生，曾是校刊编辑、班长、橄榄球队的半后卫，还是一名荣誉学生。过去三年，他一直参加大学暑期课程。如此一来，高中毕业时，他就修完了大学一年的课程。

除了在校的学习，他每天下午还会去一家律师事务所兼职，负责起草诉状、送达传票、审查契约和卷宗，以及查找判决先例。他熟悉本州法律，并且完全有能力出庭诉讼。他不仅在学校表现优异，而且每周能赚取二十五美元。那家律师事务所希望他高中毕业后就能全职上班，在他们的指导下学习法律，最后参加律师资格考试。但他不屑成为一名没有大学文凭的律师。他为自己选好了一所中西部的名校，计划先拿到文学学士，然后进入法学院学习。

十九岁的本已经为自己规划出一条笔直而坚定的人生路线。通过律师资格考试后，他准备接管一家乡村律师事务所。他认为，年轻的律师在小镇工作会有更多从政的机会。他甚至已经选好了要接手的事务所。他要去接替一位远方亲戚的职位，那位年事已高的乡村律师经营着一家信誉卓著的事务所。本一直与这位工作前辈保持着联系，每个星期都会收到他的长篇指导信。

本预计接手这家事务所，这样就可以静候担任县检察官了。（根据协议，这座小县城的检察官由当地律所的律师轮流担任。）那将成为他从政的起点。他会努力工作，获得良好的名誉，赢得民众的信任，最终当选为该州的众议院议员。他将尽忠职守，获得连任。届时他会再度返回本州，努力拼搏，竞选州长。这就是他的计划。

令人不可思议的是，所有认识本的人都确信他一定会如愿以偿。

与此同时，在1917的夏天，在本预计大展宏图的那片土地，那片广阔的中西部州，正躺在草原的炎炎烈日下做着梦呢。它躺在广袤无垠的麦田、无边无际的果园里做着美梦，果园里尽是鲍德温苹果和君柚苹果。它躺在那里做梦，全然不知此时此刻，一个布鲁克林男孩儿正计划着入驻州府，成为它有史以来最年轻的州长。

这就是本·布莱克。他衣着考究，性格开朗，英俊潇洒，才华横溢，充满自信。男孩儿们喜欢他，女孩儿们迷恋他，弗朗茜·诺兰胆怯地爱上了他。

她每天都会见到本。他用钢笔帮她批改法语作业。他为她检查化学作业，解答"复辟时期的戏剧"中晦涩难懂之处。他帮她计划明年的暑期课程，而且贴心地帮她做好人生规划。

夏日将尽，弗朗茜为两件事情黯然神伤。一件是她很快就不能每天见到本了，另一件是她肯定无法通过法语考试。她将自己的第二件伤心事告诉了本。

"别傻了，"他语气轻松地说，"你付了学费，整个夏天一节课都没缺席，你又不是白痴，会通过的。Q.E.D .[①]"

① 拉丁语，表示证明完毕。

“不，”她笑着说，“我会不及格的。P.D.Q.[①]”

“那么，我们得在考试前临时抱佛脚了。得用整整一天的时间，我们能去哪儿呢？”

“我家？”弗朗茜怯生生地提议。

“不行，周围有人。”他想了一会儿，“我知道一个好地方。星期六早上九点，在盖茨街和百老汇街交会的那个转角见。”

当她走下电车时，本已经在那里等她了。她很好奇，到了那个街区，他能带她去哪儿学习呢？他带她来到了一家剧院的后门，很多百老汇剧目的首演都会选在这家剧院。门开着，一位白发老人斜靠在门旁的椅子上晒太阳。本只对他说了句“早上好，老爹！”，就走进了那扇神奇的门。弗朗茜这才发现，原来这个了不起的男孩儿是这家剧院星期六晚场的引座员。

她以前从未来过剧院的后台，进去后她激动得几乎浑身发烫。从这个角度看，舞台显得十分宽阔，剧院的屋顶远得几乎看不见。走上舞台时，她改变了步态，像记忆中的哈罗德·克拉伦斯那样迈着笔直的步子缓慢地前行。听到本说话，她缓缓地转过身，用浓重的舞台腔，嗓音低沉地说：“你，（停顿，然后意味深长地）说什么？”

“想看看这个吗？”他问道。

本拉开大幕。弗朗茜看到石棉幕布如巨人的窗帘般被缓缓卷起。他打开脚灯，弗朗茜走到台前，望着台下成千张黑暗中的空座。座位空空荡荡，虚位以待，她仰起头，冲着顶层楼座的最后一排高呼：

“喂！你们好啊！”在黑漆漆的沉寂中，她的声音仿佛被放大了一百倍。

---

① 英语“pretty dame quick”的首字母缩写，表示立刻、马上、很快。

“嘿，”他温和地问道，“你对剧院感兴趣，还是对法语感兴趣呀？”

“这还用问，当然是剧院呀。”

这是肺腑之言。此时此刻，她放下了心中所有的抱负，回到最初的热爱——舞台。

本笑着关上脚灯，放下大幕，面对面地摆好两把椅子。他设法弄到了过去五年的法语考试试卷，用其中最常见和最罕见的题目整合出一份涵盖全面的试卷。这一天的大部分时间，他都带着弗朗茜练习解答这些问题。然后，他让她背诵了莫里哀《伪君子》中的一页及其英文译文。他解释道：

“明天的考试，有一道题对你来说绝对是如读天书。不要试图作答。你就坦白说明，自己不会，但你想用莫里哀的一段剧作节选及翻译来替换该题目。然后，你就把刚刚背的那段原文和译文写下来，这样你就能过关了。”

“但是，如果他们恰好考的就是这段话，那该怎么办？”

“不会的。我挑了一个非常晦涩难懂的段落。”

这个方法果然奏效，她的法语考试及格了。诚然，她以最低的分数通过了考试，但她安慰自己，通过就是通过。她的化学和戏剧分数都相当漂亮。

她听从本的安排，一周后回来取成绩单，然后到事先约定好的地点与他见面。他带她去哈伊勒冷饮店喝巧克力苏打水。

“你多大了，弗朗茜？”他边喝苏打水边问。

弗朗茜在大脑中飞快地盘算着。她在家里十五岁，上班时十七岁。而本十九岁。如果他知道她只有十五岁，就一定不肯再理她了。看她迟迟不肯作答，他说道：

“无论你怎么说都有不尽如人意之处。”

她鼓起勇气，用颤抖的声音勇敢地说：“我……十五岁了。”说完，她羞愧地低下了头。

“嗯。我喜欢你，弗朗茜。”

“我爱你。”她在心里偷偷地说。

“我对你的喜爱不亚于以前认识的任何一个女孩儿。可是，当然，我没时间陪女孩子。”

“哪怕是星期天也没有一个小时吗？”她试探地问。

“我为数不多的空闲时间都在陪我的母亲。我就是她的一切。”

在此之前，弗朗茜从未听说过布莱克夫人。但是弗朗茜恨她，因为她抢占了本那一点点的空闲时间，那些能够让弗朗茜感到快乐的时光。

“不过，我会想念你的，”他继续说道，“有时间的话，我会给你写信。（他住的地方离她不过半个小时的路程。）可是，只要你需要我——当然，不是那些鸡毛蒜皮的小事——你就给我写封信，我会设法去见你的。”他拿了一张兼职律师事务所的名片递给她。他的名字印在名片的角落里：本杰明·富兰克林·布莱克。

他们在哈伊勒冷饮店门口热情地握手道别。“明年夏天见！”他一边走，一边回头说道。

弗朗茜站在那里，目送着他转过街角。明年夏天！现在才九月，明年夏天仿佛相距一百年那般遥遥无期。

她非常喜欢暑期课程，很想在当年秋季进入这所大学学习。可是，面对三百多美元的学费，她只能打消这个念头。一天上午，她在位于四十二街的纽约图书馆查看课程目录时，发现有一所女子大学对纽约居民免收学费。

她带着成绩单，直接去了登记处注册，却被告知没有高中文凭无法注册。她解释自己是如何上大学暑期课程的。“啊！那不一样。暑期课程只是为了修学分，不颁发任何学位证书。”她又问自己可不可以只上课，不要学位证书。对方说，不行。如果她年龄超过二十五岁，也许可以批准她以特殊学生的身份入学，只上课不拿学位。弗朗茜遗憾地承认自己还没超过二十五岁。然而，她还可以通过另一种方式获得入学资格。如果她能通过大学的入学考试，或者纽约州的高中毕业会考，那么即使没有高中文凭，她也可以注册入学。

弗朗茜参加了考试，结果除了化学，其他的科目都不及格。

“噢，没关系！我早该知道是这样。”弗朗茜对妈妈说，“要是大学那么容易被录取的话，谁还会辛辛苦苦地念高中呢？不过，别担心，妈妈。现在我了解入学考试是什么样子了，我会找到课本，好好学习，明年再参加那些考试。明年我一定会通过的。这不是什么难事，我一定能做到的，您就等着瞧吧。”

就算弗朗茜考入了大学，她还是没办法上学，因为公司安排她上白班了。目前，她已成为一名动作敏捷、技术熟练的操作员，公司需要她在白天业务最繁忙的时段工作。他们向她保证，如果她愿意，可以在夏天安排她上夜班。弗朗茜又得到了一次加薪机会。她现在每周挣十七美元五十美分。

又回到了孤独的夜晚。在秋日美好的夜晚，弗朗茜一边在布鲁克林的街道上漫步，一边想念本。

（如果你需要我，就给我写封信，我会设法去见你的。）

没错，她需要他。但是，她心知肚明，如果她写：“我很孤独。请过来陪我散散步、聊聊天吧。”他是决不会来找她的。在他严格的日常时刻表中，是找不到“孤独”这一项的。

周围的社区还是老样子，却又有所不同。一些廉租公寓的窗户上已经贴了金星，这是家中有阵亡将士的标志。到了晚上，男孩子们仍然会聚集在街角或平价糖果店门前。可与以往不同的是，现在他们中总会有一个男孩儿身穿卡其布军服。

那些男孩儿会围在一起合唱歌曲。他们唱《老贫民窟的旧棚屋》《当你戴着郁金香》《亲爱的老姑娘》《抱歉，我让你哭泣》等歌曲。

有时，参军的男孩儿会领着大家唱战争歌曲：《在那边》《凯蒂之歌》《无人区的玫瑰》。

不过，无论唱什么，他们最后都会用一首布鲁克林本地的民歌作为结束曲目，如《慈母颂》《爱尔兰的眼睛在微笑》《让我叫你甜心》《乐队在演奏》。

夜里，弗朗西从他们身边走过时，不由得在心中感叹：为什么所有的歌曲听起来都如此悲伤？

Chapter 50

新的生命

茜茜的预产期在十一月底。为了避免和茜茜谈及此事，凯蒂和艾薇煞费苦心。她们觉得这一次，宝宝很大程度上还会夭折，因此她们认为这个话题谈得越少，茜茜对这件事的回忆就越少。但茜茜的一个前所未有的决定让她们不得不讨论这件事。她宣布在临产的时候去找医生，她要在医院生孩子。

茜茜的母亲和妹妹们都大为震惊，因为罗梅利家族没有一个女人在生孩子时找过医生。茜茜的决定可谓史无前例。因为这么做似乎是不正确的。你可以去找产婆、某位邻居家里的女人，或者你的妈妈，而且应该关起门秘密地行事，更不应该有男人在场。生孩子是女人的事。至于医院，人人都知道那里是临终前才会去的地方。

茜茜向她们解释说，她们的观念太陈旧了，请产婆接生早就过时了。而且，她自豪地告诉她们，这件事她没有发言权，因为坚持要去医院找医生生产的人是史蒂夫。不仅如此，还有一件石破天惊的事。

茜茜要找的医生是个犹太人！

“为什么，茜茜？这是为什么？”两个妹妹大惊失色地问道。

“因为，在那种时刻，犹太医生更懂得体谅。”

“虽然我对犹太人从不抱有敌意，”凯蒂刚刚开口，“但是……”

“听着！总不能因为亚伦斯坦医生祈祷的时候看的是星星，而不像我们看着十字架，就怀疑他不是个好医生吧。”

“但我觉得，你总会希望身边有一位和你信仰相同的医生，尤其是面临……（凯蒂原本想说“死亡”，但是她及时控制住了自己。）生孩子的时候。”

“得了吧，亲爱的！”茜茜轻蔑地说。

“物以类聚，人以群分。你肯定没见过哪个犹太人去请基督教的医生。”艾薇觉得自己的观点很有说服力。

“他们为什么要找呢？”茜茜反驳说，“天底下所有人都知道犹太医生更聪明呀。”

这次分娩同之前的那几次一样，只不过有了医生的帮助，茜茜生得更加轻松了。婴儿出生后，她双眼紧闭，不敢去看孩子。她万分笃定这次孩子会活下来。可是真到了这个时刻，她的内心却感到并非如此。终于，她睁开了眼睛，婴儿正躺在附近的一张桌子上，一动不动，浑身发青。茜茜把头转开了。

“又一次，”她想，“一次又一次，一次又一次。十一次了，啊！上帝，您为什么不能让我拥有一个孩子呢？十一个孩子里，哪怕有一个活下来也不行吗？再过几年，我就无法生育了。对一个女人来说，如果她得知自己至死都无法有一个孩子……啊！上帝，您为何要诅咒我？”

接着，她听见了一个词。一个她从未听说过的词。她听到有人喊“氧气”。

“快！氧气！”她听见医生说道。

她看着医生为自己的宝宝采取措施。她目睹了一个奇迹，一个超越了妈妈给她讲过的所有圣徒的奇迹。她看到垂死的、青紫色的孩子变成了鲜活的白色。她看到一个显然没有了生命的孩子深吸了一口气。有生以来，她第一次听到了自己孩子的啼哭。

“孩子是……是不是……活的？”茜茜问，她简直不敢相信。

“不然呢？”医生夸张地耸了耸肩，“我还从未见过这么健康的男孩儿呢。”

“你确定他会活下来吗？”

“当然，”他又耸了耸肩，“除非你让他从三楼的窗户掉下去。”

茜茜握着医生的双手，吻了一遍又一遍。阿伦·亚伦斯坦医生不同于非犹太医生，对她如此热情的表达，丝毫没有觉得难为情。

她给孩子取名斯蒂芬·阿伦。

“我还从未见过例外呢，”凯蒂说，“只要让一个没孩子的女人领养一个孩子，就等着瞧吧！一两年后，她肯定就会有自己的孩子。仿佛上天终于发现了她的善行。太好了，茜茜可以抚养两个孩子了，这样比只抚养一个孩子好多了。”

“小茜茜和斯蒂芬只差了两岁，”弗朗茜说，“差不多像我和尼利一样。”

“是啊。他们两个可以互相陪伴。”

茜茜的儿子顺利活了下来，这件事被家里人津津乐道了许久。

直到威利·弗林特曼又为大家提供了新的话题。威利想参军却遭到了拒绝，因此他辞掉了牛奶公司的工作回到家里，宣布自己是一个失败者，然后倒头就睡。第二天和第三天早上，他依然没有起床。他说，他打算就这样在床上躺一辈子。还说，他既然一辈子都是个失败者，不如现在就像一个失败者一样死去，越快越好。

艾薇找来了她的姐妹。

艾薇、茜茜、凯蒂和弗朗茜围在那张大铜床前，“失败者”威利就躺在上面。威利环视了眼前这一圈意志坚定的罗梅利家族的女人，哀号道：“我就是个失败者。”说罢，他用毯子蒙住了头。

艾薇把她的丈夫交给了茜茜。弗朗茜在一旁观看茜茜如何对付他。她伸出双臂，将这个一无是处且弱小的家伙搂在胸前，对他说，并非所有勇敢的男人都在战壕里，还有很多英雄在军工厂劳动，他们为了祖国，每天也很危险。她不停地说，说得威利激情澎湃，觉得自己也能为赢得战争出一份力。他从床上跳下了来，让艾薇赶快把裤子和鞋子拿给他。

史蒂夫如今是摩根大道一家军工厂的工头。他在那里为威利谋了一份薪水丰厚的工作，加班可以获得一倍半的工资。

罗梅利家族有个传统：男人赚到的任何小费或加班费都由自己支配。第一次领到加班费时，威利为自己买了一面低音鼓和一对钹。不加班的时候，他整晚都在前屋练习打鼓敲钹。圣诞节的时候，弗朗茜送给他一把价值一美元的口琴。他把口琴绑在一根棍子上，再把那根棍子固定在腰带上，这样一来，就像松开车把骑自行车一样，不用手也能吹口琴了。他尝试同时演奏吉他、口琴、鼓和钹，想要打造一支“独奏乐队”。

就这样，他在前屋坐了一个又一个夜晚，吹口琴，弹吉他，打鼓敲钹。他为自己是一个“失败者”而黯然神伤。

Chapter 51
夜校课程

当天气冷得没法儿出去散步时，弗朗茜在社区服务所报名参加了两门夜校课程：缝纫和舞蹈。

她学会了看纸样和操作缝纫机。假以时日，她希望能自己动手做衣服。

她学习了交谊舞，不过她和她的舞伴从未想过要进入舞厅之类的场所。有时，她的舞伴是社区里那些油头粉面的花花公子，他们舞技娴熟、脚步轻快，让她得时刻留心脚下。有时，她的舞伴是穿着及膝短裤的十四岁少年，那她就会让对方留意了。她对舞蹈的热爱出于一种本能。

那一年即将接近尾声。

“弗朗茜，你在看什么书？”

“尼利的几何课本。”

“什么是几何？”

“是大学入学考试必考的科目，妈妈。”

“好吧，那也别熬得太晚。”

“我妈妈和姐姐们最近有什么新闻吗？”凯蒂向保险代理人打听。

“我刚刚为你姐姐的两个孩子萨拉和斯蒂芬投了保。”

“可他们刚出生时她不就买了保险，每周五美分的那种？”

“这是另一个险种。储蓄保险。”

“什么意思呢？”

“他们不必等到去世才获得理赔。到十八岁时，每人可以领取一千美元。这是他们上大学的钱。”

“哦，我的天哪！先是去医院生孩子要投保，然后上大学也要投保。那接下来还会发生什么？”

“妈妈，有我的信吗？”每天下班回家，弗朗茜都要问一下。

“没有。只有一张艾薇寄来的明信片。”

“她说了什么？”

“没什么。就说因为威利姨父打鼓，他们又得搬家了。”

“他们这次要搬到哪儿去？”

“艾薇在柏树山那边找到一所独户房子。我想知道，那里还属于布鲁克林吗？”

“已经快出东纽约了，就在布鲁克林与皇后区的交界处。在新月街附近，是百老汇高架列车的终点站。我是说以前的终点站，现在他们把铁路一直修到了牙买加湾①。”

玛丽·罗梅利躺在狭窄的小白床上，头顶上方挂着十字架，除

---

① 牙买加湾，纽约港的一部分，坐落于纽约市皇后区和布鲁克林区的交界处，其西半部属布鲁克林区，东半部属皇后区。

此之外墙上一无所有。她的三个女儿和长外孙女弗朗茜都站在床边。

“我已经八十五岁了。我觉得，这一病啊，估计命也就到头了。生活带给我勇气，让我能等待死亡。我不会说‘当我走了，不要太难过’之类的假话。我一直很爱我的孩子们，也努力成为一个好母亲。所以，我的孩子们会感到难过，这再正常不过了。但你们不要太过悲伤，也不要难过太久，一切都顺其自然吧。要知道我会幸福的。我就要亲眼见到我一生热爱的那些伟大的圣人了。”

公司的娱乐活动室里，弗朗茜在给一群女孩儿看快照。

“这是安妮·劳丽，我的小妹妹。她才十八个月大就能到处跑了。你们要是能听到她说话，就知道她有多逗了！”

“她真可爱。”

“这是我弟弟，科尼柳斯。他将来要当医生。”

“他也很可爱。”

“这是我妈妈。”

“她真可爱，而且看起来很年轻。”

“这是我在屋顶上。”

“屋顶真可爱。”

“是我可爱！”弗朗茜佯装生气。

“我们都可爱，”女孩儿们笑道，“我们的主管也很可爱，就像一辆旧马车，我希望她被气得说不出话来。”

她们笑得停不下来。

“我们到底在笑什么？”弗朗茜问。

“没什么。”大家笑得更欢了。

“让弗朗茜去吧。我上次去买德国泡菜①，他就把我赶出来了。”尼利抱怨。

“你现在得说买‘自由卷心菜’，你这个笨蛋。”弗朗茜说。

“不要骂对方。”凯蒂心不在焉地说。

“你们知道吗？他们要把汉堡大道改成威尔逊大道了。”弗朗茜问。

“战争总会让人做出可笑的事。”凯蒂叹了口气。

“你会告诉妈妈吗？”尼利担心地问。

“不会。但是你太小了，不能和那种女孩儿约会。他们都说她很野蛮。”弗朗茜说。

“谁会喜欢温顺的女孩儿呢？”

“我不管你怎么想，只是你对那个——那个性——一无所知。”

“那也肯定比你多。”他手扶在胯上，故意口齿不清地用假声尖叫，“哦，妈妈！如果一个男人吻了我，我会怀孕吗？会不会，妈妈？”

“尼利！你那天居然在偷听！”

“当然！我就在外面的走廊上，听得一清二楚。”

“你怎么这么卑鄙……”

“你不也偷听过吗？我都抓到过你好多次了，就在妈妈和茜茜姨妈或艾薇姨妈聊天的时候，你本该上床睡觉的。”

“那不一样。我得挖掘真相。”

“得了吧！”

“弗朗茜！弗朗茜！已经七点了，快起床！”

---

① 德国泡菜，原文“Sauerkraut”，是一种德国标志性食物。但在“一战”期间，为了避嫌被改名为“liberty cabbage”，译为“自由卷心菜”。

“起来干什么？”

“你八点半要出门上班啊。”

“妈妈，你就不能说点儿新鲜事吗？”

“你今天十六岁了。”

“说点儿新鲜的，两年前我就十六岁了。”

“那你就再过一个十六岁吧。”

“我可能一辈子都是十六岁。”

“我一点儿也不惊讶。”

“我在想，”凯蒂说，“今年圣诞节我们就不互相买礼物了。我们可以把买礼物的钱凑一起买一只烤鸡，再去烘焙店买一块大蛋糕，再买一磅上好的咖啡，还有……”

“我们有足够的钱买食物，”弗朗茜抗议道，“不需要挪用买礼物的钱。”

“我是说送给廷莫尔姐妹作为圣诞礼物。现在没有人请她们上课了，人们都说她们太落伍了。她们现在食不果腹。而且，莉齐小姐一直对我们很好。”

“呃，那好吧。”弗朗茜同意了，她的语气并不是很热情。

“天哪！”尼利狠狠踢了桌子腿一脚。

“别担心，尼利，”弗朗茜笑着说，“你会收到礼物的。今年，我会给你买一双鹿皮色的鞋套。”

“啊，闭嘴！”

“不要互相喊‘闭嘴’。”凯蒂心不在焉地责备道。

“妈妈，我想征询你的意见。我上暑期课的时候认识了一个男孩儿。他说他可能会写信给我，但是他一直都没有写。我想知道，如果我寄圣诞贺卡给他，会不会显得很冒昧。”

“冒昧？怎么会！你想寄贺卡就寄吧。我讨厌女人那套打情骂俏又故作矜持的小心思。人生稍纵即逝。如果你真的遇到了所爱之人，不要浪费时间低头傻笑。直接走上前去告诉他：‘我爱你。我们结婚怎么样？’就这么简单，”凯蒂忧心忡忡地看了女儿一眼，赶忙补充道，“当然了，要等你长大了，足以明白自己的心意的时候再说。”

“我会寄给他贺卡的。”弗朗茜果断地说。

“妈妈，我和尼利决定了，我们想喝咖啡，不喝牛奶潘趣酒了。”

“好的。”凯蒂把白兰地的酒瓶放回橱柜里。

“把咖啡煮得很浓很热，半杯咖啡里加半杯牛奶，我们要用牛奶咖啡举杯庆祝 1918 年的到来。”

“拜托了。”尼利用法语插嘴。

“好——好——好，”妈妈用法语回复，“我也知道几个法语单词。”

凯蒂一手提着咖啡壶，一手端着热牛奶的小锅，将两个容器中的液体同时倒入杯中。“我记得，”她说，“以前，家里没有牛奶的时候，如果有黄油，你们的爸爸就会往咖啡里放一小块黄油。他说黄油本质上就是奶油，放在咖啡里一样好喝。”

爸爸！……

Chapter 52

李·莱诺

十六岁那年的春天，在一个阳光灿烂的日子，弗朗茜下午五点走出了办公室。她看见和她在同一排操作电传打字机的女孩儿安妮塔，正和两名士兵站在通信大楼的门口。其中一位长得矮胖敦实，他霸道地拉着安妮塔的胳膊，笑得满脸灿烂。另一位士兵，身材又高又瘦，尴尬地站在一旁。安妮塔挣脱那名士兵，把弗朗茜拉到了一旁。

“弗朗茜，你得帮帮我。这是乔伊最后一次休假，他们部队就要出国打仗了。我们已经订婚了。”

“既然已经订婚，那不就万事大吉了，还需要别人帮什么忙？”弗朗茜开着玩笑。

“我是说帮帮另一个家伙。乔伊不得不带着他，真讨厌。他们俩是好哥们儿，向来形影不离。那家伙的老家是宾夕法尼亚州的一个乡下小镇，他在纽约一个人也不认识。我知道他会一直黏着我们的，我根本就没有机会和乔伊单独相处。弗朗茜，你一定得帮帮我。我已经被三个女孩儿拒绝了。”

弗朗茜向那个站在自己十英尺外的宾夕法尼亚人投去了好奇的目光。他看起来相貌平平，难怪其他三个女孩儿都拒绝了安妮塔。那个人迎上弗朗茜的目光，缓缓地露出了一个羞涩的微笑。不知怎的，尽管并不英俊，他身上却有种比英俊更美好的特质。那个羞涩的微笑让弗朗茜做出了决定。

“这样吧，”她对安妮塔说，“如果我能在弟弟打工的地方找到他，我就让他给妈妈捎个口信。如果他已经走了，那我就得回家了，我不回家吃晚饭，妈妈会担心的。”

“那就快点儿给他打电话吧，”安妮塔催促着她，伸手在钱包开始翻找，“来，我给你五美分，去打电话吧。”

弗朗茜在街角的雪茄店里打了电话。尼利碰巧还在麦加里蒂那里。她让尼利捎个口信回家。再回来时，她发现安妮塔和乔伊已经离开了。那位笑容腼腆的士兵独自一人站在原地。

“安妮塔去哪儿了？”她问。

“我猜她把你抛弃了，跟乔伊一起走了。”弗朗茜不知所措。她本以为是四个人的约会。现在，她该如何应付这个高个子的陌生人呢？

“我也不怪他们，”他说，“他们只是想独处而已。我也是订过婚的人。我知道那是怎样的心情。最后一次休假，当然想和自己的心上人在一起。”

“订婚了呀？”弗朗茜心里想，“至少他不会尝试和我做任何浪漫的事吧。”

“但是，你也没必要一直陪着我，”他继续说，“你能告诉我去三十四街该在哪里坐地铁吗？我完全不认识路。我想回酒店去。我猜，一个人无事可做的时候，总还可以待在房间里写信。”他露出了那孤独又害羞的微笑。

“我已经打电话告诉家里人今晚不回去吃饭了，那么，如果你愿意……”

“愿意？天哪！今天我可太幸运了。哎呀，谢谢，请问小姐的芳名是……”

“诺兰，弗朗西斯·诺兰。”

“我叫李·莱诺。其实我的名字是利奥，可大家都喊我‘李’。我真的很高兴能认识你，诺兰小姐。”他伸出一只手。

“很高兴能认识你，莱诺下士。”他们握了握手。

“啊，你看到这些条纹了。”他开心地笑道，“我猜，你工作了一整天，一定饿了吧。你有没有想去的特色餐厅，我们一起吃晚饭……我是说晚餐？”

“晚饭就好。不用这么正式。我去哪里都一样。你呢？”

“我听说这里的炒杂烩很好吃，我想尝一尝。”

“四十二街附近有家店不错，还有音乐。”

“那我们走吧。”

在去地铁站的路上，李问：“诺兰小姐，你介意我叫你弗朗西斯吗？”

“我不介意。不过，大家都叫我弗朗茜。”

“弗朗茜！”他把名字重复了一遍，“弗朗茜，还有一件事：我若把你当作我的心上人——只是今晚，你会介意吗？”

“嗯……”弗朗茜心想，“真是个急性子呢。”

李打消了她心中的顾虑：“我猜你一定觉得我是一个急切的人。但事情是这样的：我已经将近一年没有接触过女孩儿。再过几天，我就要坐船去法国了。我不知道未来会怎么样。所以，如果你不介意在这几个小时里做我女朋友的话，那我会感激不尽的。”

“我不介意。”

“非常感谢，”他指了指胳膊，“挽着我，女朋友。”正要进入地铁站时，他停下了脚步：“叫我‘李’。”他命令道。

“李。”她说。

“说：‘你好，李。很高兴再次见到你，亲爱的。’”

“你好，李。很高兴再次见到你……”她害羞地说着。李挽紧了胳膊。

红宝石餐厅的服务员端来两碗炒杂烩和一大壶茶，放到两人中间。

“你给我倒杯茶吧，这样更有家的感觉。”李说。

“你要加多少糖？”

“我不加糖。”

“我也是。”

“你看！我们俩的口味一模一样，不是吗？”他说。

两个人已饥肠辘辘，便不再交谈，一心一意地吃着又滑又腻的食物。弗朗茜每次抬头看他，他都会笑着回应。而他每次低头看向弗朗茜时，她也会笑得一脸灿烂。他们把炒杂烩、米饭和茶一扫而光后，李将身子靠在椅子上。

然后，他便滔滔不绝地说起来。他和弗朗茜讲了他能记起的有关自己的一切。他对她说起了那个宾夕法尼亚州小镇上的童年。（弗朗茜记得那个小镇，因为在剪报局时，她每周都会阅读当地的报纸。）他对她讲了自己的父母和兄弟姐妹，聊到了他的校园生活，参加过的聚会，做过的工作。他说自己今年二十二岁。他回忆了自己在二十一岁时参军的全过程。他告诉她自己的军旅生活，自己怎样拿到的下士军衔。他对她讲了有关自己的每一件事，唯独没有提起那个远在家乡和他订婚的女孩儿。

弗朗茜也和他聊起了自己的生活。她只说了快乐的事：爸爸多么英俊，妈妈多么聪慧，弟弟尼利多么了不起，她的小妹妹多么可爱。她对他讲了图书馆书桌上的那个金棕色的陶罐，讲了跨年夜她和尼利在屋顶上的谈话。她没提到本·布莱克，因为她从未想起过他。听她讲完后，李说：

“我这辈子一直很孤独。参加热闹的聚会时，我很孤独。和女孩儿接吻时，我很孤独。在数百人的军营里，我依然很孤独。但是现在，我不再感到孤独了。”说着，他缓缓地露出了那特有的腼腆的笑容。

“我也有这样的感受，”弗朗茜坦白，“只不过，我从来没有和男孩儿接吻过。现在，我也第一次感到自己不再孤独了。”

服务员再次过来为他们添水，而他们的杯子几乎是满的。弗朗茜知道这是在暗示他们坐得太久了，有很多人还在排队等位。她向李问了时间。已经快十点了！他们竟然聊了将近四个小时！

“我得回家了。”她遗憾地说。

“我送你回去。你住在布鲁克林大桥附近吗？”

“不是的。我住在威廉斯堡。”

“我倒是希望你住在布鲁克林大桥那里，因为我曾经希望，有朝一日我来纽约，要步行穿越布鲁克林大桥。”

“为什么不在今日呢？”弗朗茜提议，“我可以在布鲁克林的那头到格雷厄姆大街去坐电车，这样就能直达我家的街角。”

他们乘坐区间快线地铁到布鲁克林大桥。下车后，他们步行过桥。走到大桥的中央时，他们停下来，俯瞰东河。他们挨得很近，李拉着弗朗茜的手。他仰望着曼哈顿沿岸的天际线。

“纽约！我一直想来看看，现在终于看到了。他们说得没错，它真是这个世界上最美妙的城市。”

“布鲁克林更好。”

“可是没有纽约这样的摩天大楼，对不对？”

“是没有。可是，那里有一种感觉——唉，我也无法形容。你得住在布鲁克林才能体会到。”

“总有一天，我们会住在布鲁克林的。”他轻声说。弗朗茜的心里咯噔一下。

她看到一名在桥上巡逻的警察正朝他们走来。

“我们最好继续过桥吧，”她不安地说，“那边就是布鲁克林海军造船厂，那里停泊的那艘迷彩船是一艘运兵船。警察一直提防着间谍。”

那位警察走到他们身边时，李说：“我们不是过来搞轰炸的。我们只是在欣赏东河。”

“当然，没问题，”警察说，“难道我不知道五月的夜晚有多么美好吗？我也曾年轻过，这件事并非你们想象得那么久远吧？”

他冲两人微笑。李也笑着回应。弗朗茜则冲着他们两个人咧嘴一笑。警察瞥了一眼李的衣袖。

“那么，保重了，长官。”警察说，“等你到了那边，给他们点儿颜色瞧瞧。”

“我会的。”李信誓旦旦地说道。

警察继续巡逻。

“他人可真好。”李评论道。

“每个人都很好。”弗朗茜很开心。

他们走到布鲁克林这一侧后，她告诉他送到这里就可以了。她解释说自己上夜班时，经常在深夜独自回家。要是到了她家附近再返回纽约，他一定会迷路的。她说布鲁克林的路就是这么难以捉摸，要想找到路，你得在那里生活才行。

其实，她不想让他看到自己住的地方。她很爱自己住的街区，并不以它为耻。可她觉得，对于一个并不像她那般了解那里的陌生人来说，那里看起来像是一处破败丑陋的地方。

她先告诉他在哪儿可以乘坐高架列车回到纽约。然后，他们一起步行前往她要乘坐电车的地方。

站在街角等电车时，两个人陷入了一阵尴尬的沉默。他们之间隔了一段距离。李点了一根又一根烟，每一根都还未抽到一半就丢掉了。终于，一辆电车映入他们的眼帘。

“我的车来了，”弗朗茜说着，伸出了右手，“晚安，李。”

他扔掉刚刚点燃的香烟。

“弗朗茜。”他张开双臂。她走过去。他吻了她。

第二天，弗朗茜身穿新买的藏青色缎面套装，里面搭配了一件白色乔其绉纱绸衬衫，脚下则是只有星期日才会穿的漆皮浅口鞋。她和李没有约会，他们俩并没有约定下次见面的时间。但是，她知

道李一定会在下午五点的时候等她。她正准备出门，尼利起床了。弗朗茜让他转告妈妈自己今晚不回家吃饭了。

“弗朗茜终于有男朋友啦！弗朗茜终于有男朋友啦！”尼利有节奏地喊。

他走到了劳丽身边。劳丽坐在窗边的婴儿餐椅上。餐椅的托盘上放着一碗麦片粥。这个小家伙正忙着用勺子把粥舀出来，倒在地板上。尼利捏了捏她的下巴。

“嘿！小笨蛋！弗朗茜终于有男朋友啦。”

这个两岁大的宝宝努力理解尼利的话，眉心的右侧皱出一条浅浅的纹路（凯蒂称之为“罗梅利纹”）。

“弗兰——妮？”劳丽疑惑不解地问。

“听着，尼利，我把她从床上弄起来，给她做了麦片粥。现在你负责喂她。不许叫她‘笨蛋’。”

弗朗茜穿过走廊，走上了街道。这时，她听见有人在喊她的名字。她抬头一看，尼利正穿着睡衣，探出窗外。他扯着嗓子唱道：

她脚步轻盈，
走上街头，
打扮一番，
换上星期日的衣衫。

“尼利，你唱得太烂了！烂透啦！”她冲着窗户喊。他假装没有听懂。

“你是说他人很烂吗？你是说他留着大胡子，还是个大光头吗？”

“你最好赶快去喂宝宝。”她喊道。

“弗朗茜，你是说你要生宝宝了吗？你刚才是不是说你要生宝宝啦？”

街道上，一个路过的男人冲弗朗茜眨了眨眼睛。两个女孩儿手挽着手走了过去，笑得前仰后合。

“你这个该死的臭小子。”弗朗茜气急败坏地大叫。

“你说脏话了！我要告诉妈妈，我要告诉妈妈，我要告诉妈妈你说脏话了。”尼利高声唱道。

弗朗茜听到电车驶来的声音，只得跑了过去。

到下班时间，他已经在等她了。他又带着那特有的微笑朝她走来。

“你好呀，我的女朋友。”他挽起了她的胳膊。

“你好，李，很高兴再次见到你。”

“……亲爱的。”他提示她改口。

“亲爱的。”她补充道。

他们在自助餐厅吃了晚饭，因为李也很想见识一下那里。餐厅内不能吸烟，而李不吸烟便会坐立不安，因此他们喝完咖啡、吃过甜点之后，没有留下来交谈。两个人决定去跳舞，他们在紧邻百老汇的地方找到了一家十美分一张舞票的舞厅，军人还可以享受半价。李花一美元买回来一联二十张的舞票。他们跳起舞来。

才跳了半圈，弗朗茜就发现他那瘦长的身材和腼腆的表情有极大的欺骗性。他舞步流畅，舞技娴熟。他们紧紧地抱在一起翩翩起舞。一切尽在不言中。

管弦乐队正在演奏弗朗茜最喜欢的一首歌曲《某个星期日的清晨》：

某个星期日的清晨，
天气如此晴朗。

当歌手唱到副歌时，弗朗茜也跟着一起哼唱起来：

身穿格子布裙，
我是美丽的新娘。

她感觉李把她搂得更紧了。

我知道我的女伴们，
一定会羡慕我。

弗朗茜心花怒放，又跳了一圈。随后，歌手再次唱起了副歌，不过这次歌词略有改动，以向在场的士兵致敬：

身穿绿军装，
你是帅气的新郎。

弗朗茜紧紧地搂住他的肩膀，把脸倚在他的制服上。此刻，她的想法与十七年前跟约翰尼共舞的凯蒂如出一辙，只要能让这个男人永远留在她身边，无论要承受怎样的牺牲和苦难，她都甘之如饴。就像当年的凯蒂一样，弗朗茜也完全没有考虑到自己的孩子也可能要和她一起吃苦受罪。

一群士兵要离开舞厅了。按照惯例，管弦乐队中止了正在演奏的歌曲，开始演奏《待到重逢时》。所有人都停下舞步，为士兵唱起道别的歌曲。弗朗茜和李手拉着手也一起唱了起来，但是，他们俩都不太知道准确的歌词：

……当云卷云舒，
我会回到你的身边。
那时天空会更蓝……

舞厅内响起了“再见，士兵们！”“祝你们好运，士兵们！”“后会有期，士兵们！”之类的高呼。然后，即将离场的士兵们站成一队，唱起了这首歌。李拉起弗朗茜朝门口走去。

“我们现在就走吧，”他说道，“让这一刻成为最完美的回忆。”

他们一路听着歌声，缓缓走下台阶。他们站在街上，听着歌声渐渐消失：

……每晚请为我祈祷，
直到我们重逢。

“就让这首歌成为我们的歌吧，”他低声说，“这样每次听到它时，你就会想起我。”

走着走着，天空下起了雨，他们不得不跑到一家空店铺门前躲雨。他们站在店门口昏暗的屋檐下，握着彼此的手，看着雨水纷纷落下。

“人们总是觉得幸福遥不可及，”弗朗茜心想，“觉得它是一件复杂且难以获得的东西。然而，幸福恰恰是由一些微不足道的小事组成的。下雨时有一处像这样可以避雨的地方，心情低落时有一杯浓浓的热咖啡。对男人来说，一支烟就可以心满意足。孤独的时候有书可读，和心爱的人在一起……这些小事都能给人带来幸福。”

“我明天一早就要出发了。”

“不是去法国吧？”她从幸福中突然惊醒。

“不是，我要回家。我母亲希望我能陪她一两天，因为马上就要……”

“哦！”

“弗朗茜，我爱你。”

“但是，你已经订婚了。你从一开始就告诉我了。”

“订婚，”他痛苦地说了起来，“每个人都订了婚。在小镇上，每个人要么订婚，要么结婚，要么麻烦缠身。在小镇上还有别的事可做吗？

“你上学读书。只是因为碰巧同路，你开始和一个女孩儿一起放学回家。你们长大了。她邀请你去她家参加聚会。你也去别人家里参加派对，人们让你带她一起参加，也希望派对结束后你能把她送回家。很快，再也没有别人约她出去了，每个人都认为她是你的女朋友，然后……呃，如果你出去没有带上她，你就会觉得自己很卑鄙。然后，因为实在无事可做，你们结婚了。如果她是一个正派的女孩儿（大多数情况下都是如此），而你又算得上相对正派的人，那么你们的婚姻生活也会很顺利。没有强烈的激情，只是一种亲密的满足感。然后，你们会有自己的孩子。你们会把对彼此缺失的爱全部给予他们。从长远来看，孩子才是受益者。

“是啊，没错，我订婚了。但是我和她之间，与我们俩之间的感情是完全不同的。”

“可你会娶她吗？”

等了好久，他终于答道：“不会。”

她又开心起来。

“说出来吧，弗朗茜，”他轻声地说，“说出来吧。”

她说：“李，我爱你。”

“弗朗茜……”他的语气中透露着急切，“我这一去有可能就回不来了，我很害怕……我害怕。我还什么都没拥有过……从来没有过……也许就会这样死……死去了。弗朗茜，我们不能在一起吗？就一会儿？”

“我们不是在一起吗？”弗朗茜天真地说。

“我是说在一个房间里……就我们俩……就待到我明早离开。”

“我……不能。”

“你不想吗？”

“不是的。”她诚实地回答。

“那为什么……”

“我只有十六岁，”她勇敢地坦白，“我从来没有和任何人……我都不知道该怎么做。”

“这倒没关系。”

“我从来没有夜不归宿过。我妈妈会担心的。”

“你可以告诉她你在要好的女朋友家过夜。”

“她知道我没有要好的女朋友。”

“你可以想个借口……到了明天。”

“我不需要想任何借口。我会和她实话实说的。”

“真的吗？”他惊讶地问。

“我爱你。如果我和你在一起了……事后我也不会觉得羞耻。我会感到骄傲和幸福，我不想为此说谎。”

“没想到，真是没想到。”他小声地说着，仿佛在自言自语。

“你也不想让它成为一种……偷偷摸摸的事，对不对？”

“弗朗茜，原谅我。我不该问的。我真是没想到。”

“没想到？”弗朗茜疑惑不解地问。

他将她搂入怀中，紧紧地抱着她。她看到他在哭泣。

“弗朗茜，我很害怕……非常害怕。我怕我走了以后就会失去你……再也见不到你了。对我说‘别回家’，我会留下来的。我们明天和后天还能在一起。我们一起吃饭，一起散步，一起坐在公园里或坐到巴士的顶层。只要能在一起一直聊天就好。对我说‘不要走’。”

“我觉得你还是得回家。我想你应该再见你母亲一面，因为你就要……我不知道。但我觉得那样才对。”

“弗朗茜，战争结束后，你能嫁给我吗？如果我能回来的话。”

“等你回来，我就嫁给你。”

“你愿意吗，弗朗茜？请问，你愿意嫁给我吗？”

“我愿意。”

“再说一遍。”

“李，等你回来，我就嫁给你。”

“还有，弗朗茜，我们会住在布鲁克林的。”

“你想住哪里都可以。”

“那我们就住在布鲁克林吧。”

“只要你喜欢就好，李。”

“你会每天给我写信吗？每一天。”

“每一天。”她承诺。

“你能不能今晚回家后就给我写信，告诉我你有多爱我，这样我一到家就能收到你的信了。”

她答应了。

“你能不能答应我永远不让别人吻你？永远不和别人约会？一直等着我……无论等多久，如果我回不来了，你也不会嫁给别人，行吗？”

她答应了。

他就像邀请她约会一样，轻描淡写地邀请她许下一生。而她也如打招呼和道别时挥挥手一般，轻而易举地向他托付了终身。

过了一会儿，雨停了。夜空中，繁星点点。

Chapter 53

一封长信

当晚回家，弗朗茜就按照约定写了一封长信。在信中，她倾注了自己所有的爱恋之情，并且重申自己许下的诺言。

她特意早一点儿出发去上班，以便有时间去三十四街邮政局大楼把这封信寄出去。窗口的职员向她保证，信当天下午就会送达。那天是星期三。

虽然很期待能在星期四的晚上收到回信，但是弗朗茜对此并没有抱太大的希望。毕竟，时间隔得那么短。除非他也在分别后就立刻写信给她。不过，当然了，或许他还得收拾行李，还要起早赶火车。她也从没想过，其实自己也是挤时间写的信。星期四的晚上她没有收到信。

星期五，由于公司里很多人患了流感导致人手不足，弗朗茜不得不连续工作十六个小时。她到家时已将近凌晨两点。她发现餐桌上的糖罐旁放着一封信，便迫不及待地撕开了。

尊敬的诺兰小姐。

快乐的感觉顿时烟消云散。这封信不可能是李写的，因为他会称呼她“亲爱的弗朗茜”。她翻过一页，去看签名。“伊丽莎白·莱诺（夫人）”。哦！是他的妈妈或是他的嫂子、弟媳。或许，他生病了，无法写信。或许，军队有规定，要出国打仗的士兵不能写信。所以，他让别人帮他写了信。没错，就是这样。她读起信来：

李已经把您的事向我和盘托出了。他在纽约期间承蒙您的热情关照，特此表示感谢。他于星期三下午到家，第二日晚间便要出发回军营报到，在家里只有一天半的时间。我们就简简单单办了场婚礼，只有双方家人和几位好友……

弗朗茜放下了那封信。“我已经连续工作十六个小时了，”她想，“我太累了。我今天读了成千上万条信息，现在什么也看不进去了。何况，我在剪报局养成了一个不好的阅读习惯，一眼扫过一个专栏，只读一个单词。首先，我得喝点儿咖啡，醒醒神，然后再来读信。这样我就能好好读读了。”

热咖啡的时候，她往脸上泼着凉水，心里想自己再读到“婚礼”那段时，会接着往下读，后面写的可能是：“李是伴郎。你知道的，他兄弟是新郎。”

凯蒂躺在床上，听弗朗茜在厨房里走来走去，无法入睡。她紧张地躺在那里……等待着。她也不知道自己究竟在等什么。

弗朗茜把那封来信又读了一遍：

……婚礼，只有双方家人和几位好友。李要我代他写信解释为什么他没能回复您的信。再次感谢在纽约时您对他的盛情招待。

此致

敬礼

伊丽莎白·莱诺（夫人）

信上还有几句附言：

您给他的来信我已读过。他不该假装和您相爱，这样很卑鄙，这话我也对他说了。他让我向您转达深深的歉意。

E.R.[①]

弗朗茜浑身剧烈地颤抖着，就连牙齿也咯咯作响。

“妈妈，”她呻吟着，“妈妈！”

凯蒂听她讲完了事情的来龙去脉。“这一刻还是来了，”她心里暗想，“你无法避免让你的孩子心碎。家里没有足够食物的时候，你可以假装自己不饿，让他们不至于挨饿。寒冷的冬夜，你会起床，把自己的被子盖在他们身上，这样他们就不会受冻。如果有人企图伤害他们，你会不惜夺人性命。就像上次在走廊里，我真想杀了那

① 伊丽莎白·莱诺（Elizabeth Rhynor）首字母缩写。

个无耻之徒。然后，在一个阳光灿烂的日子，他们毫无防备地走出了家门，走进了你愿意用生命去帮他们阻挡的悲伤里。”

弗朗茜把信递给她。她慢慢地读了起来，读着读着，心里也明白了七八分。对方是一个二十二岁的男人，很明显，用茜茜的话来说，对方是个情场老手。而眼前的这个小女孩儿，却足足比他小了六岁。虽然，这个女孩儿涂着颜色鲜艳的口红，身着大人的服饰，一副见多识广的样子，却又不失天真烂漫。虽然她曾直面过世上的邪恶，领教过人世间的重重苦难，但意外的是，她完全没有被负面因素所影响。是的，她能够理解这个女孩儿对他有着多么大的吸引力。

不过，她又能说什么呢？说他不是个好人，或者顶多是个软弱无能的人，说他没有底线，饥不择食？不，这么残忍的话她说不出口。而且，这个女孩儿也不会相信她的话。

“说话呀，”弗朗茜催促着，“你为什么不说话呢？”

“我能说什么呢？”

“就说我还年轻，能扛过去的。快点儿，说吧，说些谎话安慰我吧。”

“我知道人们都会说‘你能扛过去的’这类的话。我也可以这么对你说。但是，我知道事实并非如此。哦，你会重获幸福的，别害怕，但是你不会忘记他。每次你坠入爱河时，对方身上总会有某种东西让你想起他。”

“母亲……”

“母亲”！凯蒂想起，她一直叫自己的母亲“妈妈”，直到她告诉母亲自己要嫁给约翰尼的那一天，她说的却是：“母亲，我要嫁给……”从那以后，她就再也没叫“妈妈”了。当她不再叫自己的母亲“妈妈”时，她就已经长大了。现在，弗朗茜……

“母亲，他曾让我陪他过夜，我当时应该去吗？”

凯蒂在脑海中飞快地搜索合适的措辞。

“不要骗我，母亲，实话实说吧。”

凯蒂找不到合适的字眼。

“我向你保证，如果以后我结婚的话，我决不会在婚前就和男人在一起的。如果我觉得即使不结婚也要这样做的话，那我一定会提前告诉你的。我向你郑重地发誓。所以，你完全可以如实地告诉我，而且不必担心我知道真相后会误入歧途。”

凯蒂终于开口了：“作为一个母亲，我觉得一个女孩儿和一个只认识了不到四十八小时的陌生男人过夜，是一件非常可怕的事。你可能会遭遇到非常恐怖的事情。你的整个人生可能因此被摧毁。这是我作为一个母亲要告诉你的真相。

弗朗茜心中暗想：“现在，我也不想那么去爱他了，因为他已经属于别的女人了。”她趴在桌子上哭了起来。

过了一会儿，凯蒂说：“我也收到了一封信。”

其实，信是她几天前收到的。只不过，她一直在等待一个合适的时机来说此事。她觉得现在这个时机正合适。

“我收到了一封信。”她重复道。

“是谁……谁写的？”弗朗茜抽泣着问。

“麦克沙恩先生。”

弗朗茜哭得更大声了。

“你不感兴趣吗？”

弗朗茜努力让自己不再哭泣。“好吧。那他都说什么了？”她无精打采地问。

“没什么。只说他下周要来看我们。”她等了一会儿。对此，弗朗茜好像没有表现出更大的兴趣。“你愿意让麦克沙恩先生做你的父亲吗？”

弗朗茜猛地抬起了头：“母亲！一个男人写信说要来家里坐坐，你马上就胡思乱想起来。你为什么总是一副什么都知道的样子呢？”

“我不知道。我真的什么都不知道。我只是有一种感觉。要是这种感觉足够强烈的话，那我就会说我知道，但我并不这样认为。那么，你愿意让他做你的父亲吗？”

“我都把我自己的生活搞得一团糟了，”弗朗茜痛苦地说，（听了她的话，凯蒂没有笑）“我应该最不配给别人出主意了。”

“我没有让你给我出主意。只有了解我的孩子对他的看法，我才能更好地知道该怎么做。”

弗朗茜怀疑母亲和她谈论麦克沙恩是为了转移她的注意力。她很生气，因为这个计策几乎奏效了。

“我不知道，母亲。我什么都不知道。我也不想再谈任何事了。请你走开吧。请走开吧，让我一个人待一会儿。”

凯蒂回去睡觉了。

不过，一个人也不会一直哭下去，总得做些事情来打发时间。现在已是早上五点。弗朗茜觉得现在上床也不能休息，因为到了七点她又该起床了。她感觉自己饿极了。除了在白班和夜班换班时吃的那个三明治，从昨天中午起，她就再也没吃过东西了。她新煮了一壶咖啡，烤了几片吐司，又炒了几个鸡蛋。她惊讶地发现每样东西竟然都很美味。可是，吃着吃着，她的目光又落到那封信上，泪水再次夺眶而出。她把信扔进了水池，划了根火柴将其点燃。接着，她拧开了水龙头，看着那些黑色的灰烬流进下水道。她继续吃起早餐。

吃完饭后，她从橱柜里拿出她盛放信纸的盒子，坐下来开始写信。她写道：

亲爱的本：

你说过，如果需要你，我可以写信给你。那我现在就写给你……

她将信纸撕成了两半。

“不！我不再需要任何人了。我要让别人需要我……我要让别人需要我……”

她又哭了，但这次哭得没有那么伤心了。

Chapter 54

妈妈的新生活

这是弗朗茜第一次见到没有穿制服的麦克沙恩。她觉得，身穿这套高价定制的双排扣灰色西装，让他看上去气质超群。当然，他并没有爸爸那样帅气的相貌，但身材更高大魁梧。尽管头发已经花白，但在弗朗茜看来，他还是有一种独特的英俊。可是，和妈妈相比，他太老了。诚然，妈妈也算不上年轻，马上三十五岁了，但离五十岁还差得远呢。但不管怎样，没有女人会觉得嫁给麦克沙恩这样的人是丢人的事。他是个精明的政客，做人却表里如一，说起话来十分温和。

大家围坐在桌前喝咖啡，吃蛋糕。弗朗茜猛然发现，麦克沙恩坐在了从前爸爸常坐的位置上。凯蒂刚刚把约翰尼去世后家里发生的一切都告诉了他。看到他们的生活有如此大的改善，麦克沙恩很是讶异。他看着弗朗茜。

“这么说，这个瘦弱的小姑娘去年暑假就自己去大学报到了！”

“今年暑假她还要去。”凯蒂自豪地宣布。

“真了不起！”

“另外，她还上班，每周挣二十美元。”

“做了这么多，身体还很健康？”他言语间很惊讶，不是装出来的。

“儿子也念了一半高中了。”

“不会吧！”

“他下午和晚上也出去打工，利用每周课余的时间，有时能挣到五美元。”

“真是个不错的小伙子，称得上出类拔萃了。瞧瞧他，现在多结实啊！”

弗朗茜很奇怪他为什么总是反复提身体好坏，在他们看来实在是不足为奇的。随后，她想起麦克沙恩的那些孩子。他大多数子女一出生就罹患疾病，未能长大就夭折了。难怪他会觉得身体健康是件了不得的事。

“小宝宝怎么样？”他又问。

“弗朗茜，把宝宝抱过来吧。”

宝宝正躺在客厅的婴儿床里。这里本该是弗朗茜的房间。不过，大家都一致认为婴儿应该睡在通风良好的地方。弗朗茜抱起了正在熟睡的劳丽。劳丽睁开了双眼，立刻就清醒了。

“拜——拜，弗兰——妮？去公园？去公园？”她问。

“不是的，宝贝。带你去见一个人。”

“人？”劳丽疑惑地问。

“是的。一个高大的人。”

“高大的人！”宝宝高兴地重复道。

弗朗茜抱着她来到厨房。宝宝真是漂亮极了！她穿着粉色的法兰绒睡衣，看上去就像一滴清澈的露珠。她有一头乌黑浓密的鬈发，一双相距较远的深色眼眸炯炯发光，双颊泛着淡淡的玫瑰色。

“啊，宝宝，宝宝！”麦克沙恩轻柔地说，“她简直就是一朵玫瑰花，一朵野玫瑰。”

“如果爸爸在，”弗朗茜心想，“他一定会唱起《我的爱尔兰野玫瑰》。”她听到妈妈叹了口气，不知道她是否也想到同样的事。

麦克沙恩把宝宝接过来。孩子坐在他的膝盖上，向后挺直了腰背，疑惑地打量着他。凯蒂希望她不要哭。

“劳丽！”她说，“这是麦克沙恩先生。叫‘麦克沙恩先生’。”

宝宝低下头，眼睛透过睫毛往上看，会心地笑着摇了摇头：“不。”

“不，大……大，”她又说，“人！”她得意地喊：“高大的人！”她冲麦克沙恩微笑着，嘴里甜甜地说，“带劳丽走？去公园？去公园？”然后，她就把脸颊贴在他的外套上，闭上了眼睛。

“睡吧，睡吧。”麦克沙恩轻声哄着。

宝宝在他的怀里睡着了。

“诺兰夫人，你一定想知道我今晚的来意，我这就告诉你。我过来就是想问你一个私人问题。”弗朗茜和尼利正待起身离开，“不，孩子们，请不要走。这个问题既关系到你们的妈妈，也关系到你们。”他们又坐下来。他清了清嗓子：“诺兰夫人，距诺兰先生过世已经有段时间了……愿他安息。”

“是啊，两年半了。愿他安息。”

“愿他安息。”弗朗茜和尼利重复道。

“我的妻子过世也有一年了，愿她安息。”

“愿她安息。”诺兰一家重复道。

“这些年来，我一直在等待。现在，我若提出这个想法，应该不会对逝者有所不敬。”

“凯瑟琳·诺兰，我想和你共度余生。如果没人反对的话，我想秋天就和你举行婚礼。”

凯蒂飞快地看了一眼弗朗茜，皱起眉头。弗朗茜暗想：“妈妈这是怎么了？我根本就没想过要笑。”

“我有能力照顾您和三个孩子。我有退休金，也有工资，在伍德黑文和里士满希尔都有房产，算在一起的话，一年能有一万多美元的收入。我也买了保险。我愿意供两个孩子念大学。我过去一直是忠诚的丈夫，我承诺将来也一定对你忠贞不渝。”

“麦克沙恩先生，你已经认真考虑过了吗？”

“我不需要再考虑了。五年前，在马奥尼工会组织的那次郊游上，我第一次见到了你，当时就暗下决心。我那时还问你女儿，你是不是她的母亲。”

“我是个没受过教育的清洁工。”她坦陈事实，语气中没有丝毫自卑感。

“教育！是啊，有谁教过我阅读和写作吗？没人！我全靠自学。”

“但是，像你这样的公众人物，需要一个懂社交技巧的妻子，能帮你招待有影响力的商界朋友。可我不是那样的女人。”

“办公室是我待客应酬的地方，而家是我生活的地方。我不是说你帮不上忙，你绝对能帮我，让我变得更好。但是，我并不需要女人在事业上帮衬我，我自己能应付得来，谢谢你的好意。我其实想说的是，我爱你……”他犹豫了一下，才直呼她的名字，“……凯瑟琳，你愿意花时间考虑一下吗？”

“不，我不需要考虑了。我会嫁给你的，麦克沙恩先生。

“我不图你收入丰厚，虽然我并没有忽视这一点。一年一万美元是一大笔钱。可是，对我们这样的家庭来说，即使一千美元，也不是小数目。我们向来没有什么大钱。我过习惯了没钱的生活，也不会图你的钱来供孩子们上大学。不过，有你的帮助，这件事的确会容易很多。但就算没有你帮忙，我们也能想办法做到；我更不会图你显赫的社会地位，尽管有个值得骄傲的丈夫也不错。

“我会嫁给你，是因为你是个好人，我想让你做我的丈夫。”

这些话真心实意。凯蒂早已下定决心，如果他求婚，她就嫁给他。原因很简单：没有爱情的生活是不完整的。这与她对约翰尼的爱无关。她会一直那样爱他。她对麦克沙恩的感情则更加克制。她崇拜他，也尊重他，并且知道自己会做个好妻子。

“谢谢你，凯瑟琳。我何德何能娶到你这样年轻貌美的妻子，还有三个健康的孩子，我付出的实在太少了。”他真诚又谦逊地说。

他转向弗朗茜说：“作为家里的长女，你同意吗？”

弗朗茜看看妈妈，妈妈似乎很期待她的回答。她又看看弟弟，尼利也点了点头。

“我想，弟弟和我都愿意让你成为……”一想到父亲，她顿时热泪盈眶，无法继续说话。

“好了，好了，”麦克沙恩安慰道，“我不会让你为难的。”他又对凯蒂说：“我不会让两个大孩子叫我‘父亲’。他们有父亲，他是最棒的小伙子，还是一位优秀的歌手。”

弗朗茜觉得自己喉咙发紧。

“我也不会让他们随我的姓。姓诺兰挺好的。”

“但是，我怀里这个小家伙，她从未见过亲生父亲。你们愿意让她叫我‘父亲’，让我合法收养她，让她随我们俩的姓吗？”

凯蒂看了看弗朗茜和尼利。如果他们的小妹妹姓麦克沙恩，而不是诺兰，他们会同意吗？弗朗茜点头同意了，尼利也点了点头。

“她现在是你的孩子了。”凯蒂说。

“虽然我们不能叫你‘父亲’，”尼利突然说，“但是我们或许可以叫你‘爸爸’。”

“谢谢你。”麦克沙恩淡淡地说。他放松了神情，面带微笑地看着他们：“不知我现在能不能抽一根烟？”

“怎么这么问？你想抽的话，随时都可以。”凯蒂惊讶地说。

“我不想在没有资格的时候行使特权。”他解释道。

弗朗茜从他怀中接过熟睡的婴儿，好让他抽会儿烟。

“帮我把她放到床上吧，尼利。”

“为什么？”尼利意犹未尽，还不想离开。

“帮我给宝宝铺床呀。我还得抱着她，一个人没法儿铺。”尼利真的什么都不懂吗？他不知道或许麦克沙恩和妈妈想单独待一会儿，哪怕只有一小会儿？

在黑暗的客厅中，弗朗茜悄声地问弟弟：“你觉得怎么样？”

“这对妈妈来说肯定是个好机会。当然，他不可能代替爸爸……”

“是的。没有人能代替……爸爸。不过，除此以外，他是一个好人。”

“劳丽以后有好日子过了。”

“安妮·劳丽·麦克沙恩！她永远都不会经历我们曾经面对的那些苦难，对不对？”

“是啊。但她也永远体会不到我们当时的快乐。”

“天哪！我们过去的确很快乐，对吧，尼利？”

“没错！”

“可怜的劳丽。”弗朗茜同情地说。

Chapter 55

全新的开始

有人拍了拍弗朗茜的肩膀，吓了她一跳。随后，她便放松下来，露出了微笑。当然！现在是凌晨一点，她得下班了！她的“救兵”来接管这台机器了。

“让我再发一条吧。”弗朗茜恳求。

“竟然有人这么爱工作！”接班的人笑着说。

弗朗茜饱含深情，缓缓敲完最后一封电报。她很高兴这是有孩子出生的喜报，而不是一条讣告。这封电报就是她的告别式。她没和任何人提要离职的事。如果挨个儿去道别，她害怕自己会崩溃大哭。和妈妈一样，她害怕袒露情绪。

她没有立刻走向储物柜，而是站在那间宽敞的休息室的门口。里面有一群女孩儿正在尽情享受着十五分钟的休息时间。她们围着一个弹钢琴的女孩儿，正在一起唱：“喂，总机，请接无人区。”

弗朗茜走了进去，弹钢琴的女孩儿看到她崭新的灰色套装和灰色的小山羊皮浅口鞋，立刻来了灵感，弹出另一首曲子。女孩儿们唱起了《教友镇上的教友》。一个女孩儿伸出胳膊搂住弗朗茜，把她也拉进圆圈。弗朗茜和她们一起唱道：

我知道，在她的内心深处，她绝不是个木雕泥塑……

“弗朗茜，你怎么穿一身灰呢？”

“哦，我也不知道。貌似我小时候看到有女演员这样打扮。我不记得她的名字了，但她演的那部剧叫《牧师的情人》。”

“真可爱！”

她的眼睛会说话，
稍后我们再见吧，
教友镇上的小教友。
镇—— 上——

歌曲在女孩儿们激昂的和声中结束了。

接下来，她们唱起了《你会在法国找到迪克西兰爵士乐》。弗朗茜走过去，站在一扇巨大的窗户前，从二十层楼高的地方俯瞰下面的东河。这是她最后一次透过这扇窗去看那条河。无论什么事情，最后一次去做的时候，都会带有死亡的辛酸。她想，我现在看到的一切，再也不会以同样的方式被看到了。哦，你最后一次看到的一切是多么清晰啊，仿佛是被某种点亮的灯光放大了一般。你不由得悲从中来，因为没能在平常拥有时好好把握它。

外婆玛丽·罗梅利是怎么说的？——“永远以初见和告别的心态去看待万事万物，这样你在人世间的日子就会充满荣耀。”

玛丽·罗梅利外婆！

外婆最后与病魔抗争数月，但那一刻还是到来了。当时，天还未亮，史蒂夫就前来报信。

“我会怀念她的，”他说，“一位伟大的夫人。”

“你是说，她是一个伟大的女人。”凯蒂说。

弗朗茜很费解，威利姨父为什么会选在那时离家出走。她看着一艘小船从桥下漂过，然后又继续思考。是因为罗梅利家族少了一个需要被照顾的女人，让他感到更无牵挂了吗？是因为外婆的离世让他有想逃脱的想法吗？还是如艾薇所说，他卑鄙地利用了外婆的葬礼，趁乱抛家弃子？无论是什么原因，威利就是走了。

威利·弗林特曼！

逃跑前，他曾拼命练习，终于能同时演奏所有乐器。然后，在电影院里举行的一场业余选手比赛中，他以单人乐队的方式与其他乐队同台竞争。最后，他得了一等奖，赢回十美元奖金。

他再也没有带着乐器和奖金回家。从那以后，家里人再也没有见过他。

他们偶尔会听到他的消息。他好像在布鲁克林的街头游荡，靠着单人乐队表演在街头卖艺。艾薇说，等雪花纷飞的时候，他就会回家。可弗朗茜对此表示怀疑。

艾薇在威利之前工作的工厂里找了一份工作。她每周可以挣三十美元。只是，如同罗梅利家族的所有女人一样，她觉得无人陪伴的长夜孤寂难挨。

弗朗茜站在窗前，眺望东河，回想起威利姨父，总有种梦幻般的不真实感。可话又说回来，对她来说，很多事情都像一场梦。走廊里遇到的那个变态——那肯定是一场梦！麦克沙恩多年来对妈妈的痴情等待，这也是一场梦。有很长一段时间，爸爸的离去都像是一场梦。到现在，爸爸就仿佛从未存在过一样。劳丽在爸爸去世后五个月出生，她的到来就像一场梦。布鲁克林也是一场梦。在那儿发生的一切都像天方夜谭，梦幻一场。或者，所有这一切都千真万确，只有她，弗朗茜，才是那个梦中人？

好吧，等她到了密歇根，一切就会明了的。如果那里也有同样的梦幻之感，那么弗朗茜就会明白，自己才是活在梦里的人。

安阿伯！

密歇根大学就在那里。再过两天，她就会坐上开往安阿伯的火车。暑期学校的课程结束了。她选的四门课，考试都通过了。在本帮忙突击的情况下，她也通过了州立大学的入学考试。这意味着：年仅十六岁半的她，在进入大学时，已经把大一一半的学分都修完了。

她本想上纽约的哥伦比亚大学，或者布鲁克林的阿德尔菲大学。但是，本说适应新环境也属于教育的一部分。妈妈和麦克沙恩也表示赞同。甚至，就连尼利也说，能去离家远的地方上大学是件好事，她或许能因此改掉布鲁克林口音。可弗朗茜根本不想改掉自己的口音，就像她不愿意改自己的名字一样。口音意味着归属。她是一个布鲁克林女孩儿，有一个布鲁克林名字，带着布鲁克林口音。她不想有一丝一毫的改变。

密歇根大学是本帮她选的。他说，这是一所自由的州立大学，英语系很棒，学费也低。弗朗茜不理解，要是真有那么好，他怎么不去那儿念书，而是选择了中西部另一所大学。本解释说，他毕业后要在那个州工作，或者从政，或许有机会和当地那些未来会有出息的人成为同学。

本二十岁了。他入选了预备军官训练团，穿上制服，看起来仪表堂堂。

本！

弗朗茜看了看戴在左手无名指上的那枚戒指。那是本的高中纪念戒指，外侧刻有“M.H.S.[①]1918”，内侧刻着“B.B.[②]赠 F.N.[③]”。本告诉她，他了解自己的心意，但弗朗茜年纪还小，想法尚不成熟。他送这枚戒指给她，是表达一种默契。当然，五年之内他们还不会谈婚论嫁。届时，她足够成熟了，能看清自己的内心。如果他们之间依然有默契，他就会问她，是否愿意接受另一枚戒指。反正有五年的时间可以慢慢琢磨，所以对要不要嫁给本这件事，弗朗茜内心没有一点儿负担。

了不起的本！

1918 年 1 月，本高中毕业后，立即进入了大学。他在学校选修了数量惊人的课程，并回到布鲁克林的暑期学校参加更多的工作。暑期结束时，他向弗朗茜坦白，自己回来上课也是为了能再见到她。1918 年 9 月，本返回大学，开始三年级的学习！

不愧是本！

他文质彬彬、光明磊落、才华横溢。他明白自己的心意。他决不会前一天向女孩儿求婚，第二天就转身离去，去跟别的女孩儿结婚。他决不会让她写情书，然后给别人读。本是不会这么做的……

---

① 马斯佩斯高中的首字母缩写。

② 本·布莱克的首字母缩写。

③ 弗朗西斯·诺兰的首字母缩写。

本不会的。是的，本的确非常好。有他这样的朋友，她很自豪。但是，她想到了李。

李！

李现在在哪里？

他已乘船前往法国。他乘坐的运兵船，应该与眼前这艘驶出港口的船一样。船身很长，涂满了迷彩。甲板上站着上千名面无血色的士兵，他们噤若寒蝉。从她站的地方望过去，那船好似一块丑陋的长条针垫，上面插满了密密麻麻的白头针。

（“弗朗茜，我很害怕……非常害怕。我怕我走了以后就会失去你……再也见不到你了。对我说‘别回家’……”）

（“我想你应该再见你母亲一面……我不知道……”）

他所属的彩虹师正在向阿尔贡森林挺进。他是不是已经阵亡了，被葬在法国一个纯白色的十字架下？如果他牺牲了，又有谁会告诉她呢？肯定不是宾夕法尼亚州的那个女人。

[“伊丽莎白·莱诺（夫人）”]

安妮塔几个月前离职了，去了其他地方工作，没留下地址信息。弗朗茜不知该问谁……没人会告诉她。

刹那间，弗朗茜恨不得李已经牺牲，这样那个宾夕法尼亚州的女人就永远无法得到他了。可下一秒，她又开始祈祷：“哦，上帝，别让他死去。

无论谁得到他，我都毫无怨言。求你了……求你了！

“啊，时间……时间，请流逝得快一些吧，这样我就能忘记他。”

（“你会重获幸福的，别害怕，但是你不会忘记他。”）

妈妈错了。她一定弄错了。弗朗茜很想忘记。从他们相遇到现在已过去了四个月，但她还是无法忘记他。（“重获幸福……但是你不会忘记他。”）如果不忘记他，那么，她将如何重获幸福呢？

哦，时间是治愈一切的大师，请你不要在我身边停留，让我忘记吧。

（“每次你坠入爱河时，对方身上总会有某种东西让你想起他。”）

本也会缓缓地露出微笑。但是，在去年遇到李之前，她一直以为自己爱的是本。这就根本说不通了。

李！李！

休息时间结束了，娱乐活动室里又来了一群女孩儿。现在轮到她们休息了。她们围在钢琴旁边，开始演唱一系列关于“微笑”的歌曲。弗朗茜知道接下来会发生什么。

快跑，快跑，你这个傻瓜，趁那潮水般的痛苦还未涌上心头。

但是，她动弹不得。

她们正在弹奏特德·刘易斯的歌曲《当宝贝冲我微笑时》。毫无疑问，下一首她们肯定会弹《那些让你感到幸福的微笑》。

果然不出所料。

悲伤地与我吻别，

也请你微笑……

（“……每次听到它时，你就会想起我。”）

弗朗茜跑出休息室。她从储物柜里一把抓起灰色的帽子、灰色的新钱包和手套，冲向了电梯。

她站在像峡谷一样的街道上，四下张望。空荡荡的街上一片漆黑。在隔壁大楼幽暗的门口站着一名身穿制服的高个儿男子。他从黑暗中走了出来，带着羞涩又孤独的微笑朝她走来。

弗朗茜闭上眼睛。外婆说过，罗梅利家族的女人能看见所爱之人的鬼魂。弗朗茜从不相信，因为她都没再见过爸爸。可是，现在……现在……

“你好，弗朗茜。”

她睁开眼睛。不，他不是鬼魂。

“今晚是你最后一天上班，我想你可能会难过，所以来接你回家。意外吗？”

“不意外，我知道你会来。”她说。

“饿不饿？”

“饿坏了！”

“你想去哪儿？去自助餐厅喝咖啡，还是去吃炒杂烩？”

“不！都不要！”

“蔡尔德餐厅呢？”

“好的。我们去蔡尔德餐厅吃奶油蛋糕，再喝点儿咖啡。”

他拉过她的手，挽起胳膊：“弗朗茜，你今晚看起来有点儿奇怪，不会是生我气了吧？”

“没有。”

“那看到我来了，你高兴吗？”

“高兴，”她轻声说，“见到你真好，本。”

Chapter 56

再见，弗朗茜

星期六！在老房子里的最后一个星期六。第二天就是凯蒂的大婚之日。婚礼结束后，他们就要从教堂直接去新家。搬家工人星期一早上过来搬运他们的物品。他们将大部分家具留给了新的清洁工，只带走了个人物品和客厅的家具。弗朗茜还想带上那块印着一大朵粉色玫瑰花的绿色地毯、那条奶油色的蕾丝窗帘和那架可爱的小钢琴。到了新家，这些物品都会摆放在弗朗茜的房间里。

最后一个星期六的早晨，凯蒂坚持像往常一样出去工作。当妈妈拎起扫帚和水桶准备出门时，两个孩子笑得前仰后合。麦克沙恩为她开了一个支票账户，在里面存了一千美元，作为结婚礼物。根据诺兰家的收入标准，凯蒂现在非常富有，什么活儿都不用干了。然而，她仍然坚持工作到最后一天。弗朗茜怀疑她对这些房子恋恋不舍，想在离开前再彻底地打扫一番。

弗朗茜厚着脸皮在妈妈的钱包里翻找支票簿，仔细地查看了那本神奇的夹子里留下的唯一一张存根。

支票号码：1

日期：1918年9月20日

收款人：艾薇·弗林特曼

付款原因：她是我姐姐

账户总额：1000.00

支付金额：200.00

当前余额：800.00

弗朗茜不明白为什么是这个数额，而不是五十美元、五百美元。为什么是两百美元？随后，她恍然大悟。两百美元是威利姨父保险理赔的数额。如果他去世了，艾薇姨妈就会得到这笔钱。毫无疑问，凯蒂认为威利已经离世了。

凯蒂没有用账户里的钱买结婚礼服。她解释说，在嫁给麦克沙恩之前，她不会用这笔钱为自己买任何东西。为了买礼服，她借用了弗朗茜账户里的存款，并承诺婚礼结束后便立刻用支票还给她。

最后一个星期六的上午，弗朗茜把劳丽放进双轮轻便婴儿车里，并为她系好安全带，推着她来到街上。弗朗茜在街角驻足良久，看那些孩子沿着曼哈顿大道，把垃圾拖到卡尼的废品回收站。她也朝着那个方向走去。等到查理的平价店内没有孩子光顾时，弗朗茜走进店内。她将一枚五十美分硬币放在柜台上，宣布要买下所有奖券。

“哎呀，弗朗茜，你瞧你现在！天哪，弗朗西。”他说。

“我就不挨个儿兑奖了。只要把板子上的奖品都给我就好。”

“哎呀，你这话说的！”

“其实，盒子的奖券里根本就没有这些奖品的号码，对吧，查理？”

“天哪，弗朗茜，人总得养家糊口。这个生意来钱慢，一次就一美分。”

“我一直都认为这些奖品就是个幌子。你这样欺骗小孩子，难道不害臊吗？”

“话不能这么说。他们花了一美分抽奖，我会给他们一美分的糖果。抽奖只是为了哄他们开心。”

“可是，他们会一直惦记那些奖品，不停地回来买奖券。”

“要是他们不来这里，就会去对面的吉木皮的糖果店，对吧？这样的话，他们还是来我店里比较好，我可是有家室的人，”他一脸正派地说，“我不会把小女孩儿带到后屋，对吧？”

“哦，那好吧。我觉得你说得也有点儿道理。对啦！你店里有那种五十美分的娃娃吗？”

他从柜台下面掏出来一个丑娃娃：“我只有一个六十九美分的娃娃，不过，我可以五十美分卖给你。”

“如果你把它挂在奖品板上，让一个孩子中奖赢了去，我就付钱。”

“可是，弗朗茜，是这样的：一旦有个孩子中了奖，所有的孩子都希望中奖。我不好开这个先例啊。”

“噢，看在基督的分儿上，”她虔诚地说，语气中没有丝毫的亵渎，“就让哪个孩子赢一次吧，就一次！”

“好了！好了！你先别激动。”

“我只是想让一个小孩儿能免费得到某样东西。”

“你走后，我就把它挂起来，我也不会把这个号码的奖券从箱子里拿出来。这下满意了吗？”

“谢谢你，查理。”

“我会告诉那个中奖的孩子，这个娃娃叫弗朗茜，怎么样？”

“哦，不，不行！这么丑的娃娃，我不想让她叫我的名字。”

“知道吗，弗朗茜？”

“什么？”

“你都长成大姑娘了。你现在多大了？”

“再过几个月就十七岁了。”

“我记得你以前特别瘦，两条腿又细又长。不过，我一直觉得你一定会出落成一个大美女的。不一定有多漂亮，但有某种魅力。”

“得啦，你这是什么话。”她笑了起来。

“这是你的小妹妹吗？”他冲着劳丽点了点头。

“嗯。”

“你知道，用不了多久，她就会拖着垃圾去卖钱，然后再拿着钱来这里买糖的。前一天还是坐在婴儿车里的宝宝，一转眼，他们就来我这里抽奖了。这里的孩子们都长得很快。”

“她永远都不会拖着垃圾。她也永远不会来这里的。”

“是啊。我听说你们要搬家了。”

“是的，马上就要搬走了。”

“那么，祝你好运，弗朗茜。”

弗朗茜推着劳丽走到公园，然后把她抱下车，让她在草地上尽情地奔跑。一个卖椒盐卷饼的男孩儿刚好路过。弗朗茜花一美分买

了一个。她把卷饼撕成碎屑，撒在草地上。一群烟灰色的小麻雀从天而降，热闹地争抢起卷饼碎屑。劳丽跌跌撞撞地想要去抓这些小鸟。这些无聊的小鸟故意等她走近，然后才展翅高飞。每当有一只小鸟飞走，劳丽就高兴得又叫又笑。

弗朗茜推着劳丽，带她去母校看最后一眼。学校与她每天都去的公园只隔了几个街区，但出于某种原因，自从毕业那晚，弗朗茜就再也没有回去过。

她惊讶地发现，母校现在看起来竟然那么小。她知道学校一直都没变，只是她的眼界开阔了，已习惯了更大的世界。

她对劳丽说："这是弗朗茜上过的学校。"

"弗兰——妮上过的学校。"劳丽学她说话。

"有一次，爸爸和我一起来这里，他还唱了一首歌。"

"爸爸？"劳丽疑惑地问。

"我忘了。你从未见过爸爸。"

"劳丽见过爸爸。人。高大的人。"她以为弗朗茜说的是麦克沙恩。

"没错。"弗朗茜附和她说。

离开学校两年，弗朗茜从孩子变成了女人。

回家时，她路过那栋她曾借用过地址的房子。那栋房子现在看上去又小又破，可她依然喜欢。

她路过麦加里蒂的酒吧。只不过，麦加里蒂已不再是那里的主人。

他初夏的时候搬家了。麦加里蒂向尼利透露过，他向来眼观六路，耳听八方，这才得以获悉禁酒令就要来了。对此，他也做好了准备。他在长岛亨普斯特德收费公路附近买下一块地皮，有条不紊地在地下室囤酒，以备不时之需。一旦政府颁布禁酒令，他就要开一家所谓的“俱乐部”。他连名字都想好了，就叫“梅·玛丽俱乐部”。届时，他的妻子会穿上晚礼服当女主人。麦加里蒂解释说这正合她意。弗朗茜相信麦加里蒂太太一定会非常乐意成为女主人的。她希望，麦加里蒂先生将来也能幸福快乐。

午饭后，弗朗茜最后一次去图书馆还书。图书馆管理员在她的借阅卡上盖了章，像往常一样，头也不抬地推回给她。

“请问，您可以给女孩子推荐一本好书吗？”弗朗茜问。

“多大？”

“今年十一岁。”

图书馆管理员从书桌下面拿出一本书。弗朗茜看到了书名——《我若为王》。

“我并不是真想借书，”弗朗茜说，“而且我也不是十一岁。”

图书馆管理员第一次抬起头，看着弗朗茜。

“我从小就来这里借书，”弗朗茜继续说，“可在此之前你从来没有抬头看过我。”

“那么多孩子呢，”图书馆管理员烦躁地说，“我不可能每个人都抬头看一眼吧。还有别的事吗？”

“我只是想说那个金棕色的陶罐……它对我有特殊意义……里面总插着鲜花。”

图书馆管理员看向那个陶罐，里面插着一枝粉红色的野紫菀花。

弗朗茜觉得图书馆管理员也是第一次看那个金棕色的陶罐。

“啊，这个呀！可能是清洁工在里面放的花，或者其他什么人。还有事吗？”她不耐烦地问。

“我来还借书证。”弗朗茜把那个盖满了印章的、皱巴巴的、卷角的卡片推到书桌对面。图书馆管理员拿起卡片，正要撕成两半，弗朗茜又从她手中夺了回来。

“我还是留着吧。”

她走到门外，最后看了一眼这间破旧的小图书馆。她知道自己再也不会见到它了。一旦看过新鲜事物，人的眼界就会有所改变。如果多年以后，再回到这里，她透过新视野看到的一切定然与眼前不同。她想要记住它现在的样子。

不，她永远都无法回到老街区了。

而且，未来的岁月里，老街区也将不复存在。战争结束后，市里计划拆除廉租公寓楼和女校长鞭打小男孩儿的那所丑陋学校，并在原址上修建一片模范住宅区。这些住宅阳光充足，通风良好，建造设计都经过了仔细地测量和核算，能确保每一位居民都享有平等的居住环境。

凯蒂把扫帚和水桶砰的一声扔进了角落里，这最后一扔意味着她的工作就此结束。然后，她拿起扫帚和水桶，又轻轻地放了回去。

她要最后去试一次那件翠绿色天鹅绒结婚礼服。可是，穿好衣服准备出门时，她却焦躁不安。九月末的天气实在太暖和了，她担心这样的天气，穿不了天鹅绒礼服。这一年的秋天来得这么晚，这着实让她恼火。弗朗茜却坚持说秋天已经来了，为此两个人还争论起来。

弗朗茜知道秋天已经来了。就算暖风徐徐，就算白天热浪滚滚，可是布鲁克林的秋天还是来了。每当夜幕降临，街灯亮起，卖烤栗子的人就会在街角摆小摊。看那燃烧的炭火上方，架着一个平底锅，上面盖着盖子，锅里是正在烘烤的栗子。那人一手拿着生栗子，一手持刀在上面划个“十”字，再把它们放进锅里。

没错，只要卖烤栗子的人出现，秋天就来了——不管天气是否真的入了秋。

弗朗茜把劳丽放进婴儿床午睡，然后开始收拾最后几件物品，放入费尔斯－耐普萨牌肥皂的木盒里。她走到壁炉前，取下挂在上方的十字架，还有坚振礼那天她与尼利的合照。她把这两样东西用她第一次领圣餐时所戴的面纱包裹起来，放入盒子里。她将父亲的两条服务生围裙叠好，也放了进去。她把父亲那个剃须杯，就是杯身上用烫金字写着“约翰尼·诺兰”的那个杯子，用一件白色乔其绉纱绸衬衫包起来。这件衬衫胸口的蕾丝花边已经被洗烂了，因此凯蒂曾把它扔进“捐赠篮”。那个雨夜，她和李站在店铺门口躲雨时，穿的就是这件衬衫。那个叫玛丽的洋娃娃和那只曾经装了十枚金灿灿的硬币的漂亮小盒子，也被一起收进了木盒。她把为数不多的藏书也放入盒子里：基甸版《圣经》，《莎士比亚全集》，一本破破烂烂的《草叶集》，三本剪贴簿——“诺兰当代诗歌集”“诺兰古典诗歌集”和“安妮·劳丽之书”。

她走进卧室，掀开床垫，拿出十三岁那年断断续续写日记的笔记本，还有一个方形的马尼拉信封。她跪在盒子前，翻看着日记，随手翻到了三年前 9 月 24 日那篇：

今晚我洗澡的时候，发现自己正在变成一个女人。终于等到了这一刻。

她咧嘴一笑，把日记放进盒子。又看了看信封上的字：

内有：

一个密封信封，到 1967 年才能拆封。

一张毕业证书。

四篇故事。

那四篇故事就是加恩德小姐让她烧掉的四篇。啊，好吧。弗朗茜还记得，她曾向上帝许诺，如果他不带走妈妈，她就会放弃写作。她一直信守承诺。可现在，她对上帝的了解又加深了一层。她十分确信就算重新开始写作，上帝也不会介意的。啊，或许某天，她会尝试再次提笔。她把借书证也放入信封，并在信封上加好条目，然后放入盒子。终于收拾好了！除了衣服，她所有的一切都在那盒子里了。

尼利用口哨吹着《在黑暗镇的拉格泰姆舞会上》的调子，跑上楼来。他冲进厨房，一把脱去外套。

“弗朗茜，我赶时间。还有干净的衬衫吗？”

“有一件洗好的，但还没有熨烫过。我来帮你熨。”

她把熨斗放在炉灶上加热，与此同时往衬衫上喷了些水，再把烫衣板架在两把椅子上。尼利从衣柜里拿出了擦鞋工具包，把那双已经锃亮无瑕的鞋子擦得更加闪亮。

“这是要去哪儿？”她问。

“噢，刚好有时间去看场演出。他们这次请了范和申克。天哪，申克唱得实在太好听了！他是这样坐在钢琴前的。”尼利坐在餐桌前，示范给弗朗茜看，“他侧着身子坐在那里，跷起二郎腿，望着台下的观众。然后，他把左肘倚在钢琴的谱台上，用右手弹奏出曲调，边弹边唱。”尼利惟妙惟肖地模仿着自己的偶像，唱起了《当你离家很远的时候》。

“没错，他绝对是一流的歌手。他唱歌的样子和爸爸以前……有点儿像。”

爸爸！

弗朗茜找到了尼利衬衫上的工会徽章，从那里开始熨起来。

（“那枚标签就像一种装饰……就如同你戴的一朵玫瑰花。”）

诺兰一家买任何物品时，都会选择带有工会标签的产品，这是他们纪念约翰尼的一种方式。

尼利站在水池前，仔细照了照挂在上方的镜子。

“你觉得我要刮胡子吗？”他问。

“五年之内都不用。”

“啊，闭嘴！”

“不——要——互——相——喊——‘闭——嘴’。”弗朗茜学着母亲的语气说。

尼利笑了笑，开始洗脸、脖子、胳膊和手。他边洗边唱：

你那梦幻般的双眼仿佛来自埃及，

你的腔调中带着一丝开罗的气息……

弗朗茜心满意足地熨着衣服。

尼利终于穿戴整齐。眼前的他，身穿深蓝色双排扣西装，搭配下翻软领的白衬衫和一只波点领结。他刚刚梳洗一番，散发着清爽的气息，一头金色的鬈发闪闪发亮。

“我看起来怎么样，首席女歌手？”

他得意地扣好西装扣子。弗朗茜发现他戴着父亲的图章戒指。

外婆说得真对：罗梅利家族的女人的确能看见所爱之人的鬼魂。弗朗茜看到爸爸了。

“尼利，你还记得《莫莉·马隆》怎么唱吗？”

他把一只手插进口袋，背对着她，唱了起来：

迷人的都柏林，
多的是俏丽佳人……

爸爸……爸爸！

尼利的嗓音同爸爸一样清澈真切。他帅气得令人难以置信！虽然还未满十六岁，可他出落成了英俊的小伙儿，走在街上时，女人们会看着他的背影叹息。他太帅了，帅到弗朗茜感觉和他在一起时，自己是一只丑小鸭。

“尼利，你觉得我好看吗？”

“哈！你为什么不向圣特蕾莎修女连续祷告九天呢？我觉得出现奇迹才行。”

“别闹了，我正经地问你呢。”

“你为什么不把头发剪短，像其他女孩儿那样烫成卷？为什么非要扎得厚厚的，盘在头上？”

“我得等到十八岁，妈妈现在不让剪。不过，你觉得我好看吗？”

“等长胖点儿再来问我吧。”

“求你了，告诉我吧。”

尼利仔细打量了她一番，然后说：“算是及格吧。”她只好接受了这个评价。

他说了自己赶时间，现在却感觉不那么想走。

“弗朗茜！麦克沙恩……我是说爸爸，今天要过来吃晚饭。吃完，我还要去上班。明天白天举行婚礼，晚上还要在新家办派对。星期一，我得去上学。我在学校的时候，你就要坐上‘狼獾号’火车去密歇根了。那样的话，我就没机会单独和你道别了。不如我现在就和你说‘再见’吧。”

“我会回家过圣诞节的，尼利。”

“但那不一样啊。”

“我知道。”

他等待着。弗朗茜伸出了右手。尼利推开了她的手，张开双臂抱住了她，亲吻了她的脸颊。弗朗茜紧紧地搂着他，哭了起来。他推开了她。

“天哪，你们女孩儿可真麻烦，”他说，“总是这么多愁善感。”可是，他自己的声音中也带沙哑的哭腔。

他转身跑出公寓。弗朗茜追到走廊上，看着他跑下了楼。他在底层的楼梯口处停下脚步，站在黑暗的梯井中，回过身来，抬头望向她。走廊里光线昏暗，他站的地方却很亮堂。

“他太像爸爸了……太像爸爸了，”弗朗茜心里想，“但是，他

的神态比爸爸更坚毅。”他冲她挥挥手，然后转身离开了。

下午四点钟了。

弗朗茜准备先梳妆打扮，然后准备晚餐，这样等本过来找她的时候，她就可以立刻出发。他们要去看亨利·赫尔主演的电影《英雄归来》，本已经买好了票。这是他们圣诞假期前的最后一次约会，因为本明天就要启程回学校了。她喜欢本，非常喜欢。她希望自己能够爱上他。要是他不再那么自以为是，要是他偶尔失误一次，哪怕一次就好，要是他需要她，那该多好。好吧，反正她还有五年的时间可以仔细考虑。

她穿着白色的衬裙站在镜子前。她把胳膊举过头顶形成一道曲线，开始洗漱时，她想起了自己小时候坐在安全梯上，看着住在庭院对面公寓里的那些大女孩儿为约会做准备的情景。此刻也会有人像从前的她一样在看着自己吗？

她朝窗外望去。果然，隔着两个庭院，她看到一个小女孩儿坐在安全梯上，腿上摊着一本书，手边摆着一袋糖果。女孩儿正从栏杆的间隙打量着弗朗茜。弗朗茜认识这个女孩儿。她叫弗洛丽·温迪，今年十岁，是个瘦弱的小家伙。

弗朗茜梳好长长的头发，编好辫子，盘在头上。她穿上干净的长筒袜和白色的高跟鞋，在一条棉方巾上撒了些紫色的香粉，再把方巾塞进内衣里，然后套上一条清新的粉红色亚麻连衣裙。

她仿佛听到弗拉伯家的马车驶进了院子。她把身子探出窗外张望。没错，有车驶进了院子。只不过，这次不是马车，而是一辆褐红色的运输卡车，车身两侧用烫金的字印着公司的名字。准备洗车的人也不再是面色红润、心地善良的年轻人弗兰克，而是一个免服兵役的小罗圈儿腿。

她朝院子对面望去，发现弗洛丽还在透过栏杆间隙盯着她看。弗朗茜挥了挥手，喊道：

“你好，弗朗茜。”

“我不叫弗朗茜，”小女孩儿冲她喊，“我叫弗洛丽，你知道的。”

“我知道。”

弗朗茜俯视着院子。这棵树的枝叶仿佛一把把撑开的小伞，簇拥在安全梯的四周。因为那些家庭主妇总抱怨，晾在绳子上的衣服会被树枝缠住。于是，房东派两个人把那棵树砍倒了。

但这棵树没有死……它并没有死。

树桩上又长出一棵新的树。新树的树干沿着地面生长，一直延伸到上方没有晾衣绳的地方。然后，它又开始朝天空生长。

安妮——那棵诺兰家精心浇水施肥的圣诞树，却早早地病死了。可是，院子里的这棵树——这棵曾被人砍倒……被人围起放火焚烧、想要除掉树桩的树——竟然活下来了！

它活下来了！任何东西都无法摧毁它。

她又看了一眼在安全梯上读书的弗洛丽·温迪。

“再见，弗朗茜。”她悄声说。

她关上了窗户。

爱上生活

[美]贝蒂·史密斯

小时候，喜欢倾听的我，经常听到年迈的人说："唉，我曾经有很多的计划！"或者"我当年还有那样的梦呢！"最后，他们都会不可避免地说一句："要是我的人生能重来的话……"我想，这些人多多少少都因未能拥有充实的人生而感到遗憾。

因此，十四岁时，我便下定决心，一定不要让自己的人生留有遗憾。我做了一个人生计划，在一个几乎空白的抄写本上，我详细地罗列了一份理想人生的目标清单，并且发誓要逐一达成。

这个计划从未实现。成年后，我大部分时间都在为维持生计努力工作。而本该充实的人生，也在竞争激烈的商业社会里日渐蹉跎。不过，那时的我年轻又乐观。我对自己说："这一切都只是暂时的。总有一天，我会过上自己理想的生活。"

但是，很多年过去了，我已是人到中年且独身一人。我的孩子们也已经离家，在某些地方努力实现自己的充实人生。而我也不禁开始思考：要是我的人生能重来的话……

一个雨夜，我出门去便利店，想要买本平装书来读，好让自己再次入睡。我拿起一本爱弥尔·左拉的书。拿着书，我站在原地，努力地想要回忆起很久以前自己读过的某句话。后来，我终于想了起来，就是左拉的那句："养育一个孩子、栽种一棵树、写一本书。"他说这就是所谓的充实的人生！

我感觉自己的内心正在被一种平静的感觉包围着，因为我意识到自己已经有了孩子……还种了一棵树……事实上，我甚至写了一本书。不过，我确信，左拉所谓的“书”象征的是所有发自真心的创造。

如此看来，按照这位伟人的信条，我的人生是充实的。在孩子们成长的这些年里，我不断地收获一种宁静的狂喜。二十五年前，我栽的那棵被人抛弃的小树苗，如今已长得比房子还要高。我很喜欢在树下乘凉。我的孩子们，以及后来他们的孩子都曾在这棵树下嬉戏玩闹。若天遂人愿，或许我能亲眼看到曾孙辈在树荫下玩耍的情景。我甚至还把自己所有的希望、恐惧和梦想写成了一本书。

所有的这些并没有被写进我的抄写本中，因为它们是我的本能，是一直被我视为理所当然的事。例如：当我第一次意识到自己是一名女性时，我就知道自己一定会养育孩子；当看到廉租公寓庭院里唯一的大树被砍倒，我为此流下了稚嫩的眼泪时，我就知道以后无论住在哪里，我都要种下一棵树；八岁那年，当我的作文第一次拿到“A”时，我就知道自己有朝一日定会成为一名作家。

由此，我得出了一个明确又四海皆准的结论：所谓充实圆满，就是活着，奋斗着，爱我们的生活，爱生活馈赠的一切悲伤与欢喜。拥抱自己的生活就是迈向充实的人生。

译后记

申晨

十七岁的弗朗茜对十一岁的自己道了别，关上了窗。故事从十一岁的星期六开始，在十七岁的星期六结束。大幕落下，弗朗茜的人生似乎才刚刚启程。

小说讲述的是一个美国移民家庭三代人的故事，没有波澜起伏的情节、巧合、矛盾，只有普通人的悲欢离合。书中描写了不完美的父母如何应对贫穷的生活，同时又不疏忽对子女的教育与关心。这里面既有外表娇小美丽、坚韧不屈、对感情诚实直爽的母亲与细腻善良却又脆弱、让人啼笑皆非的父亲，也有温柔睿智的外婆与性情乖戾的外公。即使在不同的国家、不同的文化背景下，大家都能从自己的家庭或所熟识的人身上找到书中人物的影子。

翻译这部小说的时候，我随着作者的叙述完成了脑海中关于弗朗茜即作者童年居住街区的拼图。我仿佛走在二十世纪布鲁克林的街道上，与弗朗茜一起见证在时代浪潮下，街区的日常生活及其所发生的改变。有时在查阅关于衣着、器具和家庭设施的单词时，我总会去搜索相关的图片，好让拼图的画面更加具体。这也是文学翻译让人着迷的地方。

小说的翻译接近尾声时，我突然感到不舍得。因为翻译的结束意味着我通往二十世纪布鲁克林的旅程也即将结束。我原本以为我会在深夜独自见证译文的完结，并伴随内心汹涌的情绪而潸然泪下。然而，也许是太怕辜负了作者，我在全神贯注地熬了一个通宵后，于晌午敲完了译文的最后一个字，过于疲惫的大脑使得情感的反应变得麻木，我并没有落泪。现在再提起布鲁克林，眼前总会浮现出书中关于格雷厄姆大街的描写：街边满满当当的手推车，店铺前熙熙攘攘的顾客和店内琳琅满目、五颜六色的商品，头戴小毡帽、身穿黑衣、蓄着络腮胡的犹太人三五成群，空气中散发的烤鱼和烤面包的香气。卖完废品的弗朗茜，正拿着从图书馆挑选的书和挑选好的糖果，兴奋地穿过街道，准备回家享受星期六下午的阅读时光。

“布鲁克林”是弗朗茜和作者生命中不愿割舍的元素。虽然，弗朗茜曾不止一次望着威廉斯堡大桥，幻想有一天跨过大桥去纽约的情景，也曾羡慕过在纽约证券公司打杂的弟弟。可是，等她真正乘坐火车，跨过了大桥，走在纽约的街道上时，她内心却分外地想念布鲁克林，想念威廉斯堡。这不禁让人联想到曾经努力读书，想通过高考逃离小镇的青年，如今对于大城市的些许祛魅。看着他们在社交媒体上发布的家乡那些年代感十足的建筑的照片，如千禧年建造的白瓷墙面、蓝绿玻璃的大楼，或某某家属楼杂乱的露天阳台等，让我不禁联想到弗朗茜多年后再回到威廉斯堡时的心情。在那个看似“破败”与“丑陋”的街区，她曾酝酿过成为作家的梦想。在那个看似变小了的母校，她曾身着白裙，手捧玫瑰，对教育与写作充满渴望。最令人怀念的是那个曾经对未来满怀憧憬的自己。

成长中那些绕不开的事

·星光下的布鲁克林·

她眺望着布鲁克林。星光下，整个城区半隐半现。她眺望着那些水平的公寓屋顶，高低起伏，错落有致，零星几栋老建筑的斜屋顶凸显其中。有的屋顶上竖着烟囱管帽；有的屋顶上几只鸽子笼影影绰绰，有时，还能隐约听到鸽子在梦中发出的咕咕声；教堂的那双尖顶，遥遥地赫然耸立于漆黑的廉租公寓之上。街道的尽头，那座大桥仿佛发出了一声叹息，跨过了东河，消失在对岸。桥下流淌着黑沉沉的东河水，远处是纽约灰蒙蒙的天际，整个城市宛若硬纸板裁成的布景。

——Chapter 46　新的一年

·幸福由一些微不足道的小事组成·

“人们总是觉得幸福遥不可及，”弗朗茜心想，“觉得它是一件复杂且难以获得的东西。然而，幸福恰恰是由一些微不足道的小事组成的。下雨时有一处像这样可以避雨的地方，心情低落时有一杯浓浓的热咖啡。”

——Chapter 52　李·莱诺

·以初见和告别的心态去看待万事万物·

弗朗茜走过去，站在一扇巨大的窗户前，从二十层楼高的地方俯瞰下面的东河。这是她最后一次透过这扇窗去看那条河。……她想，我现在看到的一切，再也不会以同样的方式被看到了。哦，你最后一次看到的一切是多么清晰啊，仿佛是被某种点亮的灯光放大了一般。你不由得悲从中来，因为没能在平常拥有时好好把握它。

外婆玛丽·罗梅利是怎么说的？——“永远以初见和告别的心态去看待万事万物，这样你在人世间的日子就会充满荣耀。”

——Chapter 55　全新的开始

·舍弃什么，坚守什么？·

她本想上纽约的哥伦比亚大学，或者布鲁克林的阿德尔菲大学。但是，本说适应新环境也属于教育的一部分。……甚至，就连尼利也说，能去离家远的地方上大学是件好事，她或许能因此改掉布鲁克林口音。可弗朗茜根本不想改掉自己的口音，就像她不愿意改自己的名字一样。口音意味着归属。她是一个布鲁克林女孩儿，有一个布鲁克林名字，带着布鲁克林口音。她不想有一丝一毫的改变。

——Chapter 55　全新的开始

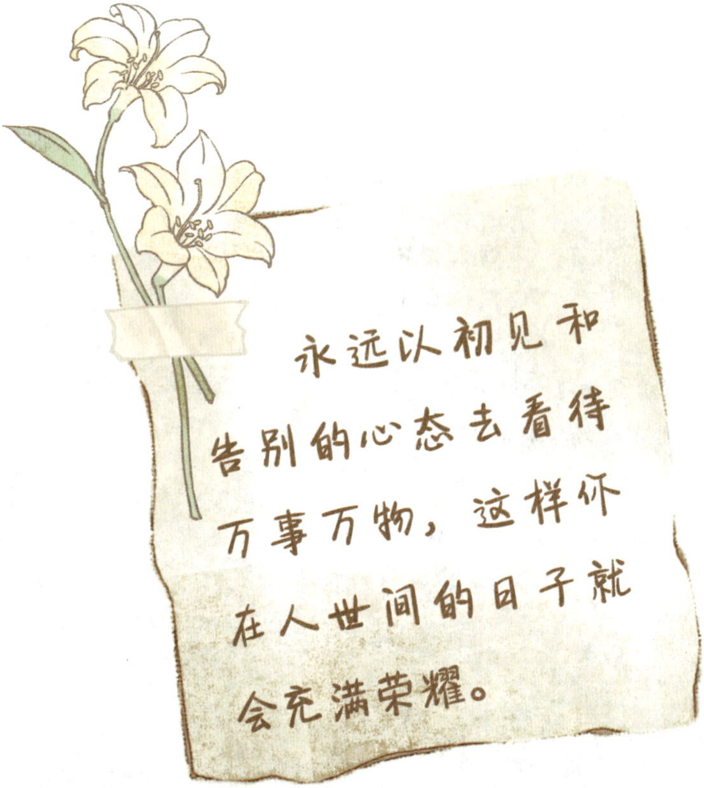
永远以初见和告别的心态去看待万事万物，这样你在人世间的日子就会充满荣耀。